I0560977

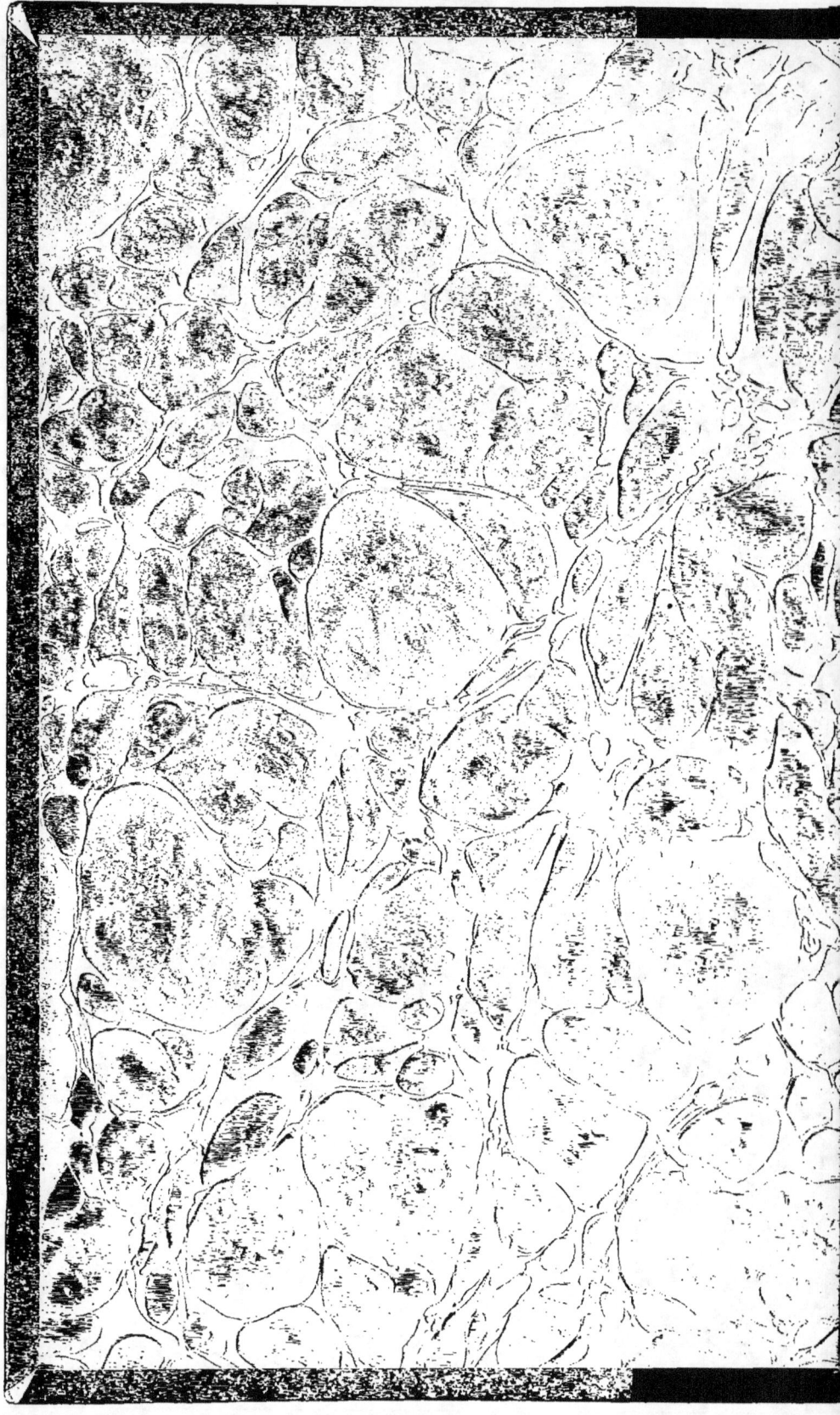

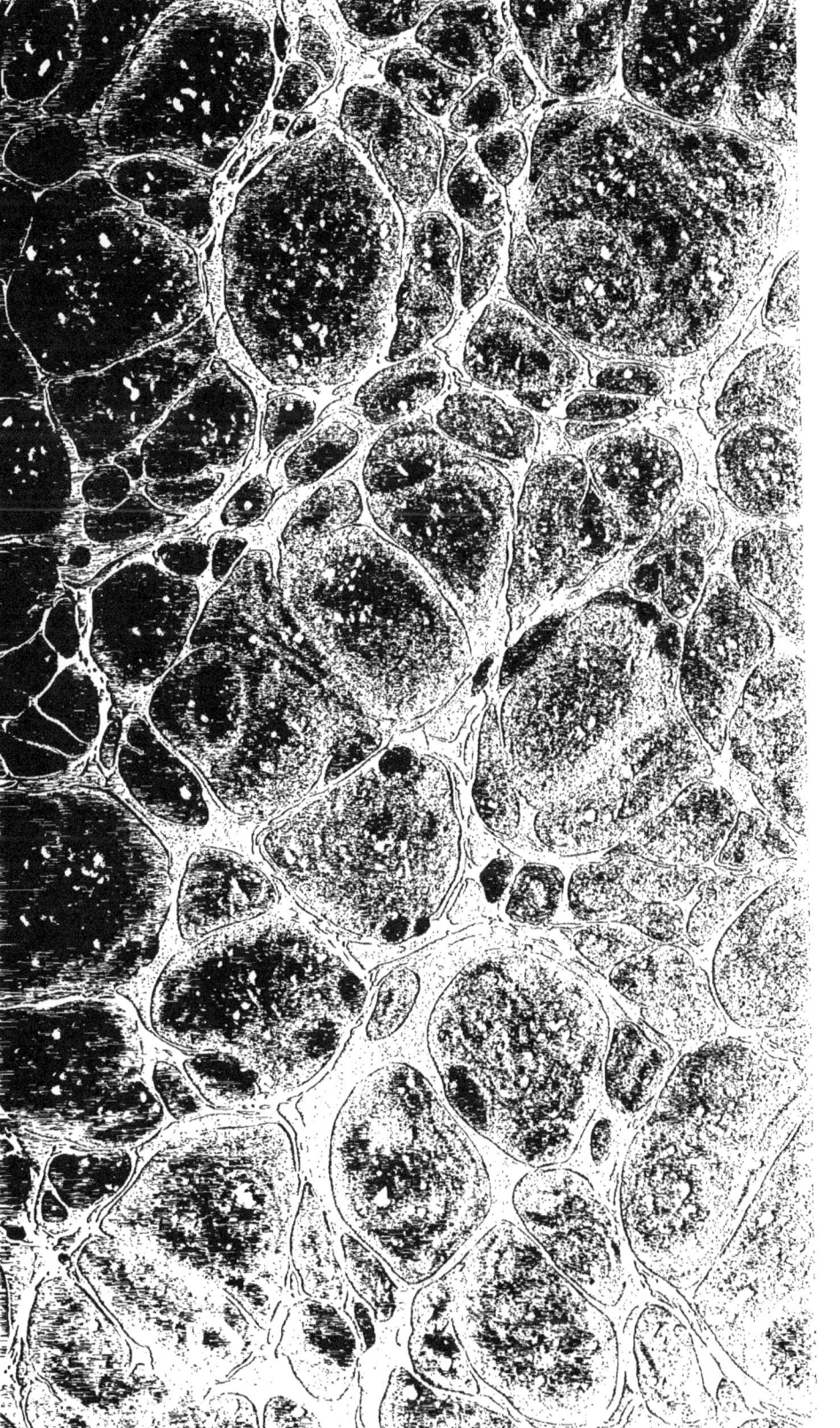

R

C.

A conserver

24296

OEUVRES

DE

BLAISE PASCAL.

DE L'IMPRIMERIE DE CRAPELET.

ŒUVRES

DE

BLAISE PASCAL.

NOUVELLE ÉDITION.

TOME SECOND.

A PARIS,

CHEZ LEFÈVRE, LIBRAIRE,

RUE DE L'ÉPERON, N° 6.

1819.

INTRODUCTION

AUX

PENSÉES DE PASCAL;

SUITE DE L'ESSAI SUR LES MEILLEURS OUVRAGES ÉCRITS
EN PROSE DANS LA LANGUE FRANÇOISE;

REVUE ET CORRIGÉE.

PENSÉES.   *a*

INTRODUCTION
AUX PENSÉES DE PASCAL;

SUITE DE L'ESSAI SUR LES MEILLEURS OUVRAGES ÉCRITS
EN PROSE DANS LA LANGUE FRANÇOISE (*).

―――

Blaise Pascal, né à Clermont en Auvergne, le 19 juin 1623, mort à Paris, après de longues souffrances, le 19 août 1662, âgé seulement de trente-neuf ans et deux mois, a rempli sa courte carrière par des productions immortelles. Racine le fils a eu raison de dire de lui :

A peine a-t-il vécu : quel nom il a laissé !

Ses *Lettres Provinciales*, publiées en 1656, sont encore aujourd'hui considérées comme le premier livre qui ait épuré et fixé la langue françoise. Elles ont survécu aux jésuites, et seront toujours un modèle pour la force du raisonnement, la finesse de la plaisanterie, la pureté et la justesse de l'expression. Grâce aux *Provinciales*, on peut dire de notre langue ce que Pline remarque d'une pierre précieuse, dont la transparence ne laisse passer que la lumière (**).

Voici un livre plus grave et d'un intérêt plus général, quoique d'une exécution moins brillante et moins finie.

« Les *Pensées* de Pascal, bien inférieures aux *Provin-*

―――

(*) Cet Essai se trouve à la tête des *Lettres Provinciales*, qui font aussi partie de cette édition complète des *OEuvres de Pascal*, tome Ier, page c.

(**) *Interque cos* (lapides) *candor alicujus præter lucem omnia excludens*. Plin. *Hist. Nat.*, L. 11, C. 93.

» *ciales*, vivront peut-être plus long-temps, parce qu'il y
» a tout lieu de croire, quoi qu'en dise l'humble société,
» que le christianisme durera plus long-temps qu'elle (*). »

Fidèle au plan de notre *Essai sur les meilleurs ouvrages
écrits en langue françoise*, nous allons, 1°. esquisser som-
mairement l'histoire critique *des Pensées de Pascal*, ce
qui embrasse les jugements qu'on en a portés, et les détails
relatifs à leur publication. 2°. Nous en indiquerons les défauts et le mérite sous le rapport littéraire. 3°. Nous les com-
parerons ensuite avec les ouvrages sur le même sujet, qui
font honneur à notre langue, et nous prouverons par le
fait même que l'incrédulité, contre laquelle Pascal sentit
la nécessité de s'élever dans le dix-septième siècle, n'a pas
été, comme on affecte de le dire, un produit de l'esprit
du dix-huitième. 4°. Nous examinerons l'influence que les
ouvrages de Pascal, et surtout ses *Pensées*, ont pu exercer
sur d'autres écrits. 5°. Enfin, nous ferons sentir celle que les
bons livres de morale ont, en général, sur l'esprit et le
cœur de ceux qui les lisent.

Heureux si, ayant à parler de l'ouvrage d'un philosophe
éminemment religieux, nous réussissons à montrer que la
philosophie, telle qu'on doit l'entendre, loin d'être l'ennemie de la religion, prise dans son vrai sens, en a toujours
été une alliée fidèle et une sœur presque germaine, quoi
qu'en disent des gens intéressés à les brouiller, et qui, par
là, les calomnient et les noircissent l'une et l'autre! C'est
surtout au nom de Pascal qu'on peut les réconcilier. Cette
idée sera l'âme de ce petit écrit. Puisse-t-il n'être pas indigne
de son but, et se recommander, du moins par son intention,
à l'indulgence des lecteurs!

§. Ier. Origine et publication des Pensées de Pascal; jugements divers qu'on en a portés.

§. Ier. *Origine et publication des Pensées de Pascal;
jugements divers qu'on en a portés.*

La vérité de la religion chrétienne, objet principal de ces

_____

(*) D'Alembert, *de la Destruction des Jésuites.*

Pensées, avoit été le sujet d'un grand ouvrage que Pascal avoit fortement conçu, qu'il a médité long-temps, et qu'il n'a malheureusement pas eu le temps d'achever. Il n'en restoit après lui que des réflexions éparses, et des fragments jetés sur de petits morceaux de papier, à mesure que les idées lui en étoient venues pendant sa longue et cruelle maladie. Ces fragments étoient justement ce que Montaigne appelle « de petits brevets décousus, comme des feuilles » sibyllines. » En 1668, on travailla à mettre en ordre ces matériaux informes. Arthus de Roannez, duc de Gouffier, eut la plus grande part à ce travail. Il fut secondé par Arnauld, Nicole, et plusieurs autres. On l'imprima sous le titre de *Pensées de M. Pascal*, en 1669. L'ouvrage eut un succès extraordinaire, et qui se soutint si bien, qu'en 1697, un livre assez commun réussit beaucoup, par la seule raison que l'auteur anonyme avoit eu la présomption, ou l'adresse, de donner son ouvrage comme « la *Suite des Caractères de* » *La Bruyère* et des *Pensées de Pascal* ».

« Ce dernier écrit, dit Tillemont, en parlant des *Pensées*, » a surpassé tout ce que j'attendois d'un esprit que je regar- » dois comme le plus grand qui eût paru en notre siècle.... » Je ne vois que saint Augustin qu'on puisse lui comparer. »

Les jésuites et plusieurs autres écrivains n'en ont pas parlé sur le même ton. Les jésuites, surtout, fâchés qu'un cory- phée du jansénisme leur enlevât la gloire de plaider si bien la cause de la religion, avoient grand soin de contester ou de dissimuler le mérite de cet ouvrage. En 1687, le père Bouhours publia ses *Entretiens sur la manière de bien penser dans les ouvrages d'esprit*. Ce n'est que le *Traité des idées d'Hermogènes*, rhéteur grec, arrangé à la fran- çoise, mais rendu plus instructif par le nombre et le choix des citations dont il est orné. Chaque règle y amène un tissu d'exemples brillants. Tous les grands écrivains de cette épo- que sont mis à contribution, et rappelés avec honneur dans ces dialogues. Madame Deshoulières fut d'abord piquée de n'y être pas citée; elle s'honora bientôt de cette omission, parce qu'elle la partageoit avec Pascal. Elle adressa, en conséquence, ces vers au père Bouhours :

> Dans une liste triomphante
> Des célèbres auteurs que votre livre chante,
> Je ne vois point mon nom placé.
> A moi, n'est-il pas vrai, vous n'avez point pensé?
> Mais aussi dans le même rôle
> Vous avez oublié Pascal
> Qui pourtant ne pensoit pas mal :
> Un tel compagnon me console.

Déjà un écrivain, ami des jésuites et champion du père Bouhours, l'abbé de Villars, avoit critiqué amèrement le chapitre où Pascal soutient, à l'exemple d'Arnobe, qu'il est plus avantageux de croire que de ne pas croire ce qu'enseigne la religion chrétienne. L'abbé de Villars appelle Pascal *Pascase*, et commence magistralement sa réfutation par ces mots : « Taisez-vous, Pascase! » ce qui ne laisse pas d'étonner de la part d'un auteur qui se pique surtout d'être poli, et dans un ouvrage qui a pour titre : *Traité de la délicatesse !*

On attribua, dans le temps, à Fontenelle un petit écrit anonyme sur la même matière, et qui est dirigé à la fois contre Pascal et contre Locke. Ce sont des *Réflexions sur l'argument concernant la possibilité d'une vie à venir.* Feu M. Naigeon les a insérées dans le *Supplément au Dictionnaire de la Philosophie ancienne et moderne*, qui fait partie de l'*Encyclopédie méthodique*. Les nouveaux éditeurs des *OEuvres de Fontenelle* ont cru devoir aussi reproduire cet opuscule, quoiqu'il ne soit pas du sage et discret Fontenelle, mais du savant et hardi Fréret.

Fréret disserte froidement et sérieusement; mais, dans sa *Lettre sur l'enthousiasme*, le comte Shaftesbury a pris un autre ton; il s'est beaucoup moqué de cet argument du plus sûr, qui est pourtant le même raisonnement dont Socrate se sert dans le *Phédon*, au sujet de l'immortalité de l'âme.

On sait comment Voltaire a qualifié Pascal,

Ce fameux écrivain, misanthrope sublime!

Tout en convenant que ce même Pascal est un écrivain du premier ordre dans ses *Pensées* comme dans les *Provinciales*, Voltaire ne veut voir dans les *Pensées* qu'un plaidoyer contre l'espèce humaine, et un livre écrit uniquement pour montrer l'homme sous un jour odieux. Cependant Voltaire n'étoit enthousiasmé ni du *Tout est bien*, de Pope, ni du *Meilleur des mondes possibles*, de Leibnitz et de Wolf.

Saint-Lambert, disciple de Pope et de Voltaire, s'est exprimé sur Pascal avec plus d'irrévérence, dans cette épître, si connue, au prince de Beauvau :

> A vivre au sein du jansénisme,
> Cher prince, je suis condamné!
> Dans le vieux château de Ternai,
> Je répète mon catéchisme :
> Du Vatican, du Port-Royal,
> J'entends conter les vieilles guerres ;
> J'entends mettre au rang des Saints-Pères
> Nicole, Quesnel et Pascal.
> J'en lis un peu par complaisance ;
> Ces fous, remplis d'extravagance,
> Souvent ne raisonnoient pas mal.
> Ils ont eu l'art de bien connoître
> L'homme qu'ils ont imaginé ;
> Mais ils n'ont jamais deviné
> Ce qu'il est, ni ce qu'il doit être, etc.

Traiter Pascal de fou, c'est, à ce qu'il semble, passer la mesure des licences poétiques ; mais on est allé beaucoup plus loin. Le père Hardouin, jésuite, abusant de quelques passages où la piété de Pascal lui fait dire qu'il ne se sent pas assez fort par les seules armes de la raison pour convaincre des athées endurcis, n'a pas hésité d'accuser ce grand homme d'athéisme. A la vérité, le jésuite met Pascal en bonne compagnie. Les athées, par lui démasqués, sont d'abord tous les pères de l'Église ; ensuite, tous les philo-

sophes modernes, non pas ceux du dix-huitième siècle, mais
bien ceux du dix-septième. Cette dénonciation générale avoit
paru en françois, dès 1715 : elle reparut ensuite en latin
(*Athei detecti*, 1733). Les imaginations du père Hardouin
n'ont pas beaucoup de poids ; en général, ce sont des folies :
cependant, on ne sait comment il s'est fait que d'Alembert
se soit attaché à recueillir dans les *Pensées* de Pascal celles
qui avoient pu servir de prétexte à l'assertion du jésuite (*).
Il y insère à dessein les *Pensées* suivantes, qui ne se trouvent que dans les *Mémoires de littérature* du père Desmolet.

« Selon les lumières naturelles, s'il y a un Dieu, il est
» infiniment incompréhensible, puisque, n'ayant ni parties,
» ni bornes, il n'a nul rapport à nous. Nous sommes donc
» incapables de connoître ni ce qu'il est, ni s'il est. Cela étant
» ainsi, qui osera entreprendre de résoudre cette question?
» Ce n'est pas nous, qui n'avons aucun rapport à lui (**).

» Qui blâmera les chrétiens de ne pouvoir rendre raison
» de leur créance, eux qui professent une religion dont ils
» ne peuvent rendre raison? Ils déclarent au contraire, en
» l'exposant aux gentils, que c'est une folie. *Stultitiam*, etc.
» Et puis, vous vous plaignez de ce qu'ils ne la prouvent
» pas ! s'ils la prouvoient, ils ne tiendroient pas parole. C'est
» en manquant de preuves qu'ils ne manquent pas de sens.
» Oui, mais encore que cela excuse ceux qui l'offrent telle
» qu'elle est, et que cela les affranchisse du blâme de la
» produire sans raison, cela n'excuse pas ceux qui, sur l'ex-
» position qu'ils en font, refusent de la croire (***). »

Le savant et respectable auteur de l'article Foi, dans l'*Encyclopédie*(****), disoit, en 1757, qu'il ne sauroit approuver

---

(*) D'Alembert, *Histoire des Membres de l'Académie*, note 9, sur
l'éloge de Houtteville.

(**) *Mém. de littér.*, tome V, page 310.

(***) *Mém. de littér.*, tome V, page 310. Nous abrégeons beaucoup
les citations malicieuses de d'Alembert.

(****) M. Morellet, qui est encore aujourd'hui l'ornement de l'Aca-

la *Pensée* de Pascal, qui prétend « que Dieu a laissé à des-
» sein de l'obscurité dans l'économie générale et dans les
» preuves de la religion ; qu'on se lasse de chercher Dieu
» par le raisonnement ; qu'on voit trop pour nier, et trop
» peu pour assurer ; que la nature ne marque pas Dieu sans
» équivoque ; que Dieu seroit trop manifeste, s'il n'y avoit
» de martyrs qu'en notre religion (*). »

Ces phrases singulières et quelques autres, dans lesquelles
l'auteur n'avoit pas suffisamment développé ses idées, ne
peuvent sans doute être prises à la lettre, ni jugées à la
rigueur, puisqu'on n'en voit pas la suite, et qu'on ignore
l'emploi que Pascal en auroit fait dans son ouvrage. Il ne
faut donc pas être surpris du soin et du temps que l'on mit
à choisir et à arranger les fragments restés dans ses papiers,
incorrigés et informes, comme dit Montaigne.

Il paroît que ce triage embarrassa beaucoup ses amis. On
trouve dans les *OEuvres du docteur Arnauld* plusieurs ren-
seignements à ce sujet, et entre autres une lettre adressée
par ce docteur à M. Perrier, le père, conseiller à la cour
des aides de Clermont, le 20 novembre 1668, relativement
aux changements à faire dans le livre des *Pensées* de
M. Pascal.

« Souffrez, monsieur, que je vous dise qu'il ne faut pas
» être si difficile, ni si religieux à laisser un ouvrage comme
» il est sorti des mains de l'auteur, quand on le veut exposer
» à la censure publique. On ne sauroit être trop exact,
» quand on a affaire à des ennemis d'aussi méchante humeur
» que les nôtres (**). Il est bien plus à propos de prévenir

---

démie françoise, et l'un des membres les plus zélés de la commission du
dictionnaire. Nous saisissons avec plaisir cette occasion de nous féliciter
de l'honneur d'avoir un tel collègue.

(*) *Encyclopédie, in-folio*, tome VII, page 16.

(**) Les jésuites, dont la guerre avec Port-Royal étoit alors très-
envenimée, et qui n'ont jamais pardonné à Pascal le succès, désolant
pour eux, des *Lettres Provinciales*.

» les chicaneries par quelque petit changement qui ne fait
» qu'adoucir une expression, que de se réduire à la nécessité
» de faire des apologies....

» Les amis sont moins propres à faire ces sortes d'examens
» que les personnes indifférentes, parce que l'affection qu'ils
» ont pour un ouvrage les rend plus indulgents et moins
» clairvoyants....

» Ainsi, monsieur, il ne faut pas vous étonner si, ayant
» laissé passer de certaines choses sans en être choqués, nous
» trouvons maintenant qu'on les doit changer, en y faisant
» plus d'attention, après que d'autres les ont remarquées.
» Par exemple, l'endroit de la page 203 me paroît main-
» tenant souffrir de grandes difficultés; et ce que vous dites
» pour le justifier, que, selon saint Augustin, il n'y a point
» en nous de justice qui soit essentiellement juste, et qu'il
» en est de même de toutes les autres vertus, ne me satisfait
» point. Car vous reconnoîtrez, si vous y prenez garde,
» que M. Pascal n'y parle pas de la justice, vertu qui fait dire
» qu'un homme est juste, mais de la justice, *quæ jus est,*
» qui fait dire qu'une chose est juste; comme il est juste
» d'honorer son père et sa mère, de ne point tuer, de ne
» point commettre d'adultère, de ne point calomnier, etc.
» Or, en prenant le mot de justice dans ce sens, il est faux
» et très-dangereux de dire qu'il n'y ait rien parmi les
» hommes d'essentiellement juste (*).

» Ce que dit M. Pascal à ce sujet peut être venu d'une
» impression qui lui est restée d'une maxime de Montaigne,
» que les lois ne sont point justes par elles-mêmes, mais parce
» qu'elles font loi (**): ce qui est vrai à l'égard de la plupart

_____

(*) Cette distinction entre la justice des hommes et la justice des
choses, n'est pas une subtilité de dialectique. C'est un exemple heureux
de l'utilité de la définition des mots, pour parvenir à l'éclaircissement
des idées.

(**) « Or, les loix se maintiennent en crédit, non parce qu'elles sont
» justes, mais parce qu'elles sont loix; c'est le fondement mystieque de

» des lois des hommes qui règlent des choses indifférentes
» d'elles-mêmes avant qu'on les eût réglées, comme, que les
» aînés aient une telle part dans les biens de leurs pères et
» mères ; mais cela est très-faux, si on le prend en général,
» étant par exemple très-juste de soi-même, et non seule-
» ment parce que les lois l'ont ordonné, que les enfants
» n'outragent pas leurs pères, etc. C'est ce que saint Au-
» gustin dit expressément de certains désordres infâmes,
» qui seroient mauvais et défendus, quand toutes les nations
» seroient convenues de les regarder comme des choses per-
» mises.

　　» Ainsi, pour vous parler franchement, je crois que l'en-
» droit est insoutenable ; et on vous supplie de voir parmi
» les papiers de M. Pascal, si on ne trouvera point quelque
» chose qu'on puisse mettre à la place (*). »

§. II. *Du style des Pensées de Pascal.*

Cet ouvrage, demeuré imparfait dans les papiers de Pascal, est un de ceux qui montrent le plus l'inconvénient,
presque inévitable, des *OEuvres posthumes.* On les débrouille
comme on peut ; on croit bien faire, en les grossissant de
tout ce qu'on trouve dans les portefeuilles d'un auteur qui
n'est plus là pour corriger ce qui est défectueux, éclaircir ce
qui est louche, resserrer ce qui est diffus, distinguer les
objections des réponses, séparer les citations du texte, etc.

» leur auctorité, elles n'en ont point d'aultres, qui bien leur sert. Elles
» sont souvent faictes par des sots ; plus souvent par des gents qui,
» en haine d'égalité, ont faulte d'équité ; mais toujours par des hommes,
» aucteurs vains et irrésolus. Il n'est rien si lourdement et largement
» faultier que les loix ; ni si ordinairement. Quiconque leur obéit,
» parce qu'elles sont justes, ne leur obéit pas justement par où il doibt.
» Les nostres, françoises, prestent aulcunément la main, par leur
» desréglement et deformité, au désordre et corruption qui se voit en
» leur dispensation et execution, etc. » *Essais de Montaigne,* L. III,
Ch. XIII.

　·(*) *OEuvres de Messire Antoine Arnauld,* tome Ier, *in-4*o, page 642.

Ainsi, les éditeurs de Pascal n'ont pas été assez sévères, et n'ont pas rendu service à sa mémoire, en adoptant, par exemple, ses erreurs sur la beauté poétique, erreurs qui ont scandalisé l'érudition de Dacier et le goût de Voltaire; en employant indistinctement, sous le nom de Pascal, beaucoup de passages, copiés presque mot à mot des *Essais de Montaigne*, de sorte que l'auteur des *Pensées*, censeur sévère de l'auteur des *Essais*, auroit pourtant l'air d'être son plagiaire; enfin, en exposant à des critiques fondées ce même style qu'on avoit tant admiré, et qu'on avoit trouvé si châtié dans les *Provinciales*.

A ce dernier égard, on peut se rappeler ce que nous avons dit, d'après Nicole (*), de la manière dont Pascal travailloit, des principes de goût qu'il s'étoit faits, et de sa coutume de polir et de repolir ses écrits, jusqu'à ce qu'il en fût content. Ce qui satisfaisoit les autres, ne lui suffisoit pas. On peut donc demander si l'ordre qu'on a voulu mettre, après coup, dans ces fragments, trouvés épars et décousus, est bien celui qui eût résulté de l'idée de l'auteur? Il n'avoit laissé que des pierres d'attente; ne les auroit-il pas taillées, placées, cimentées d'une autre manière? Se seroit-il dispensé de la servitude des transitions, regardées par Boileau comme la pierre d'achoppement de tous les écrivains? D'ailleurs, ce n'est pas tout que l'ordre et l'enchaînement des pensées; car ce qui les rend lumineuses, c'est la manière de les rendre. Leur éclat naît surtout du style, qui suppose des préparations et commande des sacrifices, double secret de l'art d'écrire, exclusivement dépendant du goût de l'écrivain. En voulant arranger les *Pensées* de Pascal, a-t-on pu suppléer, et au défaut d'ensemble de sa conception première, et aux lacunes des détails? Voilà des questions auxquelles il nous semble que les illustres éditeurs auroient été embarrassés de répondre.

_____

(*) *Essai sur les meilleurs ouvrages écrits en prose dans la langue françoise*, à la tête des *Provinciales*, §. V.

L'abbé de Condillac, voulant donner un exemple d'un défaut d'ordre et d'arrangement dans le tissu du style, choisit précisément une des *Pensées*, d'ailleurs les plus remarquables de notre auteur.

« Ce ne seroit pas faire une période, dit-il, ce seroit écrire » une suite de phrases mal liées, que de dire avec Pascal :

« 1. *Qu'est-ce que nous crie cette avidité* (d'acquérir des » connoissances), *sinon qu'il y a eu autrefois en l'homme* » *un véritable bonheur dont il ne lui reste maintenant que* » *la marque et la trace toute vide ; 2. qu'il essaie de rem-* » *plir de tout ce qui l'environne ; 3. en cherchant dans les* » *choses absentes le secours qu'il n'obtient pas des présen-* » *tes, et que les unes et les autres sont incapables de lui* » *donner ; 4. parce que ce gouffre infini ne peut être rempli* » *que par un objet infini et immuable ?* »

Condillac a distingué les phrases par des chiffres, afin de montrer aux yeux que la seconde modifie le dernier nom de la première, que la troisième modifie la seconde, et que la quatrième modifie la dernière partie de la seconde. Il décide avec raison que ce n'est certainement pas là une période arrondie (*).

On peut y relever encore une autre négligence, dont Condillac ne parle pas : c'est que, lorsqu'on arrive à la fin de la période, si l'on ne trouvoit pas le point d'interrogation, l'on ne se ressouviendroit plus que l'auteur avoit commencé par une question, qu'il a ensuite abandonnée pour rentrer dans une formule expositive et ordinaire. Mais ces légères taches, suite d'un premier jet, sont trop excusables sans doute ! Pascal sentoit sa fin prochaine ; il traçoit à la hâte des lignes qu'il avoit raison de craindre que sa maladie ne lui laissât pas le loisir de revoir et de mettre en ordre : le spectre de la mort étoit toujours sur son pupitre. On dit même qu'il croyoit voir un abîme ouvert devant lui : situation douloureuse, qu'il ne pouvoit perdre de vue lorsqu'il

---

(*) *De l'Art d'écrire*, Ch. IX.

prenoit la plume, et qu'il ne faut pas oublier lorsqu'on lit son ouvrage ! Elle inspire autant d'intérêt, qu'elle commande d'indulgence.

Cependant l'espèce d'impatience avec laquelle Pascal se hâtoit de fixer ses réflexions sur le papier, lui a inspiré souvent des tours elliptiques, heureux et irréprochables, de l'aveu du même Condillac. On remarque, en effet, la précision et l'avantage de l'ellipse, dans plusieurs de ces *Pensées*, comme dans celle-ci :

« Le fini s'anéantit en présence de l'infini; ainsi, notre » esprit devant Dieu ; ainsi, notre justice devant la justice » divine. »

Cette matière de l'ellipse n'a pas été assez étudiée par nos grammairiens. Plusieurs même, dominés par l'esprit de Vaugelas, qui ne croyoit pas que l'on pût supprimer des mots dans la langue françoise, n'ont point parlé de cette figure de construction, si fréquemment et si heureusement employée par nos grands écrivains, à l'exemple de Pascal, le premier d'entre eux.

Il y auroit bien d'autres remarques de goût à faire sur le style des *Pensées*, et sur les locutions et les tournures qui appartiennent particulièrement à l'auteur. Il excite tantôt l'admiration, tantôt la surprise. Par exemple, on ne peut trop se récrier sur la manière singulièrement énergique, heureuse et précise, dont il définit les rivières et les canaux navigables, DES CHEMINS QUI MARCHENT. C'est avoir mis en quatre mots la substance d'un grand traité d'économie publique. Que la France seroit puissante, si cette belle expression y étoit mieux comprise !

Ailleurs, on est un peu étonné de trouver cette phrase, entre autres:

« Le plus grand des maux EST les guerres civiles. »

Ce n'est pas le fond de l'idée qui arrête, car elle est toute simple. Voisin des temps de la Ligue, contemporain de Cromwell, témoin de la Fronde, Pascal n'avoit entendu parler que de séditions et de troubles. François, philosophe et chrétien, ces discordes intestines lui faisoient horreur, et avec raison ; mais pourquoi a-t-il fait accorder le verbe de sa phrase avec son sujet, *le plus grand des maux*, plutôt que de le faire rapporter à son terme, *les guerres civiles ?* On ne peut douter qu'il ne l'ait fait à dessein, puisqu'il lui étoit facile de mettre : « Le plus grand des maux est la » guerre civile. » C'est encore le résultat d'une figure de construction, aussi peu connue de nos grammairiens vulgaires que l'ellipse. Mais ce n'est pas ici le lieu de scruter ces mystères de l'art d'écrire, et c'est bien moins le mérite ou la singularité de la diction qu'il faut examiner dans les *Pensées*, que l'importance de leur objet principal. Tournons donc de ce côté toute notre attention, et ne nous exposons pas au reproche que nous feroit justement l'ombre sévère de ce pieux philosophe, si nous pouvions ici oublier le penseur, pour ne songer qu'à l'écrivain.

§. III. *Comparaison des Pensées de Pascal avec les autres apologies du christianisme.*

Véritable époque et causes de l'incrédulité moderne.

La matière que Pascal avoit entrepris de traiter a été souvent discutée avant lui.

Le christianisme a été combattu dès son origine, et dans tous les siècles écoulés depuis son établissement : il a trouvé des adversaires furieux parmi les païens, les juifs, les mahométans, et surtout parmi les chrétiens eux-mêmes, dont ceux qui se vantent d'être les plus purs et les plus parfaits, sont si forcenés les uns contre les autres, que Julien disoit : « Ces Galiléens sont entre eux plus tigres que les » tigres ! » Je ne sais quel poète anglais s'écrie à ce sujet :

On ne voit que docteurs l'un sur l'autre acharnés,
Aujourd'hui condamnants et demain condamnés.

Un prêtre grec des premiers siècles s'en affligeoit déjà, et disoit dans le même sens : « Toutes les hérésies me tiennent » le même langage ; car chacune d'elles me crie : hors de

» mon sein, point de salut! Entre tant de partis qui s'ana-
» thématisent tous mutuellement, malheureux que je suis!
» lequel croire, et auquel entendre? (*) »

Cependant, il est vrai de dire que ces scandales de tous
les temps, et ces contradictions perpétuelles n'ont pas em-
pêché la religion chrétienne de s'affermir et de s'étendre.

« La marque péculière de nostre vérité debvroit estre
» nostre vertu. Pourtant eut raison nostre bon saint Louis,
» quand ce roi tartare qui s'estoit faict chrestien, desseignoit
» de venir à Lyon baiser les pieds au Pape, et y reconnoistre
» la sanctimonie qu'il espéroit trouver en nos mœurs, de l'en
» détourner instamment, de peur qu'au contraire, nostre
» débordée façon de vivre ne le dégoustât d'une si sainte
» créance. » (Montaigne, *Essais*, L. 11, c. XII.)

Il en fut autrement d'un certain Juif, dont parle Bocace (**). Ce Juif s'étoit rendu à Rome pour se faire bapti-
ser. Il fut d'abord frappé du contraste énorme qu'il trouvoit
entre la sévérité de l'Évangile, et le faste et les mœurs cor-
rompues du clergé romain de ce temps-là. Ce spectacle
sembloit devoir le détourner de son projet; mais ce fut au
contraire ce qui l'y fit persévérer, parce qu'il jugea qu'une
religion qui, malgré ces obstacles nés dans son sein même,
n'avoit pas laissé de subsister, ne pouvoit, en effet, jamais
être détruite (***).

(*) *Universæ hæreses eo modo loquuntur : Nisi nobiscum communices,
salvus non eris! Quid ergo faciam? miser nescio.* Cotelerii monumenta
Ecclesiæ Græcæ, T. 11, p. 359.

(**) *Décameron,* nouv. 2. La narration en est très-piquante.

(***) Ce conte de Bocace n'étoit que le cadre d'une satire; mais notre
Louis Racine en a fait un argument en forme. « Puisque c'est la foi qui
» nous sauve, dit-il, nous devons marcher dans l'obscurité. Si les dons
» du Saint-Esprit eussent toujours été visibles dans l'Église comme
» dans sa naissance, si les miracles y eussent été aussi fréquents, si
» chaque Pape eût été un saint Pierre, et chaque évêque un saint
» Paul, la présence de Jésus-Christ dans son église eût été si sensible,
» que notre foi n'auroit eu aucun mérite. » (*La Religion*, chant V,

Machiavel, comme l'on sait, a été plus loin que Bocace. Florence, sa patrie, avoit à se plaindre de Rome. Dans son ressentiment, il charge l'Église et les Papes du reproche formel d'avoir détruit en Italie la religion et les mœurs (*) ; et il s'emporte jusqu'au point de regretter le paganisme.

Ces satires de l'Italie n'ont que trop convenu depuis à beaucoup d'autres contrées. L'Histoire, ce témoin inflexible et irrécusable, dépose qu'en France, nommément, la religion a souffert, dès que son intérêt a été confondu avec celui de ses ministres. Ici, les faits s'offrent en foule, et remontent à des époques déjà bien reculées. En 867, les chefs de l'Église gallicane tombent dans le piége tendu à leur ambition par l'obscur et hardi fabricateur des fausses *Décrétales*. Cette aberration des maximes de l'Évangile, reçue d'abord aveuglément, a, pendant plusieurs siècles, les suites les plus déplorables ; elle entraîne des innovations contre lesquelles on réclame, même dans les temps d'ignorance. Dès le douzième siècle, nous trouvons l'*Hérésie des Prêtres*, ouvrage d'Anselme Faydit, première pièce de théâtre écrite en notre langue. Baluze observe aussi que la papauté d'Avignon est une autre époque funeste où viennent, d'Italie en France, des abus et des vices jusque alors inconnus. Les querelles des deux puissances mettent partout le trouble et la confusion. Les usurpations des cours spirituelles (cours de chrétienté, cours d'Église) doivent finir par absorber l'autorité judiciaire, sans la digue tardive que leur oppose

---

note sur le vers 359.) Cette preuve est si forte, qu'elle paroît l'être à l'excès. Elle mettroit un peu trop à l'aise la conscience des princes de l'Église, en leur persuadant que le scandale de leurs désordres seroit un moyen d'augmenter le mérite de la créance des fidèles.

Ce qui est singulier, c'est que madame de Sévigné se sert absolument de la même raison pour raffermir la foi de M. de Coulanges, qui étoit à Rome, et « se trouvoit embarrassé dans sa religion », d'après ce qui se passoit dans cette ville et au Conclave, en 1691. On peut voir la lettre du 26 juillet de cette année.

(*) *Discours sur Tite-Live*, I. 12.

PENSÉES.   *b*

enfin l'appel comme d'abus. Nos meilleurs rois, nos plus grands hommes, ne sont occupés fort long-temps qu'à chercher les moyens d'arrêter ce torrent, qui envahit tous les pouvoirs. Enfin, dans le seizième siècle, les controverses acharnées et les guerres religieuses déchirent le royaume. Le clergé n'eut jamais besoin d'être plus prudent et plus sage, et il ne manque pas d'avertissements sérieux qui doivent l'engager à rentrer en lui-même. En 1561, le chancelier de l'Hospital, la noblesse et le tiers-état, disent, d'une commune voix, aux ecclésiastiques, que leurs désordres sont la cause de tous les troubles de la France. Ces troubles vont toujours croissant. Loin de chercher à les calmer, on s'en fait des triomphes. En 1572, on frappe à Rome une médaille pour consacrer le souvenir de la nuit du 24 août de cette malheureuse année. La médaille représente un ange exterminateur, portant une croix de la main gauche et une épée de la droite, foulant aux pieds un grand nombre de personnes égorgées, et autour, ces mots pour légende : HUGONOTORUM STRAGES (*). L'histoire numismatique des papes regarde le massacre éternisé par cette médaille comme un des événements les plus glorieux du pontificat de Grégoire XIII (**). En 1579, l'assemblée du clergé de France se refuse à payer des rentes dues à la ville de Paris, au risque d'exciter une sédition. En 1580, plusieurs évêques se permettent de publier la bulle *In cœnâ Domini*. Des conciles

---

(*) *Numismata Pontificum Romanorum*, à P. Bonnanni, *societatis Jesu, in-fol.* ; 1699. Le clergé de France célébra de même la révocation de l'Édit de Nantes, en 1685. Il fit peindre au revers d'une médaille une hydre accablée sous des ruines, et une main qui fait tomber ces ruines, avec ces mots du chapitre 3 d'Isaïe : *Ruina hac sub manu tuâ !* Menestrier, art des Devises, page 16.

(**) On voit aussi dans les *Voyages de Montaigne*, qu'il ne fut pas fort édifié de trouver, en deux endroits de l'église de Saint-Pierre de Rome, la mort de l'amiral de Coligny, représentée comme une victoire de la religion ; et il faut observer que Montaigne se montre partout catholique sincère, et argumente même contre les protestants.

provinciaux s'assemblent sans aveu, et admettent furtivement le concile de Trente. En 1585, le clergé fait à Henri III une députation et une harangue qui révoltent ce prince, et soulèvent le peuple. Alors, tout Paris est en feu ; le célèbre Jean de Mont–Luc s'étonne avec raison que « pour éteindre » un incendie allumé aux bords de la Seine, on attende les » eaux du Tibre ! » Ce mot, si plein de sens, paroît l'avis d'un hérétique. Égarés par de faux principes, et conséquents dans leurs erreurs, les confesseurs abusent de leur ministère secret pour attiser la Ligue, malgré les plaintes de la cour aux évêques et au légat. Les maximes ultramontaines aiguisent le poignard dont s'arment tour à tour Jacques Clément, en 1589 ; Pierre Barrière, en 1593 ; Jean Chatel, en 1594 ; François Ravaillac, en 1610. Cette suite d'horreurs épouvantent l'Europe et bouleversent le royaume ; elles ne changent point alors l'esprit des ecclésiastiques. On les voit, plus ardents encore, aux états-généraux de 1614, séduisant la noblesse, résistant avec elle au vœu national, et rejetant l'article par lequel on vouloit lui faire reconnoître l'indépendance de nos rois. Faut-il donc s'étonner que cette conduite insensée ait aliéné les esprits, et qu'elle ait induit tant de gens à penser qu'un arbre chargé de fruits amers et venimeux, n'étoit pas un arbre de vie ? Ces gens raisonnoient mal ; mais ils jugeoient sur l'apparence. Étoit - ce donc leur faute ? et ce qui se passoit alors ne sembloit-il pas de nature non-seulement à excuser, mais à faire des incrédules ? Il auroit suffi, pour cela, de ces argumentations sur les bancs de l'école, où l'on mettoit tout en problème. En 1573, Jodelle finissoit un sonnet par ce vers, devenu proverbe :

Plus de Dieu l'on dispute, et moins on en fait croire.

Montaigne avoit été frappé de tous ces inconvénients qu'il excusoit très–bien, lorsqu'il disoit à sa manière : « Il faut » considérer le presche à part, et le prescheur à part. Ceulx– » là se sont donné beau jeu en nostre temps, qui ont essayé

» de chocquer la vérité de nostre Église par les vices de ses
» ministres ; elle tire ses tesmoignages d'ailleurs : c'est une
» sotte façon d'argumenter, et qui rejetteroit toutes choses
» en confusion ; un homme de bonnes mœurs peut avoir des
» opinions faulses, et un meschant peut prescher vérité,
» mesme celuy qui ne la croit pas. (*Essais*, L. II. Ch. XXXI.) »
Mais tout le monde n'avoit pas la raison de Montaigne, et
il ne faut pas s'étonner que tant de contradictions, et tant
de catastrophes, sinistrement interprétées, aient produit
l'effet de confondre les simples et d'enfanter des non-croyants.

Aussi, dès le commencement du règne de Louis XIII,
nous voyons que le nombre de ceux qui n'avoient plus de
foi étoit déjà considérable ; ils avoient à leur tête des
écrivains hardis ; ceux-ci avoient même réduit leur doctrine en maximes, espèce de code rimé, que l'on appeloit
« les Quatrains du Déiste, ou l'ANTI-BIGOT (*). » Ce poëme,
formé de cent six quatrains en grands vers, est l'ouvrage
d'un raisonneur audacieux, qui ne ménage rien. Il désigne
ceux qu'il attaque sous les noms de Pipe-Niais, de docteurs
du Pantalonisme, etc. On présume que ces quatrains éma-
noient de la même source que le *Parnasse satirique*,
attribué à Théophile Viaud, et qui fit tant de bruit en 1622.
On avoit engagé Gombaud à réfuter ces vers scandaleux.
Il s'en défendit par cette épigramme :

SUR LES SOURDS VOLONTAIRES.

Tu veux que j'écrive contre eux,
Contre ces enfants de la terre ;
Mais serois-je entendu de ceux
Qui n'entendent pas le tonnerre ?

(*) Le père Mersenne avance un peu au hasard que c'est Calvin qui a
inventé les mots de *bigot* et de *bigotisme*, sur l'étymologie desquels les
savants ne sont pas d'accord. On peut voir ce qu'en dit Roubaud, *Syno-
nymes françois*, tome II, page 323. Je pense que le mot de *bigot* a la
même origine que celui de *cagot*. On lit dans Joinville que saint Louis
préféroit un prudhomme (un homme sage) *à un béguin* (à un cagot).

Notre intention n'est pas de tirer les quatrains du Déiste de l'oubli dans lequel ils sont tombés, et dont ils ne méritent pas de sortir. Nous voulons seulement constater, par leur date, l'époque précise à laquelle remonte cet affoiblissement des principes religieux, que l'on veut mal à propos imputer à la philosophie du dix-huitième siècle, tandis que l'incrédulité n'a été, dans le fait, qu'un héritage des siècles précédents, surtout du dix-septième. Ce qui est de certain, c'est que le jésuite Garasse sonnoit l'alarme, dès 1623, contre les libertins et les athées, dans un volume *in-4°* qui a pour titre : *La Doctrine curieuse des beaux esprits de ce temps, ou prétendus tels.* On observa que cet ouvrage, violent et grossier, étoit plus propre à endurcir les athées qu'à les ramener. Dans le même temps, le père Mersenne, savant minime, jugea le péril imminent. Il avoit pris la peine de faire l'énumération effrayante des athées qui existoient alors. Dans ses *Questions célèbres sur la Genèse* (publiées en latin, *in-folio*, 1623), il ne comptoit pas moins de cinquante mille sectateurs de Diagoras à Paris seulement, et à proportion dans le reste de la France et les autres contrées de l'Europe (*). A l'entendre, il y avoit dans Paris telle maison où l'on pouvoit rencontrer jusqu'à douze athées. Il connoissoit tous leurs secrets, et savoit principalement qu'ils avoient pris pour leur devise cette maxime que Montaigne nomme « une opinion si rare et si insociale (**) » : L'âme périt avec le corps ! *mens perit et corpus.* Sans s'effrayer du nombre de ceux qu'il auroit à combattre, Mersenne crut devoir se mettre sur la brèche. En 1624, il publia deux gros volumes (imprimés chez Billaine, *in-8°*), sous ce titre : *L'Impiété des Déistes, Athées et Libertins de ce temps, renversée, avec la Réfutation des opinions*

(*) Voyez un passage extrait des *Quæstiones celebres in Genesim*, à l'article de Marin Mersenne, dans le *Supplément au Dictionnaire de Bayle*, par Chauffepié.

(**) *Essais*, Livre Ier, Chapitre 22.

de Charron, de Cardan, de Jordan-Brun, et des Quatrains du Déiste (*).

Ce titre seul devoit faire faire bien des réflexions. Il allie entre elles des choses qui s'étonnent *de se voir accouplées.*

Les déistes pouvoient d'abord trouver fort étrange d'être mis sur la même ligne que les athées, dont ils avoient cru se séparer à jamais, par la dénomination qu'ils avoient prise. L'histoire des mots introduits dans la langue tient à l'histoire des mœurs et des opinions. L'origine du mot *déiste* est connue ; elle se trouve consignée dans un livre de Pierre Viret, imprimé en 1563. Cet auteur dit qu'il y a des gens « qui s'appellent *déistes*, d'un mot tout nouveau, qu'ils » veulent opposer à *Athéistes.* » Mais malgré leur précaution, l'on affectoit déjà de les confondre, et le nom de déiste devint enfin si odieux, que l'exact Boileau-Despréaux, prenant ce mot dans l'acception commune, n'a pas cru pouvoir lui accoler une épithète trop diffamante :

> Ce ne fut plus partout que fous anabaptistes,
> Qu'orgueilleux puritains, qu'exécrables déistes (**).

(*) En lisant cet ouvrage et d'autres de la même époque, et en ne les considérant que sous le rapport de la langue, on peut y recueillir beaucoup de termes expressifs, qui paroissent avoir été reçus alors, et qui n'ont pourtant pas été admis jusqu'à présent dans le *Dictionnaire de la langue françoise.* Bornons-nous à faire observer que le père Mersenne emploie ici les mots suivants :

Bénéficence, qui depuis a été remplacé heureusement par *bienfaisance* ;

Inépuisé, qui semble appelé par *inépuisable.* Un poète Minime, collaborateur de Mersenne, appelle le soleil,

Astre, de la clarté la source *inépuisée !*

Pantalonisme, tiré de *pantalon.* Ces mots furent fort à la mode. Le jésuite Le Moyne, dont la prose étoit ampoulée, fut surnommé, par les railleurs, *Balzac en pantalon ;* c'est-à-dire, *Balzac en habits de théâtre.*

Punisseur, employé plusieurs fois par le grand Corneille, et ressuscité par Voltaire, etc.

(**) Satire XII, v. 235, 236.

Suivant Racine le fils, « le déiste qui ne reconnoît ni dis-
» grâce ni rappel, qui croit seul suivre la raison, et honorer
» Dieu par elle, est encore plus éloigné de Dieu et de la
» raison, que le juif et même que le mahométan (*) ».

Suivant le cardinal de Bernis, « le déisme n'est qu'un
athéisme déguisé » (**); aussi Voltaire a-t-il voulu secouer
l'opprobre de cette dénomination flétrie, et lui substituer
le titre de *Théiste*, le seul, dit-il, qu'on doive prendre.

Ensuite le théologal de Condom, qui a fait le *Livre de la
Sagesse*, et celui des *Trois Vérités*; le bon prêtre Charron, enfin, défenseur si zélé de la religion chrétienne (***),
n'auroit-il pas été bien surpris de voir les lecteurs *du Livre
de la Sagesse* traités de *Charronnistes*, comme si l'auteur
étoit un hérétique et un chef de secte? A quel titre cet
excellent homme pouvoit-il donc être placé à côté de ce
Jérôme Cardan, astrologue et fou, qui tira l'horoscope de
Jésus-Christ, fit le panégyrique de Néron (****), et, dans
un de ses livres, affecta de mettre aux prises les quatre
religions principales, sans se déclarer pour aucune, lais-

(*) *La Religion*, chant V, note sur le vers 434.

(**) *La Religion vengée*, argument du chant VI.

(***) Les reproches faits à Charron ne roulent que sur un seul mot.
Dans sa *Comparaison de cinq religions*, il dit que la chrétienne est *la
meilleure*. Le jésuite Garasse s'emporte sur ce mot de *meilleure*, qui
supposeroit, dit-il, qu'il y auroit quelque chose de bon dans les autres
religions, et affoibliroit la force de l'axiome: Hors de l'Église, point de
salut.

(****) *Encomium Neronis*. On pourroit croire que ce n'est qu'un
jeu d'esprit; mais Cardan y fait une dépense d'érudition et de raisonnement qu'il est impossible de prendre pour une plaisanterie. Cet
ouvrage, écrit en latin, pouvoit fournir des armes et aux amis du
paradoxe, et aux fauteurs du despotisme; car il y a des esprits faux
qui ne voient rien qu'à l'envers, et qui n'aiment à soutenir que les
causes désespérées, par une espèce de manie, ou de maladie morale,
dont nous avons eu trop d'exemples.

sant au hasard à décider entre elles de la victoire (*) ; et de cet ex-jacobin, Giordano Bruni, auteur plus malheureux encore du *Spaccio della Bestia triumphante*, qui, après avoir prononcé publiquement l'Éloge du Diable (**), osa narguer l'Inquisition, et vint, en quelque sorte, se livrer lui-même au bûcher, à Rome, en 1600? Quelle bizarre association que celle de ces trois hommes, confondus et présentés comme les triumvirs « de l'impiété » des Déistes, Athées et Libertins de ce temps! »

Au surplus, le père Mersenne, renforcé du père Giraut, l'un de ses confrères, poète ou versificateur pieux, qui opposa cinq cent huit quatrains orthodoxes aux cent six quatrains *déistiques*, n'étoit pas en état de faire lire sa réfutation. Quoiqu'il fût moins emporté que le père Garasse, et qu'il passât pour savoir employer habilement les pensées des autres, il avoit plus de zèle que de talent, et le style n'étoit pas formé à cette époque. Le goût l'étoit encore moins. Ce livre du père Mersenne est rempli de digressions étrangères à son sujet. Il fourre partout ce qu'il sait de physique, d'astronomie, de rêveries cabalistiques. Il interrompt les arguments de la théologie, pour expliquer les phases de la planète de Vénus. Il compte que la terre pèse au juste le nombre de livres, poids de marc, que rendent vingt-sept chiffres, posés ainsi qu'il suit :

659,236,344,266,528,723,385,072,000 livres. On trouve dans La Martinière un calcul différent du poids de notre globe, exprimé par vingt-six chiffres seulement. C'est dans l'article TERRE de son *Dictionnaire géographique*, où du moins ce décompte est un peu plus à sa place que dans l'ouvrage de Mersenne. Celui-ci s'en permet bien d'autres.

(*) *Igitur his arbitrio victoriæ relictis.* De Subtilitate, L. XI.

(**) A Wittemberg. *L'éloge du Diable* étoit un tour de force encore plus singulier que l'*Encomium Neronis*; on conçoit que le choix d'un tel héros n'offrait à son panégyriste qu'un texte pour encadrer des blasphèmes.

Il suppute, avec les rabbins, le nombre des étoiles et de toutes les créatures. Ce nombre rond se trouve en multipliant seulement les vingt-deux lettres hébraïques les unes par les autres, ce qui donne un total exprimé par trente-deux chiffres :

34,034,243,729,538,685,864,110,367,999,104, tant étoiles que créatures. Quel fatras indigeste ! Étoit-ce avec de telles armes qu'on pouvoit se flatter de « renverser l'im- » piété? » N'était-ce pas plutôt risquer de lui ménager un sujet de raillerie et de sarcasme?

> Rassurons-nous pourtant, le jour commence à naître,
> Nous allons tous penser, Descartes va paroître (*).

La lumière qu'il doit répandre ouvrira pour son siècle une ère brillante et nouvelle, qui, bien loin d'offusquer les croyances religieuses, ne tendra qu'à les affermir ; et d'illustres exemples justifieront alors cette opinion d'Origène, qu'on ne sauroit jamais être vraiment pieux, à moins que d'être philosophe (**).

Le docteur Arnauld reconnoît avec une noble candeur les services rendus à la raison et à la religion par Descartes. Il observe que c'est à ce philosophe que l'on doit la démonstration la plus belle et la plus solide de l'existence de Dieu (***). Ailleurs, il dit que ce grand homme, dans ce qu'il a écrit sur l'âme, semble avoir été choisi par la Providence pour confondre les esprits forts, d'une manière proportionnée à leurs dispositions. « Il avoit, dit-il, une » grandeur d'esprit extraordinaire, une application à la » seule philosophie, ce qui ne leur est point suspect ; une

---

(*) Louis Racine, *Poëme de la Religion*, chant V. Je n'ai pas besoin d'avertir que les deux vers cités ont une teinte d'ironie dans le poëme de Racine, et que je les prends, au contraire, dans leur sens propre et naturel.

(**) *Omninò nec pium erga communem omnium Dominum esse absque philosophiâ quemquam censebat.*

(***) *OEuvres d'Antoine Arnauld*, tome XXXVIII, page 590.

» profession ouverte de se dépouiller de tous les intérêts
» communs, ce qui est fort de leur goût; et c'est par là
» même qu'il a trouvé le moyen de convaincre qu'il n'y
» a rien de plus contraire à la raison que de vouloir que
» la dissolution de notre corps, qui n'est autre chose que
» le dérangement de quelque partie de la matière, soit
» l'extinction de notre âme. Et comment a-t-il trouvé
» cela? En établissant, par des principes clairs, que ce qui
» pense et ce qui est étendu sont deux substances totale-
» ment distinctes; en sorte qu'on ne peut concevoir ni que
» l'étendue soit une modification de la substance pensante,
» ni la pensée une modification de la substance étendue. »

Le siècle qui a pris son nom du règne de Louis XIV,
devroit être nommé plutôt le siècle de Descartes, parce
que ce fut l'influence de ce grand philosophe qui changea
tout à coup la marche de l'esprit humain. Tous les grands
écrivains de ce temps mémorable furent formés à son école.
Tous, imbus des mêmes principes, laïcs et ecclésiastiques,
catholiques et protestants, ont produit plusieurs bons ouvrages en faveur de la religion chrétienne; et c'est avec
un juste orgueil que nous mettons au rang des chefs-d'œuvre
de notre langue, consacrés spécialement à la défense de
cette grande cause :

1°. Les *Pensées de Pascal*, publiées en 1669.

2°. Le *Discours sur l'Histoire universelle*, de Bossuet,
en 1682.

3°. Les *Quatre Dialogues sur l'immortalité de l'âme,
sur l'Existence de Dieu, sur la Providence et sur la Religion*, de Dangeau, en 1684.

4°. Le *Traité de la Vérité de la Religion chrétienne*,
d'Abbadie, en 1684 et 1688.

5°. Les *Dissertations sur l'Existence de Dieu*, de Jaquelot,
en 1697.

6°. La *Démonstration de l'Existence de Dieu, tirée de
la nature*, etc., par Fénelon, en 1712, et ses *Lettres sur*

divers sujets concernant la Religion et la Métaphysique, en 1718.

Outre ces livres expressément écrits pour la défense de la religion chrétienne, il n'y a presque aucun de nos bons auteurs de cette époque qui n'ait au moins protesté contre l'impiété, et qui n'ait rendu hommage à la sublimité de l'Évangile, dans quelque partie de ses ouvrages. Bornons-nous à citer, dans ce genre, les *Caractères de La Bruyère*, où il y a tant de passages religieux justement estimés; et rappelons encore ce qui est moins connu, c'est que dans le *Traité du Beau*, par Crousaz, en 1724, il y a un admirable chapitre du *Beau* considéré dans la religion chrétienne. Mais avant tous ces ouvrages avoit paru celui qui nous occupe.

Pascal est donc à la tête de ceux de nos excellents écrivains qui ont voulu raffermir la foi chrétienne, combattue dans tous les temps, mais ébranlée surtout du seizième au dix-septième siècle. Et cette noble tâche, Pascal l'a remplie d'une manière qui lui est particulière. Son génie, naturellement creuseur et méthodique, ne se seroit pas contenté de se traîner sur les traces des autres. Voici en quoi il se distingue de tous les apologistes du christianisme. Presque tous commencent par l'exposition de la religion naturelle et le fait merveilleux de la propagation de l'Évangile. Hugues Grotius y ajoute une comparaison savante de la morale de l'Évangile avec celle des païens, des hébreux, des mahométans; il démontre la supériorité des préceptes de Jésus-Christ, concernant le culte d'amour que nous devons à Dieu; les offices d'humanité qui nous sont commandés envers le prochain, même quand il les oublie à notre égard; la sainteté du mariage, article qui a surtout intéressé et attaché les femmes au christianisme; le bon usage des biens temporels; les obligations respectives des magistrats et des citoyens, des pères et des enfants, des maîtres et des serviteurs, etc. etc. La prédication perpétuelle

de cette pure morale est un attribut distinctif de la religion chrétienne. C'est ce qu'avoit déjà fait valoir, en assez
beaux vers, un poète latin du quatrième siècle, publié
par Muratori, et dont le début peut se rendre à peu près
de cette manière :

> J'ai des Peuples divers interrogé les Sages;
> J'ai des Cultes nombreux comparé les usages;
> De secte en secte, hélas ! j'ai trop long-temps erré;
> Les Juifs et les Gentils ne m'ont point éclairé.
> La foi seule du Christ, digne d'être suivie,
> Peut fixer ma croyance et diriger ma vie;
> Sa lumière immortelle a dessillé mes yeux;
> Et dans le monde entier je n'ai rien vu de mieux (*).

C'est en effet par sa morale que le christianisme a pu être
qualifié de la plus excellente de toutes les philosophies.
L'ouvrage de Grotius, composé dans cet esprit, est écrit en
latin, et assez court; mais si fort estimé, qu'on l'a traduit
dans toutes les langues, et que des pères l'ont fait apprendre
par cœur à leurs enfants (**). Il n'y a rien de plus remarquable en ce genre, lorsque Pascal songe à parcourir de
nouveau la même carrière. Il a entendu retentir les arguments des incrédules; il a été ému des larmes du père
Mersenne, sur le grand nombre des athées dont ce savant
ami de notre philosophie gémissoit de voir l'univers presque entièrement gangrené (***). Il veut détruire leurs
erreurs et dissiper leurs doutes. Comment s'y prendra-t-il?

(*) *Discussi, fateor, sectas Antonius omnes,*
Plurima quæsivi, per singula quæque cucurri,
Sed nihil inveni melius quàm credere Christo.
ANTONII carmen adversus gentes.

(**) Mézeray avoit traduit ce *Traité de Grotius* en françois, d'une
manière assez commune, en 1644. Cette édition eut pourtant beaucoup
de vogue, par le mérite de l'ouvrage et par la singularité de l'impression
en caractères de Pierre Moreau, imitant l'écriture bâtarde.

(***) *Bone Deus, quis lacrymas continere poterit, si ferè totum
mundum in Atheïsmo versari consideret?* Iª. Quæstio adversùs Atheos.

Se bornera-t-il à développer dans notre langue, et à revêtir des couleurs de son éloquence, l'esquisse sommaire de Grotius? Cela lui seroit facile; mais Pascal est un génie original. Les chemins battus ne lui conviennent point. Que fait-il donc? Il se fraie une route où personne n'a passé avant lui. Il part de l'étude de l'homme, de la considération de sa misère et de son excellence, et du contraste qu'il rencontre en lui-même. Aucune école philosophique, aucune autre religion connue ne lui paroît expliquer l'état de l'homme, les causes de son malheur et ses remèdes. Il ne trouve le mot de cette énigme que dans la sainte Écriture et la religion chrétienne.

Les plus éclairés d'entre les modernes sont convenus de l'insuffisance de la raison, pour expliquer à l'homme les mystères incompréhensibles qui le frappent en lui et hors de lui. Voltaire s'écrie : POURQUOI EXISTONS-NOUS ? POURQUOI Y A-T-IL QUELQUE CHOSE ?... (*). Par ces questions, le philosophe irrite notre curiosité; mais il la désespère, en laissant ces questions sans réponse. On s'arrête malgré soi, et on pose avec chagrin un livre d'ailleurs si agréable à lire.

Montaigne nous avoit plongés dans la même incertitude, avec son terrible QUE SAIS-JE? traduit plus positivement par ces trois autres petits mots que Charron, son disciple, avoit fait inscrire sur la porte de sa maison, à Condom : JE NE SÇAY.

Les anciens avoient été encore plus tourmentés de cette idée de la misère et de l'ignorance de notre pauvre espèce humaine. On sait ce que pensoient, à cet égard, les philosophes grecs. L'auteur d'*Anacharsis* récapitule leurs opinions dans son vingt-huitième chapitre, et il exprime avec énergie le désespoir que ces doctrines causoient à son voyageur. « C'étoit donc, s'écrie-t-il, c'étoit donc pour acquérir » des lumières si odieuses que j'avois quitté mon pays et

(*) *Questions sur l'Encyclopédie*, article des POURQUOI.

» mes parents. Tous les efforts de l'esprit humain ne servent
» donc qu'à montrer que nous sommes les plus miséra-
» bles des êtres ! Mais d'où vient qu'ils existent, d'où vient
» qu'ils périssent, ces êtres ? Que signifient ces changements
» périodiques qu'on amène éternellement sur le théâtre
» du monde ? A qui destine-t-on un spectacle si triste ? Est-ce
» aux dieux, qui n'en ont aucun besoin ? est-ce aux hommes
» qui en sont les victimes ? Et moi-même, sur ce théâtre,
» pourquoi m'a-t-on forcé de prendre un rôle ? pourquoi
» me tirer du néant sans mon aveu, et me rendre mal-
» heureux sans me demander si je consentois à l'être, etc. ? »
On voit que ceci nous ramène aux fâcheux POURQUOI de
Voltaire.

Ce que les philosophes ne disoient qu'en prose, les poètes
l'exagéroient encore dans leurs vers. A cette interrogation :
« Qu'est-ce que l'homme ? » l'un d'eux répondoit ce qu'on
peut rendre ainsi :

> Des dieux c'est le jouet mobile,
> La dépouille du temps, le miroir du malheur ;
> En un mot, de l'orgueil, joint à de la douleur,
> De la pituite et de la bile.

D'autres s'attachoient à cette pensée affligeante et para-
doxale, que parmi les hommes nul ne voudroit renaître
homme. Un de nos anciens poètes a fait là-dessus les stances
suivantes, naïvement imitées de l'anthologie grecque :

> Ami, si quelque Prométhée
> Avec la puissance arrêtée
> Par le conseil de tous les dieux,
> De tels mots venoit me poursuivre :
> « Quand seras mort, te faut revivre :
> » Telle est la volonté des cieux !
>
> » Et quand tu viendras à renaître,
> » Tu seras lequel voudras être,
> » Bouc, ou bélier, ou chat, ou chien,
> » Homme, ou cheval, ou autre beste ;
> » Choisis-la sans plus, et t'arreste ;
> » Et tel que tu voudras, revien !

» Tu n'en pourras être délivre ;
» Car de rechef, il te faut vivre ;
» C'est du destin la dure loi ;
» Choisis donc ce que tu veux être ! »
Ma foi, je lui dirois : « Mon maistre,
» Tout, pourveu qu'homme je ne soi ! »

(*Poëme de J. A. de Baïf.*)

Ces déclamations plaintives, renouvelées des Grecs, ont été répétées comme à l'envi par les poètes, même sous le christianisme. Nos enfants apprennent par cœur les stances de Rousseau, sur l'homme, dont l'épiphonème est ce vers, si triste et si connu :

C'étoit bien la peine de naître !

On cite l'épitaphe encore plus morose que se fit à lui-même un savant du quinzième siècle, et dont voici le sens :

Porter le joug honteux des superstitions ;
Souffrir des uns l'orgueil, et des autres l'envie ;
Voir périr les objets de ses affections ;
Tels sont tous les reliefs du banquet de la vie ! (*)

Telle étoit l'opinion des sages de la Grèce ! les Romains ont abondé dans le même sens. Sénèque va jusqu'à dire que si l'on y regarde de près, la vie est une espèce de châtiment (**) ; mais de quel crime ? Cicéron dit aussi que les Hiérophantes, expliquant aux initiés les plus secrets mystères du temple d'Éleusis, rendoient une raison divine de nos maux et de nos erreurs, en établissant pour maxime que les hommes sont nés exprès pour expier dans cette vie des fautes com-

---

(*)   _Servire superbis dominis,_
        Ferre jugum superstitionis,
        Quos habes charos sepelire,
        Condimenta vitæ sunt.
                        JOVIAN-PONTANUS.

(**) _Si velis credere altiùs veritatem intuentibus, omnis vita supplicium est._ Ad Polyb. 28.

mises dans une vie précédente (*); mais quelle a été cette vie? quelles ont été ces fautes? Les manichéens avoient cru résoudre ce problème, en admettant les deux principes. Boëce a renfermé l'argument de ces dualistes dans un dilemme d'une ligne, source d'un vers latin, dont la précision ne peut se rendre en notre langue, mais dont voici la double idée :

> Les maux, s'il est un Dieu, d'où sont-ils émanés ?
> Les biens, si Dieu n'est pas, qui nous les a donnés ?
> *Quis mala, si Deus est? si non est, quis bona fecit?*

Ce vers a échappé à Bayle, qui, s'il l'avoit connu, n'eût pas manqué de s'en servir. Bayle convient du moins qu'on ne peut se tirer de toutes ces difficultés que par la révélation (**). C'est ce que Pascal avoit voulu démontrer avec

---

(*) *Ex quibus humanæ vitæ erroribus atque ærumnis fit ut interdûm veteres illi* Vates, *sive in sacris Initiisque tradendis divinæ mentis interpretes, qui nos, ob aliqua scelera suscepta in vitâ superiore, pœnarum luendarum causâ natos esse dixerunt, aliquid vidisse videantur,* etc. etc. Ex Hortensio, apud AUGUSTINUM.

(**) On a dit trop de mal de Bayle, en dénaturant, suivant lui, ses véritables sentiments. Pour le juger, il faut l'entendre. Or, lui-même s'est résumé; il réduit toute sa doctrine à ces trois propositions :

« I. La lumière naturelle et la religion nous apprennent clairement » qu'il n'y a qu'un Principe de toutes choses, et que ce Principe est » infiniment parfait.

» II. La manière d'accorder le mal moral et le mal physique de l'homme » avec tous les attributs de ce seul Principe de toutes choses, infini- » ment parfait, surpasse les lumières philosophiques; de sorte que » les objections des manichéens laissent des difficultés que la raison » humaine ne peut résoudre.

» III. Nonobstant cela, il faut croire fermement ce que la lumière » naturelle et la révélation nous apprennent de l'unité et de l'infinie » perfection de Dieu, comme nous croyons par la foi et par notre » soumission à l'autorité divine, le mystère de la Trinité, celui de » l'Incarnation, etc. » (*OEuvres de Bayle*, tome III, *in-folio*, pages 992-993. Tome IV, page 17.)

l'exactitude de son esprit géométrique, et avec l'énergie particulière de son éloquence.

Qu'il est à regretter que ce grand écrivain n'ait pu exécuter son plan ! Il se proposoit d'aller à l'esprit par le cœur, et de prouver Dieu en le faisant sentir, ce qui est la meilleure manière de le connoître. LA FOI PARFAITE, dit-il, c'EST DIEU SENSIBLE AU CŒUR. Paroles admirables, et qui auroient dû mettre un peu plus d'onction dans le beau poëme que Racine le fils avoue avoir conduit sur cette autre pensée de Pascal : « A ceux qui ont de la répugnance pour » la religion, il faut commencer par leur montrer qu'elle » n'est point contraire à leur raison ; ensuite, qu'elle est » vénérable : après la rendre aimable, faire souhaiter » qu'elle soit vraie ; et puis montrer, par des preuves in- » contestables, qu'elle est vraie, et enfin qu'elle est aimable, » parce qu'elle promet le vrai bonheur. »

Ce plan vraiment sublime ne peut qu'augmenter nos regrets. Il est aisé de voir qu'il manque beaucoup de parties au grand ouvrage dont Pascal s'étoit fait cette noble idée ; mais les théologiens eux-mêmes ne pensent pas qu'on puisse jamais aller au-delà de ses méditations sur le but des figures de l'ancienne loi, sur la personne de Jésus-Christ, et sur l'autorité des miracles joints à la doctrine. On peut d'ailleurs contester ou critiquer quelques-unes de ses *Pensées*, et c'est ce que Voltaire et Condorcet ont fait à l'envi l'un de l'autre ; mais malgré l'état d'imperfection et de désordre dans lequel ces *Pensées* nous sont parvenues, leur effet total est frappant. Elles invitent, elles forcent à la réflexion, et leur lecture laisse des traces profondes.

§. IV. *Influence de Pascal sur les écrivains qui l'ont suivi.*

Les esprits réagissent les uns sur les autres, et l'on aime à observer les effets de cette attraction des intelligences. Voltaire prétend qu'une des plus belles *Pensées* de Pascal est tirée presque littéralement de ces deux vers de Corneille :

PENSÉES. c

Nature, que me veut ton murmure imparfait?
Ne me dis rien du tout, ou parle tout-à-fait (*).

Mais s'il est vraisemblable que notre auteur ait eu cette obligation au grand Corneille, dont il a pu voir représenter la pièce, en 1647 (**), en revanche il a souvent influé à son tour sur les poètes qui sont venus après lui. Les vers de la *Satire de l'Équivoque*, ouvrage de la vieillesse de Boileau, ne sont que des glanures ramassées après la riche moisson de la prose des *Provinciales*. Le savant doctrinaire, Pierre Grenan, avoit pris une tournure plus piquante, dans son *Apologie ironique de l'Équivoque*, pièce ingénieuse, que l'on auroit dû annexer à celle de Despréaux (***). Ces deux

---

(*) *Commentaire sur l'Héraclius* de Corneille.

(**) Pascal avoit alors vingt-quatre ans, et il alloit encore dans le monde. Sa haute dévotion et sa retraite absolue, fruits des conseils pieux de sa sœur, ne datent guère que de 1652, ou 1653.

Cette sœur de Pascal, religieuse à Port-Royal, avoit obtenu de son frère une méthode simple pour apprendre à lire aux enfants; il en est question dans les *Lettres d'Arnauld* (tome Ier, page 102); mais nous n'avons pas cet ouvrage. Je l'ai recherché vainement lorsque j'ai composé mon *Histoire de la lecture*, imprimée chez M. Didot l'aîné, en 1800.

(***) Les jésuites avoient eu le crédit de faire retrancher la *Satire de l'Équivoque* des *OEuvres de Despréaux*, du vivant même de ce grand poète, qui emporta ce chagrin dans la tombe. L'*Apologie de l'Équivoque*, par Grenan, ne put alors être imprimée à Paris. Elle tomba dans les mains de Dusauzet, libraire d'Amsterdam, qui l'inséra dans la *Bibliothéque françoise*, tome II, in-8°. 1723. Sans ces journaux de Hollande, et sans les travaux des réfugiés, nous ne connoîtrions pas la moitié de la littérature du siècle de Louis XIV, étouffée par le despotisme exercé alors sur la pensée. Les jésuites avoient même été au moment de s'emparer de l'exercice exclusif de la presse, ou du moins de priver absolument leurs adversaires de toute imprimerie en France.

Les jésuites et leurs partisans firent aussi des sonnets, des épîtres et d'autres réponses rimées, qu'ils tâchèrent d'opposer à la *Satire de Despréaux*. Le septième volume des *Nouveaux Mémoires de l'abbé d'Artigny*, publié en 1728, contient le recueil de toutes ces pièces, qui sont très-foibles. Elles avoient été imprimées séparément, en 1706, sous ce titre: *Boileau aux prises avec les jésuites*.

satires, quelles qu'elles soient, sont des fruits qui appartiennent à Pascal, puisqu'ils sont crûs sur son terrain, et
qu'ils se réunissent à ses lettres éloquentes dans le dessein,
à jamais louable, de confondre ces docteurs à deux faces,
ces héros de l'amphibologie,

> Qui trouvèrent jadis, pour sortir d'embarras,
> L'art de mentir tout haut en disant vrai tout bas (*).

L'inspiration des *Pensées* a été plus heureuse encore et
plus féconde que celle des *Provinciales*.

Le *Poëme de la Religion*, par Louis Racine, composition
élégante, quoiqu'elle soit un peu austère, est, à beaucoup
d'égards, une émanation des *Pensées de Pascal* et du
Discours de Bossuet sur l'*Histoire universelle*. Pascal et
Bossuet y sont suivis et copiés à toutes les pages. Ou peut
être surpris que le nom même de Fénelon ne s'y trouve
jamais; cependant on ne peut nier que ce ne soit Fénelon
qui ait le mieux réalisé le projet de Pascal, et qui ait
réussi à rendre la religion plus aimable.

Racine cite aussi Pascal, et l'associe à Bourdaloue, dans
le *Poëme de la Grâce*, ouvrage de sa jeunesse, sur une
matière obscure, trop voisine de l'écueil du Prédestina-
tianisme. Le jésuite Bourdaloue se trouve presque janséniste sous la plume de Louis Racine, parce que ce jésuite
a fait un sermon très-rigide sur le petit nombre des élus.
Le *Poëme de la Grâce*, composé par Louis Racine, dans
le temps qu'il étoit à l'Oratoire, offre quelques morceaux
d'un grand talent; mais le sujet épineux semble justifier
la décision de Boileau :

> De la foi des chrétiens les mystères terribles
> D'ornements égayés ne sont pas susceptibles.

Deux cardinaux françois ont pourtant voulu élever aussi des
monuments poétiques à la gloire de la religion. Le cardinal

(*) Boileau, Sat. XII, vers 295-296.

de Polignac a combattu Lucrèce en beaux vers latins (*). Le père Tournemine avoit conseillé au jeune abbé de Bernis de traduire l'*Anti-Lucrèce* en vers françois. Le cardinal de Polignac fut d'un avis différent ; il sentit que son ouvrage étoit peut-être un peu diffus, et conseilla au comte de Bernis de voler de ses propres ailes. C'est ce qui a produit *la Religion vengée*, poëme en dix chants. Le manuscrit en étoit dans les mains de l'imprimeur en 1742, lorsque Racine publia le sien. Bernis reconnut qu'il ne pouvoit pas soutenir la comparaison, et supprima son poëme, publié seulement après la mort de ce cardinal, en 1797. Il embrasse un champ plus vaste que Racine. Cet ouvrage peu connu, et difficile à lire de suite, est écrit d'un style pur, mais flasque. L'auteur, accoutumé aux petits vers de huit syllabes, se trouve trop au large et comme perdu dans l'ampleur des vers alexandrins ; l'on ne peut lui tenir compte que d'un petit nombre de beaux détails. Nous permettra-t-on d'en détacher quelques vers ?

Vaines Religions de la Grèce et de Rome,
Élevez-vous ainsi l'homme au-dessus de l'homme ?
L'orgueil, par vos conseils, nous apprit à mourir ;
Mais enseignez-vous l'art de vivre pour souffrir ?
D'envisager les maux dont gémit la nature,
Comme un creuset ardent où notre âme s'épure ?
Quels secours offrez-vous aux peuples enchaînés,
Du caprice des grands jouets infortunés, etc.

Bernis paroît s'être complu à tracer, dans le Chant IX, un superbe éloge de l'art typographique :

(*) Il y a surtout, dans l'*Anti-Lucrèce*, un long et curieux détail sur les Baubaques, renards guerriers de la Pologne, dont La Fontaine avoit parlé un peu confusément dans une de ses fables, mais que l'abbé de Polignac avoit eu occasion de voir et d'étudier, lors de son ambassade à Varsovie. Cette peinture singulière mériteroit d'exercer aussi nos muses françoises.

Sanctuaire des arts , utile Imprimerie ,
Qui chasses devant toi l'erreur , la barbarie ,
Et transmets au papier , par des traits subsistants ,
Les progrès de l'esprit et la marche du temps !
Ton art industrieux , enchaînant la parole ,
Garde le foible son qui dans les airs s'envole ;
Il forme nos accents , il les peint sous nos yeux ,
Il colore l'espace , et rapproche les lieux.
Art divin qui des ans répare la furie ,
Art qui trompe la mort et redonne la vie ;
Qui , fixant sur l'airain tous les talents divers ,
Rassemble des trésors épars dans l'univers , etc.

Grâces à cet art , les ouvrages sur la religion se sont excessivement multipliés depuis le règne de Louis XIV ; on feroit une bibliothéque de leurs titres : mais ceux qui ont défendu cette cause n'ont pas toujours conservé la modération et la sagesse des écrivains du grand siècle.

Plusieurs d'entre eux ont cru bien faire en plaidant seulement la cause de la foi , sans insister en même temps sur cette vérité que la foi n'est rien sans les œuvres : « Ruineuse » instruction à toute police , dit Montaigne , et bien plus » dommageable qu'ingénieuse et subtile , qui persuade aux » peuples la religieuse créance suffire seule , et sans les » mœurs , à contenter la divine justice ! L'usage nous fait » voir une distinction énorme entre la dévotion et la con- » science (*). »

Presque tous ont donné dans un autre écueil ; ils ont suivi l'exemple du père Laubrussel , jésuite , dans son *Traité de l'abus de la critique en matière de religion* , publié en 1710 ; de l'abbé Houtteville , dans sa *Vérité de la religion chrétienne prouvée par les faits* , en 1722 ; de l'abbé Gauthier , dans son *Celse moderne* , en 1752 ; et du père Berruyer , dans sa *Préface de l'Histoire du peuple chrétien* , en 1755. Ils ont eu le malheur de ramasser soigneusement les objections

---

(*) *Essais* , Livre III , Ch. XII.

de leurs adversaires, et n'ont pas également réussi à les détruire. On ne pense pas qu'il y ait rien de plus maladroit et de plus dangereux. La préface du père Berruyer est surtout remarquable par l'extrait piquant et serré qu'il donne de tous les arguments des incrédules, quoique son intention ne fût pas assurément de les faire valoir. Il en est résulté que des questions qui n'étoient autrefois controversées que sur les bancs de l'école, et parmi les savants, sont devenues populaires. Ainsi, le mal s'est accru même par les remèdes, et la contagion s'est propagée par les médecins.

Je me souviens de l'effet que produisoit, il y a près de soixante ans, sur de simples habitants de la campagne, la lecture du père Berruyer, lecture qu'ils avoient choisie pour s'édifier dans les veillées d'un village reculé où j'ai passé mon enfance. J'étois leur lecteur, et souvent interrompu par les disputes naïves et les questions inattendues auxquelles donnoit lieu cette malheureuse préface du peuple chrétien. Ces pauvres gens étoient bien étonnés d'apprendre qu'on pouvoit douter de ce que monsieur le curé leur enseignoit dans ses prônes. Un bon fermier, syndic de la communauté, centenaire remarquable par son air de patriarche et ses cheveux blancs, mit fin à toutes les controverses, en élevant la voix, et en disant dans son dialecte rustique : « Mes enfants, je ne sais pas si le curé nous trompe; mais » écoutez un homme de cent ans; quand même il n'y auroit » ni Dieu ni diable, le mieux et le plus sûr, c'est toujours de » bien faire. » Ces paroles me frappèrent, tout enfant que j'étois; j'en ai été encore plus frappé depuis, lorsque j'en ai retrouvé le sens formel dans ce passage où Cicéron décide qu'indépendamment de la récompense et de la punition, et fût-on assuré d'échapper aux regards de tous les dieux et de tous les hommes, il n'en faut pas moins éviter l'avidité, l'injustice, le libertinage et la débauche (*).

(*) *Satis enim nobis, si modo aliquid in philosophiá profecimus, persuasum esse debet, si omnes deos hominesque celare possimus.*

Telle est la doctrine admirable du *Traité des Devoirs*, doctrine sur laquelle il ne peut y avoir de dissentiment nulle part, comme il y en a, par malheur, dans beaucoup de pays chrétiens, sur le dogme et sur les mystères!

Au surplus, l'inconvénient de ces controverses sur les matières religieuses a été sensible dans tous les temps. De là étoit venue cette vieille maxime : « Parler des hérésies, » c'est les répandre. » Le même danger s'est retrouvé dans toutes les apologies. Autrefois les empereurs Constantin et Théodose le jeune avoient fait brûler et détruire les ouvrages de Celse et de Porphyre contre le christianisme ; mais on en recherchoit la substance dans Origène et dans Eusèbe, qui avoient écrit pour les réfuter ; on vouloit savoir ce que ceux-ci avoient combattu ; et la foiblesse humaine fit quelquefois plus d'attention à la malignité des objections qu'à la force et à l'étalage des réponses.

Les adversaires de la religion ont pris aussi, dans les derniers temps, un moyen d'échapper aux réfutations les plus solides ; c'est de dénaturer l'état de ces questions sérieuses, et de tourner tout en plaisanterie. Bacon sembloit avoir prévu le danger attaché à ce genre d'esprit dérisoire et moqueur. Voyez ses observations sur cette maxime de Salomon : Les railleurs perdent la Cité (*). On peut s'étonner, dit Bacon, qu'en voulant décrire les hommes formés par la nature pour ébranler et perdre les états, Salomon ait choisi le caractère, non pas de l'orgueil et de l'insolence ; non pas de la tyrannie et de la cruauté ; non pas de la témérité et de la violence ; non pas de l'impiété et de la scélératesse ; non pas de l'injustice et de l'oppression ; non pas de la sédition et de la turbulence ; non pas du liberti-

---

nihil tamen avarè, nihil injustè, nihil libidinosè, nihil incontinenter esse faciendum. Of. 1. 3.

(*) *Homines derisores Civitatem perdunt.* Pr. xxxix, 8. Pascal a prononcé dans le même sens : « Diseur de bons mots, mauvais carac- » tère. »

nage et de la volupté ; non pas de la sottise et de l'incapacité ;
mais uniquement celui de la raillerie. Rien n'est plus digne
que cette remarque de la sagesse de ce grand roi, qui
connoissoit bien ce qui conserve et ce qui perd les empires ; il
savoit qu'il n'y a point de peste pareille dans le monde
à l'esprit de ces gens qui se moquent de tout, qui plai-
santent de tout, et ne peuvent souffrir qu'on raisonne sur
rien, etc. (*).

Comment parer à tous ces dangers ? Comment prévenir
tous ces inconvéniens ? Par un moyen simple et unique,
par l'instruction, qui est l'apanage de l'homme, et qui
le distingue des brutes. Il faut parler à la raison, pour
éclairer la conscience. On ne subjugue les esprits que par
la persuasion. Chaque homme dit comme Montaigne :
« Pour Dieu mercy ! ma créance ne se manie pas à coups
» de poing. » Encore un coup, c'est la philosophie qui est,
selon Plutarque, le remède assuré contre ces deux maux
extrêmes de l'impiété et de la superstition (**).

On peut observer que l'Angleterre, qui a produit dans
ces derniers temps beaucoup de livres contre la religion,
a vu naître aussi une foule d'ouvrages profonds pour sa
défense. Nous nous bornerons à citer les Tillotson, les de
Lany et les Wischart, dont les sermons sont une suite de
discours sur les obligations et sur les preuves du christianisme. Tillotson est le seul qui soit un peu connu en France.
Les sermons de de Lany, sur les devoirs de la société,
présentent un beau plan ; c'est le code pieux de la vie
civile. Les cent vingt sermons de Wischart forment une
théologie complète et estimée, qu'on dit être écrite sans
déclamation et sans intolérance. Notre chaire, qui a de si
grands orateurs, ne nous offre rien dans ce genre.

En attendant que cette lacune soit remplie, relisons et

(*) Bacon de Verulam. *De augmentis scientiar.* L. VIII.

(**) Plutarq. *De Iside et Osiride.*

faisons lire à nos enfants les ouvrages des Pascal, des Bossuet, des Fénelon, des Abbadie, des Jaquelot, des Dangeau,
en même temps que les sermons des Massillon, des Bossuet,
des Bourdaloue. Ce sont là les livres qu'il faut réimprimer
et répandre. Estimons-nous heureux d'avoir dans notre
langue de si bons préservatifs contre l'abandon de la morale et l'oubli des maximes de l'Évangile.

§. V. *Influence des bons livres de morale.*

L'on ne sait pas assez quelle influence un bon livre peut
avoir sur les jeunes esprits. Il y a encore des gens qui demandent à quoi sert la lecture. Les exemples de son utilité
ne sont-ils donc pas assez célèbres? Peut-on oublier que ce
fut la lecture du livre *de l'Homme*, par Descartes, qui
développa tout à coup l'esprit de Mallebranche, et que
Tronchin fut médecin, parce qu'il avoit lu un ouvrage
de Boërhaave? Montaigne nous cite un beau trait de l'effet
de sa traduction de Raymond de Sebond. « Je sais, dit-il,
» un homme d'auctorité, nourry aux lettres, qui m'a con-
» fessé avoir esté ramené des erreurs de la mescréance,
» par l'entremise des arguments de Sebond (*). » Nous ne
pouvons nous empêcher de rappeler le trait, encore plus
mémorable, de la conversion de saint Augustin, opérée
autrefois par la lecture d'un ouvrage de Cicéron, que nous
n'avons plus: Saint Augustin avoit dix-neuf ans lorsqu'il
eut occasion de lire l'*Hortensius*. C'étoit un livre où Cicéron exhortoit la jeunesse romaine à embrasser l'étude de la
philosophie.

« J'étois tombé, dit le saint dans ses *Confessions;* j'étois
» tombé sur un certain livre de Cicéron, dont on admire
» assez généralement le style, mais dont l'âme n'est pas
» aussi bien appréciée. Ce livre contient une exhortation à
» la philosophie, sous le titre d'*Hortensius*. Ce livre changea

(*) *Essais*, Livre II, Chapitre XII.

» toutes les affections de mon cœur. Il tourna mes prières
» vers vous, ô mon Dieu ! et rendit mes vœux et mes de-
» sirs tout autres qu'ils n'étoient. Les vaines espérances
» s'évanouirent pour moi ; je m'enflammois d'une ardeur
» incroyable pour l'immortalité de la sagesse, et je me re-
» levois de la fange pour m'élever et retourner à vous....
» Comme je brûlois, ô mon Dieu ! comme je brûlois de
» quitter la terre pour vous ! Oh ! je ne pouvois concevoir
» ce que vous opériez dans mon intérieur ; car c'est en vous
» seul qu'est la sagesse. Et cet amour de la sagesse, nommé
» en grec philosophie, étoit la passion que ce livre allumoit
» en moi (*). »

Ainsi donc, c'est à Cicéron que nous devons saint Augustin ! Que ce passage est remarquable ! Quel honneur
éternel pour la philosophie d'un écrivain du paganisme
d'avoir influé à ce point sur le fils de Monique, et d'avoir
tourné son génie vers la religion chrétienne ! Quel beau
livre ce devoit être que cet *Hortensius*; et qu'il est malheureux qu'il ne soit pas venu jusqu'à nous !

Nous pouvons déplorer aussi la mort prématurée qui en-
leva Pascal avant qu'il eût rempli son sublime projet, non pas
seulement de conduire l'homme à la Foi par la Raison, comme
le dit Racine au commencement de son poëme, mais de l'y
amener par cette persuasion dont l'effet devoit être de rendre
Dieu sensible au coeur. Quel beau tableau il eût tracé ! Nous

---

(*) *Perveneram in librum quemdam Ciceronis cujus linguam ferè
omnes miramur, pectus non item. Sed liber ille ipsius exhortationem con-
tinet ad philosophiam, et vocatur Hortensius. Hic verò liber mutavit
affectum meum, et ad te ipsum, Domine, mutavit preces meas, et
vota ac desideria fecit alia. Viluit repentè mihi omnis vana spes,
et immortalitatem sapientiæ concupiscebam æstu cordis incredibili,
et surgere jam cœperam, ut ad te redirem.... Quomodò ardebam,
Deus mi, quomodò ardebam evolare à terrenis ad te, et nesciebam
quid ageres mecum! apud te enim est sapientia. Amor autem sapientiæ
nomen græcum habet philosophiam, quo me accendebat ille liber.*
August., lib. 3, Confess., cap. 4.

n'en avons rien qu'une ébauche ; mais c'est une ébauche d'Apelle.

Relisons donc, reméditons les *Pensées de Pascal* et les bons livres de ce genre, que l'on ne quitte pas sans former le dessein de devenir meilleur. Enfin, il vient un âge où l'homme se dit, comme Horace :

Nimirùm sapere est abjectis utile nugis,
Et tempestivum pueris concedere ludum (*) ;

ou bien comme Voltaire, qui a rendu la même idée avec plus d'élégance encore :

Laissons à la belle jeunesse
Ses folâtres emportements :
Nous ne vivons que deux moments ;
Qu'il en soit un pour la sagesse !

Ceux qui seront dans cette heureuse disposition connoîtront mieux le prix des *Pensées de Pascal*. Ils trouveront dans ces fragments un caractère de franchise, un ton de persuasion, un goût de vérité, qui ressortent à chaque ligne et qui saisissent le lecteur. On voit qu'accablé de souffrances, l'auteur pousse jusqu'à l'excès sa piété mélancolique ; mais il ne dit que ce qu'il croit et ne peint que ce qu'il éprouve. C'est la raison la plus profonde, avec la foi la plus sincère. Son âme s'ouvre et se démontre, quand d'un côté il rapetisse et rabaisse le MOI humain, pour s'élancer de l'autre à ce qu'il y a de plus grand dans le beau idéal de la religion, et qu'il jette, au milieu d'une simple prière, ces paroles sublimes : « Tout ce qui n'est pas Dieu ne peut » pas remplir mon attente (**). » Paroles qui respirent le même sentiment profond avec lequel saint Augustin disoit aussi à Dieu : « Tu nous as faits pour toi, Seigneur ! et notre

_____

(*) HORAT., Epist. L. 2, 2, v. 141-142.

(**) Voltaire censuroit Pascal, et le savoit par cœur. On peut croire que cette belle expression de Pascal, *Tout ce qui n'est pas Dieu*, etc., a été la source indirecte de ces deux vers d'Aménaïde :

Trop de prévention peut-être me possède ;
Mais je ne puis souffrir ce qui n'est pas Tancrède.

» cœur est inquiet, jusqu'à ce qu'il trouve en toi seul ce repos
» qu'il cherche partout, et dont le besoin le tourmente (*)! »

Nous sommes heureux de saisir et de faire sentir l'accord
qui existe toujours sur ces points importants, entre les vues
philosophiques et les idées religieuses. Senèque dit expressément qu'il n'y a rien au monde de plus méprisable que
l'homme, à moins qu'il ne s'élève au-dessus de l'huma-
nité(**). Platon prononce que l'homme est tout entier dans
son âme, et que cette âme doit aspirer à se mouler sur
l'exemplaire éternel de la sagesse de Dieu(***). N'est-ce pas
là précisément ce que Pascal avoit en vue?

Il n'est pas donné à tous les hommes de monter à cette
hauteur; mais il est du devoir de tous les hommes de chercher à se connoître. Cette étude, plus rare, suivant Pascal,
que celle même de la géométrie, est aussi beaucoup plus
utile. Son livre en fait sentir fortement la nécessité. Tirons-
en la conclusion, en répétant ce qu'il a dit et ce qu'il a,
surtout, prouvé par son exemple :

« Toute notre dignité consiste dans la pensée : c'est de
» là qu'il faut nous relever, non de l'espace et de la durée.
» Travaillons donc à bien penser! Voilà le principe de la
» morale. »

(*) *Fecisti nos ad te, Domine, et inquietum est cor nostrum donec
requiescat in te!*

(**) *O quàm contempta res est Homo, nisi supra humana se exerce-
rit!* Senec. natur. quæst., L. 1, *in Præfat.* Montaigne cite ce passage
et le commente à sa manière, à la fin du chapitre XII du second livre
des *Essais.* Il termine ce qu'il en dit par ces paroles remarquables :
« C'est à nostre foy chrestienne, non à sa vertu stoïque, de prétendre
» à cette divine et miraculeuse métamorphose. »

(***) Il faut lire ce que J.-J. Barthélemi fait dire à Platon dans le
26ᵉ chapitre d'*Anacharsis*, et qui est tiré mot à mot des ouvrages de
ce grand philosophe.

A Paris, le 3o octobre 1817.

FRANÇOIS DE NEUFCHATEAU.

PRÉFACE,

Où l'on fait voir de quelle manière ces Pensées ont été écrites et recueillies ; ce qui en a fait retarder l'impression ; quel étoit le dessein de l'auteur dans cet ouvrage, et comment il a passé les dernières années de sa vie.

Pascal, ayant quitté fort jeune l'étude des mathématiques, de la physique, et des autres sciences profanes, dans lesquelles il avoit fait un si grand progrès, commença, vers la trentième année de son âge, à s'appliquer à des choses plus sérieuses et plus relevées, et à s'adonner uniquement, autant que sa santé le put permettre, à l'étude de l'Écriture, des pères, et de la morale chrétienne.

Mais quoiqu'il n'ait pas moins excellé dans ces sortes de sciences, comme il l'a bien fait paroître par des ouvrages qui passent pour assez achevés en leur genre, on peut dire néanmoins que, si Dieu eût permis qu'il eût travaillé quelque temps à celui qu'il avoit dessein de faire sur la religion, et auquel il vouloit employer tout le reste de sa vie, cet ouvrage eût beaucoup surpassé tous les autres qu'on a vus de lui ; parce qu'en effet les vues qu'il avoit sur ce sujet étoient infiniment au-dessus de celles qu'il avoit sur toutes les autres choses.

Je crois qu'il n'y aura personne qui n'en soit facilement persuadé en voyant seulement le peu que l'on en donne à présent, quelque imparfait qu'il paroisse ; et principalement sachant la manière dont il y a travaillé, et toute l'histoire du recueil qu'on en a fait. Voici comment tout cela s'est passé.

Pascal conçut le dessein de cet ouvrage plusieurs an-

PENSÉES.   I

nées avant sa mort; mais il ne faut pas néanmoins s'étonner s'il fut si long-temps sans en rien mettre par écrit :
car il avoit toujours accoutumé de songer beaucoup aux
choses, et de les disposer dans son esprit avant que de
les produire au dehors, pour bien considérer et examiner
avec soin celles qu'il falloit mettre les premières ou les
dernières, et l'ordre qu'il leur devoit donner à toutes,
afin qu'elles pussent faire l'effet qu'il désiroit. Et comme
il avoit une mémoire excellente, et qu'on peut dire
même prodigieuse, en sorte qu'il a souvent assuré qu'il
n'avoit jamais rien oublié de ce qu'il avoit une fois bien
imprimé dans son esprit ; lorsqu'il s'étoit ainsi quelque
temps appliqué à un sujet, il ne craignoit pas que les
pensées qui lui étoient venues lui pussent jamais échapper ; et c'est pourquoi il différoit assez souvent de les
écrire, soit qu'il n'en eût pas le loisir, soit que sa santé,
qui a presque toujours été languissante, ne fût pas assez
forte pour lui permettre de travailler avec application.

C'est ce qui a été cause que l'on a perdu à sa mort la
plus grande partie de ce qu'il avoit déjà conçu touchant
son dessein ; car il n'a presque rien écrit des principales
raisons dont il vouloit se servir, des fondements sur lesquels il prétendoit appuyer son ouvrage, et de l'ordre
qu'il vouloit y garder ; ce qui étoit assurément très-con-
sidérable. Tout cela étoit parfaitement bien gravé dans
son esprit et dans sa mémoire ; mais, ayant négligé de
l'écrire lorsqu'il l'auroit peut-être pu faire, il se trouva,
lorsqu'il l'auroit bien voulu, hors d'état d'y pouvoir du
tout travailler.

Il se rencontra néanmoins une occasion, il y a environ
dix ou douze ans, en laquelle on l'obligea, non pas
d'écrire ce qu'il avoit dans l'esprit sur ce sujet-là, mais
d'en dire quelque chose de vive voix. Il le fit donc en
présence et à la prière de plusieurs personnes très-consi-

dérables de ses amis. Il leur développa en peu de mots le plan de tout son ouvrage : il leur représenta ce qui en devoit faire le sujet et la matière : il leur en rapporta en abrégé les raisons et les principes, et il leur expliqua l'ordre et la suite des choses qu'il y vouloit traiter. Et ces personnes, qui sont aussi capables qu'on le puisse être de juger de ces sortes de choses, avouent qu'elles n'ont jamais rien entendu de plus beau, de plus fort, de plus touchant, ni de plus convaincant ; qu'elles en furent charmées ; et que ce qu'elles virent de ce projet et de ce dessein dans un discours de deux ou trois heures fait ainsi sur-le-champ, et sans avoir été prémédité ni travaillé, leur fit juger ce que ce pourroit être un jour, s'il étoit jamais exécuté et conduit à sa perfection par une personne dont elles connoissoient la force et la capacité ; qui avoit accoutumé de travailler tellement tous ses ouvrages, qu'il ne se contentoit presque jamais de ses premières pensées, quelque bonnes qu'elles parussent aux autres ; et qui a refait souvent, jusqu'à huit ou dix fois, des pièces que tout autre que lui trouvoit admirables dès la première.

Après qu'il leur eut fait voir quelles sont les preuves qui font le plus d'impression sur l'esprit des hommes, et qui sont les plus propres à les persuader, il entreprit de montrer que la religion chrétienne avoit autant de marques de certitude et d'évidence que les choses qui sont reçues dans le monde pour les plus indubitables.

Il commença d'abord par une peinture de l'homme, où il n'oublia rien de tout ce qui le pouvoit faire connoître et au dedans et au dehors de lui-même, et jusqu'aux plus secrets mouvements de son cœur. Il supposa ensuite un homme qui, ayant toujours vécu dans une ignorance générale, et dans l'indifférence à l'égard de toutes choses, et surtout à l'égard de soi-même, vient enfin à se considérer dans ce tableau, et à examiner ce qu'il est. Il est surpris d'y découvrir une infinité de choses auxquelles il n'a jamais pensé; et il ne sauroit remarquer, sans étonnement et sans admiration, tout ce que Pascal lui fait sentir de sa grandeur et de sa bassesse, de ses avantages et de ses foiblesses, du peu de lumières qui lui reste, et des ténèbres qui l'environnent presque de toutes parts, et enfin de toutes les contrariétés étonnantes qui se trouvent dans sa nature. Il ne peut plus après cela demeurer dans l'indifférence, s'il a tant soit peu de raison; et quelque insensible qu'il ait été jusque alors, il doit souhaiter, après avoir ainsi connu ce qu'il est, de connoître aussi d'où il vient et ce qu'il doit devenir.

Pascal, l'ayant mis dans cette disposition de chercher à s'instruire sur un doute si important, l'adresse premièrement aux philosophes, et c'est là qu'après lui avoir développé tout ce que les plus grands philosophes de toutes les sectes ont dit sur le sujet de l'homme, il lui fait observer tant de défauts, tant de foiblesses, tant de contradictions, et tant de faussetés dans tout ce qu'ils en ont avancé, qu'il n'est pas difficile à cet homme de juger que ce n'est pas là où il doit s'en tenir.

Il lui fait ensuite parcourir tout l'univers et tous les âges, pour lui faire remarquer une infinité de religions qui s'y rencontrent; mais il lui fait voir en même temps, par des raisons si fortes et si convaincantes, que toutes ces religions ne sont remplies que de vanité, de folies, d'erreurs, d'égarements et d'extravagances, qu'il n'y trouve rien encore qui le puisse satisfaire.

Enfin il lui fait jeter les yeux sur le peuple juif; et il lui en fait observer des circonstances si extraordinaires, qu'il attire facilement son attention. Après lui avoir représenté tout ce que ce peuple a de singulier, il s'arrête

particulièrement à lui faire remarquer un livre unique
par lequel il se gouverne, et qui comprend tout ensemble
son histoire, sa loi et sa religion. A peine a-t-il ouvert ce
livre, qu'il y apprend que le monde est l'ouvrage d'un
Dieu, et que c'est ce même Dieu qui a créé l'homme à
son image, et qui l'a doué de tous les avantages du corps
et de l'esprit qui convenoient à cet état. Quoiqu'il n'ait
rien encore qui le convainque de cette vérité, elle ne
laisse pas de lui plaire ; et la raison seule suffit pour lui
faire trouver plus de vraisemblance dans cette supposition, qu'un Dieu est l'auteur des hommes et de tout ce
qu'il y a dans l'univers, que dans tout ce que ces mêmes
hommes se sont imaginé par leurs propres lumières. Ce
qui l'arrête en cet endroit, est de voir, par la peinture
qu'on lui a faite de l'homme, qu'il est bien éloigné de
posséder tous ces avantages qu'il a dû avoir lorsqu'il est
sorti des mains de son auteur ; mais il ne demeure pas
long-temps dans ce doute ; car dès qu'il poursuit la lecture de ce même livre, il y trouve qu'après que l'homme
eut été créé de Dieu dans l'état d'innocence, et avec toute
sorte de perfections, sa première action fut de se révolter
contre son créateur, et d'employer à l'offenser tous les
avantages qu'il en avoit reçus.

Pascal lui fait alors comprendre que ce crime ayant
été le plus grand de tous les crimes en toutes ces circonstances, il avoit été puni non-seulement dans ce
premier homme, qui, étant déchu par là de son état,
tomba tout d'un coup dans la misère, dans la foiblesse,
dans l'erreur et dans l'aveuglement, mais encore dans
tous ses descendants, à qui ce même homme a communiqué et communiquera encore sa corruption dans toute
la suite des temps.

Il lui montre ensuite divers endroits de ce livre où il
a découvert cette vérité. Il lui fait prendre garde qu'il

n'y est plus parlé de l'homme que par rapport à cet état
de foiblesse et de désordre ; qu'il y est dit souvent que
toute chair est corrompue, que les hommes sont abandonnés à leurs sens, et qu'ils ont une pente au mal dès
leur naissance. Il lui fait voir encore que cette première
chute est la source, non-seulement de tout ce qu'il y a
de plus incompréhensible dans la nature de l'homme,
mais aussi d'une infinité d'effets qui sont hors de lui, et
dont la cause lui est inconnue. Enfin il lui représente
l'homme si bien dépeint dans tout ce livre, qu'il ne lui
paroît plus différent de la première image qu'il lui en a
tracée.

Ce n'est pas assez d'avoir fait connoître à cet homme
son état plein de misère ; Pascal lui apprend encore qu'il
trouvera dans ce même livre de quoi se consoler. Et en
effet, il lui fait remarquer qu'il y est dit que le remède
est entre les mains de Dieu ; que c'est à lui que nous devons recourir pour avoir les forces qui nous manquent ;
qu'il se laissera fléchir, et qu'il enverra même aux hommes
un libérateur, qui satisfera pour eux, et qui suppléera
à leur impuissance.

Après qu'il lui a expliqué un grand nombre de remarques très-particulières sur le livre de ce peuple, il lui fait
encore considérer que c'est le seul qui ait parlé digne-
ment de l'Être souverain, et qui ait donné l'idée d'une
véritable religion. Il lui en fait concevoir les marques les
plus sensibles qu'il applique à celles que ce livre a enseignées ; et il lui fait faire une attention particulière sur
ce qu'elle fait consister l'essence de son culte dans
l'amour du Dieu qu'elle adore ; ce qui est un caractère
tout singulier, et qui la distingue visiblement de toutes
les autres religions, dont la fausseté paroît par le défaut
de cette marque si essentielle.

Quoique Pascal, après avoir conduit si avant cet

homme qu'il s'étoit proposé de persuader insensiblement, ne lui ait encore rien dit qui le puisse convaincre des vérités qu'il lui a fait découvrir, il l'a mis néanmoins dans la disposition de les recevoir avec plaisir, pourvu qu'on puisse lui faire voir qu'il doit s'y rendre, et de souhaiter même de tout son cœur qu'elles soient solides et bien fondées, puisqu'il y trouve de si grands avantages pour son repos et pour l'éclaircissement de ses doutes. C'est aussi l'état où devroit être tout homme raisonnable, s'il étoit une fois bien entré dans la suite de toutes les choses que Pascal vient de représenter : il y a sujet de croire qu'après cela il se rendroit facilement à toutes les preuves que l'auteur apportera ensuite pour confirmer la certitude et l'évidence de toutes ces vérités importantes dont il avoit parlé, et qui font le fondement de la religion chrétienne, qu'il avoit dessein de persuader.

Pour dire en peu de mots quelque chose de ces preuves, après qu'il eut montré en général que les vérités dont il s'agissoit étoient contenues dans un livre de la certitude duquel tout homme de bon sens ne pouvoit douter, il s'arrêta principalement au livre de Moïse, où ces vérités sont particulièrement répandues, et il fit voir, par un très-grand nombre de circonstances indubitables, qu'il étoit également impossible que Moïse eût laissé par écrit des choses fausses, ou que le peuple à qui il les avoit laissées s'y fût laissé tromper, quand même Moïse auroit été capable d'être fourbe.

Il parla aussi des grands miracles qui sont rapportés dans ce livre; et comme ils sont d'une grande conséquence pour la religion qui y est enseignée, il prouva qu'il n'étoit pas possible qu'ils ne fussent vrais, non-seulement par l'autorité du livre où ils sont contenus, mais encore par toutes les circonstances qui les accompagnent et qui les rendent indubitables.

Il fit voir encore de quelle manière toute la loi de Moïse étoit figurative; que tout ce qui étoit arrivé aux Juifs, n'avoit été que la figure des vérités accomplies à la venue du Messie, et que, le voile qui couvroit ces figures ayant été levé, il étoit aisé d'en voir l'accomplissement et la consommation parfaite en faveur de ceux qui ont reçu Jésus-Christ.

Il entreprit ensuite de prouver la vérité de la religion par les prophéties; et ce fut sur ce sujet qu'il s'étendit beaucoup plus que sur les autres. Comme il avoit beaucoup travaillé là-dessus, et qu'il y avoit des vues qui lui étoient toutes particulières, il les expliqua d'une manière fort intelligible : il en fit voir le sens et la suite avec une facilité merveilleuse, et il les mit dans tout leur jour et dans toute leur force.

Enfin, après avoir parcouru les livres de l'ancien Testament, et fait encore plusieurs observations convaincantes pour servir de fondements et de preuves à la vérité de la religion, il entreprit encore de parler du nouveau Testament, et de tirer ses preuves de la vérité même de l'Évangile.

Il commença par Jésus-Christ; et quoiqu'il l'eût déjà prouvé invinciblement par les prophéties et par toutes les figures de la loi, dont on voyoit en lui l'accomplissement parfait, il apporta encore beaucoup de preuves tirées de sa personne même, de ses miracles, de sa doctrine et des circonstances de sa vie.

Il s'arrêta ensuite sur les apôtres; et pour faire voir la vérité de la foi qu'ils ont publiée hautement partout, après avoir établi qu'on ne pouvoit les accuser de fausseté, qu'en supposant, ou qu'ils avoient été des fourbes, ou qu'ils avoient été trompés eux-mêmes, il fit voir clairement que l'une et l'autre de ces suppositions étoit également impossible.

Enfin il n'oublia rien de tout ce qui pouvoit servir à la vérité de l'histoire évangélique, faisant de très-belles remarques sur l'Évangile même, sur le style des évangélistes, et sur leurs personnes ; sur les apôtres en particulier, et sur leurs écrits ; sur le nombre prodigieux de miracles ; sur les martyrs ; sur les saints ; en un mot, sur toutes les voies par lesquelles la religion chrétienne s'est entièrement établie. Et quoiqu'il n'eût pas le loisir, dans un simple discours, de traiter au long une si vaste matière, comme il avoit dessein de faire dans son ouvrage, il en dit néanmoins assez pour convaincre que tout cela ne pouvoit être l'ouvrage des hommes, et qu'il n'y avoit que Dieu seul qui eût pu conduire l'événement de tant d'effets différents qui concourent tous également à prouver d'une manière invincible la religion qu'il est venu lui-même établir parmi les hommes.

Voilà en substance les principales choses dont il entreprit de parler dans tout ce discours, qu'il ne proposa à ceux qui l'entendirent que comme l'abrégé du grand ouvrage qu'il méditoit ; et c'est par le moyen d'un de ceux qui y furent présents qu'on a su depuis le peu que je viens d'en rapporter.

Parmi les fragments que l'on donne au public, on verra quelque chose de ce grand dessein : mais on y en verra bien peu ; et les choses mêmes que l'on y trouvera sont si imparfaites, si peu étendues, et si peu digérées, qu'elles ne peuvent donner qu'une idée très-grossière de la manière dont il se proposoit de les traiter.

Au reste, il ne faut pas s'étonner si, dans le peu qu'on en donne, on n'a pas gardé son ordre et sa suite pour la distribution des matières. Comme on n'avoit presque rien qui se suivît, il eût été inutile de s'attacher à cet ordre ; et l'on s'est contenté de les disposer à peu près en la manière qu'on a jugé être plus propre et plus conve-

nable à ce que l'on en avoit. On espère même qu'il y
aura peu de personnes qui, après avoir bien conçu une
fois le dessein de l'auteur, ne suppléent d'eux-mêmes au
défaut de cet ordre, et qui, en considérant avec attention les diverses matières répandues dans ces fragments,
ne jugent facilement où elles doivent être rapportées
suivant l'idée de celui qui les avoit écrites.

Si l'on avoit seulement ce discours-là par écrit tout
au long et en la manière qu'il fut prononcé, l'on auroit
quelque sujet de se consoler de la perte de cet ouvrage,
et l'on pourroit dire qu'on en auroit au moins un petit
échantillon, quoique fort imparfait. Mais Dieu n'a pas
permis qu'il nous ait laissé ni l'un ni l'autre; car peu de
temps après il tomba malade d'une maladie de langueur
et de foiblesse qui dura les quatre dernières années de
sa vie, et qui, quoiqu'elle parût fort peu au dehors, et
qu'elle ne l'obligeât pas de garder le lit ni la chambre,
ne laissoit pas de l'incommoder beaucoup, et de le rendre
presque incapable de s'appliquer à quoi que ce fût : de
sorte que le plus grand soin et la principale occupation
de ceux qui étoient auprès de lui étoit de le détourner
d'écrire, et même de parler de tout ce qui demandoit
quelque contention d'esprit, et de ne l'entretenir que de
choses indifférentes et incapables de le fatiguer.

C'est néanmoins pendant ces quatre dernières années
de langueur et de maladie qu'il a fait et écrit tout ce que
l'on a de lui de cet ouvrage qu'il méditoit, et tout ce
que l'on en donne au public. Car, quoiqu'il attendît que
sa santé fût entièrement rétablie pour y travailler tout
de bon, et pour écrire les choses qu'il avoit déjà digérées
et disposées dans son esprit, cependant, lorsqu'il lui sur-
venoit quelques nouvelles pensées, quelques vues, quelques idées, ou même quelque tour et quelques expressions qu'il prévoyoit lui pouvoir un jour servir pour son

dessein, comme il n'étoit pas alors en état de s'y appliquer aussi fortement que lorsqu'il se portoit bien, ni de les imprimer dans son esprit et dans sa mémoire, il aimoit mieux en mettre quelque chose par écrit pour ne les pas oublier ; et pour cela il prenoit le premier morceau de papier qu'il trouvoit sous sa main, sur lequel il mettoit sa pensée en peu de mots, et fort souvent même seulement à demi-mot : car il ne l'écrivoit que pour lui, et c'est pourquoi il se contentoit de le faire fort légèrement, pour ne pas se fatiguer l'esprit, et d'y mettre seulement les choses qui étoient nécessaires pour le faire ressouvenir des vues et des idées qu'il avoit.

C'est ainsi qu'il a fait la plupart des fragments qu'on trouvera dans ce recueil : de sorte qu'il ne faut pas s'étonner s'il y en a quelques-uns qui semblent assez imparfaits, trop courts et trop peu expliqués, dans lesquels on peut même trouver des termes et des expressions moins propres et moins élégantes. Il arrivoit néanmoins quelquefois, qu'ayant la plume à la main, il ne pouvoit s'empêcher, en suivant son inclination, de pousser ses pensées, et de les étendre un peu davantage, quoique ce ne fût jamais avec la même force et la même application d'esprit que s'il eût été en parfaite santé. Et c'est pourquoi l'on en trouvera aussi quelques-unes plus étendues et mieux écrites, et des chapitres plus suivis et plus parfaits que les autres.

Voilà de quelle manière ont été écrites ces Pensées. Et je crois qu'il n'y aura personne qui ne juge facilement, par ces légers commencements et par ces foibles essais d'une personne malade, qu'il n'avoit écrits que pour lui seul, et pour se remettre dans l'esprit des pensées qu'il craignoit de perdre, qu'il n'a jamais revus ni retouchés, quel eût été l'ouvrage entier, s'il eût pu recouvrer sa parfaite santé et y mettre la dernière main, lui qui savoit

disposer les choses dans un si beau jour et un si bel
ordre, qui donnoit un tour si particulier, si noble et si
relevé, à tout ce qu'il vouloit dire, qui avoit dessein de
travailler cet ouvrage plus que tous, ceux qu'il avoit
jamais faits, qui y vouloit employer toute la force d'esprit et tous les talents que Dieu lui avoit donnés, et
duquel il a dit souvent qu'il lui falloit dix ans de santé
pour l'achever.

Comme l'on savoit le dessein qu'avoit Pascal de travailler sur la religion, l'on eut un très-grand soin, après
sa mort, de recueillir tous les écrits qu'il avoit faits sur
cette matière. On les trouva tous ensemble enfilés en
diverses liasses, mais sans aucun ordre, sans aucune
suite, parce que, comme je l'ai déjà remarqué, ce n'étoit
que les premières expressions de ses pensées qu'il écrivoit sur de petits morceaux de papier à mesure qu'elles
lui venoient dans l'esprit. Et tout cela étoit si imparfait
et si mal écrit, qu'on a eu toutes les peines du monde à
le déchiffrer.

La première chose que l'on fit fut de les faire copier
tels qu'ils étoient, et dans la même confusion qu'on les
avoit trouvés. Mais lorsqu'on les vit en cet état, et qu'on
eut plus de facilité de les lire et de les examiner que dans
les originaux, ils parurent d'abord si informes, si peu
suivis, et la plupart si peu expliqués, qu'on fut fort
long-temps sans penser du tout à les faire imprimer,
quoique plusieurs personnes de très-grande considération le demandassent souvent avec des instances et des
sollicitations fort pressantes; parce que l'on jugeoit bien
qu'en donnant ces écrits en l'état où ils étoient, on ne
pouvoit pas remplir l'attente et l'idée que tout le monde
avoit de cet ouvrage, dont on avoit déjà beaucoup entendu parler.

Mais enfin on fut obligé de céder à l'impatience et au

grand désir que tout le monde témoignoit de les voir imprimés. Et l'on s'y porta d'autant plus aisément, que l'on crut que ceux qui les liroient seroient assez équi-tables pour faire le discernement d'un dessein ébauché d'avec une pièce achevée, et pour juger de l'ouvrage par l'échantillon, quelque imparfait qu'il fût. Et ainsi l'on se résolut de le donner au public. Mais comme il y avoit plusieurs manières de l'exécuter, l'on a été quelque temps à se déterminer sur celle que l'on devoit prendre.

La première qui vint dans l'esprit, et celle qui étoit sans doute la plus facile, étoit de les faire imprimer tout de suite dans le même état où on les avoit trouvés. Mais l'on jugea bientôt que, de le faire de cette sorte, c'eût été perdre presque tout le fruit qu'on en pouvoit espérer, parce que les pensées plus suivies, plus claires et plus étendues, étant mêlées et comme absorbées parmi tant d'autres à demi digérées, et quelques-unes même presque inintelligibles à tout autre qu'à celui qui les avoit écrites, il y avoit tout sujet de croire que les unes feroient rebuter les autres, et que l'on ne considé-reroit ce volume, grossi inutilement de tant de pensées imparfaites, que comme un amas confus, sans ordre, sans suite, et qui ne pouvoit servir à rien.

Il y avoit une autre manière de donner ces écrits au public, qui étoit d'y travailler auparavant, d'éclaircir les pensées obscures, d'achever celles qui étoient impar-faites; et, en prenant dans tous ces fragments le dessein de l'auteur, de suppléer en quelque sorte l'ouvrage qu'il vouloit faire. Cette voie eût été assurément la meilleure; mais il étoit aussi très-difficile de la bien exécuter. L'on s'y est néanmoins arrêté assez long-temps, et l'on avoit en effet commencé à y travailler. Mais enfin on s'est ré-solu de la rejeter aussi-bien que la première, parce que l'on a considéré qu'il étoit presque impossible de bien

entrer dans la pensée et dans le dessein d'un auteur, et
surtout d'un auteur tel que Pascal; et que ce n'eût pas
été donner son ouvrage, mais un ouvrage tout différent.

Ainsi, pour éviter les inconvénients qui se trouvoient
dans l'une et l'autre de ces manières de faire paroître ces
écrits, on en a choisi une entre deux, qui est celle que
l'on a suivie dans ce recueil. On a pris seulement parmi
ce grand nombre de pensées celles qui ont paru les plus
claires et les plus achevées; et on les donne telles qu'on
les a trouvées, sans y rien ajouter ni changer; si ce n'est
qu'au lieu qu'elles étoient sans suite, sans liaison, et dis-
persées confusément de côté et d'autre, on les a mises
dans quelque sorte d'ordre, et réduit sous les mêmes
titres celles qui étoient sur les mêmes sujets; et l'on a
supprimé toutes les autres qui étoient ou trop obscures,
ou trop imparfaites.

Ce n'est pas qu'elles ne continssent aussi de très-belles
choses, et qu'elles ne fussent capables de donner de
grandes vues à ceux qui les entendroient bien. Mais
comme on ne vouloit pas travailler à les éclaircir et à les
achever, elles eussent été entièrement inutiles en l'état
où elles sont. Et afin que l'on en ait quelque idée, j'en
rapporterai ici seulement une pour servir d'exemple, et
par laquelle on pourra juger de toutes les autres que l'on
a retranchées. Voici donc quelle est cette pensée, et en
quel état on l'a trouvée parmi ces fragments : « Un ar-
» tisan qui parle des richesses, un procureur qui parle
» de la guerre, de la royauté, etc. Mais le riche parle
» bien des richesses, le roi parle froidement d'un grand
» don qu'il vient de faire, et Dieu parle bien de Dieu. »

Il y a dans ce fragment une fort belle pensée : mais
il y a peu de personnes qui la puissent voir, parce qu'elle
y est expliquée très - imparfaitement et d'une manière
fort obscure, fort courte et fort abrégée; en sorte que,

si on ne lui avoit souvent ouï dire de bouche la même pensée, il seroit difficile de la reconnoître dans une expression si confuse et si embrouillée. Voici à peu près à quoi elle consiste.

Il avoit fait plusieurs remarques très-particulières sur le style de l'Écriture, et principalement de l'Évangile, et il y trouvoit des beautés que peut-être personne n'avoit remarquées avant lui. Il admiroit entre autres choses la naïveté, la simplicité, et, pour le dire ainsi, la froideur avec laquelle il semble que Jésus-Christ y parle des choses les plus grandes et les plus relevées, comme sont, par exemple, le royaume de Dieu, la gloire que posséderont les saints dans le ciel, les peines de l'enfer, sans s'y étendre, comme ont fait les pères et tous ceux qui ont écrit sur ces matières. Et il disoit que la véritable cause de cela étoit que ces choses, qui à la vérité sont infiniment grandes et relevées à notre égard, ne le sont pas de même à l'égard de Jésus-Christ; et qu'ainsi il ne faut pas trouver étrange qu'il en parle de cette sorte sans étonnement et sans admiration; comme l'on voit, sans comparaison, qu'un général d'armée parle tout simplement et sans s'émouvoir du siége d'une place importante, et du gain d'une grande bataille; et qu'un roi parle froidement d'une somme de quinze ou vingt millions, dont un particulier et un artisan ne parleroient qu'avec de grandes exagérations.

Voilà quelle est la pensée qui est contenue et renfermée sous le peu de paroles qui composent ce fragment; et dans l'esprit des personnes raisonnables, et qui agissent de bonne foi, cette considération, jointe à quantité d'autres semblables, pouvoit servir assurément de quelque preuve de la divinité de Jésus-Christ.

Je crois que ce seul exemple peut suffire, non-seulement pour faire juger quels sont à peu près les autres

fragments qu'on a retranchés, mais aussi pour faire voir
le peu d'application et la négligence, pour ainsi dire,
avec laquelle ils ont presque tous été écrits ; ce qui doit
bien convaincre de ce que j'ai dit, que Pascal ne les
avoit écrits en effet que pour lui seul, et sans présumer
aucunement qu'ils dussent jamais paroître en cet état.
Et c'est aussi ce qui fait espérer que l'on sera assez porté
à excuser les défauts qui s'y pourront rencontrer.

Que s'il se trouve encore dans ce recueil quelques pensées un peu obscures, je pense que, pour peu qu'on s'y
veuille appliquer, on les comprendra néanmoins très-
facilement, et qu'on demeurera d'accord que ce ne sont
pas les moins belles, et qu'on a mieux fait de les donner
telles qu'elles sont, que de les éclaircir par un grand
nombre de paroles qui n'auroient servi qu'à les rendre
traînantes et languissantes, et qui en auroient ôté une
des principales beautés, qui consiste à dire beaucoup de
choses en peu de mots.

L'on en peut voir un exemple dans un des fragments
du chapitre des *Preuves de Jésus-Christ par les prophéties*, qui est conçu en ces termes : « Les prophètes sont
» mêlés de prophéties particulières, et de celles du Mes-
» sie : afin que les prophéties du Messie ne fussent pas
» sans preuves, et que les prophéties particulières ne
» fussent pas sans fruit. » Il rapporte dans ce fragment la
raison pour laquelle les prophètes, qui n'avoient en vue
que le Messie, et qui sembloient ne devoir prophétiser
que de lui et de ce qui le regardoit, ont néanmoins souvent prédit des choses particulières qui paroissoient
assez indifférentes et inutiles à leur dessein. Il dit que
c'étoit afin que ces événements particuliers s'accomplissant de jour en jour aux yeux de tout le monde, en la
manière qu'ils les avoient prédits, ils fussent incontes-
tablement reconnus pour prophètes, et qu'ainsi l'on ne

pût douter de la vérité et de la certitude de toutes les choses qu'ils prophétisoient du Messie. De sorte que, par ce moyen, les prophéties du Messie tiroient, en quelque façon, leurs preuves et leur autorité de ces prophéties particulières vérifiées et accomplies; et ces prophéties particulières servant ainsi à prouver et à autoriser celles du Messie, elles n'étoient pas inutiles et infructueuses. Voilà le sens de ce fragment étendu et développé. Mais il n'y a sans doute personne qui ne prît bien plus de plaisir de le découvrir soi-même dans les seules paroles de l'auteur, que de le voir ainsi éclairci et expliqué.

Il est encore, ce me semble, assez à propos, pour détromper quelques personnes qui pourroient peut-être s'attendre de trouver ici des preuves et des démonstrations géométriques de l'existence de Dieu, de l'immortalité de l'âme, et de plusieurs autres articles de la foi chrétienne, de les avertir que ce n'étoit pas là le dessein de Pascal. Il ne prétendoit point prouver toutes ces vérités de la religion par de telles démonstrations fondées sur des principes évidents, capables de convaincre l'obstination des plus endurcis, ni par des raisonnements métaphysiques, qui souvent égarent plus l'esprit qu'ils ne le persuadent, ni par des lieux communs tirés de divers effets de la nature, mais par des preuves morales qui vont plus au cœur qu'à l'esprit. C'est-à-dire qu'il vouloit plus travailler à toucher et à disposer le cœur, qu'à convaincre et à persuader l'esprit ; parce qu'il savoit que les passions et les attachements vicieux qui corrompent le cœur et la volonté, sont les plus grands obstacles et les principaux empêchements que nous ayons à la foi, et que, pourvu qu'on pût lever ces obstacles, il n'étoit pas difficile de faire recevoir à l'esprit les lumières et les raisons qui pouvoient le convaincre.

PENSÉES. 2

On sera facilement persuadé de tout cela en lisant ces écrits. Mais Pascal s'en est encore expliqué lui-même dans un de ses fragments qui a été trouvé parmi les autres, et que l'on n'a point mis dans ce recueil. Voici ce qu'il dit dans ce fragment : « Je n'entreprendrai pas » ici de prouver par des raisons naturelles, ou l'existence » de Dieu, ou la Trinité, ou l'immortalité de l'âme, ni » aucune des choses de cette nature; non-seulement » parce que je ne me sentirois pas assez fort pour trouver » dans la nature de quoi convaincre des athées endurcis, » mais encore parce que cette connoissance, sans Jésus- » Christ, est inutile et stérile. Quand un homme seroit » persuadé que les proportions des nombres sont des » vérités immatérielles, éternelles, et dépendantes d'une » première vérité en qui elles subsistent et qu'on appelle » Dieu, je ne le trouverois pas beaucoup avancé pour » son salut. »

On s'étonnera peut-être aussi de trouver dans ce recueil une si grande diversité de pensées, dont il y en a même plusieurs qui semblent assez éloignées du sujet que Pascal avoit entrepris de traiter. Mais il faut considérer que son dessein étoit bien plus ample et plus étendu que l'on ne se l'imagine, et qu'il ne se bornoit pas seulement à réfuter les raisonnements des athées, et de ceux qui combattent quelques-unes des vérités de la foi chrétienne. Le grand amour et l'estime singulière qu'il avoit pour la religion faisoit que non-seulement il ne pouvoit souffrir qu'on la voulût détruire et anéantir tout-à-fait, mais même qu'on la blessât et qu'on la corrompît en la moindre chose. De sorte qu'il vouloit déclarer la guerre à tous ceux qui en attaquent ou la vérité ou la sainteté; c'est-à-dire non-seulement aux athées, aux infidèles et aux hérétiques, qui refusent de soumettre les fausses lumières de leur raison à la foi, et de reconnoître les vérités qu'elle nous enseigne; mais même aux chrétiens et aux catholiques, qui étant dans le corps de la véritable Église, ne vivent pas néanmoins selon la pureté des maximes de l'Évangile, qui nous y sont proposées comme le modèle sur lequel nous devons nous régler et conformer toutes nos actions.

Voilà quel étoit son dessein; et ce dessein étoit assez vaste et assez grand pour pouvoir comprendre la plupart des choses qui sont répandues dans ce recueil. Il s'y en pourra néanmoins trouver quelques-unes qui n'y ont nul rapport, et qui en effet n'y étoient pas destinées, comme, par exemple, la plupart de celles qui sont dans le chapitre des *Pensées diverses*, lesquelles on a aussi trouvées parmi les papiers de Pascal, et que l'on a jugé à propos de joindre aux autres; parce que l'on ne donne pas ce livre-ci simplement comme un ouvrage fait contre les athées ou sur la religion, mais comme un recueil de *Pensées sur la religion, et sur quelques autres sujets.*

Je pense qu'il ne reste plus, pour achever cette préface, que de dire quelque chose de l'auteur après avoir parlé de son ouvrage. Je crois que non-seulement cela sera assez à propos, mais que ce que j'ai dessein d'en écrire pourra même être très-utile pour faire connoître comment Pascal est entré dans l'estime et dans les sentimens qu'il avoit pour la religion, qui lui firent concevoir le dessein d'entreprendre cet ouvrage.

On voit, dans la préface des Traités de l'équilibre des liqueurs, de quelle manière il a passé sa jeunesse, et le grand progrès qu'il y fit en peu de temps dans toutes les sciences humaines et profanes auxquelles il voulut s'appliquer, et particulièrement en la géométrie et aux mathématiques; la manière étrange et surprenante dont il les apprit à l'âge de onze ou douze ans; les petits ouvrages qu'il faisoit quelquefois, et qui surpassoient

toujours beaucoup la force et la portée d'une personne de
son âge ; l'effort étonnant et prodigieux de son imagination et de son esprit qui parut dans sa machine arithmétique, qu'il inventa, âgé seulement de dix-neuf à vingt
ans ; et enfin les belles expériences du vide qu'il fit en
présence des personnes les plus considérables de la ville
de Rouen, où il demeura quelque temps, pendant que
le président Pascal son père y étoit employé pour le service du roi dans la fonction d'intendant de justice. Ainsi
je ne répéterai rien ici de tout cela, et je me contenterai
seulement de représenter en peu de mots comment il a
méprisé toutes ces choses, et dans quel esprit il a passé
les dernières années de sa vie, en quoi il n'a pas moins
fait paroître la grandeur et la solidité de sa vertu et de
sa piété, qu'il avoit montré auparavant la force, l'étendue et la pénétration admirable de son esprit.

Il avoit été préservé pendant sa jeunesse par une protection particulière de Dieu, des vices où tombent la
plupart des jeunes gens ; et ce qui est assez extraordinaire
à un esprit aussi curieux que le sien, il ne s'étoit jamais
porté au libertinage pour ce qui regarde la religion,
ayant toujours borné sa curiosité aux choses naturelles.
Et il a dit plusieurs fois qu'il joignoit cette obligation à
toutes les autres qu'il avoit à son père, qui, ayant lui-
même un très-grand respect pour la religion, le lui avoit
inspiré dès l'enfance, lui donnant pour maxime, que
tout ce qui est l'objet de la foi ne sauroit l'être de la
raison, et beaucoup moins y être soumis.

Ces instructions, qui lui étoient souvent réitérées par
un père pour qui il avoit une très-grande estime, et en
qui il voyoit une grande science accompagnée d'un raisonnement fort et puissant, faisoient tant d'impression
sur son esprit, que, quelques discours qu'il entendît
faire aux libertins, il n'en étoit nullement ému ; et,

quoiqu'il fût fort jeune, il les regardoit comme des gens qui étoient dans ce faux principe, que la raison humaine est au-dessus de toutes choses, et qui ne connoissoient pas la nature de la foi.

Mais enfin, après avoir ainsi passé sa jeunesse dans des occupations et des divertissements qui paroissoient assez innocents aux yeux du monde, Dieu le toucha de telle sorte, qu'il lui fit comprendre parfaitement que la religion chrétienne nous oblige à ne vivre que pour lui, et à n'avoir point d'autre objet que lui. Et cette vérité lui parut si évidente, si utile et si nécessaire, qu'elle le fit résoudre de se retirer, et de se dégager peu à peu de tous les attachements qu'il avoit au monde pour pouvoir s'y appliquer uniquement.

Ce désir de la retraite, et de mener une vie plus chrétienne et plus réglée, lui vint lorsqu'il étoit encore fort jeune ; et il le porta dès lors à quitter entièrement l'étude des sciences profanes pour ne s'appliquer plus qu'à celles qui pouvoient contribuer à son salut et à celui des autres. Mais de continuelles maladies qui lui survinrent le détournèrent quelque temps de son dessein, et l'empêchèrent de le pouvoir exécuter plus tôt qu'à l'âge de trente ans.

Ce fut alors qu'il commença à y travailler tout de bon ; et, pour y parvenir plus facilement, et rompre tout d'un coup toutes ses habitudes, il changea de quartier, et ensuite se retira à la campagne, où il demeura quelque temps ; d'où, étant de retour, il témoigna si bien qu'il vouloit quitter le monde, qu'enfin le monde le quitta. Il établit le règlement de sa vie dans sa retraite, sur deux maximes principales, qui sont, de renoncer à tout plaisir et à toute superfluité. Il les avoit sans cesse devant les yeux, et il tâchoit de s'y avancer et de s'y perfectionner toujours de plus en plus.

C'est l'application continuelle qu'il avoit à ces deux

grandes maximes qui lui faisoit témoigner une si grande
patience dans ses maux et dans ses maladies, qui ne l'ont
presque jamais laissé sans douleur pendant toute sa vie;
qui lui faisoit pratiquer des mortifications très-rudes et
très-sévères envers lui-même; qui faisoit que non-seulement il refusoit à ses sens tout ce qui pouvoit leur être
agréable, mais encore qu'il prenoit sans peine, sans dégoût, et même avec joie, lorsqu'il le falloit, tout ce qui
leur pouvoit déplaire, soit pour la nourriture, soit pour
les remèdes; qui le portoit à se retrancher tous les jours
de plus en plus tout ce qu'il ne jugeoit pas lui être absolument nécessaire, soit pour le vêtement, soit pour la
nourriture, pour les meubles, et pour toutes les autres
choses; qui lui donnoit un amour si grand et si ardent
pour la pauvreté, qu'elle lui étoit toujours présente; et
que, lorsqu'il vouloit entreprendre quelque chose, la
première pensée qui lui venoit en l'esprit, étoit de voir
si la pauvreté pouvoit être pratiquée, et qui lui faisoit
avoir en même temps tant de tendresse et tant d'affection
pour les pauvres, qu'il ne leur a jamais pu refuser l'au-
mône, et qu'il en a fait même fort souvent d'assez considérables, quoiqu'il n'en fît que de son nécessaire; qui
faisoit qu'il ne pouvoit souffrir qu'on cherchât avec soin
toutes ses commodités, et qu'il blâmoit tant cette recherche curieuse et cette fantaisie de vouloir exceller en
tout, comme de se servir en toutes choses des meilleurs
ouvriers, d'avoir toujours du meilleur et du mieux fait,
et mille autres choses semblables qu'on fait sans scrupule, parce qu'on ne croit pas qu'il y ait de mal, mais
dont il ne jugeoit pas de même; et enfin qui lui a fait
faire plusieurs actions très-remarquables et très-chré-
tiennes, que je ne rapporte pas ici, de peur d'être trop
long, et parce que mon dessein n'est pas d'écrire sa vie,
mais seulement de donner quelque idée de sa piété et de
sa vertu.

PENSÉES DE PASCAL.

PREMIÈRE PARTIE,

Contenant les Pensées qui se rapportent à la philosophie,
à la morale et aux belles-lettres.

ARTICLE PREMIER.

DE L'AUTORITÉ EN MATIÈRE DE PHILOSOPHIE.

LE respect que l'on porte à l'antiquité est aujourd'hui à tel point, dans les matières où il devroit avoir le moins de force, que l'on se fait des oracles de toutes ses pensées, et des mystères même de ses obscurités, que l'on ne peut plus avancer de nouveautés sans péril, et que le texte d'un auteur suffit pour détruire les plus fortes raisons. Mon intention n'est point de corriger un vice par un autre, et de ne faire nulle estime des anciens, parce que l'on en fait trop ; et je ne prétends pas bannir leur autorité pour relever le raisonnement tout seul, quoique l'on veuille établir leur autorité seule au préjudice du raisonnement. Mais parmi les choses que nous cherchons à connoître, il faut considérer

que les unes dépendent seulement de la mémoire, et sont purement historiques, n'ayant
alors pour objet que de savoir ce que les auteurs
ont écrit ; les autres dépendent seulement du
raisonnement, et sont entièrement dogmati-
ques, ayant pour objet de chercher à découvrir
les vérités cachées. Cette distinction doit servir
à régler l'étendue du respect pour les anciens.

Dans les matières où l'on recherche seulement
de savoir ce que les auteurs ont écrit, comme
dans l'histoire, dans la géographie, dans les
langues, dans la théologie ; enfin dans toutes
celles qui ont pour principe, ou le fait simple,
ou l'institution, soit divine, soit humaine, il
faut nécessairement recourir à leurs livres,
puisque tout ce que l'on peut en savoir y est
contenu : d'où il est évident que l'on peut en
avoir la connoissance entière, et qu'il n'est pas
possible d'y rien ajouter. Ainsi, s'il est question
de savoir qui fut premier roi des François, en
quel lieu les géographes placent le premier méridien, quels mots sont usités dans une langue
morte, et toutes les choses de cette nature, quels
autres moyens que les livres pourroient nous y
conduire ? Et qui pourra rien ajouter de nouveau à ce qu'ils nous en apprennent, puisqu'on
ne veut savoir que ce qu'ils contiennent ? C'est
l'autorité seule qui peut nous en éclaircir. Mais
où cette autorité a la principale force, c'est dans
la théologie, parce qu'elle y est inséparable de
la vérité, et que nous ne la connoissons que par

elle : de sorte que, pour donner la certitude
entière des matières les plus incompréhensibles
à la raison, il suffit de les faire voir dans les
livres sacrés ; comme pour montrer l'incertitude
des choses les plus vraisemblables, il faut seulement faire voir qu'elles n'y sont pas comprises ;
parce que les principes de la théologie sont au-
dessus de la nature et de la raison, et que, l'esprit de l'homme étant trop foible pour y arriver
par ses propres efforts, il ne peut parvenir à ces
hautes intelligences, s'il n'y est porté par une
force toute-puissante et surnaturelle.

Il n'en est pas de même des sujets qui tombent
sous les sens ou sous le raisonnement. L'autorité
y est inutile, la raison seule a lieu d'en connoître ; elles ont leurs droits séparés. L'une avoit
tantôt tout l'avantage ; ici l'autre règne à son
tour. Et comme les sujets de cette sorte sont
proportionnés à la portée de l'esprit, il trouve
une liberté tout entière de s'y étendre : sa fé-
condité inépuisable produit continuellement,
et ses inventions peuvent être tout ensemble
sans fin et sans interruption.

C'est ainsi que la géométrie, l'arithmétique,
la musique, la physique, la médecine, l'archi-
tecture, et toutes les sciences qui sont soumises
à l'expérience et au raisonnement, doivent être
augmentées pour devenir parfaites. Les anciens
les ont trouvées seulement ébauchées par ceux
qui les ont précédés : et nous les laisserons à
ceux qui viendront après nous en un état plus

accompli que nous ne les avons reçues. Comme
leur perfection dépend du temps et de la peine,
il est évident qu'encore que notre peine et notre
temps nous eussent moins acquis que leurs travaux séparés des nôtres, tous deux néanmoins,
joints ensemble, doivent avoir plus d'effet que
chacun en particulier.

L'éclaircissement de cette différence doit nous
faire plaindre l'aveuglement de ceux qui apportent la seule autorité pour preuve dans les matières physiques, au lieu du raisonnement ou
des expériences ; et nous donner de l'horreur
pour la malice des autres, qui emploient le raisonnement seul dans la théologie, au lieu de
l'autorité de l'Écriture et des pères. Il faut relever le courage de ces gens timides qui n'osent
rien inventer en physique, et confondre l'insolence de ces téméraires qui produisent des
nouveautés en théologie.

Cependant le malheur du siècle est tel, qu'on
voit beaucoup d'opinions nouvelles en théologie, inconnues à toute l'antiquité, soutenues
avec obstination, et reçues avec applaudisse-
ment ; au lieu que celles qu'on produit dans la
physique, quoique en petit nombre, semblent
devoir être convaincues de fausseté dès qu'elles
choquent tant soit peu les opinions reçues :
comme si le respect qu'on a pour les anciens
philosophes étoit de devoir, et que celui que
l'on porte aux plus anciens des pères étoit seulement de bienséance ?

Je laisse aux personnes judicieuses à remarquer l'importance de cet abus, qui pervertit l'ordre des sciences avec tant d'injustice ; et je crois qu'il y en aura peu qui ne souhaitent que nos recherches prennent un autre cours, puisque les inventions nouvelles sont infailliblement des erreurs dans les matières théologiques, que l'on profane impunément ; et qu'elles sont absolument nécessaires pour la perfection de tant d'autres sujets d'un ordre inférieur, que toutefois on n'oseroit toucher.

Partageons avec plus de justice notre crédulité et notre défiance, et bornons ce respect que nous avons pour les anciens. Comme la raison le fait naître, elle doit aussi le mesurer ; et considérons que, s'ils fussent demeurés dans cette retenue de n'oser rien ajouter aux connoissances qu'ils avoient reçues, ou que ceux de leur temps eussent fait la même difficulté de recevoir les nouveautés qu'ils leur offroient, ils se seroient privés eux-mêmes et leur postérité du fruit de leurs inventions.

Comme ils ne se sont servis de celles qui leur avoient été laissées que comme de moyens pour en avoir de nouvelles, et que cette heureuse hardiesse leur a ouvert le chemin aux grandes choses, nous devons prendre celles qu'ils nous ont acquises de la même sorte, et, à leur exemple, en faire les moyens, et non pas la fin de notre étude, et ainsi tâcher de les surpasser en les imitant. Car qu'y a-t-il de plus injuste que de traiter nos anciens avec plus de retenue qu'ils n'ont fait ceux qui les ont précédés, et d'avoir pour eux ce respect incroyable, qu'ils n'ont mérité de nous que parce qu'ils n'en ont pas eu un pareil pour ceux qui ont eu sur eux le même avantage?

Les secrets de la nature sont cachés; quoiqu'elle agisse toujours, on ne découvre pas toujours ses effets : le temps les révèle d'âge en âge; et, quoique toujours égale en elle-même, elle n'est pas toujours également connue. Les expériences qui nous en donnent l'intelligence se multiplient continuellement; et comme elles sont les seuls principes de la physique, les conséquences se multiplient à proportion.

C'est de cette façon que l'on peut aujourd'hui prendre d'autres sentiments et de nouvelles opinions, sans mépriser les anciens et sans ingratitude envers eux, puisque les premières connoissances qu'ils nous ont données ont servi de degrés aux nôtres; que, dans ces avantages, nous leur sommes redevables de l'ascendant que nous avons sur eux; parce que, s'étant élevés jusqu'à un certain degré où ils nous ont portés, le moindre effort nous fait monter plus haut, et avec moins de peine et moins de gloire nous nous trouvons au-dessus d'eux. C'est de là que nous pouvons découvrir des choses qu'il leur étoit impossible d'apercevoir. Notre vue a plus d'étendue : et quoiqu'ils connussent aussi-bien que nous tout ce qu'ils pouvoient remarquer de la nature, ils n'en connoissoient pas tant néanmoins, et nous voyons plus qu'eux.

Cependant il est étrange de quelle sorte on révère leurs sentiments. On fait un crime de les contredire et un attentat d'y ajouter, comme s'ils n'avoient plus laissé de vérités à connoître.

N'est-ce pas là traiter indignement la raison de l'homme, et la mettre en parallèle avec l'instinct des animaux, puisqu'on en ôte la principale différence, qui consiste en ce que les effets du raisonnement augmentent sans cesse : au lieu que l'instinct demeure toujours dans un état égal ? Les ruches des abeilles étoient aussi bien mesurées il y a mille ans qu'aujourd'hui, et chacune d'elles forme cet hexagone aussi exactement la première fois que la dernière. Il en est de même de tout ce que les animaux produisent par ce mouvement occulte. La nature les instruit à mesure que la nécessité les presse ; mais cette science fragile se perd avec les besoins qu'ils en ont : comme ils la reçoivent sans étude, ils n'ont pas le bonheur de la conserver ; et toutes les fois qu'elle leur est donnée, elle leur est nouvelle, puisque la nature n'ayant pour objet que de maintenir les animaux dans un ordre de perfection bornée, elle leur inspire cette science simplement nécessaire et toujours égale, de peur qu'ils ne tombent dans le dépérissement, et ne permet pas qu'ils y ajoutent, de peur qu'ils ne passent les limites qu'elle leur a prescrites.

Il n'en est pas ainsi de l'homme, qui n'est

produit que pour l'infinité. Il est dans l'ignorance au premier âge de sa vie ; mais il s'instruit sans cesse dans son progrès : car il tire avantage, non-seulement de sa propre expérience, mais encore de celle de ses prédécesseurs ; parce qu'il garde toujours dans sa mémoire les connoissances qu'il s'est une fois acquises, et que celles des anciens lui sont toujours présentes dans les livres qu'ils en ont laissés. Et comme il conserve ces connoissances, il peut aussi les augmenter facilement ; de sorte que les hommes sont aujourd'hui en quelque sorte dans le même état où se trouveroient ces anciens philosophes, s'ils pouvoient avoir vieilli jusqu'à présent, en ajoutant aux connoissances qu'ils avoient, celles que leurs études auroient pu leur acquérir à la faveur de tant de siècles. De là vient que, par une prérogative particulière, non-seulement chacun des hommes s'avance de jour en jour dans les sciences, mais que tous les hommes ensemble y font un continuel progrès, à mesure que l'univers vieillit, parce que la même chose arrive dans la succession des hommes que dans les âges différents d'un particulier. De sorte que toute la suite des hommes, pendant le cours de tant de siècles, doit être considérée comme un même homme qui subsiste toujours, et qui apprend continuellement : d'où l'on voit avec combien d'injustice nous respectons l'antiquité dans ses philosophes ; car, comme la vieillesse est l'âge le plus distant de l'enfance, qui ne voit que la vieillesse de cet homme universel ne doit pas être cherchée dans les temps proches de sa naissance, mais dans ceux qui en sont les plus éloignés?

Ceux que nous appelons anciens étoient véritablement nouveaux en toutes choses, et formoient l'enfance des hommes proprement; et comme nous avons joint à leurs connoissances l'expérience des siècles qui les ont suivis, c'est en nous que l'on peut trouver cette antiquité que nous révérons dans les autres. Ils doivent être admirés dans les conséquences qu'ils ont bien tirées du peu de principes qu'ils avoient, et ils doivent être excusés dans celles où ils ont plutôt manqué du bonheur de l'expérience que de la force du raisonnement.

Car, par exemple, n'étoient-ils pas excusables dans la pensée qu'ils ont eue pour la *voie lactée*, quand la foiblesse de leurs yeux n'ayant pas encore reçu le secours de l'art, ils ont attribué cette couleur à une plus grande solidité en cette partie du ciel, qui renvoie la lumière avec plus de force? Mais ne serions-nous pas inexcusables de demeurer dans la même pensée, maintenant qu'aidés des avantages que nous donne la lunette d'approche, nous y avons découvert une infinité de petites étoiles, dont la splendeur plus abondante nous a fait reconnoître quelle est la véritable cause de cette blancheur?

N'avoient-ils pas aussi sujet de dire que tous les corps corruptibles étoient renfermés dans la sphère du ciel de la lune, lorsque, durant le cours de tant de siècles, ils n'avoient point encore remarqué de corruptions, ni de générations hors de cet espace? Mais ne devons-nous pas assurer le contraire, lorsque toute la terre a vu sensiblement des comètes s'enflammer (*), et disparoître bien loin au-delà de cette sphère?

C'est ainsi que sur le sujet du vide, ils avoient droit de dire que la nature n'en souffroit point; parce que toutes leurs expériences leur avoient toujours fait remarquer qu'elle l'abhorroit et ne pouvoit le souffrir. Mais si les nouvelles expériences leur avoient été connues, peut-être auroient-ils trouvé sujet d'affirmer ce qu'ils ont eu sujet de nier, par la raison que le vide n'avoit point encore paru. Aussi, dans le jugement qu'ils ont fait, que la nature ne souffroit point de vide, ils n'ont entendu parler de la nature qu'en l'état où ils la connoissoient; puisque, pour le dire généralement, ce ne seroit pas assez de l'avoir vu constamment en cent rencontres, ni en mille, ni en tout autre nombre, quelque grand qu'il soit; car s'il restoit un seul cas à examiner, ce seul cas suffiroit pour empêcher la décision générale. En effet, dans toutes les matières dont la preuve consiste en expériences, et non en démonstrations, on ne peut faire aucune assertion universelle, que par l'énumération géné-

---

(*) La vraie nature des comètes étoit encore ignorée au temps de Pascal.

rale de toutes les parties et de tous les cas différents.

De même, quand nous disons que le diamant
est le plus dur de tous les corps, nous entendons
de tous les corps que nous connoissons, et nous
ne pouvons ni ne devons y comprendre ceux que
nous ne connoissons point; et quand nous disons
que l'or est le plus pesant de tous les corps, nous
serions téméraires de comprendre dans cette
proposition générale ceux qui ne sont point encore en notre connoissance, quoiqu'il ne soit
pas impossible qu'ils soient dans la nature.

Ainsi, sans contredire les anciens, nous pouvons assurer le contraire de ce qu'ils disoient; et
quelque face enfin qu'ait cette antiquité, la vérité doit toujours avoir l'avantage, quoique nou-
vellement découverte, puisqu'elle est toujours
plus ancienne que toutes les opinions qu'on en
a eues, et que ce seroit ignorer la nature de s'imaginer qu'elle a commencé d'être au temps qu'elle
a commencé d'être connue.

ARTICLE II.

RÉFLEXIONS SUR LA GÉOMÉTRIE EN GÉNÉRAL.

On peut avoir trois principaux objets dans
l'étude de la vérité : l'un, de la découvrir quand
on la cherche; l'autre, de la démontrer quand

on la possède ; le dernier, de la discerner d'avec le faux quand on l'examine.

Je ne parle point du premier. Je traite particulièrement du second, et il enferme le troisième. Car si l'on sait la méthode de prouver la vérité, on aura en même temps celle de la discerner ; puisqu'en examinant si la preuve qu'on en donne est conforme aux règles qu'on connoît, on saura si elle est exactement démontrée.

La géométrie, qui excelle en ces trois genres, a expliqué l'art de découvrir les vérités inconnues ; et c'est ce qu'elle appelle *analyse*, et dont il seroit inutile de discourir, après tant d'excellents ouvrages qui ont été faits.

Celui de démontrer les vérités déjà trouvées, et de les éclaircir de telle sorte que la preuve en soit invincible, est le seul que je veux donner ; et je n'ai pour cela qu'à expliquer la méthode que la géométrie y observe ; car elle l'enseigne parfaitement. Mais il faut auparavant que je donne l'idée d'une méthode encore plus éminente et plus accomplie, mais où les hommes ne sauroient jamais arriver : car ce qui passe la géométrie nous surpasse ; et néanmoins il est nécessaire d'en dire quelque chose, quoiqu'il soit impossible de le pratiquer.

Cette véritable méthode, qui formeroit les démonstrations dans la plus haute excellence, s'il étoit possible d'y arriver, consisteroit en deux choses principales : l'une, de n'employer aucun terme dont on n'eût auparavant expliqué nettement le sens ; l'autre, de n'avancer jamais aucune proposition qu'on ne démontrât par des vérités déjà connues, c'est-à-dire, en un mot, à définir tous les termes, et à prouver toutes les propositions. Mais, pour suivre l'ordre même que j'explique, il faut que je déclare ce que j'entends par *définition*.

On ne reconnoît, en géométrie, que les seules définitions que les logiciens appellent *définitions de nom*, c'est-à-dire, que les seules impositions de nom aux choses qu'on a clairement désignées en termes parfaitement connus ; et je ne parle que de celles-là seulement.

Leur utilité et leur usage est d'éclaircir et d'abréger le discours, en exprimant, par le seul nom qu'on impose, ce qui ne pourroit se dire qu'en plusieurs termes ; en sorte néanmoins que le nom imposé demeure dénué de tout autre sens, s'il en a, pour n'avoir plus que celui auquel on le destine uniquement. En voici un exemple.

Si l'on a besoin de distinguer dans les nombres ceux qui sont divisibles en deux également d'avec ceux qui ne le sont pas, pour éviter de répéter souvent cette condition, on lui donne un nom en cette sorte : j'appelle tout nombre divisible en deux également, *nombre pair*.

Voilà une définition géométrique ; parce qu'a-près avoir clairement désigné une chose, savoir tout nombre divisible en deux également, on lui donne un nom que l'on destitue de tout autre sens, s'il en a, pour lui donner celui de la chose désignée.

D'où il paroît que les définitions sont très-libres, et qu'elles ne sont jamais sujettes à être contredites; car il n'y a rien de plus permis que de donner à une chose qu'on a clairement désignée un nom tel qu'on voudra. Il faut seulement prendre garde qu'on n'abuse de la liberté qu'on a d'imposer des noms, en donnant le même à deux choses différentes. Ce n'est pas que cela ne soit permis, pourvu qu'on n'en confonde pas les conséquences, et qu'on ne les étende pas de l'une à l'autre. Mais si l'on tombe dans ce vice, on peut lui opposer un remède très-sûr et très-infaillible; c'est de substituer mentalement la définition à la place du défini, et d'avoir toujours la définition si présente, que toutes les fois qu'on parle, par exemple, de nombre pair, on entende précisément que c'est celui qui est divisible en deux parties égales, et que ces deux choses soient tellement jointes et inséparables dans la pensée, qu'aussitôt que le discours exprime l'une, l'esprit y attache immédiatement l'autre. Car les géomètres, et tous ceux qui agissent méthodiquement, n'imposent des noms aux choses que pour abréger le discours, et non pour diminuer ou changer l'idée des choses dont ils discourent; et ils prétendent que l'esprit supplée toujours la définition entière aux termes courts, qu'ils n'emploient que pour éviter la confusion que la multitude des paroles apporte.

Rien n'éloigne plus promptement et plus puissamment les surprises captieuses des sophistes que cette méthode, qu'il faut avoir toujours présente, et qui suffit seule pour bannir toutes sortes de difficultés et d'équivoques.

Ces choses étant bien entendues, je reviens à l'explication du véritable ordre, qui consiste, comme je disois, à tout définir et à tout prouver.

Certainement cette méthode seroit belle, mais elle est absolument impossible; car il est évident que les premiers termes qu'on voudroit définir en supposeroient de précédents pour servir à leur explication, et que de même les premières propositions qu'on voudroit prouver en supposeroient d'autres qui les précédassent; et ainsi il est clair qu'on n'arriveroit jamais aux premières.

Aussi, en poussant les recherches de plus en plus, on arrive nécessairement à des mots primitifs qu'on ne peut plus définir, et à des principes si clairs, qu'on n'en trouve plus qui le soient davantage pour servir à leur preuve.

D'où il paroît que les hommes sont dans une impuissance naturelle et immuable de traiter quelque science que ce soit dans un ordre absolument accompli; mais il ne s'ensuit pas de là qu'on doive abandonner toute sorte d'ordre.

Car il y en a un, et c'est celui de la géométrie, qui est à la vérité inférieur, en ce qu'il est moins convaincant, mais non pas en ce qu'il est moins certain. Il ne définit pas tout, et ne

prouve pas tout, et c'est en cela qu'il est inférieur ; mais il ne suppose que des choses claires
et constantes par la lumière naturelle, et c'est
pourquoi il est parfaitement véritable, la nature
le soutenant au défaut du discours.

Cet ordre le plus parfait entre les hommes
consiste, non pas à tout définir ou à tout démontrer, ni aussi à ne rien définir ou à ne rien
démontrer, mais à se tenir dans ce milieu de ne
point définir les choses claires et entendues de
tous les hommes, et de définir toutes les autres ;
de ne point prouver toutes les choses connues
des hommes, et de prouver toutes les autres.
Contre cet ordre pèchent également ceux qui
entreprennent de tout définir et de tout prouver,
et ceux qui négligent de le faire dans les choses
qui ne sont pas évidentes d'elles-mêmes.

C'est ce que la géométrie enseigne parfaitement. Elle ne définit aucune de ces choses,
espace, *temps*, *mouvement*, *nombre*, *égalité*, ni
les semblables, qui sont en grand nombre ;
parce que ces termes-là désignent si naturellement les choses qu'ils signifient, à ceux qui
entendent la langue, que l'éclaircissement qu'on
voudroit en faire apporteroit plus d'obscurité
que d'instruction.

Car il n'y a rien de plus foible que le discours
de ceux qui veulent définir ces mots primitifs.
Quelle nécessité y a-t-il, par exemple, d'expliquer ce qu'on entend par le mot *homme* ? Ne
sait-on pas assez quelle est la chose qu'on veut

désigner par ce terme, et quel avantage pensoit nous procurer Platon, en disant que c'étoit un animal à deux jambes, sans plumes? Comme si l'idée que j'en ai naturellement, et que je ne puis exprimer, n'étoit pas plus nette et plus sûre que celle qu'il me donne par son explication inutile, et même ridicule; puisqu'un homme ne perd pas l'humanité en perdant les deux jambes, et qu'un chapon ne l'acquiert pas en perdant ses plumes.

Il y en a qui vont jusqu'à cette absurdité d'expliquer un mot par le mot même. J'en sais qui ont défini la lumière en cette sorte : *La lumière est un mouvement luminaire des corps lumineux*, comme si on pouvoit entendre les mots de *luminaire* et de *lumineux* sans celui de *lumière*.

On ne peut entreprendre de définir l'être sans tomber dans la même absurdité. Car on ne peut définir un mot sans commencer par celui-ci, *c'est*, soit qu'on l'exprime ou qu'on le sous-entende. Donc pour définir l'être il faudroit dire, *c'est;* et ainsi employer dans la définition le mot à définir.

On voit assez de là qu'il y a des mots incapables d'être définis ; et si la nature n'avoit suppléé à ce défaut par une idée pareille qu'elle a donnée à tous les hommes, toutes nos expressions seroient confuses; au lieu qu'on en use avec la même assurance et la même certitude que s'ils étoient expliqués d'une manière parfai-

tement exempte d'équivoques ; parce que la nature nous en a elle-même donné, sans paroles,
une intelligence plus nette que celle que l'art
nous acquiert par nos explications.

Ce n'est pas que tous les hommes aient la même
idée de l'essence des choses que je dis qu'il est
impossible et inutile de définir ; car, par exemple, le temps est de cette sorte. Qui pourra le
définir ? Et pourquoi l'entreprendre, puisque
tous les hommes conçoivent ce qu'on veut dire
en parlant du temps, sans qu'on le désigne davantage ? Cependant il y a bien de différentes
opinions touchant l'essence du temps. Les uns
disent que c'est le mouvement d'une chose créée ;
les autres, la mesure du mouvement, etc. Aussi
ce n'est pas la nature de ces choses que je dis qui
est connue à tous : ce n'est simplement que le
rapport entre le nom et la chose ; en sorte qu'à
cette expression *temps*, tous portent la pensée
vers le même objet ; ce qui suffit pour faire que
ce terme n'ait pas besoin d'être défini, quoique
ensuite, en examinant ce que c'est que le temps,
on vienne à différer de sentiment après s'être mis
à y penser ; car les définitions ne sont faites que
pour désigner les choses que l'on nomme, et non
pas pour en montrer la nature.

Il est bien permis d'appeler du nom de *temps*
le mouvement d'une chose créée ; car, comme
j'ai dit tantôt, rien n'est plus libre que les définitions. Mais ensuite de cette définition il y aura
deux choses qu'on appellera du nom de *temps* :

l'une est celle que tout le monde entend naturellement par ce mot, et que tous ceux qui parlent
notre langue nomment par ce terme; l'autre sera
le mouvement d'une chose créée; car on l'appellera aussi de ce nom, suivant cette nouvelle définition.

Il faudra donc éviter les équivoques, et ne
pas confondre les conséquences. Car il ne s'en-
suivra pas de là que la chose qu'on entend naturellement par le mot de *temps* soit en effet le
mouvement d'une chose créée. Il a été libre de
nommer ces deux choses de même; mais il ne le
sera pas de les faire convenir de nature aussi-
bien que de nom.

Ainsi, si l'on avance ce discours, *le temps est
le mouvement d'une chose créée*, il faut demander
ce qu'on entend par le mot de *temps*, c'est-à-dire,
si on lui laisse le sens ordinaire et reçu de tous,
ou si on l'en dépouille pour lui donner en cette
occasion celui de mouvement d'une chose créée.
Si on le destitue de tout autre sens, on ne peut
contredire, et ce sera une définition libre, ensuite de laquelle, comme j'ai dit, il y aura deux
choses qui auront ce même nom ; mais si on lui
laisse son sens ordinaire, et qu'on prétende
néanmoins que ce qu'on entend par ce mot soit
le mouvement d'une chose créée, on peut contredire. Ce n'est plus une définition libre, c'est
une proposition qu'il faut prouver, si ce n'est
qu'elle soit très-évidente d'elle-même, et alors
ce sera un principe et un axiome, mais jamais

une définition; parce que, dans cette énoncia-
tion, on n'entend pas que le mot de *temps* signifie
la même chose que ceux-ci, *le mouvement d'une
chose créée*, mais on entend que ce que l'on conçoit par le terme de *temps* soit ce mouvement
supposé.

Si je ne savois combien il est nécessaire d'entendre ceci parfaitement, et combien il arrive
à toute heure, dans les discours familiers et
dans les discours de science, des occasions pareilles à celle-ci que j'ai donnée en exemple, je
ne m'y serois pas arrêté. Mais il me semble, par
l'expérience que j'ai de la confusion des disputes,
qu'on ne peut trop entrer dans cet esprit de net-
teté pour lequel je fais tout ce traité, plus que
pour le sujet que j'y traite.

Car combien y a-t-il de personnes qui croient
avoir défini le temps quand ils ont dit que c'est
la mesure du mouvement, en lui laissant cependant son sens ordinaire? et néanmoins ils ont
fait une proposition, et non pas une définition.
Combien y en a-t-il de même qui croient avoir
défini le mouvement quand ils ont dit : *Motus
nec simpliciter motus, non mera potentia est, sed
actus entis in potentiá?* Et cependant, s'ils laissent au mot de *mouvement* son sens ordinaire,
comme ils font, ce n'est pas une définition, mais
une proposition; et confondant ainsi les définitions, qu'ils appellent *définitions de nom*, qui
sont les véritables définitions libres, permises
et géométriques, avec celles qu'ils appellent *dé-*

finitions de chose, qui sont proprement des propositions nullement libres, mais sujettes à contradiction, ils s'y donnent la liberté d'en former
aussi-bien que les autres ; et chacun définissant
les mêmes choses à sa manière, par une liberté
qui est aussi défendue dans ces sortes de définitions que permise dans les premières, ils em-
brouillent toutes choses ; et, perdant tout ordre
et toute lumière, ils se perdent eux-mêmes, et
s'égarent dans des embarras inexplicables.

On n'y tombera jamais en suivant l'ordre de
la géométrie. Cette judicieuse science est bien
éloignée de définir ces mots primitifs, *espace,
temps, mouvement, égalité, majorité, diminution, tout,* et les autres que le monde entend de
soi-même. Mais hors ceux-là, le reste des termes
qu'elle emploie y sont tellement éclaircis et définis qu'on n'a pas besoin de dictionnaire pour
en entendre aucun ; de sorte qu'en un mot tous
ces termes sont parfaitement intelligibles, ou
par la lumière naturelle, ou par les définitions
qu'elle en donne.

Voilà de quelle sorte elle évite tous les vices
qui peuvent se rencontrer dans le premier point,
lequel consiste à définir les seules choses qui en
ont besoin. Elle en use de même à l'égard de
l'autre point, qui consiste à prouver les propositions qui ne sont pas évidentes.

Car quand elle est arrivée aux premières vérités connues, elle s'arrête là, et demande qu'on
les accorde, n'ayant rien de plus clair pour les

prouver; de sorte que tout ce que la géométrie propose est parfaitement démontré, ou par la lumière naturelle, ou par les preuves.

De là vient que si cette science ne définit pas et ne démontre pas toutes choses, c'est par cette seule raison que cela nous est impossible.

On trouvera peut-être étrange que la géométrie ne puisse définir aucune des choses qu'elle a pour principaux objets. Car elle ne peut définir ni le mouvement, ni les nombres, ni l'espace; et cependant ces trois choses sont celles qu'elle considère particulièrement, et selon la recherche desquelles elle prend ces trois différents noms de *mécanique*, d'*arithmétique*, de *géométrie*, ce dernier nom appartenant au genre et à l'espèce. Mais on n'en sera pas surpris, si l'on remarque que cette admirable science ne s'attachant qu'aux choses les plus simples, cette même qualité qui les rend dignes d'être ses objets les rend incapables d'être définies; de sorte que le manque de définition est plutôt une perfection qu'un défaut, parce qu'il ne vient pas de leur obscurité, mais au contraire de leur extrême évidence, qui est telle, qu'encore qu'elle n'ait pas la conviction des démonstrations, elle en a toute la certitude. Elle suppose donc que l'on sait quelle est la chose qu'on entend par ces mots, *mouvement, nombre, espace;* et sans s'arrêter à les définir inutilement, elle en pénètre la nature et en découvre les merveilleuses propriétés.

Ces trois choses, qui comprennent tout l'uni-

vers, selon ces paroles, *Deus fecit omnia in pondere, in numero et mensurâ* (*), ont une liaison
réciproque et nécessaire. Car on ne peut imaginer de mouvement sans quelque chose qui se
meuve, et cette chose étant une, cette unité est
l'origine de tous les nombres. Et enfin le mouvement ne pouvant être sans espace, on voit
ces trois choses enfermées dans la première.

Le temps même y est aussi compris : car le
mouvement et le temps sont relatifs l'un à l'autre;
la promptitude et la lenteur, qui sont les différences des mouvements, ayant un rapport nécessaire avec le temps.

Ainsi il y a des propriétés communes à toutes
ces choses, dont la connoissance ouvre l'esprit
aux plus grandes merveilles de la nature.

La principale comprend les deux infinités qui
se rencontrent dans toutes, l'une de grandeur,
l'autre de petitesse.

Car quelque prompt que soit un mouvement,
on peut en concevoir un qui le soit davantage,
et hâter encore ce dernier; et ainsi toujours à
l'infini, sans jamais arriver à un qui le soit de
telle sorte qu'on ne puisse plus y ajouter; et, au
contraire, quelque lent que soit un mouvement,
on peut le retarder davantage, et encore ce dernier; et ainsi à l'infini, sans jamais arriver à un
tel degré de lenteur, qu'on ne puisse encore en

***

(*) *Omnia in mensurâ, et numero, et pondere dispo-
suisti.* Sap. XI, 21.

descendre à une infinité d'autres sans tomber
dans le repos. De même, quelque grand que soit
un nombre, on peut en concevoir un plus grand,
et encore un qui surpasse le dernier; et ainsi à
l'infini, sans jamais arriver à un qui ne puisse
plus être augmenté; et, au contraire, quelque
petit que soit un nombre, comme la centième
ou la dix millième partie, on peut encore en
concevoir un moindre, et toujours à l'infini,
sans arriver au zéro ou néant. Quelque grand
que soit un espace, on peut en concevoir un
plus grand, et encore un qui le soit davantage;
et ainsi à l'infini, sans jamais arriver à un qui
ne puisse plus être augmenté : et, au contraire,
quelque petit que soit un espace, on peut encore en considérer un moindre, et toujours à
l'infini, sans jamais arriver à un indivisible qui
n'ait plus aucune étendue.

Il en est de même du temps. On peut toujours
en concevoir un plus grand sans dernier, et un
moindre, sans arriver à un instant et à un pur
néant de durée.

C'est-à-dire, en un mot, que quelque mouvement, quelque nombre, quelque espace, quelque temps que ce soit, il y en a toujours un plus
grand et un moindre; de sorte qu'ils se soutiennent tous entre le néant et l'infini, étant toujours
infiniment éloignés de ces extrêmes.

Toutes ces vérités ne peuvent se démontrer;
et cependant ce sont les fondements et les principes de la géométrie. Mais comme la cause qui

les rend incapables de démonstration n'est pas leur obscurité, mais au contraire leur extrême évidence, ce manque de preuve n'est pas un défaut, mais plutôt une perfection.

D'où l'on voit que la géométrie ne peut définir les objets, ni prouver les principes; mais par cette seule et avantageuse raison, que les uns et les autres sont dans une extrême clarté naturelle, qui convainc la raison plus puissamment que ne feroit le discours.

Car qu'y a-t-il de plus évident que cette vérité, qu'un nombre, tel qu'il soit, peut être augmenté; qu'on peut le doubler; que la promptitude d'un mouvement peut être doublée, et qu'un espace peut être doublé de même? Et qui peut aussi douter qu'un nombre, tel qu'il soit, ne puisse être divisé par la moitié, et sa moitié encore par la moitié? Car cette moitié seroit-elle un néant? Et comment ces deux moitiés, qui seroient deux zéro, feroient-elles un nombre?

De même, un mouvement, quelque lent qu'il soit, ne peut-il pas être ralenti de moitié, en sorte qu'il parcoure le même espace dans le double du temps, et ce dernier mouvement encore? Car seroit-ce un pur repos? Et comment se pourroit-il que ces deux moitiés de vitesse, qui seroient deux repos, fissent la première vitesse?

Enfin un espace, quelque petit qu'il soit, ne peut-il pas être divisé en deux, et ces moitiés encore? Et comment pourroit-il se faire que ces moitiés fussent indivisibles, sans aucune étendue, elles qui, jointes ensemble, ont fait la première étendue ?

Il n'y a point de connoissance naturelle dans l'homme qui précède celles-là, et qui les surpasse en clarté. Néanmoins, afin qu'il y ait exemple de tout, on trouve des esprits excellents en toutes autres choses, que ces infinités choquent, et qui ne peuvent, en aucune sorte, y consentir.

Je n'ai jamais connu personne qui ait pensé qu'un espace ne puisse être augmenté. Mais j'en ai vu quelques-uns, très-habiles d'ailleurs, qui ont assuré qu'un espace pouvoit être divisé en deux parties indivisibles, quelque absurdité qu'il s'y rencontre.

Je me suis attaché à rechercher en eux quelle pouvoit être la cause de cette obscurité, et j'ai trouvé qu'il n'y en avoit qu'une principale, qui est qu'ils ne sauroient concevoir un continu divisible à l'infini; d'où ils concluent qu'il n'est pas ainsi divisible. C'est une maladie naturelle à l'homme, de croire qu'il possède la vérité directement, et de là vient qu'il est toujours disposé à nier tout ce qui lui est incompréhensible; au lieu qu'en effet il ne connoît naturellement que le mensonge, et qu'il ne doit prendre pour véritables que les choses dont le contraire lui paroît faux.

Et c'est pourquoi, toutes les fois qu'une proposition est inconcevable, il faut en suspendre le jugement, et ne pas la nier à cette marque, mais en examiner le contraire; et si on le trouve manifestement faux, on peut hardiment affirmer la première, toute incompréhensible qu'elle est. Appliquons cette règle à notre sujet.

Il n'y a point de géomètre qui ne croie l'espace divisible à l'infini. On ne peut non plus l'être sans ce principe, qu'être homme sans âme. Et néanmoins il n'y en a point qui comprenne une division infinie; et l'on ne s'assure de cette vérité que par cette seule raison, mais qui est certainement suffisante, qu'on comprend parfaitement qu'il est faux qu'en divisant un espace, on puisse arriver à une partie indivisible, c'est-à-dire, qui n'ait aucune étendue. Car qu'y a-t-il de plus absurde que de prétendre qu'en divisant toujours un espace, on arrive enfin à une division telle, qu'en la divisant en deux, chacune des moitiés reste indivisible et sans aucune étendue? Je voudrois demander à ceux qui ont cette idée s'ils conçoivent nettement que deux indivisibles se touchent : si c'est partout, ils ne sont qu'une même chose, et partant, les deux ensemble sont indivisibles; et si ce n'est pas partout, ce n'est donc qu'en une partie; donc ils ont des parties, donc ils ne sont pas indivisibles.

Que s'ils confessent, comme en effet ils l'avouent quand on les en presse, que leur proposition est aussi inconcevable que l'autre; qu'ils reconnoissent que ce n'est pas par notre capacité à concevoir ces choses que nous devons juger de leur vérité, puisque, ces deux contraires étant tous deux inconcevables, il est néanmoins

nécessairement certain que l'un des deux est
véritable.

Mais qu'à ces difficultés chimériques, et qui
n'ont de proportion qu'à notre foiblesse, ils opposent ces clartés naturelles et ces vérités solides : s'il étoit véritable que l'espace fût composé
d'un certain nombre fini d'indivisibles, il s'en-
suivroit que deux espaces, dont chacun seroit
carré, c'est-à-dire, égal et pareil de tous côtés,
étant doubles l'un de l'autre, l'un contiendroit
un nombre de ces indivisibles double du nombre
des indivisibles de l'autre. Qu'ils retiennent bien
cette conséquence, et qu'ils s'exercent ensuite à
ranger des points en carrés, jusqu'à ce qu'ils en
aient rencontré deux dont l'un ait le double des
points de l'autre ; et alors je leur ferai céder tout
ce qu'il y a de géomètres au monde. Mais si la
chose est naturellement impossible, c'est-à-dire,
s'il y a impossibilité invincible à ranger des
points en carrés, dont l'un en ait le double de
l'autre, comme je le démontrerois en ce lieu-là
même, si la chose méritoit qu'on s'y arrêtât,
qu'ils en tirent la conséquence.

Et pour les soulager dans les peines qu'ils
auroient en de certaines rencontres, comme à
concevoir qu'un espace ait une infinité de divisibles, vu qu'on les parcourt en si peu de temps,
il faut les avertir qu'ils ne doivent pas comparer
des choses aussi disproportionnées qu'est l'infinité des divisibles avec le peu de temps où ils
sont parcourus : mais qu'ils comparent l'espace

entier avec le temps entier, et les infinis divisibles de l'espace avec les infinis instants de ce
temps; et ainsi ils trouveront que l'on parcourt
une infinité de divisibles en une infinité d'instants, et un petit espace en un petit temps; en
quoi il n'y a plus la disproportion qui les avoit
étonnés.

Enfin, s'ils trouvent étrange qu'un petit espace ait autant de parties qu'un grand, qu'ils
entendent aussi qu'elles sont plus petites à mesure; et qu'ils regardent le firmament au travers
d'un petit verre, pour se familiariser avec cette
connoissance, en voyant chaque partie du ciel
et chaque partie du verre.

Mais s'ils ne peuvent comprendre que des
parties si petites, qu'elles nous sont imperceptibles, puissent être autant divisées que le firmament, il n'y a pas de meilleur remède que
de les leur faire regarder avec des lunettes qui
grossissent cette pointe délicate jusqu'à une prodigieuse masse; d'où ils concevront aisément
que, par le secours d'un autre verre encore plus
artistement taillé, on pourroit les grossir jusqu'à
égaler ce firmament dont ils admirent l'étendue.
Et ainsi, ces objets leur paroissant maintenant
très-facilement divisibles, qu'ils se souviennent
que la nature peut infiniment plus que l'art.

Car enfin, qui les a assurés que ces verres
auront changé la grandeur naturelle de ces objets, ou s'ils auront, au contraire, rétabli la véritable, que la figure de notre œil avoit changée

et raccourcie, comme font les lunettes qui amoindrissent? Il est fâcheux de s'arrêter à ces bagatelles; mais il y a des temps de niaiser.

Il suffit de dire à des esprits clairs en cette matière que deux néants d'étendue ne peuvent pas faire une étendue. Mais parce qu'il y en a qui prétendent s'échapper à cette lumière par cette merveilleuse réponse, que deux néants d'étendue peuvent aussi-bien faire une étendue que deux unités, dont aucune n'est nombre, font un nombre par leur assemblage; il faut leur repartir qu'ils pourroient opposer de la même sorte que vingt mille hommes font une armée, quoique aucun d'eux ne soit armée; que mille maisons font une ville, quoique aucune ne soit ville; ou que les parties font le tout, quoique aucune ne soit le tout; ou, pour demeurer dans la comparaison des nombres, que deux binaires font le quaternaire, et dix dixaines une centaine, quoique aucun ne le soit. Mais ce n'est pas avoir l'esprit juste que de confondre, par des comparaisons si inégales, la nature immuable des choses avec leurs noms libres et volontaires, et dépendant du caprice des hommes qui les ont composés. Car il est clair que, pour faciliter les discours, on a donné le nom d'*armée* à vingt mille hommes, celui de *ville* à plusieurs maisons, celui de *dixaine* à dix unités; et que de cette liberté naissent les noms d'*unité*, *binaire*, *quaternaire*, *dixaine*, *centaine*, différents par nos fantaisies, quoique ces choses

soient en effet de même genre par leur nature
invariable, et qu'elles soient toutes proportionnées entre elles, et ne diffèrent que du plus ou
du moins, et quoique, ensuite de ces noms, le
binaire ne soit pas quaternaire, ni une maison
une ville, non plus qu'une ville n'est pas une
maison. Mais quoique une maison ne soit pas
une ville, elle n'est pas néanmoins un néant
de ville; il y a bien de la différence entre n'être
pas une chose et en être un néant.

Car, afin qu'on entende la chose à fond, il faut
savoir que la seule raison pour laquelle l'unité
n'est pas au rang des nombres, est qu'Euclide
et les premiers auteurs qui ont traité d'arithmétique, ayant plusieurs propriétés à donner,
qui convenoient à tous les nombres, hormis à
l'unité, pour éviter de dire souvent *qu'en tout
nombre hors l'unité, telle condition se rencontre*;
ils ont exclu l'unité de la signification du mot
de *nombre*, par la liberté que nous avons déjà
dit qu'on a de faire à son gré des définitions.
Aussi, s'ils eussent voulu, ils en eussent de
même exclu le binaire et le ternaire, et tout
ce qu'il léur eût plu; car on en est maître,
pourvu qu'on en avertisse : comme au contraire l'unité se met, quand on veut, au rang
des nombres, et les fractions de même. Et en
effet, l'on est obligé de le faire dans les propositions générales, pour éviter de dire à chaque
fois *à tout nombre et à l'unité et aux fractions,
une telle propriété convient*; et c'est en ce sens

indéfini que je l'ai pris dans tout ce que j'en ai écrit.

Mais le même Euclide, qui a ôté à l'unité le nom de *nombre*, ce qui lui a été permis, pour faire entendre néanmoins qu'elle n'en est pas un néant, mais qu'elle est, au contraire, du même genre, définit ainsi les grandeurs homogènes : *Les grandeurs*, dit-il, *sont dites être de même genre, lorsque l'une, étant plusieurs fois multipliée, peut arriver à surpasser l'autre* ; et par conséquent, puisque l'unité peut, étant multipliée plusieurs fois, surpasser quelque nombre que ce soit, elle est de même genre que les nombres, précisément par son essence et par sa nature immuable, dans le sens du même Euclide, qui a voulu qu'elle ne fût pas appelée *nombre*.

Il n'en est pas de même d'un indivisible à l'égard d'une étendue ; car non-seulement il diffère de nom, ce qui est volontaire, mais il diffère de genre, par la même définition ; puisqu'un indivisible, multiplié autant de fois qu'on voudra, est si éloigné de pouvoir surpasser une étendue, qu'il ne peut jamais former qu'un seul et unique indivisible ; ce qui est naturel et nécessaire, ainsi que nous l'avons déjà montré. Et comme cette dernière preuve est fondée sur la définition de ces deux choses *indivisible* et *étendue*, on va achever et consommer la démonstration.

Un indivisible est ce qui n'a aucune partie, et l'étendue est ce qui a diverses parties séparées.

Sur ces définitions, je dis que deux indivisibles, étant unis, ne font pas une étendue.

Car, quand ils sont unis, ils se touchent chacun en une partie; et ainsi les parties par où ils se touchent ne sont pas séparées, puisque autrement elles ne se toucheroient pas. Or, par leur définition, ils n'ont point d'autres parties; donc ils n'ont pas de parties séparées; donc ils ne sont pas une étendue, par la définition de l'étendue qui porte la séparation des parties.

On montrera la même chose de tous les autres indivisibles qu'on y joindra, par la même raison. En partant, un indivisible, multiplié autant qu'on voudra, ne fera jamais une étendue. Donc il n'est pas de même genre que l'étendue, par la définition des choses du même genre.

Voilà comment on démontre que les indivisibles ne sont pas de même genre que les nombres. De là vient que deux unités peuvent bien faire un nombre, parce qu'elles sont de même genre; et que deux indivisibles ne font pas une étendue, parce qu'ils ne sont pas de même genre.

D'où l'on voit combien il y a peu de raison de comparer le rapport qui est entre l'unité et les nombres à celui qui est entre les indivisibles et l'étendue.

Mais si l'on veut prendre dans les nombres une comparaison qui représente avec justesse ce que nous considérons dans l'étendue, il faut que ce soit le rapport du zéro aux nombres; car le zéro n'est pas du même genre que les nombres, parce qu'étant multiplié, il ne peut les surpasser. De sorte que c'est un véritable indivisible de nombre, comme l'indivisible est un véritable zéro d'étendue. On trouvera un pareil rapport entre le repos et le mouvement, et entre un instant et le temps; car toutes ces choses sont hétérogènes à leurs grandeurs, parce qu'étant infiniment multipliées, elles ne peuvent jamais faire que des indivisibles, non plus que les indivisibles d'étendue, et par la même raison. Et alors on verra une correspondance parfaite entre ces choses; car toutes ces grandeurs sont divisibles à l'infini, sans tomber dans leurs indivisibles, de sorte qu'elles tiennent toutes le milieu entre l'infini et le néant.

Voilà l'admirable rapport que la nature a mis entre ces choses, et les deux merveilleuses infinités qu'elle a proposées aux hommes, non pas à concevoir, mais à admirer; et pour en finir la considération par une dernière remarque, j'ajouterai que ces deux infinis, quoique infiniment différents, sont néanmoins relatifs l'un à l'autre de telle sorte, que la connoissance de l'un mène nécessairement à la connoissance de l'autre.

Car dans les nombres, de ce qu'ils peuvent toujours être augmentés, il s'ensuit absolument qu'ils peuvent toujours être diminués, et cela est clair; car si l'on peut multiplier un nombre jusqu'à cent mille, par exemple, on peut aussi en prendre une cent millième partie, en le

divisant par le même nombre qu'on le multiplie;
et ainsi tout terme d'augmentation deviendra
terme de division, en changeant l'entier en frac-
tion. De sorte que l'augmentation infinie enferme
nécessairement aussi la division infinie.

Et dans l'espace, le même rapport se voit entre
ces deux infinis contraires, c'est-à-dire, que, de
ce qu'un espace peut être infiniment prolongé,
il s'ensuit qu'il peut être infiniment diminué,
comme il paroît en cet exemple : si on regarde
au travers d'un verre un vaisseau qui s'éloigne
toujours directement, il est clair que le lieu du
corps diaphane, où l'on remarque un point tel
qu'on voudra du navire, haussera toujours par
un flux continuel, à mesure que le vaisseau fuit.
Donc, si la course du vaisseau est toujours
allongée et jusqu'à l'infini, ce point haussera
continuellement; et cependant il n'arrivera jamais à celui où tombera le rayon horizontal
mené de l'œil au verre, de sorte qu'il en appro-
chera toujours sans y arriver jamais, divisant
sans cesse l'espace qui restera sur ce point horizontal, sans y arriver jamais. D'où l'on voit la
conséquence nécessaire qui se tire de l'infinité
de l'étendue du cours du vaisseau à la division
infinie et infiniment petite de ce petit espace
restant au-dessous de ce point horizontal.

Ceux qui ne seront pas satisfaits de ces raisons, et qui demeureront dans la croyance que
l'espace n'est pas divisible à l'infini, ne peuvent rien prétendre aux démonstrations géomé-

triques ; et quoiqu'ils puissent être éclairés en d'autres choses, ils le seront fort peu en celles-ci ; car on peut aisément être très-habile homme et mauvais géomètre.

Mais ceux qui verront clairement ces vérités pourront admirer la grandeur et la puissance de la nature dans cette double infinité qui nous environne de toutes parts ; et apprendre, par cette considération merveilleuse, à se connoître eux-mêmes, en se regardant placés entre une infinité et un néant d'étendue, entre une infinité et un néant de nombre, entre une infinité et un néant de mouvement, entre une infinité et un néant de temps. Sur quoi on peut apprendre à s'estimer son juste prix, et former des réflexions très-importantes, qui valent mieux que tout le reste de la géométrie même.

J'ai cru être obligé de faire cette longue considération en faveur de ceux qui, ne comprenant pas d'abord cette double infinité, sont capables d'en être persuadés ; et, quoiqu'il y en ait plusieurs qui aient assez de lumière pour s'en passer, il peut néanmoins arriver que ce discours, qui sera nécessaire aux uns, ne sera pas entièrement inutile aux autres.

ARTICLE III.

DE L'ART DE PERSUADER.

L'ART de persuader a un rapport nécessaire à la manière dont les hommes consentent à ce qu'on leur propose, et aux conditions des choses qu'on veut faire croire.

Personne n'ignore qu'il y a deux entrées par où les opinions s'insinuent dans l'âme, qui sont ces deux principales puissances : l'entendement et la volonté. La plus naturelle est celle de l'entendement; car on ne devroit jamais consentir qu'aux vérités démontrées; mais la plus ordinaire, quoique contre la nature, est celle de la volonté; car tout ce qu'il y a d'hommes sont presque toujours emportés à croire, non pas par la preuve, mais par l'agrément. Cette voie est basse, indigne et étrangère : aussi tout le monde la désavoue. Chacun fait profession de ne croire, et même de n'aimer que ce qu'il sait le mériter.

Je ne parle pas ici des vérités divines, que je n'aurois garde de faire tomber sous l'art de persuader; car elles sont infiniment au-dessus de la nature; Dieu seul peut les mettre dans l'âme, et par la manière qu'il lui plaît. Je sais qu'il a voulu qu'elles entrent du cœur dans l'esprit, et non pas de l'esprit dans le cœur, pour humilier cette superbe puissance du raisonnement, qui

prétend devoir être juge des choses que la volonté choisit ; et pour guérir cette volonté infirme, qui s'est toute corrompue par ses indignes
attachements. Et de là vient qu'au lieu qu'en
parlant des choses humaines, on dit qu'il faut
les connoître avant que de les aimer, ce qui est
passé en proverbe ; les saints, au contraire, disent,
en parlant des choses divines, qu'il faut les aimer
pour les connoître, et qu'on n'entre dans la vérité que par la charité, dont ils ont fait une de
leurs plus utiles sentences.

En quoi il paroît que Dieu a établi cet ordre
surnaturel, et tout contraire à l'ordre qui devoit
être naturel aux hommes dans les choses naturelles. Ils ont néanmoins corrompu cet ordre,
en faisant des choses profanes ce qu'ils devoient
faire des choses saintes, parce qu'en effet nous
ne croyons presque que ce qui nous plaît. Et de
là vient l'éloignement où nous sommes de consentir aux vérités de la religion chrétienne, une
opposée à nos plaisirs. Dites-nous des choses
agréables, et nous vous écouterons, disoient les
Juifs à Moïse ; comme si l'agrément devoit régler
la croyance ! Et c'est pour punir ce désordre par
un ordre qui lui est conforme que Dieu ne rend
ses lumières dans les esprits qu'après avoir
dompté la rébellion de la volonté par une douceur toute céleste, qui la charme et qui l'entraîne.

Je ne parle donc que des vérités de notre portée ; et c'est d'elles que je dis que l'esprit qui

sont comme les portes par où elles sont reçues dans l'âme; mais que bien peu entrent par l'esprit, au lieu qu'elles y sont introduites en foule par les caprices téméraires de la volonté, sans le conseil du raisonnement!

Ces puissances ont chacune leurs principes et premiers moteurs de leurs actions.

Ceux de l'esprit sont des vérités naturelles et communes à tout le monde, comme que le tout est plus grand que sa partie, outre plusieurs axiomes particuliers, que les uns reçoivent, et non pas les autres; mais qui, dès qu'ils sont admis, sont aussi puissants, quoique faux, pour emporter la croyance, que les plus véritables.

Ceux de la volonté sont de certains désirs naturels et communs à tous les hommes, comme le désir d'être heureux, que personne ne peut pas ne pas avoir, outre plusieurs objets particuliers que chacun suit pour y arriver, et qui, ayant la force de nous plaire, sont aussi forts, quoique pernicieux en effet, pour faire agir la volonté, que s'ils faisoient son véritable bonheur.

Voilà pour ce qui regarde les puissances qui nous portent à consentir.

Mais pour les qualités des choses que nous voulons persuader, elles sont bien diverses.

Les unes se tirent, par une conséquence nécessaire, des principes communs et des vérités avouées. Celles-là peuvent être infailliblement persuadées; car, en montrant le rapport qu'elles ont avec les principes accordés, il y a une néces-

sité inévitable de convaincre ; et il est impossible
qu'elles ne soient pas reçues dans l'âme dès
qu'on a pu les enrôler à ces vérités déjà ad-
mises.

Il y en a qui ont une liaison étroite avec les
objets de notre satisfaction ; et celles-là sont encore reçues avec certitude. Car aussitôt qu'on
fait apercevoir à l'âme qu'une chose peut la conduire à ce qu'elle aime souverainement, il est
inévitable qu'elle ne s'y porte avec joie.

Mais celles qui ont cette liaison tout ensemble,
et avec les vérités avouées, et avec les désirs du
cœur, sont si sûres de leur effet, qu'il n'y a rien
qui le soit davantage dans la nature ; comme,
au contraire, ce qui n'a de rapport ni à nos
croyances, ni à nos plaisirs, nous est importun,
faux et absolument étranger.

En toutes ces rencontres il n'y a point à douter.
Mais il y en a où les choses qu'on veut faire croire
sont bien établies sur des vérités connues, mais
qui sont en même temps contraires aux plaisirs
qui nous touchent le plus. Et celles-là sont en
grand péril de faire voir, par une expérience qui
n'est que trop ordinaire, ce que je disois au commencement, que cette âme impérieuse, qui se
vantoit de n'agir que par raison, suit, par un
choix honteux et téméraire, ce qu'une volonté
corrompue désire, quelque résistance que l'esprit trop éclairé puisse y opposer.

C'est alors qu'il se fait un balancement dou-
teux entre la vérité et la volupté ; et que la con-

noissance de l'une et le sentiment de l'autre font
un combat dont le succès est bien incertain,
puisqu'il faudroit, pour en juger, connoître
tout ce qui se passe dans le plus intérieur de
l'homme, que l'homme même ne connoît presque jamais.

Il paroît de là que, quoi que ce soit qu'on
veuille persuader, il faut avoir égard à la personne à qui on en veut, dont il faut connoître
l'esprit et le cœur, quels principes il accorde,
quelles choses il aime ; et ensuite remarquer
dans la chose dont il s'agit quel rapport elle a
avec les principes avoués ou avec les objets censés
délicieux, par les charmes qu'on leur attribue.
De sorte que l'art de persuader consiste autant
en celui d'agréer qu'en celui de convaincre, tant
les hommes se gouvernent plus par caprices que
par raison !

Or, de ces deux méthodes, l'une de convaincre, l'autre d'agréer, je ne donnerai ici les
règles que de la première ; et encore au cas qu'on
ait accordé les principes, et qu'on demeure ferme
à les avouer : autrement je ne sais s'il y auroit
un art pour accommoder les preuves à l'inconstance de nos caprices. La manière d'agréer est
bien, sans comparaison, plus difficile, plus subtile, plus utile et plus admirable ; aussi si je n'en
traite pas, c'est parce que je n'en suis pas capable ; et je m'y sens tellement disproportionné,
que je crois pour moi la chose absolument impossible (1).

Ce n'est pas que je croie qu'il n'y ait des règles aussi sûres pour plaire que pour démontrer ; et que celui qui les sauroit parfaitement connoître et pratiquer, ne réussît aussi sûrement à se faire aimer des rois et de toutes sortes de personnes, qu'à démontrer les éléments de la géométrie à ceux qui ont assez d'imagination pour en comprendre les hypothèses. Mais j'estime, et c'est peut-être ma foiblesse qui me le fait croire, qu'il est impossible d'y arriver. Au moins je sais que, si quelqu'un en est capable, ce sont des personnes que je connois, et qu'aucun autre n'a sur cela de si claires et de si abondantes lumières.

La raison de cette extrême difficulté vient de ce que les principes du plaisir ne sont pas fermes et stables. Ils sont divers en tous les hommes, et variables dans chaque particulier, avec une telle diversité, qu'il n'y a point d'homme plus différent d'un autre que de soi-même, dans les divers temps. Un homme a d'autres plaisirs qu'une femme ; un riche et un pauvre en ont de différents ; un prince, un homme de guerre, un marchand, un bourgeois, un paysan, les vieux, les jeunes, les sains, les malades, tous varient ; les moindres accidents les changent.

Or, il y a un art, et c'est celui que je donne, pour faire voir la liaison des vérités avec leurs principes, soit de vrai, soit de plaisir ; pourvu que les principes qu'on a une fois avoués demeurent fermes et sans être jamais démentis.

Mais comme il y a peu de principes de cette sorte, et que, hors de la géométrie, qui ne considère que des figures très-simples, il n'y a presque point de vérités dont nous demeurions toujours d'accord, et encore moins d'objets de plaisirs dont nous ne changions à toute heure, je ne sais s'il y a moyen de donner des règles fermes pour accorder les discours à l'inconstance de nos caprices.

Cet art, que j'appelle l'*art de persuader*, et qui n'est proprement que la conduite des preuves méthodiques et parfaites, consiste en trois parties essentielles (2); à expliquer les termes dont on doit se servir par des définitions claires; à proposer des principes ou axiomes évidents, pour prouver les choses dont il s'agit; et à substituer toujours mentalement dans la démonstration les définitions à la place des définis.

La raison de cette méthode est évidente, puisqu'il seroit inutile de proposer ce qu'on veut prouver, et d'en entreprendre la démonstration, si on n'avoit auparavant défini clairement tous les termes qui ne sont pas intelligibles; qu'il faut de même que la démonstration soit précédée de la demande des principes évidents qui y sont nécessaires; car, si l'on n'assure le fondement, on ne peut assurer l'édifice; et qu'il faut enfin, en démontrant, substituer mentalement les définitions à la place des définis, puisque autrement on pourroit abuser des divers sens qui se rencontrent dans les termes. Il est facile de voir qu'en observant cette méthode, on est sûr de convaincre, puisque les termes étant tous entendus et parfaitement exempts d'équivoques par les définitions, et les principes étant accordés, si, dans la démonstration, on substitue toujours mentalement les définitions à la place des définis, la force invincible des conséquences ne peut manquer d'avoir tout son effet.

Aussi jamais une démonstration dans laquelle ces circonstances sont gardées n'a pu recevoir le moindre doute; et jamais celles où elles manquent ne peuvent avoir de force.

Il importe donc bien de les comprendre et de les posséder; et c'est pourquoi, pour rendre la chose plus facile et plus présente, je les donnerai toutes en peu de règles, qui enferment tout ce qui est nécessaire pour la perfection des définitions, des axiomes et des démonstrations, et par conséquent de la méthode entière des preuves géométriques de l'art de persuader.

Règles pour les définitions.

I. N'entreprendre de définir aucune des choses tellement connues d'elles-mêmes, qu'on n'ait point de termes plus clairs pour les expliquer.

II. N'omettre aucun des termes un peu obscurs ou équivoques sans définition.

III. N'employer dans la définition des termes que des mots parfaitement connus, ou déjà expliqués.

Règles pour les axiomes.

I. N'omettre aucun des principes nécessaires sans avoir demandé si on l'accorde, quelque clair et évident qu'il puisse être.

II. Ne demander, en axiomes, que des choses parfaitement évidentes d'elles-mêmes.

Règles pour les démonstrations.

I. N'entreprendre de démontrer aucune des choses qui sont tellement évidentes d'elles-mêmes, qu'on n'ait rien de plus clair pour les prouver.

II. Prouver toutes les propositions un peu obscures, et n'employer à leur preuve que des axiomes très-évidents, ou des propositions déjà accordées ou démontrées.

III. Substituer toujours mentalement les définitions à la place des définis, pour ne pas se tromper par l'équivoque des termes que les définitions ont restreints.

Voilà les huit règles qui contiennent tous les préceptes des preuves solides et immuables, desquelles il y en a trois qui ne sont pas absolument nécessaires, et qu'on peut négliger sans erreur; qu'il est même difficile et comme impossible d'observer toujours exactement, quoiqu'il soit plus parfait de le faire autant qu'on peut : ce sont les trois premières de chacune des parties.

Pour les définitions. Ne définir aucun des termes qui sont parfaitement connus.

Pour les axiomes. N'omettre à demander aucun des axiomes parfaitement évidents et simples.

Pour les démonstrations. Ne démontrer aucune des choses très-connues d'elles-mêmes.

Car il est sans doute que ce n'est pas une grande faute de définir et d'expliquer bien clairement des choses, quoique très-claires d'elles-mêmes; ni d'omettre à demander par avance des axiomes qui ne peuvent être refusés au lieu où ils sont nécessaires; ni enfin de prouver des propositions qu'on accorderoit sans preuve.

Mais les cinq autres règles sont d'une nécessité absolue; et on ne peut s'en dispenser sans un défaut essentiel, et souvent sans erreur : c'est pourquoi je les reprendrai ici en particulier.

Règles nécessaires pour les définitions.

N'omettre aucun des termes un peu obscurs ou équivoques sans définition.

N'employer dans les définitions que des termes parfaitement connus ou déjà expliqués.

Règle nécessaire pour les axiomes.

Ne demander, en axiomes, que des choses parfaitement évidentes.

Règles nécessaires pour les démonstrations.

I. Prouver toutes les propositions, en n'employant à leur preuve que des axiomes très-évidents d'eux - mêmes, ou des propositions déjà démontrées ou accordées.

II. N'abuser jamais de l'équivoque des termes, en manquant de substituer mentalement les définitions qui les restreignent et les expliquent.

Telles sont les cinq règles qui forment tout ce qu'il y a de nécessaire pour rendre les preuves convaincantes, immuables, et, pour tout dire, géométriques; et les huit règles ensemble les rendent encore plus parfaites.

Voilà en quoi consiste cet art de persuader, qui se renferme dans ces deux principes : définir tous les noms qu'on impose; prouver tout, en substituant mentalement les définitions à la place des définis. Sur quoi il me semble à propos de prévenir trois objections principales qu'on pourra faire.

L'une, que cette méthode n'a rien de nouveau; l'autre, qu'elle est bien facile à apprendre, sans qu'il soit nécessaire, pour cela, d'étudier les éléments de géométrie, puisqu'elle consiste en ces deux mots, qu'on sait à la première lecture; et enfin qu'elle est assez inutile, puisque son usage est presque renfermé dans les seules matières géométriques.

Il faut donc faire voir qu'il n'y a rien de si inconnu, rien de plus difficile à pratiquer, et rien de plus utile et de plus universel.

Pour la première objection, qui est que ces règles sont connues dans le monde, qu'il faut tout définir et tout prouver, et que les logiciens mêmes les ont mises entre les préceptes de leur art (*), je voudrois que la chose fût véritable, et qu'elle fût si connue, que je n'eusse pas eu la peine de rechercher avec tant de soin la source de tous les défauts des raisonnements qui sont véritablement communs (3). Mais cela l'est si peu, que, si l'on en excepte les seuls géomètres, en si petit nombre chez tous les peuples et dans tous les temps, on ne voit personne qui le sache en effet. Il sera aisé de le faire entendre à ceux qui auront parfaitement compris le peu que j'en ai dit; s'ils ne l'ont pas conçu parfaitement, j'avoue qu'ils n'y auront rien à y apprendre.

Mais s'ils sont entrés dans l'esprit de ces règles, et qu'elles aient assez fait d'impression pour s'y enraciner et s'y affermir, ils sentiront combien il y a de différence entre ce qui est dit ici et ce que quelques logiciens en ont peut-être écrit d'approchant au hasard, en quelques lieux de leurs ouvrages.

Ceux qui ont l'esprit de discernement savent combien il y a de différence entre deux mots semblables, selon les lieux et les circonstances qui les accompagnent. Croira-t-on, en vérité, que deux personnes qui ont lu et appris par cœur le même livre le sachent également? si l'un le comprend en sorte qu'il en sache tous les principes, la force des conséquences, les réponses

---

(*) *Voyez* la *Logique de Port-Royal*, part. 4, c. 3.

aux objections qu'on peut y faire, et toute l'économie de l'ouvrage; au lieu qu'en l'autre ce soient des paroles mortes et des semences qui, quoique pareilles à celles qui ont produit des arbres si fertiles, sont demeurées sèches et infructueuses dans l'esprit stérile qui les a reçues en vain.

Tous ceux qui disent les mêmes choses ne les possèdent pas de la même sorte; et c'est pourquoi l'incomparable auteur de l'*Art de conférer* (*) s'arrête avec tant de soin à faire entendre qu'il ne faut pas juger de la capacité d'un homme par l'excellence d'un bon mot qu'on lui entend dire: mais au lieu d'étendre l'admiration d'un bon discours à la personne, qu'on pénètre, dit-il, l'esprit d'où il sort; qu'on tente s'il le tient de sa mémoire ou d'un heureux hasard; qu'on le reçoive avec froideur et avec mépris, afin de voir s'il ressentira qu'on ne donne pas à ce qu'il dit l'estime que son prix mérite : on verra le plus souvent qu'on le lui fera désavouer sur l'heure, et qu'on le tirera bien loin de cette pensée meil

(*) Montaigne. *Voyez* ses *Essais*, liv. 3, c. 8, qui a pour titre : *De l'Art de conférer*. On pourroit être étonné que Pascal donne ici l'épithète d'*incomparable* à ce philosophe, en voyant ailleurs qu'il lui reconnoît de grands défauts; mais dans ses réflexions sur Épictète et Montaigne, où il montre les défauts de ce dernier, il lui donne encore la même épithète, et fait voir dans quel sens il l'entend. *Voyez* ci-après, part. 1, art. 11, §. 5. (*Note de l'édition de 1787.*)

leure qu'il ne croyoit, pour le jeter dans une autre toute basse et ridicule. Il faut donc sonder comme cette pensée est logée en son auteur ; comment, par où, jusqu'où il la possède : autrement le jugement sera précipité.

Je voudrois demander à des personnes équitables, si ce principe, *la matière est dans une incapacité naturelle invincible de penser*; et celui-ci, *je pense, donc je suis*, sont en effet les mêmes dans l'esprit de Descartes et dans l'esprit de saint Augustin, qui a dit la même chose douze cents ans auparavant.

En vérité, je suis bien éloigné de dire que Descartes n'en soit pas le véritable auteur, quand il ne l'auroit appris que dans la lecture de ce grand saint : car je sais combien il y a de différence entre écrire un mot à l'aventure, sans y faire une réflexion plus longue et plus étendue, et apercevoir dans ce mot une suite admirable de conséquences, qui prouvent la distinction des natures matérielle et spirituelle, pour en faire un principe ferme et soutenu d'une métaphysique entière, comme Descartes a prétendu faire. Car, sans examiner s'il a réussi efficacement dans sa prétention, je suppose qu'il l'ait fait, et c'est dans cette supposition que je dis que ce mot est aussi différent dans ses écrits, d'avec le même mot dans les autres qui l'ont dit en passant, qu'un homme plein de vie et de force d'avec un homme mort.

Tel dira une chose de soi-même, sans en comprendre l'excellence, où un autre comprendra une suite merveilleuse de conséquences qui nous font dire hardiment que ce n'est plus le même mot; et qu'il ne le doit non plus à celui d'où il l'a appris, qu'un arbre admirable n'appartiendra pas à celui qui en auroit jeté la semence, sans y penser et sans la connoître, dans une terre abondante qui en auroit profité de lá sorte par sa propre fertilité.

Les mêmes pensées poussent quelquefois tout autrement dans un autre que dans leur auteur : infertiles dans leur champ naturel, abondantes étant transplantées. Mais il arrive bien plus souvent qu'un bon esprit fait produire lui-même à ses propres pensées tout le fruit dont elles sont capables, et qu'ensuite quelques autres, les ayant ouï estimer, les empruntent et s'en parent, mais sans en connoître l'excellence; et c'est alors que la différence d'un même mot, en diverses bouches, paroît le plus.

C'est de cette sorte que la logique a peut-être emprunté les règles de la géométrie sans en comprendre la force; et ainsi, en les mettant à l'aventure parmi celles qui lui sont propres, il ne s'ensuit pas de là que les logiciens soient entrés dans l'esprit de la géométrie; et s'ils n'en donnent pas d'autres marques que de l'avoir dit en passant, je serai bien éloigné de les mettre en parallèle avec les géomètres qui apprennent la véritable manière de conduire la raison. Je serai, au contraire, bien disposé à les en exclure, et presque sans retour. Car de l'avoir dit en passant, sans avoir pris garde que tout est renfermé là-dedans, et au lieu de suivre ces lumières, s'égarer à perte de vue après des recherches inutiles pour courir à ce qu'elles offrent, et qu'elles ne peuvent donner, c'est véritablement montrer qu'on n'est guère clairvoyant, et bien moins que si l'on n'avoit manqué de les suivre, que parce qu'on ne les avoit pas aperçues.

La méthode de ne point errer est recherchée de tout le monde. Les logiciens font profession d'y conduire, les géomètres seuls y arrivent; et hors de leur science et de ce qui l'imite, il n'y a point de véritables démonstrations; tout l'art en est renfermé dans les seuls préceptes que nous avons dit; ils suffisent seuls, ils prouvent seuls; toutes les autres règles sont inutiles ou nuisibles. Voilà ce que je sais par une longue expérience de toutes sortes de livres et de personnes.

Et sur cela je fais le même jugement de ceux qui disent que les géomètres ne leur donnent rien de nouveau par ces règles, parce qu'ils les avoient en effet, mais confondues parmi une multitude d'autres inutiles ou fausses dont ils ne pouvoient pas les discerner, que de ceux qui, cherchant un diamant de grand prix parmi un grand nombre de faux, mais qu'ils ne sauroient pas en distinguer, se vanteroient, en les tenant tous ensemble, de posséder le véritable; aussi-bien que celui qui, sans s'arrêter à ce vil amas, porte la main sur la pierre choisie que l'on recherche, et pour laquelle on ne jetoit pas tout le reste.

Le défaut d'un raisonnement faux est une maladie qui se guérit par les deux remèdes indiqués. On en a composé un autre d'une infinité d'herbes inutiles, où les bonnes se trouvent enveloppées, et où elles demeurent sans effet, par les mauvaises qualités de ce mélange.

Pour découvrir tous les sophismes et toutes les équivoques des raisonnements captieux, les logiciens ont inventé des noms barbares, qui étonnent ceux qui les entendent; et au lieu qu'on ne peut débrouiller tous les replis de ce nœud si embarrassé qu'en tirant les deux bouts que les géomètres assignent, ils en ont marqué un nombre étrange d'autres où ceux-là se trouvent compris, sans qu'ils sachent lequel est le bon.

Et ainsi, en nous montrant un nombre de chemins différents, qu'ils disent nous conduire où nous tendons, quoiqu'il n'y en ait que deux qui y mènent, et qu'il faut savoir marquer en particulier, on prétendra que la géométrie, qui les assigne certainement, ne donne que ce qu'on tenoit déjà d'eux, parce qu'ils donnoient en effet la même chose, et davantage, sans prendre garde que ce présent perdoit son prix par son abondance, et qu'il ôtoit en ajoutant.

Rien n'est plus commun que les bonnes choses: il n'est question que de les discerner; et il est certain qu'elles sont toutes naturelles et à notre portée, et même connues de tout le monde. Mais on ne sait pas les distinguer. Ceci est universel. Ce n'est pas dans les choses extraordinaires et bizarres que se trouve l'excellence de quelque genre que ce soit. On s'élève pour y arriver, et on s'en éloigne. Il faut le plus souvent s'abaisser. Les meilleurs livres sont ceux que chaque lecteur croit qu'il auroit pu faire (4); la nature, qui seule est bonne, est toute familière et commune.

Je ne fais donc pas de doute que ces règles, étant les véritables, ne doivent être simples, naïves, naturelles, comme elles le sont. Ce n'est pas *Barbara* et *Baralipton* qui forment le raisonnement. Il ne faut pas guinder l'esprit ; les manières tendues et pénibles le remplissent d'une sotte présomption, par une élévation étrangère et par une enflure vaine et ridicule, au lieu d'une nourriture solide et vigoureuse. L'une des raisons principales qui éloignent le plus ceux qui entrent dans ces connoissances, du véritable chemin qu'ils doivent suivre, est l'imagination qu'on prend d'abord que les bonnes choses sont inaccessibles, en leur donnant le nom de *grandes*, *hautes*, *élevées*, *sublimes*. Cela perd tout. Je voudrois les nommer *basses*, *communes*, *familières* : ces noms-là leur conviennent mieux ; je hais les mots d'enflure (5).

~~~~~~

ARTICLE IV.

CONNOISSANCE GÉNÉRALE DE L'HOMME.

I (6).

La première chose qui s'offre à l'homme quand il se regarde, c'est son corps, c'est-à-dire, une certaine portion de matière qui lui est propre. Mais, pour comprendre ce qu'elle est, il faut qu'il la compare avec tout ce qui est au-dessus de lui et tout ce qui est au-dessous, afin de reconnoître ses justes bornes.

Qu'il ne s'arrête donc pas à regarder simplement les objets qui l'environnent; qu'il contemple la nature entière dans sa haute et pleine majesté; qu'il considère cette éclatante lumière, mise comme une lampe éternelle pour éclairer l'univers; que la terre lui paroisse comme un point au prix du vaste tour que cet astre décrit (*) (7); et qu'il s'étonne de ce que ce vaste

---

(*) Pascal s'exprime ici d'après les idées populaires conformes au système de Ptolémée, qui faisoit tourner le soleil et les planètes autour de la terre, regardée comme le centre de l'univers. Cependant Copernic avoit, dès l'an 1530, publié son système, ou plutôt celui de Pythagore, ou de Philolaüs son disciple; et, après la découverte des télescopes par Galilée, en 1610, les savants en avoient reconnu

tour n'est lui-même qu'un point très-délicat à l'égard de celui que les astres qui roulent dans le firmament embrassent. Mais si notre vue s'arrête là, que l'imagination passe outre. Elle se lassera plutôt de concevoir, que la nature de fournir. Tout ce que nous voyons du monde n'est qu'un trait imperceptible dans l'ample sein de la nature. Nulle idée n'approche de l'étendue de ses espaces. Nous avons beau enfler nos conceptions, nous n'enfantons que des atomes au prix de la réalité des choses. C'est une sphère infinie dont le centre est partout, la circonférence nulle part. Enfin c'est un des plus grands caractères sensibles de la toute-puissance de Dieu, que notre imagination se perde dans cette pensée.

Que l'homme, étant revenu à soi, considère ce qu'il est au prix de ce qui est; qu'il se regarde comme égaré dans ce canton détourné de la nature; et que de ce que lui paroîtra ce petit cachot où il se trouve logé, c'est-à-dire, ce monde vi-

---

l'évidence. Comment donc Pascal, très-savant lui-même, et qui écrivoit cinquante ans après cette dernière époque, partageoit-il, ou du moins sembloit-il partager encore l'opinion des anciens? On ne peut en trouver d'autre raison que la crainte qu'il avoit, sans doute, de se mettre en opposition avec le clergé, qui, de son temps encore, combattoit de tout son pouvoir le nouveau système. C'est à peu près ce qu'avoue l'auteur dans une autre pensée, où il dit: *Je trouve bon qu'on n'approfondisse pas l'opinion de Copernic. Voyez* part. 2, art. 17, §. 19. (*Note de l'Éditeur.*)

sible, il apprenne à estimer la terre, les royaumes, les villes, et soi-même, son juste prix.

Qu'est-ce que l'homme dans l'infini? Qui peut le comprendre? Mais pour lui présenter un autre prodige aussi étonnant, qu'il recherche dans ce qu'il connoît les choses les plus délicates. Qu'un ciron, par exemple, lui offre dans la petitesse de son corps des parties incomparablement plus petites, des jambes avec des jointures, des veines dans ces jambes, du sang dans ces veines, des humeurs dans ce sang, des gouttes dans ces humeurs, des vapeurs dans ces gouttes; que, divisant encore ces dernières choses, il épuise ses forces et ses conceptions, et que le dernier objet où il peut arriver soit maintenant celui de notre discours. Il pensera peut-être que c'est là l'extrême petitesse de la nature. Je veux lui faire voir là-dedans un abîme nouveau. Je veux lui peindre, non-seulement l'univers visible, mais encore tout ce qu'il est capable de concevoir de l'immensité de la nature, dans l'enceinte de cet atome imperceptible. Qu'il y voie une infinité de mondes, dont chacun a son firmament, ses planètes, sa terre, en la même proportion que le monde visible; dans cette terre, des animaux, et enfin des cirons, dans lesquels il retrouvera ce que les premiers ont donné, trouvant encore dans les autres la même chose, sans fin et sans repos. Qu'il se perde dans ces merveilles aussi étonnantes par leur petitesse que les autres par leur étendue. Car qui n'admirera que notre corps, qui tantôt n'étoit pas perceptible dans l'univers, imperceptible lui-même dans le sein du tout, soit maintenant un colosse, un monde, ou plutôt un tout, à l'égard de la dernière petitesse où l'on ne peut arriver?

Qui se considérera de la sorte s'effraiera, sans doute, de se voir comme suspendu dans la masse que la nature lui a donnée entre ces deux abîmes de l'infini et du néant, dont il est également éloigné. Il tremblera dans la vue de ces merveilles; et je crois que, sa curiosité se changeant en admiration, il sera plus disposé à les contempler en silence qu'à les rechercher avec présomption.

Car enfin, qu'est-ce que l'homme dans la nature? Un néant à l'égard de l'infini, un tout à l'égard du néant, un milieu entre rien et tout. Il est infiniment éloigné des deux extrêmes; et son être n'est pas moins distant du néant d'où il est tiré que de l'infini où il est englouti.

Son intelligence tient dans l'ordre des choses intelligibles le même rang que son corps dans l'étendue de la nature; et tout ce qu'elle peut faire, est d'apercevoir quelque apparence du milieu des choses dans un désespoir éternel d'en connoître ni le principe, ni la fin. Toutes choses sont sorties du néant, et portées jusqu'à l'infini. Qui peut suivre ces étonnantes démarches? L'auteur de ces merveilles les comprend; nul autre ne peut le faire.

Cet état, qui tient le milieu entre les extrêmes,

se trouve en toutes nos puissances. Nos sens n'aperçoivent rien d'extrême. Trop de bruit nous assourdit, trop de lumière nous éblouit, trop de distance et trop de proximité empêchent la vue, trop de longueur et trop de brièveté obscurcissent un discours, trop de plaisir incommode, trop de consonnances déplaisent. Nous ne sentons ni l'extrême chaud, ni l'extrême froid. Les qualités excessives nous sont ennemies, et non pas sensibles. Nous ne les sentons plus, nous les souffrons. Trop de jeunesse et trop de vieillesse empêchent l'esprit; trop et trop peu de nourriture troublent ses actions; trop et trop peu d'instruction l'abêtissent. Les choses extrêmes sont pour nous comme si elles n'étoient pas, et nous ne sommes point à leur égard. Elles nous échappent, ou nous à elles.

Voilà notre état véritable. C'est ce qui resserre nos connoissances en de certaines bornes que nous ne passons pas, incapables de savoir tout, et d'ignorer tout absolument. Nous sommes sur un milieu vaste, toujours incertains et flottants entre l'ignorance et la connoissance; et si nous pensons aller plus avant, notre objet branle et échappe à nos prises; il se dérobe et fuit d'une fuite éternelle : rien ne peut l'arrêter. C'est notre condition naturelle, et toutefois la plus contraire à notre inclination. Nous brûlons du désir d'approfondir tout, et d'édifier une tour qui s'élève jusqu'à l'infini. Mais tout notre édifice craque, et la terre s'ouvre jusqu'aux abîmes (8).

PENSÉES. 6

II.

Je puis bien concevoir un homme sans mains, sans pieds ; et je le concevrois même sans tête, si l'expérience ne m'apprenoit que c'est par là qu'il pense. C'est donc la pensée qui fait l'être de l'homme, et sans quoi on ne peut le concevoir. Qu'est-ce qui sent du plaisir en nous ? Est-ce la main ? est-ce le bras ? est-ce la chair ? est-ce le sang ? On verra qu'il faut que ce soit quelque chose d'immatériel.

III.

L'homme est si grand, que sa grandeur paroît même en ce qu'il se connoît misérable. Un arbre ne se connoît pas misérable : il est vrai que c'est être misérable que de se connoître misérable ; mais aussi c'est être grand que de connoître qu'on est misérable. Ainsi toutes ces misères prouvent sa grandeur ; ce sont misères de grand seigneur, misères d'un roi dépossédé.

IV.

Qui se trouve malheureux de n'être pas roi, sinon un roi dépossédé ? Trouvoit-on Paul Émile malheureux de n'être plus consul ? Au contraire, tout le monde trouvoit qu'il étoit heureux de l'avoir été, parce que sa condition n'étoit pas de l'être toujours. Mais on trouvoit Persée si malheureux de n'être plus roi, parce que sa condition étoit de l'être toujours, qu'on trouvoit

étrange qu'il pût supporter la vie. Qui se trouve
malheureux de n'avoir qu'une bouche ? et qui
ne se trouve malheureux de n'avoir qu'un œil ?
On ne s'est peut-être jamais avisé de s'affliger de
n'avoir pas trois yeux ; mais on est inconsolable
de n'en avoir qu'un.

V.

Nous avons une si grande idée de l'âme de
l'homme, que nous ne pouvons souffrir d'en
être méprisés, et de n'être pas dans l'estime
d'une âme ; et toute la félicité des hommes consiste dans cette estime.

Si d'un côté cette fausse gloire que les hommes
cherchent est une grande marque de leur misère
et de leur bassesse, c'en est une aussi de leur
excellence ; car quelques possessions qu'il ait
sur la terre, de quelque santé et commodité
essentielle qu'il jouisse, il n'est pas satisfait,
s'il n'est dans l'estime des hommes. Il estime si
grande la raison de l'homme, que, quelque
avantage qu'il ait dans le monde, il se croit malheureux, s'il n'est placé aussi avantageusement
dans la raison de l'homme. C'est la plus belle
place du monde : rien ne peut le détourner de
ce désir, et c'est la qualité la plus ineffaçable
du cœur de l'homme. Jusque-là que ceux qui
méprisent le plus les hommes, et qui les égalent
aux bêtes, veulent encore en être admirés, et se
contredisent à eux-mêmes par leur propre sentiment ; la nature, qui est plus puissante que

toute leur raison, les convaincant plus fortement de la grandeur de l'homme, que la raison ne les convainc de sa bassesse.

VI.

L'homme n'est qu'un roseau le plus foible de la nature; mais c'est un roseau pensant. Il ne faut pas que l'univers entier s'arme pour l'écraser. Une vapeur, une goutte d'eau suffit pour le tuer. Mais quand l'univers l'écraseroit, l'homme seroit encore plus noble que ce qui le tue (9), parce qu'il sait qu'il meurt; et l'avantage que l'univers a sur lui, l'univers n'en sait rien. Ainsi toute notre dignité consiste dans la pensée. C'est de là qu'il faut nous relever, non de l'espace et de la durée. Travaillons donc à bien penser: voilà le principe de la morale.

VII.

Il est dangereux de trop faire voir à l'homme combien il est égal aux bêtes, sans lui montrer sa grandeur. Il est encore dangereux de lui faire trop voir sa grandeur sans sa bassesse. Il est encore plus dangereux de lui laisser ignorer l'un et l'autre; mais il est très-avantageux de lui représenter l'un et l'autre.

VIII.

Que l'homme donc s'estime son prix. Qu'il s'aime, car il a en lui une nature capable de bien; mais qu'il n'aime pas pour cela les bassesses qui y sont. Qu'il se méprise, parce que cette capacité est vide; mais qu'il ne méprise pas pour cela cette capacité náturelle. Qu'il se haïsse, qu'il s'aime : il a en lui la capacité de connoître la vérité, et d'être heureux; mais il n'a point de vérité, ou constante, ou satisfaisante. Je voudrois donc porter l'homme à désirer d'en trouver, à être prêt et dégagé des passions pour la suivre où il la trouvera; et sachant combien sa connoissance s'est obscurcie par les passions, je voudrois qu'il haït en lui la concupiscence qui la détermine d'elle-même, afin qu'elle ne l'aveuglât point en faisant son choix, et qu'elle ne l'arrêtât point quand il aura choisi.

IX.

Je blâme également, et ceux qui prennent le parti de louer l'homme, et ceux qui le prennent de le blâmer, et ceux qui le prennent de le divertir (10); et je ne puis approuver que ceux qui cherchent en gémissant.

Les stoïques disent : Rentrez au-dedans de vous-mêmes, et c'est là où vous trouverez votre repos : et cela n'est pas vrai. Les autres disent : Sortez dehors, et cherchez le bonheur en vous divertissant : et cela n'est pas vrai (11). Les maladies viennent : le bonheur n'est ni dans nous, ni hors de nous; il est en Dieu et en nous.

X.

La nature de l'homme se considère en deux

manières : l'une selon sa fin , et alors il est
grand et incompréhensible ; l'autre selon l'habitude, comme l'on juge de la nature du cheval
et du chien, par l'habitude d'y voir la course,
et animum arcendi; et alors l'homme est abject
et vil. Voilà les deux voies qui en font juger
diversement, et qui font tant disputer les philosophes ; car l'un nie la supposition de l'autre :
l'un dit : Il n'est pas né à cette fin , car toutes
ses actions y répugnent ; l'autre dit : Il s'éloigne
de sa fin quand il fait ces actions basses. Deux
choses instruisent l'homme de toute sa nature :
l'instinct et l'expérience.

XI.

Je sens que je peux n'avoir point été : car le
moi consiste dans ma pensée ; donc moi qui
pense n'aurois point été, si ma mère eût été
tuée avant que j'eusse été animé. Donc je ne
suis pas un être nécessaire. Je ne suis pas aussi
éternel, ni infini ; mais je vois bien qu'il y a
dans la nature un être nécessaire, éternel, infini.

ARTICLE V.

VANITÉ DE L'HOMME ; EFFETS DE L'AMOUR-PROPRE.

I (12).

Nous ne nous contentons pas de la vie que nous avons en nous et en notre propre être : nous voulons vivre dans l'idée des autres d'une vie imaginaire, et nous nous efforçons pour cela de paroître. Nous travaillons incessamment à embellir et à conserver cet être imaginaire, et nous négligeons le véritable ; et si nous avons ou la tranquillité, ou la générosité, ou la fidélité, nous nous empressons de le faire savoir, afin d'attacher ces vertus à cet être d'imagination : nous les détacherions plutôt de nous pour les y joindre, et nous serions volontiers poltrons pour acquérir la réputation d'être vaillants. Grande marque du néant de notre propre être, de n'être pas satisfait de l'un sans l'autre, et de renoncer souvent à l'un pour l'autre ! Car qui ne mourroit pour conserver son honneur, celui-là seroit infâme. La douceur de la gloire est si grande, qu'à quelque chose qu'on l'attache, même à la mort, on l'aime.

II.

L'orgueil contre-pèse toutes nos misères ; car

ou il les cache, ou, s'il les découvre, il se glorifie de les connoître. Il nous tient d'une possession si naturelle au milieu de nos misères et
de nos erreurs, que nous perdons même la vie
avec joie, pourvu qu'on en parle.

III.

(13) La vanité est si ancrée dans le cœur de
l'homme, qu'un goujat, un marmiton, un cro-
cheteur se vante et veut avoir ses admirateurs :
et les philosophes mêmes en veulent. Ceux qui
écrivent contre la gloire veulent avoir la gloire
d'avoir bien écrit; et ceux qui le lisent veulent
avoir la gloire de l'avoir lu : et moi qui écris
ceci, j'ai peut-être cette envie; et peut-être que
ceux qui le liront l'auront aussi.

IV.

Malgré la vue de toutes nos misères qui nous
touchent et qui nous tiennent à la gorge, nous
avons un instinct que nous ne pouvons répri-
mer, qui nous élève.

V.

Nous sommes si présomptueux, que nous voudrions être connus de toute la terre, et même
des gens qui viendront quand nous ne serons
plus; et nous sommes si vains, que l'estime de
cinq ou six personnes qui nous environnent
nous amuse et nous contente.

VI.

La curiosité n'est que vanité. Le plus souvent on ne veut savoir que pour en parler. On ne voyageroit pas sur la mer pour ne jamais en rien dire, et pour le seul plaisir de voir, sans espérance de s'en entretenir jamais avec personne.

VII.

On ne se soucie pas d'être estimé dans les villes où l'on ne fait que passer ; mais quand on doit y demeurer un peu de temps, on s'en soucie. Combien de temps faut-il ? Un temps proportionné à notre durée vaine et chétive.

VIII.

La nature de l'amour-propre et de ce moi humain est de n'aimer que soi, et de ne considérer que soi. Mais que fera-t-il ? Il ne sauroit empêcher que cet objet qu'il aime ne soit plein de défauts et de misères : il veut être grand, et il se voit petit : il veut être heureux, et il se voit misérable : il veut être parfait, et il se voit plein d'imperfections : il veut être l'objet de l'amour et de l'estime des hommes, et il voit que ses défauts ne méritent que leur aversion et leur mépris. Cet embarras où il se trouve produit en lui la plus injuste et la plus criminelle passion qu'il soit possible de s'imaginer ; car il conçoit une haine mortelle contre cette vérité qui le reprend et qui le convainc de ses défauts.

Il désireroit de l'anéantir; et ne pouvant la détruire en elle-même, il la détruit, autant qu'il
peut, dans sa connoissance et dans celle des
autres; c'est-à-dire, qu'il met toute son application à couvrir ses défauts, et aux autres, et à
soi-même, et qu'il ne peut souffrir qu'on les lui
fasse voir, ni qu'on les voie.

C'est sans doute un mal que d'être plein de
défauts; mais c'est encore un plus grand mal
que d'en être plein, et de ne point vouloir les
reconnoître, puisque c'est y ajouter encore celui
d'une illusion volontaire. Nous ne voulons pas
que les autres nous trompent; nous ne trouvons
pas juste qu'ils veuillent être estimés de nous
plus qu'ils ne méritent : il n'est donc pas juste
aussi que nous les trompions, et que nous voulions qu'ils nous estiment plus que nous ne
méritons.

Ainsi, lorsqu'ils ne nous découvrent que des
imperfections et des vices que nous avons en
effet, il est visible qu'ils ne nous font point de
tort, puisque ce ne sont pas eux qui en sont
cause; et qu'ils nous font un bien, puisqu'ils
nous aident à nous délivrer d'un mal qui est
l'ignorance de ces imperfections. Nous ne devons
pas être fâchés qu'ils les connoissent, étant juste,
et qu'ils nous connoissent pour ce que nous
sommes, et qu'ils nous méprisent, si nous
sommes méprisables.

Voilà les sentiments qui naîtroient d'un cœur
qui seroit plein d'équité et de justice. Que de-

vons-nous donc dire du nôtre, en y voyant une disposition toute contraire ? Car n'est-il pas vrai que nous haïssons la vérité et ceux qui nous la disent, et que nous aimons qu'ils se trompent à notre avantage, et que nous voulons être estimés d'eux, autres que nous ne sommes en effet ?

En voici une preuve qui me fait horreur. La religion catholique n'oblige pas à découvrir ses péchés indifféremment à tout le monde : elle souffre qu'on demeure caché à tous les autres hommes ; mais elle en excepte un seul, à qui elle commande de découvrir le fond de son cœur, et de se faire voir tel qu'on est. Il n'y a que ce seul homme au monde qu'elle nous ordonne de désabuser, et elle l'oblige à un secret inviolable, qui fait que cette connoissance est dans lui comme si elle n'y étoit pas. Peut-on s'imaginer rien de plus charitable et de plus doux ? Et néanmoins la corruption de l'homme est telle, qu'il trouve encore de la dureté dans cette loi ; et c'est une des principales raisons qui a fait révolter contre l'Église une grande partie de l'Europe.

Que le cœur de l'homme est injuste et déraisonnable, pour trouver mauvais qu'on l'oblige de faire à l'égard d'un homme ce qu'il seroit juste, en quelque sorte, qu'il fît à l'égard de tous les hommes ! Car est-il juste que nous les trompions !

Il y a différents degrés dans cette aversion pour la vérité : mais on peut dire qu'elle est dans tous en quelque degré, parce qu'elle est inséparable de l'amour-propre. C'est cette mauvaise délicatesse qui oblige ceux qui sont dans la nécessité de reprendre les autres de choisir tant de tours et de tempéraments pour éviter de les choquer. Il faut qu'ils diminuent nos défauts, qu'ils fassent semblant de les excuser, qu'ils y mêlent des louanges et des témoignages d'affection et d'estime. Avec tout cela, cette médecine ne laisse pas d'être amère à l'amour-propre. Il en prend le moins qu'il peut, et toujours avec dégoût, et souvent même avec un secret dépit contre ceux qui la lui présentent.

Il arrive de là que, si on a quelque intérêt d'être aimé de nous, on s'éloigne de nous rendre un office qu'on sait nous être désagréable ; on nous traite comme nous voulons être traités : nous haïssons la vérité, on nous la cache ; nous voulons être flattés, on nous flatte ; nous aimons à être trompés, on nous trompe.

C'est ce qui fait que chaque degré de bonne fortune qui nous élève dans le monde nous éloigne davantage de la vérité, parce qu'on appréhende plus de blesser ceux dont l'affection est plus utile et l'aversion plus dangereuse. Un prince sera la fable de toute l'Europe, et lui seul n'en saura rien. Je ne m'en étonne pas : dire la vérité est utile à celui à qui on la dit, mais désavantageux à ceux qui la disent, parce qu'ils se font haïr. Or, ceux qui vivent avec les princes aiment mieux leurs intérêts que celui du prince qu'ils servent; et ainsi ils n'ont garde de lui procurer un avantage en se nuisant à eux-mêmes.

Ce malheur est sans doute plus grand et plus ordinaire dans les plus grandes fortunes ; mais les moindres n'en sont pas exemptes, parce qu'il y a toujours quelque intérêt à se faire aimer des hommes. Ainsi la vie humaine n'est qu'une illusion perpétuelle ; on ne fait que s'entre-tromper et s'entre-flatter. Personne ne parle de nous en notre présence comme il en parle en notre absence. L'union qui est entre les hommes n'est fondée que sur cette mutuelle tromperie ; et peu d'amitiés subsisteroient, si chacun savoit ce que son ami dit de lui lorsqu'il n'y est pas, quoiqu'il en parle alors sincèrement et sans passion.

L'homme n'est donc que déguisement, que mensonge et hypocrisie, et en soi-même, et à l'égard des autres. Il ne veut pas qu'on lui dise la vérité, il évite de la dire aux autres ; et toutes ces dispositions, si éloignées de la justice et de la raison, ont une racine naturelle dans son cœur.

ARTICLE VI.

FOIBLESSE DE L'HOMME ; INCERTITUDE DE SES CONNOISSANCES NATURELLES.

I.

Ce qui m'étonne le plus, est de voir que tout le monde n'est pas étonné de sa foiblesse. On agit sérieusement, et chacun suit sa condition, non pas parce qu'il est bon en effet de la suivre, puisque la mode en est, mais comme si chacun savoit certainement où est la raison et la justice. On se trouve déçu à toute heure ; et, par une plaisante humilité, on croit que c'est sa faute, et non pas celle de l'art qu'on se vante toujours d'avoir. Il est bon qu'il y ait beaucoup de ces gens-là au monde, afin de montrer que l'homme est bien capable des plus extravagantes opinions, puisqu'il est capable de croire qu'il n'est pas dans cette foiblesse naturelle et inévitable, et qu'il est, au contraire, dans la sagesse naturelle.

II.

La foiblesse de la raison de l'homme paroît bien davantage en ceux qui ne la connoissent pas qu'en ceux qui la connoissent. Si on est trop jeune, on ne juge pas bien. Si on est trop vieux, de même. Si on n'y songe pas assez, si on y songe trop, on s'entête, et l'on ne peut trouver la vérité. Si l'on considère son ouvrage incontinent après l'avoir fait, on en est encore tout prévenu. Si trop long-temps après, on n'y entre plus. Il n'y a qu'un point indivisible qui soit le véritable lieu de voir les tableaux : les autres sont trop près, trop loin, trop haut, trop bas. La perspective l'assigne dans l'art de la peinture. Mais dans la vérité et dans la morale, qui l'assignera?

III.

Cette maîtresse d'erreur, que l'on appelle fantaisie et opinion, est d'autant plus fourbe, qu'elle ne l'est pas toujours; car elle seroit règle infaillible de la vérité, si elle l'étoit infaillible du mensonge. Mais, étant le plus souvent fausse, elle ne donne aucune marque de sa qualité, marquant de même caractère le vrai et le faux.

Cette superbe puissance, ennemie de la raison, qui se plaît à la contrôler et à la dominer, pour montrer combien elle peut en toutes choses, a établi dans l'homme une seconde nature. Elle a ses heureux et ses malheureux; ses sains, ses malades; ses riches, ses pauvres; ses fous et ses sages : et rien ne nous dépite davantage que de voir qu'elle remplit ses hôtes d'une satisfaction beaucoup plus pleine et entière que la raison : les habiles par imagination se plaisant tout autrement en eux-mêmes que les prudents ne peuvent raisonnablement se plaire. Ils regardent les gens avec empire ; ils disputent avec hardiesse et confiance ; les autres avec crainte et défiance ; et cette gaîté de visage leur donne souvent l'avantage dans l'opinion des écoutants, tant les sages imaginaires ont de faveur auprès de leurs juges de même nature ! Elle ne peut rendre sages les fous ; mais elle les rend contents, à l'envi de la raison, qui ne peut rendre ses amis que misérables. L'une les comble de gloire, l'autre les couvre de honte.

Qui dispense la réputation ? qui donne le respect et la vénération aux personnes, aux ouvrages, aux grands, sinon l'opinion ? Combien toutes les richesses de la terre sont-elles insuffisantes sans son consentement ?

L'opinion dispose de tout ; elle fait la beauté, la justice et le bonheur, qui est le tout du monde. Je voudrois de bon cœur voir le livre italien, dont je ne connois que le titre, qui vaut lui seul bien des livres, *Della opinione regina del mondo.* J'y souscris sans le connoître, sauf le mal, s'il y en a.

IV.

La chose la plus importante à la vie, c'est le choix d'un métier. Le hasard en dispose. La coutume fait les maçons, les soldats, les couvreurs. C'est un excellent couvreur, dit-on ; et en parlant des soldats : Ils sont bien fous, dit-on ; et les autres, au contraire : Il n'y a rien de grand que la guerre; le reste des hommes sont des coquins. A force d'ouïr louer en l'enfance ces métiers, et mépriser tous les autres, on choisit; car naturellement on aime la vertu, et l'on hait l'imprudence. Ces mots nous émeuvent : on ne pèche que dans l'application; et la force de la coutume est si grande, que des pays entiers sont tous de maçons, d'autres tous de soldats. Sans doute que la nature n'est pas si uniforme. C'est donc la coutume qui fait cela, et qui entraîne la nature; mais quelquefois aussi la nature la surmonte, et retient l'homme dans son instinct, malgré toute la coutume, bonne ou mauvaise.

V.

Nous ne nous tenons jamais au présent. Nous anticipons l'avenir comme trop lent, et comme pour le hâter; ou nous rappelons le passé, pour l'arrêter comme trop prompt : si imprudents, que nous errons dans les temps qui ne sont pas à nous, et ne pensons point au seul qui nous appartient; et si vains, que nous songeons à ceux qui ne sont point, et laissons échapper sans réflexion le seul qui subsiste. C'est que le présent d'ordinaire nous blesse. Nous le cachons à notre vue, parce qu'il nous afflige; et s'il nous est agréable, nous regrettons de le voir échapper. Nous tâchons de le soutenir par l'avenir, et nous pensons à disposer les choses qui ne sont pas en notre puissance, pour un temps où nous n'avons aucune assurance d'arriver.

PENSÉES.   7

Que chacun examine sa pensée, il la trouvera toujours occupée au passé et à l'avenir. Nous ne pensons presque point au présent; et si nous y pensons, ce n'est que pour en prendre des lumières pour disposer l'avenir. Le présent n'est jamais notre but : le passé et le présent sont nos moyens; le seul avenir est notre objet (14). Ainsi nous ne vivons jamais; mais nous espérons de vivre; et nous disposant toujours à être heureux, il est indubitable que nous ne le serons jamais, si nous n'aspirons à une autre béatitude qu'à celle dont on peut jouir en cette vie.

VI.

Notre imagination nous grossit si fort le temps présent, à force d'y faire des réflexions continuelles, et amoindrit tellement l'éternité, manque d'y faire réflexion, que nous faisons de l'éternité un néant, et du néant une éternité; et tout cela a ses racines si vives en nous, que toute notre raison ne peut nous en défendre.

VII.

Cromwell alloit ravager toute la chrétienté : la famille royale étoit perdue, et la sienne à jamais puissante, sans un petit grain de sable qui se mit dans son uretère (*). Rome même alloit trembler

---

(*) Quelques nouvelles éditions mettent ici *urètre ;* mais on lit *uretère* dans les anciennes, et j'ai cru devoir les suivre. Les uretères sont deux canaux qui communiquent

sous lui; mais ce petit gravier, qui n'étoit rien
ailleurs, mis en cet endroit, le voilà mort, sa
famille abaissée, et le roi rétabli.

VIII.

On ne voit presque rien de juste ou d'injuste,
qui ne change de qualité (*) en changeant de
climat. Trois degrés d'élévation du pôle renver-
sent toute la jurisprudence. Un méridien décide
de la vérité, ou peu d'années de possession (**).
Les lois fondamentales changent. Le droit a ses
époques. Plaisante justice, qu'une rivière ou une
montagne borne! Vérité au-deçà des Pyrénées,
erreur au-delà (15).

IX.

(***) Le larcin, l'inceste, le meurtre des enfants
et des pères, tout a eu sa place entre les actions

---

des reins à la vessie. Quand il s'y forme des pierres, l'ex-
traction en est très-difficile. Il s'introduit bien quelquefois
du gravier dans le canal de l'urètre; mais on peut facilement l'en extraire. (*Note de l'Éditeur.*)

(*) C'est-à-dire, de qualité dans l'opinion des hommes,
mais non pas de nature en soi. Cette pensée est imitée de
Montaigne. (*Note de l'Éditeur.*)

(**) Peut-être conviendroit-il de lire : *Un méridien décide de la vérité. En peu d'années de possession, les lois
fondamentales changent.* (Édition de 1787.)

(***) Presque tout ce paragraphe est tiré ou imité de
Montaigne. *Voyez* ses *Essais*, liv. 2, c. 12, etc. (*Note
de l'Éditeur.*)

vertueuses. Se peut-il rien de plus plaisant (16) qu'un homme ait droit de me tuer parce qu'il demeure au-delà de l'eau, et que son prince a querelle avec le mien, quoique je n'en aie aucune avec lui (*) ?

Il y a sans doute des lois naturelles ; mais cette belle raison corrompue a tout corrompu : *Nihil amplius nostri est ; quod nostrum dicimus, artis est ; ex senatusconsultis et plebiscitis crimina exercentur ; ut olim vitiis, sic nunc legibus laboramus.*

De cette confusion arrive que l'un dit que l'essence de la justice est l'autorité du législateur ; l'autre, la commodité du souverain ; l'autre, la coutume présente, et c'est le plus sûr : rien, suivant la seule raison, n'est juste de soi ; tout branle avec le temps ; la coutume fait toute l'équité, par cela seul qu'elle est reçue ; c'est le fondement mystique de son autorité. Qui la ramène à son principe, l'anéantit ; rien n'est si fautif que ces lois qui redressent les fautes ; qui leur obéit, parce qu'elles sont justes, obéit à la justice qu'il imagine, mais non pas à l'essence de la loi : elle est toute ramassée en soi ; elle est loi, et rien davantage. Qui voudra en examiner le motif le trouvera si foible et si léger, que, s'il n'est accoutumé à contempler les prodiges de l'imagination humaine, il admirera qu'un siècle lui ait tant acquis de pompe et de révérence.

(*) *Voyez* part. 1, art. 9, §. 3.

L'art de bouleverser les états, est d'ébranler les coutumes établies, en sondant jusque dans leur source pour y faire remarquer (*) leur défaut d'autorité et de justice. Il faut, dit-on, recourir aux lois fondamentales et primitives de l'état, qu'une coutume injuste a abolies; et c'est un jeu sûr pour tout perdre : rien ne sera juste à cette balance. Cependant le peuple prête aisément l'oreille à ces discours : il secoue le joug dès qu'il le reconnoît; et les grands en profitent à sa ruine, et à celle de ces curieux examinateurs des coutumes reçues. Mais, par un défaut contraire, les hommes croient quelquefois pouvoir faire avec justice tout ce qui n'est pas sans exemple (**). C'est pourquoi le plus sage des législateurs disoit que, pour le bien des hommes, il faut souvent les piper (17); et un autre, bon politique : *Cùm veritatem quâ liberetur ignoret, expedit quòd fallatur.* Il ne faut pas qu'il sente la vérité de l'usurpation : elle a été introduite autrefois sans raison; il faut la faire regarder comme authentique, éternelle, et en cacher le commencement, si on ne veut qu'elle prenne bientôt fin.

(*) Dans l'édition de 1779, on lit ici *pour marquer;* dans d'autres plus modernes, *pour y remarquer :* mais les anciennes et celle de 1787 portent *pour y faire remarquer;* ce qui me paroît être le sens de l'auteur. (*L'Éditeur.*)

(**) Cette phrase, qui est dans l'édition de 1787, ne se trouve ni dans celle de 1779, ni dans les nouvelles : j'ai cru devoir la conserver. (*L'Éditeur.*)

X.

Le plus grand philosophe du monde, sur une planche plus large qu'il ne faut pour marcher à son ordinaire, s'il y a au-dessous un précipice, quoique sa raison le.convainque de sa sûreté, son imagination prévaudra. Plusieurs ne sauroient en soutenir la pensée sans pâlir et suer. Je ne veux pas en rapporter tous les effets. Qui ne sait qu'il y en a à qui la vue des chats, des rats, l'écrasement d'un charbon, emportent la raison hors des gonds?

XI.

Ne diriez-vous pas que ce magistrat, dont la vieillesse vénérable impose le respect à tout un peuple, se gouverne par une raison pure et su-blime, et qu'il juge des choses par leur nature, sans s'arrêter aux vaines circonstances, qui ne blessent que l'imagination des foibles? Voyez-le entrer dans la place où il doit rendre la justice. Le voilà prêt à écouter avec une gravité exem-plaire. Si l'avocat vient à paroître, et que la na-ture lui ait donné une voix enrouée et un tour de visage bizarre, que son barbier l'ait mal rasé, et si le hasard l'a encore barbouillé, je parie la perte de la gravité du magistrat.

XII.

L'esprit du plus grand homme du monde n'est pas si indépendant, qu'il ne soit sujet à être troublé par le moindre tintamarre qui se fait autour de lui. Il ne faut pas le bruit d'un canon pour empêcher ses pensées : il ne faut que le bruit d'une girouette ou d'une poulie. Ne vous étonnez pas s'il ne raisonne pas bien à présent; une mouche bourdonne à ses oreilles : c'en est assez pour le rendre incapable de bon conseil. Si vous voulez qu'il puisse trouver la vérité, chassez cet animal qui tient sa raison en échec, et trouble cette puissante intelligence qui gouverne les villes et les royaumes.

XIII.

La volonté est un des principaux organes de la croyance : non qu'elle forme la croyance; mais parce que les choses paroissent vraies ou fausses, selon la face par où on les regarde. La volonté, qui se plaît à l'une plus qu'à l'autre, détourne l'esprit de considérer les qualités de celle qu'elle n'aime pas : et ainsi l'esprit, marchant d'une pièce avec la volonté, s'arrête à regarder la face qu'elle aime; et en jugeant par ce qu'il y voit, il règle insensiblement sa croyance suivant l'inclination de la volonté.

XIV.

Nous avons un autre principe d'erreur, savoir, les maladies. Elles nous gâtent le jugement et le sens. Et si les grandes l'altèrent sensiblement, je ne doute point que les petites n'y fassent impression à proportion.

Notre propre intérêt est encore un merveilleux instrument pour nous crever agréablement les yeux. L'affection ou la haine changent la justice. En effet, combien un avocat, bien payé par avance, trouve-t-il plus juste la cause qu'il plaide (18)! Mais, par une autre bizarrerie de l'esprit humain, j'en sais qui, pour ne pas tomber dans cet amour-propre, ont été les plus injustes du monde à contre-biais. Le moyen sûr de perdre une affaire toute juste étoit de la leur faire recommander par leurs proches parents.

XV.

L'imagination grossit souvent les plus petits objets par une estimation fantastique, jusqu'à en remplir notre âme; et, par une insolence téméraire, elle amoindrit les plus grands jusqu'à notre mesure.

XVI.

La justice et la vérité sont deux pointes si subtiles, que nos instruments sont trop émoussés pour y toucher exactement. S'ils y arrivent, ils en écachent la pointe, et appuient tout autour, plus sur le faux que sur le vrai.

XVII.

Les impressions anciennes ne sont pas seules capables de nous amuser : les charmes de la nouveauté ont le même pouvoir. De là viennent toutes les disputes des hommes, qui se reprochent, ou de suivre les fausses impressions de leur enfance, ou de courir témérairement après les nouvelles.

Qui tient le juste milieu? Qu'il paroisse, et qu'il le prouve. Il n'y a principe, quelque naturel qu'il puisse être, même depuis l'enfance, qu'on ne fasse passer pour une fausse impression, soit de l'instruction, soit des sens. Parce que, dit-on, vous avez cru dès l'enfance qu'un coffre étoit vide lorsque vous n'y voyiez rien, vous avez cru le vide possible; c'est une illusion de vos sens, fortifiée par la coutume, qu'il faut que la science corrige. Et les autres disent au contraire : Parce qu'on vous a dit dans l'école qu'il n'y a point de vide, on a corrompu votre sens commun, qui le comprenoit si nettement avant cette mauvaise impression qu'il faut corriger en recourant à votre première nature. Qui a donc trompé, les sens, ou l'instruction?

XVIII.

Toutes les occupations des hommes sont à avoir du bien; et le titre par lequel ils le possèdent n'est, dans son origine, que la fantaisie de ceux qui ont fait les lois. Ils n'ont aussi aucune force pour le posséder sûrement : mille accidents le leur ravissent. Il en est de même de la science : la maladie nous l'ôte.

XIX (19).

Qu'est-ce que nos principes naturels, sinon

nos principes accoutumés (*)? Dans les enfants, ceux qu'ils ont reçus de la coutume de leurs pères, comme la chasse dans les animaux.

Une différente coutume donnera d'autres principes naturels. Cela se voit par expérience; et s'il y en a d'ineffaçables à la coutume, il y en a aussi de la coutume ineffaçables à la nature. Cela dépend de la disposition.

Les pères craignent que l'amour naturel des enfants ne s'efface. Quelle est donc cette nature sujette à être effacée? La coutume est une seconde nature qui détruit la première. Pourquoi la coutume n'est-elle pas naturelle? J'ai bien peur que cette nature ne soit elle-même qu'une première coutume, comme la coutume est une seconde nature.

XX.

Si nous rêvions toutes les nuits la même chose, elle nous affecteroit peut-être autant que les objets que nous voyons tous les jours; et si un artisan étoit sûr de rêver toutes les nuits, douze heures durant, qu'il est roi, je crois qu'il seroit presque aussi heureux qu'un roi (20) qui rêveroit toutes les nuits, douze heures durant, qu'il seroit artisan. Si nous rêvions toutes les nuits que nous sommes poursuivis par des ennemis, et agités par des fantômes pénibles, et qu'on

---

(*) L'auteur fait ici allusion à une pensée de Montaigne qu'il rappelle plus loin. *Voyez* part. 1, art. 8, §. 10.

passât tous les jours en diverses occupations,
comme quand on fait un voyage, on souffriroit
presque autant que si cela étoit véritable, et on
appréhenderoit de dormir, comme on appréhende le réveil quand on craint d'entrer réellement dans de tels malheurs. En effet, ces rêves
feroient à peu près les mêmes maux que la réalité. Mais parce que les songes sont tous différents et se diversifient, ce qu'on y voit affecte
bien moins que ce qu'on voit en veillant, à cause
de la continuité, qui n'est pas pourtant si continue et égale, qu'elle ne change aussi, mais
moins brusquement, si ce n'est réellement,
comme quand on voyage; et alors on dit : Il me
semble que je rêve; car la vie est un songe un
peu moins inconstant.

XXI.

Nous supposons que tous les hommes conçoivent et sentent de la même sorte les objets qui
se présentent à eux : mais nous le supposons
bien gratuitement, car nous n'en avons aucune preuve. Je vois bien qu'on applique les
mêmes mots dans les mêmes occasions, et que
toutes les fois que deux hommes voient, par
exemple, de la neige (21), ils expriment tous
deux la vue de ce même objet par les mêmes
mots, en disant l'un et l'autre qu'elle est
blanche; et de cette conformité d'application
on tire une puissante conjecture d'une conformité d'idées : mais cela n'est pas absolument

convaincant, quoiqu'il y ait bien à parier pour
l'affirmative.

XXII.

Quand nous voyons un effet arriver toujours
de même, nous en concluons une nécessité naturelle, comme qu'il sera demain jour, etc. ;
mais souvent la nature nous dément, et ne
s'assujettit pas à ses propres règles.

XXIII.

Plusieurs choses certaines sont contredites ;
plusieurs fausses passent sans contradiction : ni
la contradiction n'est marque de fausseté, ni
l'incontradiction n'est marque de vérité.

XXIV.

Quand on est instruit, on comprend que, la
nature portant l'empreinte de son auteur gravée
dans toutes choses, elles tiennent presque toutes
de sa double infinité. C'est ainsi que nous voyons
que toutes les sciences sont infinies en l'étendue
de leurs recherches. Car qui doute que la géométrie, par exemple, a une infinité d'infinités
de propositions à exposer? Elle sera aussi infinie
dans la multitude et la délicatesse de leurs principes ; car qui ne voit que ceux qu'on propose
pour les derniers ne se soutiennent que d'eux-
mêmes, et qu'ils sont appuyés sur d'autres, qui,
en ayant d'autres pour appui, ne souffrent jamais
de derniers.

On voit, d'une première vue, que l'arithmétique seule fournit des principes sans nombre, et chaque science de même.

Mais si l'infinité en petitesse est bien moins visible, les philosophes ont bien plutôt prétendu y arriver; et c'est là où tous ont choppé. C'est ce qui a donné lieu à ces titres si ordinaires, des *Principes des choses*, des *Principes de la philosophie*, et autres semblables, aussi fastueux en effet, quoique non (*) en apparence, que cet autre qui crève les yeux (22), *de omni scibili* (**).

Ne cherchons donc point d'assurance et de fermeté. Notre raison est toujours déçue par l'inconstance des apparences; rien ne peut fixer le fini entre les deux infinis qui l'enferment et le fuient. Cela étant bien compris, je crois qu'on s'en tiendra au repos (23), chacun dans l'état où la nature l'a placé. Ce milieu qui nous est échu, étant toujours distant des extrêmes, qu'importe que l'homme ait un peu plus d'intelligence des choses ? S'il en a, il les prend d'un peu plus haut. N'est-il pas toujours infiniment éloigné des extrêmes ? et la durée de notre plus longue vie n'est-elle pas infiniment éloignée de l'éternité ?

Dans la vue de ces infinis, tous les finis sont

(*) Quelques éditions mettent *moins* au lieu de *non*.

(**) C'est le titre des thèses que Jean Pic de La Mirandole soutint avec grand éclat à Rome, à l'âge de vingt-quatre ans, en 1487.

égaux; et je ne vois pas pourquoi asseoir son imagination plutôt sur l'un que sur l'autre. La seule comparaison que nous faisons de nous au fini, nous fait peine (24).

XXV (25).

Les sciences ont deux extrémités qui se touchent : la première est la pure ignorance naturelle où se trouvent tous les hommes en naissant. L'autre extrémité est celle où arrivent les grandes âmes, qui, ayant parcouru tout ce que les hommes peuvent savoir, trouvent qu'ils ne savent rien, et se rencontrent dans cette même ignorance d'où ils étoient partis. Mais c'est une ignorance savante qui se connoît. Ceux d'entre deux qui sont sortis de l'ignorance naturelle, et n'ont pu arriver à l'autre, ont quelque teinture de cette science suffisante, et font les entendus. Ceux-là troublent le monde, et jugent plus mal de tout que les autres. Le peuple et les habiles composent, pour l'ordinaire, le train du monde; les autres le méprisent, et en sont méprisés.

XXVI.

On se croit naturellement bien plus capable d'arriver au centre des choses que d'embrasser leur circonférence. L'étendue visible du monde nous surpasse visiblement; mais comme c'est nous qui surpassons les petites choses, nous nous croyons plus capables de les posséder; et cependant il ne faut pas moins de capacité pour

aller jusqu'au néant que jusqu'au tout. Il la faut
infinie dans l'un et dans l'autre; et il me semble
que qui auroit compris les derniers principes
des choses pourroit aussi arriver jusqu'à connoître l'infini. L'un dépend de l'autre, et l'un
conduit à l'autre. Les extrémités se touchent et
se réunissent à force de s'être éloignées, et se
retrouvent en Dieu, et en Dieu seulement.

Si l'homme commençoit par s'étudier lui-
même, il verroit combien il est incapable de
passer outre. Comment pourroit-il se faire qu'une
partie connût le tout? Il aspirera peut-être à
connoître au moins les parties avec lesquelles il
a de la proportion. Mais les parties du monde
ont toutes un tel rapport et un tel enchaînement l'une avec l'autre, que je crois impossible
de connoître l'une sans l'autre, et sans le tout.

L'homme, par exemple, a rapport à tout ce
qu'il connoît. Il a besoin de lieu pour le conte-
nir, de temps pour durer, de mouvement pour
vivre, d'éléments pour le composer, de chaleur
et d'aliments pour le nourrir, d'air pour respi-
rer. Il voit la lumière, il sent les corps, enfin
tout tombe sous son alliance.

Il faut donc, pour connoître l'homme, savoir
d'où vient qu'il a besoin d'air pour subsister;
et, pour connoître l'air, il faut savoir par où il
a rapport à la vie de l'homme.

La flamme ne subsiste point sans l'air : donc,
pour connoître l'un, il faut connoître l'autre.

Donc toutes choses étant causées et causantes,

aidées et aidantes, médiatement et immédiatement, et toutes s'entretenant par un lien naturel
et insensible, qui lie les plus éloignées et les plus
différentes, je tiens impossible de connoître les
parties sans connoître le tout, non plus que de
connoître le tout sans connoître en détail les
parties.

Et ce qui achève peut-être notre impuissance
à connoître les choses, c'est qu'elles sont simples
en elles-mêmes, et que nous sommes composés
de deux natures opposées et de divers genres,
d'âme et de corps : car il est impossible que la
partie qui raisonne en nous soit autre que spirituelle ; et quand on prétendroit que nous fussions simplement corporels, cela nous excluroit
bien davantage de la connoissance des choses,
n'y ayant rien de si inconcevable que de dire
que la matière puisse se connoître soi-même.

C'est cette composition d'esprit et de corps
qui a fait que presque tous les philosophes ont
confondu les idées des choses, et attribué au
corps ce qui n'appartient qu'aux esprits, et aux
esprits ce qui ne peut convenir qu'aux corps ;
car ils disent hardiment que les corps tendent
en bas, qu'ils aspirent à leur centre, qu'ils fuient
leur destruction, qu'ils craignent le vide, qu'ils
ont des inclinations, des sympathies, des anti-
pathies, qui sont toutes choses qui n'appartiennent qu'aux esprits. Et en parlant des esprits,
ils les considèrent comme en un lieu, et leur
attribuent le mouvement d'une place à une

autre, qui sont des choses qui n'appartiennent qu'aux corps, etc.

Au lieu de recevoir les idées des choses en nous, nous teignons des qualités de notre être composé toutes les choses simples que nous contemplons.

Qui ne croiroit, à nous voir composer toutes choses d'esprit et de corps, que ce mélange-là nous seroit bien compréhensible? C'est néanmoins la chose que l'on comprend le moins. L'homme est à lui-même le plus prodigieux objet de la nature; car il ne peut concevoir ce que c'est que corps, et encore moins ce que c'est qu'esprit, et moins qu'aucune chose comment un corps peut être uni avec un esprit. C'est là le comble de ses difficultés, et cependant c'est son propre être : *Modus quo corporibus adhæret spiritus comprehendi ab hominibus non potest; et hoc tamen homo est.*

XXVII.

L'homme n'est donc qu'un sujet plein d'erreurs, ineffaçables sans la grâce. Rien ne lui montre la vérité : tout l'abuse. Les deux principes de vérité, la raison et les sens, outre qu'ils manquent souvent de sincérité, s'abusent réciproquement l'un l'autre. Les sens abusent la raison par de fausses apparences; et cette même piperie qu'ils lui apportent, ils la reçoivent d'elle à leur tour : elle s'en revanche. Les passions de l'âme troublent les sens, et leur font des impressions fâcheuses : ils mentent, et se trompent à l'envi.

~~~~~~

ARTICLE VII.

MISÈRE DE L'HOMME.

I.

Rien n'est plus capable de nous faire entrer dans la connoissance de la misère des hommes que de considérer la cause véritable de l'agitation perpétuelle dans laquelle ils passent leur vie.

L'âme est jetée dans le corps pour y faire un séjour de peu de durée (26). Elle sait que ce n'est qu'un passage à un voyage éternel, et qu'elle n'a que le peu de temps que dure la vie pour s'y préparer. Les nécessités de la nature lui en ravissent une très-grande partie. Il ne lui en reste que très-peu dont elle puisse disposer. Mais ce peu qui lui reste l'incommode si fort et l'embarrasse si étrangement, qu'elle ne songe qu'à le perdre. Ce lui est une peine insupportable d'être obligée de vivre avec soi, et de penser à soi. Ainsi tout son soin est de s'oublier soi-même, et de laisser couler ce temps si court et si précieux sans réflexion, en s'occupant des choses qui l'empêchent d'y penser.

C'est l'origine de toutes les occupations tumultuaires des hommes, et de tout ce qu'on appelle divertissement ou passe-temps, dans lesquels on n'a, en effet, pour but que d'y laisser passer le temps sans le sentir, ou plutôt sans se sentir soi-même; et d'éviter, en perdant cette partie de la vie, l'amertume et le dégoût intérieur qui accompagneroit nécessairement l'attention que l'on feroit sur soi-même durant ce temps-là. L'âme ne trouve rien en elle qui la contente; elle n'y voit rien qui ne l'afflige, quand elle y pense. C'est ce qui la contraint de se répandre au dehors, et de chercher dans l'application aux choses extérieures à perdre le souvenir de son état véritable. Sa joie consiste dans cet oubli; et il suffit, pour la rendre misérable, de l'obliger de se voir et d'être avec soi.

On charge les hommes, dès l'enfance, du soin de leur honneur, de leurs biens, et même du bien et de l'honneur de leurs parents et de leurs amis. On les accable de l'étude des langues, des sciences, des exercices et des arts. On les charge d'affaires: on leur fait entendre qu'ils ne sauroient être heureux s'ils ne font en sorte, par leur industrie et par leur soin, que leur fortune et leur honneur, et même la fortune et l'honneur de leurs amis, soient en bon état, et qu'une seule de ces choses qui manque les rend malheureux. Ainsi on leur donne des charges et des affaires qui les font tracasser dès la pointe du jour. Voilà, direz-vous, une étrange manière de les rendre heureux. Que pourroit-on faire de

mieux pour les rendre malheureux? Demandez-
vous ce qu'on pourroit faire? Il ne faudroit que
leur ôter tous ces soins : car alors ils se verroient
et ils penseroient à eux-mêmes ; et c'est ce qui
leur est insupportable. Aussi, après s'être char-
gés de tant d'affaires, s'ils ont quelque temps
de relâche, ils tâchent encore de le perdre à
quelque divertissement qui les occupe tout entiers et les dérobe à eux-mêmes.

C'est pourquoi, quand je me suis mis à considérer les diverses agitations des hommes, les
périls et les peines où ils s'exposent, à la cour,
à la guerre, dans la poursuite de leurs prétentions ambitieuses, d'où naissent tant de querelles, de passions et d'entreprises périlleuses et
funestes, j'ai souvent dit que tout le malheur
des hommes vient de ne savoir pas se tenir en
repos dans une chambre. Un homme qui a assez
de biens pour vivre, s'il savoit demeurer chez
soi, n'en sortiroit pas pour aller sur la mer, ou
au siége d'une place ; et si on ne cherchoit simplement qu'à vivre, on auroit peu de besoin de
ces occupations si dangereuses.

Mais quand j'y ai regardé de plus près (27),
j'ai trouvé que cet éloignement que les hommes
ont du repos, et de demeurer avec eux-mêmes,
vient d'une cause bien effective ; c'est-à-dire, du
malheur naturel de notre condition foible et
mortelle, et si misérable que rien ne peut nous
consoler, lorsque rien ne nous empêche d'y
penser, et que nous ne voyons que nous.

Je ne parle que de ceux qui se regardent sans aucune vue de religion. Car il est vrai que c'est une des merveilles de la religion chrétienne de réconcilier l'homme avec soi-même en le réconciliant avec Dieu ; de lui rendre la vue de soi-même supportable ; et de faire que la solitude et le repos soient plus agréables à plusieurs que l'agitation et le commerce des hommes. Aussi n'est-ce pas en arrêtant l'homme dans lui-même qu'elle produit tous ces effets merveilleux. Ce n'est qu'en le portant jusqu'à Dieu, et en le soutenant dans le sentiment de ses misères, par l'espérance d'une autre vie, qui doit entièrement l'en délivrer.

Mais pour ceux qui n'agissent que par les mouvements qu'ils trouvent en eux et dans leur nature, il est impossible qu'ils subsistent dans ce repos, qui leur donne lieu de se considérer et de se voir, sans être incontinent attaqués de chagrin et de tristesse. L'homme qui n'aime que soi ne hait rien tant que d'être seul avec soi. Il ne recherche rien que pour soi, et ne fuit rien tant que soi ; parce que, quand il se voit, il ne se voit pas tel qu'il se désire, et qu'il trouve en soi-même un amas de misères inévitables, et un vide de biens réels et solides qu'il est incapable de remplir.

Qu'on choisisse telle condition qu'on voudra, et qu'on y assemble tous les biens et toutes les satisfactions qui semblent pouvoir contenter un homme : si celui qu'on aura mis en cet état est sans occupation et sans divertissement, et qu'on le laisse faire réflexion sur ce qu'il est, cette félicité languissante ne le soutiendra pas ; il tombera par nécessité dans les vues affligeantes de l'avenir : et si on ne l'occupe hors de lui, le voilà nécessairement malheureux.

La dignité royale n'est-elle pas assez grande d'elle-même pour rendre celui qui la possède heureux par la seule vue de ce qu'il est? Faudra-t-il encore le divertir de cette pensée comme les gens du commun? Je vois bien que c'est rendre un homme heureux que de le détourner de la vue de ses misères domestiques pour remplir toute sa pensée du soin de bien danser. Mais en sera-t-il de même d'un roi ? et sera-t-il plus heureux en s'attachant à ces vains amusements qu'à la vue de sa grandeur? Quel objet plus satisfaisant pourroit-on donner à son esprit? Ne seroit-ce pas faire tort à sa joie, d'occuper son âme à penser à ajuster ses pas à la cadence d'un air, ou à placer adroitement une balle, au lieu de le laisser jouir en repos de la contemplation de la gloire majestueuse qui l'environne? Qu'on en fasse l'épreuve ; qu'on laisse un roi tout seul sans aucune satisfaction des sens, sans aucun soin dans l'esprit, sans compagnie, penser à soi tout à loisir, et l'on verra qu'un roi qui se voit est un homme plein de misères, et qui les ressent comme un autre (28). Aussi on évite cela soigneusement, et il ne manque jamais d'y avoir auprès des personnes des rois un grand nombre

de gens qui veillent à faire succéder le divertissement aux affaires, et qui observent tout le
temps de leur loisir pour leur fournir des plaisirs et des jeux, en sorte qu'il n'y ait point de
vide ; c'est-à-dire, qu'ils sont environnés de personnes qui ont un soin merveilleux de prendre
garde que le roi ne soit seul et en état de penser
à soi, sachant qu'il sera malheureux, tout roi
qu'il est, s'il y pense.

Aussi la principale chose qui soutient les
hommes dans les grandes charges, d'ailleurs si
pénibles, c'est qu'ils sont sans cesse détournés
de penser à eux.

Prenez-y garde. Qu'est-ce autre chose d'être
surintendant, chancelier, premier président,
que d'avoir un grand nombre de gens qui viennent de tous côtés pour ne pas leur laisser une
heure en la journée où ils puissent penser à
eux-mêmes ? Et quand ils sont dans la disgrâce,
et qu'on les envoie à leurs maisons de campagne, où ils ne manquent ni de biens, ni de
domestiques pour les assister en leurs besoins,
ils ne laissent pas d'être misérables, parce que
personne ne les empêche plus de songer à eux.

De là vient que tant de personnes se plaisent
au jeu, à la chasse et aux autres divertissements
qui occupent toute leur âme. Ce n'est pas qu'il
y ait, en effet, du bonheur dans ce que l'on peut
acquérir par le moyen de ces jeux, ni qu'on
s'imagine que la vraie béatitude soit dans l'argent qu'on peut gagner au jeu, ou dans le lièvre

que l'on court. On n'en voudroit pas s'il étoit
offert. Ce n'est pas cet usage mou et paisible,
et qui nous laisse penser à notre malheureuse
condition, qu'on recherche, mais le tracas qui
nous détourne d'y penser.

De là vient que les hommes aiment tant le
bruit et le tumulte du monde; que la prison
est un supplice si horrible, et qu'il y a si peu
de personnes qui soient capables de souffrir la
solitude.

Voilà tout ce que les hommes ont pu inventer
pour se rendre heureux. Et ceux qui s'amusent
simplement à montrer la vanité et la bassesse
des divertissements des hommes, connoissent
bien, à la vérité une partie de leurs misères;
car c'en est une bien grande que de pouvoir
prendre plaisir à des choses si basses et si méprisables : mais ils n'en connoissent pas le fond,
qui leur rend ces misères mêmes nécessaires,
tant qu'ils ne sont pas guéris de cette misère
intérieure et naturelle, qui consiste à ne pouvoir souffrir la vue de soi-même. Ce lièvre qu'ils
auroient acheté ne les garantiroit pas de cette
vue ; mais la chasse les en garantit. Ainsi,
quand on leur reproche que ce qu'ils cherchent
avec tant d'ardeur ne sauroit les satisfaire, qu'il
n'y a rien de plus bas et de plus vain : s'ils ré-
pondoient comme ils devroient le faire, s'ils y
pensoient bien, ils en demeureroient d'accord;
mais ils diroient en même temps qu'ils ne cherchent en cela qu'une occupation violente et

impétueuse qui les détourne de la vue d'eux-
mêmes, et que c'est pour cela qu'ils se proposent un objet attirant qui les charme et qui les
occupe tout entiers. Mais ils ne répondent pas
cela, parce qu'ils ne se connoissent pas eux-
mêmes. Un gentilhomme croit sincèrement
qu'il y a quelque chose de grand et de noble à
la chasse : il dira que c'est un plaisir royal. Il
en est de même des autres choses dont la plupart des hommes s'occupent. On s'imagine qu'il
y a quelque chose de réel et de solide dans les
objets mêmes. On se persuade que si on avoit
obtenu cette charge, on se reposeroit ensuite avec
plaisir ; et l'on ne sent pas la nature insatiable de
sa cupidité. On croit chercher sincèrement le
repos, et l'on ne cherche, en effet, que l'agitation.

Les hommes ont un instinct secret (29) qui
les porte à chercher le divertissement et l'occupation au dehors, qui vient du ressentiment
de leur misère continuelle. Et ils ont un autre
instinct secret, qui reste de la grandeur de leur
première nature, qui leur fait connoître que le
bonheur n'est, en effet, que dans le repos. Et
de ces deux instincts contraires, il se forme en
eux un projet confus, qui se cache à leur vue
dans le fond de leur âme, qui les porte à tendre
au repos par l'agitation, et à se figurer toujours
que la satisfaction qu'ils n'ont point leur arrivera, si, en surmontant quelques difficultés
qu'ils envisagent, ils peuvent s'ouvrir par là la
porte au repos.

Ainsi s'écoule toute la vie. On cherche le repos en combattant quelques obstacles ; et si on les a surmontés, le repos devient insupportable. Car, ou l'on pense aux misères qu'on a, ou à celles dont on est menacé. Et quand on se verroit même assez à l'abri de toutes parts, l'ennui, de son autorité privée, ne laisseroit pas de sortir du fond du cœur, où il a des racines naturelles, et de remplir l'esprit de son venin.

C'est pourquoi, lorsque Cinéas disoit à Pyrrhus (3o), qui se proposoit de jouir du repos avec ses amis, après avoir conquis une grande partie du monde, qu'il feroit mieux d'avancer lui-même son bonheur, en jouissant dès lors de ce repos, sans aller le chercher par tant de fatigues, il lui donnoit un conseil qui souffroit de grandes difficultés, et qui n'étoit guère plus raisonnable que le dessein de ce jeune ambitieux. L'un et l'autre supposoient que l'homme peut se contenter de soi-même et de ses biens présents, sans remplir le vide de son cœur d'espérances imaginaires ; ce qui est faux. Pyrrhus ne pouvoit être heureux, ni avant, ni après avoir conquis le monde ; et peut-être que la vie molle que lui conseilloit son ministre étoit encore moins capable de le satisfaire que l'agitation de tant de guerres et de tant de voyages qu'il méditoit.

On doit donc reconnoître que l'homme est si malheureux, qu'il s'ennuieroit même sans aucune cause étrangère d'ennui, par le propre état de sa condition naturelle (31) : et il est avec cela si vain et si léger, qu'étant plein de mille causes essentielles d'ennui, la moindre bagatelle suffit pour le divertir. De sorte qu'à le considérer sérieusement, il est encore plus à plaindre de ce qu'il peut se divertir à des choses si frivoles et si basses, que de ce qu'il s'afflige de ses misères effectives ; et ses divertissements sont infiniment moins raisonnables que son ennui.

II.

D'où vient que cet homme qui a perdu depuis peu son fils unique, et qui, accablé de procès et de querelles, étoit ce matin si troublé, n'y pense plus maintenant ? Ne vous en étonnez pas : il est tout occupé à voir par où passera un cerf que ses chiens poursuivent avec ardeur depuis six heures. Il n'en faut pas davantage pour l'homme, quelque plein de tristesse qu'il soit. Si l'on peut gagner sur lui de le faire entrer en quelque divertissement, le voilà heureux pendant ce temps-là ; mais d'un bonheur faux et imaginaire, qui ne vient pas de la possession de quelque bien réel et solide, mais d'une légèreté d'esprit qui lui fait perdre le souvenir de ses véritables misères, pour s'attacher à des objets bas et ridicules, indignes de son application, et encore plus de son amour. C'est une joie de malade et de frénétique, qui ne vient pas de la santé de son âme, mais de son déréglement ; c'est un ris de folie et d'illusion. Car c'est une chose étrange, que de considérer ce qui plaît aux hommes dans les jeux et dans les divertissements. Il est vrai qu'occupant l'esprit, ils le détournent du sentiment de ses maux ; ce qui est réel. Mais ils ne l'occupent que parce que l'esprit s'y forme un objet imaginaire de passion auquel il s'attache.

Quel pensez-vous que soit l'objet de ces gens qui jouent à la paume avec tant d'application d'esprit et d'agitation du corps? Celui de se vanter le lendemain avec leurs amis qu'ils ont mieux joué qu'un autre. Voilà la source de leur attachement. Ainsi les autres suent dans leurs cabinets, pour montrer aux savants qu'ils ont résolu une question d'algèbre qui n'avoit pu l'être jusqu'ici. Et tant d'autres s'exposent aux plus grands périls pour se vanter ensuite d'une place qu'ils auroient prise, aussi sottement à mon gré. Et enfin les autres se tuent à remarquer toutes ces choses, non pas pour en devenir plus sages, mais seulement pour montrer qu'ils en connoissent la vanité : et ceux-là sont les plus sots de la bande, puisqu'ils le sont avec connoissance ; au lieu qu'on peut penser des autres qu'ils ne le seroient pas, s'ils avoient cette connoissance.

III.

Tel homme passe sa vie sans ennui, en jouant tous les jours peu de chose, qu'on rendroit malheureux en lui donnant tous les matins l'argent

qu'il peut gagner chaque jour, à condition de
ne point jouer. On dira peut-être que c'est l'a-
musement du jeu qu'il cherche, et non pas le
gain. Mais qu'on le fasse jouer pour rien, il ne
s'y échauffera pas, et s'y ennuiera. Ce n'est donc
pas l'amusement seul qu'il cherche : un amusement languissant et sans passion l'ennuiera. Il
faut qu'il s'y échauffe, et qu'il se pique lui-
même, en s'imaginant qu'il seroit heureux de
gagner ce qu'il ne voudroit pas qu'on lui donnât
à condition de ne point jouer, et qu'il se forme
un objet de passion qui excite son désir, sa
colère, sa crainte, son espérance.

Ainsi les divertissements qui font le bonheur
des hommes ne sont pas seulement bas ; ils sont
encore faux et trompeurs ; c'est-à-dire, qu'ils
ont pour objet des fantômes et des illusions
qui seroient incapables d'occuper l'esprit de
l'homme, s'il n'avoit perdu le sentiment et le
goût du vrai bien, et s'il n'étoit rempli de bassesse, de vanité, de légèreté, d'orgueil, et d'une
infinité d'autres vices : et ils ne nous soulagent
dans nos misères qu'en nous causant une misère
plus réelle et plus effective. Car c'est ce qui nous
empêche principalement de songer à nous, et
qui nous fait perdre insensiblement le temps.
Sans cela nous serions dans l'ennui ; et cet ennui
nous porteroit à chercher quelque moyen plus
solide d'en sortir. Mais le divertissement nous
trompe, nous amuse, et nous fait arriver insensiblement à la mort.

IV.

Les hommes n'ayant pu guérir la mort, la misère, l'ignorance, se sont avisés, pour se rendre heureux, de ne point y penser : c'est tout ce qu'ils ont pu inventer pour se consoler de tant de maux. Mais c'est une consolation bien misérable, puisqu'elle va, non pas à guérir le mal, mais à le cacher simplement pour un peu de temps, et qu'en le cachant elle fait qu'on ne pense pas à le guérir véritablement. Ainsi, par un étrange renversement de la nature de l'homme, il se trouve que l'ennui, qui est son mal le plus sensible, est, en quelque sorte, son plus grand bien ; parce qu'il peut contribuer plus que toutes choses à lui faire chercher sa véritable guérison ; et que le divertissement, qu'il regarde comme son plus grand bien, est, en effet, son plus grand mal, parce qu'il l'éloigne plus que toutes choses de chercher le remède à ses maux : et l'un et l'autre sont une preuve admirable de la misère et de la corruption de l'homme, et en même temps de sa grandeur ; puisque l'homme ne s'ennuie de tout, et ne cherche cette multitude d'occupations, que parce qu'il a l'idée du bonheur qu'il a perdu, lequel ne trouvant point en soi, il le cherche inutilement dans les choses extérieures, sans pouvoir jamais se contenter, parce qu'il n'est ni dans nous, ni dans les créatures, mais en Dieu seul.

V (32).

La nature nous rendant toujours malheureux en tous états, nos désirs nous figurent un état heureux, parce qu'ils joignent à l'état où nous sommes les plaisirs de l'état où nous ne sommes pas; et quand nous arriverions à ces plaisirs, nous ne serions pas heureux pour cela, parce que nous aurions d'autres désirs conformes à un nouvel état.

VI (33).

Qu'on s'imagine un nombre d'hommes dans les chaînes, et tous condamnés à la mort, dont les uns étant chaque jour égorgés à la vue des autres, ceux qui restent voient leur propre condition dans celle de leurs semblables, et, se regardant les uns les autres avec douleur et sans espérance, attendent leur tour; c'est l'image de la condition des hommes.

ARTICLE VIII.

RAISONS DE QUELQUES OPINIONS DU PEUPLE.

I.

J'écrirai ici mes pensées sans ordre, et non pas peut-être dans une confusion sans dessein : c'est le véritable ordre, et qui marquera toujours mon objet par le désordre même.

Nous allons voir que toutes les opinions du peuple sont très-saines (34); que le peuple n'est pas si vain qu'on le dit; et ainsi l'opinion qui détruisoit celle du peuple sera elle-même détruite.

II.

Il est vrai, en un sens, de dire que tout le monde est dans l'illusion : car encore que les opinions du peuple soient saines, elles ne le sont pas dans sa tête, parce qu'il croit que la vérité est où elle n'est pas. La vérité est bien dans leurs opinions, mais non pas au point où ils se le figurent.

III.

Le peuple honore les personnes de grande naissance. Les demi-habiles les méprisent, disant que la naissance n'est pas un avantage de la personne, mais du hasard. Les habiles les honorent, non par la pensée du peuple, mais par une pensée plus relevée. Certains zélés, qui n'ont pas grande connoissance, les méprisent malgré cette considération qui les fait honorer par les habiles; parce qu'ils en jugent par une nouvelle lumière que la piété leur donne. Mais les chrétiens parfaits les honorent par une autre lumière supérieure. Ainsi vont les opinions se succédant du pour au contre, selon qu'on a de lumière.

IV.

Le plus grand des maux est les guerres civiles.

Elles sont sûres, si on veut récompenser le mérite; car tous diroient qu'ils méritent (35). Le mal à craindre d'un sot, qui succède par droit de naissance, n'est ni si grand, ni si sûr.

V (36).

Pourquoi suit-on la pluralité? est-ce à cause qu'ils ont plus de raison? non, mais plus de force. Pourquoi suit-on les anciennes lois et les anciennes opinions? est-ce qu'elles sont plus saines? non, mais elles sont uniques, et nous ôtent la racine de diversité.

VI.

L'empire fondé sur l'opinion et l'imagination règne quelque temps, et cet empire est doux et volontaire : celui de la force règne toujours. Ainsi l'opinion est comme la reine du monde, mais la force en est le tyran.

VII.

Que l'on a bien fait de distinguer les hommes par l'extérieur plutôt que par les qualités intérieures! Qui passera de nous deux? qui cédera la place à l'autre? le moins habile? Mais je suis aussi habile que lui. Il faudra se battre sur cela. Il a quatre laquais, et je n'en ai qu'un : cela est visible; il n'y a qu'à compter; c'est à moi à céder (37), et je suis un sot si je conteste. Nous voilà en paix par ce moyen; ce qui est le plus grand des biens.

PENSÉES.   9

VIII.

La coutume de voir les rois accompagnés de gardes, de tambours, d'officiers, et de toutes les choses qui plient la machine vers le respect et la terreur, fait que leur visage, quand il est quelquefois seul et sans ces accompagnements, imprime dans leurs sujets le respect et la terreur, parce qu'on ne sépare pas dans la pensée leur personne d'avec leur suite, qu'on y voit d'ordinaire jointe. Le monde, qui ne sait pas que cet effet a son origine dans cette coutume, croit qu'il vient d'une force naturelle : et de là ces mots : *Le caractère de la Divinité est empreint sur son visage*, etc.

La puissance des rois est fondée sur la raison et sur la folie du peuple, et bien plus sur la folie. La plus grande et la plus importante chose du monde a pour fondement la foiblesse : et ce fondement-là est admirablement sûr; car il n'y a rien de plus sûr que cela, que le peuple sera foible; ce qui est fondé sur la seule raison est bien mal fondé, comme l'estime de la sagesse.

IX.

Nos magistrats ont bien connu ce mystère. Leurs robes rouges, leurs hermines, dont ils s'emmaillottent en chats fourrés (38), les palais où ils jugent, les fleurs de lis; tout cet appareil auguste étoit nécessaire : et si les médecins n'avoient des soutanes et des mules, et que les docteurs n'eussent des bonnets carrés, et des robes trop amples de quatre parties, jamais ils n'auroient dupé le monde, qui ne peut résister à cette montre authentique. Les seuls gens de guerre ne se sont pas déguisés de la sorte (39), parce qu'en effet leur part est plus essentielle. Ils s'établissent par la force, les autres par grimaces.

C'est ainsi que nos rois n'ont pas recherché ces déguisements. Ils ne se sont pas masqués d'habits extraordinaires pour paroître tels ; mais ils se font accompagner de gardes et de hallebardes, ces trognes armées, qui n'ont de mains et de force que pour eux : les trompettes et les tambours qui marchent au-devant, et ces légions qui les environnent, font trembler les plus fermes. Ils n'ont pas l'habit seulement, ils ont la force. Il faudroit avoir une raison bien épurée pour regarder comme un autre homme le grand-seigneur environné dans son superbe sérail de quarante mille janissaires.

Si les magistrats avoient la véritable justice ; si les médecins avoient le vrai art de guérir, ils n'auroient que faire de bonnets carrés. La majesté de ces sciences seroit assez vénérable d'elle-même. Mais, n'ayant que des sciences imaginaires, il faut qu'ils prennent ces vains ornements qui frappent l'imagination, à laquelle ils ont affaire ; et par là en effet ils s'attirent le respect.

Nous ne pouvons pas voir seulement un avocat en soutane et le bonnet en tête, sans une opinion avantageuse de sa suffisance.

Les Suisses s'offensent d'être dits gentils-hommes, et prouvent la roture de race pour être jugés dignes de grands emplois (40).

X.

On ne choisit pas pour gouverner un vaisseau celui des voyageurs qui est de meilleure maison.

Tout le monde voit qu'on travaille pour l'incertain, sur mer, en bataille, etc., mais tout le monde ne voit pas la règle des partis (*) qui démontre qu'on le doit. Montaigne a vu qu'on s'offense d'un esprit boiteux, et que la coutume fait tout; mais il n'a pas vu la raison de cet effet. Ceux qui ne voient que les effets, et qui ne voient pas les causes, sont, à l'égard de ceux qui découvrent les causes, comme ceux qui n'ont que des yeux à l'égard de ceux qui ont de l'esprit. Car les effets sont comme sensibles, et les raisons sont visibles seulement à l'esprit. Et

---

(*) Dans le discours sur la vie et les ouvrages de Pascal par M. Bossut, il est parlé d'un problème des *partis* qu'on doit faire entrer entre deux ou un plus grand nombre de joueurs, problème dont Pascal avoit donné la solution; mais on voit qu'ici l'auteur entend, par *la règle des partis*, les chances, les risques que l'on court en prenant tel ou tel parti. Que dois-je faire? quel est ici pour moi le parti le plus avantageux? C'est celui où il y a le plus à gagner et le moins à perdre. (*Note de l'Éditeur.*)

quoique ce soit par l'esprit que ces effets-là se
voient, cet esprit est, à l'égard de l'esprit qui
voit les causes, comme les sens corporels sont
à l'égard de l'esprit.

XI.

D'où vient qu'un boiteux ne nous irrite pas,
et qu'un esprit boiteux nous irrite? C'est à cause
qu'un boiteux reconnoît que nous allons droit,
et qu'un esprit boiteux dit que c'est nous qui
boitons; sans cela nous en aurions plus de pitié
que de colère.

Épictète demande aussi pourquoi nous ne nous
fâchons point si on dit que nous avons mal à la
tête, et que nous nous fâchons de ce qu'on dit
que nous raisonnons mal, ou que nous choisis-
sons mal? Ce qui cause cela, c'est que nous
sommes bien certains que nous n'avons pas mal
à la tête, et que nous ne sommes pas boiteux.
Mais nous ne sommes pas aussi assurés que nous
choisissions le vrai. De sorte que, n'en ayant
d'assurance qu'à cause que nous le voyons de
toute notre vue; quand un autre voit de toute
sa vue le contraire, cela nous met en suspens et
nous étonne, et encore plus quand mille autres
se moquent de notre choix; car il faut préférer
nos lumières à celles de tant d'autres, et cela
est hardi et difficile. Il n'y a jamais cette contradiction dans les sens touchant un boiteux.

XII.

Le respect est, incommodez-vous : cela est vain en apparence, mais très-juste ; car c'est dire : Je m'incommoderois bien, si vous en aviez besoin, puisque je le fais sans que cela vous serve : outre que le respect est pour distinguer les grands. Or, si le respect étoit d'être dans un fauteuil, on respecteroit tout le monde, et ainsi on ne distingueroit pas ; mais étant incommodé, on distingue fort bien.

XIII.

Être brave (*), n'est pas trop vain ; c'est montrer qu'un grand nombre de gens travaillent pour soi ; c'est montrer, par ses cheveux, qu'on a un valet de chambre, un parfumeur, etc., par son rabat, le fil et le passement, etc.

Or, ce n'est pas une simple superficie, ni un simple harnois, d'avoir plusieurs bras à son service.

XIV.

Cela est admirable : on ne veut pas que j'honore un homme vêtu de brocatelle et suivi de sept à huit laquais ! Eh quoi ! il me fera donner les étrivières, si je ne le salue. Cet habit, c'est une force ; il n'en est pas de même d'un cheval bien enharnaché à l'égard d'un autre (41).

Montaigne est plaisant de ne pas voir quelle

(*) Bien mis.

différence il y a d'admirer qu'on y en trouve, et d'en demander la raison.

XV.

Le peuple a des opinions très - saines, par exemple, d'avoir choisi le divertissement et la chasse plutôt que la poésie (42) : les demi-savants s'en moquent, et triomphent à montrer là-dessus sa folie ; mais, par une raison qu'ils ne pénètrent pas, il a raison. Il fait bien aussi de distinguer les hommes par le dehors, comme par la naissance ou le bien : le monde triomphe encore à montrer combien cela est déraisonnable ; mais cela est très-raisonnable.

XVI.

C'est un grand avantage que la qualité, qui, dès dix-huit ou vingt ans, met un homme en passe, connu et respecté, comme un autre pourroit avoir mérité à cinquante ans : ce sont trente ans gagnés sans peine.

XVII.

Il y a de certaines gens qui, pour faire voir qu'on a tort de ne pas les estimer, ne manquent jamais d'alléguer l'exemple de personnes de qualité qui font cas d'eux. Je voudrois leur répondre : Montrez-nous le mérite par où vous avez attiré l'estime de ces personnes-là, et nous vous estimerons de même.

XVIII.

Un homme qui se met à la fenêtre pour voir les passants ; si je passe par là, puis-je dire qu'il s'est mis là pour me voir ? Non ; car il ne pense pas à moi en particulier. Mais celui qui aime une personne à cause de sa beauté, l'aime-t-il ? Non ; car la petite vérole, qui ôtera la beauté sans tuer la personne, fera qu'il ne l'aimera plus : et si on m'aime pour mon jugement, ou pour ma mémoire, m'aime-t-on, moi ? Non ; car je puis perdre ces qualités sans cesser d'être. Où est donc ce moi, s'il n'est ni dans le corps, ni dans l'âme ? Et comment aimer le corps ou l'âme, sinon pour ces qualités, qui ne sont point ce qui fait ce moi, puisqu'elles sont périssables ? Car aimeroit-on la substance de l'âme d'une personne abstraitement, et quelques qualités qui y fussent ? Cela ne se peut, et seroit injuste. On n'aime donc jamais la personne, mais seulement les qualités ; ou, si on aime la personne, il faut dire que c'est l'assemblage des qualités qui fait la personne.

XIX.

Les choses qui nous tiennent le plus au cœur ne sont rien le plus souvent ; comme, par exemple, de cacher qu'on ait peu de bien. C'est un néant que notre imagination grossit en montagne. Un autre tour d'imagination nous le fait découvrir sans peine.

XX.

Ceux qui sont capables d'inventer sont rares ; ceux qui n'inventent point sont en plus grand nombre , et par conséquent les plus forts ; et l'on voit que , pour l'ordinaire , ils refusent aux inventeurs la gloire qu'ils méritent et qu'ils cherchent par leurs inventions. S'ils s'obstinent à la vouloir , et à traiter avec mépris ceux qui n'inventent pas , tout ce qu'ils y gagnent , c'est qu'on leur donne des noms ridicules , et qu'on les traite de visionnaires. Il faut donc bien se garder de se piquer de cet avantage , tout grand qu'il est ; et l'on doit se contenter d'être estimé du petit nombre de ceux qui en connoissent le prix.

ARTICLE IX.

PENSÉES MORALES DÉTACHÉES.

I.

Toutes les bonnes maximes sont dans le monde : on ne manque qu'à les appliquer. Par exemple , on ne doute pas qu'il ne faille exposer sa vie pour défendre le bien public , et plusieurs le font ; mais presque personne ne le fait pour la religion. Il est nécessaire qu'il y ait de l'inégalité parmi les hommes ; mais cela étant accordé , voilà la porte ouverte , non-seulement à la plus haute domination, mais à la plus haute tyrannie. Il est nécessaire de relâcher un peu l'esprit; mais cela ouvre la porte aux plus grands débordements. Qu'on en marque les limites; il n'y a point de bornes dans les choses : les lois veulent y en mettre, et l'esprit ne peut le souffrir.

II.

La raison nous commande bien plus impérieusement qu'un maître : car, en désobéissant à l'un, on est malheureux; et en désobéissant à l'autre, on est un sot.

III.

Pourquoi me tuez-vous? Eh, quoi! ne demeurez-vous pas de l'autre côté de l'eau? Mon ami, si vous demeuriez de ce côté, je serois un assassin, cela seroit injuste de vous tuer de la sorte; mais puisque vous demeurez de l'autre côté, je suis un brave, et cela est juste (*).

IV.

Ceux qui sont dans le déréglement disent à ceux qui sont dans l'ordre que ce sont eux qui s'éloignent de la nature, et ils croient la suivre : comme ceux qui sont dans un vaisseau croient que ceux qui sont au bord s'éloignent. Le langage est pareil de tous côtés. Il faut avoir un

---

(*) Pour l'intelligence de cette pensée, *voyez* part. 1, art. 6, §. 9. (*Note de l'Éditeur.*)

point fixe pour en juger. Le port règle ceux qui
sont dans le vaisseau ; mais où trouverons-nous
ce point dans la morale (43) ?

V.

Comme la mode fait l'agrément, aussi fait-elle
la justice. Si l'homme connoissoit réellement la
justice, il n'auroit pas établi cette maxime la
plus générale de toutes celles qui sont parmi les
hommes : Que chacun suive les mœurs de son
pays : l'éclat de la véritable équité auroit assujetti tous les peuples, et les législateurs n'auroient pas pris pour modèle, au lieu de cette
justice constante, les fantaisies et les caprices
des Perses et des Allemands ; on la verroit
plantée par tous les états du monde, et dans
tous les temps (*).

VI (44).

La justice est ce qui est établi ; et ainsi toutes
nos lois établies seront nécessairement tenues
pour justes sans être examinées, puisqu'elles
sont établies.

VII.

Les seules règles universelles sont les lois du

(*) Cette pensée et la suivante sont tirées de Montaigne.
On est fondé à croire que Pascal, en les rappelant, avoit le
projet ou de les réfuter, ou d'en faire sentir le sophisme et
le paradoxe. (*Note de l'Éditeur.*)

pays, aux choses ordinaires ; et la pluralité aux autres. D'où vient cela ? de la force qui y est.

Et de là vient que les rois, qui ont la force d'ailleurs, ne suivent pas la pluralité de leurs ministres.

VIII.

Sans doute que l'égalité des biens est juste (45); mais, ne pouvant faire que l'homme soit forcé d'obéir à la justice, on l'a fait obéir à la force ; ne pouvant fortifier la justice, on a justifié la force, afin que la justice et la force fussent ensemble, et que la paix fût : car elle est le souverain bien. *Summum jus, summa injuria.*

La pluralité est la meilleure voie, parce qu'elle est visible, et qu'elle a la force pour se faire obéir ; cependant c'est l'avis des moins habiles.

Si on avoit pu, on auroit mis la force entre les mains de la justice ; mais comme la force ne se laisse pas manier comme on veut, parce que c'est une qualité palpable, au lieu que la justice est une qualité spirituelle dont on dispose comme on veut, on a mis la justice entre les mains de la force, et ainsi on appelle *justice* ce qu'il est force d'observer.

IX.

Il est juste que ce qui est juste soit suivi : il est nécessaire que ce qui est le plus fort soit suivi. La justice sans la force est impuissante : la puissance sans la justice est tyrannique. La justice sans la force est contredite, parce qu'il

y a toujours des méchants : la force sans la justice est accusée. Il faut donc mettre ensemble
la justice et la force ; et pour cela faire que ce
qui est juste soit fort, et que ce qui est fort soit
juste.

La justice est sujette à disputes : la force est
très-reconnoissable, et sans dispute. Ainsi on
n'a qu'à donner la force à la justice. Ne pouvant
faire que ce qui est juste fût fort, on a fait que
ce qui est fort fût juste (46).

X (47).

Il est dangereux de dire au peuple que les lois
ne sont pas justes ; car il n'obéit qu'à cause qu'il
les croit justes. C'est pourquoi il faut lui dire
en même temps qu'il doit obéir parce qu'elles
sont lois, comme il faut obéir aux supérieurs,
non parce qu'ils sont justes, mais parce qu'ils
sont supérieurs. Par là toute sédition est pré-
venue, si on peut faire entendre cela. Voilà tout
ce que c'est proprement que la définition de la
justice.

XI.

Il seroit bon qu'on obéît aux lois et coutumes
parce qu'elles sont lois, et que le peuple com-
prît que c'est là ce qui les rend justes. Par ce
moyen, on ne les quitteroit jamais : au lieu
que, quand on fait dépendre leur justice d'autre
chose, il est aisé de la rendre douteuse ; et voilà
ce qui fait que les peuples sont sujets à se révolter.

XII.

Quand il est question de juger si on doit faire la guerre et tuer tant d'hommes, condamner tant d'Espagnols à la mort, c'est un homme seul qui en juge, et encore intéressé : ce devroit être un tiers indifférent.

XIII.

Ces discours sont faux et tyranniques : Je suis beau, donc on doit me craindre; je suis fort, donc on doit m'aimer. Je suis..... La tyrannie est de vouloir avoir par une voie ce qu'on ne peut avoir que par une autre. On rend différents devoirs aux différents mérites : devoir d'amour à l'agrément; devoir de crainte à la force; devoir de croyance à la science, etc. On doit rendre ces devoirs-là; on est injuste de les refuser, et injuste d'en demander d'autres. Et c'est de même être faux et tyran de dire : Il n'est pas fort, donc je ne l'estimerai pas; il n'est pas habile, donc je ne le craindrai pas. La tyrannie consiste au désir de domination universelle et hors de son ordre.

XIV.

Il y a des vices qui ne tiennent à nous que par d'autres, et qui, en ôtant le tronc, s'emportent comme des branches.

XV.

Quand la malignité a la raison de son côté,

elle devient fière, et étale la raison en tout son lustre : quand l'austérité ou le choix sévère n'a pas réussi au vrai bien, et qu'il faut revenir à suivre la nature, elle devient fière par le retour.

XVI.

Ce n'est pas être heureux que de pouvoir être réjoui par le divertissement; car il vient d'ailleurs et de dehors : et ainsi il est dépendant, et par conséquent sujet à être troublé par mille accidents, qui font les afflictions inévitables.

XVII.

L'extrême esprit est accusé de folie comme l'extrême défaut (48). Rien ne passe pour bon que la médiocrité. C'est la pluralité qui a établi cela, et qui mord quiconque s'en échappe par quelque bout que ce soit. Je ne m'y obstinerai pas; je consens qu'on m'y mette; et si je refuse d'être au bas bout, ce n'est pas parce qu'il est bas, mais parce qu'il est bout; car je refuserois de même qu'on me mît au haut. C'est sortir de l'humanité que de sortir du milieu : la grandeur de l'âme humaine consiste à savoir s'y tenir; et tant s'en faut que sa grandeur soit d'en sortir, qu'elle est à n'en point sortir.

XVIII.

On ne passe point dans le monde pour se connoître en vers, si l'on n'a mis l'enseigne de poëte; ni pour être habile en mathématiques, si l'on n'a mis celle de mathématicien. Mais les vrais honnêtes gens ne veulent point d'enseigne, et ne mettent guère de différence entre le métier de poète et celui de brodeur. Ils ne sont point appelés ni poètes, ni géomètres; mais ils jugent de tous ceux-là. On ne les devine point. Ils parleront des choses dont l'on parloit quand ils sont entrés. On ne s'aperçoit point en eux d'une qualité plutôt que d'une autre, hors de la nécessité de la mettre en usage; mais alors on s'en souvient : car il est également de ce caractère, qu'on ne dise point d'eux qu'ils parlent bien, lorsqu'il n'est pas question du langage, et qu'on dise d'eux qu'ils parlent bien, quand il en est question. C'est donc une fausse louange quand on dit d'un homme, lorsqu'il entre, qu'il est fort habile en poésie; et c'est une mauvaise marque, quand on n'a recours à lui que lorsqu'il s'agit de juger de quelques vers. L'homme est plein de besoins : il n'aime que ceux qui peuvent les remplir. C'est un bon mathématicien, dira-t-on; mais je n'ai que faire de mathématiques. C'est un homme qui entend bien la guerre; mais je ne veux la faire à personne. Il faut donc un honnête homme qui puisse s'accommoder à tous nos besoins.

XIX.

Quand on se porte bien, on ne comprend pas comment on pourroit faire si on étoit malade; et quand on l'est, on prend médecine gaîment : le mal y résout. On n'a plus les passions et les désirs des divertissements et des promenades, que la santé donnoit, et qui sont incompatibles avec les nécessités de la maladie. La nature donne alors des passions et des désirs conformes à l'état présent. Ce ne sont que les craintes que nous nous donnons nous-mêmes, et non pas la nature, qui nous troublent; parce qu'elles joignent à l'état où nous sommes les passions de l'état où nous ne sommes pas.

XX.

Les discours d'humilité sont matière d'orgueil aux gens glorieux, et d'humilité aux humbles. Ainsi ceux du pyrrhonisme et du doute sont matière d'affirmation aux affirmatifs. Peu de gens parlent d'humilité humblement; peu de la chasteté chastement; peu du doute en doutant. Nous ne sommes que mensonge, duplicité, contrariétés. Nous nous cachons, et nous nous déguisons à nous-mêmes.

XXI.

Les belles actions cachées sont les plus estimables. Quand j'en vois quelques-unes dans l'histoire, elles me plaisent fort. Mais enfin elles n'ont pas été tout-à-fait cachées, puisqu'elles ont été sues; et ce peu par où elles ont paru en diminue le mérite; car c'est là le plus beau, d'avoir voulu les cacher (49).

XXII.

Diseur de bons mots, mauvais caractère.

XXIII.

Le *moi* (*) est haïssable : ainsi ceux qui ne l'ôtent pas, et qui se contentent seulement de le couvrir, sont toujours haïssables. Point du tout, direz-vous ; car en agissant, comme nous faisons, obligeamment pour tout le monde, on n'a pas sujet de nous haïr. Cela est vrai, si on ne haïssoit dans le *moi* que le déplaisir qui nous en revient. Mais si je le hais parce qu'il est injuste, et qu'il se fait centre de tout, je le haïrai toujours. En un mot, le *moi* a deux qualités : il est injuste en soi, en ce qu'il se fait centre de tout ; il est incommode aux autres, en ce qu'il veut les asservir : car chaque *moi* est l'ennemi, et voudroit être le tyran de tous les autres. Vous en ôtez l'incommodité, mais non pas l'injustice ; et ainsi vous ne le rendez pas aimable à ceux qui en haïssent l'injustice : vous ne le rendez aimable qu'aux injustes, qui n'y trouvent plus leur ennemi ; et ainsi vous demeurez injuste, et ne pouvez plaire qu'aux injustes.

XXIV.

Je n'admire point un homme qui possède une vertu dans toute sa perfection, s'il ne possède en même temps, dans un pareil degré, la vertu opposée, tel qu'étoit Épaminondas, qui avoit l'extrême valeur jointe à l'extrême bénignité ;

(*) L'amour-propre.

car autrement ce n'est pas monter, c'est tomber. On ne montre pas sa grandeur pour être en une extrémité, mais bien en touchant les deux à la fois, et remplissant tout l'entre-deux. Mais peut-être que ce n'est qu'un soudain mouvement de l'âme de l'un à l'autre de ces extrêmes, et qu'elle n'est jamais en effet qu'en un point, comme le tison de feu que l'on tourne. Mais au moins cela marque l'agilité de l'âme, si cela n'en marque l'étendue.

XXV.

Si notre condition étoit véritablement heureuse, il ne faudroit pas nous divertir d'y penser.

Peu de chose nous console, parce que peu de chose nous afflige.

XXVI.

J'avois passé beaucoup de temps dans l'étude des sciences abstraites; mais le peu de gens avec qui on peut en communiquer m'en avoit dégoûté. Quand j'ai commencé l'étude de l'homme, j'ai vu que ces sciences abstraites ne lui sont pas propres, et que je m'égarois plus de ma condition en y pénétrant que les autres en les ignorant; et je leur ai pardonné de ne point s'y appliquer. Mais j'ai cru trouver au moins bien des compagnons dans l'étude de l'homme, puisque c'est celle qui lui est propre. J'ai été trompé. Il y en a encore moins qui l'étudient que la géométrie.

XXVII.

Quand tout se remue également, rien ne se remue en apparence : comme en un vaisseau. Quand tous vont vers le déréglement, nul ne semble y aller. Qui s'arrête, fait remarquer l'emportement des autres comme un point fixe.

XXVIII.

Les philosophes se croient bien fins, d'avoir renfermé toute leur morale sous certaines divisions. Mais pourquoi les diviser en quatre plutôt qu'en six? Pourquoi faire plutôt quatre espèces de vertus que dix (50)? Pourquoi la renfermer en *abstine* et *sustine* plutôt qu'en autre chose? Mais voilà, direz-vous, tout renfermé en un seul mot. Oui; mais cela est inutile, si on ne l'explique; et dès qu'on vient à l'expliquer, et qu'on ouvre ce précepte qui contient tous les autres, ils en sortent en la première confusion que vous vouliez éviter : et ainsi, quand ils sont tous renfermés en un, ils y sont cachés et inutiles; et lorsqu'on veut les développer, ils reparoissent dans leur confusion naturelle. La nature les a tous établis chacun en soi-même; et quoiqu'on puisse les enfermer l'un dans l'autre, ils subsistent indépendamment l'un de l'autre. Ainsi toutes ces divisions et ces mots n'ont guère d'autre utilité que d'aider la mémoire, et de servir d'adresse pour trouver ce qu'ils renferment.

XXIX.

Quand on veut reprendre avec utilité, et montrer à un autre qu'il se trompe, il faut observer par quel côté il envisage la chose (car elle est vraie ordinairement de ce côté-là), et lui avouer cette vérité. Il se contente de cela, parce qu'il voit qu'il ne se trompoit pas, et qu'il manquoit seulement à voir tous les côtés. Or on n'a pas de honte de ne pas tout voir ; mais on ne veut pas s'être trompé ; et peut-être que cela vient de ce que naturellement l'esprit ne peut se tromper dans le côté qu'il envisage, comme les appréhensions des sens sont toujours vraies.

XXX.

La vertu d'un homme ne doit pas se mesurer par ses efforts, mais par ce qu'il fait d'ordinaire.

XXXI (51).

Les grands et les petits ont mêmes accidents, mêmes fâcheries et mêmes passions ; mais les uns sont au haut de la roue, et les autres près du centre, et ainsi moins agités par les mêmes mouvements.

XXXII.

Quoique les personnes n'aient point d'intérêt à ce qu'ils disent, il ne faut pas conclure de là absolument qu'ils ne mentent point ; car il y a des gens qui mentent simplement pour mentir.

XXXIII (52).

L'exemple de la chasteté d'Alexandre n'a pas
tant fait de continents que celui de son ivrogne-
rie a fait d'intempérants. On n'a pas de honte
de n'être pas aussi vertueux que lui, et il semble
excusable de n'être pas plus vicieux que lui. On
croit n'être pas tout-à-fait dans les vices du commun des hommes, quand on se voit dans les
vices de ces grands hommes ; et cependant on
ne prend pas garde qu'ils sont en cela du commun des hommes. On tient à eux par le bout
par où ils tiennent au peuple. Quelque élevés
qu'ils soient, ils sont unis au reste des hommes
par quelque endroit. Ils ne sont pas suspendus
en l'air et séparés de notre société. S'ils sont
plus grands que nous, c'est qu'ils ont la tête plus
élevée ; mais ils ont les pieds aussi bas que les
nôtres. Ils sont tous à même niveau, et s'appuient sur la même terre ; et par cette extrémité,
ils sont aussi abaissés que nous, que les enfants,
que les bêtes.

XXXIV.

C'est le combat qui nous plaît, et non pas la
victoire. On aime à voir les combats des animaux, non le vainqueur acharné sur le vaincu.
Que vouloit-on voir, sinon la fin de la victoire ?
Et dès qu'elle est arrivée, on en est saoul. Ainsi
dans le jeu ; ainsi dans la recherche de la vérité.
On aime à voir dans les disputes le combat des
opinions ; mais de contempler la vérité trouvée,

point du tout. Pour la faire remarquer avec plaisir, il faut la faire voir naissant de la dispute.
De même dans les passions, il y a du plaisir à
en voir deux contraires se heurter ; mais quand
l'une est maîtresse, ce n'est plus que brutalité.
Nous ne cherchons jamais les choses, mais la
recherche des choses. Ainsi dans la comédie, les
scènes contentes sans crainte ne valent rien,
ni les extrêmes misères sans espérance, ni les
amours brutales.

XXXV.

On n'apprend pas aux hommes à être honnêtes gens, et on leur apprend tout le reste ; et
cependant ils ne se piquent de rien tant que de
cela. Ainsi ils ne se piquent de savoir que la
seule chose qu'ils n'apprennent point.

XXXVI.

Le sot projet que Montaigne a eu de se peindre ! et cela non pas en passant et contre ses
maximes, comme il arrive à tout le monde de
faillir, mais par ses propres maximes, et par un
dessein premier et principal. Car de dire des
sottises par hasard et par foiblesse, c'est un mal
ordinaire ; mais d'en dire à dessein, c'est ce qui
n'est pas supportable, et d'en dire de telles que
celles-là.

XXXVII.

Plaindre les malheureux n'est pas contre la
concupiscence ; au contraire, on est bien aise

de pouvoir se rendre ce témoignage d'humanité, et de s'attirer la réputation de tendresse sans qu'il en coûte rien : ainsi ce n'est pas grand'chose.

XXXVIII.

Qui auroit eu l'amitié du roi d'Angleterre, du roi de Pologne et de la reine de Suède, auroit-il cru pouvoir manquer de retraite et d'asile au monde (*)?

XXXIX.

Les choses ont diverses qualités, et l'âme diverses inclinations; car rien n'est simple de ce qui s'offre à l'âme, et l'âme ne s'offre jamais simple à aucun sujet. De là vient qu'on pleure et qu'on rit quelquefois d'une même chose.

XL.

Il y a diverses classes de forts, de beaux, de bons esprits et de pieux, dont chacun doit régner chez soi, non ailleurs. Ils se rencontrent quelquefois; et le fort et le beau se battent sottement à qui sera le maître l'un de l'autre; car

---

(*) Pascal veut parler ici de trois révolutions arrivées de son temps : la cruelle catastrophe de Charles Ier, roi d'Angleterre, en 1649; la retraite de Jean Casimir, roi de Pologne, dans la Silésie, en 1655; et l'abdication de Christine, reine de Suède, en 1654. Il ne faut pas confondre cette première retraite de Casimir avec la seconde, qui n'arriva qu'après son abdication, en 1668 : alors Pascal étoit mort.

leur maîtrise est de divers genres. Ils ne s'entendent pas, et leur faute est de vouloir régner
partout. Rien ne le peut, non pas même la force :
elle ne fait rien au royaume des savants ; elle
n'est maîtresse que des actions extérieures.

XLI.

Ferox gens nullam esse vitam sine armis putat.
Ils aiment mieux la mort que la paix : les autres
aiment mieux la mort que la guerre. Toute opinion peut être préférée à la vie, dont l'amour
paroît si fort et si naturel.

XLII.

Qu'il est difficile de proposer une chose au
jugement d'un autre sans corrompre son jugement par la manière de la lui proposer ! Si on
dit, Je le trouve beau, je le trouve obscur ; on
entraîne l'imagination à ce jugement, ou on
l'irrite au contraire. Il vaut mieux ne rien dire ;
car alors il juge selon ce qu'il est, c'est-à-dire,
selon ce qu'il est alors, et selon que les autres
circonstances dont on n'est pas auteur l'auront
disposé ; si ce n'est que ce silence ne fasse aussi
son effet, selon le tout et l'interprétation qu'il
sera en humeur d'y donner, ou selon qu'il con-
jecturera de l'air du visage ou du ton de la voix :
tant il est aisé de démonter un jugement de son
assiette naturelle, ou plutôt tant il y en a peu de
fermes et de stables !

XLIII.

Montaigne a raison : la coutume doit être suivie dès là qu'elle est coutume, et qu'on la trouve
établie, sans examiner si elle est raisonnable ou
non ; cela s'entend toujours de ce qui n'est point
contraire au droit naturel ou divin. Il est vrai
que le peuple ne la suit que par cette seule raison
qu'il la croit juste, sans quoi il ne la suivroit
plus ; parce qu'on ne veut être assujetti qu'à la
raison ou à la justice. La coutume, sans cela,
passeroit pour tyrannie ; au lieu que l'empire
de la raison et de la justice n'est non plus tyrannie que celui de la délectation.

XLIV.

La science des choses extérieures ne nous consolera pas de l'ignorance de la morale au temps
de l'affliction ; mais la science des mœurs nous
consolera toujours de l'ignorance des choses
extérieures.

XLV.

Le temps amortit les afflictions et les querelles, parce qu'on change, et qu'on devient
comme une autre personne. Ni l'offensant, ni
l'offensé ne sont plus les mêmes. C'est comme
un peuple qu'on a irrité, et qu'on reverroit après
deux générations. Ce sont encore les François,
mais non les mêmes.

XLVI.

Condition de l'homme : inconstance, ennui, inquiétude. Qui voudra connoître à plein la vanité de l'homme, n'a qu'à considérer les causes et les effets de l'amour. La cause en est *un je ne sais quoi* (Corneille); et les effets en sont effroyables. Ce *je ne sais quoi*, si peu de chose, qu'on ne sauroit le reconnoître, remue toute la terre, les princes, les armées, le monde entier. Si le nez de Cléopâtre eût été plus court, toute la face de la terre auroit changé.

XLVII (53).

César étoit trop vieux, ce me semble, pour aller s'amuser à conquérir le monde. Cet amusement étoit bon à Alexandre : c'étoit un jeune homme qu'il étoit difficile d'arrêter; mais César devoit être plus mûr.

XLVIII.

Le sentiment de la fausseté des plaisirs présents, et l'ignorance de la vanité des plaisirs absents, causent l'inconstance.

XLIX.

Les princes et les rois se jouent quelquefois. Ils ne sont pas toujours sur leurs trônes; ils s'y ennuieroient. La grandeur a besoin d'être quittée pour être sentie.

L.

Mon humeur ne dépend guère du temps. J'ai

mon brouillard et mon beau temps au dedans de moi ; le bien et le mal de mes affaires mêmes y font peu. Je m'efforce quelquefois de moi-même contre la mauvaise fortune ; et la gloire de la dompter me la fait dompter gaîment, au lieu que d'autres fois je fais l'indifférent et le dégoûté dans la bonne fortune.

LI.

En écrivant ma pensée, elle m'échappe quelquefois (54) ; mais cela me fait souvenir de ma foiblesse, que j'oublie à toute heure ; ce qui m'instruit autant que ma pensée oubliée ; car je ne tends qu'à connoître mon néant.

LII.

C'est une plaisante chose à considérer, de ce qu'il y a des gens dans le monde qui, ayant renoncé à toutes les lois de Dieu et de la nature, s'en sont fait eux-mêmes auxquelles ils obéissent exactement ; comme, par exemple, les voleurs, etc.

LIII.

Ce chien est à moi, disoient ces pauvres enfants ; c'est là ma place au soleil : voilà le commencement et l'image de l'usurpation de toute la terre.

LIV.

Vous avez mauvaise grâce ; excusez-moi, s'il vous plaît. Sans cette excuse, je n'eusse pas aperçu qu'il y eût d'injure. Révérence parler, il n'y a de mauvais que l'excuse.

LV.

On ne s'imagine d'ordinaire Platon et Aristote qu'avec de grandes robes, et comme des personnages toujours graves et sérieux. C'étoient d'honnêtes gens, qui rioient comme les autres avec leurs amis (55) : et quand ils ont fait leurs lois et leurs traités de politique, c'a été en se jouant et pour se divertir. C'étoit la partie la moins philosophe et la moins sérieuse de leur vie. La plus philosophe étoit de vivre simplement et tranquillement.

LVI.

L'homme aime la malignité : mais ce n'est pas contre les malheureux, mais contre les heureux superbes ; et c'est se tromper que d'en juger autrement.

L'épigramme de Martial sur les borgnes ne vaut rien, parce qu'elle ne les console pas, et ne fait que donner une pointe à la gloire de l'auteur. Tout ce qui n'est que pour l'auteur ne vaut rien. *Ambitiosa recidet ornamenta* (*). Il faut plaire à ceux qui ont les sentiments humains et tendres, et non aux âmes barbares et inhumaines.

(*) Horat. *Art. poët.*

LVII.

Je me suis mal trouvé de ces compliments : Je vous ai donné bien de la peine ; Je crains de vous ennuyer ; Je crains que cela ne soit trop long : ou l'on m'entraîne, ou l'on m'irrite.

LVIII.

Un vrai ami est une chose si avantageuse, même pour les grands seigneurs, afin qu'il dise du bien d'eux, et qu'il les soutienne en leur absence même, qu'ils doivent tout faire pour en avoir un. Mais qu'ils choisissent bien ; car s'ils font tous leurs efforts pour un sot, cela leur sera inutile, quelque bien qu'il dise d'eux : et même il n'en dira pas du bien, s'il se trouve le plus foible ; car il n'a pas d'autorité, et ainsi il en médira par compagnie.

LIX.

Voulez-vous qu'on dise du bien de vous ? n'en dites point.

LX.

Qu'on ne se moque pas de ceux qui se font honorer par des charges et des offices ; car on n'aime personne que pour des qualités empruntées. Tous les hommes se haïssent naturellement. Je mets en fait que, s'ils savoient exactement ce qu'ils disent les uns des autres, il n'y auroit pas quatre amis dans le monde (56). Cela paroît par les querelles que causent les rapports indiscrets qu'on en fait quelquefois.

LXI.

La mort est plus aisée à supporter sans y penser, que la pensée de la mort sans péril.

LXII.

Qu'une chose aussi visible qu'est la vanité du
monde soit si peu connue, que ce soit une chose
étrange et surprenante de dire que c'est une
sottise de chercher les grandeurs, cela est admirable !

Qui ne voit pas la vanité du monde est bien
vain lui-même. Aussi qui ne la voit, excepté de
jeunes gens qui sont tous dans le bruit, dans le
divertissement et sans la pensée de l'avenir ? Mais
ôtez-leur leurs divertissements, vous les voyez
sécher d'ennui ; ils sentent alors leur néant sans
le connoître : car c'est être bien malheureux que
d'être dans une tristesse insupportable aussitôt
qu'on est réduit à se considérer, et à n'en être
pas diverti. .

LXIII.

Chaque chose est vraie en partie, et fausse en
partie. La vérité essentielle n'est pas ainsi : elle
est toute pure et toute vraie. Ce mélange la déshonore et l'anéantit. Rien n'est vrai, en l'entendant du pur vrai. On dira que l'homicide est
mauvais : oui ; car nous connoissons bien le mal
et le faux. Mais que dira-t-on qui soit bon ? La
chasteté ? Je dis que non : car le monde finiroit.
Le mariage ? Non : la continence vaut mieux. De

ne point tuer ? Non ; car les désordres seroient horribles, et les méchants tueroient tous les bons. De tuer ? Non ; car cela détruit la nature. Nous n'avons ni vrai, ni bien qu'en partie, et mêlé de mal et de faux.

LXIV.

Le mal est aisé, il y en a une infinité ; le bien presque unique. Mais un certain genre de mal est aussi difficile à trouver que ce qu'on appelle bien ; et souvent on fait passer à cette marque le mal particulier pour bien..... Il faut même une grandeur d'âme extraordinaire pour y arriver comme au bien.

LXV.

Les cordes qui attachent les respects des uns envers les autres, sont, en général, des cordes de nécessité. Car il faut qu'il y ait différents degrés : tous les hommes voulant dominer, et tous ne le pouvant pas, mais quelques-uns le pouvant. Mais les cordes qui attachent le respect à tel et tel en particulier, sont des cordes d'imagination.

LXVI.

Nous sommes si malheureux, que nous ne pouvons prendre plaisir à une chose qu'à condition de nous fâcher si elle nous réussit mal, ce que mille choses peuvent faire, et font à toute heure. Qui auroit trouvé le secret de se réjouir du bien sans être touché du mal contraire, auroit trouvé le point.

ARTICLE X.

PENSÉES DIVERSES DE PHILOSOPHIE ET DE LITTÉRATURE.

I.

A mesure qu'on a plus d'esprit, on trouve qu'il y a plus d'hommes originaux. Les gens du commun ne trouvent pas de différence entre les hommes (57).

II.

On peut avoir le sens droit et ne pas aller également à toutes choses; car il y en a qui, l'ayant droit dans un certain ordre de choses, s'éblouissent dans les autres. Les uns tirent bien les conséquences du peu de principes, les autres tirent bien les conséquences des choses où il y a beaucoup de principes. Par exemple, les uns comprennent bien les effets de l'eau, en quoi il y a peu de principes; mais dont les conséquences sont si fines, qu'il n'y a qu'une grande pénétration qui puisse y aller; et ceux-là ne seroient peut-être pas grands géomètres; parce que la géométrie comprend un grand nombre de principes, et qu'une nature d'esprit peut être telle, qu'elle puisse bien pénétrer peu de principes jusqu'au fond, et qu'elle ne puisse pénétrer les choses où il y a beaucoup de principes.

Il y a donc deux sortes d'esprits : l'un de pénétrer vivement et profondément les conséquences
des principes, et c'est là l'esprit de justesse (*);
l'autre, de comprendre un grand nombre de
principes sans les confondre, et c'est là l'esprit
de géométrie. L'un est force et droiture d'esprit,
l'autre est étendue d'esprit. Or l'un peut, être
sans l'autre, l'esprit pouvant être fort et étroit,
et pouvant être aussi étendu et foible.

Il y a beaucoup de différence entre l'esprit
de géométrie et l'esprit de finesse. En l'un, les
principes sont palpables, mais éloignés de l'u-
sage commun ; de sorte qu'on a peine à tourner
la tête de ce côté-là, manque d'habitude : mais
pour peu qu'on s'y tourne, on voit les principes
à plein ; et il faudroit avoir tout-à-fait l'esprit
faux pour mal raisonner sur des principes si
gros, qu'il est presque impossible qu'ils échappent.

Mais dans l'esprit de finesse, les principes sont
dans l'usage commun et devant les yeux de tout
le monde. On n'a que faire de tourner la tête,

(*) Je pense qu'il faut lire ici l'*esprit de finesse*, par
opposition à l'*esprit de géométrie*, qui est proprement
l'esprit de méthode, l'*esprit de justesse*. Toute la suite de
cette pensée semble d'ailleurs le prouver. En effet, on peut
avoir beaucoup de vivacité, beaucoup de finesse d'esprit,
et manquer de jugement, c'est-à-dire, de cet esprit de
méditation, de raisonnement, qui pénètre les principes,
saisit les rapports des choses entre elles, et sait en tirer les
conséquences. (*Note de l'Éditeur.*)

ni de se faire violence. Il n'est question que d'avoir bonne vue ; mais il faut l'avoir bonne, car les principes en sont si déliés et en si grand nombre, qu'il est presque impossible qu'il n'en échappe. Or l'omission d'un principe mène à l'erreur : ainsi il faut avoir la vue bien nette pour voir tous les principes, et ensuite l'esprit juste pour ne pas raisonner faussement sur des principes connus.

Tous les géomètres seroient donc fins s'ils avoient la vue bonne ; car ils ne raisonnent pas faux sur les principes qu'ils connoissent ; et les esprits fins seroient géomètres, s'ils pouvoient plier leur vue vers les principes inaccoutumés de géométrie.

Ce qui fait donc que certains esprits fins ne sont pas géomètres, c'est qu'ils ne peuvent du tout se tourner vers les principes de géométrie : mais ce qui fait que des géomètres ne sont pas fins, c'est qu'ils ne voient pas ce qui est devant eux, et qu'étant accoutumés aux principes nets et grossiers de géométrie, et à ne raisonner qu'après avoir bien vu et manié leurs principes, ils se perdent dans les choses de finesse, où les principes ne se laissent pas ainsi manier. On les voit à peine : on les sent plutôt qu'on ne les voit : on a des peines infinies à les faire sentir à ceux qui ne les sentent pas d'eux-mêmes : ce sont choses tellement délicates et si nombreuses, qu'il faut un sens bien délié et bien net pour les sentir, et sans pouvoir le plus souvent les

démontrer par ordre comme en géométrie, parce
qu'on n'en possède pas ainsi les principes, et
que ce seroit une chose infinie de l'entreprendre.
Il faut tout d'un coup voir la chose d'un seul
regard, et non par progrès de raisonnement,
au moins jusqu'à un certain degré. Et ainsi il est
rare que les géomètres soient fins, et que les
esprits fins soient géomètres, à cause que les
géomètres veulent traiter géométriquement les
choses fines, et se rendent ridicules, voulant
commencer par les définitions, et ensuite par
les principes; ce qui n'est pas la manière d'agir
en cette sorte de raisonnement. Ce n'est pas que
l'esprit ne le fasse; mais il le fait tacitement,
naturellement, sans art; car l'expression en
passe tous les hommes, et le sentiment n'en
appartient qu'à peu.

Et les esprits fins, au contraire, ayant accoutumé de juger d'une seule vue, sont si étonnés
quand on leur présente des propositions où ils
ne comprennent rien, et où, pour entrer, il
faut passer par des définitions et des principes
stériles, et qu'ils n'ont pas accoutumé de voir
ainsi en détail, qu'ils s'en rebutent et s'en dé-
goûtent. Mais les esprits faux ne sont jamais ni
fins ni géomètres.

Les géomètres, qui ne sont que géomètres,
ont donc l'esprit droit, mais pourvu qu'on leur
explique bien toutes choses par définitions et
par principes : autrement ils sont faux et insupportables; car ils ne sont droits que sur les prin-

cipes bien éclaircis. Et les esprits fins, qui ne
sont que fins, ne peuvent avoir la patience de
descendre jusqu'aux premiers principes des
choses spéculatives et d'imagination, qu'ils n'ont
jamais vues dans le monde et dans l'usage.

III.

Il arrive souvent qu'on prend, pour prouver
certaines choses, des exemples qui sont tels,
qu'on pourroit prendre ces choses pour prouver
ces exemples : ce qui ne laisse pas de faire son
effet; car, comme on croit toujours que la difficulté est à ce qu'on veut prouver, on trouve les
exemples plus clairs. Ainsi, quand on veut montrer une chose générale, on donne la règle particulière d'un cas. Mais si on veut montrer un
cas particulier, on commence par la règle générale. On trouve toujours obscure la chose qu'on
veut prouver, et claire celle qu'on emploie à la
prouver; car, quand on propose une chose à
prouver, d'abord on se remplit de cette imagination qu'elle est donc obscure; et au contraire,
que celle qui doit la prouver est claire, et ainsi
on l'entend aisément.

IV.

Tout notre raisonnement se réduit à céder au
sentiment. Mais la fantaisie est semblable et contraire au sentiment; semblable, parce qu'elle
ne raisonne point; contraire, parce qu'elle est
fausse : de sorte qu'il est bien difficile de distin-

guer entre ces contraires. L'un dit que mon sentiment est fantaisie, et que sa fantaisie est sentiment; et j'en dis de même de mon côté. On
auroit besoin d'une règle. La raison s'offre; mais
elle est pliable à tous sens; et ainsi il n'y en a
point.

V.

Ceux qui jugent d'un ouvrage par règle sont,
à l'égard des autres, comme ceux qui ont une
montre à l'égard de ceux qui n'en ont point. L'un
dit : Il y a deux heures que nous sommes ici.
L'autre dit : Il n'y a que trois quarts d'heure. Je
regarde ma montre; je dis à l'un : Vous vous
ennuyez; et à l'autre : Le temps ne vous dure
guère; car il y a une heure et demie; et je me
moque de ceux qui me disent que le temps me
dure à moi, et que j'en juge par fantaisie : ils
ne savent pas que j'en juge par ma montre (58).

VI.

Il y en a qui parlent bien, et qui n'écrivent pas
de même. C'est que le lieu, les assistants, etc,
les échauffent, et tirent de leur esprit plus qu'ils
n'y trouveroient sans cette chaleur.

VII.

Ce que Montaigne a de bon ne peut être acquis que difficilement. Ce qu'il a de mauvais
(j'entends hors les mœurs) eût pu être corrigé
en un moment, si on l'eût averti qu'il faisoit
trop d'histoires, et qu'il parloit trop de soi.

VIII.

C'est un grand mal de suivre l'exception au lieu de la règle. Il faut être sévère et contraire à l'exception. Mais néanmoins, comme il est certain qu'il y a des exceptions de la règle, il faut en juger sévèrement, mais justement.

IX.

Il y a des gens qui voudroient qu'un auteur ne parlât jamais des choses dont les autres ont parlé; autrement on l'accuse de ne rien dire de nouveau. Mais si les matières qu'il traite ne sont pas nouvelles, la disposition en est nouvelle. Quand on joue à la paume, c'est une même balle dont on joue l'un et l'autre; mais l'un la place mieux. J'aimerois autant qu'on l'accusât de se servir des mots anciens : comme si les mêmes pensées ne formoient pas un autre corps de discours par une disposition différente, aussi-bien que les mêmes mots forment d'autres pensées par les différentes dispositions.

X.

On se persuade mieux, pour l'ordinaire, par les raisons qu'on a trouvées soi-même, que par celles qui sont venues dans l'esprit des autres.

XI.

L'esprit croit naturellement, et la volonté aime naturellement; de sorte que, faute de vrais objets, il faut qu'ils s'attachent aux faux.

XII.

Ces grands efforts d'esprit où l'âme touche quelquefois, sont choses où elle ne se tient pas. Elle y saute seulement, mais pour retomber aussitôt.

XIII.

L'homme n'est ni ange, ni bête; et le malheur veut que qui veut faire l'ange, fait la bête.

XIV.

Pourvu qu'on sache la passion dominante de quelqu'un, on est assuré de lui plaire, et néanmoins chacun a ses fantaisies contraires à son propre bien, dans l'idée même qu'il a du bien : et c'est une bizarrerie qui déconcerte ceux qui veulent gagner leur affection.

XV.

Un cheval ne cherche point à se faire admirer de son compagnon. On voit bien entre eux quelque sorte d'émulation à la course; mais c'est sans conséquence : car, étant à l'étable, le plus pesant et le plus mal taillé ne cède pas pour cela son avoine à l'autre. Il n'en est pas de même parmi les hommes : leur vertu ne se satisfait pas d'elle-même, et ils ne sont point contents s'ils n'en tirent avantage contre les autres.

XVI.

Comme on se gâte l'esprit, on se gâte aussi le sentiment. On se forme l'esprit et le sentiment par les conversations. Ainsi les bonnes ou les mauvaises le forment ou le gâtent. Il importe donc de tout bien savoir choisir pour se le former et ne point le gâter; et on ne sauroit faire ce choix, si on ne l'a déjà formé et point gâté. Ainsi cela fait un cercle, d'où bienheureux sont ceux qui sortent.

XVII.

Lorsque dans les choses de la nature, dont la connoissance ne nous est pas nécessaire, il y en a dont on ne sait pas la vérité, il n'est peut-être pas mauvais qu'il y ait une erreur commune qui fixe l'esprit des hommes, comme, par exemple, la lune, à qui on attribue les changements de temps, le progrès des maladies, etc. Car c'est une des principales maladies de l'homme, que d'avoir une curiosité inquiète pour les choses qu'il ne peut savoir; et je ne sais si ce ne lui est point un moindre mal d'être dans l'erreur pour les choses de cette nature, que d'être dans cette curiosité inutile.

XVIII.

Si la foudre tomboit sur les lieux bas, les poètes et ceux qui ne savent raisonner que sur les choses de cette nature, manqueroient de preuves.

XIX.

L'esprit a son ordre, qui est par principes et démonstrations; le cœur en a un autre. On ne prouve pas qu'on doit être aimé, en exposant

par ordre les causes de l'amour : cela seroit ridicule.

Jésus-Christ et saint Paul ont bien plus suivi
cet ordre du cœur, qui est celui de la charité,
que celui de l'esprit ; car leur but principal n'é-
toit pas d'instruire, mais d'échauffer. Saint Augustin de même. Cet ordre consiste principalement à la digression sur chaque point qui a
rapport à la fin, pour la montrer toujours.

X X.

Il y en a qui masquent toute la nature. Il n'y
a point de roi parmi eux, mais un auguste monarque ; point de Paris, mais une capitale du
royaume (59). Il y a des endroits où il faut appeler Paris, Paris ; et d'autres où il faut l'appeler
capitale du royaume.

X X I.

Quand dans un discours on trouve des mots
répétés, et qu'essayant de les corriger, on les
trouve si propres, qu'on gâteroit le discours, il
faut les laisser ; c'en est la marque, et c'est la
part de l'envie qui est aveugle, et qui ne sait pas
que cette répétition n'est pas faute en cet endroit:
car il n'y a point de règle générale.

X X I I.

Ceux qui font des antithèses en forçant les
mots sont comme ceux qui font de fausses fenê-
tres pour la symétrie. Leur règle n'est pas de
parler juste, mais de faire des figures justes.

XXIII.

Une langue à l'égard d'une autre est un chiffre où les mots sont changés en mots, et non les lettres en lettres; ainsi une langue inconnue est déchiffrable.

XXIV.

Il y a un modèle d'agrément et de beauté, qui consiste en un certain rapport entre notre nature foible ou forte, telle qu'elle est, et la chose qui nous plaît. Tout ce qui est formé sur ce modèle nous agrée : maison, chanson, discours, vers, prose, femmes, oiseaux, rivières, arbres, chambres, habits. Tout ce qui n'est point sur ce modèle déplaît à ceux qui ont le goût bon.

XXV.

Comme on dit beauté poétique, on devroit dire aussi beauté géométrique, et beauté médicinale. Cependant on ne le dit point : et la raison en est qu'on sait bien quel est l'objet de la géométrie, et quel est l'objet de la médecine; mais on ne sait pas en quoi consiste l'agrément, qui est l'objet de la poésie. On ne sait ce que c'est que ce modèle naturel qu'il faut imiter; et, faute de cette connoissance, on a inventé de certains termes bizarres, *siècle d'or*, *merveille de nos jours*, *fatal laurier*, *bel astre*, etc.; et on appelle ce jargon beauté poétique. Mais qui s'imaginera une femme vêtue sur ce modèle, verra une jolie demoiselle toute couverte de miroirs et de chaînes de laiton; et au lieu de la trouver agréable, il ne pourra s'empêcher d'en rire, parce qu'on sait mieux en quoi consiste l'agrément d'une femme que l'agrément des vers. Mais ceux qui ne s'y connoissent pas l'admireroient peut-être en cet équipage; et il y a bien des villages où on la prendroit pour la reine : et c'est pourquoi il y en a qui appellent des sonnets faits sur ce modèle, des reines de villages.

XXVI.

Quand un discours naturel peint une passion, ou un effet, on trouve dans soi-même la vérité de ce qu'on entend, qui y étoit sans qu'on le sût, et on se sent porté à aimer celui qui nous le fait sentir; car il ne nous fait pas montre de son bien, mais du nôtre; et ainsi ce bienfait nous le rend aimable : outre que cette communauté d'intelligence que nous avons avec lui incline nécessairement le cœur à l'aimer.

XXVII.

Il faut qu'il y ait dans l'éloquence de l'agréable et du réel; mais il faut que cet agréable soit réel.

XXVIII.

Quand on voit le style naturel, on est tout étonné et ravi; car on s'attendoit de voir un auteur, et on trouve un homme. Au lieu que ceux qui ont le goût bon, et qui, en voyant un livre, croient trouver un homme, sont tout surpris de trouver un auteur : *plus poeticè quàm humanè locutus est.* Ceux-là honorent bien la nature, qui lui apprennent qu'elle peut parler de tout, et même de théologie.

XXIX.

La dernière chose qu'on trouve, en faisant un ouvrage, est de savoir celle qu'il faut mettre la première (60).

XXX.

Dans le discours, il ne faut point détourner l'esprit d'une chose à une autre, si ce n'est pour le délasser ; mais dans le temps où cela est à propos, et non autrement ; car qui veut délasser hors de propos, lasse. On se rebute et on quitte tout là, tant il est difficile de rien obtenir de l'homme que par le plaisir, qui est la monnoie pour laquelle nous donnons tout ce qu'on veut (61) !

XXXI.

Quelle vanité que la peinture, qui attire l'admiration par la ressemblance des choses dont on n'admire pas les originaux !

XXXII.

Un même sens change selon les paroles qui l'expriment. Les sens reçoivent des paroles leur dignité, au lieu de la leur donner.

XXXIII.

Ceux qui sont accoutumés à juger par le sen-

timent ne comprennent rien aux choses de raisonnement, car ils veulent d'abord pénétrer
d'une vue, et ne sont point accoutumés à chercher les principes. Et les autres, au contraire,
qui sont accoutumés à raisonner par principes,
ne comprennent rien aux choses de sentiment,
y cherchant des principes, et ne pouvant voir
d'une vue.

XXXIV.

La vraie éloquence se moque de l'éloquence :
la vraie morale se moque de la morale ; c'est-à-
dire, que la morale du jugement se moque de la
morale de l'esprit, qui est sans règle.

XXXV.

Toutes les fausses beautés que nous blâmons
dans Cicéron ont des admirateurs en grand
nombre.

XXXVI.

Se moquer de la philosophie, c'est vraiment
philosopher.

XXXVII.

Il y a beaucoup de gens qui entendent le
sermon de la même manière qu'ils entendent
vêpres.

XXXVIII.

Les rivières sont des chemins qui marchent
et qui portent où l'on veut aller.

XXXIX.

Deux visages semblables, dont aucun ne fait

rire en particulier, font rire ensemble par leur ressemblance.

XL.

Les astrologues, les alchimistes, etc., ont quelques principes; mais ils en abusent. Or, l'abus des vérités doit être autant puni que l'introduction du mensonge.

XLI.

Je ne puis pardonner à Descartes : il auroit bien voulu, dans toute sa philosophie, pouvoir se passer de Dieu; mais il n'a pu s'empêcher de lui faire donner une chiquenaude pour mettre le monde en mouvement; après cela il n'a plus que faire de Dieu.

ARTICLE XI.

SUR ÉPICTÈTE ET MONTAIGNE (*).

I.

ÉPICTÈTE est un des philosophes du monde qui ait le mieux connu les devoirs de l'homme. Il

---

(*) Tout cet article sur Épictète et Montaigne est extrait d'un dialogue de Pascal avec Saci, extrait dans lequel on a conservé seulement les pensées de Pascal. Ceux qui voudront lire le dialogue même pourront consulter le père Desmolets, tome V, de la continuation des Mémoires d'histoire et de littérature, ou les Mémoires de Fontaine, t. II. (*Note de l'Éditeur.*)

veut, avant toutes choses, qu'il regarde Dieu
comme son principal objet ; qu'il soit persuadé
qu'il gouverne tout avec justice ; qu'il se soumette à lui de bon cœur ; et qu'il le suive volontairement en tout, comme ne faisant rien
qu'avec une très-grande sagesse : qu'ainsi cette
disposition arrêtera toutes les plaintes et tous
les murmures, et préparera son esprit à souffrir
paisiblement les événements les plus fâcheux.
« Ne dites jamais, dit-il, J'ai perdu cela ; dites
» plutôt, Je l'ai rendu : mon fils est mort, je
» l'ai rendu : ma femme est morte, je l'ai ren-
» due. Ainsi des biens, et de tout le reste. Mais
» celui qui me l'ôte est un méchant homme,
» direz-vous : pourquoi vous mettez-vous en
» peine par qui celui qui vous l'a prêté vient le
» redemander ? Pendant qu'il vous en permet
» l'usage, ayez-en soin comme d'un bien qui
» appartient à autrui, comme un voyageur fait
» dans une hôtellerie. Vous ne devez pas, dit-il
» encore, désirer que les choses se fassent comme
» vous le voulez ; mais vous devez vouloir qu'elles
» se fassent comme elles se font. Souvenez-vous,
» ajoute-t-il, que vous êtes ici comme un acteur,
» et que vous jouez votre personnage dans une
» comédie, tel qu'il plaît au maître de vous le
» donner. S'il vous le donne court, jouez-le
» court ; s'il vous le donne long, jouez-le long :
» soyez sur le théâtre autant de temps qu'il lui
» plaît ; paroissez-y riche ou pauvre, selon qu'il
» l'a ordonné. C'est votre fait de bien jouer le

» personnage qui vous est donné ; mais de le
» choisir, c'est le fait d'un autre. Ayez tous les
» jours devant les yeux la mort et les maux qui
» semblent les plus insupportables ; et jamais
» vous ne penserez rien de bas, et ne désirerez
» rien avec excès. »

Il montre en mille manières ce que l'homme
doit faire. Il veut qu'il soit humble (62) ; qu'il
cache ses bonnes résolutions, surtout dans les
commencements, et qu'il les accomplisse en
secret : rien ne les ruine davantage que de les
produire. Il ne se lasse point de répéter que
toute l'étude et le désir de l'homme doivent
être de connoître la volonté de Dieu, et de la
suivre.

Telles étoient les lumières de ce grand esprit,
qui a si bien connu les devoirs de l'homme :
heureux s'il avoit aussi connu sa foiblesse ! Mais
après avoir si bien compris ce qu'on doit faire,
il se perd dans la présomption de ce que l'on
peut. « Dieu, dit-il, a donné à tout homme les
» moyens de s'acquitter de toutes ses obligations ;
» ces moyens sont toujours en sa puissance ; il
» ne faut chercher la félicité que par les choses
» qui sont toujours en notre pouvoir, puisque
» Dieu nous les a données à cette fin : il faut
» voir ce qu'il y a en nous de libre. Les biens,
» la vie, l'estime ne sont pas en notre puissance,
» et ne mènent pas à Dieu ; mais l'esprit ne peut
» être forcé de croire ce qu'il sait être faux, ni
» la volonté d'aimer ce qu'elle sait qui la rend

» malheureuse : ces deux puissances sont donc
» pleinement libres, et par elles seules nous
» pouvons nous rendre parfaits, connoître Dieu
» parfaitement, l'aimer, lui obéir, lui plaire,
» surmonter tous les vices, acquérir toutes les
» vertus, et ainsi nous rendre saints et com-
» pagnons de Dieu. » Ces orgueilleux principes
conduisent Épictète à d'autres erreurs, comme,
que l'âme est une portion de la substance divine;
que la douleur et la mort ne sont pas des maux;
qu'on peut se tuer quand on est si persécuté,
qu'on peut croire que Dieu nous appelle, etc.

II.

Montaigne, né dans un état chrétien, fait profession de la religion catholique (63), et en cela
il n'a rien de particulier; mais comme il a voulu
chercher une morale fondée sur la raison, sans
les lumières de la foi, il prend ses principes
dans cette supposition, et considère l'homme
destitué de toute révélation. Il met donc toutes
choses dans un doute si universel et si général,
que l'homme doutant même s'il doute, son incertitude roule sur elle-même dans un cercle
perpétuel, et sans repos : s'opposant également
à ceux qui disent que tout est incertain, et à
ceux qui disent que tout ne l'est pas, parce qu'il
ne veut rien assurer. C'est dans ce doute qui
doute de soi, et dans cette ignorance qui s'ignore,
que consiste l'essence de son opinion. Il ne peut
l'exprimer par aucun terme positif : car s'il dit

qu'il doute, il se trahit, en assurant au moins qu'il doute ; ce qui étant formellement contre son intention, il est réduit à s'expliquer par interrogation ; de sorte que ne voulant pas dire, Je ne sais, il dit, Que sais-je ? De quoi il a fait sa devise, en la mettant sous les bassins d'une balance, lesquels pesant les contradictoires, se trouvent dans un parfait équilibre. En un mot, il est pur Pyrrhonien. Tous ses discours, tous ses *essais* roulent sur ce principe ; et c'est la seule chose qu'il prétend bien établir. Il détruit insensiblement tout ce qui passe pour le plus certain parmi les hommes, non pas pour établir le contraire, avec une certitude de laquelle seule il est ennemi ; mais pour faire voir seulement que, les apparences étant égales de part et d'autre, on ne sait où asseoir sa croyance.

Dans cet esprit, il se moque de toutes les assurances ; il combat, par exemple, ceux qui ont pensé établir un grand remède contre les procès, par la multitude et la prétendue justesse des lois : comme si on pouvoit couper la racine des doutes, d'où naissent les procès ! comme s'il y avoit des digues qui pussent arrêter le torrent de l'incertitude, et captiver les conjectures ! Il dit, à cette occasion, *qu'il vaudroit autant soumettre sa cause au premier passant qu'à des juges armés de ce nombre d'ordonnances*. Il n'a pas l'ambition de changer l'ordre de l'état ; il ne prétend pas que son avis soit meilleur, il n'en croit aucun bon. Il veut seulement prouver la

vanité des opinions les plus reçues : montrant
que l'exclusion de toutes lois diminueroit plutôt le nombre des différends, que cette multitude de lois, qui ne sert qu'à l'augmenter, parce
que les difficultés croissent à mesure qu'on les
pèse, les obscurités se multiplient par les com-
mentaires ; et que le plus sûr moyen d'entendre
le sens d'un discours, est de ne pas l'examiner,
de le prendre sur la première apparence : car si
peu qu'on l'observe, toute sa clarté se dissipe.
Sur ce modèle, il juge à l'aventure de toutes
les actions des hommes et des points d'histoire,
tantôt d'une manière, tantôt d'une autre ; suivant librement sa première vue, et sans contraindre sa pensée sous les règles de la raison, qui
n'a, selon lui, que de fausses mesures. Ravi de
montrer, par son exemple, les contrariétés d'un
même esprit dans ce génie tout libre, il lui est
également bon de s'emporter ou non dans les
disputes, ayant toujours, par l'un ou l'autre
exemple, un moyen de faire voir la foiblesse
des opinions : étant porté avec tant d'avantage
dans ce doute universel, qu'il s'y fortifie également par son triomphe et par sa défaite.

C'est dans cette assiette, toute flottante et
toute chancelante qu'elle est, qu'il combat avec
une fermeté invincible les hérétiques de son
temps, sur ce qu'ils assuroient connoître seuls
le véritable sens de l'Écriture ; et c'est de là encore qu'il foudroie l'impiété horrible de ceux
qui osent dire que Dieu n'est point. Il les entre-

prend particulièrement dans l'apologie de Rai-
mond de Sébonde; et les trouvant dépouillés
volontairement de toute révélation, et abandonnés à leur lumière naturelle, toute foi mise
à part, il les interroge de quelle autorité ils
entreprennent de juger de cet Être souverain,
qui est infini par sa propre définition : eux qui
ne connoissent véritablement aucune des moindres choses de la nature! Il leur demande sur
quels principes ils s'appuient, et il les presse
de les lui montrer. Il examine tous ceux qu'ils
peuvent produire; et il pénètre si avant, par le
talent où il excelle, qu'il montre la vanité de
tous ceux qui passent pour les plus éclairés et
les plus fermes. Il demande si l'âme connoît
quelque chose; si elle se connoît elle-même; si
elle est substance ou accident, corps ou esprit;
ce que c'est que chacune de ces choses; et s'il
n'y a rien qui ne soit de l'un de ces ordres; si
elle connoît son propre corps ; si elle sait ce que
c'est que matière; comment elle peut raisonner,
si elle est matière; et comment elle peut être
unie à un corps particulier, et en ressentir les
passions, si elle est spirituelle. Quand a-t-elle
commencé d'être? avec ou devant le corps?
finit-elle avec lui, ou non? ne se trompe-t-elle
jamais? sait-elle quand elle erre? vu que l'essence de la méprise consiste à la méconnoître.
Il demande encore si les animaux raisonnent,
pensent, parlent : qui peut décider ce que c'est
que le *temps*, l'*espace*, l'*étendue*, le *mouvement.*

l'*unité*, toutes choses qui nous environnent, et entièrement inexplicables; ce que c'est que *santé*, *maladie*, *mort*, *vie*, *bien*, *mal*, *justice*, *péché*, dont nous parlons à toute heure; si nous avons en nous des principes du vrai, et si ceux que nous croyons, et qu'on appelle *axiomes*, ou *notions communes à tous les hommes*, sont conformes à la vérité essentielle. Puisque nous ne savons que par la seule foi qu'un Être tout bon nous les a donnés véritables, en nous créant pour connoître la vérité; qui saura, sans cette lumière de la foi, si, étant formées à l'aventure, nos notions ne sont pas incertaines, ou si, étant formées par un être faux et méchant, il ne nous les a pas données fausses pour nous séduire? Montrant par là que Dieu et le vrai sont inséparables, et que si l'un est ou n'est pas, s'il est certain ou incertain, l'autre est nécessairement de même. Qui sait si le sens commun, que nous prenons ordinairement pour juge du vrai, a été destiné à cette fonction par celui qui l'a créé? qui sait ce que c'est que vérité? et comment peut-on s'assurer de l'avoir sans la connoître? qui sait même ce que c'est qu'un être, puisqu'il est impossible de le définir, qu'il n'y a rien de plus général, et qu'il faudroit, pour l'expliquer, se servir de l'Être même, en disant, c'est telle ou telle chose? Puis donc que nous ne savons ce que c'est qu'*âme*, *corps*, *temps*, *espace*, *mouvement*, *vérité*, *bien*, ni même l'*être*, ni expliquer l'idée que nous nous en formons; comment nous assurerons-nous qu'elle est la même dans tous les hommes? Nous n'en avons d'autres marques que l'uniformité des conséquences, qui n'est pas toujours un signe de celle des principes ; car ceux-ci peuvent bien être différents, et conduire néanmoins aux mêmes conclusions, chacun sachant que le vrai se conclut souvent du faux.

Enfin Montaigne examine profondément les sciences ; la géométrie, dont il tâche de montrer l'incertitude dans ses axiomes et dans les termes qu'elle ne définit point, comme d'*étendue*, de *mouvement*, etc. ; la physique et la médecine, qu'il déprime en une infinité de façons ; l'histoire, la politique, la morale, la jurisprudence, etc. De sorte que, sans la révélation, nous pourrions croire, selon lui, que la vie est un songe dont nous ne nous éveillons qu'à la mort, et pendant lequel nous avons aussi peu les principes du vrai que durant le sommeil naturel. C'est ainsi qu'il gourmande si fortement et si cruellement la raison dénuée de la foi, que, lui faisant douter si elle est raisonnable, et si les animaux le sont ou non, ou plus ou moins que l'homme, il la fait descendre de l'excellence qu'elle s'est attribuée, et la met, par grâce, en parallèle avec les bêtes, sans lui permettre de sortir de cet ordre, jusqu'à ce qu'elle soit instruite, par son Créateur même, de son rang qu'elle ignore : la menaçant, si elle gronde, de la mettre au-dessous de toutes, ce qui lui paroît aussi facile que le contraire; et ne lui donnant pouvoir d'agir cependant que pour reconnoître sa foiblesse avec une humilité sincère, au lieu de s'élever par une sotte vanité. On ne peut voir, sans joie, dans cet auteur, la superbe raison si invinciblement froissée par ses propres armes, et cette révolte si sanglante de l'homme contre l'homme, laquelle, de la société avec Dieu où il s'élevoit par les maximes de sa foible raison, le précipite dans la condition des bêtes; et on aimeroit de tout son cœur le ministre d'une si grande vengeance, si, étant humble disciple de l'Église par la foi, il eût suivi les règles de la morale, en portant les hommes, qu'il avoit si utilement humiliés, à ne pas irriter par de nouveaux crimes celui qui peut seul les tirer de ceux qu'il les a convaincus de ne pas pouvoir seulement connoître. Mais il agit au contraire en païen : voyons sa morale.

De ce principe, que hors de la foi tout est dans l'incertitude, et en considérant combien il y a de temps qu'on cherche le vrai et le bien, sans aucun progrès vers la tranquillité, il conclut qu'on doit en laisser le soin aux autres; demeurer cependant en repos, coulant légèrement sur ces sujets, de peur d'y enfoncer en appuyant; prendre le vrai et le bien sur la première apparence, sans les presser, parce qu'ils sont si peu solides, que, quelque peu que l'on serre la main, ils s'échappent entre les doigts, et la laissent vide. Il suit donc le rapport des

sens, et les notions communes, parce qu'il faudroit se faire violence pour les démentir, et
qu'il ne sait s'il y gagneroit, ignorant où est le
vrai. Il fuit aussi la douleur et la mort, parce
que son instinct l'y pousse, et qu'il ne veut pas
y résister par la même raison. Mais il ne se fie
pas trop à ces mouvements de crainte, et n'o-
seroit en conclure que ce soient de véritables
maux : vu qu'on sent aussi des mouvements de
plaisir qu'on accuse d'être mauvais, quoique la
nature, dit-il, parle au contraire. « Ainsi je n'ai
» rien d'extravagant dans ma conduite, pour-
» suit-il ; j'agis comme les autres ; et tout ce qu'ils
» font dans la sotte pensée qu'ils suivent le vrai
» bien, je le fais par un autre principe, qui est
» que les vraisemblances étant pareillement de
» l'un et de l'autre côté, l'exemple et la commo-
» dité sont les contre-poids qui m'entraînent. »
Il suit les mœurs de son pays, parce que la coutume l'emporte ; il monte son cheval, parce que
le cheval le souffre, mais sans croire que ce soit
de droit : au contraire, il ne sait pas si cet animal n'a pas celui de se servir de lui. Il se fait
même quelque violence pour éviter certains
vices ; il garde la fidélité au mariage, à cause de
la peine qui suit les désordres : la règle de ses
actions étant en tout la commodité et la tranquillité. Il rejette donc bien loin cette vertu
stoïque qu'on peint avec une mine sévère, un
regard farouche, des cheveux hérissés, le front
ridé et en sueur, dans une posture pénible et

tendue, loin des hommes, dans un morne silence, et seule sur la pointe d'un rocher : fan-
tôme, dit Montaigne, capable d'effrayer les enfants, et qui ne fait autre chose, avec un travail
continuel, que de chercher un repos où elle
n'arrive jamais ; au lieu que la sienne est naïve,
familière, plaisante, enjouée, et pour ainsi dire,
folâtre : elle suit ce qui la charme, et badine
négligemment des accidents bons et mauvais,
couchée mollement dans le sein de l'oisiveté
tranquille, d'où elle montre aux hommes qui
cherchent la félicité avec tant de peine, que c'est
là seulement où elle repose, et que l'ignorance
et l'incuriosité sont deux doux oreillers pour
une tête bien faite, comme il le dit lui-même.

III.

En lisant Montaigne, et le comparant avec
Épictète, on ne peut se dissimuler qu'ils étoient
assurément les deux plus grands défenseurs des
deux plus célèbres sectes du monde infidèle, et
qui sont les seules, entre celles des hommes des-
titués de la lumière de la religion, qui soient
en quelque sorte liées et conséquentes. En effet,
que peut-on faire, sans la révélation, que de
suivre l'un ou l'autre de ces deux systèmes ? Le
premier : Il y a un Dieu, donc c'est lui qui a
créé l'homme ; il l'a fait pour lui-même ; il l'a
créé tel qu'il doit être pour être juste et devenir
heureux : donc l'homme peut connoître la vérité, et il est à portée de s'élever par la sagesse

jusqu'à Dieu, qui est son souverain bien. Second système : L'homme ne peut s'élever jusqu'à Dieu, ses inclinations contredisent la loi; il est porté à chercher son bonheur dans les biens visibles, et même en ce qu'il y a de plus honteux. Tout paroît donc incertain, et le vrai bien l'est aussi : ce qui semble nous réduire à n'avoir ni règle fixe pour les mœurs, ni certitude dans les sciences.

Il y a un plaisir extrême à remarquer dans ces divers raisonnements en quoi les uns et les autres ont aperçu quelque chose de la vérité qu'ils ont essayé de connoître. Car s'il est agréable d'observer dans la nature le désir qu'elle a de peindre Dieu dans tous ses ouvrages où l'on en voit quelques caractères, parce qu'ils en sont les images, combien plus est-il juste de considérer dans les productions des esprits les efforts qu'ils font pour parvenir à la vérité, et de remarquer en quoi ils y arrivent et en quoi ils s'en égarent? C'est la principale utilité qu'on doit tirer de ses lectures.

Il semble que la source des erreurs d'Épictète et des stoïciens d'une part, de Montaigne et des épicuriens de l'autre, est de n'avoir pas su que l'état de l'homme à présent diffère de celui de sa création. Les uns, remarquant quelques traces de sa première grandeur, et ignorant sa corruption, ont traité la nature comme saine, et sans besoin de réparateur; ce qui les mène au comble de l'orgueil. Les autres, éprouvant sa

misère présente, et ignorant sa première dignité,
traitent la nature comme nécessairement infirme
et irréparable; ce qui les précipite dans le désespoir d'arriver à un véritable bien, et de là,
dans une extrême lâcheté. Ces deux états, qu'il
falloit connoître ensemble pour voir toute la
vérité, étant connus séparément, conduisent
nécessairement à l'un de ces deux vices : à l'orgueil ou à la paresse, où sont infailliblement
plongés tous les hommes avant la grâce, puisque, s'ils ne sortent point de leurs désordres
par lâcheté, ils n'en sortent que par vanité, et
sont toujours esclaves des esprits de malice, à
qui, comme le remarque saint Augustin, on
sacrifie en bien des manières.

C'est donc de ces lumières imparfaites qu'il
arrive que les uns connoissant l'impuissance et
non le devoir, ils s'abattent dans la lâcheté; les
autres, connoissant le devoir sans connoître
leur impuissance, ils s'élèvent dans leur orgueil.
On s'imaginera peut-être qu'en les alliant, on
pourroit former une morale parfaite : mais,
au lieu de cette paix, il ne résulteroit de leur
assemblage qu'une guerre et une destruction
générale : car les uns établissant la certitude,
et les autres le doute, les uns la grandeur de
l'homme, les autres sa foiblesse, ils ne sauroient
se réunir et se concilier; ils ne peuvent ni subsister seuls à cause de leurs défauts, ni s'unir à
cause de la contrariété de leurs opinions.

IV.

Mais il faut qu'ils se brisent et s'anéantissent
pour faire place à la vérité de la révélation. C'est
elle qui accorde les contrariétés les plus for-
melles par un art tout divin. Unissant tout ce
qui est de vrai, chassant tout ce qu'il y a de
faux, elle enseigne avec une sagesse véritablement céleste le point où s'accordent les principes
opposés, qui paroissent incompatibles dans les
doctrines purement humaines. En voici la raison : les sages du monde ont placé les contrariétés dans un même sujet; l'un attribuoit la
force à la nature, l'autre la foiblesse à cette
même nature, ce qui ne peut subsister : au lieu
que la foi nous apprend à les mettre en des
sujets différents ; toute l'infirmité appartient à
la nature, toute la puissance au secours de Dieu:
Voilà l'union étonnante et nouvelle qu'un Dieu
seul pouvoit enseigner, que lui seul pouvoit
faire, et qui n'est qu'une image et qu'un effet
de l'union ineffable des deux natures dans la
seule personne d'un Homme-Dieu. C'est ainsi
que la philosophie conduit insensiblement à la
théologie : et il est difficile de ne pas y entrer,
quelque vérité que l'on traite, parce qu'elle est
le centre de toutes les vérités ; ce qui paroît ici
parfaitement, puisqu'elle renferme si visiblement ce qu'il y a de vrai dans ces opinions
contraires. Aussi on ne voit pas comment aucun
d'eux pourroit refuser de la suivre. S'ils sont

pleins de la grandeur de l'homme, qu'en ont-ils imaginé qui ne cède aux promesses de l'Évangile, lesquelles ne sont autre chose que le digne prix de la mort d'un Dieu? Et s'ils se plaisent à voir l'infirmité de la nature, leur idée n'égale point celle de la véritable foiblesse du péché, dont la même mort a été le remède. Chaque parti y trouve plus qu'il ne désire; et, ce qui est admirable, y trouve une union solide : eux qui ne pouvoient s'allier dans un degré infiniment inférieur!

V.

Les chrétiens ont, en général, peu de besoin de ces lectures philosophiques. Néanmoins Épictète a un art admirable pour troubler le repos de ceux qui le cherchent dans les choses extérieures, et pour les forcer à reconnoître qu'ils sont de véritables esclaves et de misérables aveugles; qu'il est impossible d'éviter l'erreur et la douleur qu'ils fuient, s'ils ne se donnent sans réserve à Dieu seul. Montaigne est incomparable pour confondre l'orgueil de ceux qui, sans la foi, se piquent d'une véritable justice; pour désabuser ceux qui s'attachent à leur opinion, et qui croient, indépendamment de l'existence et des perfections de Dieu, trouver dans les sciences des vérités inébranlables; et pour convaincre si bien la raison de son peu de lumière et de ses égarements, qu'il est difficile après cela d'être tenté de rejeter les mystères, parce qu'on croit y trouver des répugnances : car l'esprit en est si battu, qu'il est bien éloigné de vouloir juger si les mystères sont possibles ; ce que les hommes du commun n'agitent que trop souvent. Mais Épictète, en combattant la paresse, mène à l'orgueil, et pourroit être nuisible à ceux qui ne sont pas persuadés de la corruption de toute justice qui ne vient pas de la foi. Montaigne est absolument pernicieux, de son côté, à ceux qui ont quelque pente à l'impiété et aux vices. C'est pourquoi ces lectures doivent être réglées avec beaucoup de soin, de discrétion et d'égard à la condition et aux mœurs de ceux qui s'y appliquent. Mais il semble qu'en les joignant elles ne peuvent que réussir, parce que l'une s'oppose au mal de l'autre. Il est vrai qu'elles ne peuvent donner la vertu, mais elles troublent dans les vices : l'homme se trouvant combattu par les contraires, dont l'un chasse l'orgueil, et l'autre la paresse, et ne pouvant reposer dans aucun de ces vices par ses raisonnements, ni aussi les fuir tous.

ARTICLE XII.

SUR LA CONDITION DES GRANDS.

I.

Pour entrer dans la véritable connoissance de votre condition (*), considérez-la dans cette image.

Un homme fut jeté par la tempête dans une île inconnue, dont les habitants étoient en peine de trouver leur roi, qui s'étoit perdu : et comme il avoit, par hasard, beaucoup de ressemblance de corps et de visage avec ce roi, il fut pris pour lui, et reconnu en cette qualité par tout ce peuple. D'abord il ne savoit quel parti prendre ; mais il se résolut enfin de se prêter à sa bonne fortune. Il reçut donc tous les respects qu'on voulut lui rendre, et il se laissa traiter de roi.

Mais, comme il ne pouvoit oublier sa condi-

(*) Pascal adresse la parole à M. Arthus Gouffier, duc de Roannez, duc et pair de France. Après avoir été gouverneur du Poitou, il se retira à la maison de l'institution des pères de l'Oratoire. Il eut la plus grande part aux soins que les amis de Pascal prirent, en 1668, de recueillir et mettre au jour ses Pensées.

Tout cet article est tiré du livre : *De l'éducation d'un Prince*, par Chanteresne (Nicole). Les pensées sont de Pascal ; la rédaction est de Nicole. (*Note de l'Éditeur.*)

tion naturelle, il pensoit, en même temps qu'il recevoit ces respects, qu'il n'étoit pas le roi que ce peuple cherchoit, et que ce royaume ne lui appartenoit pas. Ainsi il avoit une double pensée, l'une par laquelle il agissoit en roi, l'autre par laquelle il reconnoissoit son état véritable, et que ce n'étoit que le hasard qui l'avoit mis en la place où il étoit. Il cachoit cette dernière pensée, et il découvroit l'autre. C'étoit par la première qu'il traitoit avec le peuple, et par la dernière qu'il traitoit avec soi-même.

Ne vous imaginez pas que ce soit par un moindre hasard que vous possédez les richesses dont vous vous trouvez maître que celui par lequel cet homme se trouvoit roi. Vous n'y avez aucun droit de vous-même et par votre nature, non plus que lui : et non-seulement vous ne vous trouvez fils d'un duc, mais vous ne vous trouvez au monde que par une infinité de hasards. Votre naissance dépend d'un mariage, ou plutôt de tous les mariages de ceux dont vous descendez. Mais d'où dépendoient ces mariages? d'une visite faite par rencontre, d'un discours en l'air, de mille occasions imprévues.

Vous tenez, dites-vous, vos richesses de vos ancêtres ; mais n'est-ce pas par mille hasards que vos ancêtres les ont acquises, et qu'il vous les ont conservées? Mille autres, aussi habiles qu'eux, ou n'ont pu en acquérir, ou les ont perdues après les avoir acquises. Vous imaginez-vous aussi que ce soit par quelque voie naturelle

que ces biens ont passé de vos ancêtres à vous ?
Cela n'est pas véritable. Cet ordre n'est fondé
que sur la seule volonté des législateurs, qui ont
pu avoir de bonnes raisons pour l'établir, mais
dont aucune certainement n'est prise d'un droit
naturel que vous ayez sur ces choses. S'il leur
avoit plu d'ordonner que ces biens, après avoir
été possédés par les pères durant leur vie, retour-
neroient à la république après leur mort, vous
n'auriez aucun sujet de vous en plaindre.

Ainsi, tout le titre par lequel vous possédez
votre bien n'est pas un titre fondé sur la nature,
mais sur un établissement humain. Un autre
tour d'imagination dans ceux qui ont fait les
lois, vous auroit rendu pauvre ; et ce n'est que
cette rencontre du hasard qui vous a fait naître
avec la fantaisie des lois, qui s'est trouvée favo-
rable à votre égard, qui vous met en possession
de tous ces biens.

Je ne veux pas dire qu'ils ne vous appartiennent pas légitimement, et qu'il soit permis à un
autre de vous les ravir ; car Dieu, qui en est le
maître, a permis aux sociétés de faire des lois
pour les partager : et quand ces lois sont une
fois établies, il est injuste de les violer. C'est
ce qui vous distingue un peu de cet homme
dont nous avons parlé, qui ne posséderoit son
royaume que par l'erreur du peuple, parce que
Dieu n'autoriseroit pas cette possession, et l'obli-
geroit à y renoncer, au lieu qu'il autorise la
vôtre. Mais ce qui vous est entièrement commun
avec lui, c'est que ce droit que vous y avez n'est

point fondé, non plus que le sien, sur quelque qualité et sur quelque mérite qui soit en vous, et qui vous en rende digne. Votre âme et votre corps sont d'eux-mêmes indifférents à l'état de batelier ou à celui de duc; et il n'y a nul lien naturel qui les attache à une condition plutôt qu'à une autre.

Que s'ensuit-il de là ? que vous devez avoir, comme cet homme dont nous avons parlé, une double pensée; et que, si vous agissez extérieurement avec les hommes selon votre rang, vous devez reconnoître par une pensée plus cachée, mais plus véritable, que vous n'avez rien naturellement au-dessus d'eux. Si la pensée publique vous élève au-dessus du commun des hommes, que l'autre vous abaisse et vous tienne dans une parfaite égalité avec tous les hommes; car c'est votre état naturel.

Le peuple qui vous admire ne connoît pas peut-être ce secret. Il croit que la noblesse est une grandeur réelle, et il considère presque les grands comme étant d'une autre nature que les autres. Ne leur découvrez pas cette erreur, si vous voulez; mais n'abusez pas de cette élévation avec insolence : et surtout ne vous méconnoissez pas vous-même, en croyant que votre être a quelque chose de plus élevé que celui des autres.

Que diriez-vous de cet homme qui auroit été fait roi par l'erreur du peuple, s'il venoit à oublier tellement sa condition naturelle, qu'il s'imaginât que ce royaume lui étoit dû, qu'il le méritoit, et qu'il lui appartenoit de droit ? Vous

admireriez sa sottise et sa folie. Mais y en a-t-il
moins dans les personnes de qualité, qui vivent
dans un si étrange oubli de leur état naturel?

Que cet avis est important! Car tous les emportements, toute la violence et toute la fierté
des grands, ne viennent que de ce qu'ils ne connoissent point ce qu'ils sont : étant difficile que
ceux qui se regarderoient intérieurement comme
égaux à tous les hommes, et qui seroient bien
persuadés qu'ils n'ont rien en eux qui mérite
ces petits avantages que Dieu leur a donnés au-
dessus des autres, les traitassent avec insolence.
Il faut s'oublier soi-même pour cela, et croire
qu'on a quelque excellence réelle au-dessus d'eux:
en quoi consiste cette illusion que je tâche de vous
découvrir.

II.

Il est bon que vous sachiez ce que l'on vous
doit, afin que vous ne prétendiez pas exiger des
hommes ce qui ne vous seroit pas dû; car c'est
une injustice visible : et cependant elle est fort
commune à ceux de votre condition, parce qu'ils
en ignorent la nature.

Il y a dans le monde deux sortes de grandeurs;
car il y a des grandeurs d'établissement et des
grandeurs naturelles. Les grandeurs d'établissement dépendent de la volonté des hommes, qui
ont cru, avec raison, devoir honorer certains
états, et y attacher certains respects. Les dignités
et la noblesse sont de ce genre. En un pays on
honore les nobles, et en l'autre les roturiers :
en celui-ci les aînés, en cet autre les cadets.

Pourquoi cela ? parce qu'il a plu aux hommes. La chose étoit indifférente avant l'établissement : après l'établissement, elle devient juste, parce qu'il est injuste de le troubler.

Les grandeurs naturelles sont celles qui sont indépendantes de la fantaisie des hommes, parce qu'elles consistent dans les qualités réelles et effectives de l'âme et du corps, qui rendent l'une ou l'autre plus estimable, comme les sciences, la lumière, l'esprit, la vertu, la santé, la force.

Nous devons quelque chose à l'une et à l'autre de ces grandeurs ; mais comme elles sont d'une nature différente, nous leur devons aussi différents respects. Aux grandeurs d'établissement, nous leur devons des respects d'établissement, c'est-à-dire, certaines cérémonies extérieures, qui doivent être néanmoins accompagnées, comme nous l'avons montré, d'une reconnoissance intérieure de la justice de cet ordre, mais qui ne nous font pas concevoir quelque qualité réelle en ceux que nous honorons de cette sorte. Il faut parler aux rois à genoux : il faut se tenir debout dans la chambre des princes. C'est une sottise et une bassesse d'esprit que de leur refuser ces devoirs.

Mais pour les respects naturels, qui consistent dans l'estime, nous ne les devons qu'aux grandeurs naturelles ; et nous devons, au contraire, le mépris et l'aversion aux qualités contraires à ces grandeurs naturelles. Il n'est pas nécessaire, parce que vous êtes duc, que je vous estime ; mais il est nécessaire que je vous salue. Si vous êtes duc et honnête homme, je rendrai ce que je dois à l'une et à l'autre de ces qualités. Je ne vous refuserai point les cérémonies que mérite votre qualité de duc, ni l'estime que mérite celle d'honnête homme. Mais si vous étiez duc sans être honnête homme, je vous ferois encore justice ; car en vous rendant les devoirs extérieurs que l'ordre des hommes a attachés à votre qualité, je ne manquerois pas d'avoir pour vous le mépris intérieur que mériteroit la bassesse de votre esprit.

Voilà en quoi consiste la justice de ces devoirs. Et l'injustice consiste à attacher les respects naturels aux grandeurs d'établissement, ou à exiger les respects d'établissement pour les grandeurs naturelles. Monsieur N. est un plus grand géomètre que moi ; en cette qualité, il veut passer devant moi : je lui dirai qu'il n'y entend rien. La géométrie est une grandeur naturelle ; elle demande une préférence d'estime ; mais les hommes n'y ont attaché aucune préférence extérieure. Je passerai donc devant lui, et l'estimerai plus que moi, en qualité de géomètre. De même, si étant duc et pair, vous ne vous contentiez pas que je me tinsse découvert devant vous, et que vous voulussiez encore que je vous estimasse, je vous prierois de me montrer les qualités qui méritent mon estime. Si vous le faisiez, elle vous est acquise, et je ne pourrois vous la refuser avec justice ; mais si vous ne le faisiez pas, vous seriez injuste de me la demander ; et assurément vous n'y réussiriez pas, fussiez-vous le plus grand prince du monde.

III.

Je veux donc vous faire connoître votre condition véritable; car c'est la chose du monde que les personnes de votre sorte ignorent le plus. Qu'est-ce, à votre avis, que d'être grand seigneur? C'est être maître de plusieurs objets de la concupiscence des hommes, et pouvoir ainsi satisfaire aux besoins et aux désirs de plusieurs. Ce sont ces besoins et ces désirs qui les attirent auprès de vous, et qui vous les assujettissent : sans cela ils ne vous regarderoient pas seulement; mais ils espèrent, par ces services et ces déférences qu'ils vous rendent, obtenir de vous quelque part de ces biens qu'ils désirent, et dont ils voient que vous disposez.

Dieu est environné de gens pleins de charité, qui lui demandent les biens de la charité qui sont en sa puissance : ainsi il est proprement le roi de la charité.

Vous êtes de même environné d'un petit nombre de personnes, sur qui vous régnez en votre manière. Ces gens sont pleins de concupiscence. Ils vous demandent les biens de la concupiscence. C'est la concupiscence qui les attache à vous. Vous êtes donc proprement un roi de concupiscence. Votre royaume est de peu d'étendue ; mais vous êtes égal, dans le genre de royauté, aux plus grands rois de la terre. Ils sont comme vous des rois de concupiscence. C'est la concupiscence qui fait leur force; c'est-à-dire, la possession des choses que la cupidité des hommes désire.

Mais en connoissant votre condition naturelle, usez des moyens qui lui sont propres, et ne prétendez pas régner par une autre voie que par celle qui vous fait roi. Ce n'est point votre force et votre puissance naturelle qui vous assujettit toutes ces personnes. Ne prétendez donc pas les dominer par la force, ni les traiter avec dureté. Contentez leurs justes désirs; soulagez leurs nécessités; mettez votre plaisir à être bienfaisant; avancez-les autant que vous le pourrez, et vous agirez en vrai roi de concupiscence.

Ce que je vous dis ne va pas bien loin; et si vous en demeurez là, vous ne laisserez pas de vous perdre; mais au moins vous vous perdrez en honnête homme. Il y a des gens qui se damnent si sottement, par l'avarice, par la brutalité, par la débauche, par la violence, par les emportements, par les blasphèmes! Le moyen que je vous ouvre est sans doute plus honnête; mais c'est toujours une grande folie que de se damner : et c'est pourquoi il ne faut pas en demeurer là. Il faut mépriser la concupiscence et son royaume, et aspirer à ce royaume de charité où tous les sujets ne respirent que la charité, et ne désirent que les biens de la charité. D'autres que moi vous en diront le chemin : il me suffit de vous avoir détourné de ces voies brutales où je vois que plusieurs personnes de qualité se laissent emporter, faute de bien en connoître la véritable nature.

SECONDE PARTIE,

CONTENANT LES PENSÉES IMMÉDIATEMENT
RELATIVES A LA RELIGION.

ARTICLE PREMIER.

Contrariétés étonnantes qui se trouvent dans la nature de
l'homme à l'égard de la vérité, du bonheur, et de plusieurs
autres choses.

I.

RIEN n'est plus étrange dans la nature de l'homme
que les contrariétés qu'on y découvre à l'égard
de toutes choses. Il est fait pour connoître la
vérité; il la désire ardemment, il la cherche; et
cependant, quand il tâche de la saisir, il s'éblouit
et se confond de telle sorte, qu'il donne sujet de
lui en disputer la possession. C'est ce qui a fait
naître les deux sectes de pyrrhoniens et de dogmatistes, dont les uns ont voulu ravir à l'homme
toute connoissance de la vérité, et les autres
tâchent de la lui assurer; mais chacun avec des
raisons si peu vraisemblables, qu'elles augmentent la confusion et l'embarras de l'homme,
lorsqu'il n'a point d'autre lumière que celle
qu'il trouve dans sa nature.

Les principales raisons des pyrrhoniens sont
que nous n'avons aucune certitude de la vérité
des principes (64), hors la foi et la révélation,

sinon en ce que nous les sentons naturellement
en nous. Or ce sentiment naturel n'est pas une
preuve convaincante de leur vérité, puisque,
n'y ayant point de certitude hors la foi, si
l'homme est créé par un Dieu bon, ou par un
démon méchant (65), s'il a été de tout temps,
ou s'il s'est fait par hasard, il est en doute si
ces principes nous sont donnés, ou véritables,
ou faux, ou incertains, selon notre origine. De
plus, que personne n'a d'assurance hors la foi,
s'il veille, ou s'il dort, vu que, durant le sommeil, on ne croit pas moins fermement veiller
qu'en veillant effectivement. On croit voir les
espaces, les figures, les mouvements; on sent
couler le temps, on le mesure, et enfin on agit
de même qu'éveillé. De sorte que, la moitié de
la vie se passant en sommeil par notre propre
aveu, où, quoi qu'il nous en paroisse, nous
n'avons aucune idée du vrai, tous nos sentiments étant alors des illusions; qui sait si cette
autre moitié de la vie où nous pensons veiller
n'est pas un sommeil un peu différent du premier, dont nous nous éveillons quand nous pensons dormir, comme on rêve souvent qu'on rêve
en entassant songes sur songes?

   Je laisse les discours que font les pyrrhoniens
contre les impressions de la coutume, de l'éducation, des mœurs, des pays, et les autres choses
semblables, qui entraînent la plus grande partie
des hommes qui ne dogmatisent que sur ces
vains fondements.

L'unique fort des dogmatistes, c'est qu'en parlant de bonne foi et sincèrement, on ne peut douter des principes naturels. Nous connoissons, disent-ils, la vérité, non-seulement par raisonnement, mais aussi par sentiment, et par une intelligence vive et lumineuse; et c'est de cette dernière sorte que nous connoissons les premiers principes. C'est en vain que le raisonnement, qui n'y a point de part, essaie de les combattre. Les pyrrhoniens, qui n'ont que cela pour objet, y travaillent inutilement. Nous savons que nous ne rêvons point, quelque impuissance où nous soyons de le prouver par raison. Cette impuissance ne conclut autre chose que la foiblesse de notre raison, mais non pas l'incertitude de toutes nos connoissances, comme ils le prétendent : car la connoissance des premiers principes, comme, par exemple, qu'il y a *espace*, *temps*, *mouvement*, *nombre*, *matière*, est aussi ferme qu'aucune de celles que nos raisonnements nous donnent. Et c'est sur ces connoissances d'intelligence et de sentiment qu'il faut que la raison s'appuie, et qu'elle fonde tout son discours. Je sens qu'il y a trois dimensions dans l'espace, et que les nombres sont infinis; et la raison démontre ensuite qu'il n'y a point deux nombres carrés, dont l'un soit double de l'autre (66). Les principes se sentent; les propositions se concluent; le tout avec certitude, quoique par différentes voies. Et il est aussi ridicule que la raison demande au senti-

ment et à l'intelligence des preuves de ces premiers principes pour y consentir, qu'il seroit
ridicule que l'intelligence demandât à la raison
un sentiment de toutes les propositions qu'elle
démontre. Cette impuissance ne peut donc servir qu'à humilier la raison qui voudroit juger
de tout, mais non pas à combattre notre certitude, comme s'il n'y avoit que la raison capable
de nous instruire. Plût à Dieu que nous n'en
eussions au contraire jamais besoin, et que nous
connussions toutes choses par instinct et par
sentiment! Mais la nature nous a refusé ce bien,
et elle ne nous a donné que très-peu de connoissances de cette sorte : toutes les autres ne
peuvent être acquises que par le raisonnement.

Voilà donc la guerre ouverte entre les hommes. Il faut que chacun prenne parti, et se
range nécessairement, ou au dogmatisme, ou
au pyrrhonisme ; car qui penseroit demeurer
neutre seroit pyrrhonien par excellence : cette
neutralité est l'essence du pyrrhonisme ; qui
n'est pas contre eux est excellemment pour eux.
Que fera donc l'homme en cet état? Doutera-t-il
de tout? doutera-t-il s'il veille, si on le pince, si
on le brûle? doutera-t-il s'il doute? doutera-t-il
s'il est? On ne sauroit en venir là; et je mets en
fait qu'il n'y a jamais eu de pyrrhonien effectif
et parfait. La nature soutient la raison impuissante, et l'empêche d'extravaguer jusqu'à ce
point. Dira-t-il, au contraire, qu'il possède certainement la vérité, lui qui, si peu qu'on le

pousse, ne peut en montrer aucun titre, et est forcé de lâcher prise?

Qui démêlera cet embrouillement? La nature confond les pyrrhoniens, et la raison confond les dogmatistes. Que deviendrez-vous donc, ô homme! qui cherchez votre véritable condition par votre raison naturelle? Vous ne pouvez fuir une de ces sectes, ni subsister dans aucune. Voilà ce qu'est l'homme à l'égard de la vérité.

Considérons-le maintenant à l'égard de la félicité qu'il recherche avec tant d'ardeur en toutes ses actions; car tous les hommes désirent d'être heureux : cela est sans exception. Quelque différents moyens qu'ils y emploient, ils tendent tous à ce but. Ce qui fait que l'un va à la guerre, et que l'autre n'y va pas, c'est ce même désir qui est dans tous les deux, accompagné de différentes vues. La volonté ne fait jamais la moindre démarche que vers cet objet. C'est le motif de toutes les actions de tous les hommes, jusqu'à ceux qui se tuent et qui se pendent. Et cependant, depuis un si grand nombre d'années, jamais personne, sans la foi, n'est arrivé à ce point, où tous tendent continuellement. Tous se plaignent, princes, sujets (67); nobles, roturiers; vieillards, jeunes; forts, foibles; savants, ignorants; sains, malades, de tout pays, de tout temps, de tous âges et de toutes conditions.

Une épreuve si longue, si continuelle et si uniforme devroit bien nous convaincre de l'impuissance où nous sommes d'arriver au bien par

nos efforts : mais l'exemple ne nous instruit
point. Il n'est jamais si parfaitement semblable,
qu'il n'y ait quelque délicate différence; et c'est
là que nous attendons que notre espérance ne
sera pas déçue en cette occasion comme en
l'autre. Ainsi le présent ne nous satisfaisant
jamais, l'espérance nous pipe; et de malheur
en malheur, nous mène jusqu'à la mort, qui en
est le comble éternel.

    C'est une chose étrange, qu'il n'y a rien dans
la nature qui n'ait été capable de tenir la place
de la fin et du bonheur de l'homme, astres,
éléments, plantes, animaux, insectes, maladies, guerres, vices, crimes, etc. L'homme étant
déchu de son état naturel, il n'y a rien à quoi
il n'ait été capable de se porter. Depuis qu'il a
perdu le vrai bien, tout également peut lui paroître tel, jusqu'à sa destruction propre, toute
contraire qu'elle est à la raison et à la nature
tout ensemble.   •

    Les uns ont cherché la félicité dans l'auto-
rité, les autres dans les curiosités et dans les
sciences, les autres dans les voluptés. Ces trois
concupiscences ont fait trois sectes; et ceux
qu'on appelle philosophes n'ont fait effectivement que suivre une des trois. Ceux qui en ont
le plus approché ont considéré qu'il est nécessaire que le bien universel, que tous les hommes
désirent, et où tous doivent avoir part, ne soit
dans aucune des choses particulières qui ne
peuvent être possédées que par un seul, et qui,

étant partagées, affligent plus leur possesseur,
par le manque de la partie qu'il n'a pas, qu'elles
ne le contentent par la jouissance de celle qui
lui appartient. Ils ont compris que le vrai bien
devoit être tel, que tous pussent le posséder à
la fois sans diminution et sans envie, et que
personne ne pût le perdre contre son gré. Ils
l'ont compris ; mais ils n'ont pu le trouver : et
au lieu d'un bien solide et effectif, ils n'ont
embrassé que l'image creuse d'une vertu fantastique.

Notre instinct nous fait sentir qu'il faut chercher notre bonheur dans nous. Nos passions
nous poussent au dehors, quand même les objets ne s'offriroient pas pour les exciter. Les
objets du dehors nous tentent d'eux-mêmes et
nous appellent, quand même nous n'y pensons pas. Ainsi les philosophes ont beau dire :
Rentrez en vous-même, vous y trouverez votre
bien : on ne les croit pas ; et ceux qui les croient
sont les plus vides et les plus sots. Car qu'y
a-t-il de plus ridicule et de plus vain que ce
que proposent les stoïciens, et de plus faux
que tous leurs raisonnements (68) ? Ils concluent qu'on peut toujours ce qu'on peut quelquefois ; et que, puisque le désir de la gloire
fait bien faire quelque chose à ceux qu'il possède, les autres le pourront bien aussi. Ce sont
des mouvements fiévreux, que la santé ne peut
imiter.

II.

La guerre intérieure de la raison contre les passions a fait que ceux qui ont voulu avoir la paix se sont partagés en deux sectes. Les uns ont voulu renoncer aux passions et devenir dieux ; les autres ont voulu renoncer à la raison , et devenir bêtes. Mais ils ne l'ont pas pu , ni les uns , ni les autres ; et la raison demeure toujours , qui accuse la bassesse et l'injustice des passions , et trouble le repos de ceux qui s'y abandonnent ; et les passions sont toujours vivantes dans ceux mêmes qui veulent y renoncer.

III.

Voilà ce que peut l'homme par lui-même et par ses propres efforts à l'égard du vrai et du bien. Nous avons une impuissance à prouver , invincible à tout le dogmatisme : nous avons une idée de la vérité, invincible à tout le pyrrhonisme. Nous souhaitons la vérité, et ne trouvons en nous qu'incertitude. Nous cherchons le bonheur , et ne trouvons que misère. Nous sommes incapables de ne pas souhaiter la vérité et le bonheur , et nous sommes incapables et de certitude et de bonheur. Ce désir nous est laissé, tant pour nous punir que pour nous faire sentir d'où nous sommes tombés (69).

IV.

Si l'homme n'est pas fait pour Dieu, pourquoi

n'est-il heureux qu'en Dieu? Si l'homme est fait
pour Dieu, pourquoi est-il si contraire à Dieu?

V.

L'homme ne sait à quel rang se mettre. Il est
visiblement égaré, et sent en lui des restes d'un
état heureux, dont il est déchu, et qu'il ne peut
recouvrer. Il le cherche partout avec inquiétude
et sans succès dans des ténèbres impénétrables.

C'est la source des combats des philosophes,
dont les uns ont pris à tâche d'élever l'homme
en découvrant ses grandeurs, et les autres de
l'abaisser en représentant ses misères. Ce qu'il
y a de plus étrange, c'est que chaque parti se
sert des raisons de l'autre pour établir son opinion; car la misère de l'homme se conclut de sa
grandeur, et sa grandeur se conclut de sa misère.
Ainsi les uns ont d'autant mieux conclu la misère, qu'ils en ont pris pour preuve la grandeur;
et les autres ont conclu la grandeur avec d'autant plus de force, qu'ils l'ont tirée de la misère
même. Tout ce que les uns ont pu dire pour
montrer la grandeur n'a servi que d'un argument
aux autres pour conclure la misère, puisque
c'est être d'autant plus misérable, qu'on est
tombé de plus haut : et les autres au contraire.
Ils se sont élevés les uns sur les autres par un
cercle sans fin : étant certain qu'à mesure que
les hommes ont plus de lumière, ils découvrent
de plus en plus en l'homme de la misère et de
la grandeur. En un mot, l'homme connoît qu'il

est misérable. Il est donc misérable, puisqu'il le connoît; mais il est bien grand, puisqu'il connoît qu'il est misérable.

Quelle chimère est-ce donc que l'homme (70)! Quelle nouveauté, quel chaos, quel sujet de contradiction! Juge de toutes choses, imbécille ver de terre, dépositaire du vrai, amas d'incertitude, gloire et rebut de l'univers : s'il se vante, je l'abaisse; s'il s'abaisse, je le vante; et le contredis toujours, jusqu'à ce qu'il comprenne qu'il est un monstre incompréhensible.

ARTICLE II.

NÉCESSITÉ D'ÉTUDIER LA RELIGION.

QUE ceux qui combattent la religion apprennent au moins quelle elle est, avant que de la combattre. Si cette religion se vantoit d'avoir une vue claire de Dieu, et de la posséder à découvert et sans voile, ce seroit la combattre que de dire qu'on ne voit rien dans le monde qui le montre avec cette évidence. Mais puisqu'elle dit, au contraire, que les hommes sont dans les ténèbres et dans l'éloignement de Dieu (71); qu'il s'est caché à leur connoissance; et que c'est même le nom qu'il se donne dans les Écritures, *Deus absconditus* : et enfin si elle travaille également à établir ces deux choses; que Dieu a mis des marques sensibles dans l'Église pour se faire

reconnoître à ceux qui le chercheroient sincèrement; et qu'il les a couvertes néanmoins de
telle sorte, qu'il ne sera aperçu que de ceux qui
le cherchent de tout leur cœur : quel avantage
peuvent-ils tirer, lorsque, dans la négligence où
ils font profession d'être de chercher la vérité,
ils crient que rien ne la leur montre; puisque
cette obscurité où ils sont, et qu'ils objectent à
l'Église, ne fait qu'établir une des choses qu'elle
soutient, sans toucher à l'autre, et confirme sa
doctrine, bien loin de la ruiner?

Il faudroit, pour la combattre, qu'ils criassent
qu'ils ont fait tous leurs efforts pour la chercher
partout, et même dans ce que l'Église propose
pour s'en instruire, mais sans aucune satisfaction. S'ils parloient de la sorte, ils combattroient,
à la vérité, une de ses prétentions. Mais j'espère
montrer ici qu'il n'y a point de personne raisonnable qui puisse parler de la sorte; et j'ose
même dire que jamais personne ne l'a fait. On
sait assez de quelle manière agissent ceux qui
sont dans cet esprit. Ils croient avoir fait de
grands efforts pour s'instruire, lorsqu'ils ont
employé quelques heures à la lecture de l'Écriture, et qu'ils ont interrogé quelque ecclésias-
tique sur les vérités de la foi. Après cela, ils se
vantent d'avoir cherché sans succès dans les
livres et parmi les hommes. Mais, en vérité, je
ne puis m'empêcher de leur dire ce que j'ai dit
souvent, que cette négligence n'est pas supportable. Il ne s'agit pas ici de l'intérêt léger de

quelque personne étrangère; il s'agit de nous-
mêmes et de notre tout.

L'immortalité de l'âme est une chose qui nous
importe si fort, et qui nous touche si profondément, qu'il faut avoir perdu tout sentiment
pour être dans l'indifférence de savoir ce qui en
est. Toutes nos actions et toutes nos pensées
doivent prendre des routes si différentes, selon
qu'il y aura des biens éternels à espérer, ou
non, qu'il est impossible de faire une démarche
avec sens et jugement qu'en la réglant par la
vue de ce point, qui doit être notre premier
objet (72).

Ainsi notre premier intérêt et notre premier
devoir est de nous éclaircir sur ce sujet, d'où
dépend toute notre conduite. Et c'est pourquoi,
parmi ceux qui n'en sont pas persuadés, je fais
une extrême différence entre ceux qui travaillent
de toutes leurs forces à s'en instruire, et ceux
qui vivent sans s'en mettre en peine et sans y
penser.

Je ne puis avoir que de la compassion pour
ceux qui gémissent sincèrement dans ce doute,
qui le regardent comme le dernier des malheurs,
et qui, n'épargnant rien pour en sortir, font
de cette recherche leur principale et leur plus
sérieuse occupation. Mais pour ceux qui passent
leur vie sans penser à cette dernière fin de la
vie, et qui, par cette seule raison qu'ils ne
trouvent pas en eux-mêmes des lumières qui les
persuadent, négligent d'en chercher ailleurs,

et d'examiner à fond si cette opinion est de celles que le peuple reçoit par une simplicité crédule, ou de celles qui, quoique obscures d'elles-mêmes, ont néanmoins un fondement très-solide; je les considère d'une manière toute différente. Cette négligence en une affaire où il s'agit d'eux-mêmes, de leur éternité, de leur tout, m'irrite plus qu'elle ne m'attendrit; elle m'étonne et m'épouvante; c'est un monstre pour moi. Je ne dis pas ceci par le zèle pieux d'une dévotion spirituelle. Je prétends, au contraire, que l'amour-propre, que l'intérêt humain, que la plus simple lumière de la raison doit nous donner ces sentiments. Il ne faut voir pour cela que ce que voient les personnes les moins éclairées.

Il ne faut pas avoir l'âme fort élevée pour comprendre qu'il n'y a point ici de satisfaction véritable et solide; que tous nos plaisirs ne sont que vanité; que nos maux sont infinis; et qu'enfin la mort, qui nous menace à chaque instant, doit nous mettre dans peu d'années, et peut-être en peu de jours, dans un état éternel de bonheur, ou de malheur, ou d'anéantissement (73). Entre nous et le ciel, l'enfer ou le néant, il n'y a donc que la vie, qui est la chose du monde la plus fragile; et le ciel n'étant pas certainement pour ceux qui doutent si leur âme est immortelle, ils n'ont à attendre que l'enfer, ou le néant.

Il n'y a rien de plus réel que cela, ni de plus

terrible. Faisons tant que nous voudrons les braves, voilà la fin qui attend la plus belle vie du monde.

C'est en vain qu'ils détournent leur pensée de cette éternité qui les attend, comme s'ils pouvoient l'anéantir en n'y pensant point. Elle subsiste malgré eux, elle s'avance; et la mort, qui doit l'ouvrir, les mettra infailliblement, dans peu de temps, dans l'horrible nécessité d'être éternellement ou anéantis, ou malheureux.

Voilà un doute d'une terrible conséquence; et c'est déjà assurément un très-grand mal que d'être dans ce doute; mais c'est au moins un devoir indispensable de chercher quand on y est. Ainsi celui qui doute et qui ne cherche pas est tout ensemble, et bien injuste, et bien malheureux. Que s'il est avec cela tranquille et satisfait, qu'il en fasse profession, et enfin qu'il en fasse vanité, et que ce soit de cet état même qu'il fasse le sujet de sa joie et de sa vanité, je n'ai point de termes pour qualifier une si extravagante créature.

Où peut-on prendre ces sentiments? Quel sujet de joie trouve-t-on à n'attendre plus que des misères sans ressource? Quel sujet de vanité de se voir dans des obscurités impénétrables? Quelle consolation de n'attendre jamais de consolateur?

Ce repos, dans cette ignorance, est une chose monstrueuse, et dont il faut faire sentir l'extravagance et la stupidité à ceux qui y passent leur

vie, en leur représentant ce qui se passe en eux-
mêmes pour les confondre par la vue de leur
folie : car voici comment raisonnent les hommes, quand ils choisissent de vivre dans cette
ignorance de ce qu'ils sont, et sans en rechercher d'éclaircissement.

Je ne sais qui m'a mis au monde, ni ce que
c'est que le monde, ni que moi-même. Je suis
dans une ignorance terrible de toutes choses.
Je ne sais ce que c'est que mon corps, que mes
sens, que mon âme : et cette partie même de
moi qui pense ce que je dis, et qui fait réflexion
sur tout et sur elle-même, ne se connoît non
plus que le reste. Je vois ces effroyables espaces
de l'univers qui m'enferment, et je me trouve
attaché à un coin de cette vaste étendue, sans
savoir pourquoi je suis plutôt placé en ce lieu
qu'en un autre, ni pourquoi ce peu de temps
qui m'est donné à vivre m'est assigné à ce point
plutôt qu'à un autre de toute l'éternité qui m'a
précédé, et de toute celle qui me suit. Je ne vois
que des infinités de toutes parts, qui m'englou-
tissent comme un atome, et comme une ombre
qui ne dure qu'un instant sans retour. Tout ce
que je connois, c'est que je dois bientôt mourir;
mais ce que j'ignore le plus, c'est cette mort
même que je ne saurois éviter.

Comme je ne sais d'où je viens, aussi ne sais-je
où je vais; et je sais seulement qu'en sortant de
ce monde je tombe pour jamais, ou dans le
néant, ou dans les mains d'un Dieu irrité, sans

savoir à laquelle de ces deux conditions je dois être éternellement en partage (74).

Voilà mon état, plein de misère, de foiblesse, d'obscurité. Et de tout cela je conclus que je dois donc passer tous les jours de ma vie sans songer à ce qui doit m'arriver ; et que je n'ai qu'à suivre mes inclinations sans réflexion et sans inquiétude, en faisant tout ce qu'il faut pour tomber dans le malheur éternel, au cas que ce qu'on en dit soit véritable. Peut-être que je pourrois trouver quelque éclaircissement dans mes doutes ; mais je n'en veux pas prendre la peine, ni faire un pas pour le chercher : et en traitant avec mépris ceux qui se travailleroient de ce soin, je veux aller sans prévoyance et sans crainte tenter un si grand événement, et me laisser mollement conduire à la mort, dans l'incertitude de l'éternité de ma condition future.

En vérité, il est glorieux à la religion d'avoir pour ennemis des hommes si déraisonnables; et leur opposition lui est si peu dangereuse, qu'elle sert au contraire à l'établissement des principales vérités qu'elle nous enseigne. Car la foi chrétienne ne va principalement qu'à établir ces deux choses, la corruption de la nature, et la rédemption de Jésus-Christ. Or, s'ils ne servent pas à montrer la vérité de la rédemption par la sainteté de leurs mœurs, ils servent au moins admirablement à montrer la corruption de la nature par des sentiments si dénaturés.

Rien n'est si important à l'homme que son

état; rien ne lui est si redoutable que l'éternité.
Et ainsi, qu'il se trouve des hommes indifférents
à la perte de leur être, et au péril d'une éternité
de misère, cela n'est point naturel. Ils sont tout
autres à l'égard de toutes les autres choses : ils
craignent jusqu'aux plus petites, ils les pré-
voient, ils les sentent; et ce même homme qui
passe les jours et les nuits dans la rage et dans
le désespoir pour la perte d'une charge, ou pour
quelque offense imaginaire à son honneur, est
celui-là même qui sait qu'il va tout perdre par
la mort, et qui demeure néanmoins sans inquiétude, sans trouble et sans émotion. Cette
étrange insensibilité pour les choses les plus
terribles, dans un cœur si sensible aux plus
légères, est une chose monstrueuse; c'est un
enchantement incompréhensible, et un assou-
pissement surnaturel.

Un homme dans un cachot, ne sachant si son
arrêt est donné, n'ayant plus qu'une heure pour
l'apprendre, et cette heure suffisant, s'il sait
qu'il est donné, pour le faire révoquer; il est
contre la nature qu'il emploie cette heure-là,
non à s'informer si cet arrêt est donné, mais à
jouer et à se divertir (75). C'est l'état où se trouvent ces personnes, avec cette différence, que
les maux dont ils sont menacés sont bien autres
que la simple perte de la vie, et un supplice
passager que ce prisonnier appréhenderoit. Cependant ils courent sans souci dans le précipice,
après avoir mis quelque chose devant leurs yeux,

pour s'empêcher de le voir, et ils se moquent de ceux qui les en avertissent.

Ainsi, non-seulement le zèle de ceux qui cherchent Dieu prouve la véritable religion, mais aussi l'aveuglement de ceux qui ne le cherchent pas, et qui vivent dans cette horrible négligence. Il faut qu'il y ait un étrange renversement dans la nature de l'homme pour vivre dans cet état, et encore plus pour en faire vanité. Car quand ils auroient une certitude entière qu'ils n'auroient rien à craindre après la mort, que de tomber dans le néant, ne seroit-ce pas un sujet de désespoir plutôt que de vanité? N'est-ce donc pas une folie inconcevable, n'en étant pas assurés, de faire gloire d'être dans ce doute?

Et néanmoins il est certain que l'homme est si dénaturé, qu'il y a dans son cœur une semence de joie en cela. Ce repos brutal entre la crainte de l'enfer et du néant semble si beau, que non-seulement ceux qui sont véritablement dans ce doute malheureux, s'en glorifient, mais que ceux mêmes qui n'y sont pas, croient qu'il leur est glorieux de feindre d'y être. Car l'expérience nous fait voir que la plupart de ceux qui s'en mêlent sont de ce dernier genre; que ce sont des gens qui se contrefont, et qui ne sont pas tels qu'ils veulent paroître. Ce sont des personnes qui ont ouï dire que les belles manières du monde consistent à faire ainsi l'emporté (76). C'est ce qu'ils appellent avoir secoué le joug; et la plupart ne le font que pour imiter les autres.

Mais, s'ils ont encore tant soit peu de sens commun, il n'est pas difficile de leur faire entendre combien ils s'abusent en cherchant par là de l'estime. Ce n'est pas le moyen d'en acquérir, je dis même parmi les personnes du monde qui jugent sainement des choses, et qui savent que la seule voie d'y réussir, c'est de paroître honnête, fidèle, judicieux, et capable de servir utilement ses amis ; parce que les hommes n'aiment naturellement que ce qui peut leur être utile. Or, quel avantage y a-t-il pour nous à ouïr dire à un homme qu'il a secoué le joug ; qu'il ne croit pas qu'il y ait un Dieu qui veille sur ses actions ; qu'il se considère comme seul maître de sa conduite ; qu'il ne pense à en rendre compte qu'à soi-même ? Pense-t-il nous avoir portés par là à avoir désormais bien de la confiance en lui, et à en attendre des consolations, des conseils et des secours dans tous les besoins de la vie ? Pense-t-il nous avoir bien réjouis de nous dire qu'il doute si notre âme est autre chose qu'un peu de vent et de fumée, et encore de nous le dire d'un ton de voix fier et content ? Est-ce donc une chose à dire gaîment ? et n'est-ce pas une chose à dire au contraire tristement, comme la chose du monde la plus triste ?

S'ils y pensoient sérieusement, ils verroient que cela est si mal pris, si contraire au bon sens, si opposé à l'honnêteté, et si éloigné en toute manière de ce bon air qu'ils cherchent, que rien n'est plus capable de leur attirer le

mépris et l'aversion des hommes, et de les faire
passer pour des personnes sans esprit et sans
jugement. Et en effet, si on leur fait rendre
compte de leurs sentiments, et des raisons qu'ils
ont de douter de la religion, ils diront des choses
si foibles et si basses, qu'ils persuaderont plutôt
du contraire (77). C'étoit ce que leur disoit un
jour fort à propos une personne : Si vous con-
tinuez à discourir de la sorte, leur disoit-il, en
vérité, vous me convertirez. Et il avoit raison ;
car qui n'auroit horreur de se voir dans des sentiments où l'on a pour compagnons des personnes
si méprisables ?

Ainsi, ceux qui ne font que feindre ces sentiments sont bien malheureux de contraindre
leur naturel pour se rendre les plus imperti-
nents des hommes. S'ils sont fâchés dans le fond
de leur cœur de ne pas avoir plus de lumière,
qu'ils ne le dissimulent point. Cette déclaration
ne sera pas honteuse. Il n'y a de honte qu'à ne
point en avoir. Rien ne découvre davantage une
étrange foiblesse d'esprit que de ne pas connoître
quel est le malheur d'un homme sans Dieu; rien
ne marque davantage une extrême bassesse de
cœur que de ne pas souhaiter la vérité des promesses éternelles; rien n'est plus lâche que de
faire le brave contre Dieu. Qu'ils laissent donc
ces impiétés à ceux qui sont assez mal nés pour
en être véritablement capables; qu'ils soient au
moins honnêtes gens, s'ils ne peuvent encore
être chrétiens (78) : et qu'ils reconnoissent enfin

qu'il n'y a que deux sortes de personnes qu'on puisse appeler raisonnables; ou ceux qui servent Dieu de tout leur cœur, parce qu'ils le connoissent; ou ceux qui le cherchent de tout leur cœur, parce qu'ils ne le connoissent pas encore.

C'est donc pour les personnes qui cherchent Dieu sincèrement, et qui, reconnoissant leur misère, désirent véritablement d'en sortir, qu'il est juste de travailler, afin de leur aider à trouver la lumière qu'ils n'ont pas.

Mais pour ceux qui vivent sans le connoître et sans le chercher, ils se jugent eux-mêmes si peu dignes de leur soin, qu'ils ne sont pas dignes du soin des autres; et il faut avoir toute la charité de la religion qu'ils méprisent pour ne pas les mépriser jusqu'à les abandonner dans leur folie. Mais parce que cette religion nous oblige de les regarder toujours, tant qu'ils seront en cette vie, comme capables de la grâce, qui peut les éclairer; et de croire qu'ils peuvent être dans peu de temps plus remplis de foi que nous ne sommes; et que nous pouvons, au contraire, tomber dans l'aveuglement où ils sont : il faut faire pour eux ce que nous voudrions qu'on fît pour nous si nous étions à leur place, et les appeler à avoir pitié d'eux-mêmes, et à faire au moins quelques pas pour tenter s'ils ne trouveront point de lumière. Qu'ils donnent à la lecture de cet ouvrage quelques-unes de ces heures qu'ils emploient si inutilement ailleurs; peut-être y rencontreront-ils quelque chose, ou du moins ils n'y perdront pas beaucoup. Mais pour ceux qui y apporteront une sincérité parfaite et un véritable désir de connoître la vérité, j'espère qu'ils y auront satisfaction, et qu'ils seront convaincus des preuves d'une religion si divine que l'on y a ramassées.

ARTICLE III.

Quand il seroit difficile de démontrer l'existence de Dieu par les lumières naturelles, le plus sûr est de la croire (*).

I.

I. Parlons selon les lumières naturelles. S'il y a un Dieu, il est infiniment incompréhensible,

---

(*) Cet article, dans toutes les éditions, excepté celle de 1787, a pour titre : *Qu'il est difficile de démontrer l'existence de Dieu par les lumières naturelles; mais que le plus sûr est de la croire.* Ce titre annonce une proposition affirmative qu'on ne peut supposer dans l'intention de l'auteur des Pensées. C'est ce que l'éditeur de 1787 a très-bien senti. Il n'a vu, dans les premiers paragraphes de cet article, qu'une suite d'objections que Pascal met dans la bouche d'un incrédule pour y répondre victorieusement. J'ai, en conséquence, adopté la forme d'un dialogue régulier qui m'a paru évidemment le but de l'auteur, et qui justifie le titre que j'ai mis en tête de l'article. J'ai distingué, par les lettres I et P, l'incrédule et Pascal. (*Note de l'Éditeur.*)

puisque, n'ayant ni parties, ni bornes, il n'a nul rapport à nous : nous sommes donc incapables de connoître ni ce qu'il est, ni s'il est (79). Cela étant ainsi, qui osera entreprendre de résoudre cette question ? Ce n'est pas nous, qui n'avons aucun rapport à lui.

II.

P. Je n'entreprendrai pas ici de prouver, par des raisons naturelles, ou l'existence de Dieu, ou la Trinité, ou l'immortalité de l'âme, ni aucune des choses de cette nature, non-seulement parce que je ne me sentirois pas assez fort (80) pour trouver dans la nature de quoi convaincre des athées endurcis (*) ; mais encore parce que cette connoissance, sans Jésus-Christ, est inutile et stérile. Quand un homme seroit persuadé que les proportions des nombres sont des vérités immatérielles, éternelles et dépendantes d'une première vérité en qui elles subsistent, et qu'on appelle *Dieu*, je ne le trouverois pas beaucoup avancé pour son salut.

III.

I. C'est une chose admirable, que jamais

(*) Ce n'est pas que Pascal n'aperçût dans la nature des preuves convaincantes de l'existence de Dieu, et qu'il n'en sentît toute la force. (*Voyez* part. 1, art. 4, §. 11.) Il n'entend parler ici que de l'endurcissement des athées, qui seul est capable de résister à la force de ces preuves. (*Note de l'Editeur.*)

auteur canonique ne s'est servi de la nature pour prouver Dieu : tous tendent à le faire croire ; et jamais ils n'ont dit : Il n'y a point de vide ; donc il y a un Dieu (81). Il falloit qu'ils fussent plus habiles que les plus habiles gens qui sont venus depuis, qui s'en sont tous servis.

P. Si c'est une marque de foiblesse de prouver Dieu par la nature, ne méprisez pas l'Écriture : si c'est une marque de force d'avoir connu ces contrariétés, estimez-en l'Écriture (*).

IV.

I. L'unité jointe à l'infini ne l'augmente de rien, non plus qu'un pied à une mesure infinie. Le fini s'anéantit en présence de l'infini, et devient un pur néant. Ainsi notre esprit devant Dieu ; ainsi notre justice devant la justice divine. Il n'y a pas si grande disproportion entre l'unité et l'infini qu'entre notre justice et celle de Dieu.

V.

P. Nous connoissons qu'il y a un infini, et

(*) C'est-à-dire, *ne méprisez pas l'Écriture,* où vous prétendez ne pas trouver ce genre de preuves ; mais *estimez l'Écriture,* qui tend tout entière à faire croire l'existence de Dieu, sans employer, selon vous, ces preuves, et qui semble ainsi se contrarier en voulant nous faire croire ce qu'elle vous paroît ne pas prouver. Elle parle à un peuple qui reconnoît l'existence de Dieu, et elle sait tirer de la nature même les preuves de ce dogme, quand l'occasion s'en présente. (*Note de l'édit. de* 1787.)

nous ignorons sa nature. Ainsi, par exemple, nous savons qu'il est faux que les nombres soient finis : donc il est vrai qu'il y a un infini en nombre. Mais nous ne savons ce qu'il est. Il est faux qu'il soit pair, il est faux qu'il soit impair ; car, en ajoutant l'unité, il ne change point de nature : cependant c'est un nombre, et tout nombre est pair ou impair ; il est vrai que cela s'entend de tous nombres finis.

On peut donc bien connoître qu'il y a un Dieu sans savoir ce qu'il est : et vous ne devez pas conclure qu'il n'y a point de Dieu, de ce que nous ne connoissons pas parfaitement sa nature.

Je ne me servirai pas, pour vous convaincre de son existence, de la foi par laquelle nous la connoissons certainement, ni de toutes les autres preuves que nous en avons, puisque vous ne voulez pas les recevoir. Je ne veux agir avec vous que par vos principes mêmes ; et je prétends vous faire voir, par la manière dont vous raisonnez tous les jours sur les choses de la moindre conséquence, de quelle sorte vous devez raisonner en celle-ci, et quel parti vous devez prendre dans la décision de cette importante question de l'existence de Dieu. Vous dites donc que nous sommes incapables de connoître s'il y a un Dieu (*). Cependant il est certain que

---

(*) Cette phrase, qui est bien certainement dans le manuscrit de Pascal, manque dans quelques éditions mo-

Dieu est, ou qu'il n'est pas; il n'y a point de milieu. Mais de quel côté pencherons-nous? La raison, dites-vous, ne peut rien y déterminer. Il y a un chaos infini qui nous sépare. Il se joue un jeu à cette distance infinie, où il arrivera croix ou pile. Que gagerez-vous? Par raison, vous ne pouvez assurer ni l'un ni l'autre; par raison, vous ne pouvez nier aucun des deux.

Ne blâmez donc pas de fausseté ceux qui ont fait un choix; car vous ne savez pas s'ils ont tort, et s'ils ont mal choisi.

I. Je les blâmerai d'avoir fait, non ce choix, mais un choix; et celui qui prend croix, et celui qui prend pile, ont tous deux tort : le juste est de ne point parier.

P. Oui, mais il faut parier : cela n'est pas volontaire; vous êtes embarqué, et ne point parier que Dieu est, c'est parier qu'il n'est pas (82). Lequel choisirez-vous donc? Voyons ce qui vous intéresse le moins : vous avez deux choses à perdre, le vrai et le bien; et deux choses à engager, votre raison et votre volonté, votre connoissance et votre béatitude : et votre nature a deux choses à fuir, l'erreur et la misère. Pariez donc qu'il est, sans hésiter; votre raison n'est

---

dernes. On voit qu'elle sert à ramener l'interlocuteur au point de la question principale, et qu'il ne rappelle ici la proposition de son adversaire que pour y appliquer de suite la manière même de raisonner de l'incrédule. (*Note de l'Éditeur.*)

pas plus blessée en choisissant l'un que l'autre, puisqu'il faut nécessairement choisir. Voilà un point vidé; mais votre béatitude? Pesons le gain et la perte : en prenant le parti de croire, si vous gagnez, vous gagnez tout; si vous perdez, vous ne perdez rien. Croyez donc, si vous le pouvez.

I. Cela est admirable : oui, il faut croire; mais je hasarde peut-être trop.

P. Voyons : puisqu'il y a pareil hasard de gain et de perte, quand vous n'auriez que deux vies à gagner pour une, vous pourriez encore gager. Et s'il y en avoit dix à gagner, vous seriez imprudent de ne pas hasarder votre vie pour en gagner dix à un jeu où il y a pareil hasard de perte et de gain. Mais il y a ici une infinité de vies infiniment heureuses à gagner, avec pareil hasard de perte et de gain; et ce que vous jouez est si peu de chose et de si peu de durée, qu'il y a de la folie à le ménager en cette occasion.

Car il ne sert de rien de dire qu'il est incertain si on gagnera, et qu'il est certain qu'on hasarde; et que l'infinie distance qui est entre la certitude de ce qu'on expose et l'incertitude de ce que l'on gagnera égale le bien fini, qu'on expose certainement, à l'infini qui est incertain. Cela n'est pas ainsi : tout joueur hasarde avec certitude pour gagner avec incertitude; et néanmoins il hasarde certainement le fini pour gagner incertainement le fini, sans pécher contre la raison. Il n'y a pas infinité de distance entre cette certitude de ce qu'on expose et l'incertitude du gain ; cela est faux. Il y a à la vérité infinité entre la certitude de gagner et la certitude de perdre. Mais l'incertitude de gagner est proportionnée à la certitude de ce qu'on hasarde, selon la proportion des hasards de gain et de perte ; et de là vient que, s'il y a autant de hasards d'un côté que de l'autre, la partie est à jouer égal contre égal ; et alors la certitude de ce qu'on expose est égale à l'incertitude du gain, tant s'en faut qu'elle en soit infiniment distante. Et ainsi notre proposition est dans une force infinie, quand il n'y a que le fini à hasarder à un jeu où il y a pareils hasards de gain que de perte, et l'infini à gagner. Cela est démonstratif ; et si les hommes sont capables de quelques vérités, ils doivent l'être de celle-là.

I. Je le confesse, je l'avoue. Mais encore n'y auroit-il point de moyen de voir le dessous du jeu ?

P. Oui, par le moyen de l'Écriture, et par toutes les autres preuves de la religion qui sont infinies.

I. Ceux qui espèrent leur salut, direz-vous, sont heureux en cela ; mais ils ont pour contrepoids la crainte de l'enfer.

P. Mais qui a le plus sujet de craindre l'enfer, ou celui qui est dans l'ignorance s'il y a un enfer, et dans la certitude de damnation, s'il y en a ; ou celui qui est dans une persuasion certaine qu'il y a un enfer, et dans l'espérance d'être sauvé, s'il est?

Quiconque, n'ayant plus que huit jours à vivre, ne jugeroit pas que le parti le plus sûr est de croire que tout cela n'est pas un coup de hasard, auroit entièrement perdu l'esprit. Or, si les passions ne nous tenoient point, huit jours et cent ans sont une même chose.

Quel mal vous arrivera-t-il en prenant ce parti? Vous serez fidèle, honnête, humble, reconnoissant, bienfaisant, sincère, véritable. A la vérité, vous ne serez point dans les plaisirs empestés, dans la gloire, dans les délices. Mais n'en aurez-vous point d'autres? Je vous dis que vous gagnerez en cette vie; et qu'à chaque pas que vous ferez dans ce chemin, vous verrez tant de certitude de gain, et tant de néant dans ce que vous hasardez, que vous connoîtrez à la fin que vous avez parié pour une chose certaine et infinie, et que vous n'avez rien donné pour l'obtenir.

I. Oui, mais j'ai les mains liées et la bouche muette; on me force à parier, et je ne suis pas en liberté, on ne me relâche pas : et je suis fait de telle sorte que je ne puis croire. Que voulez-vous donc que je fasse?

P. Apprenez au moins votre impuissance à croire, puisque la raison vous y porte, et que néanmoins vous ne le pouvez. Travaillez donc à vous convaincre, non pas par l'augmentation des preuves de Dieu, mais par la diminution de vos passions. Vous voulez aller à la foi, et vous n'en savez pas le chemin ; vous voulez vous guérir de l'infidélité, et vous en demandez les remèdes : apprenez-les de ceux qui ont été tels que vous, et qui n'ont présentement aucun doute. Ils savent ce chemin que vous voudriez suivre ; et ils sont guéris d'un mal dont vous voulez guérir. Suivez la manière par où ils ont commencé ; imitez leurs actions extérieures, si vous ne pouvez encore entrer dans leurs dispositions intérieures ; quittez ces vains amusements qui vous occupent tout entier.

J'aurois bientôt quitté ces plaisirs, dites-vous, si j'avois la foi. Et moi je vous dis que vous auriez bientôt la foi, si vous aviez quitté ces plaisirs. Or, c'est à vous à commencer. Si je pouvois, je vous donnerois la foi : je ne le puis, ni par conséquent éprouver la vérité de ce que vous dites ; mais vous pouvez bien quitter ces plaisirs, et éprouver si ce que je dis est vrai.

I. Ce discours me transporte, me ravit.

P. Si ce discours vous plaît et vous semble fort, sachez qu'il est fait par un homme qui s'est mis à genoux auparavant et après pour prier cet être infini et sans parties, auquel il soumet tout le sien, de se soumettre aussi le vôtre, pour votre propre bien et pour sa gloire ; et qu'ainsi la force s'accorde avec cette bassesse (*).

_____

(*) Ici finit le dialogue.

VI.

Il ne faut pas se méconnoître : nous sommes corps autant qu'esprit ; et de là vient que l'instrument par lequel la persuasion se fait n'est pas la seule démonstration. Combien y a-t-il peu de choses démontrées ? Les preuves ne convainquent que l'esprit. La coutume fait nos preuves les plus fortes (83) ; elle incline les sens, qui entraînent l'esprit sans qu'il y pense. Qui a démontré qu'il sera demain jour, et que nous mourrons ? et qu'y a-t-il de plus universellement cru ? C'est donc la coutume qui nous en persuade ; c'est elle qui fait tant de turcs et de païens ; c'est elle qui fait les métiers, les soldats, etc. Il est vrai qu'il ne faut pas commencer par elle pour trouver la vérité ; mais il faut avoir recours à elle, quand une fois l'esprit a vu où est la vérité, afin de nous abreuver et de nous teindre de cette croyance qui nous échappe à toute heure ; car d'en avoir toujours les preuves présentes, c'est trop d'affaire. Il faut acquérir une croyance plus facile, qui est celle de l'habitude, qui, sans violence, sans art, sans argument, nous fait croire les choses, et incline toutes nos puissances à cette croyance, en sorte que notre âme y tombe naturellement. Ce n'est pas assez de ne croire que par la force de la conviction, si les sens nous portent à croire le contraire. Il faut donc faire marcher nos deux pièces ensemble : l'esprit, par les raisons qu'il suffit d'avoir vues une fois en sa vie ; et les sens, par la coutume, et en ne leur permettant pas de s'incliner au contraire.

Les additions assez importantes qui se trouvent dans le cinquième paragraphe de cet article, ont été prises sur le manuscrit original de Pascal, qui probablement n'avoit point été consulté, pour cet endroit, depuis la première édition des Pensées. R.

ARTICLE IV.

MARQUES DE LA VÉRITABLE RELIGION.

I.

La vraie religion doit avoir pour marque d'obliger à aimer Dieu. Cela est bien juste. Et cependant aucune autre que la nôtre ne l'a ordonné. Elle doit encore avoir connu la concupiscence de l'homme, et l'impuissance où il est par lui-même d'acquérir la vertu. Elle doit y avoir apporté les remèdes, dont la prière est le principal. Notre religion a fait tout cela ; et nulle autre n'a jamais demandé à Dieu de l'aimer et de le suivre (84).

II.

Il faut, pour faire qu'une religion soit vraie, qu'elle ait connu notre nature ; car la vraie nature de l'homme, son vrai bien, la vraie vertu et la vraie religion, sont choses dont la connoissance est inséparable. Elle doit avoir connu la grandeur et la bassesse de l'homme, et la raison de l'une et de l'autre. Quelle autre religion que la chrétienne a connu toutes ces choses ?

III.

Les autres religions, comme les païennes, sont plus populaires ; car elles consistent toutes en extérieur : mais elles ne sont pas pour les gens habiles. Une religion purement intellectuelle seroit plus proportionnée aux habiles ; mais elle ne serviroit pas au peuple. La seule religion chrétienne est proportionnée à tous, étant mêlée d'extérieur et d'intérieur. Elle élève le peuple à l'intérieur, et abaisse les superbes à l'extérieur ; et n'est pas parfaite sans les deux : car il faut que le peuple entende l'esprit de la lettre, et que les habiles soumettent leur esprit à la lettre, en pratiquant ce qu'il y a d'extérieur.

IV.

Nous sommes haïssables : la raison nous en convainc. Or, nulle autre religion que la chrétienne ne propose de se haïr. Nulle autre religion ne peut donc être reçue de ceux qui savent qu'ils ne sont dignes que de haine. Nulle autre religion que la chrétienne n'a connu que l'homme est la plus excellente créature, et en même temps la plus misérable. Les uns, qui ont bien connu

la réalité de son excellence, ont pris pour lâcheté et pour ingratitude les sentiments bas que
les hommes ont naturellement d'eux-mêmes ;
et les autres, qui ont bien connu combien
cette bassesse est effective, ont traité d'une
superbe (*) ridicule ces sentiments de grandeur,
qui sont aussi naturels à l'homme. Nulle religion
que la nôtre n'a enseigné que l'homme naît en
péché ; nulle secte de philosophes ne l'a dit :
nulle n'a donc dit vrai.

V.

Dieu étant caché, toute religion qui ne dit
pas que Dieu est caché n'est pas véritable (85) ;
et toute religion qui n'en rend pas la raison
n'est pas instruisante. La nôtre fait tout cela.
Cette religion, qui consiste à croire que l'homme
est tombé d'un état de gloire et de communication avec Dieu en un état de tristesse, de pénitence et d'éloignement de Dieu, mais qu'enfin
il seroit rétabli par un Messie qui devoit venir,
a toujours été sur la terre. Toutes choses ont
passé, et celle-là a subsisté pour laquelle sont
toutes choses. Car Dieu voulant se former un
peuple saint, qu'il sépareroit de toutes les autres nations, qu'il délivreroit de ses ennemis,
qu'il mettroit dans un lieu de repos, a promis
de le faire, et de venir au monde pour cela ; et
il a prédit par ses prophètes le temps et la ma-

(*) Orgueil.

nière de sa venue. Et cependant, pour affermir l'espérance de ses élus dans tous les temps, il leur en a toujours fait voir des images et des figures ; et il ne les a jamais laissés sans des assurances de sa puissance et de sa volonté pour leur salut. Car, dans la création de l'homme, Adam étoit le témoin et le dépositaire de la promesse du Sauveur, qui devoit naître de la femme. Et quoique les hommes, étant encore si proches de la création, ne pussent avoir oublié leur création et leur chute, et la promesse que Dieu leur avoit faite d'un Rédempteur, néanmoins, comme dans ce premier âge du monde ils se laissèrent emporter à toutes sortes de désordres, il y avoit cependant des saints, comme Énoch, Lamech, et d'autres, qui attendoient en patience le Christ promis dès le commencement du monde. Ensuite Dieu a envoyé Noé, qui a vu la malice des hommes au plus haut degré ; et il l'a sauvé en noyant toute la terre, par un miracle qui marquoit assez et le pouvoir qu'il avoit de sauver le monde, et la volonté qu'il avoit de le faire, et de faire naître de la femme celui qu'il avoit promis. Ce miracle suffisoit pour affermir l'espérance des hommes ; et la mémoire en étant encore assez fraîche parmi eux, Dieu fit des promesses à Abraham, qui étoit tout environné d'idolâtres, et il lui fit connoître le mystère du Messie qu'il devoit envoyer. Au temps d'Isaac et de Jacob, l'abomination s'étoit répandue sur toute la terre : mais ces saints vivoient en la foi; et Jacob, mourant et bénissant ses enfants, s'écrie, par un transport qui lui fait interrompre son discours : J'attends, ô mon Dieu ! le Sauveur que vous avez promis; *Salutare tuum expectabo, Domine.* (*Genes.* 49, 18.)

Les Égyptiens étoient infectés, et d'idolâtrie, et de magie; le peuple de Dieu même étoit en-traîné par leurs exemples. Mais cependant Moïse et d'autres voyoient (*) celui qu'ils ne voyoient pas, et l'adoroient en regardant les biens éter-nels qu'il leur préparoit.

Les Grecs et les Latins ensuite ont fait régner les fausses divinités; les poètes ont fait diverses théologies; les philosophes se sont séparés en mille sectes différentes : et cependant il y avoit toujours au cœur de la Judée des hommes choisis qui prédisoient la venue de ce Messie, qui n'étoit connu que d'eux.

Il est venu enfin en la consommation des temps : et depuis, quoiqu'on ait vu naître tant de schismes et d'hérésies, tant renverser d'états, tant de changements en toutes choses; cette Église, qui adore celui qui a toujours été adoré, a subsisté sans interruption. Et ce qui est admi-rable, incomparable et tout-à-fait divin, c'est que cette religion, qui a toujours duré, a tou-jours été combattue. Mille fois elle a été à la

---

(*) Peut-être devroit-on lire ici *croyoient.* (*Note de l'Éditeur.*)

veille d'une destruction universelle; et toutes les fois qu'elle a été en cet état, Dieu l'a relevée par des coups extraordinaires de sa puissance. C'est ce qui est étonnant, et qu'elle s'est maintenue sans fléchir et plier sous la volonté des tyrans.

VI.

Les états périroient, si on ne faisoit plier souvent les lois à la nécessité. Mais jamais la religion n'a souffert cela, et n'en a usé. Aussi il faut ces accommodements, ou des miracles. Il n'est pas étrange qu'on se conserve en pliant, et ce n'est pas proprement se maintenir; et encore périssent-ils enfin entièrement : il n'y en a point qui ait duré quinze cents ans. Mais que cette religion se soit toujours maintenue et inflexible (*), cela est divin.

VII.

Il y auroit trop d'obscurité, si la vérité n'avoit pas des marques visibles. C'en est une admirable qu'elle se soit toujours conservée dans une Église et une assemblée visible. Il y auroit trop de clarté s'il n'y avoit qu'un sentiment dans cette Église; mais, pour reconnoître quel est le vrai, il n'y a qu'à voir quel est celui qui y a toujours été : car il est certain que le vrai y a toujours été, et qu'aucun faux n'y a toujours été. Ainsi le

---

(*) C'est-à-dire, *et soit toujours demeurée inflexible.* (*Note de l'Éditeur.*)

Messie a toujours été cru. La tradition d'Adam étoit encore nouvelle en Noé et en Moïse. Les prophètes l'ont prédit depuis, en prédisant toujours d'autres choses dont les événements, qui arrivoient de temps en temps à la vue des hommes, marquoient la vérité de leur mission, et par conséquent celle de leurs promesses touchant le Messie. Ils ont tous dit que la loi qu'ils avoient n'étoit qu'en attendant celle du Messie; que jusque-là elle seroit perpétuelle, mais que l'autre dureroit éternellement; qu'ainsi leur loi, ou celle du Messie, dont elle étoit la promesse, seroient toujours sur la terre. En effet, elle a toujours duré : et Jésus-Christ est venu dans toutes les circonstances prédites. Il a fait des miracles, et les apôtres aussi, qui ont converti les païens; et par là les prophéties étant accomplies, le Messie est prouvé pour jamais.

VIII.

Je vois plusieurs religions contraires, et par conséquent toutes fausses, excepté une. Chacune veut être crue par sa propre autorité, et menace les incrédules. Je ne les crois donc pas là-dessus; chacun peut dire cela, chacun peut se dire prophète. Mais je vois la religion chrétienne où je trouve des prophéties accomplies, et une infinité de miracles si bien attestés, qu'on ne peut raisonnablement en douter; et c'est ce que je ne trouve point dans les autres.

IX.

La seule religion contraire à la nature en l'état qu'elle est, qui combat tous nos plaisirs, et qui paroît d'abord contraire au sens commun, est la seule qui ait toujours été.

X.

Toute la conduite des choses doit avoir pour objet l'établissement et la grandeur de la religion ; les hommes doivent avoir en eux-mêmes des sentiments conformes à ce qu'elle nous enseigne ; et enfin elle doit être tellement l'objet et le centre où toutes choses tendent, que qui en saura les principes puisse rendre raison, et de toute la nature de l'homme en particulier, et de toute la conduite du monde en général.

Sur ce fondement, les impies prennent lieu de blasphémer la religion chrétienne, parce qu'ils la connoissent mal. Ils s'imaginent qu'elle consiste simplement en l'adoration d'un Dieu considéré comme grand, puissant et éternel ; ce qui est proprement le déisme, presque aussi éloigné de la religion chrétienne que l'athéisme, qui y est tout-à-fait contraire. Et de là ils concluent que cette religion n'est pas véritable, parce que, si elle l'étoit, il faudroit que Dieu se manifestât aux hommes par des preuves si sensibles, qu'il fût impossible que personne le méconnût.

Mais qu'ils en concluent ce qu'ils voudront

contre le déisme, ils n'en concluront rien contre
la religion chrétienne, qui reconnoît que, depuis
le péché, Dieu ne se montre point aux hommes
avec toute l'évidence qu'il pourroit faire ; et qui
consiste proprement au mystère du Rédempteur,
qui, unissant en lui les deux natures, divine et
humaine, a retiré les hommes de la corruption
du péché pour les réconcilier à Dieu en sa personne divine.

Elle enseigne donc aux hommes ces deux vérités, et qu'il y a un Dieu dont ils sont capables,
et qu'il y a une corruption dans la nature qui
les en rend indignes. Il importe également aux
hommes de connoître l'un et l'autre de ces
points ; et il est également dangereux à l'homme
de connoître Dieu sans connoître sa misère, et
de connoître sa misère sans connoître le Rédempteur qui peut l'en guérir. Une seule de ces
connoissances fait, ou l'orgueil des philosophes
qui ont connu Dieu, et non leur misère, ou le
désespoir des athées, qui connoissent leur misère sans Rédempteur. Et ainsi, comme il est
également de la nécessité de l'homme de connoître ces deux points, il est aussi également
de la miséricorde de Dieu de nous les avoir fait
connoître. La religion chrétienne le fait ; c'est
en cela qu'elle consiste. Qu'on examine l'ordre
du monde sur cela, et qu'on voie si toutes choses
ne tendent pas à l'établissement des deux chefs
de cette religion.

XI.

Si l'on ne se connoît plein d'orgueil, d'ambition, de concupiscence, de foiblesse, de misère, d'injustice, on est bien aveugle. Et si en le reconnoissant on ne désire d'en être délivré, que peut-on dire d'un homme si peu raisonnable? Que peut-on donc avoir que de l'estime pour une religion qui connoît si bien les défauts de l'homme, et que du désir pour la vérité d'une religion qui y promet des remèdes si souhaitables?

XII.

Il est impossible d'envisager toutes les preuves de la religion chrétienne (86) ramassées ensemble, sans en ressentir la force, à laquelle nul homme raisonnable ne peut résister.

Que l'on considère son établissement; qu'une religion, si contraire à la nature, se soit établie par elle-même si doucement, sans aucune force, ni contrainte, et si fortement néanmoins qu'aucuns tourments n'ont pu empêcher les martyrs de la confesser; et que tout cela se soit fait, non-seulement sans l'assistance d'aucun prince, mais malgré tous les princes de la terre, qui l'ont combattue.

Que l'on considère la sainteté, la hauteur et l'humilité d'une âme chrétienne. Les philosophes païens se sont quelquefois élevés au-dessus du reste des hommes par une manière de vivre plus réglée, et par des sentiments qui avoient quelque conformité avec ceux du christianisme. Mais ils n'ont jamais reconnu pour vertu ce que les chrétiens appellent humilité (87), et ils l'auroient même crue incompatible avec les autres dont ils faisoient profession. Il n'y a que la religion chrétienne qui ait su joindre ensemble des choses qui avoient paru jusque-là si opposées, et qui ait appris aux hommes que, bien loin que l'humilité soit incompatible avec les autres vertus, sans elle toutes les autres vertus ne sont que des vices et des défauts.

Que l'on considère les merveilles de l'Écriture sainte, qui sont infinies, la grandeur et la sublimité plus qu'humaine des choses qu'elle contient, et la simplicité admirable de son style, qui n'a rien d'affecté, rien de recherché, et qui porte un caractère de vérité qu'on ne sauroit désavouer.

Que l'on considère la personne de Jésus-Christ en particulier. Quelque sentiment qu'on ait de lui, on ne peut pas disconvenir qu'il n'eût un esprit très-grand et très-relevé, dont il avoit donné des marques dès son enfance, devant les docteurs de la loi : et cependant, au lieu de s'appliquer à cultiver ses talents par l'étude et la fréquentation des savants, il passe trente ans de sa vie dans le travail des mains et dans une retraite entière du monde; et pendant les trois années de sa prédication, il appelle à sa compagnie et choisit pour ses apôtres des gens sans science, sans étude, sans crédit; et il s'attire pour ennemis ceux qui passoient pour les plus savants et les plus sages de son temps. C'est une étrange conduite pour un homme qui a dessein d'établir une nouvelle religion.

Que l'on considère en particulier ces apôtres choisis par Jésus-Christ, ces gens sans lettres, sans étude, et qui se trouvent tout d'un coup assez savants pour confondre les plus habiles philosophes, et assez forts pour résister aux rois et aux tyrans qui s'opposoient à l'établissement de la religion chrétienne qu'ils annonçoient.

Que l'on considère cette suite merveilleuse de prophètes qui se sont succédés les uns aux autres pendant deux mille ans (88), et qui ont tous prédit en tant de manières différentes jusques aux moindres circonstances de la vie de Jésus-Christ, de sa mort, de sa résurrection, de la mission des apôtres, de la prédication de l'Évangile, de la conversion des nations, et de plusieurs autres choses qui concernent l'établissement de la religion chrétienne et l'abolition du judaïsme.

Que l'on considère l'accomplissement admirable de ces prophéties, qui conviennent si parfaitement à la personne de Jésus-Christ, qu'il est impossible de ne pas le reconnoître, à moins de vouloir s'aveugler soi-même.

Que l'on considère l'état du peuple juif, et devant et après la venue de Jésus-Christ, son état florissant avant la venue du Sauveur, et son état plein de misères depuis qu'ils l'ont rejeté : car ils sont encore aujourd'hui sans aucune marque de religion, sans temple, sans sacrifices, dispersés par toute la terre, le mépris et le rebut de toutes les nations.

Que l'on considère la perpétuité de la religion chrétienne, qui a toujours subsisté depuis le commencement du monde, soit dans les saints de l'ancien Testament, qui ont vécu dans l'attente de Jésus-Christ avant sa venue; soit dans ceux qui l'ont reçu, et qui ont cru en lui depuis sa venue : au lieu que nulle autre religion n'a la perpétuité, qui est la principale marque de la véritable.

Enfin, que l'on considère la sainteté de cette religion, sa doctrine, qui rend raison de tout jusques aux contrariétés qui se rencontrent dans l'homme, et toutes les autres choses singulières, surnaturelles et divines qui y éclatent de toutes parts.

Et qu'on juge après tout cela s'il est possible de douter que la religion chrétienne soit la seule véritable, et si jamais aucune autre a rien eu qui en approchât (89).

ARTICLE V.

Véritable religion prouvée par les contrariétés qui sont dans l'homme, et par le péché originel.

I.

Les grandeurs et les misères de l'homme sont tellement visibles, qu'il faut nécessairement que la véritable religion nous enseigne qu'il y a en lui quelque grand principe de grandeur, et en même temps quelque grand principe de misère. Car il faut que la véritable religion connoisse à fond notre nature; c'est-à-dire, qu'elle connoisse tout ce qu'elle a de grand et tout ce qu'elle a de misérable, et la raison de l'un et de l'autre. Il faut encore qu'elle nous rende raison des étonnantes contrariétés qui s'y rencontrent (90). S'il y a un seul principe de tout, une seule fin de tout, il faut que la vraie religion nous enseigne à n'adorer que lui et à n'aimer que lui. Mais comme nous nous trouvons dans l'impuissance d'adorer ce que nous ne connoissons pas, et d'aimer autre chose que nous, il faut que la religion, qui instruit de ces devoirs, nous instruise aussi de cette impuissance, et qu'elle nous en apprenne les remèdes.

Il faut, pour rendre l'homme heureux, qu'elle lui montre qu'il y a un Dieu; qu'on est obligé

de l'aimer ; que notre véritable félicité est d'être
à lui, et notre unique mal d'être séparé de lui ;
qu'elle nous apprenne que nous sommes pleins
de ténèbres qui nous empêchent de le connoître
et de l'aimer ; et qu'ainsi, nos devoirs nous obligeant d'aimer Dieu, et notre concupiscence nous
en détournant, nous sommes pleins d'injustice.
Il faut qu'elle nous rende raison de l'opposition
que nous avons à Dieu et à notre propre bien ;
il faut qu'elle nous en enseigne les remèdes, et
les moyens d'obtenir ces remèdes. Qu'on examine sur cela toutes les religions du monde, et
qu'on voie s'il y en a une autre que la chrétienne
qui y satisfasse.

Sera - ce celle qu'enseignoient les philosophes (91), qui nous proposent pour tout bien
un bien qui est en nous ? Est-ce là le vrai bien ?
Ont-ils trouvé le remède à nos maux ? Est-ce
avoir guéri la présomption de l'homme, que de
l'avoir égalé à Dieu ? Et ceux qui nous ont égalés
aux bêtes, et qui nous ont donné les plaisirs
de la terre pour tout bien, ont-ils apporté le
remède à nos concupiscences ? Levez vos yeux
vers Dieu, disent les uns : voyez celui auquel
vous ressemblez, et qui vous a fait pour l'adorer ; vous pouvez vous rendre semblable à lui ;
la sagesse vous y égalera, si vous voulez la suivre.
Et les autres disent : Baissez vos yeux vers la
terre, chétif ver que vous êtes, et regardez les
bêtes dont vous êtes le compagnon.

Que deviendra donc l'homme ? Sera-t-il égal à

Dieu ou aux bêtes ? Quelle effroyable distance !
Que serons-nous donc ? Quelle religion nous enseignera à guérir l'orgueil et la concupiscence ?
Quelle religion nous enseignera notre bien, nos
devoirs, les foiblesses qui nous en détournent,
les remèdes qui peuvent les guérir, et le moyen
d'obtenir ces remèdes ? Voyons ce que nous dit
sur cela la sagesse de Dieu qui nous parle dans
la religion chrétienne.

C'est en vain, ô homme ! que vous cherchez
dans vous-même le remède à vos misères. Toutes
vos lumières ne peuvent arriver qu'à connoître
que ce n'est point en vous que vous trouverez
ni la vérité ni le bien. Les philosophes vous
l'ont promis, ils n'ont pu le faire (*). Ils ne
savent ni quel est votre véritable bien, ni quel
est votre véritable état. Comment auroient-ils
donné des remèdes à vos maux, puisqu'ils ne
les ont pas seulement connus ? Vos maladies
principales sont l'orgueil, qui vous soustrait à
Dieu, et la concupiscence, qui vous attache à
la terre ; et ils n'ont fait autre chose qu'entretenir au moins une de ces maladies. S'ils vous
ont donné Dieu pour objet, ce n'a été que pour
exercer votre orgueil. Ils vous ont fait penser
que vous lui êtes semblable par votre nature.
Et ceux qui ont vu la vanité de cette prétention,
vous ont jeté dans l'autre précipice, en vous

(*) C'est-à-dire, *n'ont pu trouver la vérité à l'aide des
lumières de la raison.* (*Note de l'Éditeur.*)

faisant entendre que votre nature étoit pareille
à celle des bêtes, et vous ont porté à chercher
votre bien dans les concupiscences, qui sont le
partage des animaux. Ce n'est pas là le moyen
de vous instruire de vos injustices. N'attendez
donc ni vérité, ni consolation des hommes. Je
suis celle qui vous ai formé, et qui puis seule
vous apprendre qui vous êtes. Mais vous n'êtes
plus maintenant en l'état où je vous ai formé.
J'ai créé l'homme, saint, innocent, parfait; je
l'ai rempli de lumière et d'intelligence; je lui
ai communiqué ma gloire et mes merveilles.
L'œil de l'homme voyoit alors la majesté de
Dieu. Il n'étoit pas dans les ténèbres qui l'aveu-
glent, ni dans la mortalité et dans les misères
qui l'affligent. Mais il n'a pu soutenir tant de
gloire sans tomber dans la présomption (92). Il
a voulu se rendre centre de lui-même, et indépendant de mon secours. Il s'est soustrait à ma
domination; et s'égalant à moi par le désir de
trouver sa félicité en lui-même, je l'ai abandonné à lui; et révoltant toutes les créatures
qui lui étoient soumises, je les lui ai rendues
ennemies : en sorte qu'aujourd'hui l'homme est
devenu semblable aux bêtes, et dans un tel
éloignement de moi, qu'à peine lui reste-t-il
quelque lumière confuse de son auteur : tant
toutes ses connoissances ont été éteintes ou
troublées! Les sens indépendants de la raison,
et souvent maîtres de la raison, l'ont emporté à
la recherche des plaisirs. Toutes les créatures

ou l'affligent, ou le tentent, et dominent sur lui, ou en le soumettant par leur force, ou en le charmant par leurs douceurs ; ce qui est encore une domination plus terrible et plus impérieuse.

Voilà l'état où les hommes sont aujourd'hui. Il leur reste quelque instinct puissant du bonheur de leur première nature, et ils sont plongés dans les misères de leur aveuglement et de leur concupiscence, qui est devenue leur seconde nature.

II.

De ces principes que je vous ouvre, vous pouvez reconnoître la cause de tant de contrariétés qui ont étonné tous les hommes, et qui les ont partagés. Observez maintenant tous les mouvements de grandeur et de gloire que le sentiment de tant de misères ne peut étouffer, et voyez s'il ne faut pas que la cause en soit une autre nature.

III.

Connoissez donc, superbe, quel paradoxe vous êtes à vous-même. Humiliez-vous, raison impuissante ; taisez-vous, nature imbécille ; apprenez que l'homme passe infiniment l'homme, et entendez de votre maître votre condition véritable, que vous ignorez.

Car enfin, si l'homme n'avoit jamais été corrompu, il jouiroit de la vérité et de la félicité avec assurance. Et si l'homme n'avoit jamais été

que corrompu, il n'auroit aucune idée, ni de la
vérité, ni de la béatitude (93). Mais malheureux
que nous sommes, et plus que s'il n'y avoit
aucune grandeur dans notre condition, nous
avons une idée du bonheur, et ne pouvons y
arriver ; nous sentons une image de la vérité,
et ne possédons que le mensonge : incapables
d'ignorer absolument, et de savoir certainement; tant il est manifeste que nous avons été
dans un degré de perfection dont nous sommes
malheureusement tombés !

Qu'est-ce donc que nous crie cette avidité et
cette impuissance, sinon qu'il y a eu autrefois
en l'homme un véritable bonheur, dont il ne
lui reste maintenant que la marque et la trace
toute vide, qu'il essaie inutilement de remplir
de tout ce qui l'environne, en cherchant dans
les choses absentes le secours qu'il n'obtient pas
des présentes, et que les unes et les autres sont
incapables de lui donner, parce que ce gouffre
infini ne peut être rempli que par un objet infini
et immuable ?

IV.

Chose étonnante cependant, que le mystère
le plus éloigné de notre connoissance, qui est
celui de la transmission du péché originel, soit
une chose sans laquelle nous ne pouvons avoir
aucune connoissance de nous-mêmes ! Car il est
sans doute qu'il n'y a rien qui choque plus notre
raison que de dire que le péché du premier
homme ait rendu coupables ceux qui, étant si

éloignés de cette source, semblent incapables
d'y participer. Cet écoulement ne nous paroît
pas seulement impossible, il nous semble même
très-injuste : car qu'y a-t-il de plus contraire aux
règles de notre misérable justice que de damner
éternellement un enfant incapable de volonté,
pour un péché où il paroît avoir eu si peu de
part, qu'il est commis six mille ans avant qu'il
fût en être ? Certainement rien ne nous heurte
plus rudement que cette doctrine ; et cependant, sans ce mystère, le plus incompréhensible de tous, nous sommes incompréhensibles
à nous-mêmes. Le nœud de notre condition
prend ses retours et ses plis dans cet abîme. De
sorte que l'homme est plus inconcevable sans
ce mystère que ce mystère n'est inconcevable à
l'homme.

Le péché originel est une folie devant les
hommes ; mais on le donne pour tel. On ne doit
donc pas reprocher le défaut de raison en cette
doctrine, puisqu'on ne prétend pas que la raison puisse y atteindre. Mais cette folie est plus
sage que toute la sagesse des hommes : *Quod stul-
tum est Dei, sapientius est hominibus.* (*I. Cor.* i,
25.) Car, sans cela, que dira-t-on qu'est l'homme ?
Tout son état dépend de ce point imperceptible.
Et comment s'en fût-il aperçu par sa raison,
puisque c'est une chose au-dessus de sa raison ;
et que sa raison, bien loin de l'inventer par ses
voies, s'en éloigne quand on le lui présente ?

V.

~ Ces deux états d'innocence et de corruption étant ouverts, il est impossible que nous ne les reconnoissions pas. Suivons nos mouvements, observons-nous nous-mêmes, et voyons si nous n'y trouverons pas les caractères vivants de ces deux natures. Tant de contradictions se trouveroient-elles dans un sujet simple ?

Cette duplicité de l'homme est si visible, qu'il y en a qui ont pensé que nous avions deux âmes (94) : un sujet simple leur paroissant incapable de telles et si soudaines variétés, d'une présomption demesurée à un horrible abattement de cœur.

Ainsi toutes ces contrariétés, qui sembloient devoir le plus éloigner les hommes de la connoissance d'une religion, sont ce qui doit plus tôt les conduire à la véritable.

Pour moi, j'avoue qu'aussitôt que la religion chrétienne découvre ce principe, que la nature des hommes est corrompue et déchue de Dieu, cela ouvre les yeux à voir partout le caractère de cette vérité : car la nature est telle, qu'elle marque partout un Dieu perdu, et dans l'homme, et hors de l'homme.

Sans ces divines connoissances, qu'ont pu faire les hommes, sinon, ou s'élever dans le sentiment intérieur qui leur reste de leur grandeur passée, ou s'abattre dans la vue de leur foiblesse présente ? Car, ne voyant pas la vérité entière, ils n'ont pu arriver à une parfaite vertu. Les uns, considérant la nature comme interrompue, les autres comme irréparable, ils n'ont pu fuir, ou l'orgueil, ou la paresse, qui sont les deux sources de tous les vices ; puisqu'ils ne pouvoient, sinon, ou s'y abandonner par lâcheté, ou en sortir par l'orgueil. Car s'ils connoissoient l'excellence de l'homme, ils en ignoroient la corruption ; de sorte qu'ils évitoient bien la paresse, mais ils se perdoient dans l'orgueil. Et s'ils reconnoissoient l'infirmité de la nature, ils en ignoroient la dignité ; de sorte qu'ils pouvoient bien éviter la vanité, mais c'étoit en se précipitant dans le désespoir.

De là viennent les diverses sectes des stoïciens et des épicuriens, des dogmatistes et des académiciens, etc. La seule religion chrétienne a pu guérir ces deux vices, non pas en chassant l'un par l'autre par la sagesse de la terre, mais en chassant l'un et l'autre par la simplicité de l'Évangile. Car elle apprend aux justes, qu'elle élève jusqu'à la participation de la Divinité même, qu'en ce sublime état ils portent encore la source de toute la corruption, qui les rend, durant toute la vie, sujets à l'erreur, à la misère, à la mort, au péché ; et elle crie aux plus impies qu'ils sont capables de la grâce de leur Rédempteur. Ainsi, donnant à trembler à ceux qu'elle justifie, et consolant ceux qu'elle condamne, elle tempère avec tant de justesse la crainte avec l'espérance, par cette double capacité qui est commune à tous, et de la grâce et du péché, qu'elle abaisse infiniment plus que la seule raison ne peut faire, mais sans désespérer; et qu'elle élève infiniment plus que l'orgueil de la nature, mais sans enfler : faisant bien voir par là qu'étant seule exempte d'erreur et de vice, il n'appartient qu'à elle, et d'instruire, et de corriger les hommes.

VI.

Nous ne concevons, ni l'état glorieux d'Adam, ni la nature de son péché, ni la transmission qui s'en est faite en nous. Ce sont choses qui se sont passées dans un état de nature tout différent du nôtre, et qui passent notre capacité présente. Aussi tout cela nous est inutile à savoir pour sortir de nos misères; et tout ce qu'il nous importe de connoître, c'est que par Adam nous sommes misérables, corrompus, séparés de Dieu; mais rachetés par Jésus-Christ; et c'est de quoi nous avons des preuves admirables sur la terre.

VII.

Le christianisme est étrange! Il ordonne à l'homme de reconnoître qu'il est vil, et même abominable; et il lui ordonne en même temps de vouloir être semblable à Dieu. Sans un tel contre-poids, cette élévation le rendroit horriblement vain, ou cet abaissement le rendroit horriblement abject.

La misère porte au désespoir : la grandeur inspire la présomption.

VIII.

L'incarnation montre à l'homme la grandeur de sa misère, par la grandeur du remède qu'il a fallu.

IX.

On ne trouve pas dans la religion chrétienne un abaissement qui nous rende incapables du bien, ni une sainteté exempte du mal. Il n'y a point de doctrine plus propre à l'homme que celle-là, qui l'instruit de sa double capacité de recevoir et de perdre la grâce, à cause du double péril où il est toujours exposé, de désespoir ou d'orgueil.

X.

Les philosophes ne prescrivoient point des sentiments proportionnés aux deux états. Ils inspiroient des mouvements de grandeur pure, et ce n'est pas l'état de l'homme. Ils inspiroient des mouvements de bassesse pure, et c'est aussi peu l'état de l'homme. Il faut des mouvements de bassesse, non d'une bassesse de nature, mais de pénitence; non pour y demeurer, mais pour aller à la grandeur. Il faut des mouvements de grandeur, mais d'une grandeur qui vienne de la grâce, et non du mérite, et après avoir passé par la bassesse.

XI.

Nul n'est heureux comme un vrai chrétien, ni raisonnable, ni vertueux, ni aimable. Avec

combien peu d'orgueil un chrétien se croit-il uni
à Dieu ? avec combien peu d'abjection s'égale-t-il
aux vers de la terre ?

Qui peut donc refuser à ces célestes lumières
de les croire et de les adorer ? Car n'est-il pas
plus clair que le jour que nous sentons en nous-
mêmes des caractères ineffaçables d'excellence ?
Et n'est-il pas aussi véritable que nous éprou-
vons à toute heure les effets de notre déplorable
condition ? Que nous crie donc ce chaos et cette
confusion monstrueuse, sinon la vérité de ces
deux états, avec une voix si puissante, qu'il est
impossible d'y résister ?

XII.

Ce qui détourne les hommes de croire qu'ils
sont capables d'être unis à Dieu, n'est autre chose
que la vue de leur bassesse. Mais s'ils l'ont bien
sincère, qu'ils la suivent aussi loin que moi, et
qu'ils reconnoissent que cette bassesse est telle
en effet, que nous sommes par nous-mêmes incapables de connoître si sa miséricorde ne peut
pas nous rendre capables de lui. Car je voudrois
bien savoir d'où cette créature, qui se reconnoît
si foible, a le droit de mesurer la miséricorde
de Dieu, et d'y mettre les bornes que sa fantaisie
lui suggère. L'homme sait si peu ce que c'est que
Dieu, qu'il ne sait pas ce qu'il est lui-même : et
tout troublé de la vue de son propre état, il ose
dire que Dieu ne peut pas le rendre capable
de sa communication ! Mais je voudrois lui

demander si Dieu demande autre chose de lui, sinon qu'il l'aime et le connoisse; et pourquoi il croit que Dieu ne peut se rendre connoissable et aimable à lui, puisqu'il est naturellement capable d'amour et de connoissance. Car il est sans doute qu'il connoît au moins qu'il est, et qu'il aime quelque chose. Donc s'il voit quelque chose dans les ténèbres où il est, et s'il trouve quelque sujet d'amour parmi les choses de la terre, pourquoi, si Dieu lui donne quelques rayons de son essence, ne sera-t-il pas capable de le connoître et de l'aimer en la manière qu'il lui plaira de se communiquer à lui? Il y a donc sans doute une présomption insupportable dans ces sortes de raisonnements, quoiqu'ils paroissent fondés sur une humilité apparente, qui n'est ni sincère, ni raisonnable, si elle ne nous fait confesser que, ne sachant de nous-mêmes qui nous sommes, nous ne pouvons l'apprendre que de Dieu.

ARTICLE VI.

SOUMISSION ET USAGE DE LA RAISON.

I.

La dernière démarche de la raison, c'est de connoître qu'il y a une infinité de choses qui la surpassent. Elle est bien foible, si elle ne va jusque-là. Il faut savoir douter où il faut, assurer où il faut, se soumettre où il faut. Qui ne fait ainsi, n'entend pas la force de la raison. Il y en a qui pèchent contre ces trois principes, ou en assurant tout comme démonstratif, manque de se connoître en démonstrations ; ou en doutant de tout, manque de savoir où il faut se soumettre ; ou en se soumettant en tout, manque de savoir où il faut juger.

II.

Si on soumet tout à la raison, notre religion n'aura rien de mystérieux ni de surnaturel. Si on choque les principes de la raison, notre religion sera absurde et ridicule.

La raison, dit saint Augustin, ne se soumettroit jamais, si elle ne jugeoit qu'il y a des occasions où elle doit se soumettre. Il est donc juste qu'elle se soumette quand elle juge qu'elle doit se soumettre ; et qu'elle ne se soumette pas, quand elle juge avec fondement qu'elle ne doit pas le faire : mais il faut prendre garde à ne pas se tromper.

III.

La piété est différente de la superstition. Pousser la piété jusqu'à la superstition, c'est la détruire. Les hérétiques nous reprochent cette soumission superstitieuse. C'est faire ce qu'ils nous reprochent, que d'exiger cette soumission dans les choses qui ne sont pas matière de soumission.

Il n'y a rien de si conforme à la raison que le désaveu de la raison dans les choses qui sont de foi. Et rien de si contraire à la raison que le désaveu de la raison dans les choses qui ne sont pas de foi. Ce sont deux excès également dangereux, d'exclure la raison, de n'admettre que la raison.

IV.

La foi dit bien ce que les sens ne disent pas, mais jamais le contraire. Elle est au-dessus, et non pas contre.

V.

Si j'avois vu un miracle, disent quelques gens, je me convertirois. Ils ne parleroient pas ainsi, s'ils savoient ce que c'est que conversion. Ils s'imaginent qu'il ne faut pour cela que reconnoître qu'il y a un Dieu, et que l'adoration consiste à lui tenir de certains discours, tels à peu près que les païens en faisoient à leurs idoles. La conversion véritable consiste à s'anéantir devant cet Être souverain qu'on a irrité tant de fois, et qui peut nous perdre légitimement à toute heure; à reconnoître qu'on ne peut rien sans lui, et qu'on n'a rien mérité de lui que sa disgrâce. Elle consiste à connoître qu'il y a une opposition invincible entre Dieu et nous; et que, sans un médiateur, il ne peut y avoir de commerce.

VI.

Ne vous étonnez pas de voir des personnes

simples croire sans raisonnement. Dieu leur donne l'amour de sa justice et la haine d'eux-mêmes. Il incline leur cœur à croire. On ne croira jamais d'une croyance utile et de foi, si Dieu n'incline le cœur; et on croira dès qu'il l'inclinera. Et c'est ce que David connoissoit bien, lorsqu'il disoit : *Inclina cor meum, Deus, in testimonia tua.* (*Ps.* 118, 36.)

VII.

Ceux qui croient sans avoir examiné les preuves de la religion, croient parce qu'ils ont une disposition intérieure toute sainte, et que ce qu'ils entendent dire de notre religion y est conforme. Ils sentent qu'un Dieu les a faits. Ils ne veulent aimer que lui; ils ne veulent haïr qu'eux-mêmes. Ils sentent qu'ils n'en ont pas la force; qu'ils sont incapables d'aller à Dieu; et que, si Dieu ne vient à eux, ils ne peuvent avoir aucune communication avec lui. Et ils entendent dire dans notre religion qu'il ne faut aimer que Dieu, et ne haïr que soi-même : mais qu'étant tous corrompus et incapables de Dieu, Dieu s'est fait homme pour s'unir à nous. Il n'en faut pas davantage pour persuader des hommes qui ont cette disposition dans le cœur : et cette connoissance de leur devoir et de leur incapacité.

VIII.

Ceux que nous voyons chrétiens sans la connoissance des prophéties et des preuves, ne laissent pas d'en juger aussi bien que ceux qui ont cette connoissance. Ils en jugent par le cœur comme les autres en jugent par l'esprit. C'est Dieu lui-même qui les incline à croire ; et ainsi ils sont très-efficacement persuadés.

J'avoue bien qu'un de ces chrétiens qui croient sans preuves n'aura peut-être pas de quoi convaincre un infidèle qui en dira autant de soi. Mais ceux qui savent les preuves de la religion prouveront sans difficulté que ce fidèle est véritablement inspiré de Dieu, quoiqu'il ne pût le prouver lui-même.

ARTICLE VII.

IMAGE D'UN HOMME QUI S'EST LASSÉ DE CHERCHER DIEU PAR LE SEUL RAISONNEMENT, ET QUI COMMENCE A LIRE L'ÉCRITURE.

I.

En voyant l'aveuglement et la misère de l'homme, et ces contrariétés étonnantes qui se découvrent dans sa nature ; et regardant tout l'univers muet, et l'homme sans lumière, abandonné à lui-même, et comme égaré dans ce recoin de l'univers, sans savoir qui l'y a mis, ce qu'il est venu y faire, ce qu'il deviendra en mourant, j'entre en effroi comme un homme qu'on auroit porté endormi dans une île déserte et effroyable, et qui s'éveilleroit sans connoître où il est, et sans avoir aucun moyen d'en sortir. Et sur cela j'admire comment on n'entre pas en désespoir d'un si misérable état. Je vois d'autres personnes auprès de moi de semblable nature : je leur demande s'ils sont mieux instruits que moi, et ils me disent que non ; et sur cela, ces misérables égarés, ayant regardé autour d'eux, et ayant vu quelques objets plaisants, s'y sont donnés et s'y sont attachés. Pour moi je n'ai pu m'y arrêter, ni me reposer dans la société de ces personnes semblables à moi, misérables comme moi, impuissantes comme moi. Je vois qu'ils ne m'aideroient pas à mourir : je mourrai seul ; il faut donc faire comme si j'étois seul : or, si j'étois seul, je ne bâtirois point des maisons, je ne m'embarrasserois point dans les occupations tumultuaires, je ne chercherois l'estime de personne ; mais je tâcherois seulement de découvrir la vérité.

Ainsi, considérant combien il y a d'apparence qu'il y a autre chose que ce que je vois, j'ai recherché si ce Dieu, dont tout le monde parle, n'auroit pas laissé quelques marques de lui. Je regarde de toutes parts, et ne vois partout qu'obscurité. La nature ne m'offre rien qui ne soit matière de doute et d'inquiétude. Si je n'y voyois rien qui marquât une Divinité, je me déterminerois à n'en rien croire. Si je voyois partout les marques d'un Créateur, je reposerois en paix dans la foi. Mais, voyant trop pour nier, et trop peu pour m'assurer, je suis dans un état à

plaindre, et où j'ai souhaité cent fois que, si un
Dieu soutient la nature, elle le marquât sans
équivoque; et que, si les marques qu'elle en
donne sont trompeuses, elle les supprimât tout-
à-fait; qu'elle dît tout ou rien, afin que je visse
quel parti je dois suivre. Au lieu qu'en l'état où
je suis, ignorant ce que je suis et ce que je dois
faire, je ne connois ni ma condition, ni mon
devoir. Mon cœur tend tout entier à connoître
où est le vrai bien, pour le suivre. Rien ne me
seroit trop cher pour cela.

Je vois des multitudes de religions en plusieurs endroits du monde, et dans tous les temps.
Mais elles n'ont, ni morale qui puisse me plaire,
ni preuves capables de m'arrêter (95). Et ainsi
j'aurois refusé également la religion de Mahomet,
et celle de la Chine, et celle des anciens Romains, et celle des Égyptiens, par cette seule
raison, que l'une n'ayant pas plus de marques
de vérité que l'autre, ni rien qui détermine, la
raison ne peut pencher plutôt vers l'une que
vers l'autre.

Mais, en considérant ainsi cette inconstante et
bizarre variété de mœurs et de croyance dans les
divers temps, je trouve en une petite partie du
monde un peuple particulier, séparé de tous les
autres peuples de la terre, et dont les histoires
précèdent de plusieurs siècles les plus anciennes
que nous ayons. Je trouve donc ce peuple grand
et nombreux, qui adore un seul Dieu, et qui se
conduit par une loi qu'ils disent tenir de sa

main. Ils soutiennent qu'ils sont les seuls du monde auxquels Dieu a révélé ses mystères ; que tous les hommes sont corrompus et dans la disgrâce de Dieu ; qu'ils sont tous abandonnés à leurs sens et à leur propre esprit ; et que de là viennent les étranges égarements et les changements continuels qui arrivent entre eux, et de religion, et de coutume ; au lieu qu'eux demeurent inébranlables dans leur conduite : mais que Dieu ne laissera pas éternellement les autres peuples dans ces ténèbres ; qu'il viendra un libérateur pour tous ; qu'ils sont au monde pour l'annoncer (96) ; qu'ils sont formés exprès pour être les hérauts de ce grand événement, et pour appeler tous les peuples à s'unir à eux dans l'attente de ce libérateur.

La rencontre de ce peuple m'étonne, et me semble digne d'une extrême attention, par quantité de choses admirables et singulières qui y paroissent !

C'est un peuple tout composé de frères : et au lieu que tous les autres sont formés de l'assemblage d'une infinité de familles ; celui-ci, quoique si étrangement abondant, est tout sorti d'un seul homme (97) ; et étant ainsi une même chair et membres les uns des autres, ils composent une puissance extrême d'une seule famille. Cela est unique.

Ce peuple est le plus ancien qui soit dans la connoissance des hommes (98) ; ce qui me semble devoir lui attirer une vénération particulière, et principalement dans la recherche que nous faisons; puisque, si Dieu s'est de tout temps communiqué aux hommes, c'est à ceux-ci qu'il faut recourir pour en savoir la tradition.

Ce peuple n'est pas seulement considérable par son antiquité; mais il est encore singulier en sa durée, qui a toujours continué depuis son origine jusqu'à maintenant : car au lieu que les peuples de la Grèce, d'Italie, de Lacédémone, d'Athènes, de Rome, et les autres qui sont venus si long-temps après, ont fini il y a long-temps, ceux-ci subsistent toujours; et malgré les entreprises de tant de puissants rois, qui ont cent fois essayé de les faire périr, comme les historiens le témoignent, et comme il est aisé de le juger par l'ordre naturel des choses, pendant un si long espace d'années, ils se sont toujours conservés; et, s'étendant depuis les premiers temps jusqu'aux derniers, leur histoire enferme dans sa durée celle de toutes nos histoires.

La loi par laquelle ce peuple est gouverné est tout ensemble la plus ancienne loi du monde (99), la plus parfaite, et la seule qui ait toujours été gardée sans interruption dans un état. C'est ce que Philon, juif, montre en divers lieux, et Josèphe admirablement, contre Appion, où il fait voir qu'elle est si ancienne, que le nom même de loi n'a été connu des plus anciens que plus de mille ans après; en sorte qu'Homère, qui a parlé de tant de peuples, ne s'en est jamais servi. Et il est aisé de juger de la perfection de cette loi par sa simple lecture, où l'on voit qu'on y a pourvu à toutes choses avec tant de sagesse, tant d'équité, tant de jugement, que les plus anciens législateurs grecs et romains en ayant quelque lumière, en ont emprunté leurs principales lois ; ce qui paroît par celles qu'ils appellent *des douze tables*, et par les autres preuves que Josèphe en donne.

Mais cette loi est en même temps la plus sévère et la plus rigoureuse de toutes, obligeant ce peuple, pour le retenir dans son devoir, à mille observations particulières et pénibles, sur peine de la vie. De sorte que c'est une chose étonnante qu'elle se soit toujours conservée durant tant de siècles, parmi un peuple rebelle et impatient comme celui-ci ; pendant que tous les autres états ont changé de temps en temps leurs lois, quoique tout autrement faciles à observer.

II.

Ce peuple est encore admirable en sincérité. Ils gardent avec amour et fidélité le livre où Moïse déclare qu'ils ont toujours été ingrats envers Dieu, et qu'il sait qu'ils le seront encore plus après sa mort ; mais qu'il appelle le ciel et la terre à témoin contre eux, qu'il le leur a assez dit : qu'enfin Dieu, s'irritant contre eux, les dispersera par tous les peuples de la terre : que, comme ils l'ont irrité en adorant des dieux qui n'étoient point leurs dieux, il les irritera en appelant un peuple qui n'étoit point son peuple. Cependant ce livre, qui les déshonore en tant de façons, ils le conservent aux dépens de leur vie. C'est une sincérité qui n'a point d'exemple dans le monde, ni sa racine dans la nature (100).

Au reste, je ne trouve aucun sujet de douter de la vérité du livre qui contient toutes ces choses ; car il y a bien de la différence entre un livre que fait un particulier, et qu'il jette parmi le peuple, et un livre qui fait lui-même un peuple. On ne peut douter que le livre ne soit aussi ancien que le peuple.

C'est un livre fait par des auteurs contemporains. Toute histoire qui n'est pas contemporaine est suspecte, comme les livres des Sibylles et de Trismégiste, et tant d'autres qui ont eu crédit au monde, et se trouvent faux dans la suite des temps. Mais il n'en est pas de même des auteurs contemporains.

III.

Qu'il y a de différence d'un livre à un autre ! Je ne m'étonne pas de ce que les Grecs ont fait l'Iliade, ni les Égyptiens et les Chinois leurs histoires. Il ne faut que voir comment cela est né.

Ces historiens fabuleux ne sont pas contemporains des choses dont ils écrivent. Homère fait un roman, qu'il donne pour tel ; car personne ne doutoit que Troie et Agamemnon

n'avoient non plus été que la pomme d'or (*).
Il ne pensoit pas aussi à en faire une histoire,
mais seulement un divertissement. Son livre
est le seul qui étoit de son temps : la beauté
de l'ouvrage fait durer la chose : tout le monde
l'apprend et en parle : il faut la savoir ; chacun
la sait par cœur. Quatre cents ans après, les
témoins des choses ne sont plus vivants ; personne ne sait plus par sa connoissance si c'est
une fable ou une histoire : on l'a seulement
apprise de ses ancêtres, cela peut passer pour
vrai.

ARTICLE VIII.

DES JUIFS CONSIDÉRÉS PAR RAPPORT A NOTRE RELIGION.

I.

La création et le déluge étant passés, et Dieu
ne devant plus détruire le monde, non plus que
le créer, ni donner de ces grandes marques de

(*) On ne peut assurément voir dans cette pomme d'or
qu'une allégorie ingénieuse. Mais de ce qu'Homère écrivit
trois ou quatre cents ans après l'événement qu'il raconte,
de ce qu'il a orné son sujet de toutes les richesses de son
imagination, on auroit grand tort de conclure que ce sujet
n'est en lui-même qu'une fable, et que Troie n'a pas existé.
(*Note de l'Éditeur.*)

lui ; il commença d'établir un peuple sur la terre, formé exprès, qui devoit durer jusqu'au peuple que le Messie formeroit par son esprit.

II.

Dieu, voulant faire paroître qu'il pouvoit former un peuple saint d'une sainteté invisible, et le remplir d'une gloire éternelle, a fait dans les biens de la nature ce qu'il devoit faire dans ceux de la grâce, afin qu'on jugeât qu'il pouvoit faire les choses invisibles, puisqu'il faisoit bien les visibles. Il a donc sauvé son peuple du déluge dans la personne de Noé ; il l'a fait naître d'Abraham ; il l'a racheté d'entre ses ennemis, et l'a mis dans le repos.

L'objet de Dieu n'étoit pas de sauver du déluge, et de faire naître d'Abraham tout un peuple, simplement pour l'introduire dans une terre abondante. Mais comme la nature est une image de la grâce, aussi ces miracles visibles sont les images des invisibles qu'il vouloit faire.

III.

Une autre raison pour laquelle il a formé le peuple juif, c'est qu'ayant dessein de priver les siens des biens charnels et périssables, il vouloit montrer, par tant de miracles, que ce n'étoit pas par impuissance.

Ce peuple étoit plongé dans ces pensées terrestres, que Dieu aimoit leur père Abraham, sa chair et ce qui en sortiroit ; et que c'étoit pour cela qu'il les avoit multipliés, et distingués de tous les autres peuples, sans souffrir qu'ils s'y mêlassent ; qu'il les avoit retirés de l'Égypte avec tous ces grands signes qu'il fit en leur faveur ; qu'il les avoit nourris de la manne dans le désert ; qu'il les avoit menés dans une terre heureuse et abondante ; qu'il leur avoit donné des rois, et un temple bien bâti, pour y offrir des bêtes, et pour y être purifiés par l'effusion de leur sang ; et qu'il devoit leur envoyer le Messie, pour les rendre maîtres de tout le monde.

Les Juifs étoient accoutumés aux grands et éclatants miracles ; et n'ayant regardé les grands coups de la mer Rouge et la terre de Chanaan que comme un abrégé des grandes choses de leur Messie, ils attendoient de lui encore des choses plus éclatantes, et dont tout ce qu'avoit fait Moïse ne fût que l'échantillon.

Ayant donc vieilli dans ces erreurs charnelles, Jésus-Christ est venu dans le temps prédit, mais non pas dans l'éclat attendu ; et ainsi ils n'ont pas pensé que ce fût lui. Après sa mort, saint Paul est venu apprendre aux hommes que toutes ces choses étoient arrivées en figures ; que le royaume de Dieu n'étoit pas dans la chair, mais dans l'esprit ; que les ennemis des hommes n'étoient pas les Babyloniens, mais leurs passions ; que Dieu ne se plaisoit pas aux temples faits de la main des hommes, mais dans un cœur pur et humilié ; que la circoncision du corps étoit inutile, mais qu'il falloit celle du cœur, etc.

IV.

Dieu n'ayant pas voulu découvrir ces choses à ce peuple qui en étoit indigne, et ayant voulu néanmoins les prédire, afin qu'elles fussent crues, en avoit prédit le temps clairement, et les avoit même quelquefois exprimées clairement, mais ordinairement en figures; afin que ceux qui aimoient les choses (*) figurantes s'y arrêtassent, et que ceux qui aimoient les (**) figurées les y vissent. C'est ce qui a fait qu'au temps du Messie les peuples se sont partagés : les spirituels l'ont reçu, et les charnels, qui l'ont rejeté, sont demeurés pour lui servir de témoins.

V.

Les Juifs charnels n'entendoient ni la grandeur, ni l'abaissement du Messie prédit dans leurs prophéties. Ils l'ont méconnu dans sa grandeur, comme quand il est dit que le Messie sera seigneur de David, quoique son fils; qu'il est avant Abraham, et qu'il (***) l'a vu. Ils ne

---

(*) C'est-à-dire, *les choses charnelles qui servoient de figures.*

(**) C'est-à-dire, *les vérités spirituelles figurées par les choses charnelles.*

(***) Ce dernier *qu'il* pourroit être équivoque, s'il n'étoit déterminé par les textes évangéliques que l'auteur a ici en vue. *Abraham votre père*, dit Jésus-Christ, *a*

le croyoient pas si grand, qu'il fût de toute éternité; et ils l'ont méconnu de même dans son abaissement et dans sa mort. Le Messie, disoient-ils, demeure éternellement, et celui-ci dit qu'il mourra. Ils ne le croyoient donc ni mortel, ni éternel : ils ne cherchoient en lui qu'une grandeur charnelle.

Ils ont tant aimé les choses figurantes, et les ont si uniquement attendues, qu'ils ont méconnu la réalité, quand elle est venue dans le temps et en la manière prédite.

VI.

Ceux qui ont peine à croire, en cherchent un sujet en ce que les Juifs ne croient pas. Si cela étoit si clair, dit-on, pourquoi ne croyoient-ils pas? Mais c'est leur refus même qui est le fondement de notre croyance. Nous y serions bien moins disposés, s'ils étoient des nôtres. Nous aurions alors un bien plus ample prétexte d'incrédulité et de défiance. Cela est admirable, de voir des Juifs grands amateurs des choses prédites, et grands ennemis de l'accomplissement, et que cette aversion même ait été prédite?

VII.

Il falloit que, pour donner foi au Messie, il

---

désiré avec ardeur de voir mon jour : il l'a vu, et il en a été comblé de joie..... Avant qu'Abraham fût, j'étois. (Jean, 8, 56 et 58.) C'est donc Abraham qui a vu. (Note de l'édit. de 1787.)

y eût des prophéties précédentes, et qu'elles fussent portées par des gens non suspects, et d'une diligence, d'une fidélité et d'un zèle extraordinaire, et connu de toute la terre.

Pour faire réussir tout cela, Dieu a choisi ce peuple charnel, auquel il a mis en dépôt les prophéties qui prédisent le Messie comme libérateur et dispensateur des biens charnels que ce peuple aimoit; et ainsi il a eu une ardeur extraordinaire pour ses prophètes, et a porté à la vue de tout le monde ces livres où le Messie est prédit : assurant toutes les nations qu'il devoit venir, et en la manière prédite dans leurs livres, qu'ils tenoient ouverts à tout le monde. Mais étant déçus par l'avénement ignominieux et pauvre du Messie, ils ont été ses plus grands ennemis. De sorte que voilà le peuple du monde le moins suspect de nous favoriser, qui fait pour nous; et qui, par le zèle qu'il a pour sa loi et pour ses prophètes, porte et conserve avec une exactitude incorruptible, et sa condamnation, et nos preuves.

VIII.

Ceux qui ont rejeté et crucifié Jésus-Christ, qui leur a été en scandale, sont ceux qui portent les livres qui témoignent de lui, et qui disent qu'il sera rejeté et en scandale. Ainsi ils ont marqué que c'étoit lui en le refusant; et il a été également prouvé, et par les Juifs justes qui l'ont reçu, et par les injustes qui l'ont rejeté : l'un et l'autre ayant été prédits.

PENSÉES.   18

C'est pour cela que les prophéties ont un sens caché, le spirituel, dont ce peuple étoit ennemi, sous le charnel qu'il aimoit. Si le sens spirituel eût été découvert, ils n'étoient pas capables de l'aimer; et ne pouvant le porter, ils n'eussent pas eu de zèle pour la conservation de leurs livres et de leurs cérémonies. Et s'ils avoient aimé ces promesses spirituelles, et qu'ils les eussent conservées incorrompues jusqu'au Messie, leur témoignage n'eût pas eu de force, puisqu'ils en eussent été amis. Voilà pourquoi il étoit bon que le sens spirituel fût couvert. Mais, d'un autre côté, si ce sens eût été tellement caché, qu'il n'eût point du tout paru, il n'eût pu servir de preuve au Messie. Qu'a-t-il donc été fait? Ce sens a été couvert sous le temporel dans la foule des passages, et a été découvert clairement en quelques-uns : outre que le temps et l'état du monde ont été prédits si clairement, que le soleil n'est pas plus clair. Et ce sens spirituel est si clairement expliqué en quelques endroits, qu'il falloit un aveuglement pareil à celui que la chair jette dans l'esprit quand il lui est assujetti, pour ne pas le reconnoître.

Voilà donc quelle a été la conduite de Dieu. Ce sens spirituel est couvert d'un autre en une infinité d'endroits, et découvert en quelques-uns, rarement, à la vérité, mais en telle sorte néanmoins, que les lieux où il est caché sont équivoques et peuvent convenir aux deux : au lieu que les lieux où il est découvert sont univoques, et ne peuvent convenir qu'au sens spirituel.

De sorte que cela ne pouvoit induire en erreur, et qu'il n'y avoit qu'un peuple aussi charnel que celui-là qui pût s'y méprendre.

Car quand les biens sont promis en abondance, qui les empêchoit d'entendre les véritables biens, sinon leur cupidité, qui déterminoit ce sens aux biens de la terre? Mais ceux qui n'avoient des biens qu'en Dieu les rapportoient uniquement à Dieu. Car il y a deux principes qui partagent les volontés des hommes, la cupidité et la charité. Ce n'est pas que la cupidité ne puisse demeurer avec la foi, et que la charité ne subsiste avec les biens de la terre. Mais la cupidité use de Dieu et jouit du monde; et la charité, au contraire, use du monde et jouit de Dieu.

Or, la dernière fin est ce qui donne le nom aux choses. Tout ce qui nous empêche d'y arriver est appelé *ennemi.* Ainsi les créatures, quoique bonnes, sont ennemies des justes, quand elles les détournent de Dieu; et Dieu même est l'ennemi de ceux dont il trouble la convoitise.

Ainsi le mot d'*ennemi* dépendant de la dernière fin, les justes entendoient par là leurs passions, et les charnels entendoient par là les Babyloniens : de sorte que ces termes n'étoient obscurs que pour les injustes. Et c'est ce que dit Isaïe : *Signa legem in discipulis meis* (*Is.* 8, 16); et que Jésus-Christ sera *pierre de scandale. (Ib.*

8, 14.) Mais *bienheureux ceux qui ne seront point scandalisés en lui.* (*Matth.* 11, 16.) Osée le dit aussi parfaitement : *Où est le sage, et il entendra ce que je dis ? Car les voies de Dieu sont droites ; les justes y marcheront, mais les méchants y tré-bucheront.* (*Osée,* 14, 10.)

Et cependant ce testament fait de telle sorte, qu'en éclairant les uns il aveugle les autres, marquoit, en ceux mêmes qu'il aveugloit, la vérité qui devoit être connue des autres ; car les biens visibles qu'ils recevoient de Dieu étoient si grands et si divins, qu'il paroissoit bien qu'il avoit le pouvoir de leur donner les invisibles, et un Messie.

IX.

Le temps du premier avénement de Jésus-Christ est prédit ; le temps du second ne l'est point (*), parce que le premier devoit être ca-ché, au lieu que le second doit être éclatant, et tellement manifeste, que ses ennemis mêmes le reconnoîtront. Mais comme il ne devoit venir

---

(*) Au lieu de la négation absolue, l'auteur auroit pu dire, *ne l'est pas aussi clairement ;* car *les trois temps et demi* de Daniel (*Dan.* 7, 25 et 12, 7) et *les quarante-deux mois* de saint Jean (*Apoc.* 11, 2 et 13, 5) paroissent con-duire là, suivant les théologiens. Mais que signifient ces temps et ces mois ? C'est ce que l'Écriture ne dit pas. Jésus-Christ annonce aussi *les signes* qui précéderont la fin du monde, et il ajoute : *Lorsque vous verrez toutes ces choses, sachez que le fils de l'homme est près.* (*Matth.* 24, 33. *Marc,* 13, 29. *Luc,* 21, 31.)

qu'obscurément, et pour être connu seulement de ceux qui sonderoient les Écritures, Dieu avoit tellement disposé les choses, que tout servoit à le faire reconnoître. Les Juifs le prouvoient en le recevant; car ils étoient les dépositaires des prophéties : et ils le prouvoient aussi en ne le recevant point, parce qu'en cela ils accomplissoient les prophéties.

X.

Les Juifs avoient des miracles, des prophéties qu'ils voyoient accomplir ; et la doctrine de leur loi étoit de n'adorer et de n'aimer qu'un Dieu ; elle étoit aussi perpétuelle. Ainsi elle avoit toutes les marques de la vraie religion : aussi l'étoit-elle. Mais il faut distinguer la doctrine des Juifs d'avec la doctrine de la loi des Juifs. Or, la doctrine des Juifs n'étoit pas vraie, quoiqu'elle eût les miracles, les prophéties et la perpétuité, parce qu'elle n'avoit pas cet autre point de n'adorer et de n'aimer que Dieu.

La religion juive doit donc être regardée différemment dans la tradition de leurs saints et dans la tradition du peuple. La morale et la félicité en sont ridicules dans la tradition du peuple ; mais elle est incomparable dans celle de leurs saints. Le fondement en est admirable. C'est le plus ancien livre du monde, et le plus authentique ; et au lieu que Mahomet, pour faire subsister le sien, a défendu de le lire ; Moïse, pour

faire subsister le sien, a ordonné à tout le monde
de le lire.

XI.

La religion juive est toute divine dans son
autorité, dans sa durée, dans sa perpétuité,
dans sa morale, dans sa conduite, dans sa doctrine, dans ses effets, etc. Elle a été formée sur
la ressemblance de la vérité du Messie, et la
vérité du Messie a été reconnue par la religion
des Juifs, qui en étoit la figure.

Parmi les Juifs, la vérité n'étoit qu'en figure.
Dans le ciel, elle est découverte. Dans l'Église,
elle est couverte, et reconnue par le rapport à
la figure. La figure a été faite sur la vérité, et la
vérité a été reconnue sur la figure.

XII.

Qui jugera de la religion des Juifs par les
grossiers, la connoîtra mal. Elle est visible dans
les saints livres, et dans la tradition des prophètes, qui ont assez fait voir qu'ils n'entendoient pas la loi à la lettre. Ainsi notre religion
est divine dans l'Évangile, les apôtres et la tradition ; mais elle est toute défigurée dans ceux
qui la traitent mal.

XIII.

Les Juifs étoient de deux sortes. Les uns
n'avoient que les affections païennes, les autres
avoient les affections chrétiennes. Le Messie,
selon les Juifs charnels, doit être un grand

prince temporel. Selon les Chrétiens charnels,
il est venu nous dispenser d'aimer Dieu, et nous
donner des sacrements qui opèrent tout sans
nous. Ni l'un ni l'autre n'est la religion chrétienne, ni juive. Les vrais Juifs et les vrais
Chrétiens ont reconnu un Messie qui les feroit
aimer Dieu, et, par cet amour, triompher de
leurs ennemis.

XIV.

Le voile qui est sur les livres de l'Écriture
pour les Juifs y est aussi pour les mauvais Chrétiens, et pour tous ceux qui ne se haïssent pas
eux-mêmes. Mais qu'on est bien disposé à les
entendre et à connoître Jésus-Christ, quand on
se hait véritablement soi-même!

XV.

Les Juifs charnels tiennent le milieu entre
les Chrétiens et les païens. Les païens ne connoissent point Dieu, et n'aiment que la terre.
Les Juifs connoissent le vrai Dieu, et n'aiment
que la terre. Les Chrétiens connoissent le vrai
Dieu, et n'aiment point la terre. Les Juifs et les
païens aiment les mêmes biens. Les Juifs et les
Chrétiens connoissent le même Dieu.

XVI.

C'est visiblement un peuple fait exprès pour
servir de témoin au Messie. Il porte les livres,
et les aime, et ne les entend point. Et tout cela
est prédit; car il est dit que les jugements de

Dieu leur sont confiés, mais comme un livre scellé.

Tandis que les prophètes ont été pour maintenir la loi, le peuple a été négligent. Mais depuis qu'il n'y a plus eu de prophète, le zèle a succédé ; ce qui est une providence admirable.

XVII.

La création du monde commençant à s'éloigner, Dieu a pourvu d'un historien contemporain (101), et a commis tout un peuple pour la garde de ce livre, afin que cette histoire fût la plus authentique du monde, et que tous les hommes pussent apprendre une chose si nécessaire à savoir, et qu'on ne peut savoir que par là.

XVIII.

Moïse étoit habile homme : cela est clair. Donc, s'il eût eu dessein de tromper, il eût fait en sorte qu'on n'eût pu le convaincre de tromperie. Il a fait tout le contraire ; car, s'il eût débité des fables, il n'y eût point eu de Juif qui n'en eût pu reconnoître l'imposture (102).

Pourquoi, par exemple, a-t-il fait la vie des premiers hommes si longue, et si peu de générations ? Il eût pu se cacher dans une multitude de générations, mais il ne le pouvoit en si peu ; car ce n'est pas le nombre des années, mais la multitude des générations, qui rend les choses obscures.

La vérité ne s'altère que par le changement

des hommes. Et cependant il met deux choses
les plus mémorables qui se soient jamais ima-
ginées, savoir, la création et le déluge, si prò-
ches, qu'on y touche par le peu qu'il fait de
générations. De sorte qu'au temps où il écrivoit ces choses, la mémoire devoit encore en
être toute récente dans l'esprit de tous les
Juifs (103).

Sem, qui a vu Lamech, qui a vu Adam, a vu
au moins Abraham; et Abraham a vu Jacob, qui
a vu ceux qui ont vu Moïse. Donc le déluge et la
création sont vrais. Cela conclut entre de certaines gens qui l'entendent bien.

La longueur de la vie des patriarches, au lieu
de faire que les histoires passées se perdissent,
servoit, au contraire, à les conserver. Car ce qui
fait que l'on n'est pas quelquefois assez instruit
dans l'histoire de ses ancêtres, c'est qu'on n'a
jamais guère vécu avec eux, et qu'ils sont morts
souvent avant que l'on eût atteint l'âge de raison.
Mais lorsque les hommes vivoient si long-temps,
les enfants vivoient long-temps avec leurs pères,
et ainsi ils les entretenoient long-temps. Or, de
quoi les eussent-ils entretenus, sinon de l'histoire de leurs ancêtres, puisque toute l'histoire
étoit réduite à celle-là, et qu'ils n'avoient ni les
sciences ni les arts qui occupent une grande
partie des discours de la vie? Aussi l'on voit
qu'en ce temps-là les peuples avoient un soin
particulier de conserver leurs généalogies.

XIX.

Plus j'examine les Juifs, plus j'y trouve de vérités ; et cette marque qu'ils sont sans prophètes, ni roi ; et qu'étant nos ennemis, ils sont d'admirables témoins de la vérité de ces prophéties, où leur vie et leur aveuglement même est prédit. Je trouve en cette enchâssure cette religion toute divine dans son autorité, dans sa durée, dans sa perpétuité, dans sa morale, dans sa conduite, dans ses effets. Et ainsi je tends les bras à mon libérateur, qui, ayant été prédit durant quatre mille ans, est venu souffrir et mourir pour moi sur la terre dans les temps et dans toutes les circonstances qui en ont été prédites, et, par sa grâce, j'attends la mort en paix, dans l'espérance de lui être éternellement uni ; et je vis cependant avec joie, soit dans les biens qu'il lui plaît de me donner, soit dans les maux qu'il m'envoie pour mon bien, et qu'il m'a appris à souffrir par son exemple.

Dès là je réfute toutes les autres religions : par là je trouve réponse à toutes les objections. Il est juste qu'un Dieu si pur ne se découvre qu'à ceux dont le cœur est purifié.

Je trouve d'effectif que depuis que la mémoire des hommes dure, voici un peuple qui subsiste plus ancien que tout autre peuple. Il est annoncé constamment aux hommes qu'ils sont dans une corruption universelle, mais qu'il viendra un réparateur : ce n'est pas un seul homme qui le dit, mais une infinité, et un peuple entier prophétisant durant quatre mille ans.

ARTICLE IX.

DES FIGURES; QUE L'ANCIENNE LOI ÉTOIT FIGURATIVE.

I.

IL y a des figures claires et démonstratives; mais il y en a d'autres qui semblent moins naturelles, et qui ne prouvent qu'à ceux qui sont persuadés d'ailleurs. Ces figures-là seroient semblables à celles de ceux qui fondent des prophéties sur l'Apocalypse, qu'ils expliquent à leur fantaisie. Mais la différence qu'il y a, c'est qu'ils n'en ont point d'indubitables qui les appuient. Tellement qu'il n'y a rien de si injuste que quand ils prétendent que les leurs sont aussi bien fondées que quelques-unes des nôtres; car ils n'en ont pas de démonstratives comme nous en avons. La partie n'est donc pas égale. Il ne faut pas égaler et confondre ces choses, parce qu'elles semblent être semblables par un bout, étant si différentes par l'autre.

II.

Une des principales raisons pour lesquelles les prophètes ont voilé les biens spirituels qu'ils

promettoient sous les figures des biens temporels, c'est qu'ils avoient affaire à un peuple
charnel, qu'il falloit rendre dépositaire du testament spirituel.

Jésus-Christ, figuré par Joseph, bien-aimé de
son père, envoyé du père pour voir ses frères,
est (*) l'innocent vendu par ses frères vingt deniers, et par là devenu leur seigneur, leur sauveur, et le sauveur des étrangers, et le sauveur
du monde ; ce qui n'eût point été sans le dessein
de le perdre, sans la vente et la réprobation
qu'ils en firent.

Dans la prison, Joseph innocent entre deux
criminels : Jésus en la croix entre deux larrons.
Joseph prédit le salut à l'un, et la mort à l'autre, sur les mêmes apparences : Jésus - Christ
sauve l'un, et laisse l'autre, après les mêmes
crimes. Joseph ne fait que prédire : Jésus-Christ
fait. Joseph demande à celui qui sera sauvé qu'il

(*) Le mot *est* n'a-t-il point été transposé ici par erreur
de copiste ? Ne faudroit-il pas lire : *Jésus-Christ* est *figuré
par Joseph, bien-aimé de son père, envoyé du père pour
voir ses frères, l'innocent vendu par ses frères vingt deniers*, et le reste ? Car cette circonstance des *vingt deniers*
regarde Joseph, et non Jésus-Christ, qui fut vendu trente
deniers. Tout ce qui suit regarde également Joseph ; le nom
même de *Sauveur du monde* est celui qui fut donné à Joseph, selon la Vulgate : *Salvatorem mundi.* (*Gen.* 41, 45.)
Tout cela regarde Joseph ; et en tout cela *Jésus-Christ* est
figuré par Joseph. Voilà bien ce que l'auteur a voulu dire.
(*Note de l'édit. de* 1787.)

se souvienne de lui quand il sera venu en sa gloire; et celui que Jésus-Christ sauve lui demande qu'il se souvienne de lui quand il sera en son royaume.

III.

La grâce est la figure de la gloire; car elle n'est pas la dernière fin. Elle a été figurée par la loi, et elle figure elle-même la gloire; mais de telle manière, qu'elle est en même temps un moyen pour y arriver.

IV.

La synagogue ne périssoit point, parce qu'elle étoit la figure de l'Église; mais parce qu'elle n'étoit que la figure, elle est tombée dans la servitude. La figure a subsisté jusqu'à la vérité, afin que l'Église fût toujours visible, ou dans la peinture qui la promettoit, ou dans l'effet.

V.

Pour prouver tout d'un coup les deux Testaments, il ne faut que voir si les prophéties de l'un sont accomplies en l'autre. Pour examiner les prophéties, il faut les entendre; car si l'on croit qu'elles n'ont qu'un sens, il est sûr que le Messie ne sera point venu; mais si elles ont deux sens, il est sûr qu'il sera venu en Jésus-Christ.

Toute la question est donc de savoir si elles ont deux sens, si elles sont figures, ou réalités; c'est-à-dire, s'il faut y chercher quelque autre chose que ce qui paroît d'abord, ou s'il faut s'arrêter uniquement à ce premier sens qu'elles présentent.

Si la loi et les sacrifices sont la vérité, il faut qu'ils plaisent à Dieu, et qu'ils ne lui déplaisent point. S'ils sont figures, il faut qu'ils plaisent, et déplaisent.

Or, dans toute l'Écriture ils plaisent, et déplaisent. Donc ils sont figures.

VI.

Pour voir clairement que l'ancien Testament n'est que figuratif, et que par les biens temporels les prophètes entendoient d'autres biens, il ne faut que prendre garde, premièrement, qu'il seroit indigne de Dieu de n'appeler les hommes qu'à la jouissance des félicités temporelles. Secondement, que les discours des prophètes expriment clairement la promesse des biens temporels ; et qu'ils disent néanmoins que leurs discours sont obscurs, et que leur sens n'est pas celui qu'ils expriment à découvert : qu'on ne l'entendra qu'à la fin des temps. (*Jérém.* 23, 22, et 30, 24.) Donc ils n'entendoient parler d'autres sacrifices, d'un autre libérateur, etc.

Enfin il faut remarquer que leurs discours sont contraires et se détruisent, si l'on pense qu'ils n'aient entendu par les mots de *loi* et de *sacrifice* autre chose que la loi de Moïse et ses sacrifices ; et il y auroit contradiction manifeste et grossière dans leurs livres, et quelquefois dans un même chapitre. D'où il s'ensuit qu'il faut qu'ils aient entendu autre chose.

VII.

Il est dit que la loi sera changée ; que le sacrifice sera changé ; qu'ils seront sans roi, sans princes et sans sacrifices ; qu'il sera fait une nouvelle alliance ; que la loi sera renouvelée ; que les préceptes qu'ils ont reçus ne sont pas bons ; que leurs sacrifices sont abominables ; que Dieu n'en a point demandé.

Il est dit, au contraire, que la loi durera éternellement ; que cette alliance sera éternelle ; que le sacrifice sera éternel ; que le sceptre ne sortira jamais d'avec eux, puisqu'il ne doit point en sortir que le roi éternel n'arrive. Tous ces passages marquent-ils que ce soit réalité ? Non. Marquent-ils aussi que ce soit figure ? Non : mais que c'est réalité, ou figure. Mais les premiers, excluant la réalité, marquent que ce n'est que figure.

Tous ces passages ensemble ne peuvent être dits de la réalité : tous peuvent être dits de la figure. Donc ils ne sont pas dits de la réalité, mais de la figure.

VIII.

Pour savoir si la loi et les sacrifices sont réalité, ou figure, il faut voir si les prophètes, en parlant de ces choses, y arrêtoient leur vue et leur pensée, en sorte qu'ils ne vissent que cette ancienne alliance, ou s'ils y voyoient quelque autre chose dont elles fussent la peinture ; car dans un portrait on voit la chose figurée. Il ne faut pour cela qu'examiner ce qu'ils disent.

Quand ils disent qu'elle sera éternelle, entendent-ils parler de l'alliance de laquelle ils disent qu'elle sera changée ? Et de même des sacrifices, etc.

IX.

Les prophètes ont dit clairement qu'Israël seroit toujours aimé de Dieu, et que la loi seroit éternelle ; et ils ont dit que l'on n'entendroit point leur sens, et qu'il étoit voilé.

Le chiffre a deux sens. Quand on surprend une lettre importante où l'on trouve un sens clair, et où il est dit néanmoins que le sens est voilé et obscurci ; qu'il est caché en sorte qu'on verra cette lettre sans la voir, et qu'on l'entendra sans l'entendre ; que doit-on penser, sinon que c'est un chiffre à double sens, et d'autant plus, qu'on y trouve des contrariétés manifestes dans le sens littéral ? Combien doit-on donc estimer ceux qui nous découvrent le chiffre, et nous apprennent à connoître le sens caché ; et principalement quand les principes qu'ils en prennent sont tout-à-fait naturels et clairs ? C'est ce qu'ont fait Jésus-Christ et les apôtres. Ils ont levé le sceau, ils ont rompu le voile, et découvert l'esprit. Ils nous ont appris pour cela que les ennemis de l'homme sont ses passions ; que le Rédempteur seroit spirituel ; qu'il y auroit deux avénements, l'un de misère, pour abaisser l'homme superbe; l'autre de gloire, pour élever l'homme humilié; que Jésus-Christ sera Dieu et homme.

X.

Jésus-Christ n'a fait autre chose qu'apprendre aux hommes qu'ils s'aimoient eux-mêmes, et qu'ils étoient esclaves, aveugles, malades, malheureux et pécheurs; qu'il falloit qu'il les délivrât, éclairât, guérît et béatifiât; que cela se feroit en se haïssant soi-même, et en le suivant par la misère et la mort de la croix.

La lettre tue : tout arrivoit en figure : il falloit que le Christ souffrît : un Dieu humilié : circoncision du cœur : vrai jeûne : vrai sacrifice : vrai temple : double loi : double table de la loi : double temple : double captivité : voilà le chiffre qu'il nous a donné.

Il nous a appris enfin que toutes ces choses n'étoient que des figures; et ce que c'est que vraiment libre, vrai Israélite, vraie circoncision, vrai pain du ciel, etc.

XI.

Dans ces promesses-là, chacun trouve ce qu'il a dans le fond de son cœur; les biens temporels, ou les biens spirituels; Dieu, ou les créatures : mais avec cette différence, que ceux qui y cherchent les créatures, les y trouvent, mais avec plusieurs contradictions, avec la défense de les aimer, avec ordre de n'adorer que Dieu, et de n'aimer que lui; au lieu que ceux qui y cherchent Dieu le trouvent, et sans aucune contradiction, et avec commandement de n'aimer que lui.

XII.

Les sources des contrariétés de l'Écriture sont, un Dieu humilié jusqu'à la mort de la croix, un Messie triomphant de la mort par sa mort, deux natures en Jésus-Christ, deux avénements, deux états de la nature de l'homme.

Comme on ne peut bien faire le caractère d'une personne qu'en accordant toutes les contrariétés, et qu'il ne suffit pas de suivre une suite de qualités accordantes, sans concilier les contraires; aussi, pour entendre le sens d'un auteur, il faut concilier tous les passages contraires.

Ainsi, pour entendre l'Écriture, il faut avoir un sens dans lequel tous les passages contraires s'accordent. Il ne suffit pas d'en avoir un qui convienne à plusieurs passages accordants, mais il faut en avoir un qui concilie les passages même contraires.

Tout auteur a un sens auquel tous les passages contraires s'accordent, ou il n'a point de sens du tout. On ne peut pas dire cela de l'Écriture, ni des prophètes. Ils avoient effectivement trop bon sens. Il faut donc en chercher un qui accorde toutes les contrariétés.

Le véritable sens n'est donc pas celui des Juifs; mais en Jésus-Christ toutes les contradictions sont accordées.

Les Juifs ne sauroient accorder la cessation de la royauté et principauté, prédite par Osée, avec la prophétie de Jacob.

Si on prend la loi, les sacrifices et le royaume pour réalités, on ne peut accorder tous les passages d'un même auteur, ni d'un même livre, ni quelquefois d'un même chapitre. Ce qui marque assez quel étoit le sens de l'auteur.

XIII.

Il n'étoit point permis de sacrifier hors de Jérusalem, qui étoit le lieu que le Seigneur avoit choisi, ni même de manger ailleurs les décimes.

Osée a prédit qu'ils seroient sans roi, sans prince, sans sacrifices et sans idoles; ce qui est accompli aujourd'hui, (*les Juifs*) ne pouvant faire de sacrifice légitime hors de Jérusalem.

XIV.

Quand la parole de Dieu, qui est véritable, est fausse littéralement, elle est vraie spirituellement. *Sede à dextris meis.* Cela est faux, littéralement dit; cela est vrai spirituellement. En ces expressions, il est parlé de Dieu à la manière des hommes; et cela ne signifie autre chose, sinon que l'intention que les hommes ont en faisant asseoir à leur droite, Dieu l'aura aussi. C'est donc une marque de l'intention de Dieu, et non de sa manière de l'exécuter.

Ainsi quand il est dit : Dieu a reçu l'odeur de vos parfums, et vous donnera en récompense une terre fertile et abondante ; c'est-à-dire, que la même intention qu'auroit un homme qui, agréant vos parfums, vous donneroit en récompense une terre abondante, Dieu l'aura pour vous, parce que vous avez eu pour lui la même intention qu'un homme a pour celui à qui il donne des parfums.

XV.

L'unique objet de l'Écriture est la charité. Tout ce qui ne va point à l'unique but en est la figure : car, puisqu'il n'y a qu'un but, tout ce qui n'y va point en mots propres est figure.

Dieu diversifie ainsi cet unique précepte de charité pour satisfaire notre foiblesse, qui recherche la diversité, par cette diversité qui nous mène toujours à notre unique nécessaire. Car une seule chose est nécessaire, et nous aimons la diversité ; et Dieu satisfait à l'un et à l'autre par ces diversités, qui mènent à ce seul nécessaire.

XVI.

Les rabbins prennent pour figures les mamelles de l'épouse, et tout ce qui n'exprime pas l'unique but qu'ils ont des biens temporels.

XVII.

Il y en a qui voient bien qu'il n'y a pas d'autre ennemi de l'homme que la concupiscence qui le détourne de Dieu, ni d'autre bien que Dieu, et non pas une terre fertile. Ceux qui croient que le bien de l'homme est en la chair, et le mal en ce qui le détourne des plaisirs des sens; qu'ils s'en saoulent, et qu'ils y meurent. Mais ceux qui cherchent Dieu de tout leur cœur; qui n'ont de déplaisir que d'être privés de sa vue; qui n'ont de désir que pour le posséder, et d'ennemis que ceux qui les en détournent; qui s'affligent de se voir environnés et dominés de tels ennemis : qu'ils se consolent; il y a un libérateur pour eux, il y a un Dieu pour eux. Un Messie a été promis pour délivrer des ennemis; et il en est venu un pour délivrer des iniquités, mais non pas des ennemis.

XVIII.

Quand David prédit que le Messie délivrera son peuple de ses ennemis, on peut croire charnellement que ce sera des Égyptiens; et alors je ne saurois montrer que la prophétie soit accomplie. Mais on peut bien croire aussi que ce sera des iniquités : car, dans la vérité, les Égyptiens ne sont pas des ennemis; mais les iniquités le sont. Ce mot d'*ennemis* est donc équivoque.

Mais s'il dit à l'homme, comme il fait, qu'il délivrera son peuple de ses péchés, aussi-bien qu'Isaïe et les autres, l'équivoque est ôtée, et le sens double des *ennemis* réduit au sens simple d'*iniquités* : car s'il avoit dans l'esprit les péchés, il pouvoit bien les dénoter par ennemis; mais s'il pensoit aux ennemis, il ne pouvoit pas les désigner par iniquités.

Or Moïse, David et Isaïe usoient des mêmes termes. Qui dira donc qu'ils n'avoient pas le même sens, et que le sens de David, qui est manifestement d'iniquités lorsqu'il parloit d'ennemis, ne fût pas le même que celui de Moïse en parlant d'ennemis?

Daniel, chap. 9, prie pour la délivrance du peuple de la captivité de leurs ennemis; mais il pensoit aux péchés : et pour le montrer, il dit que Gabriel vint lui dire qu'il étoit exaucé, et qu'il n'avoit que septante semaines à attendre; après quoi le peuple seroit délivré d'iniquité, le péché prendroit fin; et le libérateur, le saint des saints ameneroit la justice éternelle, non la légale, mais l'éternelle.

Dès qu'une fois on a ouvert ce secret, il est impossible de ne pas le voir. Qu'on lise l'ancien Testament en cette vue, et qu'on voie si les sacrifices étoient vrais, si la parenté d'Abraham étoit la vraie cause de l'amitié de Dieu, si la terre promise étoit le véritable lieu de repos. Non. Donc c'étoient des figures. Qu'on voie de même toutes les cérémonies ordonnées et tous les commandements qui ne sont pas de la charité, on verra que c'en sont les figures.

ARTICLE X.

DE JÉSUS-CHRIST.

I.

La distance infinie des corps aux esprits figure la distance infiniment plus infinie des esprits à la charité; car elle est surnaturelle.

Tout l'éclat des grandeurs n'a point de lustre pour les gens qui sont dans les recherches de l'esprit. La grandeur des gens d'esprit est invisible aux riches, aux rois, aux conquérants, et à tous ces grands de chair. La grandeur de la sagesse qui vient de Dieu est invisible aux charnels et aux gens d'esprit. Ce sont trois ordres de différents genres.

Les grands génies ont leur empire, leur éclat, leur grandeur, leurs victoires, et n'ont nuls besoins des grandeurs charnelles, qui n'ont nul rapport avec celles qu'ils cherchent. Ils sont vus des esprits, non des yeux; mais c'est assez. Les saints ont leur empire, leur éclat, leurs grandeurs, leurs victoires, et n'ont nul besoin des grandeurs charnelles ou spirituelles qui ne sont pas de leur ordre, et qui n'ajoutent ni n'ôtent à la grandeur qu'ils désirent. Ils sont vus de Dieu et des anges, et non des corps ni des esprits curieux : Dieu leur suffit.

Archimède, sans aucun éclat de naissance,
seroit en même vénération. Il n'a pas donné des
batailles; mais il a laissé à tout l'univers des
inventions admirables. O qu'il est grand et éclatant aux yeux de l'esprit! Jésus-Christ, sans
bien et sans aucune production de science au
dehors, est dans son ordre de sainteté. Il n'a
point donné d'inventions, il n'a point régné;
mais il est humble, patient, saint devant Dieu,
terrible aux démons, sans aucun péché. O qu'il
est venu en grande pompe et en une prodigieuse
magnificence aux yeux du cœur, et qui voient
la sagesse!

Il eût été inutile à Archimède de faire le prince
dans ses livres de géométrie, quoiqu'il le fût. Il
eût été inutile à notre Seigneur Jésus-Christ,
pour éclater dans son règne de sainteté, de venir
en roi : mais qu'il est bien venu avec l'éclat de
son ordre!

Il est ridicule de se scandaliser de la bassesse
de Jésus-Christ, comme si cette bassesse étoit du
même ordre que la grandeur qu'il venoit faire
paroître. Qu'on considère cette grandeur-là dans
sa vie, dans sa passion, dans son obscurité, dans
sa mort, dans l'élection des siens, dans leur
fuite, dans sa secrète résurrection, et dans le
reste; on la verra si grande, qu'on n'aura pas
sujet de se scandaliser d'une bassesse qui n'y est
pas. Mais il y en a qui ne peuvent admirer que
les grandeurs charnelles, comme s'il n'y en avoit
pas de spirituelles; et d'autres qui n'admirent

que les spirituelles, comme s'il n'y en avoit pas
d'infiniment plus hautes dans la sagesse.

Tous les corps, le firmament, les étoiles, la
terre et les royaumes, ne valent pas le moindre
des esprits; car il connoît tout cela, et soi-
même; et le corps, rien. Et tous les corps, et
tous les esprits ensemble, et toutes leurs productions, ne valent pas le moindre mouvement
de charité; car elle est d'un ordre infiniment
plus élevé.

De tous les corps ensemble on ne sauroit tirer
la moindre pensée : cela est impossible, et d'un
autre ordre. Tous les corps et les esprits ensemble
ne sauroient produire un mouvement de vraie
charité : cela est impossible, et d'un autre ordre
tout surnaturel.

II.

Jésus-Christ a été dans une obscurité (selon
ce que le monde appelle obscurité) telle, que
les historiens, qui n'écrivent que les choses importantes, l'ont à peine aperçu.

III.

Quel homme eut jamais plus d'éclat que Jésus-
Christ? Le peuple juif tout entier le prédit avant
sa venue. Le peuple gentil l'adore après qu'il est
venu. Les deux peuples gentil et juif le regardent
comme leur centre. Et cependant quel homme
jouit jamais moins de tout cet éclat? De trente-
trois ans, il en vit trente sans paroître. Dans les
trois autres, il passe pour un imposteur; les

prêtres et les principaux de sa nation le rejettent ; ses amis et ses proches le méprisent.
Enfin il meurt d'une mort honteuse, trahi par
un des siens, renié par l'autre, et abandonné de
tous.

Quelle part a-t-il donc à cet éclat ? Jamais
homme n'a eu tant d'éclat ; jamais homme n'a
eu plus d'ignominie. Tout cet éclat n'a servi
qu'à nous, pour nous le rendre reconnoissable ;
et il n'en a rien eu pour lui.

IV.

Jésus-Christ parle des plus grandes choses si
simplement, qu'il semble qu'il n'y a pas pensé ;
et si nettement néanmoins, qu'on voit bien ce
qu'il en pensoit. Cette clarté, jointe à cette naïveté, est admirable.

Qui a appris aux évangélistes les qualités
d'une âme véritablement héroïque, pour la
peindre si parfaitement en Jésus-Christ ? Pourquoi le font-ils foible dans son agonie ? Ne sa-
vent-ils pas peindre une mort constante ? Oui,
sans doute ; car le même saint Luc peint celle
de saint Étienne plus forte que celle de Jésus-
Christ. Ils le font donc capable de crainte avant
que la nécessité de mourir soit arrivée, et ensuite tout fort. Mais quand ils le font troublé,
c'est quand il se trouble lui-même ; et quand les
hommes le troublent, il est tout fort.

L'Église s'est vue obligée de montrer que
Jésus-Christ étoit homme, contre ceux qui le

nioient, aussi-bien que de montrer qu'il étoit Dieu; et les apparences étoient aussi grandes contre l'un et contre l'autre.

Jésus-Christ est un Dieu dont on s'approche sans orgueil, et sous lequel on s'abaisse sans désespoir.

V.

La conversion des païens étoit réservée à la grâce du Messie. Les Juifs, ou n'y ont point travaillé, ou l'ont fait sans succès : tout ce qu'en ont dit Salomon et les prophètes a été inutile. Les sages, comme Platon et Socrate, n'ont pu leur persuader de n'adorer que le vrai Dieu.

L'Évangile ne parle de la virginité de la Vierge que jusqu'à la naissance de Jésus-Christ, tout par rapport à Jésus-Christ.

Les deux Testaments regardent Jésus-Christ, l'ancien comme son attente, le nouveau comme son modèle; tous deux comme leur centre.

Les prophètes ont prédit, et n'ont pas été prédits. Les saints ensuite sont prédits, mais non prédisants. Jésus-Christ est prédit et prédisant.

Jésus-Christ pour tous, Moïse pour un peuple.

Les Juifs bénis en Abraham : *Je bénirai ceux qui te béniront.* (*Genes.* 12 , 3.) Mais *toutes nations bénies en sa semence.* (*Genes.* 18 , 18.)

Lumen ad revelationem gentium. (*Luc,* 2 , 32.)

Non fecit taliter omni nationi (*Ps.* 147 , 20), disoit David en parlant de la loi. Mais en parlant de Jésus-Christ, il faut dire : *Fecit taliter omni nationi.*

Aussi c'est à Jésus-Christ d'être universel. L'Église même n'offre le sacrifice que pour les fidèles : Jésus-Christ a offert celui de la croix pour tous.

ARTICLE XI.

PREUVES DE JÉSUS-CHRIST PAR LES PROPHÉTIES.

I.

La plus grande des preuves de Jésus-Christ, ce sont les prophéties. C'est aussi à quoi Dieu a le plus pourvu; car l'événement qui les a remplies est un miracle subsistant depuis la naissance de l'Église jusqu'à la fin. Ainsi Dieu a suscité des prophètes durant seize cents ans; et pendant quatre cents ans après, il a dispersé toutes ces prophéties avec tous les juifs qui les portoient dans tous les lieux du monde. Voilà quelle a été la préparation à la naissance de Jésus-Christ, dont l'Évangile devant être cru par tout le monde, il a fallu non-seulement qu'il y ait eu des prophéties pour le faire croire, mais encore que ces prophéties fussent répandues par tout le monde, pour le faire embrasser par tout le monde.

Quand un seul homme auroit fait un livre des

prédictions de Jésus-Christ pour le temps et pour la manière, et que Jésus-Christ seroit venu conformément à ces prophéties, ce seroit une force infinie. Mais il y a bien plus ici. C'est une suite d'hommes durant quatre mille ans qui, constamment et sans variation, viennent l'un ensuite de l'autre prédire ce même avénement. C'est un peuple tout entier qui l'annonce, et qui subsiste pendant quatre mille années (*) pour rendre encore témoignage des assurances qu'ils en ont, et dont ils ne peuvent être détournés par quelques menaces et quelque persécution qu'on leur fasse : ceci est tout autrement considérable.

II.

Le temps est prédit par l'état du peuple juif, par l'état du peuple païen, par l'état du temple, par le nombre des années.

Les prophètes ayant donné diverses marques qui devoient toutes arriver à l'avénement du Messie, il falloit que toutes ces marques arrivas-

---

(*) Les quatre mille ans dont l'auteur vient de parler dans la phrase précédente forment bien l'espace compris depuis la création jusqu'à l'avénement de Jésus-Christ; mais dans celle-ci il n'est question que du peuple juif, dont Abraham est la souche. Alors ce ne seroit qu'environ *deux mille ans* depuis ce patriarche jusqu'à Jésus-Christ. Si, comme la suite semble l'indiquer, l'auteur a entendu compter depuis Abraham jusqu'à nos jours, il faudroit lire, *et qui subsiste* depuis *quatre mille ans.*

sent en même temps; et ainsi il falloit que la
quatrième monarchie fût venue lorsque les septante semaines de Daniel seroient accomplies;
que le sceptre fût ôté de Juda, et qu'alors le
Messie arrivât. Et Jésus-Christ est arrivé alors,
qui s'est dit le Messie.

Il est prédit que dans la quatrième monarchie,
avant la destruction du second temple, avant que
la domination des Juifs fût ôtée, et en la septan-
tième semaine de Daniel, les païens seroient instruits et amenés à la connoissance du Dieu
adoré par les Juifs; que ceux qui l'aiment seroient délivrés de leurs ennemis, et remplis de
sa crainte et de son amour.

Et il est arrivé qu'en la quatrième monarchie,
avant la destruction du second temple, etc., les
païens en foule adorent Dieu, et mènent une vie
angélique; les filles consacrent à Dieu leur virginité et leur vie; les hommes renoncent à tout
plaisir. Ce que Platon n'a pu persuader à quelque
peu d'hommes choisis et si instruits, une force
secrète le persuade à cent milliers d'hommes
ignorants, par la vertu de peu de paroles.

Qu'est-ce que tout cela? C'est ce qui a été prédit si long-temps auparavant: *Effundam spiritum meum super omnem carnem.* (*Joël*, 2, 28.)
Tous les peuples étoient dans l'infidélité et dans
la concupiscence: toute la terre devient ardente
de charité; les princes renoncent à leurs grandeurs; les riches quittent leurs biens; les filles
souffrent le martyre; les enfants abandonnent

la maison de leurs pères pour aller vivre dans les déserts. D'où vient cette force? C'est que le Messie est arrivé. Voilà l'effet et les marques de sa venue.

Depuis deux mille ans, le Dieu des Juifs étoit demeuré inconnu parmi l'infinie multitude des nations païennes : et dans le temps prédit, les païens adorent en foule cet unique Dieu; les temples sont détruits; les rois mêmes se soumettent à la croix. Qu'est-ce que tout cela? C'est l'esprit de Dieu qui est répandu sur la terre.

Il est prédit que le Messie viendroit établir une nouvelle alliance, qui feroit oublier la sortie d'Égypte (*Jérém.* 23, 7); qu'il mettroit sa loi, non dans l'extérieur, mais dans les cœurs (*Is.* 51, 7); qu'il mettroit sa crainte, qui n'avoit été qu'au dehors, dans le milieu du cœur. (*Jérém.* 31, 33, et 32, 40.)

Que les Juifs réprouveroient Jésus-Christ, et qu'ils seroient réprouvés de Dieu, parce que la vigne élue ne donneroit que du verjus. (*Is.* 5, 2, 3, 4, etc.) Que le peuple choisi seroit infidèle, ingrat et incrédule : *Populum non credentem et contradicentem.* (*Is.* 65, 2.) Que Dieu les frapperoit d'aveuglement, et qu'ils tâtonneroient en plein midi comme des aveugles. (*Deut.* 28, 28, 29.)

Que l'Église seroit petite en son commencement, et croîtroit ensuite. (*Ezéch.* 47, 1 et suiv.)

Il est prédit qu'alors l'idolâtrie seroit renversée; que ce Messie abattroit toutes les idoles, et feroit entrer les hommes dans le culte du vrai Dieu. (*Ezech.* 30, 13.)

Que les temples des idoles seroient abattus, et que, parmi toutes les nations et en tous les lieux du monde, on lui offriroit une hostie pure, et non pas des animaux. (*Malach.* 1, 11.)

Qu'il enseigneroit aux hommes la voie parfaite. (*Is.* 2, 3. *Mich.* 4, 2, etc.)

Qu'il seroit roi des Juifs et des Gentils. (*Ps.* 2, 6 et 8, 71, 8, etc.)

Et jamais il n'est venu, ni devant, ni après, aucun homme qui ait rien enseigné approchant de cela.

Après tant de gens qui ont prédit cet avénement, Jésus-Christ est enfin venu dire : Me voici, et voici le temps. Il est venu dire aux hommes qu'ils n'ont point d'autres ennemis qu'eux-mêmes ; que ce sont leurs passions qui les séparent de Dieu ; qu'il vient pour les en délivrer, et pour leur donner sa grâce, afin de former de tous les hommes une Église sainte ; qu'il vient ramener dans cette Église les païens et les Juifs ; qu'il vient détruire les idoles des uns, et la superstition des autres.

Ce que les prophètes, leur a-t-il dit, ont prédit devoir arriver, je vous dis que mes apôtres vont le faire. Les Juifs vont être rebutés ; Jérusalem sera bientôt détruite ; les païens vont entrer dans la connoissance de Dieu ; et mes apôtres vont les y faire entrer après que vous aurez tué l'héritier de la vigne.

Ensuite les apôtres ont dit aux Juifs : Vous allez être maudits; et aux païens : Vous allez entrer dans la connoissance de Dieu.

A cela s'opposent tous les hommes, par l'opposition naturelle de leur concupiscence. Ce roi des Juifs et des Gentils est opprimé par les uns et par les autres qui conspirent sa mort. Tout ce qu'il y a de grand dans le monde s'unit contre cette religion naissante; les savants, les sages, les rois. Les uns écrivent, les autres condamnent, les autres tuent. Et malgré toutes ces oppositions, voilà Jésus-Christ, en peu de temps, régnant sur les uns et les autres, et détruisant, et le culte judaïque dans Jérusalem, qui en étoit le centre, et dont il fait sa première Église, et le culte des idoles dans Rome, qui en étoit le centre, et dont il fait sa principale Église.

Des gens simples et sans force, comme les apôtres et les premiers Chrétiens, résistent à toutes les puissances de la terre, se soumettent les rois, les savants et les sages, et détruisent l'idolâtrie si établie. Et tout cela se fait par la seule force de cette parole qui l'avoit prédit.

Les Juifs, en tuant Jésus-Christ pour ne pas le recevoir pour Messie, lui ont donné la dernière marque de Messie. En continuant à le méconnoître, ils se sont rendus témoins irréprochables; et en le tuant, et continuant à le renier, ils ont accompli les prophéties.

Qui ne reconnoîtroit Jésus-Christ à tant de

circonstances particulières qui en ont été prédites ? Car il est dit :

Qu'il aura un précurseur. (*Malach.* 3, 1.)

Qu'il naîtra enfant. (*Is.* 9, 6.)

Qu'il naîtra dans la ville de Bethléem (*Mich.*
5, 2); qu'il sortira de la famille de Juda (*Gen.*
49, 8 et suiv.), et de la postérité de David (2,
Rois, 7, 12 et suiv. *Is.* 7, 13 et suiv.); qu'il paroîtra principalement dans Jérusalem. (*Mal.* 3, 1.
Agg. 2, 10.)

Qu'il doit aveugler les sages et les savants (*Is.*
6, 10), et annoncer l'Évangile aux pauvres et
aux petits (*Is.* 61, 1); ouvrir les yeux des aveugles, et rendre la santé aux infirmes (*Is.* 35, 5
et 6), et mener à la lumière ceux qui languissent
dans les ténèbres. (*Is.* 42, 16.)

Qu'il doit enseigner la voie parfaite (*Is.* 30, 21),
et être le précepteur des Gentils. (*Is.* 55, 4.)

Qu'il doit être la victime pour les péchés du
monde. (*Is.* 53, 5.)

Qu'il doit être la pierre fondamentale et précieuse. (*Is.* 28, 16.)

Qu'il doit être la pierre d'achoppement et de
scandale. (*Is.* 8, 14.)

Que Jérusalem doit heurter contre cette pierre.
(*Is.* 8, 15.)

Que les édifiants (*) doivent rejeter cette
pierre. (*Ps.* 117, 22.)

(*) *Ædificantes*, ceux qui travaillent à l'édifice du
temple spirituel où Dieu veut habiter.

Que Dieu doit faire de cette pierre le chef du coin (*). (*Ibid.*)

Et que cette pierre doit croître en une montagne immense, et remplir toute la terre. (*Dan.* 2, 35.)

Qu'ainsi il doit être rejeté (*Ps.* 117, 22), méconnu (*Is.* 53, 2 et 3), trahi (*Ps.* 40, 10), vendu (*Zach.* 11, 12), souffleté (*Is.* 50, 6), moqué (*Is.* 34, 16), affligé en une infinité de manières (*Ps.* 68, 27), abreuvé de fiel (*Ps.* 68, 22); qu'il auroit les pieds et les mains percés (*Ps.* 21, 17); qu'on lui cracheroit au visage (*Is.* 50, 6); qu'il seroit tué (*Dan.* 9, 26), et ses habits jetés au sort. (*Ps.* 21, 19.)

Qu'il ressusciteroit le troisième jour. (*Ps.* 15, 10. *Osée*, 6, 3.)

Qu'il monteroit au ciel (*Ps.* 46, 6 et 67, 19), pour s'asseoir à la droite de Dieu. (*Ps.* 109, 1.)

Que les rois s'armeroient contre lui. (*Ps.* 2, 2.)

Qu'étant à la droite du Père, il sera victorieux de ses ennemis. (*Ps.* 109, 5.)

Que les rois de la terre et tous les peuples l'adoreroient. (*Ps.* 71, 11.)

Que les Juifs subsisteront en nation. (*Jérém.* 31, 36.)

Qu'ils seront errants (*Amos*, 9, 9), sans rois, sans sacrifices, sans autel, etc. (*Osée*, 3, 4),

---

(*) C'est-à-dire, de l'*angle* qui doit réunir les deux peuples, le Juif et le Gentil, dans l'adoration du même Dieu.

sans prophètes (*Ps.* 73 , 9), attendant le salut,
et ne le trouvant point. (*Is.* 59 , 9. *Jérém.* 8 , 15.)

I I I.

Le Messie devoit lui seul produire un grand
peuple, élu, saint et choisi; le conduire, le
nourrir, l'introduire dans le lieu de repos et de
sainteté; le rendre saint à Dieu, en faire le
temple de Dieu, le réconcilier à Dieu, le sauver
de la colère de Dieu, le délivrer de la servitude
du péché, qui règne visiblement dans l'homme;
donner des lois à ce peuple, graver ces lois dans
leur cœur, s'offrir à Dieu pour eux, se sacrifier
pour eux, être une hostie sans tache, et lui-
même sacrificateur : il devoit s'offrir lui-même,
et offrir son corps et son sang, et néanmoins
offrir pain et vin à Dieu. Jésus-Christ a fait
tout cela.

Il est prédit qu'il devoit venir un libérateur,
qui écraseroit la tête au démon, qui devoit délivrer son peuple de ses péchés, *ex omnibus ini-
quitatibus* (*Ps.* 129 , 8); qu'il devoit y avoir un
nouveau Testament qui seroit éternel; qu'il devoit y avoir une autre prêtrise selon l'ordre de
Melchisédech ; que celle-là seroit éternelle; que
le Christ devoit être glorieux, puissant, fort, et
néanmoins si misérable, qu'il ne seroit pas reconnu; qu'on ne le prendroit pas pour ce qu'il
est; qu'on le rejetteroit, qu'on le tueroit; que
son peuple qui l'auroit renié, ne seroit plus son
peuple; que les idolâtres le recevroient, et au-

roient recours à lui; qu'il quitteroit Sion pour
régner au centre de l'idolâtrie; que néanmoins
les Juifs subsisteroient toujours; qu'il devoit
sortir de Juda, et quand il n'y auroit plus de rois.

I V.

Qu'on considère que, depuis le commencement du monde, l'attente ou l'adoration du
Messie subsiste sans interruption; qu'il a été
promis au premier homme aussitôt après sa
chute; qu'il s'est trouvé depuis des hommes qui
ont dit que Dieu leur avoit révélé qu'il devoit
naître un Rédempteur qui sauveroit son peuple (*); qu'Abraham est venu ensuite dire qu'il
avoit eu révélation qu'il naîtroit de lui par un
fils qu'il auroit; que Jacob a déclaré que, de ses
douze enfants, ce seroit de Juda qu'il naîtroit;
que Moïse et les prophètes sont venus ensuite
déclarer le temps et la manière de sa venue;
qu'ils ont dit que la loi qu'ils avoient n'étoit
qu'en attendant celle du Messie; que jusque-là
elle subsisteroit, mais que l'autre dureroit éternellement; qu'ainsi leur loi ou celle du Messie,
dont elle étoit la promesse, seroit toujours sur
la terre; qu'en effet elle a toujours duré; et

_____

(*) C'est-à-dire, des hommes qui ont transmis, de race
en race, depuis Adam jusqu'à Noé, et depuis Noé jusqu'à
Abraham, la promesse qui en avoit été faite au premier
homme. *Voyez* part. 2, art. 4, §. 5, où l'auteur entre
dans quelques développements à ce sujet.

qu'enfin Jésus-Christ est venu dans toutes les circonstances prédites. Cela est admirable.

Si cela étoit si clairement prédit aux Juifs, dira-t-on, comment ne l'ont-ils pas cru? ou comment n'ont-ils pas été exterminés pour avoir résisté à une chose si claire? Je réponds que l'un et l'autre a été prédit, et qu'ils ne croiroient point une chose si claire, et qu'ils ne seroient point exterminés. Et rien n'est plus glorieux au Messie; car il ne suffisoit pas qu'il y eût des prophètes; il falloit que leurs prophéties fussent conservées sans soupçon. Or, etc.

V.

Les prophètes sont mêlés de prophéties particulières, et de celles du Messie, afin que les prophéties du Messie ne fussent pas sans preuves, et que les prophéties particulières ne fussent pas sans fruit.

Non habemus regem nisi Cæsarem, disoient les Juifs. (*Joan.* 19, 15.) Donc Jésus-Christ étoit le Messie, puisqu'ils n'avoient plus de roi qu'un étranger, et qu'ils n'en vouloient point d'autre.

Les septante semaines de Daniel sont équivoques pour le terme du commencement, à cause des termes de la prophétie; et pour le terme de la fin, à cause des diversités des chronologistes. Mais toute cette différence ne va qu'à deux cents ans (*).

(*) Il y a évidemment faute ici; et il est surprenant que

Les prophéties qui représentent Jésus-Christ pauvre, le représentent aussi maître des nations. (*Is.* 53, 2 et suiv. *Zach.* 9, 9 et 10.)

de tous les éditeurs qui m'ont précédé, celui de 1787 soit le seul qui l'ait fait observer. Pascal, comme on l'a dit, écrivoit ses pensées à la hâte, sans suite, et comme de simples notes. Il y a tout lieu de présumer qu'en voulant mettre 20 *ans,* il aura, par inadvertance, ajouté un zéro qui a formé deux cents. Je vais tâcher de justifier mes présomptions.

Avant Jésus-Christ, la différence dont il est ici question ne pouvoit rouler que sur *environ quatre-vingts ans,* depuis le premier ordre donné par Cyrus pour renvoyer les Juifs à Jérusalem, vers l'an 536 avant notre ère vulgaire, jusqu'au dernier ordre donné par Artaxerxès-Longue-Main pour le rétablissement des murs de Jérusalem, vers l'an 454. *Depuis Jésus-Christ,* la différence ne roule plus que sur *environ vingt ans;* car les chronologistes conviennent assez que les septante semaines ne peuvent commencer que sous le règne d'Artaxerxès-Longue-Main; mais les uns les prennent de la permission donnée à Esdras par ce prince dans la septième année de son règne, et les autres les prennent de la permission donnée à Néhémias par ce même prince dans la vingtième année : les uns comptent ces années depuis son association à l'empire par son père Xerxès, vers l'an 474 avant notre ère vulgaire, en sorte que la *septième année* tomberoit en 467, qui est l'année de la mort de Xerxès : les autres les comptent depuis la mort de Xerxès, en sorte que la *vingtième* tomberoit en 447 ; ce qui donne précisément un intervalle de *vingt ans,* depuis 467 jusqu'à 447. Les uns pensent que les années dont parle Daniel sont des années lunaires; les autres les prennent pour des années solaires. Enfin, tous varient sur l'époque précise de la *septième* et de la *vingtième* année ; mais

Les prophéties qui prédisent le temps, ne le
prédisent que maître des Gentils et souffrant, et
non dans les nues, ni juge ; et celles qui le représentent ainsi jugeant les nations et glorieux, ne
marquent point le temps.

Quand il est parlé du Messie, comme grand et
glorieux, il est visible que c'est pour juger le
monde, et non pour le racheter. (*Is.* 66, 15, 16.)

ARTICLE XII.

DIVERSES PREUVES DE JÉSUS-CHRIST.

I.

Pour ne pas croire les apôtres, il faut dire qu'ils
ont été trompés, ou trompeurs. L'un et l'autre
est difficile. Car, pour le premier, il n'est pas
possible de s'abuser à prendre un homme pour
être ressuscité ; et pour l'autre, l'hypothèse qu'ils
aient été fourbes est étrangement absurde. Qu'on
la suive tout au long ; qu'on s'imagine ces douze
hommes assemblés après la mort de Jésus-Christ,

---

aussi tous s'accordent à mettre ces deux époques dans l'intervalle de ces *vingt années*, depuis 467 jusqu'à 447.

Ces faits et les opinions des chronologistes ne pouvoient
être ignorés de Pascal : comment pourroit-il donc se faire
qu'il eût mis *deux cents ans* en connoissance de cause, et,
par là, affoibli volontairement l'autorité des prophéties ?
On ne peut le supposer. (*L'Éditeur.*)

faisant le complot de dire qu'il est ressuscité. Ils attaquent par là toutes les puissances. Le cœur des hommes est étrangement penchant à la légèreté, au changement, aux promesses, aux biens. Si peu qu'un d'eux se fût démenti par tous ces attraits, et qui plus est, par les prisons, par les tortures et par la mort, ils étoient perdus. Qu'on suive cela.

Tandis que Jésus-Christ étoit avec eux, il pouvoit les soutenir. Mais après cela, s'il ne leur est apparu, qui les a fait agir?

II.

Le style de l'Évangile est admirable en une infinité de manières, et entre autres en ce qu'il n'y a aucune invective de la part des historiens contre Judas, ou Pilate, ni contre aucun des ennemis ou des bourreaux de Jésus-Christ.

Si cette modestie des historiens évangéliques avoit été affectée, aussi-bien que tant d'autres traits d'un si beau caractère, et qu'ils ne l'eussent affectée que pour la faire remarquer; s'ils n'avoient osé la remarquer eux-mêmes, ils n'auroient pas manqué de se procurer des amis, qui eussent fait ces remarques à leur avantage. Mais comme ils ont agi de la sorte sans affectation, et par un mouvement tout désintéressé, ils ne l'ont fait remarquer par personne : je ne sais même si cela a été remarqué jusques ici; et c'est ce qui témoigne la naïveté avec laquelle la chose a été faite.

III.

Jésus-Christ a fait des miracles, et les apôtres ensuite, et les premiers saints en ont fait aussi beaucoup; parce que, les prophéties n'étant pas encore accomplies, et s'accomplissant par eux, rien ne rendoit témoignage que les miracles. Il étoit prédit que le Messie convertiroit les nations. Comment cette prophétie se fût-elle accomplie sans la conversion des nations? Et comment les nations se fussent-elles converties au Messie, ne voyant pas ce dernier effet des prophéties qui le prouvent? Avant donc qu'il fût mort, qu'il fût ressuscité, et que les nations fussent converties, tout n'étoit pas accompli; et ainsi il a fallu des miracles pendant tout ce temps-là. Maintenant il n'en faut plus pour prouver la vérité de la religion chrétienne; car les prophéties accomplies sont un miracle subsistant.

IV.

L'état où l'on voit les Juifs est encore une grande preuve de la religion. Car c'est une chose étonnante de voir ce peuple subsister depuis tant d'années, et de le voir toujours misérable : étant nécessaire pour la preuve de Jésus-Christ, et qu'ils subsistent pour le prouver, et qu'ils soient misérables, puisqu'ils l'ont crucifié : et quoiqu'il soit contraire d'être misérable et de subsister, il subsiste néanmoins toujours malgré sa misère.

Mais n'ont-ils pas été presque au même état

au temps de la captivité? Non. Le sceptre ne fut point interrompu par la captivité de Babylone, à cause que le retour étoit promis et prédit. Quand Nabuchodonosor emmena le peuple, de peur qu'on ne crût que le sceptre fût ôté de Juda, il leur fut dit auparavant, qu'ils y seroient peu, et qu'ils seroient rétablis. Ils furent toujours consolés par les prophètes, et leurs rois continuèrent. Mais la seconde destruction est sans promesse de rétablissement, sans prophètes, sans rois, sans consolation, sans espérance; parce que le sceptre est ôté pour jamais.

Ce n'est pas avoir été captif que de l'avoir été avec assurance d'être délivré dans soixante-dix ans. Mais maintenant ils le sont sans aucun espoir.

Dieu leur a promis, qu'encore qu'il les dispersât aux extrémités du monde, néanmoins, s'ils étoient fidèles à sa loi, il les rassembleroit. Ils y sont donc très-fidèles, et demeurent opprimés. Il faut donc que le Messie soit venu, et que la loi qui contenoit ces promesses soit finie par l'établissement d'une loi nouvelle.

V.

Si les Juifs eussent été tous convertis par Jésus-Christ, nous n'aurions plus que des témoins suspects; et s'ils avoient été exterminés, nous n'en aurions point du tout.

Les Juifs le refusent, non pas tous. Les saints le reçoivent, et non les charnels. Et tant s'en

faut que cela soit contre sa gloire, que c'est le
dernier trait qui l'achève. La raison qu'ils en
ont, et la seule qui se trouve dans leurs écrits,
dans le Talmud et dans les rabbins, n'est que
parce que Jésus-Christ n'a pas dompté les nations
à main armée. Jésus-Christ a été tué, disent-ils ;
il a succombé ; il n'a pas dompté les païens par
sa force ; il ne nous a pas donné leurs dépouilles ;
il ne donne point de richesses. N'ont-ils que cela
à dire ? C'est en cela qu'il m'est aimable. Je ne
voudrois point celui qu'ils se figurent.

VI.

Qu'il est beau de voir, par les yeux de la foi,
Darius, Cyrus, Alexandre, les Romains, Pompée
et Hérode agir, sans le savoir, pour la gloire de
l'Évangile !

VII.

La religion mahométane a pour fondement
l'Alcoran et Mahomet. Mais ce prophète, qui
devoit être la dernière attente du monde, a-t-il
été prédit ? Et quelle marque a-t-il que n'ait aussi
tout homme qui voudra se dire prophète ? Quels
miracles dit-il lui-même avoir faits ? Quel mystère a-t-il enseigné selon sa tradition même ?
Quelle morale et quelle félicité ?

Mahomet est sans autorité. Il faudroit donc
que ses raisons fussent bien puissantes, n'ayant
que leur propre force.

VIII.

Si deux hommes disent des choses qui paroissent basses, mais que les discours de l'un
aient un double sens, entendu par ceux qui le
suivent, et que les discours de l'autre n'aient
qu'un seul sens : si quelqu'un, n'étant pas du
secret, entend discourir les deux en cette sorte,
il en fera un même jugement. Mais si ensuite,
dans le reste du discours, l'un dit des choses
angéliques, et l'autre toujours des choses basses
et communes, et même des sottises, il jugera
que l'un parloit avec mystère, et non pas l'autre : l'un ayant assez montré qu'il est incapable
de telles sottises, et capable d'être mystérieux ;
et l'autre, qu'il est incapable de mystères, et
capable de sottises.

IX.

Ce n'est pas par ce qu'il y a d'obscur dans
Mahomet, et qu'on peut faire passer pour avoir
un sens mystérieux, que je veux qu'on en juge,
mais par ce qu'il y a de clair, par son paradis
et par le reste. C'est en cela qu'il est ridicule. Il
n'en est pas de même de l'Écriture. Je veux qu'il
y ait des obscurités, mais il y a des clartés admirables, et des prophéties manifestes accomplies.
La partie n'est donc pas égale. Il ne faut pas
confondre et égaler les choses qui ne se ressemblent que par l'obscurité, et non pas par les
clartés, qui méritent, quand elles sont divines,
qu'on révère les obscurités.

L'Alcoran dit que saint Matthieu étoit homme de bien. Donc Mahomet étoit faux prophète, ou en appelant gens de bien des méchants, ou en ne les croyant pas sur ce qu'ils ont dit de Jésus-Christ.

X.

Tout homme peut faire ce qu'a fait Mahomet ; car il n'a point fait de miracles ; il n'a point été prédit, etc. Nul homme ne peut faire ce qu'a fait Jésus-Christ.

Mahomet s'est établi en tuant, Jésus-Christ en faisant tuer les siens ; Mahomet en défendant de lire, Jésus-Christ en ordonnant de lire. Enfin cela est si contraire, que si Mahomet a pris la voie de réussir humainement, Jésus-Christ a pris celle de périr humainement. Et au lieu de conclure que, puisque Mahomet a réussi, Jésus-Christ a bien pu réussir, il faut dire que, puisque Mahomet a réussi, le christianisme devoit périr, s'il n'eût été soutenu par une force toute divine.

ARTICLE XIII.

DESSEIN DE DIEU DE SE CACHER AUX UNS, ET DE SE DÉCOUVRIR AUX AUTRES.

I.

Dieu a voulu racheter les hommes, et ouvrir le salut à ceux qui le chercheroient. Mais les hommes s'en rendent si indignes, qu'il est juste qu'il refuse à quelques-uns, à cause de leur endurcissement, ce qu'il accorde aux autres par une miséricorde qui ne leur est pas due. S'il eût voulu surmonter l'obstination des plus endurcis, il l'eût pu, en se découvrant si manifestement à eux, qu'ils n'eussent pu douter de la vérité de son existence; et c'est ainsi qu'il paroîtra au dernier jour, avec un tel éclat de foudres et un tel renversement de la nature, que les plus aveugles le verront.

Ce n'est pas en cette sorte qu'il a voulu paroître dans son avénement de douceur, parce que tant d'hommes se rendant indignes de sa clémence, il a voulu les laisser dans la privation du bien qu'ils ne veulent pas. Il n'étoit donc pas juste qu'il parût d'une manière manifestement divine, et absolument capable de convaincre tous les hommes; mais il n'étoit pas juste aussi qu'il vînt d'une manière si cachée,

qu'il ne pût être reconnu de ceux qui le chercheroient sincèrement. Il a voulu se rendre
parfaitement connoissable à ceux-là ; et ainsi,
voulant paroître à découvert à ceux qui le cherchent de tout leur cœur, et caché à ceux qui
le fuient de tout leur cœur, il tempère sa connoissance en sorte qu'il a donné des marques de
soi, visibles à ceux qui le cherchent, obscures
à ceux qui ne le cherchent pas.

II.

Il y a assez de lumière pour ceux qui ne désirent que de voir, et assez d'obscurité pour ceux
qui ont une disposition contraire. Il y a assez de
clarté pour éclairer les élus, et assez d'obscurité
pour les humilier. Il y a assez d'obscurité pour
aveugler les réprouvés, et assez de clarté pour
les condamner et les rendre inexcusables.

Si le monde subsistoit pour instruire l'homme
de l'existence de Dieu, sa divinité y reluiroit de
toutes parts d'une manière incontestable ; mais
comme il ne subsiste que par Jésus-Christ et
pour Jésus-Christ, et pour instruire les hommes, et de leur corruption, et de la rédemption,
tout y éclate des preuves de ces deux vérités. Ce
qui y paroît ne marque ni une exclusion totale,
ni une présence manifeste de divinité, mais la
présence d'un Dieu qui se cache : tout porte ce
caractère.

S'il n'avoit jamais rien paru de Dieu, cette
privation éternelle seroit équivoque, et pourroit

aussi bien se rapporter à l'absence de toute divinité qu'à l'indignité où seroient les hommes de le connoître. Mais de ce qu'il paroît quelquefois, et non toujours, cela ôte l'équivoque. S'il paroît une fois, il est toujours ; et ainsi on ne peut en conclure autre chose, sinon qu'il y a un Dieu, et que les hommes en sont indignes.

III.

Le dessein de Dieu est plus de perfectionner la volonté que l'esprit. Or, la clarté parfaite ne serviroit qu'à l'esprit, et nuiroit à la volonté. S'il n'y avoit point d'obscurité, l'homme ne sentiroit par sa corruption. S'il n'y avoit point de lumière, l'homme n'espéreroit point de remède. Ainsi il est non-seulement juste, mais utile pour nous, que Dieu soit caché en partie, et découvert en partie, puisqu'il est également dangereux à l'homme de connoître Dieu sans connoître sa misère, et de connoître sa misère sans connoître Dieu.

IV.

Tout instruit l'homme de sa condition ; mais il faut bien l'entendre : car il n'est pas vrai que Dieu se découvre en tout, et il n'est pas vrai qu'il se cache en tout. Mais il est vrai tout ensemble qu'il se cache à ceux qui le tentent, et qu'il se découvre à ceux qui le cherchent ; parce que les hommes sont tout ensemble indignes de Dieu, et capables de Dieu ; indignes par leur corruption, capables par leur première nature.

PENSÉES.   21

V.

Il n'y a rien sur la terre qui ne montre, ou la misère de l'homme, ou la miséricorde de Dieu; ou l'impuissance de l'homme sans Dieu, ou la puissance de l'homme avec Dieu. Tout l'univers apprend à l'homme, ou qu'il est corrompu, ou qu'il est racheté. Tout lui apprend sa grandeur ou sa misère. L'abandon de Dieu paroît dans les païens; la protection de Dieu paroît dans les Juifs.

VI.

Tout tourne en bien pour les élus, jusqu'aux obscurités de l'Écriture; car ils les honorent, à cause des clartés divines qu'ils y voient : et tout tourne en mal aux réprouvés, jusqu'aux clartés; car ils les blasphèment à cause des obscurités qu'ils n'entendent pas.

VII.

Si Jésus-Christ n'étoit venu que pour sancti-fier, toute l'Écriture et toutes choses y tendroient, et il seroit bien aisé de convaincre les infidèles. Mais comme il est venu *in sanctificationem et in scandalum*, comme dit Isaïe (*Is.* 8, 14), nous ne pouvons convaincre l'obstination des infidè-les : mais cela ne fait rien contre nous, puisque nous disons qu'il n'y a point de conviction dans toute la conduite de Dieu pour les esprits opi-niâtres, et qui ne cherchent pas sincèrement la vérité.

Jésus-Christ est venu afin que ceux qui ne voyoient point vissent, et que ceux qui voyoient devinssent aveugles : il est venu guérir les malades, et laisser mourir les sains ; appeler les pécheurs à la pénitence et les justifier, et laisser ceux qui se croyoient justes dans leurs péchés ; remplir les indigents, et laisser les riches vides.

Que disent les prophètes de Jésus-Christ ? Qu'il sera évidemment Dieu ? Non : mais qu'il est un Dieu véritablement caché ; qu'il sera méconnu ; qu'on ne pensera point que ce soit lui ; qu'il sera une pierre d'achoppement, à laquelle plusieurs heurteront, etc.

C'est pour rendre le Messie connoissable aux bons, et méconnoissable aux méchants, que Dieu l'a fait prédire de la sorte. Si la manière du Messie eût été prédite clairement, il n'y eût point eu d'obscurité, même pour les méchants. Si le temps eût été prédit obscurément, il y eût eu obscurité, même pour les bons ; car la bonté de leur cœur ne leur eût pas fait entendre qu'un □, par exemple, signifie six cents ans (*). Mais le temps a été prédit clairement, et la manière en figures.

Par ce moyen, les méchants prenant les biens promis pour des biens temporels, s'égarent mal-

---

(*) L'auteur fait ici allusion à ce que chez les Hébreux, comme chez les Grecs, toutes les lettres de l'alphabet ont leur valeur numérale, en sorte qu'elles tiennent lieu de chiffres.

gré le temps prédit clairement; et les bons ne s'égarent pas : car l'intelligence des biens pro- mis dépend du cœur, qui appelle bien ce qu'il aime; mais l'intelligence du temps promis ne dépend point du cœur; et ainsi la prédiction claire du temps, et obscure des biens, ne trompe que les méchants.

VIII.

Comment falloit-il que fût le Messie, puisque par lui le sceptre devoit être éternellement en Juda, et qu'à son arrivée le sceptre devoit être ôté de Juda?

Pour faire qu'en voyant ils ne voient point, et qu'en entendant ils n'entendent point, rien ne pouvoit être mieux fait.

Au lieu de se plaindre de ce que Dieu s'est caché, il faut lui rendre grâces de ce qu'il s'est tant découvert, et lui rendre grâces aussi de ce qu'il ne s'est pas découvert aux sages, ni aux superbes, indignes de connoître un Dieu si saint.

IX.

La généalogie de Jésus-Christ dans l'ancien Testament est mêlée parmi tant d'autres inutiles, qu'on ne peut presque la discerner. Si Moïse n'eût tenu registre que des ancêtres de Jésus- Christ, cela eût été trop visible. Mais après tout, qui regarde de près voit celle de Jésus-Christ bien discernée par Thamar, Ruth, etc.

Les foiblesses les plus apparentes sont des forces à ceux qui prennent bien les choses. Par exemple, les deux généalogies de saint Matthieu et de saint Luc : il est visible que cela n'a pas été fait de concert.

X.

Qu'on ne nous reproche donc plus le manque de clarté, puisque nous en faisons profession. Mais que l'on reconnoisse la vérité de la religion dans l'obscurité même de la religion, dans le peu de lumière que nous en avons, et dans l'indifférence que nous avons de la connoître.

S'il n'y avoit qu'une religion, Dieu seroit trop manifeste ; s'il n'y avoit de martyrs qu'en notre religion, de même.

Jésus-Christ, pour laisser les méchants dans l'aveuglement, ne dit pas qu'il n'est point de Nazareth, ni qu'il n'est point fils de Joseph.

XI.

Comme Jésus-Christ est demeuré inconnu parmi les hommes, la vérité demeure aussi parmi les opinions communes, sans différence à l'extérieur : ainsi l'Eucharistie parmi le pain commun.

Si la miséricorde de Dieu est si grande, qu'il nous instruit salutairement, même lorsqu'il se cache, quelle lumière ne devons-nous pas en attendre lorsqu'il se découvre ?

On n'entend rien aux ouvrages de Dieu, si on ne prend pour principe qu'il aveugle les uns et éclaire les autres.

ARTICLE XIV.

QUE LES VRAIS CHRÉTIENS ET LES VRAIS JUIFS
N'ONT QU'UNE MÊME RELIGION.

I.

La religion des Juifs sembloit consister essentiellement en la paternité d'Abraham, en la
circoncision, aux sacrifices, aux cérémonies,
en l'arche, au temple de Jérusalem, et enfin en
la loi et en l'alliance de Moïse.

Je dis qu'elle ne consistoit en aucune de ces
choses, mais seulement en l'amour de Dieu, et
que Dieu réprouvoit toutes les autres choses.

Que Dieu n'avoit point d'égard au peuple
charnel qui devoit sortir d'Abraham.

Que les Juifs seront punis de Dieu comme les
étrangers, s'ils l'offensent. *Si vous oubliez Dieu,
et que vous suiviez des dieux étrangers, je vous
prédis que vous périrez de la même manière que
les nations que Dieu a exterminées devant vous.*
(*Deut.* 8, 19, 20.)

Que les étrangers seront reçus de Dieu comme
les Juifs, s'ils l'aiment.

Que les vrais Juifs ne considéroient leur mérite que de Dieu, et non d'Abraham. *Vous êtes
véritablement notre Père, et Abraham ne nous a
pas connus, et Israël n'a pas eu connoissance de*

nous; mais c'est vous qui êtes notre Père et notre Rédempteur. (*Is.* 63, 16.)

Moïse même leur a dit que Dieu n'accepteroit pas les personnes. *Dieu,* dit-il, *n'accepte pas les personnes, ni les sacrifices.* (*Deut.* 10, 17.)

Je dis que la circoncision du cœur est ordonnée. *Soyez circoncis du cœur; retranchez les superfluités de votre cœur, et ne vous endurcissez pas; car votre Dieu est un Dieu grand, puissant et terrible, qui n'accepte pas les personnes.* (*Deut.* 10, 16, 17. Jérém. 4, 4.)

Que Dieu dit qu'il le feroit un jour. *Dieu te circoncira le cœur, et à tes enfants, afin que tu l'aimes de tout ton cœur.* (*Deut.* 30, 6.)

Que les incirconcis de cœur seront jugés. Car Dieu jugera les peuples incirconcis, et tout le peuple d'Israël, parce qu'il *est incirconcis de cœur.* (*Jérém.* 9, 25, 26.)

II.

Je dis que la circoncision étoit une figure (*) qui avoit été établie pour distinguer le peuple juif de toutes les autres nations. (*Genes.* 17, 11.)

Et de là vient qu'étant dans le désert, ils ne furent pas circoncis : parce qu'ils ne pouvoient se confondre avec les autres peuples, et que, depuis que Jésus-Christ est venu, cela n'est plus nécessaire.

(*) *Figure* n'est pas le mot propre; il falloit dire un signe, une marque. La Vulgate porte : *Ut signum fœderis inter me et vos.*

Que l'amour de Dieu est recommandé en tout. *Je prends à témoin le ciel et la terre, que j'ai mis devant vous la mort et la vie, afin que vous choisissiez la vie, et que vous aimiez Dieu, et que vous lui obéissiez ; car c'est Dieu qui est votre vie.* (*Deut.* 3o, 19, 20.)

Il est dit que les Juifs, faute de cet amour, seroient réprouvés pour leurs crimes, et les païens élus en leur place. *Je me cacherai d'eux dans la vue de leurs derniers crimes ; car c'est une nation méchante et infidèle.* (*Deut.* 32, 20, 21.) *Ils m'ont provoqué à courroux par les choses qui ne sont point des dieux ; et je les provoquerai à jalousie par un peuple qui n'est pas mon peuple, et par une nation sans science et sans intelligence.* (*Is.* 65.)

Que les biens temporels sont faux, et que le vrai bien est d'être uni à Dieu. (*Ps.* 72.)

Que leurs fêtes déplaisent à Dieu. (*Amos.* 5, 21.)

Que les sacrifices des Juifs déplaisent à Dieu, et non-seulement des méchants Juifs, mais qu'il ne se plaît pas même en ceux des bons, comme il paroît par le psaume 49, où, avant que d'adresser son discours aux méchants par ces paroles, *Peccatori autem dixit Deus*, il dit qu'il ne veut point des sacrifices des bêtes, ni de leur sang. (*Is.* 66. *Jérém.* 6, 20.)

Que les sacrifices des païens seront reçus de Dieu ; et que Dieu retirera sa volonté des sacrifices des Juifs. (*Malach.* 1, 11.)

Que Dieu fera une nouvelle alliance par le

Messie, et que l'ancienne sera rejetée. (*Jérém.* 31, 31.)

Que les anciennes choses seront oubliées. (*Is.* 43, 18, 19.)

Qu'on ne se souviendra plus de l'arche. (*Jérém.* 3, 16.)

Que le temple seroit rejeté. (*Jérém.* 7, 12, 13, 14.)

Que les sacrifices seroient rejetés, et d'autres sacrifices purs établis. (*Malach.* 1, 10, 11.)

Que l'ordre de la sacrificature d'Aaron sera réprouvé, et celle de Melchisédech introduite par le Messie. (*Ps.* 109.)

Que cette sacrificature seroit éternelle. (*Ibid.*)

Que Jérusalem seroit réprouvée, et un nouveau nom donné. (*Is.* 65.)

Que ce dernier nom seroit meilleur que celui des Juifs, et éternel. (*Is.* 56, 5.)

Que les Juifs devoient être sans prophètes, sans rois, sans princes, sans sacrifices, sans autel. (*Osée*, 3, 4.)

Que les Juifs subsisteroient toujours néanmoins en peuple. (*Jérém.* 31, 36.)

ARTICLE XV.

ON NE CONNOÎT DIEU UTILEMENT QUE PAR JÉSUS-CHRIST.

I.

La plupart de ceux qui entreprennent de prouver la divinité aux impies commencent d'ordinaire par les ouvrages de la nature, et ils réussissent rarement. Je n'attaque pas la solidité de ces preuves consacrées par l'Écriture sainte : elles sont conformes à la raison ; mais souvent elles ne sont pas assez conformes et assez proportionnées à la disposition de l'esprit de ceux pour qui elles sont destinées.

Car il faut remarquer qu'on n'adresse pas ce discours à ceux qui ont la foi vive dans le cœur, et qui voient incontinent que tout ce qui est n'est autre chose que l'ouvrage du Dieu qu'ils adorent. C'est à eux que toute la nature parle pour son auteur, et que les cieux annoncent la gloire de Dieu. Mais pour ceux en qui cette lumière est éteinte, et dans lesquels on a dessein de la faire revivre, ces personnes destituées de foi et de charité, qui ne trouvent que ténèbres et obscurité dans toute la nature, il semble que ce ne soit pas le moyen de les ramener, que de ne leur donner pour preuves de ce grand et im-

portant sujet que le cours de la lune ou des planètes, ou des raisonnements communs, et contre
lesquels ils se sont continuellement roidis. L'endurcissement de leur esprit les a rendus sourds
à cette voix de la nature, qui a retenti continuellement à leurs oreilles; et l'expérience fait
voir que, bien loin qu'on les emporte par ce
moyen, rien n'est plus capable au contraire de
les rebuter, et de leur ôter l'espérance de trouver la vérité, que de prétendre les en convaincre
seulement par ces sortes de raisonnements, et
de leur dire qu'ils doivent y voir la vérité à découvert.

Ce n'est pas de cette sorte que l'Écriture, qui
connoît mieux que nous les choses qui sont de
Dieu, en parle (104). Elle nous dit bien que la
beauté des créatures fait connoître celui qui en
est l'auteur; mais elle ne nous dit pas qu'elles
fassent cet effet dans tout le monde. Elle nous
avertit, au contraire, que, quand elles le font,
ce n'est pas par elles-mêmes, mais par la lumière
que Dieu répand en même temps dans l'esprit
de ceux à qui il se découvre par ce moyen : *Quod
notum est Dei, manifestum est in illis; Deus enim
illis manifestavit.* (*Rom.* 1, 19.) Elle nous dit
généralement que Dieu est un Dieu caché : *Verè
tu es Deus absconditus* (*Is.* 45, 15); et que depuis la corruption de la nature, il a laissé les
hommes dans un aveuglement dont ils ne peuvent sortir que par Jésus-Christ, hors duquel
toute communication avec Dieu nous est ôtée :

Nemo novit patrem nisi filius, et cui voluerit filius revelare. (Matth. 11, 27.)

C'est encore ce que l'Écriture nous marque, lorsqu'elle nous dit, en tant d'endroits, que ceux qui cherchent Dieu le trouvent ; car on ne parle point ainsi d'une lumière claire et évidente : on ne la cherche point ; elle se découvre et se fait voir d'elle-même.

II.

Les preuves de Dieu métaphysiques sont si éloignées du raisonnement des hommes, et si impliquées, qu'elles frappent peu ; et quand cela serviroit à quelques-uns, ce ne seroit que pendant l'instant qu'ils voient cette démonstration ; mais, une heure après, ils craignent de s'être trompés. *Quod curiositate cognoverint, superbiá amiserunt.*

D'ailleurs ces sortes de preuves ne peuvent nous conduire qu'à une connoissance spéculative de Dieu ; et ne le connoître que de cette sorte, c'est ne pas le connoître.

La Divinité des Chrétiens ne consiste pas en un Dieu simplement auteur des vérités géométriques et de l'ordre des éléments ; c'est la part des païens. Elle ne consiste pas simplement en un Dieu qui exerce sa Providence sur la vie et sur les biens des hommes, pour donner une heureuse suite d'années à ceux qui l'adorent ; c'est le partage des Juifs. Mais le Dieu d'Abraham et de Jacob, le Dieu des Chrétiens, est un Dieu d'amour et de consolation : c'est un Dieu qui remplit l'âme et le cœur qu'il possède : c'est un Dieu qui leur fait sentir intérieurement leur misère et sa miséricorde infinie ; qui s'unit au fond de leur âme ; qui la remplit d'humilité, de joie, de confiance, d'amour ; qui les rend incapables d'autre fin que de lui-même.

Le Dieu des Chrétiens est un Dieu qui fait sentir à l'âme qu'il est son unique bien ; que tout son repos est en lui, et qu'elle n'aura de joie qu'à l'aimer ; et qui lui fait en même temps abhorrer les obstacles qui la retiennent et l'empêchent de l'aimer de toutes ses forces. L'amour-propre et la concupiscence qui l'arrêtent lui sont insupportables. Ce Dieu lui fait sentir qu'elle a ce fonds d'amour-propre, et que lui seul peut l'en guérir.

Voilà ce que c'est que de connoître Dieu en chrétien. Mais pour le connoître de cette manière, il faut connoître en même temps sa misère, son indignité, et le besoin qu'on a d'un médiateur pour se rapprocher de Dieu, et pour s'unir à lui. Il ne faut point séparer ces connoissances, parce qu'étant séparées, elles sont non-seulement inutiles, mais nuisibles. La connoissance de Dieu, sans celle de notre misère, fait l'orgueil. La connoissance de notre misère, sans celle de Jésus-Christ, fait le désespoir. Mais la connoissance de Jésus-Christ nous exempte, et de l'orgueil, et du désespoir, parce que nous y trouvons Dieu, notre misère, et la voie unique de la réparer.

Nous pouvons connoître Dieu sans connoître nos misères; ou nos misères, sans connoître Dieu; ou même Dieu et nos misères, sans connoître le moyen de nous délivrer des misères qui nous accablent. Mais nous ne pouvons connoître Jésus-Christ sans connoître tout ensemble, et Dieu, et nos misères, et le remède de nos misères; parce que Jésus-Christ n'est pas simplement Dieu, mais que c'est un Dieu réparateur de nos misères.

Ainsi tous ceux qui cherchent Dieu sans Jésus-Christ ne trouvent aucune lumière qui les satisfasse, ou qui leur soit véritablement utile. Car, ou ils n'arrivent pas jusqu'à connoître qu'il y a un Dieu, ou, s'ils y arrivent, c'est inutilement pour eux; parce qu'ils se forment un moyen de communiquer sans médiateur avec ce Dieu qu'ils ont connu sans médiateur. De sorte qu'ils tombent ou dans l'athéisme, ou dans le déisme, qui sont deux choses que la religion chrétienne abhorre presque également.

Il faut donc tendre uniquement à connoître Jésus-Christ, puisque c'est par lui seul que nous pouvons prétendre connoître Dieu d'une manière qui nous soit utile.

C'est lui qui est le vrai Dieu des hommes, c'est-à-dire, des misérables et des pécheurs. Il est le centre de tout et l'objet de tout : et qui ne le connoît pas, ne connoît rien dans l'ordre du monde, ni dans soi-même. Car non-seulement nous ne connoissons Dieu que par Jésus-Christ, mais

nous ne nous connoissons nous-mêmes que par
Jésus-Christ.

Sans Jésus-Christ il faut que l'homme soit
dans le vice et dans la misère ; avec Jésus-Christ
l'homme est exempt de vice et de misère. En lui
est tout notre bonheur, notre vertu, notre vie,
notre lumière, notre espérance ; et hors de lui,
il n'y a que vice, misère, ténèbres, désespoir, et
nous ne voyons qu'obscurité et confusion dans
la nature de Dieu et dans notre propre nature.

ARTICLE XVI.

PENSÉES SUR LES MIRACLES.

I.

Il faut juger de la doctrine par les miracles ; il
faut juger des miracles par la doctrine. La doctrine discerne les miracles, et les miracles discernent la doctrine. Tout cela est vrai ; mais cela
ne se contredit pas.

II.

Il y a des miracles qui sont des preuves certaines de la vérité ; et il y en a qui ne sont pas
des preuves certaines de la vérité. Il faut une
marque pour les connoître ; autrement ils seroient inutiles. Or, ils ne sont pas inutiles, et
sont au contraire fondements. Il faut donc que

la règle qu'on nous donne soit telle, qu'elle ne détruise pas la preuve que les vrais miracles donnent de la vérité, qui est la fin principale des miracles.

S'il n'y avoit point de miracles joints à la fausseté, il y auroit certitude. S'il n'y avoit point de règle pour les discerner, les miracles seroient inutiles, et il n'y auroit pas de raison de croire.

Moïse en a donné une, qui est lorsque le miracle mène à l'idolâtrie (*Deut.* 13, 1, 2, 3); et Jésus-Christ une : *Celui*, dit-il, *qui fait des miracles en mon nom, ne peut à l'heure même mal parler de moi.* (*Marc*, 9, 38.) D'où il s'ensuit que quiconque se déclare ouvertement contre Jésus-Christ ne peut faire de miracles en son nom. Ainsi, s'il en fait, ce n'est point au nom de Jésus-Christ, et il ne doit pas être écouté. Voilà les occasions d'exclusion à la foi des miracles, marquées. Il ne faut pas y donner d'autres exclusions. Dans l'ancien Testament, quand on vous détournera de Dieu; dans le nouveau, quand on vous détournera de Jésus-Christ.

D'abord donc qu'on voit un miracle, il faut, ou se soumettre, ou avoir d'étranges marques du contraire; il faut voir si celui qui le fait nie un Dieu, ou Jésus-Christ et l'Église.

III.

Toute religion est fausse, qui, dans sa foi, n'adore pas un Dieu, comme principe de toutes choses, et qui, dans sa morale, n'aime pas un seul Dieu, comme objet de toutes choses. Toute religion qui ne reconnoît pas maintenant Jésus-Christ est notoirement fausse, et les miracles ne peuvent lui servir de rien.

Les Juifs avoient une doctrine de Dieu, comme nous en avons une de Jésus-Christ, et confirmée par miracles; et défense de croire à tous faiseurs de miracles qui leur enseigneroient une doctrine contraire; et, de plus, ordre de recourir aux grands-prêtres, et de s'en tenir à eux. Et ainsi toutes les raisons que nous avons pour refuser de croire les faiseurs de miracles, il semble qu'ils les avoient à l'égard de Jésus-Christ et des apôtres.

Cependant il est certain qu'ils étoient très-coupables de refuser de les croire, à cause de leurs miracles, puisque Jésus-Christ dit qu'ils n'eussent pas été coupables s'ils n'eussent point vu ses miracles: *Si opera non fecissem in eis quæ nemo alius fecit, peccatum non haberent.* (*Joan.* 15, 24.) *Si je n'avois fait parmi eux des œuvres que jamais aucun autre n'a faites, ils n'auroient point de péché.*

Il s'ensuit donc qu'il jugeoit que ses miracles étoient des preuves certaines de ce qu'il enseignoit, et que les Juifs avoient obligation de le croire. Et, en effet, c'est particulièrement les miracles qui rendoient les Juifs coupables dans leur incrédulité. Car les preuves qu'on eût pu tirer de l'Ecriture, pendant la vie de Jésus-Christ, n'auroient pas été démonstratives. On y

PENSÉES.   22

voit, par exemple, que Moïse a dit qu'un prophète viendroit; mais cela n'auroit pas prouvé que Jésus-Christ fût ce prophète; et c'étoit toute la question. Ces passages faisoient voir qu'il pouvoit être le Messie; et cela, avec ses miracles, devoit déterminer à croire qu'il l'étoit effectivement.

IV.

Les prophéties seules ne pouvoient pas prouver Jésus-Christ pendant sa vie. Et ainsi on n'eût pas été coupable de ne pas croire en lui avant sa mort, si les miracles n'eussent pas été décisifs. Donc les miracles suffisent, quand on ne voit pas que la doctrine soit contraire; et on doit y croire.

Jésus-Christ a prouvé qu'il étoit le Messie, en vérifiant plutôt sa doctrine et sa mission par ses miracles que par l'Écriture et par les prophéties.

C'est par les miracles que Nicodème reconnoît que sa doctrine est de Dieu : *Scimus quia à Deo venisti magister; nemo enim potest hæc signa facere quæ tu facis, nisi fuerit Deus cum eo.* (*Joan.* 3, 2.) Il ne juge pas des miracles par la doctrine, mais de la doctrine par les miracles.

Ainsi, quand même la doctrine seroit suspecte, comme celle de Jésus-Christ pouvoit l'être à Nicodème, à cause qu'elle sembloit détruire les traditions des Pharisiens; s'il y a des miracles clairs et évidents du même côté, il faut que l'évidence du miracle l'emporte sur ce qu'il pourroit y avoir de difficulté de la part de la doctrine : ce qui est fondé sur ce principe immobile, que Dieu ne peut induire en erreur.

Il y a un devoir réciproque entre Dieu et les hommes. *Accusez-moi*, dit Dieu dans Isaïe. (*Is.* 1, 18.) Et en un autre endroit : *Qu'ai-je dû faire à ma vigne que je ne lui aie fait?* (*Ibid.* 5, 4.)

Les hommes doivent à Dieu de recevoir la religion qu'il leur envoie. Dieu doit aux hommes de ne pas les induire en erreur. Or, ils seroient induits en erreur, si les faiseurs de miracles annonçoient une fausse doctrine qui ne parût pas visiblement fausse aux lumières du sens commun, et si un plus grand faiseur de miracles n'avoit déjà averti de ne pas les croire. Ainsi, s'il y avoit division dans l'Église, et que les ariens, par exemple, qui se disoient fondés sur l'Écriture comme les catholiques, eussent fait des miracles, et non les catholiques, on eût été induit en erreur. Car, comme un homme qui nous annonce les secrets de Dieu, n'est pas digne d'être cru sur son autorité privée : aussi un homme qui, pour marque de la communication qu'il a avec Dieu, ressuscite les morts, prédit l'avenir, transporte les montagnes, guérit les maladies, mérite d'être cru; et on est impie si on ne s'y rend, à moins qu'il ne soit démenti par quelque autre qui fasse encore de plus grands miracles.

Mais n'est-il pas dit que Dieu nous tente? Et ainsi ne peut-il pas nous tenter par des miracles qui semblent porter à la fausseté?

Il y a bien de la différence entre tenter et induire en erreur. Dieu tente; mais il n'induit point en erreur. Tenter, c'est procurer les occasions qui n'imposent point de nécessité. Induire en erreur, c'est mettre l'homme dans la nécessité de conclure et suivre une fausseté. C'est ce que Dieu ne peut faire, et ce qu'il feroit néanmoins, s'il permettoit que, dans une question obscure, il se fît des miracles du côté de la fausseté.

On doit conclure de là qu'il est impossible qu'un homme cachant sa mauvaise doctrine, et n'en faisant paroître qu'une bonne, et se disant conforme à Dieu et à l'Église, fasse des miracles pour couler insensiblement une doctrine fausse et subtile : cela ne se peut. Et encore moins, que Dieu, qui connoît les cœurs, fasse des miracles en faveur d'une personne de cette sorte.

V.

Il y a bien de la différence entre n'être pas pour Jésus-Christ, et le dire; ou n'être pas pour Jésus-Christ, et feindre d'en être. Les premiers pourroient peut-être faire des miracles, non les autres; car il est clair des uns qu'ils sont contre la vérité, non des autres; et ainsi les miracles sont plus clairs.

Les miracles discernent donc les choses douteuses, entre les peuples juif et païen, juif et chrétien; catholique, hérétique; calomniés, calomniateurs; entre les trois croix.

C'est ce que l'on a vu, dans tous les combats de la vérité contre l'erreur, d'Abel contre Caïn, de Moïse contre les magiciens de Pharaon, d'Élie contre les faux prophètes, de Jésus-Christ contre les Pharisiens, de saint Paul contre Barjésu, des apôtres contre les exorcistes, des chrétiens contre les infidèles, des catholiques contre les hérétiques ; et c'est ce qui se verra aussi dans le combat d'Élie et d'Énoch contre l'Antechrist. Toujours le vrai prévaut en miracles.

Enfin, jamais en la contention du vrai Dieu, ou de la vérité de la religion, il n'est arrivé de miracle du côté de l'erreur, qu'il n'en soit aussi arrivé de plus grand du côté de la vérité.

Par cette règle, il est clair que les Juifs étoient obligés de croire Jésus-Christ. Jésus-Christ leur étoit suspect : mais ses miracles étoient infiniment plus clairs que les soupçons que l'on avoit contre lui. Il falloit donc le croire.

Du temps de Jésus-Christ, les uns croyoient en lui, les autres n'y croyoient pas, à cause des prophéties qui disoient que le Messie devoit naître en Bethléem, au lieu qu'on croyoit que Jésus-Christ étoit né dans Nazareth. Mais ils devoient mieux prendre garde s'il n'étoit pas né en Bethléem ; car ses miracles étant convaincants, ces prétendues contradictions de sa doctrine à l'Écriture, et cette obscurité, ne les excusoient pas, mais les aveugloient.

Jésus-Christ guérit l'aveugle-né, et fit quantité de miracles au jour du sabbat. Par où il aveugloit les Pharisiens, qui disoient qu'il falloit juger des miracles par la doctrine.

Mais par la même règle qu'on devoit croire Jésus-Christ, on ne devra point croire l'Antechrist.

Jésus-Christ ne parloit ni contre Dieu, ni contre Moïse. L'Antechrist et les faux prophètes, prédits par l'un et l'autre Testament, parleront ouvertement contre Dieu et contre Jésus-Christ. Qui seroit ennemi couvert, Dieu ne permettroit pas qu'il fît des miracles ouvertement.

Moïse a prédit Jésus-Christ, et ordonné de le suivre. Jésus-Christ a prédit l'Antechrist, et défendu de le suivre.

Les miracles de Jésus-Christ ne sont pas prédits par l'Antechrist; mais les miracles de l'Antechrist sont prédits par Jésus-Christ. Et ainsi, si Jésus-Christ n'étoit pas le Messie, il auroit bien induit en erreur; mais on ne sauroit y être induit avec raison par les miracles de l'Antechrist. Et c'est pourquoi les miracles de l'Antechrist ne nuisent point à ceux de Jésus-Christ. En effet, quand Jésus-Christ a prédit les miracles de l'Antechrist, a-t-il cru détruire la foi de ses propres miracles ?

Il n'y a nulle raison de croire à l'Antechrist qui ne soit à croire en Jésus-Christ; mais il y en a à croire en Jésus-Christ, qui ne sont point à croire à l'Antechrist.

VI.

Les miracles ont servi à la fondation, et serviront à la continuation de l'Église jusqu'à l'Antechrist, jusqu'à la fin.

C'est pourquoi Dieu, afin de conserver cette preuve à son Église, ou il a confondu les faux miracles, ou il les a prédits ; et par l'un et l'autre, il s'est élevé au-dessus de ce qui est surnaturel à notre égard, et nous y a élevés nous-mêmes.

Il en arrivera de même à l'avenir : ou Dieu ne permettra pas de faux miracles, ou il en procurera de plus grands ; car les miracles ont une telle force, qu'il a fallu que Dieu ait averti qu'on n'y pensât point quand ils seroient contre lui, tout clair qu'il soit qu'il y a un Dieu ; sans quoi ils eussent été capables de troubler.

Et ainsi, tant s'en faut que ces passages du treizième chapitre du Deutéronome, qui portent qu'il ne faut point croire ni écouter ceux qui feront des miracles, et qui détourneront du service de Dieu ; et celui de saint Marc : *Il s'élèvera de faux christs et de faux prophètes, qui feront des prodiges et des choses étonnantes, jusqu'à séduire, s'il est possible, les élus mêmes* (*Marc,* 13, 22), et quelques autres semblables, fassent contre l'autorité des miracles, que rien n'en marque davantage la force.

VII.

Ce qui fait qu'on ne croit pas les vrais miracles,

c'est le défaut de charité : *Vous ne croyez pas ;*
dit Jésus-Christ parlant aux Juifs, *parce que*
vous n'êtes pas de mes brebis. (*Joan.* 10, 26.) Ce
qui fait croire les faux, c'est le défaut de charité:
Eo quòd charitatem veritatis non receperunt ut
salvi fierent, ideò mittet illis Deus operationem
erroris, ut credant mendacio. (2 *Thess.* 2, 10.)

Lorsque j'ai considéré d'où vient qu'on ajoute
tant de foi à tant d'imposteurs (105) qui disent
qu'ils ont des remèdes, jusqu'à mettre souvent
sa vie entre leurs mains, il m'a paru que la
véritable cause est qu'il y a de vrais remèdes ;
car il ne seroit pas possible qu'il y en eût tant
de faux, et qu'on y donnât tant de croyance,
s'il n'y en avoit de véritables. Si jamais il y en
avoit eu, et que tous les maux eussent été incu-
rables, il est impossible que les hommes se
fussent imaginé qu'ils pourroient en donner ;
et encore plus que tant d'autres eussent donné
croyance à ceux qui se fussent vantés d'en avoir.
De même que, si un homme se vantoit d'empêcher de mourir, personne ne le croiroit, parce
qu'il n'y a aucun exemple de cela. Mais comme
il y a eu quantité de remèdes qui se sont trouvés
véritables par la connoissance même des plus
grands hommes, la croyance des hommes s'est
pliée par là ; parce que, la chose ne pouvant
être niée en général, puisqu'il y a des effets
particuliers qui sont véritables, le peuple, qui
ne peut pas discerner lesquels d'entre ces effets
particuliers sont les véritables, les croit tous.

De même, ce qui fait qu'on croit tant de faux effets de la lune, c'est qu'il y en a de vrais, comme le flux de la mer.

Ainsi il me paroît aussi évidemment qu'il n'y a tant de faux miracles, de fausses révélations, de sortiléges, etc., que parce qu'il y en a de vrais; ni de fausses religions, que parce qu'il y en a une véritable. Car s'il n'y avoit jamais eu rien de tout cela, il est comme impossible que les hommes se le fussent imaginé, et encore plus que d'autres l'eussent cru. Mais comme il y a eu de très-grandes choses véritables, et qu'ainsi elles ont été crues par de grands hommes, cette impression a été cause que presque tout le monde s'est rendu capable de croire aussi les fausses. Et ainsi, au lieu de conclure qu'il n'y a point de vrais miracles, puisqu'il y en a de faux, il faut dire, au contraire, qu'il y a de vrais miracles, puisqu'il y en a tant de faux; et qu'il n'y en a de faux que par cette raison qu'il y en a de vrais; et qu'il n'y a de même de fausses religions que parce qu'il y en a une véritable. Cela vient de ce que l'esprit de l'homme, se trouvant plié de ce côté-là par la vérité, devient susceptible par là de toutes les faussetés.

VIII.

Il est dit, Croyez à l'Église; mais il n'est pas dit, Croyez aux miracles; à cause que le dernier est naturel, et non pas le premier. L'un avoit besoin de précepte, non pas l'autre.

Il y a si peu de personnes à qui Dieu se fasse paroître par ces coups extraordinaires, qu'on doit bien profiter de ces occasions, puisqu'il ne sort du secret de la nature qui le couvre que pour exciter notre foi à le servir avec d'autant plus d'ardeur, que nous le connoissons avec plus de certitude.

Si Dieu se découvroit continuellement aux hommes, il n'y auroit point de mérite à le croire; et s'il ne se découvroit jamais, il y auroit peu de foi. Mais il se cache ordinairement, et se découvre rarement à ceux qu'il veut engager dans son service. Cet étrange secret, dans lequel Dieu s'est retiré, impénétrable à la vue des hommes, est une grande leçon pour nous porter à la solitude, loin de la vue des hommes. Il est demeuré caché sous le voile de la nature, qui nous le couvre, jusques à l'incarnation; et quand il a fallu qu'il ait paru, il s'est encore plus caché en se couvrant de l'humanité. Il étoit bien plus reconnoissable quand il étoit invisible que non pas quand il s'est rendu visible. Et enfin, quand il a voulu accomplir la promesse qu'il fit à ses apôtres de demeurer avec les hommes jusqu'à son dernier avénement, il a choisi d'y demeurer dans le plus étrange et le plus obscur secret de tous, savoir, sous les espèces de l'Eucharistie. C'est ce sacrement que saint Jean appelle dans l'Apocalypse *une manne cachée* (*Apoc.* 2, 17); et je crois qu'Isaïe le voyoit en cet état, lorsqu'il dit en esprit de prophétie : *Véritablement vous*

êtes un Dieu caché. (*Isaïe*, 45, 15.) C'est là le
dernier secret où il peut être. Le voile de la nature qui couvre Dieu a été pénétré par plusieurs
infidèles, qui, comme dit saint Paul (*Rom.* 1,
20), ont rconnu un Dieu invisible par la nature visible. Beaucoup de chrétiens hérétiques
l'ont connu à travers son humanité, et adorent
Jésus-Christ Dieu et homme. Mais pour nous,
nous devons nous estimer heureux de ce que
Dieu nous éclaire jusqu'à le reconnoître sous les
espèces du pain et du vin.

On peut ajouter à ces considérations le secret
de l'esprit de Dieu caché encore dans l'Écriture.
Car il y a deux sens parfaits, le littéral et le mystique; et les Juifs, s'arrêtant à l'un, ne pensent
pas seulement qu'il y en ait un autre, et ne son-
gent pas à le chercher : de même que les impies,
voyant les effets naturels, les attribuent à la nature, sans penser qu'il y en ait un autre auteur :
et comme les Juifs, voyant un homme parfait en
Jésus-Christ, n'ont pas pensé à y chercher une
autre nature : *Nous n'avons point pensé que ce
fût lui*, dit encore Isaïe (*Is.* 53, 3) : et de même
enfin que les hérétiques, voyant les apparences
parfaites du pain dans l'Eucharistie, ne pensent
pas à y chercher une autre substance. Toutes
choses couvrent quelque mystère ; toutes choses
sont des voiles qui couvrent Dieu. Les chrétiens
doivent le reconnoître en tout. Les afflictions
temporelles couvrent les biens éternels où elles
conduisent. Les joies temporelles couvrent les

maux éternels qu'elles causent. Prions Dieu de nous le faire reconnoître et servir en tout; et rendons-lui des grâces infinies de ce qu'étant caché en toutes choses pour tant d'autres, il s'est découvert en toutes choses et en tant de manières pour nous.

IX.

Les filles de Port-Royal, étonnées de ce qu'on dit qu'elles sont dans une voie de perdition; que leurs confesseurs les mènent à Genève; qu'ils leur inspirent que Jésus - Christ n'est pas en l'Eucharistie, ni à la droite du Père : sachant que tout cela étoit faux, s'offrirent à Dieu en cet état, en lui disant avec le prophète : *Vide si via iniquitatis in me est.* (*Ps.* 138, 24.) Qu'arrive-t-il là-dessus? Ce lieu, qu'on dit être le temple du diable, Dieu en fait son temple. On dit qu'il faut en ôter les enfants; on dit que c'est *l'arsenal de l'enfer* : Dieu en fait le sanctuaire de ses grâces. Enfin on les menace de toutes les fureurs et de toutes les vengeances du ciel, et Dieu les comble de ses faveurs. Il faudroit avoir perdu le sens pour en conclure qu'elles sont dans la voie de perdition.

Les jésuites n'ont pas laissé néanmoins d'en tirer cette conclusion; car ils concluent de tout que leurs adversaires sont hérétiques. S'ils leur reprochent leurs excès, ils disent qu'ils parlent comme des hérétiques. S'ils disent que la grâce de Jésus nous discerne, et que notre salut dépend de Dieu, c'est le langage des hérétiques.

S'ils disent qu'ils sont soumis au pape ; c'est ainsi, disent-ils, que les hérétiques se cachent et se déguisent. S'ils disent qu'il ne faut pas tuer pour une pomme ; ils combattent, disent les jésuites, la morale des catholiques. Enfin, s'il se fait des miracles parmi eux, ce n'est pas une marque de sainteté ; c'est au contraire un soupçon d'hérésie.

Voilà l'excès étrange où la passion des jésuites les a portés ; et il ne leur restoit plus que cela pour détruire les principaux fondements de la religion chrétienne. Car les trois marques de la véritable relation sont la perpétuité, la bonne vie et les miracles. Ils ont déjà détruit la perpétuité par la probabilité, qui introduit leurs nouvelles opinions à la place des vérités anciennes ; ils ont détruit la bonne vie par leur morale corrompue : et maintenant ils veulent détruire les miracles en détruisant ou leur vérité, ou leur conséquence.

Les adversaires de l'Église les nient, ou en nient la conséquence : les jésuites de même. Ainsi, pour affoiblir leurs adversaires, ils désarment l'Église, et se joignent à tous ses ennemis, en empruntant d'eux toutes les raisons par lesquelles ils combattent les miracles. Car l'Église a trois sortes d'ennemis : les Juifs, qui n'ont jamais été de son corps ; les hérétiques, qui s'en sont retirés ; et les mauvais chrétiens, qui la déchirent en dedans.

Ces trois sortes de différents adversaires la

combattent d'ordinaire diversement. Mais ici ils
la combattent d'une même sorte. Comme ils sont
tous sans miracles, et que l'Église a toujours eu
contre eux des miracles, ils ont tous eu le même
intérêt à les éluder, et se sont tous servis de
cette défaite : qu'il ne faut pas juger de la doctrine par les miracles, mais des miracles par la
doctrine. Il y avoit deux partis entre ceux qui
écoutoient Jésus-Christ : les uns qui suivoient
sa doctrine par ses miracles ; les autres qui disoient : *Il chasse les démons au nom de Belzebuth.*
Il y avoit deux partis au temps de Calvin : celui
de l'Église, et celui des sacramentaires, qui la
combattoient. Il y a maintenant les jésuites, et
ceux qu'ils appellent *jansénistes*, qui contestent.
Mais les miracles étant du côté des jansénistes,
les jésuites ont recours à cette défaite générale
des Juifs et des hérétiques, qui est qu'il faut
juger des miracles par la doctrine.

Ce n'est point ici le pays de la vérité : elle est
inconnue parmi les hommes. Dieu l'a couverte
d'un voile qui la laisse méconnoître à ceux qui
n'entendent pas sa voix. La porte est ouverte
aux blasphèmes, et même sur les vérités les
plus certaines de la morale. Si l'on publie les
vérités de l'Évangile, on en publie de contraires,
et on obscurcit les questions : en sorte que le
peuple ne peut discerner. Aussi on demande :
Qu'avez-vous pour vous faire plutôt croire que
les autres ? Quel signe faites-vous ? Vous n'avez
que des paroles, et nous aussi. Si vous n'avez

point de miracles, on dit que *la doctrine doit être soutenue par les miracles ;* cela est une vérité dont on abuse pour blasphémer la doctrine. Et si les miracles arrivent, on dit que *les miracles ne suffisent pas sans la doctrine ;* et c'est une autre vérité pour blasphémer les miracles.

Que vous êtes aises, mes pères, de savoir les règles générales, pensant par là jeter le trouble, et rendre tout inutile! On vous en empêchera, mes pères : la vérité est une et ferme.

X.

Si le diable favorisoit la doctrine qui le détruit, il seroit divisé, *omne regnum divisum, etc.* Car Jésus-Christ agissoit contre le diable, et détruisoit son empire sur les cœurs, dont l'exorcisme est la figure, pour établir le royaume de Dieu. Et ainsi il ajoute : *In digito Dei, etc., regnum Dei ad vos, etc.* (*Luc,* 11, 17, 20.)

Il étoit impossible qu'au temps de Moïse on réservât sa croyance à l'Antechrist, qui leur étoit inconnu. Mais il est bien aisé au temps de l'Antechrist de croire en Jésus-Christ, déjà connu.

Quand les schismatiques (*) feroient des miracles, ils n'induiroient point à erreur. Et ainsi

---

(*) Pascal veut parler d'un schisme ouvert et reconnu de part et d'autre, tel, par exemple, que celui des donatistes, des calvinistes, etc. Il ne faut point prendre le change.

il n'est pas certain qu'ils ne puissent en faire. Le schisme est visible ; le miracle est visible. Mais le schisme est plus marqué d'erreur que le miracle n'est marqué de vérité. Donc le miracle d'un schismatique ne peut induire à l'erreur. Mais hors le schisme, l'erreur n'est pas si visible que le miracle est visible. Donc le miracle induiroit à l'erreur. Ainsi un miracle parmi les schismatiques n'est pas tant à craindre ; car le schisme, qui est plus visible que le miracle, marque visiblement leur erreur. Mais quand il n'y a point de schisme, et que l'erreur est en dispute, le miracle discerne.

Il en est de même des hérétiques. Les miracles leur seroient inutiles ; car l'Église, autorisée par les miracles qui ont préoccupé la croyance, nous dit qu'ils n'ont pas la vraie foi. Il n'y a pas de doute qu'ils ne l'ont pas, puisque les premiers miracles de l'Église excluent la foi des leurs, quand ils en auroient. Il y auroit ainsi miracles contre miracles, mais premiers et plus grands du côté de l'Église ; ainsi il faudroit toujours la croire contre les miracles.

Voyons par là ce qu'on doit conclure des miracles de Port-Royal.

Les Pharisiens disoient : *Non est hic homo à Deo, qui sabbatum non custodit.* (*Joan.* 9, 16.) Les autres disoient : *Quomodò potest homo peccator hæc signa facere ?* Lequel est le plus clair ?

Dans la contestation présente, les uns disent : Cette maison n'est pas de Dieu ; car on n'y croit

pas que les cinq propositions sont dans Jansénius. Les autres : Cette maison est de Dieu ; car
il s'y fait de grands miracles. Lequel est le plus
clair ?

Ainsi la même raison qui rend coupables les
Juifs de n'avoir pas cru en Jésus-Christ, rend
les jésuites coupables d'avoir continué de persé-
cuter la maison de Port-Royal.

Il avoit été dit aux Juifs, aussi-bien qu'aux
Chrétiens, qu'ils ne crussent pas toujours les
prophètes. Mais néanmoins les Pharisiens et les
scribes font grand état des miracles de Jésus-
Christ, et essaient de montrer qu'ils sont faux,
ou faits par le diable : étant nécessités d'être
convaincus, s'ils reconnoissoient qu'ils fussent
de Dieu.

Nous ne sommes pas aujourd'hui dans la peine
de faire ce discernement ; il est pourtant bien
facile à faire. Ceux qui ne nient ni Dieu, ni
Jésus-Christ, ne font point de miracles qui ne
soient sûrs. Mais nous n'avons point à faire ce
discernement. Voici une relique sacrée. Voici
une épine de la couronne du Sauveur du monde,
en qui le prince de ce monde n'a point de puissance, qui fait des miracles par la propre puissance de ce sang répandu pour nous. Dieu choisit lui-même cette maison pour y faire éclater
sa puissance.

Ce ne sont point des hommes qui font ces miracles par une vertu inconnue et douteuse, qui
nous oblige à un difficile discernement. C'est

Dieu même ; c'est l'instrument de la passion de son fils unique qui, étant en plusieurs lieux, a choisi celui-ci, et fait venir de tous côtés les hommes pour y recevoir ces soulagements miraculeux dans leurs langueurs.

La dureté des jésuites surpasse donc celle des Juifs, puisqu'ils ne refusoient de croire Jésus-Christ innocent que parce qu'ils doutoient si ses miracles étoient de Dieu. Au lieu que les jésuites ne pouvant douter que les miracles de Port-Royal ne soient de Dieu, ils ne laissent pas de douter encore de l'innocence de cette maison.

Mais, disent-ils, les miracles ne sont plus nécessaires, à cause qu'on en a déjà ; et ainsi ils ne sont plus des preuves de la vérité de la doctrine. Oui. Mais quand on n'écoute plus la tradition ; qu'on a surpris le peuple ; et qu'ainsi, ayant exclu la vraie source de la vérité, qui est la tradition, et ayant prévenu le pape, qui en est le dépositaire, la vérité n'a plus de liberté de paroître : alors les hommes ne parlant plus de la vérité, la vérité doit parler elle-même aux hommes. C'est ce qui arriva au temps d'Arius.

Ceux qui suivent Jésus-Christ à cause de ses miracles honorent sa puissance dans tous les miracles qu'elle produit ; mais ceux qui, en faisant profession de le suivre pour ses miracles, ne le suivent en effet que parce qu'il les console et les rassasie des biens du monde : ils déshonorent ses miracles, quand ils sont contraires à leurs commodités.

C'est ce que font les jésuites. Ils relèvent les miracles : ils combattent ceux qui les convainquent. Juges injustes, ne faites pas des lois sur l'heure ; jugez par celles qui sont établies par vous-mêmes : *Vos qui conditis leges iniquas.*

La manière dont l'Église a subsisté, est que la vérité a été sans contestation ; ou si elle a été contestée, il y a eu le pape, et sinon il y a eu l'Église.

Le miracle est un effet qui excède la force naturelle des moyens qu'on y emploie, et le *non-miracle* est un effet qui n'excède pas la force qu'on y emploie. Ainsi ceux qui guérissent par l'invocation du diable ne font pas un miracle ; car cela n'excède pas la force naturelle du diable.

Les miracles prouvent le pouvoir que Dieu a sur les cœurs par celui qu'il exerce sur les corps.

Il importe aux rois, aux princes, d'être en estime de piété ; et pour cela, il faut qu'ils se confessent à vous. (*Des jésuites.*)

Les jansénistes ressemblent aux hérétiques par la réformation des mœurs ; mais vous leur ressemblez en mal.

ARTICLE XVII.

PENSÉES DIVERSES SUR LA RELIGION.

I.

Le pyrrhonisme a servi à la religion ; car, après tout, les hommes, avant Jésus-Christ, ne savoient où ils en étoient, ni s'ils étoient grands ou petits. Et ceux qui ont dit l'un ou l'autre n'en savoient rien, et devinoient sans raison et par hasard : et même ils croyoient toujours, en excluant l'un ou l'autre (*).

II.

Qui blâmera les Chrétiens de ne pouvoir rendre raison de leur croyance, eux qui professent une religion dont ils ne peuvent rendre raison ? Ils déclarent au contraire, en l'exposant aux Gentils, que c'est une sottise, *stultitiam*, etc. ; et puis vous vous plaignez de ce qu'ils ne la prouvent pas ? S'ils la prouvoient, ils ne tiendroient pas

---

(*) En lisant les premières pensées de cet article, on y trouve de l'obscurité, et on s'aperçoit que l'auteur ne leur a pas donné le développement dont elles étoient susceptibles. On y découvre aussi une teinte de la doctrine de Jansénius, dont les solitaires de Port-Royal faisoient publiquement profession. (*Note de l'Éditeur.*)

parole : c'est en manquant de preuves qu'ils ne manquent pas de sens. Oui. Mais encore que cela excuse ceux qui l'offrent telle, et que cela les ôte du blâme de la produire sans raison, cela n'excuse pas ceux qui, sur l'exposition qu'ils en font, refusent de la croire.

III.

Croyez-vous qu'il soit impossible que Dieu soit infini sans parties ? Oui. Je veux donc vous faire voir une chose infinie et indivisible : c'est un point se mouvant partout d'une vitesse infinie.

Que cet effet de nature, qui vous sembloit impossible auparavant, vous fasse connoître qu'il peut y en avoir d'autres que vous ne connoissez pas encore. Ne tirez pas cette conséquence de votre apprentissage, qu'il ne vous reste rien à savoir ; mais qu'il vous reste infiniment à savoir.

IV.

La conduite de Dieu, qui dispose toutes choses avec douceur, est de mettre la religion dans l'esprit par les raisons, et dans le cœur par sa grâce. Mais de vouloir la mettre dans le cœur et dans l'esprit par la force et par les menaces, ce n'est pas y mettre la religion, mais la terreur. Commencez par plaindre les incrédules ; ils sont assez malheureux. Il ne faudroit les injurier qu'au cas que cela servît ; mais cela leur nuit (106).

Toute la foi consiste en Jésus-Christ et en

Adam ; et toute la morale, en la concupiscence et en la grâce (*).

V.

Le cœur a ses raisons, que la raison ne connoît pas : on le sent en mille manières. Il aime l'être universel naturellement, et soi-même naturellement, selon qu'il s'y adonne ; et il se durcit contre l'un et l'autre, à son choix. Vous avez rejeté l'un et conservé l'autre : est-ce par raison ?

VI.

Le monde subsiste pour exercer miséricorde et jugement : non pas comme si les hommes y étoient sortant des mains de Dieu, mais comme des ennemis de Dieu, auxquels il donne, par sa grâce, assez de lumière pour revenir, s'ils veulent le chercher et le suivre ; mais pour les punir, s'ils refusent de le chercher et de le suivre.

VII.

On a beau dire, il faut avouer que la religion chrétienne a quelque chose d'étonnant ! C'est parce que vous y êtes né, dira-t-on ; tant s'en faut ; je me roidis contre par cette raison-là même,

---

(*) L'auteur veut dire que toute la foi consiste à connoître quels maux nous a causés le péché d'Adam, et quels biens nous a préparés Jésus-Christ ; toute la morale, à éviter les maux que nous avons à craindre de la concupiscence, et à chercher les biens que nous ne pouvons attendre que de la grâce. (*Note de l'Éditeur.*)

de peur que cette prévention ne me suborne. Mais quoique j'y sois né, je ne laisse pas de le trouver ainsi.

VIII.

Il y a deux manières de persuader les vérités de notre religion ; l'une par la force de la raison, l'autre par l'autorité de celui qui parle. On ne se sert pas de la dernière, mais de la première. On ne dit pas : Il faut croire cela ; car l'Écriture, qui le dit, est divine ; mais on dit : Qu'il faut le croire par telle et telle raison, qui sont de foibles arguments, la raison étant flexible à tout.

Ceux qui semblent les plus opposés à la gloire de la religion n'y seront pas inutiles pour les autres. Nous en ferons le premier argument, qu'il y a quelque chose de surnaturel ; car un aveuglement de cette sorte n'est pas une chose naturelle ; et si leur folie les rend si contraires à leur propre bien, elle servira à en garantir les autres par l'horreur d'un exemple si déplorable et d'une folie si digne de compassion.

IX.

Sans Jésus-Christ, le monde ne subsisteroit pas ; car il faudroit, ou qu'il fût détruit, ou qu'il fût comme un enfer.

Le seul qui connoît la nature ne la connoîtra-t-il que pour être misérable ? le seul qui la connoît sera-t-il le seul malheureux ?

Il ne faut pas que l'homme ne voie rien du tout ; il ne faut pas aussi qu'il en voie assez pour

croire qu'il possède la vérité ; mais qu'il en voie
assez pour connoître qu'il l'a perdue ; car, pour
connoître ce qu'on a perdu, il faut voir et ne
pas voir ; et c'est précisément l'état où est la
nature.

Il falloit que la véritable religion enseignât la
grandeur et la misère, portât à l'estime et au mépris de soi, et à l'amour, et à la haine.

Je vois la religion chrétienne fondée sur une
religion précédente, et voilà ce que je trouve
d'effectif.

Je ne parle pas ici des miracles de Moïse, de
Jésus-Christ et des apôtres ; parce qu'ils ne paroissent pas d'abord convaincants, et que je ne
veux mettre ici en évidence que tous les fondements de cette religion chrétienne qui sont indubitables, et qui ne peuvent être mis en doute par
quelque personne que ce soit.

X.

La religion est une chose si grande, qu'il est
juste que ceux qui ne voudroient pas prendre
la peine de la chercher, si elle est obscure, en
soient privés. De quoi donc se plaint-on, si elle
est telle qu'on puisse la trouver en la cherchant ?

L'orgueil contrepèse et emporte toutes les misères. Voilà un étrange monstre, et un égarement
bien visible de l'homme. Le voilà tombé de sa
place, et il la cherche avec inquiétude.

Après la corruption, il est juste que tous ceux
qui sont dans cet état le connoissent ; et ceux qui

s'y plaisent, et ceux qui s'y déplaisent. Mais il n'est pas juste que tous voient la rédemption.

Quand on dit que Jésus-Christ n'est pas mort pour tous, vous abusez d'un vice des hommes qui s'appliquent incontinent cette exception; ce qui favorise le désespoir, au lieu de les en détourner pour favoriser l'espérance.

XI.

Les impies, qui s'abandonnent aveuglément à leurs passions sans connoître Dieu et sans se mettre en peine de le chercher, vérifient par eux-mêmes ce fondement de la foi qu'ils combattent; qui est que la nature des hommes est dans la corruption. Et les Juifs, qui combattent si opiniâtrément la religion chrétienne, vérifient encore cet autre fondement de cette même foi qu'ils attaquent; qui est que Jésus-Christ est le véritable Messie, et qu'il est venu racheter les hommes, et les retirer de la corruption et de la misère où ils étoient, tant par l'état où on les voit aujourd'hui, et qui se trouve prédit dans les prophéties, que par ces mêmes prophéties qu'ils portent, et qu'ils conservent inviolablement comme les marques auxquelles on doit reconnoître le Messie. Ainsi les preuves de la corruption des hommes et de la rédemption de Jésus-Christ, qui sont les deux principales vérités qu'établit le christianisme, se tirent des impies qui vivent dans l'indifférence de la religion, et des Juifs qui en sont les ennemis irréconciliables.

XII.

La dignité de l'homme consistoit, dans son innocence, à dominer sur les créatures, et à en user ; mais aujourd'hui elle consiste à s'en séparer, et à s'y assujettir.

XIII.

Il y en a plusieurs qui errent d'autant plus dangereusement, qu'ils prennent une vérité pour le principe de leur erreur. Leur faute n'est pas de suivre une fausseté ; mais de suivre une vérité à l'exclusion d'une autre.

Il y a un grand nombre de vérités, et de foi, et de morale, qui semblent répugnantes et contraires, et qui subsistent toutes dans un ordre admirable.

La source de toutes les hérésies, est l'exclusion de quelques-unes de ces vérités ; et la source de toutes les objections que nous font les hérétiques, est l'ignorance de quelques-unes de nos vérités.

Et d'ordinaire il arrive que, ne pouvant concevoir le rapport de deux vérités opposées, et croyant que l'aveu de l'une renferme l'exclusion de l'autre, ils s'attachent à l'une, et ils excluent l'autre.

Les nestoriens vouloient qu'il y eût deux personnes en Jésus-Christ, parce qu'il y a deux natures ; et les eutychiens, au contraire, qu'il n'y eût qu'une nature, parce qu'il n'y a qu'une personne. Les catholiques sont orthodoxes, parce qu'ils joignent ensemble les deux vérités de deux natures et d'une seule personne.

Nous croyons que la substance du pain étant changée en celle du corps de notre Seigneur Jésus-Christ, il est présent réellement au Saint-Sacrement. Voilà une des vérités. Une autre est, que ce Sacrement est aussi une figure de la croix et de la gloire, et une commémoration des deux. Voilà la foi catholique, qui comprend ces deux vérités qui semblent opposées.

L'hérésie d'aujourd'hui, ne concevant pas que ce Sacrement contient tout ensemble, et la présence de Jésus-Christ, et sa figure, et qu'il soit sacrifice, et commémoration de sacrifice, croit qu'on ne peut admettre l'une de ces vérités sans exclure l'autre.

Par cette raison ils s'attachent à ce point, que ce Sacrement est figuratif; et en cela ils ne sont pas hérétiques. Ils pensent que nous excluons cette vérité; et de là vient qu'ils nous font tant d'objections sur les passages des pères qui le disent. Enfin ils nient la présence réelle; et en cela ils sont hérétiques.

C'est pourquoi le plus court moyen pour empêcher les hérésies, est d'instruire de toutes les vérités; et le plus sûr moyen de les réfuter, est de les déclarer toutes.

La grâce sera toujours dans le monde, et aussi la nature. Il y aura toujours des pélagiens, et toujours des catholiques, parce que la première naissance fait les uns, et la seconde naissance fait les autres.

C'est l'Église qui mérite avec Jésus-Christ, qui en est inséparable, la conversion de tous ceux qui ne sont pas dans la véritable religion ; et ce sont ensuite ces personnes converties qui secourent la mère qui les a délivrées.

Le corps n'est non plus vivant sans le chef, que le chef sans le corps. Quiconque se sépare de l'un ou de l'autre n'est plus du corps, et n'appartient plus à Jésus-Christ. Toutes les vertus, le martyre, les austérités et toutes les bonnes œuvres sont inutiles hors de l'Église, et de la communion du chef de l'Église, qui est le pape.

Ce sera une des confusions des damnés de voir qu'ils seront condamnés par leur propre raison par laquelle ils ont prétendu condamner la religion chrétienne.

XIV.

Il y a cela de commun entre la vie ordinaire des hommes et celle des saints, qu'ils aspirent tous à la félicité ; et ils ne diffèrent qu'en l'objet où ils la placent. Les uns et les autres appellent leurs ennemis ceux qui les empêchent d'y arriver.

Il faut juger de ce qui est bon ou mauvais par la volonté de Dieu, qui ne peut être ni injuste, ni aveugle, et non pas par la nôtre propre, qui est toujours pleine de malice et d'erreur.

XV.

Jésus-Christ a donné dans l'Évangile cette marque pour reconnoître ceux qui ont la foi, qui est qu'ils parleront un langage nouveau ; et en effet le renouvellement des pensées et des désirs cause celui des discours. Car ces nouveautés, qui ne peuvent déplaire à Dieu, comme le vieil homme ne peut lui plaire, sont différentes des nouveautés de la terre, en ce que les choses du monde, quelque nouvelles qu'elles soient, vieillissent en durant : au lieu que cet esprit nouveau se renouvelle d'autant plus, qu'il dure davantage. L'homme extérieur se détruit, dit saint Paul (2 *Cor.* 4, 16), et l'homme intérieur se renouvelle de jour en jour ; et il ne sera parfaitement nouveau que dans l'éternité, où l'on chantera sans cesse ce cantique nouveau dont parle David dans ses psaumes (*Ps.* 32, 3), c'est-à-dire, ce chant qui part de l'esprit nouveau de la charité.

XVI.

Quand saint Pierre et les apôtres (*Act.* 15) délibèrent d'abolir la circoncision, où il s'agissoit d'agir contre la loi de Dieu, ils ne consultent point les prophètes, mais simplement la réception du Saint-Esprit en la personne des incirconcis. Ils jugent plus sûr que Dieu approuve ceux qu'il remplit de son Esprit, que non pas qu'il faille observer la loi ; ils savoient que la fin de la loi n'étoit que le Saint-Esprit ; et qu'ainsi, puisqu'on l'avoit bien sans circoncision, elle n'étoit pas nécessaire.

XVII.

Deux lois suffisent pour régler toute la république chrétienne, mieux que toutes les lois politiques ; l'amour de Dieu, et celui du prochain.

La religion est proportionnée à toutes sortes d'esprits. Le commun des hommes s'arrête à l'état et à l'établissement où elle est ; et cette religion est telle., que son seul établissement est suffisant pour en prouver la vérité. Les autres vont jusques aux apôtres. Les plus instruits vont jusques au commencement du monde. Les anges la voient encore mieux, et de plus loin ; car ils la voient en Dieu même.

Ceux à qui Dieu a donné la religion par sentiment de cœur sont bienheureux et bien persuadés. Mais pour ceux qui ne l'ont pas, nous ne pouvons la leur procurer que par raisonnement, en attendant que Dieu la leur imprime lui-même dans le cœur ; sans quoi la foi est inutile pour le salut.

Dieu, pour se réserver à lui seul le droit de nous instruire, et pour nous rendre la difficulté de notre être inintelligible, nous en a caché le nœud si haut, ou, pour mieux dire, si bas, que nous étions incapables d'y arriver : de sorte que ce n'est pas par les agitations de notre raison, mais par la simple soumission de la raison, que nous pouvons véritablement nous connoître.

XVIII.

Les impies qui font profession de suivre la raison doivent être étrangement forts en raison. Que disent-ils donc? Ne voyons-nous pas, disent-ils, mourir et vivre les bêtes comme les hommes, et les Turcs comme les Chrétiens? Ils ont leurs cérémonies, leurs prophètes, leurs docteurs, leurs saints, leurs religieux, comme nous, etc. Cela est-il contraire à l'Écriture, ne dit-elle pas tout cela? Si vous ne vous souciez guère de savoir la vérité, en voilà assez pour demeurer en repos. Mais si vous désirez de tout votre cœur de la connoître, ce n'est pas assez; regardez au détail. C'en seroit peut-être assez pour une vaine question de philosophie; mais ici où il y va de tout.... Et cependant après une réflexion légère de cette sorte, on s'amusera, etc.

C'est une chose horrible, de sentir continuellement s'écouler tout ce qu'on possède; et qu'on puisse s'y attacher, sans avoir envie de chercher s'il n'y a point quelque chose de permanent.

Il faut vivre autrement dans le monde selon ces diverses suppositions : si on pouvoit y être toujours; s'il est sûr qu'on n'y sera pas long-temps; et incertain si on y sera une heure. Cette dernière supposition est la nôtre.

XIX.

Par les partis (*), vous devez vous mettre en

(*) *Voy.* part. 1, art. 8, §. 10, la note sur ce mot *partis*.

peine de chercher la vérité. Car si vous mourez
sans adorer le vrai principe, vous êtes perdu.
Mais, dites-vous, s'il avoit voulu que je l'ado-
rasse, il m'auroit laissé des signes de sa volonté.
Aussi a-t-il fait ; mais vous les négligez. Cherchez-
les du moins ; cela le vaut bien.

Les athées doivent dire des choses parfaitement claires. Or, il faudroit avoir perdu le bon
sens pour dire qu'il est parfaitement clair que
l'âme est mortelle. Je trouve bon qu'on n'approfondisse pas l'opinion de Copernic : mais il importe à toute la vie de savoir si l'âme est mortelle ou immortelle.

X X.

Les prophéties, les miracles mêmes et les
autres preuves de notre religion, ne sont pas
de telle sorte, qu'on puisse dire qu'elles sont
géométriquement convaincantes. Mais il me
suffit présentement que vous m'accordiez que
ce n'est pas pécher contre la raison que de les
croire. Elles ont de la clarté et de l'obscurité,
pour éclairer les uns et obscurcir les autres. Mais
la clarté est telle, qu'elle surpasse, ou égale pour
le moins, ce qu'il y a de plus clair au contraire ;
de sorte que ce n'est pas la raison qui puisse
déterminer à ne pas la suivre ; et ce n'est peut-
être que la concupiscence et la malice du cœur.
Ainsi il y a assez de clarté pour condamner ceux
qui refusent de croire, et non assez pour les
gagner ; afin qu'il paroisse qu'en ceux qui la

suivent c'est la grâce, et non la raison, qui la fait suivre; et qu'en ceux qui la fuient c'est la concupiscence, et non la raison, qui la fait fuir.

Qui peut ne pas admirer et embrasser une religion qui connoît à fond ce qu'on reconnoît d'autant plus qu'on a plus de lumière?

Un homme qui découvre des preuves de la religion chrétienne est comme un héritier qui trouve les titres de sa maison. Dira-t-il qu'ils sont faux, et négligera-t-il de les examiner?

XXI.

Deux sortes de personnes connoissent un Dieu; ceux qui ont le cœur humilié, et qui aiment le mépris et l'abaissement, quelque degré d'esprit qu'ils aient, bas ou relevé; ou ceux qui ont assez d'esprit pour voir la vérité, quelque opposition qu'ils y aient.

Les sages parmi les païens, qui ont dit qu'il n'y a qu'un Dieu, ont été persécutés, les Juifs haïs, les Chrétiens encore plus.

XXII.

Je ne vois pas qu'il y ait plus de difficulté de croire la résurrection des corps et l'enfantement de la Vierge que la création. Est-il plus difficile de reproduire un homme que de le produire? Et si on n'avoit pas su ce que c'est que génération, trouveroit-on plus étrange qu'un enfant vînt d'une fille seule que d'un homme et d'une femme?

XXIII.

Il y a grande différence entre repos et sûreté de conscience. Rien ne doit donner le repos, que la recherche sincère de la vérité; et rien ne peut donner l'assurance que la vérité.

Il y a deux vérités de foi également constantes: l'une, que l'homme, dans l'état de la création, ou dans celui de la grâce, est élevé au-dessus de toute la nature, rendu semblable à Dieu, et participant de la Divinité; l'autre, qu'en l'état de corruption et du péché, il est déchu de cet état, et rendu semblable aux bêtes. Ces deux propositions sont également fermes et certaines. L'Écriture nous les déclare manifestement, lorsqu'elle dit en quelques lieux : *Deliciæ meæ, esse cum filiis hominum.* (*Prov.* 8, 31.) *Effundam spiritum meum super omnem carnem.* (*Joël*, 2, 28.) *Dii estis, etc.* (*Psal.* 81, 6.) Et qu'elle dit en d'autres : *Omnis caro fœnum.* (*Is.* 40, 6.) *Homo comparatus est jumentis insipientibus, et similis factus est illis.* (*Psal.* 48, 13.) *Dixi in corde meo de filiis hominum, ut probaret eos Deus, et ostenderet similes esse bestiis, etc.* (*Eccles.* 3, 18.)

XXIV.

Les exemples des morts généreuses des Lacédémoniens et autres ne nous touchent guère; car qu'est-ce que tout cela nous apporte? Mais l'exemple de la mort des martyrs nous touche; car ce sont nos membres. Nous avons un lien

commun avec eux : leur résolution peut former
la nôtre. Il n'est rien de cela aux exemples des
païens : nous n'avons point de liaison à eux ;
comme la richesse d'un étranger ne fait pas la
nôtre, mais bien celle d'un père ou d'un mari.

XXV.

On ne se détache jamais sans douleur. On ne
sent pas son lien, quand on suit volontairement
celui qui entraîne, comme dit saint Augustin ;
mais quand on commence à résister et à marcher
en s'éloignant, on souffre bien ; le lien s'étend,
et endure toute la violence ; et ce lien est notre
propre corps, qui ne se rompt qu'à la mort.
Notre Seigneur a dit que, depuis la venue de
Jean-Baptiste, c'est-à-dire, depuis son avénement
dans chaque fidèle, le royaume de Dieu souffre
violence, et que les violents le ravissent. (*Matth.*
11, 12.) Avant que l'on soit touché, on n'a que
le poids de sa concupiscence, qui porte à la terre.
Quand Dieu attire en haut, ces deux efforts contraires font cette violence que Dieu seul peut
faire surmonter. Mais nous pouvons tout, dit
saint Léon, avec celui sans lequel nous ne pouvons rien. Il faut donc se résoudre à souffrir cette
guerre toute sa vie ; car il n'y a point ici de paix.
Jésus-Christ est venu apporter le couteau, et
non pas la paix. (*Matth.* 10, 34.) Mais néanmoins
il faut avouer que, comme l'Écriture dit que la
sagesse des hommes n'est que folie devant Dieu
(1 *Cor.* 3, 19) aussi on peut dire que cette guerre,

qui paroît dure aux hommes, est une paix devant Dieu ; car c'est cette paix que Jésus-Christ a
aussi apportée. Elle ne sera néanmoins parfaite
que quand le corps sera détruit ; et c'est ce qui
fait souhaiter la mort, en souffrant néanmoins
de bon cœur la vie pour l'amour de celui qui a
souffert pour nous et la vie et la mort, et qui
peut nous donner plus de biens que nous ne
pouvons ni en demander, ni imaginer, comme
dit saint Paul. (*Eph.* 3, 20.)

XXVI.

Il faut tâcher de ne s'affliger de rien, et de
prendre tout ce qui arrive pour le meilleur. Je
crois que c'est un devoir, et qu'on pèche en ne le
faisant pas. Car enfin, la raison pour laquelle les
péchés sont péchés, est seulement parce qu'ils
sont contraires à la volonté de Dieu : et ainsi l'essence du péché consistant à avoir une volonté
opposée à celle que nous connoissons en Dieu,
il est visible, ce me semble, que, quand il nous
découvre sa volonté par les événements, ce seroit
un péché de ne pas s'y accommoder.

XXVII.

Lorsque la vérité est abandonnée et persécutée,
il semble que ce soit un temps où le service que
l'on rend à Dieu en la défendant, lui est bien
agréable. Il veut que nous jugions de la grâce
par la nature, et ainsi il permet de considérer
que, comme un prince chassé de son pays par

ses sujets a des tendresses extrêmes pour ceux qui lui demeurent fidèles dans la révolte publique, de même il semble que Dieu considère avec une bonté particulière ceux qui défendent la pureté de la religion, quand elle est combattue. Mais il y a cette différence entre les rois de la terre et le roi des rois, que les princes ne rendent pas leurs sujets fidèles, mais qu'ils les trouvent tels : au lieu que Dieu ne trouve jamais les hommes qu'infidèles sans sa grâce, et qu'il les rend fidèles quand ils le sont. De sorte qu'au lieu que les rois témoignent d'ordinaire avoir de l'obligation à ceux qui demeurent dans le devoir et dans leur obéissance, il arrive, au contraire, que ceux qui subsistent dans le service de Dieu lui en sont eux-mêmes infiniment redevables.

XXVIII.

Ce ne sont ni les austérités du corps, ni les agitations de l'esprit, mais les bons mouvements du cœur, qui méritent, et qui soutiennent les peines et du corps et de l'esprit. Car enfin il faut ces deux choses pour sanctifier : peines et plaisirs. Saint Paul a dit que ceux qui entreront dans la bonne vie trouveront des troubles et des inquiétudes en grand nombre. (*Act.* 14, 21.) Cela doit consoler ceux qui en sentent, puisque, étant avertis que le chemin du ciel qu'ils cherchent en est rempli, ils doivent se réjouir de rencontrer des marques qu'ils sont dans le véritable chemin. Mais ces peines-là ne sont pas

sans plaisirs, et ne sont jamais surmontées que
par le plaisir. Car de même que ceux qui quittent
Dieu pour retourner au monde ne le font que
parce qu'ils trouvent plus de douceurs dans les
plaisirs de la terre que dans ceux de l'union avec
Dieu, et que ce charme victorieux les entraîne,
et, les faisant repentir de leur premier choix,
les rend *des pénitents du diable*, selon la parole
de Tertullien : de même on ne quitteroit jamais
les plaisirs du monde pour embrasser la croix
de Jésus-Christ, si on ne trouvoit plus de douceur dans le mépris, dans la pauvreté, dans le
dénuement et dans le rebut des hommes, que
dans les délices du péché. Et ainsi, comme dit
Tertullien, *il ne faut pas croire que la vie des
Chrétiens soit une vie de tristesse. On ne quitte les
plaisirs que pour d'autres plus grands. Priez toujours*, dit saint Paul, *rendez grâces toujours, ré-
jouissez-vous toujours.* (*I Thess.* 5, 16, 17, 18.)
C'est la joie d'avoir trouvé Dieu, qui est le principe de la tristesse de l'avoir offensé, et de tout
le changement de vie. Celui qui a trouvé un
trésor dans un champ en a une telle joie, selon
Jésus-Christ, qu'elle lui fait vendre tout ce qu'il
a pour l'acheter (*Matth.* 13, 44.) Les gens du
monde ont leur tristesse; mais ils n'ont point
cette joie que le monde ne peut donner, ni
ôter, dit Jésus-Christ même. (*Joan.* 14, 27 et 16,
22.) Les bienheureux ont cette joie sans aucune
tristesse; et les Chrétiens ont cette joie mêlée de
la tristesse d'avoir suivi d'autres plaisirs, et de

la crainte de la perdre par l'attrait de cès autres plaisirs qui nous tentent sans relâche. Ainsi nous devons travailler sans cesse à nous con-server cette crainte, qui conserve et modère notre joie; et selon qu'on se sent trop emporter vers l'un, se pencher vers l'autre pour demeurer debout. Souvenez-vous des biens dans les jours d'affliction, et souvenez-vous de l'affliction dans les jours de réjouissance, dit l'Écriture (*Eccli.* 11, 27), jusqu'à ce que la promesse que Jésus-Christ nous a faite de rendre sa joie pleine en nous, soit accomplie. Ne nous laissons donc pas abattre à la tristesse, et ne croyons pas que la piété ne consiste qu'en une amertume sans con-solation. La véritable piété, qui ne se trouve parfaite que dans le ciel, est si pleine de satis-factions, qu'elle en remplit et l'entrée, et le pro-grès, et le couronnement. C'est une lumière si éclatante, qu'elle rejaillit sur tout ce qui lui ap-partient. S'il y a quelque tristesse mêlée, et sur-tout à l'entrée, c'est de nous qu'elle vient, et non pas de la vertu; car ce n'est pas l'effet de la piété qui commence d'être en nous, mais de l'im-piété qui y est encore. Otons l'impiété, et la joie sera sans mélange. Ne nous en prenons donc pas à la dévotion, mais à nous-mêmes, et n'y cherchons du soulagement que par notre cor-rection.

XXIX.

Le passé ne doit point nous embarrasser, puis-que nous n'avons qu'à avoir regret de nos fautes;

mais l'avenir doit encore moins nous toucher,
puisqu'il n'est point du tout à notre égard, et
que nous n'y arriverons peut-être jamais. Le
présent est le seul temps qui est véritablement
à nous, et dont nous devons user selon Dieu.
C'est là où nos pensées doivent être principalement rapportées. Cependant le monde est si inquiet, qu'on ne pense presque jamais à la vie
présente et à l'instant où l'on vit, mais à celui où
l'on vivra. De sorte qu'on est toujours en état
de vivre à l'avenir, et jamais de vivre maintenant. Notre Seigneur n'a pas voulu que notre
prévoyance s'étendît plus loin que le jour où
nous sommes. Ce sont les bornes qu'il nous fait
garder, et pour notre salut, et pour notre propre
repos.

X X X.

On se corrige quelquefois mieux par la vue du
mal que par l'exemple du bien ; et il est bon de
s'accoutumer à profiter du mal, puisqu'il est si
ordinaire, au lieu que le bien est si rare.

X X X I.

Dans le treizième chapitre de saint Marc,
Jésus-Christ fait un grand discours à ses apôtres
sur son dernier avénement : et comme tout ce
qui arrive à l'Église arrive aussi à chaque Chrétien en particulier, il est certain que tout ce
chapitre prédit aussi bien l'état de chaque personne qui, en se convertissant, détruit le vieil

homme en elle, que l'état de l'univers entier qui sera détruit pour faire place à de nouveaux cieux et à une nouvelle terre, comme dit l'Écriture. (*II Pier.* 3, 13.) La prédiction qui y est contenue, de la ruine du temple réprouvé, qui figure la ruine de l'homme réprouvé qui est en chacun de nous, et dont il est dit qu'il ne sera laissé pierre sur pierre, marque qu'il ne doit être laissé aucune passion du vieil homme; et ces effroyables guerres civiles et domestiques, représentent si bien le trouble intérieur que sentent ceux qui se donnent à Dieu, qu'il n'y a rien de mieux peint, etc.

XXXII.

Le Saint-Esprit repose invisiblement dans les reliques de ceux qui sont morts dans la grâce de Dieu, jusqu'à ce qu'il y paroisse visiblement dans la résurrection, et c'est ce qui rend les reliques des saints si dignes de vénération. Car Dieu n'abandonne jamais les siens, non pas même dans le sépulcre, où leurs corps, quoique morts aux yeux des hommes, sont plus vivants devant Dieu, à cause que le péché n'y est plus : au lieu qu'il y réside toujours durant cette vie, au moins quant à sa racine; car les fruits du péché n'y sont pas toujours; et cette malheureuse racine, qui en est inséparable pendant la vie, fait qu'il n'est pas permis de les honorer alors, puisqu'ils sont plutôt dignes d'être haïs. C'est pour cela que la mort est nécessaire pour

mortifier entièrement cette malheureuse racine ;
et c'est ce qui la rend souhaitable.

XXXIII.

Les élus ignoreront leurs vertus, et les réprouvés leurs crimes. *Seigneur*, diront les uns et les
autres, *quand vous avons-nous vu avoir faim ? etc.*
(*Matth.* 25, 37, 44.)

Jésus-Christ n'a point voulu du témoignage
des démons, ni de ceux qui n'avoient pas vocation ; mais de Dieu et de Jean-Baptiste.

XXXIV.

Les défauts de Montaigne sont grands. Il est
plein de mots sales et déshonnêtes. Cela ne vaut
rien. Ses sentiments sur l'homicide volontaire et
sur la mort sont horribles. Il inspire une nonchalance du salut, sans crainte et sans repentir.
Son livre n'étant point fait pour porter à la
piété, il n'y étoit pas obligé : mais on est toujours obligé de ne pas en détourner. Quoi qu'on
puisse dire pour excuser ses sentiments trop
libres sur plusieurs choses, on ne sauroit excuser en aucune sorte ses sentiments tout païens
sur la mort ; car il faut renoncer à toute piété,
si on ne veut au moins mourir chrétiennement :
or, il ne pense qu'à mourir lâchement et mollement par tout son livre.

XXXV.

Ce qui nous trompe, en comparant ce qui s'est

passé autrefois dans l'Église à ce qui s'y voit maintenant, c'est qu'ordinairement on regarde saint Athanase, sainte Thérèse et les autres saints comme couronnés de gloire.· Présentement que le temps a éclairci les choses, cela paroît véritablement ainsi. Mais au temps que l'on persécutoit ce grand saint, c'étoit un homme qui s'appeloit Athanase ; et sainte Thérèse, dans le sien, étoit une religieuse comme les autres. *Élie étoit un homme comme nous, et sujet aux mêmes passions que nous*, dit l'apôtre saint Jacques (*Jac.* 5, 17), pour désabuser les Chrétiens de cette fausse idée qui nous fait rejeter l'exemple des saints, comme disproportionné à notre état. : c'étoient des saints, disons-nous, ce n'est pas comme nous.

XXXVI.

A ceux qui ont de la répugnance pour la religion, il faut commencer par leur montrer qu'elle n'est point contraire à la raison (107); ensuite, qu'elle est vénérable, et en donner du respect; après, la rendre aimable, et faire souhaiter qu'elle fût vraie ; et puis, montrer par les preuves incontestables qu'elle est vraie ; faire voir son antiquité et sa sainteté par sa grandeur et par son élévation, et enfin qu'elle est aimable, parce qu'elle promet le vrai bien.

Un mot de David, ou de Moïse, comme celui-ci, *Dieu circoncira les cœurs* (*Deut.* 30, 6), fait juger de leur esprit. Que tous les autres discours soient équivoques, et qu'il soit incertain s'ils sont de philosophes ou de Chrétiens : un mot de cette nature détermine tout le reste. Jusque-là l'ambiguité dure, mais non pas après.

De se tromper en croyant vraie la religion chrétienne, il n'y a pas grand'chose à perdre. Mais quel malheur de se tromper en la croyant fausse (108) !

XXXVII.

Les conditions les plus aisées à vivre selon le monde sont les plus difficiles à vivre selon Dieu ; et, au contraire, rien n'est si difficile selon le monde que la vie religieuse ; rien n'est plus facile que de la passer selon Dieu ; rien n'est plus aisé que d'être dans une grande charge et dans de grands biens selon le monde ; rien n'est plus difficile que d'y vivre selon Dieu, et sans y prendre de part et de goût.

XXXVIII.

L'ancien Testament contenoit les figures de la joie future, et le nouveau contient les moyens d'y arriver. Les figures étoient de joie, les moyens sont de pénitence ; et néanmoins l'agneau pascal étoit mangé avec des laitues sauvages, *cum amaritudinibus* (*Exod.* 12, 8, *ex Hebr.*), pour marquer toujours qu'on ne pouvoit trouver la joie que par l'amertume.

XXXIX.

Le mot de *Galilée*, prononcé comme par hasard par la foule des Juifs, en accusant Jésus-

Christ devant Pilate (*Luc*, 23, 5), donna sujet à Pilate d'envoyer Jésus-Christ à Hérode, en quoi fut accompli le mystère, qu'il devoit être jugé par les Juifs et les Gentils. Le hasard en apparence fut la cause de l'accomplissement du mystère.

XL.

Un homme me disoit un jour qu'il avoit grande joie et confiance en sortant de confession : un autre me disoit qu'il étoit en crainte. Je pensai sur cela que de ces deux on en feroit un bon, et que chacun manquoit en ce qu'il n'avoit pas le sentiment de l'autre.

XLI.

Il y a plaisir d'être dans un vaisseau battu de l'orage, lorsqu'on est assuré qu'il ne périra point. Les persécutions qui travaillent l'Église sont de cette nature.

L'histoire de l'Église doit être proprement appelée l'*Histoire de la vérité.*

XLII.

Comme les deux sources de nos péchés sont l'orgueil et la paresse, Dieu nous a découvert en lui deux qualités pour les guérir : sa miséricorde et sa justice. Le propre de la justice est d'abattre l'orgueil ; et le propre de la miséricorde est de combattre la paresse en invitant aux bonnes œuvres, selon ce passage : *La miséricorde de Dieu invite à la pénitence* (*Rom.* 2, 4); et cet autre des Ninivites : *Faisons pénitence pour voir s'il n'auroit point pitié de nous.* (*Jon.* 3, 9.) Ainsi tant s'en faut que la miséricorde de Dieu autorise le relâchement, qu'il n'y a rien, au contraire, qui le combatte davantage ; et, qu'au lieu de dire : S'il n'y avoit point en Dieu de miséricorde, il faudroit faire toutes sortes d'efforts pour accomplir ses préceptes ; il faut dire, au contraire, que c'est parce qu'il y a en Dieu de la miséricorde, qu'il faut faire tout ce qu'on peut pour les accomplir.

XLIII.

Tout ce qui est au monde est concupiscence de la chair, ou concupiscence des yeux, ou orgueil de la vie (*I Joan.* 2, 16), *libido sentiendi, libido sciendi, libido dominandi.* Malheureuse la terre de malédiction que ces trois fleuves de feu embrasent plutôt qu'ils n'arrosent ! Heureux ceux qui, étant sur ces fleuves, non pas plongés, non pas entraînés, mais immobilement affermis ; non pas debout, mais assis dans une assiette basse et sûre, dont ils ne se relèvent jamais avant la lumière, mais, après s'y être reposés en paix, tendent la main à celui qui doit les relever, pour les faire tenir debout et fermes dans les porches de la sainte Jérusalem, où ils n'auront plus à craindre les attaques de l'orgueil ; et qui pleurent cependant, non pas de voir écouler toutes les choses périssables, mais dans le souvenir de leur chère patrie, de la

Jérusalem céleste, après laquelle ils soupirent sans cesse dans la longueur de leur exil !

XLIV.

Un miracle, dit-on, affermiroit ma croyance. On parle ainsi quand on ne le voit pas. Les raisons qui, étant vues de loin, semblent borner notre vue, ne la bornent plus quand on y est arrivé. On commence à voir au-delà. Rien n'arrête la volubilité de notre esprit. Il n'y a point, dit-on, de règle qui n'ait quelque exception, ni de vérité si générale qui n'ait quelque face par où elle manque. Il suffit qu'elle ne soit pas absolument universelle pour nous donner prétexte d'appliquer l'exception au sujet présent, et de dire : Cela n'est pas toujours vrai ; donc il y a des cas où cela n'est pas. Il ne reste plus qu'à montrer que celui-ci en est ; et il faut être bien maladroit, si on n'y trouve quelque jour.

XLV.

La charité n'est pas un précepte figuratif. Dire que Jésus-Christ, qui est venu ôter les figures pour mettre la vérité, ne soit venu que pour mettre la figure de la charité, et pour en ôter la réalité qui étoit auparavant : cela est horrible.

XLVI.

Combien les lunettes nous ont-elles découvert d'êtres qui n'étoient point pour nos philosophes d'auparavant ? On attaquoit hardiment l'Écriture sur ce qu'on y trouve, en tant d'endroits, du grand nombre des étoiles. Il n'y en a que mille vingt-deux, disoit-on : nous le savons.

XLVII.

L'homme est ainsi fait, qu'à force de lui dire qu'il est un sot, il le croit; et, à force de se le dire à soi-même, on se le fait croire. Car l'homme fait lui seul une conversation intérieure, qu'il importe de bien régler : *Corrumpunt mores bonos colloquia mala.* (*I Cor.* 15 , 33.) Il faut se tenir en silence autant qu'on peut, et ne s'entretenir que de Dieu; et ainsi on se le persuade à soi-même.

XLVIII.

Quelle différence entre un soldat et un chartreux, quant à l'obéissance ? Car ils sont également obéissants et dépendants, et dans des exercices également pénibles. Mais le soldat espère toujours devenir maître, et ne le devient jamais (car les capitaines et les princes mêmes sont toujours esclaves et dépendants); mais il espère toujours l'indépendance, et travaille toujours à y venir; au lieu que le chartreux fait vœu de ne jamais être indépendant. Ils ne diffèrent pas dans la servitude perpétuelle que tous deux ont toujours, mais dans l'espérance que l'un a toujours, et que l'autre n'a pas.

XLIX.

La propre volonté ne se satisferoit jamais

quand elle auroit tout ce qu'elle souhaite; mais on est satisfait dès l'instant qu'on y renonce. Avec elle, on ne peut être que malcontent; sans elle, on ne peut être que content.

La vraie et unique vertu est de se haïr, car on est haïssable par sa concupiscence; et de chercher un être véritablement aimable, pour l'aimer. Mais comme nous ne pouvons aimer ce qui est hors de nous, il faut aimer un être qui soit en nous, et qui ne soit pas nous. Or, il n'y a que l'Être universel qui soit tel. Le royaume de Dieu est en nous (*Luc*, 17, 21); le bien universel est en nous, et n'est pas nous.

Il est injuste qu'on s'attache à nous, quoi-qu'on le fasse avec plaisir et volontairement. Nous tromperons ceux à qui nous en ferons naître le désir; car nous ne sommes la fin de personne, et nous n'avons pas de quoi les satis-faire. Ne sommes-nous pas prêts à mourir (*)? Et ainsi l'objet de leur attachement mourroit. Comme nous serions coupables de faire croire une fausseté, quoique nous la persuadassions

---

(*) Tout en suivant scrupuleusement le texte, je crois devoir relever cette faute d'expression. *Prêts à mourir* signifie préparés, disposés à la mort. La pensée même de l'auteur indique que ce n'est pas là ce qu'il a voulu dire. Il faudroit donc lire ici : *Ne sommes-nous pas près de mourir?* Ce qui signifie, en d'autres termes : Notre vie est si courte, et sujette à tant d'accidents, que nous ne pou-vons jamais regarder la mort comme fort éloignée. (*Note de l'Éditeur.*)

PENSÉES.   25

doucement, et qu'on la crût avec plaisir, et qu'en cela on nous fît plaisir : de même nous sommes coupables, si nous nous faisons aimer, et si nous attirons les gens à s'attacher à nous. Nous devons avertir ceux qui seroient prêts à consentir au mensonge qu'ils ne doivent pas le croire, quelque avantage qu'il nous en revînt. De même nous devons les avertir qu'ils ne doivent pas s'attacher à nous; car il faut qu'ils passent leur vie à plaire à Dieu, ou à le chercher.

L.

C'est être superstitieux de mettre son espérance dans les formalités et dans les cérémonies; mais c'est être superbe de ne pas vouloir s'y soumettre.

LI.

Toutes les religions et toutes les sectes du monde ont eu la raison naturelle pour guide. Les seuls chrétiens ont été astreints à prendre leurs règles hors d'eux-mêmes, et à s'informer de celles que Jésus-Christ a laissées aux anciens pour nous être transmises. Il y a des gens que cette contrainte lasse. Ils veulent avoir, comme les autres peuples, la liberté de suivre leurs imaginations. C'est en vain que nous leur crions, comme les prophètes faisoient autrefois aux Juifs : *Allez au milieu de l'Église ; informez-vous des lois que les anciens lui ont laissées, et suivez ses sentiers.* Ils répondent comme les Juifs : *Nous n'y marcherons pas : nous voulons suivre les*

pensées de notre cœur, et être comme les autres
peuples.

LII.

Il y a trois moyens de croire : la raison, la
coutume et l'inspiration. La religion chrétienne,
qui seule a la raison, n'admet pas pour ses vrais
enfants ceux qui croient sans inspiration : ce
n'est pas qu'elle exclue la raison et la coutume ;
au contraire, il faut ouvrir son esprit aux preuves
par la raison, et s'y confirmer par la coutume ;
mais elle veut qu'on s'offre par l'humiliation
aux inspirations, qui seules peuvent faire le vrai
et salutaire effet : *Ut non evacuetur crux Christi.*
(*I Cor.* 1, 17.)

LIII.

Jamais on ne fait le mal si pleinement et si
gaîment que quand on le fait par un faux principe de conscience (109).

LIV.

Les Juifs, qui ont été appelés à dompter les
nations et les rois, ont été esclaves du péché ;
et les Chrétiens, dont la vocation a été à servir
et à être sujets, sont les enfants libres.

LV.

Est-ce courage à un homme mourant d'aller,
dans la foiblesse et dans l'agonie, affronter un
Dieu tout-puissant et éternel ?

LVI.

Je crois volontiers les histoires dont les té-moins se font égorger (110).

LVII.

La bonne crainte vient de la foi; la fausse crainte vient du doute. La bonne crainte porte à l'espérance, parce qu'elle naît de la foi, et qu'on espère au Dieu que l'on croit : la mau-vaise porte au désespoir ; parce qu'on craint le Dieu auquel on n'a point de foi. Les uns crai-gnent de le perdre, et les autres de le trouver.

LVIII.

Salomon et Job ont le mieux connu la misère de l'homme, et en ont le mieux parlé : l'un le plus heureux des hommes, et l'autre le plus malheureux ; l'un connoissant la vanité des plaisirs par expérience, l'autre la réalité des maux.

LIX.

Les païens disoient du mal d'Israël, et le pro-phète aussi : et tant s'en faut que les Israélites eussent droit de lui dire : Vous parlez comme les païens, qu'il fait sa plus grande force sur ce que les païens parlent comme lui. (*Ézéchiel.*)

LX.

Dieu n'entend pas que nous soumettions notre croyance à lui sans raison, ni nous assujettir avec

tyrannie. Mais il ne prétend pas aussi nous rendre raison de toutes choses ; et pour accorder
ces contrariétés, il entend nous faire voir clairement des marques divines en lui qui nous
convainquent de ce qu'il est, et s'attirer autorité
par des merveilles et des preuves que nous ne
puissions refuser ; et qu'ensuite nous croyions
sans hésiter les choses qu'il nous enseigne quand
nous n'y trouverons d'autre raison de les refuser,
sinon que nous ne pouvons par nous-mêmes
connoître si elles sont ou non.

LXI.

Il n'y a que trois sortes de personnes : les uns
qui servent Dieu l'ayant trouvé ; les autres qui
s'emploient à le chercher ne l'ayant pas encore
trouvé ; et d'autres enfin qui vivent sans le chercher ni l'avoir trouvé. Les premiers sont raisonnables et heureux ; les derniers sont fous et
malheureux ; ceux du milieu sont malheureux
et raisonnables.

LXII.

Les hommes prennent souvent leur imagination pour leur cœur ; et ils croient être convertis
dès qu'ils pensent à se convertir.

La raison agit avec lenteur, et avec tant de
vues et de principes différents qu'elle doit avoir
toujours présents, qu'à toute heure elle s'assou-
pit ou elle s'égare, faute de les voir tous à la fois.
Il n'en est pas ainsi du sentiment ; il agit en un

instant, et toujours est prêt à agir. Il faut donc, après avoir connu la vérité par la raison, tâcher de la sentir, et de mettre notre foi dans le sentiment du cœur; autrement elle sera toujours incertaine et chancelante.

Le cœur a ses raisons que la raison ne connoît point : on le sent en mille choses. C'est le cœur qui sent Dieu, et non la raison. Voilà ce que c'est que la foi parfaite, Dieu sensible au cœur (*).

LXIII.

Il est de l'essence de Dieu que sa justice soit infinie aussi-bien que sa miséricorde : cependant sa justice et sa sévérité envers les réprouvés est encore moins étonnante que sa miséricorde envers les élus.

LXIV.

L'homme est visiblement fait pour penser; c'est toute sa dignité et tout son mérite. Tout son devoir est de penser comme il faut; et l'ordre de la pensée est de commencer par soi, par son auteur et sa fin. Cependant à quoi pense-t-on dans le monde? Jamais à cela; mais à se divertir, à devenir riche, à acquérir de la réputation, à se faire roi, sans penser à ce que c'est que d'être roi et d'être homme.

(*) Cet alinéa tout entier forme le §. 58 du chap. 28 de l'édition de 1787. Il manque dans toutes les nouvelles éditions, et même dans celle des œuvres complètes de 1779. (*Note de l'Éditeur.*)

La pensée de l'homme est une chose admirable par sa nature. Il falloit qu'elle eût d'étranges défauts pour être méprisable. Mais elle en a de tels, que rien n'est plus ridicule. Qu'elle est grande par sa nature ! qu'elle est basse par ses défauts !

LXV.

S'il y a un Dieu, il ne faut aimer que lui, et non les créatures. Le raisonnement des impies, dans le livre de la Sagesse, n'est fondé que sur ce qu'ils se persuadent qu'il n'y a point de Dieu. Cela posé, disent-ils, jouissons donc des créatures. Mais s'ils eussent su qu'il y avoit un Dieu, ils eussent conclu tout le contraire. Et c'est la conclusion des sages : Il y a un Dieu, ne jouissons donc pas des créatures. Donc tout ce qui nous incite à nous attacher à la créature est mauvais, puisque cela nous empêche, ou de servir Dieu si nous le connoissons, ou de le chercher si nous l'ignorons. Or, nous sommes pleins de concupiscence : donc nous sommes pleins de mal ; donc nous devons nous haïr nous-mêmes, et tout ce qui nous attache à autre chose qu'à Dieu seul.

LXVI.

Quand nous voulons penser à Dieu, combien sentons-nous de choses qui nous en détournent, et qui nous tentent de penser ailleurs ? Tout cela est mauvais, et même né avec nous.

LXVII.

Il est faux que nous soyons dignes que les autres nous aiment : il est injuste que nous le voulions. Si nous naissions raisonnables, et avec quelque connoissance de nous-mêmes et des autres, nous n'aurions point cette inclination. Nous naissons pourtant avec elle : nous naissons donc injustes ; car chacun tend à soi. Cela est contre tout ordre (111) : il faut tendre au général ; et la pente vers soi est le commencement de tout désordre, en guerre, en police, en économie, etc.

Si les membres des communautés naturelles et civiles tendent au bien du corps, les communautés elles-mêmes doivent tendre à un autre corps plus général.

Quiconque ne hait point en soi cet amour-propre et cet instinct qui le porte à se mettre au-dessus de tout, est bien aveugle, puisque rien n'est si opposé à la justice et à la vérité. Car il est faux que nous méritions cela ; et il est injuste et impossible d'y arriver, puisque tous demandent la même chose. C'est donc une manifeste injustice où nous sommes nés, dont nous ne pouvons nous défaire, et dont il faut nous défaire.

Cependant nulle autre religion que la chrétienne n'a remarqué que ce fût un péché, ni que nous y fussions nés, ni que nous fussions obligés d'y résister, ni n'a pensé à nous en donner les remèdes.

LXVIII.

Il y a une guerre intestine dans l'homme entre la raison et les passions. Il pourroit jouir de quelque paix, s'il n'avoit que la raison sans passions, ou s'il n'avoit que les passions sans raison. Mais ayant l'un et l'autre, il ne peut être sans guerre, ne pouvant avoir la paix avec l'un qu'il ne soit en guerre avec l'autre. Ainsi il est toujours divisé et contraire à lui-même.

Si c'est un aveuglement qui n'est pas naturel, de vivre sans chercher ce qu'on est, c'en est encore un bien plus terrible, de vivre mal en croyant Dieu. Tous les hommes presque sont dans l'un ou dans l'autre de ces deux aveuglements.

LXIX.

Il est indubitable que l'âme est mortelle ou immortelle. Cela doit mettre une différence entière dans la morale ; et cependant les philosophes ont conduit la morale indépendamment de cela. Quel étrange aveuglement !

Le dernier acte est toujours sanglant, quelque belle que soit la comédie en tout le reste. On jette enfin de la terre sur la tête, et en voilà pour jamais.

LXX.

Dieu ayant fait le ciel et la terre, qui ne sentent pas le bonheur de leur être, a voulu faire des êtres qui le connussent, et qui composassent un corps de membres pensants. Tous les

hommes sont membres de ce corps ; et pour
être heureux, il faut qu'ils conforment leur
volonté particulière à la volonté universelle qui
gouverne le corps entier. Cependant il arrive
souvent que l'on croit être un tout, et que, ne
se voyant point de corps dont on dépende, l'on
croit ne dépendre que de soi, et l'on veut se
faire centre et corps soi-même. Mais on se trouve
en cet état comme un membre séparé de son
corps, qui, n'ayant point en soi de principe de
vie, ne fait que s'égarer et s'étonner dans l'incertitude de son être. Enfin, quand on commence à se connoître, l'on est comme revenu
chez soi ; on sent que l'on n'est pas corps ; on
comprend que l'on n'est qu'un membre du corps
universel ; qu'être membre, est n'avoir de vie,
d'être et de mouvement, que par l'esprit du
corps et pour le corps ; qu'un membre séparé
du corps auquel il appartient n'a plus qu'un
être périssant et mourant ; qu'ainsi l'on ne doit
s'aimer que pour ce corps, ou plutôt qu'on ne
doit aimer que lui, parce qu'en l'aimant, on
s'aime soi-même, puisqu'on n'a d'être qu'en lui,
par lui et pour lui.

Pour régler l'amour qu'on se doit à soi-même,
il faut s'imaginer un corps composé de membres pensants, car nous sommes membres du
tout, et voir comment chaque membre devroit
s'aimer.

Le corps aime la main ; et la main, si elle
avoit une volonté, devroit s'aimer de la même

sorte que le corps l'aime. Tout amour qui va au-delà est injuste.

Si les pieds et les mains avoient une volonté particulière, jamais ils ne seroient dans leur ordre, qu'en la soumettant à celle du corps : hors de là, ils sont dans le désordre et dans le malheur; mais en ne voulant que le bien du corps, ils font leur propre bien.

Les membres de notre corps ne sentent pas le bonheur de leur union, de leur admirable intelligence, du soin que la nature a d'y influer les esprits, de les faire croître et durer. S'ils étoient capables de le connoître, et qu'ils se servissent de cette connoissance pour retenir en eux-mêmes la nourriture qu'ils reçoivent, sans la laisser passer aux autres membres, ils seroient non-seulement injustes, mais encore misérables, et se haïroient plutôt que de s'aimer : leur béatitude, aussi-bien que leur devoir, consistant à consentir à la conduite de l'âme universelle à qui ils appartiennent, qui les aime mieux qu'ils ne s'aiment eux-mêmes.

Qui adhæret Domino, unus spiritus est. (*I Cor.* 6, 17.) On s'aime parce qu'on est membre de Jésus-Christ. On aime Jésus-Christ parce qu'il est le chef du corps dont on est le membre : tout est un, l'un est en l'autre.

La concupiscence et la force sont les sources de toutes nos actions purement humaines : la concupiscence fait les volontaires; la force, les involontaires.

LXXI.

Les platoniciens, et même Épictète et ses sectateurs, croient que Dieu est seul digne d'être aimé et admiré; et cependant ils ont désiré d'être aimés et admirés des hommes. Ils ne connoissent pas leur corruption. S'ils se sentent portés à l'aimer et à l'adorer, et qu'ils y trouvent leur principale joie, qu'ils s'estiment bons, à la bonne heure. Mais s'ils y sentent de la répugnance; s'ils n'ont aucune pente qu'à vouloir s'établir dans l'estime des hommes, et que pour toute perfection ils fassent seulement que, sans forcer les hommes, ils leur fassent trouver leur bonheur à les aimer, je dirai que cette perfection est horrible. Quoi ! ils ont connu Dieu, et n'ont pas désiré uniquement que les hommes l'aimassent; ils ont voulu que les hommes s'arrêtassent à eux; ils ont voulu être l'objet du bonheur volontaire des hommes !

LXXII.

Il est vrai qu'il y a de la peine en s'exerçant dans la piété. Mais cette peine ne vient pas de la piété qui commence d'être en nous, mais de l'impiété qui y est encore. Si nos sens ne s'opposoient pas à la pénitence, et que notre corruption ne s'opposât pas à la pureté de Dieu, il n'y auroit en cela rien de pénible pour nous. Nous ne souffrons qu'à proportion que le vice qui nous est naturel résiste à la grâce surnaturelle. Notre cœur se sent déchiré entre ces efforts contraires. Mais il seroit bien injuste d'imputer cette violence à Dieu qui nous attire, au lieu de l'attribuer au monde qui nous retient. C'est comme un enfant que sa mère arrache d'entre les bras des voleurs, et qui doit aimer dans la peine qu'il souffre la violence amoureuse et légitime de celle qui procure sa liberté, et ne détester que la violence impétueuse et tyrannique de ceux qui le retiennent injustement. La plus cruelle guerre que Dieu puisse faire aux hommes dans cette vie, est de les laisser sans cette guerre qu'il est venu apporter. *Je suis venu apporter la guerre*, dit-il ; et pour instruire de cette guerre, *je suis venu apporter le fer et le feu.* (*Matth.* 10, 34. *Luc.* 12, 49.) Avant lui, le monde vivoit dans une fausse paix.

LXXIII.

Dieu ne regarde que l'intérieur : l'Église ne juge que par l'extérieur. Dieu absout aussitôt qu'il voit la pénitence dans le cœur ; l'Église, quand elle la voit dans les œuvres. Dieu fera une Église pure au dedans, qui confonde par sa sainteté intérieure et toute spirituelle l'impiété extérieure des sages superbes et des Pharisiens : et l'Église fera une assemblée d'hommes dont les mœurs extérieures soient si pures, qu'elles confondent les mœurs des païens. S'il y a des hypocrites si bien déguisés, qu'elle n'en connoisse pas le venin, elle les souffre ; car encore qu'ils ne soient pas reçus de Dieu, qu'ils ne peuvent tromper, ils le sont des hommes, qu'ils trompent. Ainsi elle n'est pas déshonorée par leur conduite qui paroît sainte.

LXXIV.

La loi n'a pas détruit la nature; mais elle l'a instruite : la grâce n'a pas détruit la loi; mais elle l'a fait exercer.

On se fait une idole de la vérité même : car la vérité, hors de la charité, n'est pas Dieu; elle est son image, et une idole qu'il ne faut point aimer, ni adorer; et encore moins faut-il aimer et adorer son contraire, qui est le mensonge.

LXXV.

Tous les grands divertissements sont dangereux pour la vie chrétienne; mais entre tous ceux que le monde a inventés, il n'y en a point qui soit plus à craindre que la comédie. C'est une représentation si naturelle et si délicate des passions, qu'elle les émeut et les fait naître dans notre cœur, et surtout celle de l'amour : principalement lorsqu'on le représente fort chaste et fort honnête. Car plus il paroît innocent aux âmes innocentes, plus elles sont capables d'en être touchées. Sa violence plaît à notre amour-propre, qui forme aussitôt un désir de causer les mêmes effets que l'on voit si bien représentés; et l'on se fait en même temps une conscience fondée sur l'honnêteté des sentiments qu'on y

voit, qui éteint la crainte des âmes pures, lesquelles s'imaginent que ce n'est pas blesser la
pureté, d'aimer d'un amour qui leur semble si
sage. Ainsi l'on s'en va de la comédie le cœur si
rempli de toutes les beautés et de toutes les douceurs de l'amour, l'âme et l'esprit si persuadés
de son innocence, qu'on est tout préparé à recevoir ses premières impressions, ou plutôt à
chercher l'occasion de les faire naître dans le
cœur de quelqu'un, pour recevoir les mêmes
plaisirs et les mêmes sacrifices que l'on a vus si
bien dépeints dans la comédie.

LXXVI.

Les opinions relâchées plaisent tant aux hommes naturellement, qu'il est étrange qu'elles
leur déplaisent. C'est qu'ils ont excédé toutes
les bornes. Et de plus, il y a bien des gens qui
voient le vrai, et qui ne peuvent y atteindre.
Mais il y en a peu qui ne sachent que la pureté
de la religion est contraire aux opinions relâchées, et qu'il est ridicule de dire qu'une récompense éternelle est offerte à des mœurs
licencieuses.

LXXVII (112).

J'ai craint que je n'eusse mal écrit, me voyant
condamné; mais l'exemple de tant de pieux écrits
me fait croire au contraire. Il n'est plus permis
de bien écrire.

Toute l'Inquisition est corrompue ou igno-
rante. Il est meilleur d'obéir à Dieu qu'aux

hommes. Je ne crains rien ; je n'espère rien : le
Port-Royal craint, et c'est une mauvaise politique de les·séparer ; car quand ils ne craindront
plus, ils se feront plus craindre.

Le silence est la plus grande persécution. Jamais les saints ne se sont tus. Il est vrai qu'il
faut vocation ; mais ce n'est pas des arrêts du
conseil qu'il faut apprendre si l'on est appelé ;
c'est de la nécessité de parler.

Si mes Lettres sont condamnées à Rome, ce
que j'y condamne est condamné dans le ciel (113).

L'Inquisition et la Société sont les deux fléaux
de la vérité.

LXXVIII.

(*) On m'a demandé, premièrement, si je ne
me repens pas d'avoir fait *les Provinciales*. Je
réponds que, bien loin de m'en repentir, si
j'étois à les faire, je les ferois encore plus fortes.

Secondement, on m'a demandé pourquoi j'ai
dit le nom des auteurs, où j'ai pris toutes ces

(*) Pascal avoit, dans ses Lettres Provinciales, combattu
la doctrine des jésuites avec l'arme du ridicule, arme si
dangereuse dans des mains habiles. On sait que ces révé-
rends pères firent, quoique inutilement, tous leurs efforts
pour nuire à la vogue prodigieuse dont jouirent ces Lettres
dès leur publication. Quelques amis même de Pascal cher-
chèrent, de son vivant, à lui inspirer des alarmes ou des
scrupules sur cette immortelle production. Ce paragraphe
est le récit fidèle de la réponse qu'il fit dans une conversation qu'il eut à ce sujet un an avant sa mort. (*Note de
l'Éditeur.*)

propositions abominables que j'y ai citées. Je réponds que, si j'étois dans une ville où il y eût douze fontaines, et que je susse certainement qu'il y en eût une empoisonnée, je serois obligé d'avertir tout le monde de ne point aller puiser de l'eau à cette fontaine ; et comme on pourroit croire que c'est une pure imagination de ma part, je serois obligé de nommer celui qui l'a empoisonnée, plutôt que d'exposer toute une ville à s'empoisonner.

En troisième lieu, on m'a demandé pourquoi j'ai employé un style agréable, railleur et divertissant. Je réponds que, si j'avois écrit d'un style dogmatique, il n'y auroit eu que les savants qui les auroient lues ; et ceux-là n'en avoient pas besoin, en sachant, pour le moins, autant que moi là-dessus. Ainsi j'ai cru qu'il falloit écrire d'une manière propre à faire lire mes Lettres par les femmes et les gens du monde, afin qu'ils connussent le danger de toutes ces maximes et de toutes ces propositions qui se répandoient alors, et dont on se laissoit facilement persuader.

Enfin, on m'a demandé si j'ai lu moi-même tous les livres que j'ai cités. Je réponds que non. Certainement il auroit fallu que j'eusse passé une grande partie de ma vie à lire de très-mauvais livres : mais j'ai lu deux fois Escobar tout entier ; et pour les autres, je les ai fait lire par quelques-uns de mes amis ; mais je n'en ai pas employé un seul passage sans l'avoir lu moi-

même dans le livre cité, et sans avoir examiné
la matière sur laquelle il est avancé, et sans
avoir lu ce qui précède et ce qui suit, pour ne
point hasarder de citer une objection pour une
réponse; ce qui auroit été reprochable et injuste.

LXXIX.

La machine arithmétique fait des effets qui
approchent plus de la pensée que tout ce que
font les animaux; mais elle ne fait rien qui
puisse faire dire qu'elle a de la volonté comme
les animaux.

LXXX.

Certains auteurs, parlant de leurs ouvrages,
disent : Mon livre, mon commentaire, mon histoire, etc. Ils sentent leurs bourgeois qui ont
pignon sur rue, et toujours un *chez moi* à la
bouche. Ils feroient mieux de dire : Notre livre,
notre commentaire, notre histoire, etc., vu que
d'ordinaire il y a plus en cela du bien d'autrui
que du leur.

LXXXI.

La piété chrétienne anéantit le *moi* humain,
et la civilité humaine le cache et le supprime.

LXXXII.

Si j'avois le cœur aussi pauvre que l'esprit,
je serois bienheureux; car je suis merveilleu-
sement persuadé que la pauvreté est un grand
moyen pour faire son salut.

LXXXIII.

J'ai remarqué une chose, que, quelque pauvre qu'on soit, on laisse toujours quelque chose en mourant.

LXXXIV.

J'aime la pauvreté, parce que Jésus-Christ l'a aimée. J'aime les biens, parce qu'ils donnent moyen d'en assister les misérables. Je garde la fidélité à tout le monde. Je ne rends pas le mal à ceux qui m'en font ; mais je leur souhaite une condition pareille à la mienne, où l'on ne reçoit pas le mal, ni le bien de la plupart des hommes. J'essaie d'être toujours véritable, sincère et fidèle à tous les hommes. J'ai une tendresse de cœur pour ceux que Dieu m'a unis plus étroitement. Soit que je sois seul, ou à la vue des hommes, j'ai en toutes mes actions la vue de Dieu qui doit les juger, et à qui je les ai toutes consacrées. Voilà quels sont mes sentiments ; et je bénis tous les jours de ma vie mon Rédempteur, qui les a mis en moi, et qui, d'un homme plein de foiblesse, de misère, de concupiscence, d'orgueil et d'ambition, a fait un homme exempt de tous ces maux par la force de la grâce à laquelle tout en est dû, n'ayant de moi que la misère et l'horreur.

LXXXV.

La maladie est l'état naturel des chrétiens, parce qu'on est par là, comme on devroit toujours être, dans la souffrance des maux, dans la privation de tous les biens et de tous les plaisirs des sens, exempt de toutes les passions qui travaillent pendant tout le cours de la vie, sans ambition, sans avarice, dans l'attente continuelle de la mort. N'est-ce pas ainsi que les chrétiens devroient passer la vie? Et n'est-ce pas un grand bonheur quand on se trouve par nécessité dans l'état où l'on est obligé d'être, et qu'on n'a autre chose à faire qu'à se soumettre humblement et paisiblement? C'est pourquoi je ne demande autre chose que de prier Dieu qu'il me fasse cette grâce.

LXXXVI.

C'est une chose étrange que les hommes aient voulu comprendre les principes des choses, et arriver jusqu'à connoître tout! Car il est sans doute qu'on ne peut former ce dessein sans une présomption ou sans une capacité infinie comme la nature.

LXXXVII.

La nature a des perfections, pour montrer qu'elle est l'image de Dieu; et des défauts, pour montrer qu'elle n'en est que l'image.

LXXXVIII.

Les hommes sont si nécessairement fous, que ce seroit être fou par un autre tour de folie que de ne pas être fou.

LXXXIX.

Otez la probabilité, on ne peut plus plaire au monde : mettez la probabilité, on ne peut plus lui déplaire.

XC.

L'ardeur des saints à rechercher et pratiquer le bien étoit inutile, si la probabilité est sûre.

XCI.

Pour faire d'un homme un saint, il faut que ce soit la grâce; et qui en doute ne sait ce que c'est qu'un saint et qu'un homme.

XCII.

On aime la sûreté. On aime que le pape soit infaillible en la foi, et que les docteurs graves le soient dans leurs mœurs, afin d'avoir son assurance.

XCIII.

Il ne faut pas juger de ce qu'est le pape par quelques paroles des pères, comme disoient les Grecs dans un concile (règle importante!), mais par les actions de l'Église et des pères, et par les canons.

XCIV.

Le pape est le premier. Quel autre est connu de tous? Quel autre est reconnu de tous ayant pouvoir d'influer par tout le corps, parce qu'il tient la maîtresse branche qui influe partout?

XCV.

Il y a hérésie à expliquer toujours *omnes* de tous, et hérésie à ne pas l'expliquer quelquefois de tous. *Bibite ex hoc omnes :* les huguenots, hérétiques, en l'expliquant de tous. *In quo omnes peccaverunt :* les huguenots, hérétiques, en exceptant les enfants des fidèles. Il faut donc suivre les pères et la tradition pour savoir quand, puisqu'il y a hérésie à craindre de part et d'autre.

XCVI.

Le moindre mouvement importe à toute la nature; la mer entière change pour une pierre. Ainsi, dans la grâce, la moindre action importe pour ses suites à tout. Donc tout est important.

XCVII.

Tous les hommes se haïssent naturellement. On s'est servi comme on a pu de la concupiscence pour la faire servir au bien public. Mais ce n'est que feinte, et une fausse image de la charité; réellement ce n'est que haine. Ce vilain fonds de l'homme, *figmentum malum*, n'est que couvert; il n'est pas ôté.

XCVIII.

Si l'on veut dire que l'homme est trop peu pour mériter la communication avec Dieu, il faut être bien grand pour en juger.

XCIX.

Il est indigne de Dieu de se joindre à l'homme

misérable ; mais il n'est pas indigne de Dieu de le tirer de sa misère.

C.

Qui l'a jamais compris ! Que d'absurdités !.... Des pécheurs purifiés sans pénitence, des justes sanctifiés sans la grâce de Jésus-Christ, Dieu sans pouvoir sur la volonté des hommes, une prédestination sans mystère, un Rédempteur sans certitude.

CI.

Unité, multitude. En considérant l'Église comme unité, le pape en est le chef, comme tout. En considérant comme multitude, le pape n'en est qu'une partie. La multitude qui ne se réduit pas à l'unité est confusion ; l'unité qui n'est pas multitude est tyrannie.

CII.

Dieu ne fait point de miracles dans la conduite ordinaire de son Église. C'en seroit un étrange, si l'infaillibilité étoit dans un ; mais d'être dans la multitude, cela paroît si naturel, que la conduite de Dieu est cachée sous la nature, comme en tous ses ouvrages.

CIII.

De ce que la religion chrétienne n'est pas unique, ce n'est pas une raison de croire qu'elle n'est pas la véritable. Au contraire, c'est ce qui fait voir qu'elle l'est.

CIV.

Dans un état établi en république, comme Venise, ce seroit un très-grand mal de contribuer à y mettre un roi, et à opprimer la liberté des peuples à qui Dieu l'a donnée. Mais dans un état où la puissance royale est établie, on ne pourroit violer le respect qu'on lui doit sans une espèce de sacrilége; parce que la puissance que Dieu y a attachée étant non-seulement une image, mais une participation de la puissance de Dieu, on ne pourroit s'y opposer sans résister manifestement à l'ordre de Dieu. De plus, la guerre civile, qui en est une suite, étant un des plus grands maux qu'on puisse commettre contre la charité du prochain, on ne peut assez exagérer la grandeur de cette faute. Les premiers chrétiens ne nous ont pas appris la révolte, mais la patience, quand les princes ne s'acquittent pas bien de leur devoir.

M. Pascal ajoutoit : J'ai un aussi grand éloignement de ce péché que pour assassiner le monde et voler sur les grands chemins : il n'y a rien qui soit plus contraire à mon naturel, et sur quoi je sois moins tenté.

CV.

L'éloquence est un art de dire les choses de telle façon, 1°. que ceux à qui l'on parle puissent les entendre sans peine et avec plaisir; 2°. qu'ils s'y sentent intéressés, en sorte que l'amour-

propre les porte plus volontiers à y faire réflexion. Elle consiste donc dans une correspondance qu'on tâche d'établir entre l'esprit et le
cœur de ceux à qui l'on parle d'un côté, et de
l'autre les pensées et les expressions dont on
se sert; ce qui suppose qu'on aura bien étudié
le cœur de l'homme pour en savoir tous les
ressorts, et pour trouver ensuite les justes proportions du discours qu'on veut y assortir. Il
faut se mettre à la place de ceux qui doivent
nous entendre, et faire essai sur son propre
cœur du tour qu'on donne à son discours, pour
voir si l'un est fait pour l'autre, et si l'on peut
s'assurer que l'auditeur sera comme forcé de se
rendre. Il faut se renfermer, le plus qu'il est
possible, dans le simple naturel; ne pas faire
grand ce qui est petit, ni petit ce qui est grand.
Ce n'est pas assez qu'une chose soit belle, il faut
qu'elle soit propre au sujet, qu'il n'y ait rien de
trop, ni rien de manque.

L'éloquence est une peinture de la pensée; et
ainsi ceux qui, après avoir peint, ajoutent encore, font un tableau au lieu d'un portrait.

CVI.

L'Écriture sainte n'est pas une science de l'esprit, mais du cœur. Elle n'est intelligible que
pour ceux qui ont le cœur droit. Le voile qui est
sur l'Écriture pour les Juifs y est aussi pour les
Chrétiens. La charité est non-seulement l'objet de
l'Écriture sainte, mais elle en est aussi la porte.

CVII.

S'il ne falloit rien faire que pour le certain (114), on ne devroit rien faire pour la religion ; car elle n'est pas certaine. Mais combien
de choses fait-on pour l'incertain, les voyages
sur mer, les batailles ! Je dis donc qu'il ne faudroit rien faire du tout, car rien n'est certain ;
et il y a plus de certitude à la religion qu'à
l'espérance que nous voyions le jour de demain :
car il n'est pas certain que nous voyions demain ; mais il est certainement possible que
nous ne le voyions pas. On n'en peut pas dire
autant de la religion. Il n'est pas certain qu'elle
soit ; mais qui osera dire qu'il est certainement
possible qu'elle ne soit pas ? Or, quand on travaille pour demain et pour l'incertain, on agit
avec raison.

CVIII.

Les inventions des hommes vont en avançant
de siècle en siècle (115). La bonté et la malice
du monde en général reste la même.

CIX.

Il faut avoir une pensée de derrière (116), et
juger du tout par là : en parlant cependant
comme le peuple.

CX.

La force est la reine du monde, et non pas

l'opinion ; mais l'opinion est celle qui use de la force (*).

CXI.

Le hasard donne les pensées ; le hasard les ôte ; point d'art pour conserver ni pour acquérir.

CXII.

Vous voulez que l'Église ne juge ni de l'intérieur, parce que cela n'appartient qu'à Dieu, ni de l'extérieur, parce que Dieu ne s'arrête qu'à l'intérieur ; et ainsi, lui ôtant tout choix des hommes, vous retenez dans l'Église les plus débordés, et ceux qui la déshonorent si fort, que les synagogues des Juifs et les sectes des philosophes les auroient exilés comme indignes, et les auroient abhorrés.

CXIII.

Est fait prêtre maintenant qui veut l'être, comme dans Jéroboam.

CXIV.

La multitude qui ne se réduit pas à l'unité est confusion ; l'unité qui ne dépend pas de la multitude est tyrannie (**).

(*) Je n'ai pu trouver dans les deux manuscrits cette pensée que je copie de l'édition de Condorcet, et qui présente un sens tout différent de ce qu'on lit Ire partie, art. 8, §. 6, où elle est conforme au texte de l'édition de 1779 et aux manuscrits. R.

(**) Cette même pensée, qui se trouve ci-dessus, §. 101

CXV.

On ne consulte que l'oreille, parce qu'on manque de cœur.

CXVI.

Il faut, en tout dialogue et discours, qu'on puisse dire à ceux qui s'en offensent : De quoi vous plaignez-vous ?

CXVII.

Les enfants qui s'effraient du visage qu'ils ont barbouillé sont des enfants ; mais le moyen que ce qui est si foible, étant enfant, soit bien fort étant plus âgé ? on ne fait que changer de foiblesse.

CXVIII.

Incompréhensible que Dieu soit, et incompréhensible qu'il ne soit pas ; que l'âme soit avec le corps, que nous n'ayons pas d'âme ; que le monde soit créé, qu'il ne le soit pas, etc. ; que le péché originel soit, ou qu'il ne soit pas (*).

---

de cet article, telle qu'elle est dans l'édition de 1779, n'y forme qu'un sens assez obscur. Qu'entendre bien par ces mots : « L'unité qui n'est point multitude est tyrannie ? » Elle est ici reproduite telle qu'elle se lit dans les deux manuscrits. R.

(*) Dans le manuscrit original, on trouve à la suite de cette pensée les vestiges d'une continuation qui a été déchirée, et qui sans doute en complétoit le sens. R.

CXIX.

Les athées doivent dire des choses parfaitement claires ; or, il n'est point parfaitement
clair que l'âme soit matérielle (*).

CXX.

Incrédules, les plus crédules. Ils croient les
miracles de Vespasien pour ne pas croire ceux
de Moïse.

Sur la philosophie de Descartes.

Il faut dire en gros : Cela se fait par figure et
mouvement, car cela est vrai. Mais de dire quelle
figure et mouvement, et composer la machine,
cela est ridicule ; car cela est inutile, et incertain et pénible. Et quand cela seroit vrai, nous
n'estimons pas que toute la philosophie vaille
une heure de peine.

(*) Les premiers éditeurs, trouvant apparemment cette
pensée d'un sens trop indéterminé, l'ont refaite, ainsi qu'on
la lit art. 17, §. 19, de cette seconde partie, et page 341
de l'édition de 1779. Mais je me crois obligé de la réimprimer ici telle que Pascal l'a écrite, page 63 du manuscrit
original. R.

ARTICLE XVIII.

PENSÉES SUR LA MORT, QUI ONT ÉTÉ EXTRAITES D'UNE LETTRE
ÉCRITE PAR PASCAL, AU SUJET DE LA MORT DE SON PÈRE.

I.

QUAND nous sommes dans l'affliction à cause
de la mort de quelque personne pour qui nous
avons de l'affection, ou pour quelque autre
malheur qui nous arrive, nous ne devons pas
chercher de la consolation dans nous-mêmes,
ni dans les hommes, ni dans tout ce qui est
créé; mais nous devons la chercher en Dieu seul.
Et la raison en est, que toutes les créatures ne
sont pas la première cause des accidents que
nous appelons maux; mais que la providence
de Dieu en étant l'unique et véritable cause,
l'arbitre et la souveraine, il est indubitable qu'il
faut recourir directement à la source, et remon-
ter jusques à l'origine pour trouver un solide
allégement. Que si nous suivons ce précepte,
et que nous considérions cette mort qui nous
afflige, non pas comme un effet du hasard,
ni comme une nécessité fatale de la nature, ni
comme le jouet des éléments et des parties qui
composent l'homme (car Dieu n'a pas abandonné ses élus au caprice du hasard), mais
comme une suite indispensable, inévitable,

juste et sainte, d'un arrêt de la providence de Dieu, pour être exécuté dans la plénitude de son temps ; et enfin que tout ce qui est arrivé a été de tout temps présent et préordonné en Dieu : si, dis-je, par un transport de grâce, nous regardons cet accident, non dans lui-même, et hors de Dieu ; mais hors de lui-même, et dans la volonté même de Dieu ; dans la justice de son arrêt, dans l'ordre de sa providence, qui en est la véritable cause, sans qui il ne fût pas arrivé, par qui seul il est arrivé, et de la manière dont il est arrivé ; nous adorerons dans un humble silence la hauteur impénétrable de ses secrets ; nous vénérerons la sainteté de ses arrêts, nous bénirons la conduite de sa providence ; et unissant notre volonté à celle de Dieu même, nous voudrons avec lui, en lui, et pour lui, la chose qu'il a voulue en nous et pour nous de toute éternité.

II.

Il n'y a de consolation qu'en la vérité seule. Il est sans doute que Socrate et Sénèque n'ont rien qui puisse nous persuader et consoler dans ces occasions. Ils ont été sous l'erreur qui a aveuglé tous les hommes dans le premier : ils ont tous pris la mort comme naturelle à l'homme ; et tous les discours qu'ils ont fondés sur ce faux principe sont si vains et si peu solides, qu'ils ne servent qu'à montrer par leur inutilité combien l'homme en général est foible, puisque les plus hautes productions des plus grands d'entre les hommes sont si basses et si puériles.

Il n'en est pas de même de Jésus-Christ, il n'en est pas ainsi des livres canoniques : la vérité y est découverte, et la consolation y est jointe aussi infailliblement qu'elle est infailliblement séparée de l'erreur. Considérons donc la mort dans la vérité que le Saint-Esprit nous a apprise. Nous avons cet admirable avantage de connoître que véritablement et effectivement la mort est une peine du péché, imposée à l'homme pour expier son crime, nécessaire à l'homme pour le purger du péché; que c'est la seule qui peut délivrer l'âme de la concupiscence des membres, sans laquelle les saints ne vivent point en ce monde. Nous savons que la vie, et la vie des Chrétiens, est un sacrifice continuel qui ne peut être achevé que par la mort : nous savons que Jésus-Christ, entrant au monde, s'est considéré et s'est offert à Dieu comme un holocauste et une véritable victime; que sa naissance, sa vie, sa mort, sa résurrection, son ascension, sa séance éternelle à la droite de son père, et sa présence dans l'Eucharistie, ne sont qu'un seul et unique sacrifice : nous savons que ce qui est arrivé en Jésus-Christ doit arriver en tous ses membres.

Considérons donc la vie comme un sacrifice; et que les accidents de la vie ne fassent d'impression dans l'esprit des Chrétiens qu'à proportion qu'ils interrompent ou qu'ils accomplissent ce sacrifice. N'appelons mal que ce qui rend la victime de Dieu victime du diable ; mais appelons bien ce qui rend la victime du diable en Adam victime de Dieu ; et, sur cette règle, examinons la nature de la mort.

Pour cela il faut recourir à la personne de Jésus-Christ ; car, comme Dieu ne considère les hommes que par le médiateur de Jésus-Christ, les hommes aussi ne devroient regarder ni les autres, ni eux-mêmes, que médiatement par Jésus-Christ.

Si nous ne passons par ce milieu, nous ne trouverons en nous que de véritables malheurs, ou des plaisirs abominables : mais si nous considérons toutes ces choses en Jésus-Christ, nous trouverons toute consolation, toute satisfaction, toute édification.

Considérons donc la mort en Jésus-Christ, et non pas sans Jésus-Christ. Sans Jésus-Christ elle est horrible, elle est détestable, et l'horreur de la nature. En Jésus-Christ elle est toute autre, elle est aimable, sainte, et la joie du fidèle. Tout est doux en Jésus-Christ jusqu'à la mort ; et c'est pourquoi il a souffert et est mort pour sanctifier la mort et les souffrances : et, comme Dieu et comme homme, il a été tout ce qu'il y a de grand et tout ce qu'il y a d'abject ; afin de sanctifier en soi toutes choses, excepté le péché, et pour être le modèle de toutes les conditions.

Pour considérer ce que c'est que la mort, et la mort en Jésus-Christ, il faut voir quel rang elle tient dans son sacrifice continuel et sans interruption, et pour cela remarquer que, dans les sacrifices, la principale partie est la mort de l'hostie. L'oblation et la sanctification qui précèdent sont des dispositions; mais l'accomplissement est la mort, dans laquelle, par l'anéantissement de la vie, la créature rend à Dieu tout l'hommage dont elle est capable, en s'anéantissant devant les yeux de sa majesté, et en adorant sa souveraine existence, qui existe seule essentiellement. Il est vrai qu'il y a encore une autre partie après la mort de l'hostie, sans laquelle sa mort est inutile; c'est l'acceptation que Dieu fait du sacrifice. C'est ce qui est dit dans l'Écriture : *Et odoratus est Dominus odorem suavitatis* (*Genes.* 8, 21) : *Et Dieu a reçu l'odeur du sacrifice.* C'est véritablement celle-là qui couronne l'oblation; mais elle est plutôt une action de Dieu vers la créature, que de la créature vers Dieu; et elle n'empêche pas que la dernière action de la créature ne soit la mort.

Toutes ces choses ont été accomplies en Jésus-Christ. En entrant au monde, il s'est offert : *Obtulit semetipsum per Spiritum sanctum.* (*Hebr.* 9, 14.) *Ingrediens mundum dixit : Hostiam et oblationem noluisti : corpus autem aptasti mihi.* (*Hebr* 10, 5, 7.) *Tunc dixi, Ecce venio. In capite libri scriptum est de me, ut facerem voluntatem tuam : Deus meus volui, et legem tuam in medio cordis mei.* (*Psalm.* 39.) *Il s'est offert lui-même par le Saint-Esprit. Entrant dans le monde, il a* dit : *Seigneur, les sacrifices ne vous sont point agréables ; mais vous m'avez formé un corps. Alors j'ai dit : Me voici, je viens selon qu'il est écrit de moi dans le livre, pour faire, mon Dieu, votre volonté : c'est aussi, mon Dieu, ce que j'ai voulu, et votre loi est dans le milieu de mon cœur.* Voilà son oblation. Sa sanctification a suivi immédiatement son oblation. Ce sacrifice a duré toute sa vie, et a été accompli par sa mort. *Il a fallu qu'il ait passé par les souffrances pour entrer en sa gloire. (Luc, 24, 26.) Aux jours de sa chair, ayant offert avec un grand cri et avec larmes ses prières et ses supplications à celui qui pouvoit le tirer de la mort, il a été exaucé selon son humble respect pour son Père ; et, quoiqu'il fût le Fils de Dieu, il a appris l'obéissance par tout ce qu'il a souffert. (Hébr. 5, 7, 8.)* Et Dieu l'a ressuscité, et lui a envoyé sa gloire, figurée autrefois par le feu du ciel qui tomboit sur les victimes, pour brûler et consumer son corps, et le faire vivre de la vie de la gloire. C'est ce que Jésus-Christ a obtenu, et qui a été accompli par sa résurrection.

Ainsi ce sacrifice étant parfait par la mort de Jésus-Christ, et consommé même en son corps par sa résurrection, où l'image de la chair du péché a été absorbée par la gloire, Jésus-Christ avoit tout achevé de sa part ; et il ne restoit plus sinon que le sacrifice fût accepté de Dieu, et que, comme la fumée s'élevoit, et portoit l'odeur au trône de Dieu, aussi Jésus-Christ fût en cet état d'immolation parfaite offert, porté et reçu au trône de Dieu même : et c'est ce qui a été accompli en l'Ascension, en laquelle il est monté, et par sa propre force, et par la force de son Saint-Esprit, qui l'environnoit de toutes parts. Il a été enlevé comme la fumée des victimes, qui est la figure de Jésus-Christ, étoit portée en haut par l'air qui la soutenoit, qui est la figure du Saint-Esprit : et les Actes des apôtres nous marquent expressément qu'il fut reçu au ciel, pour nous assurer que ce saint sacrifice accompli en terre a été accepté et reçu dans le sein de Dieu.

Voilà l'état des choses en notre souverain Seigneur. Considérons-les en nous maintenant. Lorsque nous entrons dans l'Église, qui est le monde des fidèles, et particulièrement des élus, où Jésus-Christ entra dès le moment de son incarnation, par un privilége particulier au Fils unique de Dieu, nous sommes offerts et sanctifiés. Ce sacrifice se continue par la vie, et s'accomplit à la mort, dans laquelle l'âme, quittant véritablement tous les vices et l'amour de la terre, dont la contagion l'infecte toujours durant cette vie, elle achève son immolation, et est reçue dans le sein de Dieu.

Ne nous affligeons donc pas de la mort des fidèles, comme les païens qui n'ont point d'espérance. Nous ne les avons pas perdus au moment de leur mort. Nous les avions perdus, pour ainsi dire, dès qu'ils étoient entrés dans l'Église par le baptême. Dès lors ils étoient à Dieu. Leur vie étoit vouée à Dieu ; leurs actions ne regardoient le monde que pour Dieu. Dans leur mort, ils se sont entièrement détachés des péchés ; et c'est en ce moment qu'ils ont été reçus de Dieu, et que leur sacrifice a reçu son accomplissement et son couronnement.

Ils ont fait ce qu'ils avoient voué : ils ont achevé l'œuvre que Dieu leur avoit donné à faire: ils ont accompli la seule chose pour laquelle ils avoient été créés. La volonté de Dieu s'est accomplie en eux, et leur volonté est absorbée en Dieu. Que notre volonté ne sépare donc pas ce que Dieu a uni; et étouffons ou modérons par l'intelligence de la vérité les sentiments de la nature corrompue et déçue, qui n'a que de fausses images, et qui trouble, par ses illusions, la sainteté des sentiments que la vérité de l'Évangile doit nous donner.

Ne considérons donc plus la mort comme des païens, mais comme des chrétiens, c'est-à-dire, avec l'espérance, comme saint Paul l'ordonne, puisque c'est le privilége spécial des chrétiens. Ne considérons plus un corps comme une charogne infecte, car la nature trompeuse nous le représente de la sorte; mais comme le temple inviolable et éternel du Saint-Esprit, comme la foi l'apprend.

Car nous savons que les corps des saints sont habités par le Saint-Esprit jusques à la résurrection, qui se fera par la vertu de cet Esprit qui réside en eux pour cet effet. C'est le sentiment des pères. C'est pour cette raison que nous honorons les reliques des morts, et c'est sur ce vrai principe que l'on donnoit autrefois l'Eucharistie dans la bouche des morts ; parce que, comme on savoit qu'ils étoient le temple du Saint-Esprit, on croyoit qu'ils méritoient d'être aussi unis à ce saint sacrement. Mais l'Église a changé cette coutume ; non pas qu'elle croie que ces corps ne soient pas saints, mais par cette raison, que l'Eucharistie étant le pain de vie et des vivants, il ne doit pas être donné aux morts.

Ne considérons plus les fidèles qui sont morts en la grâce de Dieu comme ayant cessé de vivre, quoique la nature le suggère ; mais comme commençant à vivre, comme la vérité l'assure. Ne considérons plus leurs âmes comme péries et réduites au néant, mais comme vivifiées et unies au souverain vivant : et corrigeons ainsi, par l'attention à ces vérités, les sentiments d'erreur qui sont si empreints en nous-mêmes, et ces mouvements d'horreur qui sont si naturels à l'homme.

III.

Dieu a créé l'homme avec deux amours, l'un pour Dieu, l'autre pour soi-même ; mais avec cette loi, que l'amour pour Dieu seroit infini, c'est-à-dire, sans aucune autre fin que Dieu même ; et que l'amour pour soi-même seroit fini et (*) rapportant à Dieu.

(*) Il faut sous-entendre *se*. (*Note de l'Éditeur.*)

L'homme en cet état, non-seulement s'aimoit sans péché, mais il ne pouvoit pas ne point s'aimer sans péché.

Depuis, le péché étant arrivé, l'homme a perdu le premier de ces amours; et l'amour pour soi-même étant resté seul dans cette grande âme capable d'un amour infini, cet amour-propre s'est étendu et débordé dans le vide que l'amour de Dieu a laissé; et ainsi il s'est aimé seul, et toutes choses pour soi, c'est-à-dire, infiniment.

Voilà l'origine de l'amour-propre. Il était naturel à Adam, et juste en son innocence; mais il est devenu et criminel et immodéré, ensuite de son péché. Voilà la source de cet amour, et la cause de sa défectuosité et de son excès.

Il en est de même du désir de dominer, de la paresse et des autres vices. L'application en est aisée à faire au sujet de l'horreur que nous avons de la mort. Cette horreur étoit naturelle et juste dans Adam innocent, parce que sa vie étant très-agréable à Dieu, elle devoit être agréable à l'homme : et la mort eût été horrible, parce qu'elle eût fini une vie conforme à la volonté de Dieu. Depuis, l'homme ayant péché, sa vie est devenue corrompue, son corps et son âme ennemis l'un de l'autre, et tous deux de Dieu.

Ce changement ayant infecté une si sainte vie, l'amour de la vie est néanmoins demeuré; et l'horreur de la mort étant restée la même, ce qui étoit juste en Adam est injuste en nous.

Voilà l'origine de l'horreur de la mort, et la

cause de sa défectuosité. Éclairons donc l'erreur de la nature par la lumière de la foi.

L'horreur de la mort est naturelle; mais c'est dans l'état d'innocence, parce qu'elle n'eût pu entrer dans le paradis qu'en finissant une vie toute pure. Il étoit juste de la haïr, quand elle n'eût pu arriver qu'en séparant une âme sainte d'un corps saint : mais il est juste de l'aimer, quand elle sépare une âme sainte d'un corps impur. Il étoit juste de la fuir, quand elle eût rompu la paix entre l'âme et le corps; mais non pas quand elle en calme la dissension irré-conciliable. Enfin, quand elle eût affligé un corps innocent, quand elle eût ôté au corps la liberté d'honorer Dieu, quand elle eût séparé de l'âme un corps soumis et coopérateur à ses volontés, quand elle eût fini tous les biens dont l'homme est capable, il étoit juste de l'abhorrer : mais quand elle finit une vie impure, quand elle ôte au corps la liberté de pécher, quand elle délivre l'âme d'un rebelle très-puissant, et contredisant tous les motifs de son salut, il est très - injuste d'en conserver les mêmes senti-ments.

Ne quittons donc pas cet amour que la na-ture nous a donné pour la vie, puisque nous l'avons reçu de Dieu; mais que ce soit pour la même vie pour laquelle Dieu nous l'a donné, et non pas pour un objet contraire. Et en con-sentant à l'amour qu'Adam avoit pour sa vie innocente, et que Jésus-Christ même a eu pour la sienne, portons-nous à haïr une vie contraire à celle que Jésus-Christ a aimée, et à n'appréhender que la mort que Jésus-Christ a appréhendée, qui arrive à un corps agréable à Dieu; mais non pas à craindre une mort qui, punissant un corps coupable, et purgeant un corps vicieux, doit nous donner des sentiments tout contraires, si nous avons un peu de foi, d'espérance et de charité.

C'est un des grands principes du christianisme, que tout ce qui est arrivé à Jésus-Christ doit se passer et dans l'âme et dans le corps de chaque chrétien : que comme Jésus-Christ a souffert durant sa vie mortelle, est mort à cette vie mortelle, est ressuscité d'une nouvelle vie, et est monté au ciel, où il est assis à la droite de Dieu son père, ainsi le corps et l'âme doivent souffrir, mourir, ressusciter et monter au ciel.

Toutes ces choses s'accomplissent dans l'âme durant cette vie, mais non dans le corps.

L'âme souffre et meurt au péché dans la pénitence et dans le baptême; l'âme ressuscite à une nouvelle vie dans ces sacrements; et enfin l'âme quitte la terre et monte au ciel en menant une vie céleste; ce qui fait dire à saint Paul : *Nostra conversatio in cœlis est.* (*Philipp.* 3, 20.)

Aucune de ces choses n'arrive dans le corps durant cette vie ; mais les mêmes choses s'y passent ensuite. Car à la mort, le corps meurt à sa vie mortelle : au jugement, il ressuscitera à une nouvelle vie : après le jugement, il montera au ciel, et y demeurera éternellement. Ainsi les mêmes choses arrivent au corps et à l'âme, mais en différents temps ; et les changements du corps n'arrivent que quand ceux de l'âme sont accomplis, c'est-à-dire, après la mort : de sorte que la mort est le couronnement de la béatitude de l'âme, et le commencement de la béatitude du corps.

Voilà les admirables conduites de la sagesse de Dieu sur le salut des âmes ; et saint Augustin nous apprend sur ce sujet, que Dieu en a disposé de la sorte, de peur que, si le corps de l'homme fût mort et ressuscité pour jamais dans le baptême, on ne fût entré dans l'obéissance de l'Évangile que par l'amour de la vie ; au lieu que la grandeur de la foi éclate bien davantage lorsque l'on tend à l'immortalité par les ombres de la mort.

IV.

Il n'est pas juste que nous soyons sans ressentiment et sans douleur dans les afflictions et les accidents fâcheux qui nous arrivent, comme des anges qui n'ont aucun sentiment de la nature : il n'est pas juste aussi que nous soyons sans consolation, comme des païens qui n'ont aucun sentiment de la grâce : mais il est juste que nous soyons affligés et consolés comme chrétiens, et que la consolation de la grâce l'emporte par-dessus les sentiments de la nature, afin que la grâce soit non-seulement en nous, mais victorieuse en nous ; qu'ainsi en sanctifiant le nom de notre père, sa volonté devienne la nôtre ; que sa grâce règne et domine sur la nature, et que nos afflictions soient comme la matière d'un sacrifice que sa grâce consomme et anéantisse pour la gloire de Dieu ; et que ces sacrifices particuliers honorent et préviennent le sacrifice universel où la nature entière doit être consommée par la puissance de Jésus-Christ.

Ainsi nous tirerons avantage de nos propres imperfections, puisqu'elles serviront de matière à cet holocauste : car c'est le but des vrais chrétiens de profiter de leurs propres imperfections, parce que tout coopère en bien pour les élus.

Et si nous y prenons garde de près, nous trouverons de grands avantages pour notre édification, en considérant la chose dans la vérité ; car puisqu'il est véritable que la mort du corps n'est que l'image de celle de l'âme, et que nous bâtissons sur ce principe, que nous avons sujet d'espérer du salut de ceux dont nous pleurons la mort, il est certain que, si nous ne pouvons arrêter le cours de notre tristesse et de notre déplaisir, nous devons en tirer ce profit, que, puisque la mort du corps est si terrible, qu'elle nous cause de tels mouvements, celle de l'âme devroit nous en causer de plus inconsolables. Dieu a envoyé la première à ceux que nous regrettons ; mais nous espérons qu'il a détourné la seconde. Considérons donc la grandeur de nos biens dans la grandeur de nos maux, et que l'excès de notre douleur soit la mesure de celle de notre joie.

Il n'y a rien qui puisse la modérer, sinon la crainte que leurs âmes ne languissent pour quelque temps dans les peines qui sont destinées à purger le reste des péchés de cette vie : et c'est pour fléchir la colère de Dieu sur eux, que nous devons soigneusement nous employer.

La prière et les sacrifices sont un souverain remède à leurs peines. Mais une des plus solides et des plus utiles charités envers les morts, est de faire les choses qu'ils nous ordonneroient, s'ils étoient encore au monde, et de nous mettre pour eux en l'état auquel ils nous souhaitent à présent.

Par cette pratique, nous les faisons revivre en nous en quelque sorte, puisque ce sont leurs conseils qui sont encore vivants et agissants en nous ; et comme les hérésiarques sont punis en l'autre vie des péchés auxquels ils ont engagé leurs sectateurs, dans lesquels leur venin vit encore ; ainsi les morts sont récompensés, outre leur propre mérite, pour ceux auxquels ils ont donné suite par leurs conseils et leur exemple.

V.

L'homme est assurément trop infirme pour pouvoir juger sainement de la suite des choses futures. Espérons donc en Dieu, et ne nous fatiguons pas par des prévoyances indiscrètes et téméraires. Remettons-nous à Dieu pour la conduite de nos vies, et que le déplaisir ne soit pas dominant en nous.

Saint Augustin nous apprend qu'il y a dans chaque homme un serpent, une Ève et un Adam. Le serpent, sont les sens et notre nature ; l'Ève est l'appétit concupiscible, et l'Adam est la raison.

La nature nous tente continuellement ; l'appétit concupiscible désire souvent ; mais le péché n'est pas achevé, si la raison ne consent.

Laissons donc agir ce serpent et cette Ève, si nous ne pouvons l'empêcher : mais prions Dieu que sa grâce fortifie tellement notre Adam, qu'il demeure victorieux ; que Jésus-Christ en soit vainqueur, et qu'il règne éternellement en nous.

ARTICLE XIX.

PRIÈRE POUR DEMANDER A DIEU LE BON USAGE DES MALADIES.

I.

Seigneur, dont l'esprit est si bon et si doux en toutes choses, et qui êtes tellement miséricordieux, que non-seulement les prospérités, mais les disgrâces mêmes qui arrivent à vos élus sont des effets de votre miséricorde : faites-moi la grâce de ne pas agir en païen dans l'état où votre justice m'a réduit ; que, comme un vrai chrétien, je vous reconnoisse pour mon père et pour mon Dieu, en quelque état que je me trouve, puisque le changement de ma condition n'en apporte pas à la vôtre ; que vous êtes toujours le même, quoique je sois sujet au changement ; et que vous n'êtes pas moins Dieu quand vous affligez et quand vous punissez, que quand vous consolez et que vous usez d'indulgence.

II.

Vous m'aviez donné la santé pour vous servir, et j'en ai fait un usage tout profane. Vous m'envoyez maintenant la maladie pour me corriger ; ne permettez pas que j'en use pour vous irriter par mon impatience. J'ai mal usé de ma santé, et vous m'en avez justement puni. Ne souffrez pas que j'use mal de votre punition. Et puisque la corruption de ma nature est telle, qu'elle me rend vos faveurs pernicieuses, faites, ô mon Dieu ! que votre grâce toute-puissante me rende vos châtiments salutaires. Si j'ai eu le cœur plein de l'affection du monde pendant qu'il a eu quelque vigueur, anéantissez cette vigueur pour mon salut ; et rendez-moi incapable de jouir du monde, soit par foiblesse de corps, soit par zèle de charité, pour ne jouir que de vous seul.

III.

O Dieu, devant qui je dois rendre un compte exact de toutes mes actions à la fin de ma vie et à la fin du monde ! ô Dieu, qui ne laissez

subsister le monde et toutes les choses du monde
que pour exercer vos élus, ou pour punir les
pécheurs ! ô Dieu, qui laissez les pécheurs endurcis dans l'usage délicieux et criminel du
monde ! ô Dieu, qui faites mourir nos corps, et
qui, à l'heure de la mort, détachez notre âme
de tout ce qu'elle aimoit au monde ! ô Dieu,
qui m'arrachez, à ce dernier moment de ma vie,
de toutes les choses auxquelles je me suis attaché,
et où j'ai mis mon cœur ! ô Dieu, qui devez
consumer, au dernier jour, le ciel et la terre,
et toutes les créatures qu'ils contiennent, pour
montrer à tous les hommes que rien ne subsiste
que vous, et qu'ainsi rien n'est digne d'amour
que vous, puisque rien n'est durable que vous !
ô Dieu, qui devez détruire toutes ces vaines
idoles et tous ces funestes objets de nos passions !
Je vous loue, mon Dieu, et je vous bénirai tous
les jours de ma vie, de ce qu'il vous a plu prévenir en ma faveur ce jour épouvantable, en
détruisant à mon égard toutes choses, dans
l'affoiblissement où vous m'avez réduit. Je vous
loue, mon Dieu, et je vous bénirai tous les jours
de ma vie, de ce qu'il vous a plu me réduire
dans l'incapacité de jouir des douceurs de la
santé et des plaisirs du monde ; et de ce que
vous avez anéanti en quelque sorte, pour mon
avantage, les idoles trompeuses que vous anéan-
tirez effectivement pour la confusion des méchants au jour de votre colère. Faites, Seigneur,
que je me juge moi-même ensuite de cette des-

truction que vous avez faite à mon égard, afin que vous ne me jugiez pas vous-même ensuite de l'entière destruction que vous ferez de ma vie et du monde. Car, Seigneur, comme à l'instant de ma mort je me trouverai séparé du monde, dénué de toutes choses, seul en votre présence, pour répondre à votre justice de tous les mouvements de mon cœur ; faites que je me considère en cette maladie comme en une espèce de mort, séparé du monde, dénué de tous les objets de mes attachements, seul en votre présence, pour implorer de votre miséricorde la conversion de mon cœur ; et qu'ainsi j'aie une extrême consolation de ce que vous m'envoyez maintenant une espèce de mort pour exercer votre miséricorde, avant que vous m'envoyiez effectivement la mort pour exercer votre jugement. Faites donc, ô mon Dieu, que, comme vous avez prévenu ma mort, je prévienne la rigueur de votre sentence, et que je m'examine moi-même avant votre jugement, pour trouver miséricorde en votre présence.

IV.

Faites, ô mon Dieu ! que j'adore en silence l'ordre de votre providence adorable sur la conduite de ma vie ; que votre fléau me console ; et qu'ayant vécu dans l'amertume de mes péchés pendant la paix, je goûte les douceurs célestes de votre grâce durant les maux salutaires dont vous m'affligez ! Mais je reconnois, mon Dieu, que mon cœur est tellement endurci et plein des idées, des soins, des inquiétudes et des attachements du monde, que la maladie non plus que la santé, ni les discours, ni les livres, ni vos Écritures sacrées, ni votre Évangile, ni vos mystères les plus saints, ni les aumônes, ni les jeûnes, ni les mortifications, ni les miracles, ni l'usage des sacrements, ni le sacrifice de votre corps, ni tous mes efforts, ni ceux de tout le monde ensemble, ne peuvent rien du tout pour commencer ma conversion, si vous n'accompagnez toutes ces choses d'une assistance tout extraordinaire de votre grâce. C'est pourquoi, mon Dieu, je m'adresse à vous, Dieu tout-puissant, pour vous demander un don que toutes les créatures ensemble ne peuvent m'accorder. Je n'aurois pas la hardiesse de vous adresser mes cris, si quelque autre pouvoit les exaucer. Mais, mon Dieu, comme la conversion de mon cœur que je vous demande est un ouvrage qui passe tous les efforts de la nature, je ne puis m'adresser qu'à l'auteur et au maître tout-puissant de la nature et de mon cœur. A qui crierai-je, Seigneur, à qui aurai-je recours, si ce n'est à vous? Tout ce qui n'est pas Dieu ne peut pas remplir mon attente. C'est Dieu même que je demande et que je cherche; et c'est à vous seul, mon Dieu, que je m'adresse pour vous obtenir. Ouvrez mon cœur, Seigneur; entrez dans cette place rebelle que les vices ont occupée. Ils la tiennent sujette. Entrez-y

comme dans la maison du fort; mais liez auparavant le fort et puissant ennemi qui la maîtrise, et prenez ensuite les trésors qui y sont.
Seigneur, prenez mes affections que le monde
avoit volées; volez vous-même ce trésor, ou
plutôt reprenez-le, puisque c'est à vous qu'il
appartient, comme un tribut que je vous dois,
puisque votre image y est empreinte. Vous l'y
aviez formée, Seigneur, au moment de mon
baptême, qui est ma seconde naissance; mais
elle est tout effacée. L'idée du monde y est
tellement gravée, que la vôtre n'est plus connoissable. Vous seul avez pu créer mon âme;
vous seul pouvez la créer de nouveau; vous seul
avez pu y former votre image, vous seul pouvez la réformer, et y réimprimer votre portrait
effacé; c'est-à-dire, Jésus-Christ mon Sauveur,
qui est votre image et le caractère de votre substance.

V.

O mon Dieu! qu'un cœur est heureux qui
peut aimer un objet si charmant, qui ne le
déshonore point, et dont l'attachement lui est
si salutaire! Je sens que je ne puis aimer le
monde sans vous déplaire, sans me nuire et
sans me déshonorer; et néanmoins le monde
est encore l'objet de mes délices. O mon Dieu!
qu'une âme est heureuse dont vous êtes les délices, puisqu'elle peut s'abandonner à vous aimer, non-seulement sans scrupule, mais encore
avec mérite! Que son bonheur est ferme et

durable, puisque son attente ne sera point frus-
trée, parce que vous ne serez jamais détruit, et
que ni la vie ni la mort ne la sépareront jamais
de l'objet de ses désirs ; et que le même moment
qui entraînera les méchants avec leurs idoles
dans une ruine commune unira les justes avec
vous dans une gloire commune ; et que, comme
les uns périront avec les objets périssables auxquels ils se sont attachés, les autres subsisteront
éternellement dans l'objet éternel et subsistant
par soi-même auquel ils se sont étroitement
unis ! O qu'heureux sont ceux qui, avec une
liberté entière et une pente invincible de leur
volonté, aiment parfaitement et librement ce
qu'ils sont obligés d'aimer nécessairement !

VI.

Achevez, ô mon Dieu ! les bons mouvements
que vous me donnez. Soyez-en la fin comme
vous en êtes le principe. Couronnez vos propres
dons ; car je reconnois que ce sont vos dons.
Oui, mon Dieu, et bien loin de prétendre que
mes prières aient du mérite qui vous oblige de
les accorder de nécessité, je reconnois très-
humblement qu'ayant donné aux créatures mon
cœur, que vous n'aviez formé que pour vous,
et non pas pour le monde, ni pour moi-même,
je ne puis attendre aucune grâce que de votre
miséricorde, puisque je n'ai rien en moi qui
puisse vous y engager, et que tous les mouvements naturels de mon cœur, se portant vers

les créatures, ou vers moi-même, ne peuvent
que vous irriter. Je vous rends donc grâces,
mon Dieu, des bons mouvements que vous me
donnez, et de celui même que vous me donnez
de vous en rendre grâce.

VII.

Touchez mon cœur du repentir de mes fautes,
puisque, sans cette douleur intérieure, les maux
extérieurs dont vous touchez mon corps me
seroient une nouvelle occasion de péché. Faites-
moi bien connoître que les maux du corps ne
sont autre chose que la punition et la figure tout
ensemble des maux de l'âme. Mais, Seigneur,
faites ainsi qu'ils en soient le remède, en me
faisant considérer dans les douleurs que je sens
celle que je ne sentois pas dans mon âme,
quoique toute malade et couverte d'ulcères.
Car, Seigneur, la plus grande de ses maladies
est cette insensibilité et cette extrême foiblesse
qui lui avoit ôté tout sentiment de ses propres
misères. Faites-les-moi sentir vivement, et que
ce qui me reste de vie soit une pénitence continuelle, pour laver les offenses que j'ai commises.

VIII.

Seigneur, bien que ma vie passée ait été exempte
de grands crimes, dont vous avez éloigné de moi
les occasions, elle vous a été néanmoins très-
odieuse par sa négligence continuelle, par le
mauvais usage de vos plus augustes sacrements,

par le mépris de votre parole et de vos inspirations, par l'oisiveté et l'inutilité totale de mes
actions et de mes pensées, par la perte entière
du temps que vous ne m'aviez donné que pour
vous adorer, pour rechercher en toutes mes
occupations les moyens de vous plaire, et pour
faire pénitence des fautes qui se commettent
tous les jours, et qui même sont ordinaires aux
plus justes ; de sorte que leur vie doit être une
pénitence continuelle, sans laquelle ils sont en
danger de déchoir de leur justice : ainsi, mon
Dieu, je vous ai toujours été contraire.

IX.

Oui, Seigneur, jusques ici j'ai toujours été
sourd à vos inspirations, j'ai méprisé vos oracles ; j'ai jugé au contraire de ce que vous jugez ;
j'ai contredit aux saintes maximes que vous avez
apportées au monde du sein de votre Père éternel, et suivant lesquelles vous jugerez le monde.
Vous dites : Bienheureux sont ceux qui pleurent, et malheur à ceux qui sont consolés. Et
moi j'ai dit : Malheureux ceux qui gémissent,
et très-heureux ceux qui sont consolés. J'ai dit :
Heureux ceux qui jouissent d'une fortune avantageuse, d'une réputation glorieuse et d'une
santé robuste. Et pourquoi les ai-je réputés heureux, sinon parce que tous ces avantages leur
fournissoient une facilité très-ample de jouir
des créatures, c'est-à-dire, de vous offenser !
Oui, Seigneur, je confesse que j'ai estimé la

santé un bien, non pas parce qu'elle est un moyen facile pour vous servir avec utilité, pour consommer plus de soins et de veilles à votre service, et pour l'assistance du prochain ; mais parce qu'à sa faveur je pouvois m'abandonner avec moins de retenue dans l'abondance des délices de la vie, et mieux en goûter les funestes plaisirs. Faites-moi la grâce, Seigneur, de réformer ma raison corrompue, et de conformer mes sentimens aux vôtres. Que je m'estime heureux dans l'affliction, et que, dans l'impuissance d'agir au dehors, vous purifiiez tellement mes sentiments, qu'ils ne répugnent plus aux vôtres ; et qu'ainsi je vous trouve au dedans de moi-même, puisque je ne puis vous chercher au dehors à cause de ma foiblesse. Car, Seigneur, votre royaume est dans vos fidèles ; et je le trouverai dans moi-même, si j'y trouve votre esprit et vos sentiments.

X.

Mais, Seigneur, que ferai-je pour vous obliger à répandre votre esprit sur cette misérable terre ? Tout ce que je suis vous est odieux, et je ne trouve rien en moi qui puisse vous agréer. Je n'y vois rien, Seigneur, que mes seules douleurs, qui ont quelque ressemblance avec les vôtres. Considérez donc les maux que je souffre et ceux qui me menacent. Voyez d'un œil de miséricorde les plaies que votre main m'a faites, ô mon Sauveur, qui avez aimé vos souffrances en la mort ! ô Dieu, qui ne vous êtes fait homme que pour souffrir plus qu'aucun homme pour le salut des hommes! ô Dieu, qui ne vous êtes incarné après le péché des hommes, et qui n'avez pris un corps que pour y souffrir tous les maux que nos péchés ont mérités! ô Dieu, qui aimez tant les corps qui souffrent, que vous avez choisi pour vous le corps le plus accablé de souffrances qui ait jamais été au monde! ayez agréable mon corps, non pas pour lui-même, ni pour tout ce qu'il contient, car tout y est digne de votre colère, mais pour les maux qu'il endure, qui seuls peuvent être dignes de votre amour. Aimez mes souffrances, Seigneur, et que mes maux vous invitent à me visiter. Mais, pour achever la préparation de votre demeure, faites, ô mon Sauveur! que si mon corps a cela de commun avec le vôtre, qu'il souffre pour mes offenses; mon âme ait aussi cela de commun avec la vôtre, qu'elle soit dans la tristesse pour les mêmes offenses; et qu'ainsi je souffre avec vous, et comme vous, et dans mon corps, et dans mon âme, pour les péchés que j'ai commis.

XI.

Faites-moi la grâce, Seigneur, de joindre vos consolations à mes souffrances, afin que je souffre en chrétien. Je ne demande pas d'être exempt des douleurs; car c'est la récompense des saints: mais je demande de ne pas être abandonné aux douleurs de la nature sans les consolations de votre esprit; car c'est la malédiction des Juifs

et des païens. Je ne demande pas d'avoir une
plénitude de consolation sans aucune souffrance;
car c'est la vie de la gloire. Je ne demande pas
aussi d'être dans une plénitude de maux sans
consolation ; car c'est un état de judaïsme. Mais
je demande, Seigneur, de ressentir tout ensemble, et les douleurs de la nature pour mes péchés, et les consolations de votre esprit par votre
grâce; car c'est le véritable état du christianisme.
Que je ne sente pas des douleurs sans consolation ; mais que je sente des douleurs et de la
consolation tout ensemble, pour arriver enfin
à ne plus sentir que vos consolations sans aucune douleur. Car, Seigneur, vous avez laissé
languir le monde dans les souffrances naturelles
sans consolation, avant la venue de votre Fils
unique : vous consolez maintenant, et vous
adoucissez les souffrances de vos fidèles par la
grâce de votre Fils unique : et vous comblez
d'une béatitude toute pure vos saints dans la
gloire de votre Fils unique. Ce sont les admirables degrés par lesquels vous conduisez vos
ouvrages. Vous m'avez tiré du premier : faites-
moi passer par le second pour arriver au troisième. Seigneur, c'est la grâce que je vous demande.

XII.

Ne permettez pas que je sois dans un tel éloignement de vous, que je puisse considérer votre
âme triste jusques à la mort, et votre corps
abattu par la mort pour mes propres péchés sans

me réjouir de souffrir, et dans mon corps, et
dans mon âme. Car qu'y a-t-il de plus honteux,
et néanmoins de plus ordinaire dans les chrétiens et dans moi-même, que, tandis que vous
suez le sang pour l'expiation de nos offenses,
nous vivions dans les délices ; et que des chrétiens qui font profession d'être à vous ; que ceux
qui, par le baptême, ont renoncé au monde
pour vous suivre ; que ceux qui ont juré solen-
nellement à la face de l'Église de vivre et de
mourir avec vous ; que ceux qui font profession
de croire que le monde vous a persécuté et crucifié ; que ceux qui croient que vous vous êtes
exposé à la colère de Dieu et à la cruauté des
hommes pour les racheter de leurs crimes ; que
ceux, dis-je, qui croient toutes ces vérités, qui
considèrent votre corps comme l'hostie qui s'est
livrée pour leur salut, qui considèrent les plaisirs et les péchés du monde comme l'unique
sujet de vos souffrances, et le monde même
comme votre bourreau, recherchent à flatter
leurs corps par ces mêmes plaisirs, parmi ce même
monde ; et que ceux qui ne pourroient, sans
frémir d'horreur, voir un homme caresser et
chérir le meurtrier de son père qui se seroit
livré pour lui donner la vie, puissent vivre,
comme j'ai fait, avec une pleine joie parmi le
monde, que je sais avoir été véritablement le
meurtrier de celui que je reconnois pour mon
Dieu et mon père, qui s'est livré pour mon
propre salut, et qui a porté en sa personne la

peine de mes iniquités ? Il est juste, Seigneur,
que vous ayez interrompu une joie aussi criminelle que celle dans laquelle je me reposois à
l'ombre de la mort.

XIII.

Otez donc de moi, Seigneur, la tristesse que
l'amour de moi-même pourroit me donner de
mes propres souffrances, et des choses du monde
qui ne réussissent pas au gré des inclinations
de mon cœur, et qui ne regardent pas votre
gloire; mais mettez en moi une tristesse conforme à la vôtre. Que mes souffrances servent
à apaiser votre colère. Faites-en une occasion
de mon salut et de ma conversion. Que je ne
souhaite désormais de santé et de vie qu'afin de
l'employer et de la finir pour vous, avec vous
et en vous. Je ne vous demande ni santé, ni
maladie, ni vie, ni mort; mais que vous dis-
posiez de ma santé et de ma maladie, de ma vie
et de ma mort pour votre gloire, pour mon salut, et pour l'utilité de l'Église et de vos saints,
dont j'espère, par votre grâce, faire une portion.
Vous seul savez ce qui m'est expédient : vous
êtes le souverain maître, faites ce que vous vou-
drez. Donnez-moi, ôtez-moi; mais conformez
ma volonté à la vôtre; et que, dans une soumission humble et parfaite, et dans une sainte
confiance, je me dispose à recevoir les ordres
de votre providence éternelle, et que j'adore
également tout ce qui me vient de vous.

XIV.

Faites, mon Dieu, que, dans une uniformité d'esprit toujours égale, je reçoive toutes sortes d'événements, puisque nous ne savons ce que nous devons demander, et que je ne puis en souhaiter l'un plutôt que l'autre, sans présomption, et sans me rendre juge et responsable des suites que votre sagesse a voulu justement me cacher. Seigneur, je sais que je ne sais qu'une chose; c'est qu'il est bon de vous suivre, et qu'il est mauvais de vous offenser. Après cela, je ne sais lequel est le meilleur ou le pire en toutes choses; je ne sais lequel m'est profitable, ou de la santé, ou de la maladie, des biens ou de la pauvreté, ni de toutes les choses du monde. C'est un discernement qui passe la force des hommes et des anges, et qui est caché dans les secrets de votre providence que j'adore, et que je ne veux pas approfondir.

XV.

Faites donc, Seigneur, que, tel que je sois, je me conforme à votre volonté; et qu'étant malade comme je suis, je vous glorifie dans mes souffrances. Sans elles, je ne puis arriver à la gloire; et vous-même, mon Sauveur, n'avez voulu y parvenir que par elles. C'est par les marques de vos souffrances que vous avez été reconnu de vos disciples; et c'est par les souffrances que vous reconnoissez aussi ceux qui sont vos disciples. Reconnoissez-moi donc pour votre disciple dans les maux que j'endure, et dans mon corps, et dans mon esprit, pour les offenses que j'ai commises : et parce que rien n'est agréable à Dieu, s'il ne lui est offert par vous, unissez ma volonté à la vôtre, et mes douleurs à celles que vous avez souffertes. Faites que les miennes deviennent les vôtres : unissez-moi à vous ; remplissez-moi de vous et de votre Esprit-Saint. Entrez dans mon cœur et dans mon âme, pour y porter mes souffrances, et pour continuer d'endurer en moi ce qui vous reste à souffrir de votre passion, que vous achevez dans vos membres jusqu'à la consommation parfaite de votre corps ; afin qu'étant plein de vous, ce ne soit plus moi qui vive et qui souffre, mais que ce soit vous qui viviez et qui souffriez en moi, ô mon Sauveur ! et qu'ainsi ayant quelque petite part à vos souffrances, vous me remplissiez entièrement de la gloire qu'elles vous ont acquise, dans laquelle vous vivez avec le Père et le Saint-Esprit, dans tous les siècles des siècles. Ainsi soit-il.

COMPARAISON

DES ANCIENS CHRÉTIENS

AVEC CEUX D'AUJOURD'HUI (*).

On ne voyoit, à la naissance de l'Église, que des chrétiens parfaitement instruits dans tous les points nécessaires au salut : au lieu que l'on voit aujourd'hui une ignorance si grossière, qu'elle fait gémir tous ceux qui ont des sentiments de tendresse pour l'Église. On n'entroit alors dans l'Église qu'après de grands travaux et de longs désirs : on s'y trouve maintenant sans aucune peine, sans soin et sans travail. On n'y étoit admis qu'après un examen très-exact ; on y est reçu maintenant avant qu'on soit en état d'être examiné. On n'y étoit reçu alors qu'après avoir abjuré sa vie passée, qu'après avoir renoncé au monde, et à la chair, et au diable : on y entre maintenant avant qu'on soit en état de faire aucune de ces choses. Enfin il falloit autrefois sortir du monde pour être reçu dans l'Église : au lieu qu'on entre aujourd'hui

---

(*) Quoique ces réflexions soient peu développées, elles nous ont paru mériter d'être conservées.

dans l'Église au même temps que dans le monde.
On connoissoit alors, par ce procédé, une distinction essentielle du monde avec l'Église ; on
les considéroit comme deux contraires, comme
deux ennemis irréconciliables, dont l'un persé-
cute l'autre sans discontinuation, et dont le plus
foible, en apparence, doit un jour triompher
du plus fort ; entre ces deux partis contraires,
on quittoit l'un pour entrer dans l'autre ; on
abandonnoit les maximes de l'un pour suivre
celles de l'autre ; on se dévêtoit des sentiments
de l'un pour se revêtir des sentiments de l'autre ;
enfin on quittoit, on renonçoit, on abjuroit le
monde où l'on avoit reçu sa première naissance,
pour se vouer totalement à l'Église, où l'on
prenoit comme sa seconde naissance ; et ainsi
on concevoit une très-grande différence entre
l'un et l'autre : aujourd'hui on se trouve presque
en même temps dans l'un comme dans l'autre ;
et le même moment qui nous fait naître au
monde nous fait renaître dans l'Église ; de sorte
que la raison survenant ne fait plus de distinction de ces deux mondes si contraires ; elle
s'élève et se forme dans l'un et dans l'autre tout
ensemble ; on fréquente les sacrements, et on
jouit des plaisirs de ce monde ; et ainsi, au lieu
qu'autrefois on voyoit une distinction essentielle entre l'un et l'autre, on les voit maintenant confondus et mêlés, en sorte qu'on ne les
discerne quasi plus.

De là vient qu'on ne voyoit autrefois entre les

chrétiens que des personnes très-instruites ; au lieu qu'elles sont maintenant dans une ignorance qui fait horreur ; de là vient qu'autrefois ceux qui avoient été rendus chrétiens par le baptême, et qui avoient quitté les vices du monde pour entrer dans la piété de l'Église, retomboient si rarement de l'Église dans le monde ; au lieu qu'on ne voit maintenant rien de plus ordinaire que les vices du monde dans le cœur des chrétiens. L'Église des saints se trouve toute souillée par le mélange des méchants ; et ses enfants, qu'elle a conçus et portés dès l'enfance dans ses flancs, sont ceux-là mêmes qui portent dans son cœur, c'est-à-dire, jusqu'à la participation de ses plus augustes mystères, le plus grand de ses ennemis, l'esprit du monde, l'esprit d'ambition, l'esprit de vengeance, l'esprit d'impureté, l'esprit de concupiscence : et l'amour qu'elle a pour ses enfants l'oblige d'admettre jusque dans ses entrailles le plus cruel de ses persécuteurs. Mais ce n'est pas à l'Église que l'on doit imputer les malheurs qui ont suivi un changement si funeste ; car comme elle a vu que le délai du baptême laissoit un grand nombre d'enfants dans la malédiction d'Adam, elle a voulu les délivrer de cette masse de perdition, en précipitant le secours qu'elle leur donne ; et cette bonne mère ne voit qu'avec un regret extrême que ce qu'elle a procuré pour le salut de ses enfants devienne l'occasion de la perte des adultes.

Son véritable esprit est que ceux qu'elle retire dans un âge si tendre de la contagion du monde, s'écartent bien loin des sentiments du monde. Elle prévient l'usage de la raison pour prévenir les vices où la raison corrompue les entraîneroit; et avant que leur esprit puisse agir, elle les remplit de son esprit, afin qu'ils vivent dans l'ignorance du monde, et dans un état d'autant plus éloigné du vice, qu'ils ne l'auront jamais connu. Cela paroît par les cérémonies du baptême; car elle n'accorde le baptême aux enfants qu'après qu'ils ont déclaré, par la bouche des parrains, qu'ils le désirent, qu'ils croient, qu'ils renoncent au monde et à Satan : et comme elle veut qu'ils conservent ces dispositions dans toute la suite de leur vie, elle leur commande expressément de les garder inviolablement; et elle enjoint, par un commandement indispensable, aux parrains d'instruire les enfants de toutes ces choses; car elle ne souhaite pas que ceux qu'elle a nourris dans son sein depuis l'enfance soient aujourd'hui moins instruits et moins zélés que ceux qu'elle admettoit autrefois au nombre des siens; elle ne désire pas une moindre perfection dans ceux qu'elle nourrit que dans ceux qu'elle reçoit.

Cependant on en use d'une façon si contraire à l'intention de l'Église, qu'on ne peut y penser sans horreur. On ne fait quasi plus de réflexion sur un aussi grand bienfait, parce qu'on ne l'a jamais demandé, parce qu'on ne se souvient pas

même de l'avoir reçu. Mais comme il est évident
que l'Église ne demande pas moins de zèle dans
ceux qui ont été élevés esclaves de la foi que
dans ceux qui aspirent à le devenir, il faut se
mettre devant les yeux l'exemple des catéchumènes, considérer leur ardeur, leur dévotion,
leur horreur pour le monde, leur généreux
renoncement au monde; et si on ne les jugeoit
pas dignes de recevoir le baptême sans ces dispositions, ceux qui ne les trouvent pas en eux
doivent donc se soumettre à recevoir l'instruction qu'ils auroient eue, s'ils commençoient à
entrer dans la communion de l'Église : il faut
de plus qu'ils se soumettent à une pénitence
telle, qu'ils n'aient plus envie de la rejeter, et
qu'ils aient moins d'aversion pour l'austérité
de la mortification des sens qu'ils ne trouvent
de charmes dans l'usage des délices vicieuses du
péché.

Pour les disposer à s'instruire, il faut leur
faire entendre la différence des coutumes qui
ont été pratiquées dans l'Église suivant la diversité des temps. Dans l'Église naissante, on
enseignoit les catéchumènes, c'est-à-dire, ceux
qui prétendoient au baptême, avant que de le
leur conférer; et on ne les y admettoit qu'après
une pleine instruction des mystères de la religion, qu'après une pénitence de leur vie passée,
qu'après une grande connoissance de la grandeur et de l'excellence de la profession de la foi
et des maximes chrétiennes où ils désiroient

entrer pour jamais, qu'après des marques éminentes d'une conversion véritable du cœur, et qu'après un extrême désir du baptême. Ces choses étant connues de toute l'Église, on leur conféroit le sacrement d'incorporation, par lequel ils devenoient membres de l'Église. Aujourd'hui le baptême ayant été accordé aux enfants avant l'usage de la raison, par des considérations très-importantes, il arrive que la négligence des parents laisse vieillir les chrétiens sans aucune connoissance de notre religion.

Quand l'instruction précédoit le baptême, tous étoient instruits ; mais maintenant que le baptême précède l'instruction, l'enseignement qui étoit nécessaire pour le sacrement est devenu volontaire, et ensuite négligé, et enfin presque aboli. La raison persuadoit de la nécessité de l'instruction ; de sorte que, quand l'instruction précédoit le baptême, la nécessité de l'un faisoit que l'on avoit recours à l'autre nécessairement : au lieu que le baptême précédant aujourd'hui l'instruction, comme on a été fait chrétien sans avoir été instruit, on croit pouvoir demeurer chrétien sans se faire instruire ; et au lieu que les premiers chrétiens témoignoient tant de reconnoissance pour une grâce que l'Église n'accordoit qu'à leurs longues prières, les chrétiens d'aujourd'hui ne témoignent que de l'ingratitude pour cette même grâce qu'elle leur accorde avant même qu'ils aient été en état de la demander. Si elle détestoit si fort les chutes des premiers chrétiens, quoique si rares, combien doit-elle avoir en abomination les chutes et les rechutes continuelles des derniers, quoiqu'ils lui soient beaucoup plus redevables, puisqu'elle les a tirés bien plus tôt et bien plus libéralement de la damnation où ils étoient engagés par leur première naissance! Elle ne peut voir, sans gémir, abuser de la plus grande de ses grâces, et que ce qu'elle a fait pour assurer leur salut devienne l'occasion presque assurée de leur perte; car elle n'a pas changé d'esprit, quoiqu'elle ait changé de coutume.

FRAGMENT D'UN ÉCRIT

SUR LA CONVERSION DU PÉCHEUR.

La première chose que Dieu inspire à l'âme qu'il daigne toucher véritablement, est une connoissance et une vue tout extraordinaire, par laquelle l'âme considère les choses et elle-même d'une façon toute nouvelle.

Cette nouvelle lumière lui donne de la crainte, et lui apporte un trouble qui traverse le repos qu'elle trouvoit dans les choses qui faisoient ses délices.

Elle ne peut plus goûter avec tranquillité les objets qui la charmoient. Un scrupule continuel

la combat dans cette jouissance, et cette vue
intérieure ne lui fait plus trouver cette douceur
accoutumée parmi les choses où elle s'abandonnoit avec une pleine effusion de cœur.

. Mais elle trouve encore plus d'amertume dans
les exercices de piété que dans les vanités du
monde. D'une part, la vanité des objets visibles
la touche plus que l'espérance des invisibles ;
et de l'autre, la solidité des invisibles la touche
plus que la vanité des visibles. Et ainsi la présence des uns et l'absence des autres excite son
aversion, de sorte qu'il naît dans elle un désordre et une confusion qu'elle a peine à démêler, mais qui est la suite d'anciennes impressions
long-temps senties, et des nouvelles qu'elle
éprouve. Elle considère les choses périssables
comme périssantes, et même déjà péries ; et, à
la vue certaine de l'anéantissement de tout ce
qu'elle aime, elle s'effraie dans cette considération, en voyant que chaque instant lui arrache
la jouissance de son bien, et que ce qui lui est
le plus cher s'écoule à tout moment, et qu'enfin
un jour certain viendra auquel elle se trouvera
dénuée de toutes les choses auxquelles elle avoit
mis son espérance. De sorte qu'elle comprend
parfaitement que, son cœur ne s'étant attaché
qu'à des choses fragiles et vaines, son âme doit
se trouver seule et abandonnée au sortir de cette
vie, puisqu'elle n'a pas eu soin de se joindre à
un bien véritable et subsistant par lui-même qui
pût la soutenir durant et après cette vie.

De là vient qu'elle commence à considérer comme un néant tout ce qui doit retourner dans le néant, le ciel, la terre, son corps, ses parents, ses amis, ses ennemis, les biens, la pauvreté, la disgrâce, la prospérité, l'honneur, l'ignominie, l'estime, le mépris, l'autorité, l'indigence, la santé, la maladie, et la vie même. Enfin tout ce qui doit moins durer que son âme est incapable de satisfaire le désir de cette âme qui recherche sérieusement à s'établir dans une félicité aussi durable qu'elle-même.

Elle commence à s'étonner de l'aveuglement où elle étoit plongée; et quand elle considère d'une part le long temps qu'elle a vécu sans faire ces réflexions, et le grand nombre de personnes qui vivent de la sorte; et de l'autre, combien il est constant que l'âme, étant immortelle, ne peut trouver sa félicité parmi des choses périssables, et qui lui seront ôtées au moins à la mort, elle entre dans une sainte confusion·et dans un étonnement qui lui porte un trouble bien salutaire.

Car elle considère que, quelque grand que soit le nombre de ceux qui vieillissent dans les maximes du monde, et quelque autorité que puisse avoir cette multitude d'exemples de ceux qui posent leur félicité au monde, il est constant néanmoins que, même quand les choses du monde auroient quelque plaisir solide (ce qui est reconnu pour faux par un nombre infini d'expériences si funestes et si continuelles) la

perte de ces choses est inévitable au moment
où la mort doit enfin nous en priver.

De sorte que, l'âme s'étant amassé des trésors
de biens temporels, de quelque nature qu'ils
soient, soit or, soit science, soit réputation,
c'est une nécessité indispensable qu'elle se trouve
dénuée de tous ces objets de sa félicité; et qu'ainsi,
s'ils ont eu de quoi la satisfaire, ils n'auront pas
de quoi la satisfaire toujours; et que si c'est se
procurer un bonheur véritable, ce n'est pas se
procurer un bonheur durable, puisqu'il doit
être borné avec le cours de cette vie.

Aussi, par une sainte humilité que Dieu relève
au-dessus de la superbe, elle commence à s'élever
au-dessus du commun des hommes. Elle condamne leur conduite; elle déteste leurs maximes;
elle pleure leur aveuglement; elle se porte à la
recherche du véritable bien; elle comprend qu'il
faut qu'il ait ces deux qualités : l'une, qu'il dure
autant qu'elle; et l'autre, qu'il n'y ait rien de
plus aimable.

Elle voit que, dans l'amour qu'elle a eu pour
le monde, elle trouvoit en lui cette seconde
qualité dans son aveuglement; car elle ne reconnoissoit rien de plus aimable. Mais comme elle
n'y voit pas la première, elle connoît que ce
n'est pas le souverain bien. Elle le cherche donc
ailleurs, et connoissant par une lumière toute
pure qu'il n'est point dans les choses qui sont
en elle, ni hors d'elle, ni devant elle, elle commence à le chercher au-dessus d'elle.

Cette élévation est si éminente et si transcendante, qu'elle ne s'arrête pas au ciel, il n'a pas de quoi la satisfaire, ni au-dessus du ciel, ni aux anges, ni aux êtres les plus parfaits. Elle traverse toutes les créatures, et ne peut arrêter son cœur qu'elle ne soit rendue jusqu'au trône de Dieu, dans lequel elle commence à trouver son repos, et ce bien qui est tel, qu'il n'y a rien de plus aimable, et qui ne peut lui être ôté que par son propre consentement.

Car encore qu'elle ne sente pas ces charmes dont Dieu récompense l'habitude dans la piété, elle comprend néanmoins que les créatures ne peuvent pas être plus aimables que le Créateur : et sa raison, aidée des lumières de la grâce, lui fait connoître qu'il n'y a rien de plus aimable que Dieu, et qu'il ne peut être ôté qu'à ceux qui le rejettent, puisque c'est le posséder que de le désirer, et que le refuser, c'est le perdre.

Ainsi elle se réjouit d'avoir trouvé un bien qui ne peut pas lui être ravi tant qu'elle le désirera, et qui n'a rien au-dessus de soi.

Et dans ces réflexions nouvelles elle entre dans la vue des grandeurs de son Créateur, et dans des humiliations et des adorations profondes. Elle s'anéantit en sa présence ; et ne pouvant former d'elle-même une idée assez basse, ni en concevoir une assez relevée de ce bien souverain, elle fait de nouveaux efforts pour se rabaisser jusqu'aux derniers abîmes du néant, en considérant Dieu dans des immensités qu'elle multiplie. Enfin, dans cette conception qui épuise ses forces, elle l'adore en silence, elle se considère comme sa vile et inutile créature, et, par ses respects réitérés, l'adore et le bénit, et voudroit à jamais le bénir et l'adorer.

Ensuite elle reconnoît la grâce qu'il lui a faite de manifester son infinie majesté à un si chétif vermisseau; elle entre en confusion d'avoir préféré tant de vanités à ce divin maître; et dans un esprit de componction et de pénitence, elle a recours à sa pitié pour arrêter sa colère, dont l'effet lui paroît épouvantable dans la vue de ses immensités.

Elle fait d'ardentes prières à Dieu pour obtenir de sa miséricorde que, comme il lui a plu de se découvrir à elle, il lui plaise de la conduire à lui, et lui faire naître les moyens d'y arriver. Car c'est à Dieu qu'elle aspire : elle n'aspire encore d'y arriver que par des moyens qui viennent de Dieu même, parce qu'elle veut qu'il soit lui-même son chemin, son objet et sa dernière fin. Ensuite de ces prières, elle conçoit qu'elle doit agir conformément à ses nouvelles lumières.

Elle commence à connoître Dieu, et désire d'y arriver; mais comme elle ignore les moyens d'y parvenir, si son désir est sincère, véritable, elle fait la même chose qu'une personne qui, désirant arriver à quelque lieu, ayant perdu le chemin et connoissant son égarement, auroit recours à ceux qui sauroient parfaitement ce chemin : elle consulte de même ceux qui peuvent l'instruire de la voie qui mène à ce Dieu qu'elle a si long-temps abandonné. Mais en demandant à la connoître, elle se résout de conformer à la vérité connue le reste de sa vie; et comme sa foiblesse naturelle, avec l'habitude qu'elle a au péché où elle a vécu, l'ont réduite dans l'impuissance d'arriver à la félicité qu'elle désire, elle implore de sa miséricorde les moyens d'arriver à lui, de s'attacher à lui, d'y adhérer éternellement. Tout occupée de cette beauté si ancienne et si nouvelle pour elle, elle sent que tous ses mouvements doivent se porter vers cet objet; elle comprend qu'elle ne doit plus penser ici-bas qu'à adorer Dieu comme créature, lui rendre grâces comme redevable, lui satisfaire comme coupable, le prier comme indigente, jusqu'à ce qu'elle n'ait plus qu'à le voir, l'aimer, le louer dans l'éternité.

AVIS SUR L'ÉCRIT SUIVANT.

L<small>A</small> pièce suivante se trouva écrite de la main de Pascal, sur un petit parchemin plié, et sur un papier écrit de la même main. Le parchemin et le papier, dont l'un étoit une copie fidèle de l'autre, étoient cousus dans la veste de Pascal, qui, depuis huit ans, prenoit la peine de les coudre et découdre lorsqu'il changeoit d'habit.

L'original de cet écrit est dans la Bibliothéque du Roi. Voici de quelle manière il est figuré (*).

Il y a loin de là au traité de la Roulette, et rien ne nous paroît plus propre à expliquer comment toutes ces pensées trouvées dans les papiers de Pascal ont pu sortir d'une même tête. L'auteur de la Roulette en a fait quelques-unes; le reste est l'ouvrage de l'auteur de l'Amulette. C.

(*) Je crois devoir rappeler ici que Pascal rédigea cet écrit à l'occasion d'une espèce de vision ou extase qu'il eut peu de temps après l'accident qui lui étoit arrivé au pont de Neuilly, aú mois d'octobre 1654. (*Note de l'Éditeur.*)

L'an de grace 1654.
Lundy 23ᵉ. Novʳᵉ. jour de St. Clément,
Pape et M. et autres au martirologe Romain,
veille de St. Crysogone, M., et autres, etc.
depuis enuiron dix heures et demi du soir,
jusques enuiron minuit et demi.

————————— FEV. —————————

Dieu d'Abraham. Dieu d'Isaac. Dieu de Jacob,
. . non des philosophes et sçauans.
                               Joye
Certitude joye certitude sentiment veuë

DIEU DE JESUS-CHRIST.

Deum meum et Deum vestrum. Joh. 20. 17.
  Ton Dieu sera mon Dieu. Ruth.
Oubly du monde et de tout hormis DIEV
Il ne se trouue que par les voyes enseignées
  dans l'Evangile. GRANDEUR de l'ame humaine.
Pere juste, le monde ne t'a point
  connu, mais je t'ay connu. Joh. 17.
Joye joye joye et pleurs de joye
Je m'en suis séparé.
Dereliquerunt me fontem aquæ vivæ
Mon Dieu me quitterez-vous
Que je n'en sois pas séparé éternellement.
Cette est la vie éternelle. Qu'ils te connoissent,
  seul vrai Dieu et celui que tu as envoyé
JESUS-CHRIST.
JESUS-CHRIST.
Je m'en suis séparé Je l'ai fui, rénoncé, crucifié
Que je n'en sois jamais séparé.
Il ne se conserue que par les voyes enseignées
  dans l'éuangile.

    RENONTIATION TOTALE ET DOUCE.

(*) Soumission totale à Jesus-Christ et à mon Directeur
Eternellement en joye pour un jour d'exercice
  sur la terre.
Non obliuiscar sermones tuos. Amen.

———————————————————————

(*) On n'a pu voir distinctement que certains mots de ces dernières,
lignes.

NOTES

DE

VOLTAIRE ET DE CONDORCET

SUR

LES PENSÉES DE PASCAL.

Les notes marquées C sont celles que Condorcet a jointes à son édition *in*-8°. , et celles après lesquelles est un V sont de Voltaire. De ces dernières, les unes ont été publiées pour la première fois dans l'édition *in*-8°. que Voltaire fit faire à Genève en 1778 ; les autres avoient été déjà employées par Condorcet dans l'édition de 1776.

NOTES

(1) Er je m'y sens tellement disproportionné, que je crois pour moi la chose absolument impossible.

Il l'a trouvée très-possible dans les Provinciales. V.

(2) Cet art que j'appelle l'art de persuader...... consiste en trois parties essentielles.

Mais ce n'est pas là l'art de persuader, c'est l'art d'argumenter. V.

(3) Je voudrois que la chose fût véritable, et qu'elle fût si connue, que je n'eusse pas eu la peine de rechercher avec tant de soin la source de tous les défauts des raisonnemens.

Locke, le Pascal des Anglois, n'avoit pu lire Pascal. Il vint après ce grand homme, et ces pensées paroissent, pour la première fois, plus d'un demi-siècle après la mort de Locke. Cependant Locke, aidé de son seul grand sens, dit toujours : *Définissez les termes.* V.

(4) Les meilleurs livres sont ceux que chaque lecteur croit qu'il auroit pu faire.

Cela n'est pas vrai dans les sciences : il n'y a personne qui croie qu'il eût pu faire les principes mathématiques de Newton. Cela n'est pas vrai en belles-lettres ; quel est le fat qui ose croire qu'il auroit pu faire l'Iliade et l'Énéide ? V.

(5) Je les voudrois nommer basses, communes, familières ; ces noms-là leur conviennent mieux ; je hais les mots d'enflure.

C'est la chose que vous haïssez ; car pour le mot, il vous en faut un qui exprime ce qui vous déplaît. V.

Voici un moyen de découvrir la vérité, qui me paroît avoir échappé à tous les philosophes. Il est tiré de la relation d'un voyage fait aux Moluques, en 1760, par le capitaine Dryden.

« On emploie dans ces îles une singulière méthode de découvrir la » vérité ; voici en quoi elle consiste : quand on veut savoir si un homme

» a commis ou n'a pas commis une certaine action, et que des gens
» qui ont acheté, pour une somme assez modique, le droit de s'en
» informer, n'ont pas eu l'esprit de découvrir la vérité, ils font lier
» fortement les jambes de l'accusé entre des planches; ensuite on serre
» entre ces planches un certain nombre de coins de bois, à force de bras
» et de coups de maillet. Pendant ce temps-là les rechercheurs inter-
» rogent tranquillement le patient, font écrire ses réponses, ses cris,
» les demi-mots que les tourments lui arrachent, et ils ne le laissent
» en repos qu'après être parvenus à le faire évanouir deux ou trois fois
» par la force de la douleur, et que le médecin, témoin de l'opération,
» a déclaré que, si on continue, le patient mourra dans les tourments.
» Quelquefois il arrive que les rechercheurs n'ont pas eu besoin de
» recourir à ce moyen pour se croire sûrs de la vérité, mais qu'il leur
» reste un léger scrupule; alors ils ordonnent, qu'avant de punir
» l'accusé, on recourra à la méthode infaillible des maillets et des
» coins. A la vérité, ils remplissent de tourments horribles les derniers
» moments de cet infortuné; mais ces aveux, extorqués par la torture,
» rassurent leur conscience, et au sortir de là, ils en dînent bien plus
» tranquillement : quand ils voient que l'accusé a pu avoir des com-
» plices, ils ont grand soin de recourir à leur méthode favorite. Enfin,
» il y des crimes pour lesquels on l'ordonne par pure routine, et où
» cette clause est de style.

» Ces rechercheurs, aussi stupides que féroces, ne se sont pas encore
» avisés d'avoir le moindre doute sur la bonté de leur méthode. Ils
» forment une caste à part. On croit même, dans ces îles, qu'ils sont
» d'une race d'hommes particulière, et que les organes de la sensibilité
» manquent absolument à cette espèce. En effet, il y a des hommes fort
» humains dans les mêmes îles. La première caste même est formée
» de gens très-polis, très-doux et très-braves. Ceux-là passent leur vie
» à danser; et portant de grand chapeaux de plumes, ils se croiroient
» déshonorés, s'il dansoient avec un homme de la caste des recher-
» cheurs; mais ils trouvent très-bon que ces rechercheurs gardent le
» privilége exclusif d'écraser, entre des planches, les jambes de toutes
» les castes.

» On m'a assuré que, quelques personnes de la caste des lettrés
» s'étant avisées de dire tout haut qu'il y avoit des moyens plus
» humains et plus sûrs de découvrir la vérité, les rechercheurs à
» maillets les ont fait taire, en les menaçant de les brûler à petit feu,
» après leur avoir *préalablement* brisé les jambes; car le crime de
» n'être pas du même avis que les rechercheurs est un de ceux pour
» lesquels ils ne manquent jamais d'employer leur méthode.

» Des politiques profonds prétendent que, depuis ce temps-là, les
» rechercheurs sont eux-mêmes convaincus de l'absurdité de leur
» méthode; que, s'ils l'emploient encore de temps en temps sur des

» accusés obscurs, c'est afin de ne pas laisser rouiller cette vieille
» arme, et de la tenir toujours prête pour effrayer leurs ennemis, ou
» pour s'en venger.

» J'ai lu qu'il y avoit eu autrefois en Europe des usages aussi abo-
» minables; mais ils n'y subsistent plus depuis long-temps. Pour les
» conserver au milieu d'un siècle éclairé, et des mœurs douces de
» l'Europe, il auroit fallu, dans les magistrats de ce pays, un mélange
» d'imbécillité et de cruauté, portées toutes deux à un si haut point,
» que ce seroit calomnier la nature humaine que de l'en supposer
» capable. » C.

(*Voyage aux Moluques*, tome II, page 232.)

(6) *Tout le paragraphe I de l'article IV.*

Cette éloquente tirade ne prouve autre chose, sinon que l'homme
n'est pas Dieu. Il est à sa place comme le reste de la nature, imparfait,
parce que Dieu seul peut être parfait; ou, pour mieux dire, l'homme
est borné, et Dieu ne l'est pas. V.

(7) Que la terre lui paroisse comme un point, au prix
du vaste tour que décrit le soleil.

La superstition avoit-elle dégradé Pascal au point de n'oser penser
que c'est la terre qui tourne, et d'en croire plutôt le jugement des
dominicains de Rome que les preuves de Copernic, de Keppler et de
Galilée (*)? C.

(8) C'est une sphère infinie, dont le centre est partout,
la circonférence nulle part.

Cette belle expression est de Timée de Locres : Pascal étoit digne
de l'inventer; mais il faut rendre à chacun son bien. V.

(9) Quand l'univers l'écraseroit, l'homme seroit encore
plus noble que ce qui le tue.

Que veut dire ce mot, *noble?* Il est bien vrai que ma pensée est
autre chose, par exemple, que le globe du soleil : mais est-il bien
prouvé qu'un animal, parce qu'il a quelques pensées, est plus noble
que le soleil, qui anime tout ce que nous connoissons de la nature?
Est-ce à l'homme à en décider? Il est juge et partie. On dit qu'un.

(*) Dans une note à ce sujet, j'ai déjà essayé d'interpréter l'intention de
Pascal. J'ajouterai ici que peut-être il n'a voulu qu'imiter le langage des
auteurs sacrés, qui, sans prétendre rien décider sur ce point, parlent suivant l'opinion commune des hommes, pour être également entendus de
tous. (*Note de l'Éditeur.*)

ouvrage est supérieur à un autre, quand il a coûté plus de peine à l'ouvrier, et qu'il est d'un usage plus utile ; mais en a-t-il moins coûté au Créateur de faire le soleil que de pétrir un petit animal, haut d'environ cinq pieds, qui raisonne bien ou mal ? Qui des deux est le plus utile au monde, ou de cet animal, ou de l'astre qui éclaire tant de globes ? Et en quoi quelques idées reçues dans un cerveau sont-elles préférables à l'univers matériel ? V.

(10) Je blâme également, et ceux qui prennent le parti de louer l'homme, et ceux qui le prennent de le blâmer, et ceux qui le prennent de le divertir.

Hélas ! si vous aviez souffert le divertissement, vous auriez vécu davantage. V.

.(11) Les autres disent : cherchez le bonheur en vous divertissant, et cela n'est pas vrai.

En vous divertissant vous aurez du plaisir ; et cela est très-vrai. Nous avons des maladies ; Dieu a mis la petite-vérole et les vapeurs au monde. Hélas encore ! hélas Pascal ! on voit bien que vous êtes malade. V.

(12) *Tout le paragraphe I.*

On n'a point besoin de toute cette métaphysique pour expliquer les effets que produit l'amour de la gloire. Il est impossible à quelqu'un qui vit dans une société nombreuse et policée, de ne pas voir combien, dans la dépendance où il est sans cesse des autres hommes, il lui est avantageux d'être l'objet de leur enthousiasme. « Mais on s'occupe » plus de ce que la postérité dira de nous, que de ce qu'en disent nos » contemporains. Mais on sacrifie sa vie entière à une gloire dont on » ne jouira jamais, mais on court à une mort certaine. » Tel est l'effet du désir si naturel d'être estimés des autres hommes, lorsque ce désir est porté jusqu'à l'enthousiasme. Il en est de même de l'amour physique, qui n'est que le désir de jouir : laissez l'enthousiasme en faire une passion ; alors on poignarde sa maîtresse, on meurt pour elle. Le hasard peut amener des circonstances où un amant aimera mieux mourir d'une mort cruelle que de jouir de la femme qu'il adore.

Ne pourroit-on pas dire que l'enthousiasme consiste à se présenter vivement, à la fois, toutes les jouissances que notre passion peut répandre sur un long espace de temps ? alors on jouit comme si on les réunissoit toutes ; on craint, comme si un instant pouvoit nous faire éprouver, à la fois, toutes les douleurs d'une longue vie : et lorsque ce sentiment a épuisé toute la force de nos organes, qu'il ne nous en reste plus pour raisonner, nous ne pouvons plus nous apercevoir si ces jouissances sont impossibles.

Cet état d'espérances enivrantes est en lui-même un plaisir, et un plaisir assez grand pour préférer ces jouissances imaginaires à des plaisirs réels et présents. Car on se tromperoit dans tous les raisonnements qu'on fait sur les passions, si on se bornoit à ne compter que les plaisirs ou les peines des sens qu'elles font éprouver. Les différents sentiments de désir, de crainte, de ravissement, d'horreur, etc. qui naissent des passions, sont accompagnés de sensations physiques, agréables ou pénibles, délicieuses ou déchirantes. On rapporte ces sensations à la région de la poitrine ; et il paroît que le diaphragme (*) en est l'organe. Le sentiment très-vif de plaisir et de douleur dont cette partie du corps est susceptible, dans les hommes passionnés, suffiroit peut-être pour expliquer ce que les passions offrent, en apparence, de plus inexplicable. C.

(13) La vanité est si ancrée, etc. *tout le paragraphe.*

Oui, vous couriez après la gloire de passer un jour pour le fléau des jésuites, le défenseur de Port-Royal, l'apôtre du jansénisme, le réformateur des Chrétiens. V.

(14) Le présent n'est jamais notre but. Le passé et le présent sont nos moyens ; le seul avenir est notre objet.

Il est faux que nous ne pensions point au présent ; nous y pensons en étudiant la nature, et en faisant toutes les fonctions de la vie : nous pensons aussi beaucoup au futur. Remercions l'auteur de la nature de ce qu'il nous donne cet instinct qui nous emporte sans cesse vers l'avenir. Le trésor le plus précieux de l'homme, est cette espérance qui adoucit nos chagrins, et qui nous peint des plaisirs futurs dans la possession des plaisirs présents. Si les hommes étoient assez malheureux pour ne s'occuper jamais que du présent, on ne semeroit point, on ne bâtiroit point, on ne planteroit point, on ne pourvoiroit à rien, on manqueroit de tout au milieu de cette fausse jouissance. Un esprit comme Pascal pouvoit-il donner dans un lieu commun comme celui-là ? La nature a établi que chaque homme jouiroit du présent, en se nourrissant, en faisant des enfants, en écoutant des sons agréables, en occupant sa faculté de penser et de sentir, et qu'en sortant de ces états, souvent au milieu de ces états mêmes, il penseroit au lendemain, sans quoi il périroit de misère aujourd'hui. Il n'y a que les

---

(*) Il est vrai que dans les mouvements subits des grandes passions, on sent vers la poitrine des convulsions, des défaillances, des agonies, qui ont quelquefois causé la mort ; et c'est ce qui fait que presque toute l'antiquité imagina une âme dans la poitrine. Les médecins placèrent les passions dans le foie. Les romanciers ont mis l'amour dans le cœur. V.

enfants et les imbécilles qui ne pensent qu'au présent; faudra-t-il leur ressembler? V.

On connoît ce vers de M. de V. :

> Nous ne vivons jamais, nous attendons la vie.

Et celui-ci de Manilius :

> *Victuri semper agimus, nec vivimus unquàm.*

(15) Plaisante justice qu'une rivière ou une montagne borne! vérités en-deçà des Pyrénées, erreur au-delà.

Il n'est point ridicule que les lois de la France et de l'Espagne diffèrent; mais il est très-impertinent que ce qui est juste à Romorantin soit injuste à Corbeil; qu'il y ait quatre cents jurisprudences diverses dans le même royaume, et surtout que, dans un même parlement, on perde dans une chambre le procès qu'on gagne dans une autre chambre. V.

(16) Se peut-il rien de plus plaisant qu'un homme ait droit de me tuer parce qu'il demeure au-delà de l'eau, et que son prince a querelle contre le mien, quoique je n'en aie aucune avec lui ?

Plaisant n'est pas le mot propre; il falloit *démence exécrable.* V.

(17) Le plus sage des législateurs disoit que, pour le bien des hommes, il faut souvent les piper.

On ne manquera pas d'accuser l'éditeur qui a rassemblé ces Pensées éparses, d'être un athée, ennemi de toute morale; mais je prie les auteurs de cette objection, de considérer que ces Pensées sont de Pascal, et non pas de moi; qu'il les a écrites en toutes lettres; que si elles sont d'un athée, c'est Pascal qui étoit athée, et non pas moi; qu'enfin, puisque Pascal est mort, ce seroit peine perdue que de le calomnier.

Il est beau de voir dans cet article M. de V. prendre contre Pascal la défense de l'existence de Dieu (*); mais que diront ceux à qui il

---

(*) C'est apparemment dans le paragraphe où M. de V.... s'étonne, avec juste raison, qu'un homme tel que Pascal ait pu dire : « Nous sommes inca-» pables de connoître si Dieu est ». Ce ne peut être qu'une inadvertance dans ce grand homme ([1]).

([1]) Ce n'est point une inadvertance. Pascal, comme nous l'avons dit, n'écrivoit ses pensées que pour lui. Si Voltaire et Condorcet avoient saisi l'idée du dialogue contenu dans cet article III de la seconde partie, ils n'auroient pas pris le change sur les propositions que l'auteur y met en avant. (*Note de l'Editeur.*)

en coûte tant pour convenir qu'un vivant puisse avoir raison contre un mort? C.

(18) Combien un avocat, bien payé par avance, trouve-t-il plus juste la cause qu'il plaide !

Je compterois plus sur le zèle d'un homme espérant une grande récompense que sur celui d'un homme l'ayant reçue. V.

(19) *Tout le paragraphe XIX.*

Ces idées ont été adoptées par Locke. Il soutient qu'il n'y a nul principe inné ; cependant il paroît certain que les enfants ont un instinct, celui de l'émulation, celui de la pitié, celui de mettre, dès qu'ils le peuvent, les mains devant leur visage quand il est en danger, celui de reculer pour mieux sauter dès qu'ils sautent. V.

(20) Je crois qu'il seroit presque aussi heureux qu'un roi, qui.....

Tous ceux qui ont attaqué la certitude des connoissances humaines ont commis la même faute. Ils ont fort bien établi que nous ne pouvons parvenir, ni dans les sciences physiques, ni dans les sciences morales, à cette certitude rigoureuse des propositions de la géométrie, et cela n'étoit pas difficile ; mais ils ont voulu en conclure que l'homme n'avoit aucune règle sûre pour asseoir son opinion sur ces objets, et ils se sont trompés en cela. Car il y a des moyens sûrs de parvenir à une très-grande probabilité dans plusieurs cas ; et dans un grand nombre, d'évaluer le degré de cette probabilité. C.

Être heureux comme un roi, dit le peuple hébété. V.

(21) Que deux hommes voient de la neige, ils expriment tous deux la vue de ce même objet par les mêmes mots.....

Il y a toujours des différences imperceptibles entre les choses les plus semblables ; il n'y a jamais eu peut-être deux œufs de poule absolument les mêmes, mais qu'importe ? Leibnitz devoit-il faire un principe philosophique de cette observation triviale ? V.

(22) C'est ce qui a donné lieu à ces titres, aussi fastueux en effet, quoique non (*) en apparence, que cet auteur qui crève les yeux, *de omni scibili.*

Qui crève les yeux ne veut pas dire ici qui se montre évidemment : il signifie tout le contraire. V.

_____

(*) Dans un exemplaire de l'édition de Condorcet, je trouve, au lieu de

(23) Cela étant bien compris, je crois qu'on s'en tiendra au repos.....

Tout cet article, d'ailleurs obscur, semble fait pour dégoûter des sciences spéculatives. En effet, un bon artiste en haute-lisse, en horlogerie, en arpentage, est plus utile que Platon. V.

(24) La seule comparaison que nous faisons de nous au fini nous fait peine.

Il eût plutôt fallu dire à l'infini. Mais souvenons-nous que ces pensées jetées au hasard étoient des matériaux informes qui ne furent jamais mis en œuvre. V.

(25) *Tout le paragraphe XXV.*

Cette pensée paroît un sophisme, et la fausseté consiste dans ce mot d'*ignorance*, qu'on prend en deux sens différents. Celui qui ne sait ni lire, ni écrire, est un ignorant; mais un mathématicien, pour ignorer les principes cachés de la nature, n'est pas au point d'ignorance d'où il étoit parti quand il commença à apprendre à lire. Newton ne savoit pas pourquoi l'homme remue son bras quand il le veut; mais il n'en étoit pas moins savant sur le reste. Celui qui ne sait point l'hébreu, et qui sait le latin, est savant, par comparaison, avec celui qui ne sait que le françois. V.

(26) L'âme est jetée dans le corps pour y faire un séjour de peu de durée.

Pour dire l'*âme est jetée*, il faudroit être sûr qu'elle est substance, et non qualité. C'est ce que presque personne n'a recherché, et c'est par où il faudroit commencer, en métaphysique, en morale, etc. V.

(27) Mais quand j'y ai regardé de plus près, etc. *tout l'alinéa.*

Ce mot, *ne voir que nous*, ne forme aucun sens. Qu'est-ce qu'un homme qui n'agiroit point, et qui est supposé se contempler? Non-seulement je dis que cet homme seroit un imbécille, inutile à la société; mais je dis que cet homme ne peut exister. Car cet homme que contempleroit-il? Son corps, ses pieds, ses mains, ses cinq sens? ou il seroit un idiot, ou bien il feroit usage de tout cela. Resteroit-il à contempler sa faculté de penser? Mais il ne peut contempler cette faculté qu'en l'exerçant. Ou il ne pensera à rien, ou bien il pensera

---

ce *non*, le mot *modeste* écrit de la main de d'Alembert. J'indique cette correction qui me semble heureuse. R.

aux idées qui lui sont déjà venues, ou il en composera de nouvelles ;
or il ne peut avoir d'idées que du dehors. Le voilà donc nécessairement occupé, ou de ses sens, ou de ses idées ; le voilà donc hors
de soi, ou imbécille. Encore une fois, il est impossible à la nature
humaine de rester dans cet engourdissement imaginaire, il est absurde
de le penser, il est insensé d'y prétendre. L'homme est né pour
l'action, comme le feu tend en haut et la pierre en bas. N'être point
occupé, et n'exister pas, c'est la même chose pour l'homme ; toute la
différence consiste dans les occupations douces ou tumultueuses,
dangereuses ou utiles. Job a bien dit : « L'homme est né pour le travail,
» comme l'oiseau pour voler » ; mais l'oiseau, en volant, peut être
pris au trébuchet. C.

(28) Un roi qui se voit est un homme plein de misères,
et qui les ressent comme un autre.

Toujours le même sophisme. Un roi qui se recueille pour penser est
alors très-occupé ; mais s'il n'arrêtoit sa pensée que sur soi, en
disant à soi-même : *je règne*, et rien de plus, il seroit un idiot. V.

(29) Les hommes ont un instinct secret, etc. *et le reste
de l'alinéa.*

Cet instinct secret étant le premier principe et le fondement nécessaire de la société, il vient plutôt de la bonté de Dieu, et il est plutôt
l'instrument de notre bonheur que le ressentiment de notre misère. Je
ne sais pas ce que nos premiers pères faisoient dans le paradis terrestre ;
mais si chacun d'eux n'avoit pensé qu'à soi, l'existence du genre
humain étoit bien hasardée. N'est-il pas absurde de penser qu'ils
avoient des sens parfaits, c'est-à-dire, des instruments d'actions parfaits, uniquement pour la contemplation ? Et n'est-il pas plaisant que
des têtes pensantes puissent imaginer que la paresse est un titre de
grandeur, et l'action un rabaissement de notre nature ? V.

(30) Lorsque Cynéas disoit à Pyrrhus, etc.

L'exemple de Cinéas est bon dans les satires de Despréaux, mais
non dans un livre philosophique. Un roi sage peut être heureux chez
lui ; et de ce qu'on nous donne Pyrrhus pour fou, cela ne conclut rien
pour le reste des hommes. V.

(31) L'homme est si malheureux, qu'il s'ennuieroit,
même sans aucune cause étrangère d'ennui, par le propre
état de sa condition naturelle.

Ne seroit-il pas aussi vrai de dire que l'homme est si heureux en ce
point, et que nous avons tant d'obligation à l'auteur de la nature, qu'il

à attaché l'ennui à l'inaction, afin de nous forcer par là à être utiles au prochain et à nous-mêmes? V.

(32) *Le paragraphe V.*

La nature ne nous rend pas toujours malheureux. Pascal parle toujours en malade qui veut que le monde entier souffre. V.

(33) *Le paragraphe VI.*

Cette comparaison assurément n'est pas juste. Des malheureux enchaînés, qu'on égorge l'un après l'autre, sont malheureux non-seulement parce qu'ils souffrent, mais encore parce qu'ils éprouvent ce que les autres hommes ne souffrent pas. Le sort naturel d'un homme n'est, ni d'être enchaîné, ni d'être égorgé; mais tous les hommes sont faits, comme les animaux, les plantes, pour croître, pour vivre un certain temps, pour produire leur semblable, et pour mourir. On peut, dans une satire, montrer l'homme, tant qu'on voudra, du mauvais côté; mais, pour peu qu'on se serve de sa raison on avouera que, de tous les animaux, l'homme est le plus parfait, le plus heureux, et celui qui vit le plus long-temps; car ce qu'on dit des cerfs et des corbeaux n'est qu'une fable : au lieu donc de nous étonner et de nous plaindre du malheur et de la brièveté de la vie, nous devons nous étonner et nous féliciter de notre bonheur et de sa durée. A ne raisonner qu'en philosophe, j'ose dire qu'il y a bien de l'orgueil et de la témérité à prétendre que, par notre nature, nous devons être mieux que nous ne sommes. V.

(34) Nous allons montrer que toutes les opinions du peuple sont très-saines.

Pascal prouve dans cet article que les préjugés du peuple sont fondés sur des raisons, mais non pas que le peuple ait raison de les avoir adoptés. C.

(35) Le plus grand des maux est les guerres civiles. Elles sont sûres, si on veut récompenser le mérite; car tous diroient qu'ils méritent.

Cela mérite explication. Guerre civile, si le prince de Conti dit : J'ai autant de mérite que le grand Condé; si Retz dit : Je vaux mieux que Mazarin; si Beaufort dit : Je l'emporte sur Turenne, et s'il n'y a personne pour les mettre à leur place. Mais quand Louis XIV arrive, et dit : Je ne récompenserai que le mérite; alors plus de guerre civile. V.

(36) *Les paragraphes V et VI.*

Ces articles ont besoin d'explication, et semblent n'en pas mériter. V.

(37) Il a quatre laquais, et je n'en ai qu'un ; c'est à moi à céder.

Non. Turenne avec un laquais sera respecté par un traitant qui en aura quatre. V.

(38) Nos magistrats ont bien connu ce mystère. Leurs robes rouges, leurs hermines, dont ils s'emmaillottent en chats fourrés, etc.

Les sénateurs romains avoient le laticlave. V.

(39) Les seuls gens de guerre ne se sont pas déguisés de la sorte.

Aujourd'hui c'est tout le contraire, on se moqueroit d'un médecin qui viendroit tâter le pouls et contempler votre chaise percée en soutane. Les officiers de guerre, au contraire, vont partout avec leurs uniformes et leurs épaulettes. V.

(40) Les Suisses s'offensent d'être dits gentilshommes, et prouvent la roture de race pour être jugés dignes de grands emplois.

Pascal étoit mal informé. Il y avoit de son temps, et il y a encore dans le sénat de Berne des gentilshommes aussi anciens que la maison d'Autriche. Ils sont respectés, ils sont dans les charges. Il est vrai qu'ils n'y sont pas par droit de naissance, comme les nobles y sont à Venise. Il faut même à Bâle renoncer à sa noblesse pour entrer dans le sénat. V.

(41) Cet habit, c'est une force ; il n'en est pas de même d'un cheval bien enharnaché à l'égard d'un autre.

Bas et indigne de Pascal. V.

(42) Le peuple a des opinions très-saines, par exemple, d'avoir choisi le divertissement et la chasse plutôt que la poésie.

Il semble qu'on ait proposé au peuple de jouer à la boule ou de faire *des vers*. Non, mais ceux qui ont des organes grossiers cherchent des plaisirs où l'âme n'entre pour rien ; ceux qui ont un sentiment plus délicat veulent des plaisirs plus fins : il faut que tout le monde vive. V.

(43) Le port règle ceux qui sont dans le vaisseau ; mais où trouverons-nous ce point dans la morale ?

Dans cette seule maxime, reçue de toutes les nations : Ne faites pas à autrui ce que vous ne voudriez pas qu'on vous fît. V.

(44) *Le paragraphe VI.*

Un certain peuple a eu une loi par laquelle on faisoit pendre un homme qui avoit bu à la santé d'un certain prince : il eût été juste de ne point boire avec cet homme, mais il étoit un peu dur de le pendre : cela étoit établi, mais cela étoit abominable. V.

(45) Sans doute que l'égalité des biens est juste.

L'égalité des biens n'est pas juste. Il n'est pas juste que, les parts étant faites, des étrangers mercenaires, qui viennent m'aider à faire mes moissons, en recueillent autant que moi. V.

(46) Ne pouvant faire que ce qui est juste fût fort, on a fait que ce qui est fort fût juste.

Pascal semble se rapprocher ici des idées de Hobbes, et le plus dévot des philosophes de son siècle est, sur la nature du juste et de l'injuste, du même avis que le plus irréligieux. C.

(47) *Tout le paragraphe X.*

Selon Platon, les bonnes lois sont celles que les citoyens aiment plus que leur vie ; l'art de faire aimer aux hommes les lois de leur patrie étoit, selon lui, le grand art des législateurs. Il y a loin d'un philosophe d'Athènes à un philosophe du faubourg Saint-Jacques. C.

(48) L'extrême esprit est accusé de folie, comme l'extrême défaut.

Ce n'est pas l'extrême esprit, c'est l'extrême vivacité et volubilité de l'esprit qu'on accuse de folie ; l'extrême esprit est l'extrême justesse, l'extrême finesse ; l'extrême étendue opposée diamétralement à la folie. L'extrême défaut d'esprit est un manque de conception, un vide d'idées ; ce n'est point la folie, c'est la stupidité. La folie est un dérangement dans les organes, qui fait voir plusieurs objets trop vite, ou qui arrête l'imagination sur un seul avec trop d'application et de violence. Ce n'est point non plus la médiocrité qui passe pour bonne, c'est l'éloignement des deux vices opposés ; c'est ce qu'on appelle *juste milieu*, et non *médiocrité*. On ne fait cette remarque, et quelques autres dans ce goût, que pour donner des idées précises. C'est plutôt pour éclaircir que pour contredire. V.

(49) Les belles actions cachées sont les plus estimables. Quand j'en vois quelques-unes dans l'histoire, elles me plaisent fort. Mais enfin elles n'ont pas été tout-à-fait cachées, puisqu'elles ont été sues ; ce peu par où elles ont

paru en diminue le mérite, car c'est là le plus beau de les avoir voulu cacher (*).

Voici une action dont la mémoire mérite d'être conservée, et à qui il ne me paroît pas possible qu'on puisse appliquer la réflexion de Pascal.

Le vaisseau que montoit le chevalier de Lordat, étoit prêt à couler à fond à la vue des côtes de France. Il ne savoit pas nager; un soldat, excellent nageur, lui dit de se jeter avec lui dans la mer, de le tenir par la jambe, et qu'il espère le sauver par ce moyen. Après avoir long-temps nagé, les forces du soldat s'épuisent; M. de Lordat s'en aperçoit, l'encourage; mais enfin le soldat lui déclare qu'ils vont périr tous deux. — Et si tu étois seul? — Peut-être pourrois-je encore me sauver. Le chevalier de Lordat lui lâche la jambe, et tombe au fond de la mer. C.

Et comment l'histoire en a-t-elle pu parler, si on ne les a pas sues? V.

(50) **Pourquoi faire plutôt quatre espèces de vertus que dix?**

On a remarqué, dans un Abrégé de l'Inde et de la guerre misérable que l'avarice de la Compagnie française soutint contre l'avarice anglaise; on a remarqué, dis-je, que les brames peignent la vertu belle et forte avec dix bras, pour résister à dix péchés capitaux. Les missionnaires ont pris la vertu pour le diable. V.

(51) *Tout le paragraphe XXXI.*

Il est faux que les petits soient moins agités que les grands. Au contraire, leurs désespoirs sont plus vifs, parce qu'ils ont moins de ressources. De cent personnes qui se tuent à Londres et ailleurs, il y en a quatre-vingt-dix-neuf du bas peuple, et à peine une de condition relevée. La comparaison de la roue est ingénieuse et fausse. V.

(52) *Tout le paragraphe XXXIII.*

Il auroit fallu dire d'*être aussi vicieux que lui* (**); cet article est trop trivial, et indigne de Pascal. Il est clair que, si un homme est

---

(*) Le plus beau seroit de ne songer ni à les montrer, ni à les cacher. C.

(**) L'observation de Voltaire s'appliquoit, avec raison, au passage tel qu'on le lit dans l'édition de Condorcet, où il est trouqué; mais elle devient inutile pour la mienne, où ce paragraphe est rectifié, et conforme au manuscrit de Pascal. (*Note de l'Éditeur.*)

plus grand que les autres, ce n'est pas parce que ses pieds sont aussi bas, mais parce que sa tête est plus élevée. V.

(53) *Paragraphe XLVII.*

L'on s'imagine d'ordinaire qu'Alexandre et César sont sortis de chez eux dans le dessein de conquérir la terre : ce n'est point cela. Alexandre succéda à Philippe dans le généralat de la Grèce, et fut chargé de la juste entreprise de venger les Grecs des injures du roi de Perse ; il battit l'ennemi commun, et continua ses conquêtes jusqu'à l'Inde, parce que le royaume de Darius s'étendoit jusqu'à l'Inde : de même que le duc de Marlborough seroit venu jusqu'à Lyon sans le maréchal de Villars. A l'égard de César, il étoit un des premiers de la république : il se brouilla avec Pompée, comme les jansénistes avec les molinistes, et alors ce fut à qui s'extermineroit : une seule bataille, où il n'y eut pas dix mille hommes de tués, décida de tout. Au reste, la pensée de Pascal est peut-être fausse en un sens. Il falloit la maturité de César pour se démêler de tant d'intrigues ; et il est peut-être étonnant qu'Alexandre, à son âge, ait renoncé au plaisir pour faire une guerre si pénible. V.

(54) En écrivant ma pensée, elle m'échappe quelquefois, etc.

Les idées de Platon sur la nature de l'homme sont bien plus philosophiques que celles de Pascal. Platon regardoit l'homme comme un être qui naît avec la faculté de recevoir des sensations, d'avoir des idées, de sentir du plaisir et de la douleur ; les objets que le hasard lui présente, l'éducation, les lois, le gouvernement, la religion, agissent sur lui, et forment son intelligence, ses opinions, ses passions, ses vertus et ses vices. Il ne seroit rien de ce que nous disons que la nature l'a fait, si tout cela avoit été autrement. Soumettons-le à d'autres agents, et il deviendra ce que nous voudrons qu'il soit, ce qu'il faudroit qu'il fût pour son bonheur, et pour celui de ses semblables ; qui osera fixer des termes à ce que l'homme pourroit faire de grand et de beau ? Mais ne négligeons rien. C'est l'homme tout entier qu'il faut former, et il ne faut abandonner au hasard, ni aucun instant de sa vie, ni l'effet d'aucun des objets qui peuvent agir sur lui (*). V.

(*) Platon n'a point eu ces idées, monsieur, c'est vous qui les avez. Platon fit de nous des androgynes à deux corps, donna des ailes à nos âmes, et les leur ôta. Platon rêva sublimement, comme je ne sais quels autres écrivains ont rêvé bassement. V.

(55) Platon et Aristote.... étoient d'honnêtes gens qui rioient comme les autres avec leurs amis.

Cette expression, *honnêtes gens*, a signifié, dans l'origine, les hommes qui avoient de la probité. Du temps de Pascal, elle signifioit les gens de bonne compagnie; et maintenant ceux qui ont de la naissance ou de l'argent. C.

Non, monsieur, les honnêtes gens sont ceux à la tête desquels vous êtes. V.

(56) Je mets en fait que, si tous les hommes savoient ce qu'ils disent les uns des autres, il n'y auroit pas quatre amis dans le monde.

Dans l'excellente comédie du *Plain dealer*, l'homme au franc procédé (excellente à la manière angloise), le Plain dealer dit à un personnage : Tu te prétends mon ami; voyons, comment le prouverois-tu? — Ma bourse est à toi, — Et à la première fille venue. Bagatelle. — Je me battrois pour toi. — Et pour un démenti; ce n'est pas là un grand sacrifice. — Je dirai du bien de toi à la face de ceux qui te donneront des ridicules. — Oh! si cela est, tu m'aimes. V.

(57) A mesure qu'on a plus d'esprit, on trouve qu'il y a plus d'hommes originaux. Les gens du commun ne trouvent pas de différence entre les hommes.

Il y a très-peu d'hommes vraiment originaux; presque tous se gouvernent, pensent et sentent par l'influence de la coutume et de l'éducation. Rien n'est si rare qu'un esprit qui marche dans une route nouvelle; mais parmi cette foule d'hommes qui vont de compagnie, chacun a de petites différences dans la démarche, que les vues fines aperçoivent. V.

(58) .... Ils ne savent pas que j'en juge par ma montre.

En ouvrage de goût, en musique, en poésie, en peinture, c'est le goût qui tient lieu de montre; et celui qui n'en juge que par règles, en juge mal. V.

(59) Il y en a qui masquent toute la nature. Il n'y a point de roi parmi eux, mais un auguste monarque; point de Paris, mais une capitale du royaume.

Ceux qui écrivent en beau françois les gazettes pour le profit des propriétaires de ces fermes dans les pays étrangers, ne manquent jamais de dire : « Cette auguste famille entendit vêpres dimanche, et » le sermon du révérend père N. Sa majesté joua aux dés en haute » personne. On fit l'opération de la fistule à son éminence. » V.

(60) La dernière chose qu'on trouve en faisant un ouvrage, est de savoir celle qu'il faut mettre la première.

Quelquefois. Mais jamais on n'a commencé ni une histoire, ni une
tragédie par la fin, ni aucun travail. Si on ne sait souvent par où
commencer, c'est dans un éloge, dans une oraison funèbre, dans un
sermon, dans tous ces ouvrages de pur appareil, où il faut parler
sans rien dire. V.

(61) Il est difficile de rien obtenir de l'homme que par le
plaisir, qui est la monnoie pour laquelle nous donnons tout
ce qu'on veut.

Le plaisir n'est pas la monnoie, mais la denrée pour laquelle on
donne tant de monnoie qu'on veut. V.

(62) Il (Épictète) veut que l'homme soit humble.

Si Épictète a voulu que l'homme fût humble, vous ne deviez donc
pas dire que l'humilité n'a été recommandée que chez nous. V.

(63) Montaigne, né dans un état chrétien, fait profession
de la religion catholique.

On vient de faire un livre pour prouver que Montaigne étoit bon
chrétien. Selon nos zélés, tout grand homme des siècles passés étoit
croyant, tout grand homme vivant est incrédule. Leur première
loi est de chercher à nuire; l'intérêt de leur cause ne marche
qu'après. C.

(64) Les principales raisons des pyrrhoniens sont que nous
n'avons aucune certitude de la vérité des principes....

Les pyrrhoniens absolus ne méritoient pas que Pascal parlât
d'eux. V.

(65) N'y ayant point de certitude hors la foi, si l'homme
est créé par un Dieu bon, ou par un démon méchant....

La foi est une grâce surnaturelle. C'est combattre et vaincre la
raison que Dieu nous a donnée, c'est croire fermement et aveuglément un homme qui ose parler au nom de Dieu, au lieu de recourir
soi-même à Dieu. C'est croire ce qu'on ne croit pas. Un philosophe
étranger, qui entendit parler de la foi, dit que c'étoit se mentir à
soi-même. Ce n'est pas là de la certitude; c'est de l'anéantissement.
C'est le triomphe de la théologie sur la foiblesse humaine. V.

(66) La raison démontre qu'il n'y a point deux nombres carrés dont l'un soit double de l'autre.

Ce n'est point le raisonnement, c'est l'expérience et le tâtonnement qui démontrent cette singularité et tant d'autres. V.

(67) Tous se plaignent, princes, sujets, etc.

Je sais qu'il est doux de se plaindre; que, de tout temps, on a vanté le passé pour injurier le présent; que chaque peuple a imaginé un âge d'or, d'innocence, de bonne santé, de repos et de plaisir, qui ne subsiste plus. Cependant j'arrive de ma province à Paris; on m'introduit dans une très-belle salle où douze cents personnes écoutent une musique délicieuse : après quoi toute cette assemblée se divise en petites sociétés qui vont faire un très-bon souper, et après ce souper elles ne sont pas absolument mécontentes de la nuit. Je vois tous les beaux-arts en honneur dans cette ville, et les métiers les plus abjects bien récompensés, les infirmités très-soulagées, les accidents prévenus; tout le monde y jouit ou espère jouir, ou travaille pour jouir un jour, et ce dernier partage n'est pas le plus mauvais. Je dis alors à Pascal : Mon grand homme, êtes-vous fou?

Je ne nie pas que la terre n'ait été souvent inondée de malheurs et de crimes, et nous en avons eu notre bonne part. Mais certainement, lorsque Pascal écrivoit, nous n'étions pas si à plaindre. Nous ne sommes pas non plus si misérables aujourd'hui.

> Prenons toujours ceci, puisque Dieu nous l'envoie;
> Nous n'aurons pas toujours tels passe-temps.   V.

(68) Qu'y a-t-il de plus ridicule et de plus vain que ce que proposent les stoïciens?

La morale des stoïciens étoit fondée sur la nature même, quoiqu'elle semble toujours la combattre. Ces philosophes avoient observé que les passions violentes, l'enthousiasme, la folie même, non-seulement donnent à l'homme la force de supporter la douleur, mais l'y rendoient souvent insensible; et comme il est une foule de douleurs que notre prudence et nos lumières ne peuvent ni prévenir, ni soulager; comme la crainte de la douleur est l'instrument avec lequel les tyrans dégradent l'homme et le rendent misérable, les stoïciens jugèrent, avec raison, que l'on ne pourroit opposer aux maux où nous a soumis la nature un remède à la fois plus utile et plus sûr que d'exciter dans notre âme un enthousiasme durable, qui, s'augmentant en même temps que la douleur, par nos efforts, pour nous roidir contre elle, nous y rendît presque insensibles; cet enthousiasme avoit contre la douleur la même force que le délire, et cependant laissoit à l'âme le libre usage de toutes ses facultés. Ainsi le stoïcien dit : La douleur n'est point un mal, et il cessa presque de la sentir. Le même remède s'applique encore, avec plus de succès, aux maux de l'âme, plus cruels que ceux du corps. Celle du sage s'élève si haut, que les opprobres, les injustices, ne peuvent y atteindre. L'amour de l'ordre, porté jusqu'à l'enthousiasme, fut sa seule passion, et la rendit inaccessible à toute autre. Le bonheur du stoïcien consistoit dans le sentiment de la force et de la grandeur de son âme ; la foiblesse et le crime étoient donc les seuls maux qui pussent le troubler, et, occupé de se rapprocher des dieux, en faisant du bien aux hommes, il savoit mourir quand il ne lui en restoit plus à faire.

Si donc on peut regarder comme des enthousiastes les sectateurs de cette morale, on ne peut se dispenser de reconnoître dans son inventeur un génie profond et une âme sublime. C.

Il est vrai que c'est le sublime des Petites-Maisons ; mais il est bien respectable. V.

(69) Ce désir (de la vérité et du bonheur) nous est laissé, tant pour nous punir que pour nous faire sentir d'où nous sommes tombés.

Comment peut-on dire que le désir du bonheur, ce grand présent de Dieu, ce premier ressort du monde moral, n'est qu'un juste supplice ? O éloquence fanatique ! V.

(70) Quelle chimère est-ce donc que l'homme ?

Vrai discours de malade. V.

(71) Que ceux qui combattent la religion (*) apprennent au moins quelle elle est avant que de la combattre. Si cette religion se vantoit d'avoir une vue claire de Dieu, et de le posséder à découvert et sans voile (**), ce seroit la combattre que de dire qu'on ne voit rien dans le monde qui le montre avec cette évidence. Mais puisqu'elle dit, au contraire, que les hommes sont dans les ténèbres (***) et dans l'éloignement de Dieu....

(72) Toutes nos actions et toutes nos pensées doivent

(*) Il ne faut pas commencer d'un ton si impérieux. V.

(**) Elle seroit bien hardie. V-

(***) Voilà une plaisante façon d'enseigner. Suivez-moi, car je marche dans les ténèbres. V.

prendre des routes si différentes, selon qu'il y aura des biens éternels à espérer, ou non, qu'il est impossible de faire une démarche avec sens et jugement, qu'en la réglant par la vue de ce point, qui doit être notre premier objet.

Il ne s'agit pas encore ici de la sublimité et de la sainteté de la religion chrétienne, mais de l'immortalité de l'âme, qui est le fondement de toutes les religions connues, excepté de la juive; je dis excepté de la juive, parce que ce dogme n'est exprimé dans aucun endroit du Pentateuque, qui est le livre de la loi juive; parce que nul auteur juif n'a pu y trouver aucun passage qui désignât ce dogme; parce que, pour établir l'existence reconnue de cette opinion si importante, si fondamentale, il ne suffit pas de la supposer, de l'inférer de quelques mots dont on force le sens naturel: mais il faut qu'elle soit énoncée de la façon la plus positive et la plus claire; parce que, si la petite nation juive avoit eu quelque connoissance de ce grand dogme avant Antiochus Épiphane, il n'est pas à croire que la secte des Sadducéens, rigides observateurs de la loi, eût osé s'élever contre la croyance fondamentale de la loi juive.

Mais qu'importe en quel temps la doctrine de l'immortalité et de la spiritualité de l'âme a été introduite dans le malheureux pays de la Palestine? Qu'importe que Zoroastre aux Perses, Numa aux Romains, Platon aux Grecs, aient enseigné l'existence et la permanence de l'âme? Pascal veut que tout homme, par sa propre raison, résolve ce grand problème. Mais lui-même le peut-il? Locke, le sage Locke, n'a-t-il pas confessé que l'homme ne peut savoir si Dieu ne peut accorder le don de la pensée à tel être qu'il daignera choisir? N'a-t-il pas avoué par là qu'il ne nous est pas plus donné de connoître la nature de notre entendement que de connoître la manière dont notre sang se forme dans nos veines? Jescher a parlé; il suffit.

Quand il est question de l'âme, il faut combattre Épicure, Lucrèce, Pomponace, et ne pas se laisser subjuguer par une faction de théologiens du faubourg Saint-Jacques, jusqu'à couvrir d'un capuce une tête d'Archimède. V.

(73) La mort nous doit mettre dans un état éternel de bonheur ou de malheur, ou d'anéantissement.

Il n'y eut ni malheur éternel, ni anéantissement dans les systèmes des Bracmanes, des Égyptiens, et chez plusieurs sectes grecques. Enfin ce qui parut aux Romains de plus vraisemblable, ce fut cet axiome tant répété dans le sénat et sur le théâtre: « Que devient » l'homme après la mort? Ce qu'il étoit avant de naître. » Pascal raisonne ici contre un mauvais Chrétien, contre un Chrétien indifférent qui ne pense point à sa religion, qui s'étourdit sur elle. Mais il faut parler à tous les hommes, il faut convaincre un Chinois et un Mexicain, un déiste et un athée. J'entends des déistes et des athées qui raisonnent, et qui par conséquent méritent qu'on raisonne avec eux ; je n'entends pas des petits-maîtres. V.

(74) Comme je ne sais d'où je viens, aussi ne sais-je où je vais ; je sais seulement qu'en sortant de ce monde, je tombe pour jamais, ou dans le néant, ou dans les mains d'un Dieu irrité, sans savoir à laquelle des deux conditions je dois être éternellement en partage.

Si vous ne savez où vous allez, comment savez-vous que vous tombez infailliblement ou dans le néant, ou dans les mains d'un Dieu irrité ? Qui vous a dit que l'Être suprême peut être irrité ? N'est-il pas infiniment plus probable que vous serez entre les mains d'un Dieu bon et miséricordieux ? Et ne peut-on pas dire de la nature divine ce que le poète philosophe des Romains en a dit. V.

> *Ipsa suis pollens opibus, nihil indiga nostrî,*
> *Nec benè promeritis capitur, neque tangitur ira.*
>
> Lucr. lib. 2, v. 649.

(75) Un homme dans un cachot, ne sachant si son arrêt est donné, n'ayant plus qu'une heure pour l'apprendre.... il est contre la nature qu'il emploie cette heure-là, non à s'informer si cet arrêt est donné, mais à jouer et à se divertir.

Il semble qu'il manque quelque chose à ce raisonnement de Pascal. Sans doute il est absurde de ne pas employer son temps à la recherche d'une chose qu'on peut connoître, et dont la connoissance nous est d'une importance infinie. Mais un homme qui seroit persuadé que cette connoissance est impossible à acquérir, que l'esprit humain n'a aucun moyen d'y parvenir, peut, sans folie, demeurer dans le doute ; il peut y demeurer tranquille, s'il croit qu'un Dieu juste n'a pu faire dépendre l'état futur des hommes de connoissances auxquelles leur esprit ne sauroit atteindre.

Un homme, enfermé dans un cachot, ne sachant pas si son arrêt est donné, mais sûr de son innocence, et comptant sur l'équité de ses juges, n'ayant aucun moyen d'apprendre encore ce que porte son arrêt, pourroit l'attendre tranquillement, et ne seroit alors que raisonnable et ferme. Il faut donc commencer par prouver qu'il n'est pas impossible que l'homme parvienne à quelque connoissance certaine sur la vie future. C.

(76) Ce sont des personnes qui ont ouï dire que les belles manières du monde consistent à faire ainsi l'emporté.

Cette capucinade n'auroit jamais été répétée par un Pascal, si le fanatisme janséniste n'avoit pas ensorcelé son imagination. Comment n'a-t-il pas vu que les fanatiques de Rome en pouvoient dire autant à ceux qui se moquoient de Numa et d'Égérie ? les énergumènes d'Égypte aux esprits sensés qui rioient d'Isis, d'Osiris et d'Horus ? le sacristain de tous les pays aux honnêtes gens de tous les pays ? V.

(77) Si on leur fait rendre compte des raisons qu'ils ont de douter de la religion, ils diront des choses si foibles et si basses, qu'ils persuaderont plutôt du contraire.

Ce n'est donc pas contre ces insensés méprisables que vous devez disputer; mais contre des philosophes trompés par des arguments séduisants. V.

(78) Qu'ils soient au moins honnêtes gens, s'ils ne peuvent encore être chrétiens.

Il s'agit ici de savoir si l'opinion de l'immortalité de l'âme est vraie, et non pas si elle annonce plus d'*esprit*, *une âme plus élevée* que l'opinion contraire; si elle est plus *gaie*, ou *de meilleur air*. Il faut croire cette grande vérité, parce qu'elle est prouvée, et non parce que cette croyance excitera les autres hommes à avoir en nous plus de confiance. Cette manière de raisonner ne seroit propre qu'à faire des hypocrites. D'ailleurs il me semble que c'est moins d'après les opinions d'un homme sur la métaphysique, ou la morale, qu'il faut se confier en lui, ou s'en défier, que d'après son caractère; et, s'il est permis de s'exprimer ainsi, d'après sa constitution morale. L'expérience paroît confirmer ce que j'avance ici. Ni Constantin, ni Théodose, ni Mahomet, ni Innocent III, ni Marie d'Angleterre, ni Philippe II, ni Aureng-zeb, ni Jacques Clément, ni Ravaillac, ni Balthazar Gérard, ni les brigands qui dévastèrent l'Amérique, ni les capucins qui conduisoient les troupes piémontoises au dernier massacre des Vaudois, n'ont jamais élevé le moindre doute sur l'immortalité de l'âme En général même, ce sont les hommes foibles, ignorants et passionnés, qui commettent des crimes : et ces mêmes hommes sont naturellement portés à la superstition. C.

(79) Par les lumières naturelles..... nous sommes incapables de connoître, ni ce qu'il est, ni s'il est.

Il est étrange que Pascal ait cru qu'on pouvoit deviner le péché originel par la raison, et qu'il dise qu'on ne peut connoître par la raison si Dieu est. C'est apparemment la lecture de cette pensée qui engagea le père Hardouin à mettre Pascal dans sa liste ridicule des athées. Pascal eût manifestement rejeté cette idée, puisqu'il la combat en d'autres endroits. En effet, nous sommes obligés d'admettre des choses que nous ne concevons pas. « J'existe, donc quelque chose » existe de toute éternité, » est une proposition évidente : cependant, comprenons-nous l'éternité? C.

(80) Je n'entreprendrai pas ici de prouver par des raisons naturelles, ou l'existence de Dieu, ou la Trinité..... parce que je ne me sentirois pas assez fort....

Encore une fois, est-il possible que ce soit Pascal qui ne se sente pas assez fort pour prouver l'existence de Dieu! V. (*)

(81) C'est une chose admirable que jamais auteur canonique n'a dit : Il n'y a point de vide, donc il y a un Dieu.

Voilà un plaisant argument : Jamais la Bible n'a dit comme Descartes : Tout est plein, donc il y a un Dieu. V.

(82) Ne parier point que Dieu est, c'est parier qu'il n'est pas.

Il est évidemment faut de dire : Ne point parier que Dieu est, c'est parier qu'il n'est pas; car celui qui doute et demande à s'éclaircir, ne parie assurément ni pour, ni contre. D'ailleurs cet article paroît un peu indécent et puéril : cette idée de jeu, de perte et de gain, ne convient point à la gravité du sujet. De plus, l'intérêt que j'ai à croire une chose n'est pas une preuve de l'existence de cette chose. Vous me promettez l'empire du monde, si je crois que vous avez raison. Je souhaite alors de tout mon cœur que vous ayez raison; mais, jusqu'à ce que vous me l'ayez prouvé, je ne puis vous croire. Commencez, pourroit-on dire à Pascal, par convaincre ma raison : j'ai intérêt, sans doute, qu'il y ait un Dieu; mais si dans votre système, Dieu n'est venu que pour si peu de personnes, si le petit nombre des élus est si effrayant, si je ne puis rien du tout par moi-même, dites-moi, je vous prie, quel intérêt j'ai à vous croire. Nai-je pas un intérêt visible à être

---

(*) En employant les expressions mêmes de ces deux savants, ne pourroit-on pas dire : *Il est étrange* que Voltaire et Condorcet se soient mépris à ce point sur l'intention de Pascal? *Est-il possible* que leur méprise n'ait pas été volontaire, puisqu'un peu d'attention leur eût fait lire l'article comme je l'ai présenté dans cette édition. *Voyez*, au surplus, l'article même et ma note. (*L'Éditeur.*)

persuadé du contraire ? De quel front osez-vous me montrer un
bonheur infini, auquel, d'un million d'hommes, un seul à peine a
droit d'aspirer ! Si vous voulez me convaincre, prenez-vous-y d'une
autre façon, et n'allez pas tantôt me parler de jeux de hasard, de
pari, de croix et de pile, et tantôt m'effrayer par les épines que vous
semez sur le chemin que je veux et que je dois suivre. Votre raisonnement ne serviroit qu'à faire des athées, si la voix de toute la nature
ne nous crioit qu'il y a un Dieu avec autant de force que ces subtilités
ont de foiblesse. V.

(83) Combien y a-t-il peu de choses démontrées ! Les
preuves ne convainquent que l'esprit. La coutume fait nos
preuves les plus fortes.

Coutume n'est pas ici le mot propre. Ce n'est pas par coutume
qu'on croit qu'il fera jour demain. C'est par une extrême probabilité.
Ce n'est point par les sens, par le corps, que nous nous attendons à
mourir; mais notre raison, sachant que tous les hommes sont morts,
nous convainc que nous mourrons aussi. L'éducation, la coutume fait
sans doute des musulmans et des chrétiens, comme le dit Pascal.
Mais la coutume ne fait pas croire que nous mourrons, comme elle
nous fait croire à Mahomet ou à Paul, selon que nous avons été élevés
à Constantinople ou à Rome. Ce sont choses fort différentes. V.

(84) Nulle autre religion n'a jamais demandé à Dieu de
l'aimer et de le suivre.

Épictète esclave, et Marc-Aurèle empereur, parlent continuellement d'aimer Dieu et de le suivre. V.

(85) Dieu étant caché, toute religion qui ne dit pas que
Dieu est caché, n'est pas la véritable.

Pourquoi vouloir toujours que Dieu soit caché ? On aimeroit mieux
qu'il fût manifeste. V.

(86) Il est impossible d'envisager toutes les preuves de la
religion chrétienne, etc. *Tout cet alinéa et le suivant.*

Heureusement il fut dans les décrets de la divine Providence que
Dioclétien protégeât notre sainte religion pendant dix-huit années
avant la persécution commencée par Galerius, et qu'ensuite Constan-
cius-le-Pâle, et enfin Constantin, la missent sur le trône. V.

(87) Ils (les philosophes païens) n'ont jamais reconnu
pour vertu ce que les chrétiens appellent humilité.

Platon la recommande, Épictète encore davantage. V.

(88) Que l'on considère cette suite merveilleuse de prophètes qui se sont succédés les uns aux autres pendant deux mille ans, etc.

Mais que l'on considère aussi cette suite ridicule de prétendus prophètes, qui tous annoncent le contraire de Jésus-Christ, selon ces Juifs, qui seuls entendent la langue de ces prophètes. V.

(89) Enfin, que l'on considère la sainteté de cette religion, sa doctrine, qui rend raison de tout, jusqu'aux contrariétés qui se rencontrent dans l'homme....., et qu'on juge, après tout cela, s'il est possible de douter que la religion chrétienne soit la seule véritable, et si jamais aucune autre a rien eu qui en approchât

Lecteurs sages, remarquez que ce coryphée des jansénistes n'a dit, dans tout ce livre sur la religion chrétienne, que ce qu'ont dit les jésuites. Il l'a dit seulement avec une éloquence plus serrée et plus mâle. Port-royalistes et Iguatiens, tous ont prêché les mêmes dogmes : tous ont crié, croyez aux livres juifs dictés par Dieu même, et détestez le judaïsme. Chantez les prières juives que vous n'entendez point, et croyez que le peuple de Dieu a condamné votre Dieu à mourir à une potence. Croyez que votre Dieu juif, la seconde personne de Dieu, co-éternel avec Dieu le père, est né d'une vierge juive, a été engendré par une troisième personne de Dieu, et qu'il a eu cependant des frères juifs qui n'étoient que des hommes. Croyez, qu'étant mort par le supplice le plus infâme, il a par ce supplice même ôté de dessus la terre tout péché et tout mal, quoique depuis lui et en son nom la terre ait été inondée de plus de crimes et de malheurs que jamais.

Les fanatiques de Port-Royal et les fanatiques jésuites se sont réunis, pour prêcher ces dogmes étranges avec le même enthousiasme; et en même temps ils se sont fait une guerre mortelle; ils se sont mutuellement anathématisés avec fureur, jusqu'à ce qu'une de ces deux factions de possédés ait enfin détruit l'autre.

Souvenez-vous, sages lecteurs, des temps mille fois plus horribles de ces énergumènes, nommés *papistes* et *calvinistes*, qui prêchoient le fond des mêmes dogmes, et qui se poursuivirent par le fer, par la flamme et par le poison pendant deux cents années, pour quelques mots différemment interprétés. Songez que ce fut en allant à la messe que l'on commit les massacres d'Irlande et de la Saint-Barthélemi; que ce fut après la messe, et pour la messe, qu'on égorgea tant d'innocents, tant de mères, tant d'enfants dans la croisade contre les Albigeois; que les assassins de tant de rois ne les ont assassinés que pour la messe. Ne vous y trompez pas; les convulsionnaires qui restent encore en feroient tout autant, s'ils avoient pour apôtres les mêmes têtes brûlantes qui mirent le feu à la cervelle de Damiens.

O Pascal! voilà ce qu'ont produit les querelles interminables sur des dogmes, sur des mystères qui ne pouvoient produire que des querelles. Il n'y a pas un article de foi qui n'ait enfanté une guerre civile.

Pascal a été géomètre et éloquent; la réunion de ces deux grands mérites étoit alors bien rare : mais il n'y joignoit pas la vraie philosophie. L'auteur de l'éloge indique avec adresse ce que j'avance hardiment. Il vient enfin un temps de dire la vérité. V.

(90) Il faut encore que la véritable religion nous rende raison des étonnantes contrariétés qui s'y rencontrent.

Cette manière de raisonner paroît fausse et dangereuse; car la fable de Prométhée et de Pandore, les Androgynes de Platon, les dogmes des anciens Égyptiens, ceux de Zoroastre, rendroient aussi bien raison de ces contrariétés apparentes. La religion chrétienne n'en demeurera pas moins vraie, quand même on n'en tireroit pas ces conclusions ingénieuses, qui ne peuvent servir qu'à faire briller l'esprit. Il est nécessaire, pour qu'une religion soit vraie, qu'elle soit révélée, et point du tout qu'elle rende raison de ces contrariétés prétendues; elle n'est pas plus faite pour vous enseigner la métaphysique que l'astronomie. V.

(91) Sera-ce celle qu'enseignoient les philosophes?

Les philosophes n'ont point enseigné de religion : ce n'est pas leur philosophie qu'il s'agit de combattre. Jamais philosophe ne s'est dit inspiré de Dieu; car dès lors il eût cessé d'être philosophe, et il eût fait le prophète. Il ne s'agit pas de savoir si Jésus-Christ doit l'emporter sur Aristote; il s'agit de prouver que la religion de Jésus-Christ est la véritable, et que celles de Mahomet, de Zoroastre, de Confucius, d'Hermès, et toutes les autres, sont fausses. Il n'est pas vrai que les philosophes nous aient proposé, pour tout bien, un bien qui est en nous. Lisez Platon, Marc-Aurèle, Épictète; ils veulent qu'on aspire à mériter d'être rejoint à la Divinité dont nous sommes émanés. V.

(92) J'ai créé l'homme saint, innocent, parfait...... mais il n'a pu soutenir tant de gloire sans tomber dans la présomption.

Ce furent les premiers bracmanes qui inventèrent le roman théologique de la chute de l'homme, ou plutôt des anges : et cette cosmo-

gonie, aussi ingénieuse que fabuleuse, a été la source de toutes les
fables sacrées qui ont inondé la terre. Les sauvages de l'occident,
policés si tard, et après tant de révolutions et après tant de barbaries,
n'ont pu en être instruits que dans nos derniers temps. Mais il faut
remarquer que vingt nations de l'orient ont copié les anciens bracmanes, avant qu'une de ces mauvaises copies, j'ose dire la plus mauvaise de toutes, soit parvenue jusqu'à nous. V.

(93) Si l'homme n'avoit jamais été corrompu, il jouiroit
de la vérité et de la félicité avec assurance. Et si l'homme
n'avoit jamais été que corrompu, il n'auroit aucune idée
ni de la vérité, ni de la béatitude.

Il est sûr, par la foi et par notre révélation, si au-dessus des lumières des hommes, que nous sommes tombés; mais rien n'est moins
manifeste par la raison. Car je voudrois bien savoir si Dieu ne pouvoit
pas, sans déroger à sa justice, créer l'homme tel qu'il est aujourd'hui;
et ne l'a t-il pas même créé pour devenir ce qu'il est? L'état présent
de l'homme n'est-il pas un bienfait du Créateur? Qui vous a dit que
Dieu vous en devoit davantage? Qui vous a dit que votre être exigeoit
plus de connoissances et plus de bonheur? Qui vous a dit qu'il en
comporte davantage? Vous vous étonnez que Dieu ait fait l'homme si
borné, si ignorant, si peu heureux; que ne vous étonnez-vous qu'il
ne l'ait pas fait plus borné, plus ignorant, plus malheureux? Vous
vous plaignez d'une vie courte et si infortunée; remerciez Dieu de ce
qu'elle n'est pas plus courte et plus malheureuse. Quoi donc! selon
vous, pour raisonner conséquemment, il faudroit que tous les hommes
accusassent la Providence, hors les métaphysiciens qui raisonnent sur
le péché originel. V.

(94) Cette duplicité de l'homme est si visible, qu'il y en
a qui ont pensé que nous avions deux âmes.

Cette pensée est prise entièrement de Montaigne, ainsi que beaucoup d'autres. Elle se trouve au chapitre de l'inconstance de nos
actions. Mais Montaigne s'explique en homme qui doute. Nos diverses
volontés ne sont point des contradictions de la nature, et l'homme
n'est point un sujet simple; il est composé d'un nombre innombrable
d'organes. Si un seul de ces organes est un peu altéré, il est nécessaire
qu'il change toutes les impressions du cerveau, et que l'animal ait de
nouvelles pensées et de nouvelles volontés. Il est très-vrai que nous
sommes, tantôt abattus de tristesse, tantôt enflés de présomption;
et cela doit être, quand nous nous trouvons dans des situations opposées. Un animal, que son maître caresse et nourrit, et un autre qu'on
égorge lentement et avec adresse, pour en faire une dissection, éprou-

vent des sentiments bien contraires. Ainsi faisons-nous; et les différences qui sont en nous sont si peu contradictoires, qu'il seroit con-
tradictoire qu'elles n'existassent pas. Les fous qui ont dit que nous
avions deux âmes pouvoient, par la même raison, nous en donner
trente et quarante. Car un homme, dans une grande passion, a
souvent trente ou quarante idées différentes de la même chose, et
doit nécessairement les avoir, selon que cet objet lui paroît sous
différentes faces. Cette prétendue duplicité de l'homme est une idée
aussi absurde que métaphysique; j'aimerois autant dire que le chien
qui mord et qui caresse est double; que la poule, qui a tant soin de
ses petits, et qui ensuite les abandonne jusqu'à les méconnoître,
est double; que la glace, qui représente des objets différents, est
double; que l'arbre, qui est tantôt chargé, tantôt dépouillé de
feuilles, est double. J'avoue que l'homme est inconcevable en un
sens; mais tout le reste de la nature l'est aussi : et il n'y a pas plus
de contradictions apparentes dans l'homme que dans tout le reste. V.

(95) Je vois des multitudes de religions..... mais elles
n'ont ni morale qui me puisse plaire, ni preuves capables
de m'arrêter.

La morale est partout la même, chez l'empereur Marc-Aurèle,
chez l'empereur Julien, chez l'esclave Épictète, que vous-même
admirez dans Saint-Louis et dans Bondebar son vainqueur, chez
l'empereur de la Chine Kien-Long, et chez le roi de Maroc. V.

(96) Ils (les Juifs) soutiennent qu'il viendra un libérateur pour tous; qu'ils sont au monde pour l'annoncer.

Peut-on s'aveugler à ce point, et être assez fanatique pour ne faire
servir son esprit qu'à vouloir aveugler le reste des hommes! Grand
Dieu! un reste d'Arabes voleurs, sanguinaires, superstitieux et
usuriers, seroit le dépositaire de tes secrets! Cette horde barbare
seroit plus ancienne que les sages Chinois, que les bracmanes qui
ont enseigné la terre, que les Égyptiens qui l'ont étonnée par leurs
immortels monuments! Cette chétive nation seroit digne de nos
regards pour avoir conservé quelques fables ridicules et atroces,
quelques contes absurdes infiniment au-dessous des fables indiennes
et persanes! Et c'est cette horde d'usuriers fanatiques qui vous en
impose, ô Pascal! et vous donnez la torture à votre esprit, vous
falsifiez l'histoire, et vous faites dire à ce misérable peuple tout le
contraire de ce que ses livres ont dit! vous lui imputez tout le
contraire de ce qu'il a fait! et cela pour plaire à quelques jansénistes
qui ont subjugué votre imagination ardente et perverti votre raison
supérieure. V.

(97) Ce peuple (les Juifs), quoique si etrangement abondant, est sorti d'un seul homme.

Il n'est point étrangement abondant. On a calculé qu'il n'existe pas
aujourd'hui six cent mille individus juifs. V.

(98) Ce peuple est le plus ancien qui soit dans la connoissance des hommes.

Certes, ils ne sont pas antérieurs aux Égyptiens, aux Chaldéens,
aux Perses, leurs maîtres; aux Indiens, inventeurs de la théologie.
On peut faire comme on veut sa généalogie. Ces vanités impertinentes
sont aussi méprisables que communes : mais un peuple ose-t-il se dire
plus ancien que des peuples qui ont eu des villes et des temples plus
de vingt siècles avant lui ?

(99) La loi (des Juifs) est tout ensemble la plus ancienne
loi du monde, etc.

Il est très-faux que la loi des Juifs soit la plus ancienne, puisque
avant Moïse, leur législateur, ils demeuroient en Égypte, le pays
de la terre le plus renommé par ses sages lois, selon lesquelles les
rois étoient jugés après la mort. Il est très-faux que le nom de loi
n'ait été connu qu'après Homère; il parle des lois de Minos dans
l'Odyssée. Le mot de loi est dans Hésiode; et quand le nom de loi
ne se trouveroit ni dans Hésiode, ni dans Homère, cela ne prou-
veroit rien. Il y avoit d'anciens royaumes, des rois et des juges :
donc il y avoit des lois. Celles des Chinois sont bien antérieures à
Moïse.

Il est encore très-faux que les Grecs et les Romains aient pris des
lois des Juifs. Ce ne peut être dans les commencements de leurs
républiques; car alors ils ne pouvoient connoître les Juifs. Ce ne
peut être dans le temps de leur grandeur; car alors ils avoient pour
ces barbares un mépris connu de toute la terre. Voyez comme
Cicéron les traite, en parlant de la prise de Jérusalem par Pompée.
Philon avoue qu'avant la traduction imputée aux Septante, aucune
nation n'a connu leurs livres. V.

(100) C'est une sincérité qui n'a point d'exemple dans le
monde, ni sa racine dans la nature.

Cette sincérité a partout des exemples, et n'a sa racine que dans la
nature. L'orgueil de chaque Juif est intéressé à croire que ce n'est
point sa détestable politique, son ignorance des arts, sa grossièreté,
qui l'ont perdu; mais que c'est la colère de Dieu qui le punit : il
pense, avec satisfaction, qu'il a fallu des miracles pour l'abattre, et

que sa nation est toujours la bien-aimée du Dieu qui la châtie. Qu'un
prédicateur monte en chaire, et dise aux François : « Vous êtes des
» misérables qui n'avez ni cœur, ni conduite ; vous avez été battus à
» Hochstet et à Ramillies, parce que vous n'avez pas su vous dé-
» fendre », il se fera lapider. Mais s'il dit : « Vous êtes des catho-
» liques chéris de Dieu ; vos péchés infâmes avoient irrité l'Éternel ,
» qui vous livra aux hérétiques à Hochstet et à Ramillies ; et quand
» vous êtes revenus au Seigneur, alors il a béni votre courage à
» Denain », ces paroles le feront aimer de l'auditoire. V.

(101) La création du monde commençant à s'éloigner ,
Dieu a pourvu d'un historien contemporain.

Contemporain : ah ! V.

(102) Si Moïse eût débité des fables, il n'y eût point eu
de Juif qui n'en eût pu reconnoître l'imposture.

Oui, s'il avoit écrit en effet ces fables dans un désert , pour deux
ou trois millions d'hommes qui eussent eu des bibliothéques. Mais si
quelques lévites avoient écrit ces fables plusieurs siècles après Moïse ,
comme cela est vraisemblable et vrai !....

De plus , y a-t-il une nation chez laquelle on n'ait pas débité ces
fables ? V.

(103) Au temps où il écrivoit ces choses, la mémoire en
devoit encore être toute récente dans l'esprit de tous les
Juifs.

Les Égyptiens , Syriens, Chaldéens, Indiens, n'ont-ils pas donné
des siècles de vie à leurs héros, avant que la petite horde juive , leur
imitatrice, existât sur la terre ? V.

(104) Ce n'est pas de cette sorte que l'Écriture , qui connoît mieux que nous les choses qui sont de Dieu , en parle.

Et qu'est-ce donc que le *Cœli enarrant gloriam Dei ?* V.

(105) Lorsque j'ai considéré d'où vient qu'on ajoute tant
de foi à tant d'imposteurs , etc. , *et tout le reste de ce long
paragraphe.*

La solution de ce problème est bien aisée. On vit des effets physiques extraordinaires ; des fripons les firent passer pour des miracles.
On vit des maladies augmenter dans la pleine lune ; et des sots crurent
que la fièvre étoit plus forte, parce que la lune étoit pleine. Un malade,
qui devoit guérir, se trouva mieux le lendemain qu'il eut mangé des

écrevisses ; et on conclut que les écrevisses purifioient le sang, parce
qu'elles sont rouges étant cuites.

Il me semble que la nature humaine n'a pas besoin du vrai pour
tomber dans le faux. On a imputé mille fausses influences à la lune,
avant qu'on imaginât le moindre rapport véritable avec le flux de la
mer. Le premier homme qui a été malade a cru sans peine le premier
charlatan ; personne n'a vu de loups garoux ni de sorciers, et beaucoup y ont cru ; personne n'a vu de transmutation de métaux, et
plusieurs ont été ruinés par la créance de la pierre philosophale ; les
Romains, les Grecs, les païens, ne croyoient-ils donc aux miracles
dont ils étoient inondés que parce qu'ils en avoient vu de véritables ? V.

(106) Commencez par plaindre les incrédules ; ils sont
assez malheureux. Il ne les faudroit injurier qu'en cas que
cela servît ; mais cela leur nuit.

Et vous les avez injuriés sans cesse. Vous les avez traités comme des
jésuites ! Et en leur disant tant d'injures, vous convenez que les vrais
chrétiens ne peuvent rendre raison de leur religion ; que, s'ils la
prouvoient, ils ne tiendroient point parole ; que leur religion est
une sottise ; que, si elle est vraie, c'est parce qu'elle est une sottise.
O profondeur d'absurdités ! V.

(107) A ceux qui ont de la répugnance pour la religion,
il faut commencer par leur montrer qu'elle n'est pas contraire à la raison.

Ne voyez-vous pas, ô Pascal ! que vous êtes un homme de parti qui
cherchez à faire des recrues ? V.

(108) De se tromper en croyant vraie la religion chrétienne, il n'y a pas grand'chose à perdre : mais quel malheur
de se tromper en la croyant fausse !

Le flamen de Jupiter, les prêtres de Cybèle, ceux d'Isis, en disoient autant. Le muphti, le grand-lama, en disent autant. Il faut
donc examiner les pièces du procès. V.

(109) Jamais on ne fait le mal si pleinement et si gaîment que quand on le fait par un faux principe de conscience.

Les crimes, regardés comme tels, font beaucoup moins de mal à
l'humanité que cette foule d'actions criminelles qu'on commet sans

remords, parce que l'habitude, ou une fausse conscience, nous les fait regarder comme indifférentes, ou même comme vertueuses.

1°. Combien, depuis Constantin, n'y a-t-il pas eu de princes qui ont cru servir la Divinité en tourmentant, de supplices cruels, ceux de leurs sujets qui l'adoroient sous une forme différente !

Combien n'ont-ils pas cru être obligés de proscrire ceux qui osoient dire leur avis sur ces grands objets, qui intéressent tous les hommes, et dont chaque homme semble avoir le droit de décider pour lui-même !

Combien de législateurs ont privé des droits de citoyen quiconque n'étoit pas d'accord avec eux sur quelques points de leur croyance, et forcé des pères de choisir entre le parjure, et l'inquiétude cruelle de ne laisser à leurs enfants qu'une existence précaire ! Et ces lois subsistent ! Et les souverains ignorent que chaque mal qu'elles font est un crime pour le prince qui les ordonne, qui en permet l'exécution, ou qui tarde de les détruire !

2°. En ordonnant la guerre, qui n'est pas nécessaire pour la sûreté de son peuple, un prince se rend responsable de tous les maux qu'elle entraîne, et il est coupable d'autant de meurtres que la guerre fait de victimes. Combien cependant de guerres inutiles sont regardées comme justes, et entreprises sans remords, sur de frivoles motifs d'intérêt politique ou de dignité nationale !

3°. C'est un usage reçu en Europe, qu'un gentilhomme vende, à une querelle étrangère, le sang qui appartient à sa patrie ; qu'il s'engage à assassiner, en bataille rangée, qui il plaira au prince qui le soudoie ; et ce métier est regardé comme honorabl .

4°. Tout juge qui décerne une peine de mort, sans y être condamné par une loi expresse, est un assassin. Ni une loi vague, qui permettroit de prononcer même la mort, suivant l'échéance des cas, ni ce qu'on appelle la jurisprudence des arrêts, ne peuvent le justifier : car la permission de tuer un homme n'en donne pas le droit : et c'est mal se justifier d'un meurtre, que de dire qu'on est dans l'habitude d'en commettre.

Tout juge qui décerne une peine capitale pour une action qui ne blesse aucune des lois de la nature; pour une action ou indifférente, ou blâmable, mais qui n'est un crime qu'aux yeux des préjugés; pour une action imaginaire enfin, se rend coupable de meurtre. La loi l'oblige, dit-il, de prononcer ainsi : mais la loi ne l'oblige pas d'être juge, et la nature lui défend d'être absurde et barbare. Il vaut mieux renoncer à la charge de président à mortier qu'à la qualité d'homme.

Nous oserons demander si les juges d'Anne du Bourg, de Dolet, de Morin, de Petit d'Herbé, des bergers de Brie, de Moriceau, de La Chaux, de Lalli, de La Barre, etc., ont été fidèles à ces règles, dictées par la nature et la raison, qui sont plus anciennes et plus sacrées que les registres *olim*.

5°. Arracher des hommes de leur pays par la trahison et par la violence, pour les exposer en vente dans des marchés publics, comme des bêtes de somme; s'accoutumer à ne mettre aucune différence entre eux et les animaux; les contraindre au travail, à force de coups; les nourrir non pour qu'ils vivent, mais pour qu'ils rapportent; les abandonner dans la vieillesse ou dans la maladie; lorsque l'on n'espère plus de regagner par leur travail ce qu'il en coûteroit pour les soigner; ne leur permettre d'être pères que pour donner le jour à des enfants destinés aux mêmes misères, devenus comme eux la propriété de leur maître, qui peut les leur arracher et les vendre; que pour voir leurs femmes et leurs filles exposées à toutes les insultes de ces hommes sans humanité comme sans pudeur! Voilà comme nous traitons d'autres hommes; ce seroit une horrible barbarie si ces hommes étoient blancs; mais ils sont noirs, et cela change toutes nos idées. Le trafiquant en Amérique oublie que les nègres sont des hommes; il n'a avec eux aucune relation morale; ils ne sont pour lui qu'un objet de profit : s'il les plaint, s'il évite de leur faire souffrir des maux inutiles, son insolente pitié est celle que nous avons pour les animaux qui nous servent: et tel est l'excès de son mépris stupide pour cette malheureuse espèce, que, revenu en Europe, il s'indigne de les voir vêtus comme des hommes, et placés à côté de lui. Mais je n'ai pas tout dit : en vain les lois, en consacrant cet usage qu'aucune loi positive ne peut rendre légitime, parce qu'il viole les droits de la nature; en vain les lois ont-elles voulu mettre une borne à la cruauté des maîtres; leur ingénieuse barbarie élude toutes les lois. Le colon, renfermé dans sa plantation, seul avec quelques satellites, au milieu de ses noirs, est sûr de n'avoir que des témoins dont la loi rejette le témoignage. Là, juge à la fois et partie, il prodigue en sûreté les tortures et les supplices; le noir qu'il croit coupable est déchiré, tenaillé, jeté vivant dans des fours ardents, aux yeux de ses tristes compagnons, qui, tremblant d'être traités comme complices, n'osent même montrer une stérile pitié.

La jeune Américaine assiste à ces supplices; elle y préside quelquefois; on veut l'accoutumer de bonne heure à entendre sans frémir les hurlements des malheureux; on semble craindre qu'un jour sa pitié ne tente de désarmer le cœur de son époux.

Ces crimes sont publics, la loi les tolère, l'opinion ne les flétrit pas. On ose même en faire l'apologie; sans cela, dit-on, nous ne pourrions avoir de sucre. Eh bien, si on ne peut en avoir qu'à force de crimes, il faut savoir se passer de sucre, il faut renoncer à une denrée souillée du sang de nos frères. Mais qui a dit qu'on ne pouvoit en avoir qu'à ce prix? Quelles tentatives a-t-on faites pour s'en procurer autrement?

Quoi! c'est sur la foi d'un préjugé qu'on ne daigne pas même examiner, que la loi a autorisé cette horrible violation des droits de la nature, et qu'on exerce ou qu'on tolère tranquillement ces barbaries. A peine quelques philosophes ont-ils osé élever, de loin en loin, en faveur de l'humanité, des cris que les gens en place n'ont point entendus, et qu'un monde frivole a bientôt oubliés.

Pourquoi ne pas faire cultiver nos colonies par des blancs? La terre se plaît à être cultivée par des mains libres; et combien de malheureux en Europe qui fatiguent en vain un sol stérile et épuisé, iroient chercher en Amérique une terre féconde et nouvelle! Alors, à ce petit nombre de colons corrompus et barbares, qui ne vivent dans nos colonies que pour avoir de l'or, parce qu'en Europe la considération s'achète avec de l'or, nous verrions succéder un peuple nombreux de citoyens laborieux et honnêtes, qui, regardant les colonies comme leur patrie, sauroient combattre pour les défendre.

Pourquoi ne pas remplir nos îles de ces galériens inutiles, des déserteurs, des voleurs domestiques, des faux-sauniers, qui ont vendu au peuple, à bas prix, une denrée nécessaire, des filles qui ont mieux aimé risquer leur vie que d'avouer leur honte; de tant d'autres condamnés à la mort par des lois que l'excès de leur sévérité rend inutiles? Ces hommes à qui ont distribueroit des terres, devenus cultivateurs et propriétaires, perdroient, avec les motifs du crime, la tentation de le commettre. Est-ce qu'en rendant aux nègres les droits de l'homme, ils ne pourroient pas cultiver, comme ouvriers, ou comme fermiers, les mêmes terres qu'ils cultivent comme esclaves? Ils peupleroient alors, et l'on ne seroit pas obligé, chaque année, d'aller chercher en Afrique de nouvelles victimes.

Et qu'on ne dise pas qu'en supprimant l'esclavage, le gouvernement violeroit la propriété des colons. Comment l'usage, ou même une loi positive, pourroit-elle jamais donner à un homme un véritable droit de propriété sur le travail, sur la liberté, sur l'être entier d'un autre homme innocent, et qui n'y a point consenti? En déclarant les nègres libres on n'ôteroit pas au colon sa propriété; on l'empêcheroit de faire un crime, et l'argent qu'on a payé pour un crime n'a jamais donné le droit de le commettre.

On dit que les nègres sont paresseux : veut-on qu'ils trouvent du plaisir à travailler pour leurs tyrans? Ils sont bas, fourbes, traîtres, sans mœurs : eh bien, ils ont tous les vices des esclaves, et c'est la servitude qui les leur a donnés. Rendez-les libres : et plus près que vous de la nature, ils vaudront beaucoup mieux que vous.

Ne pourroit-on pas, si on n'osoit être juste tout-à-fait, changer l'esclavage personnel des nègres en un esclavage de la glèbe, tel que celui sous lequel gémissent encore les habitants d'une partie de l'Europe? L'exécution de ce projet seroit plus aisée. Le sort des nègres

deviendroit plus supportable; et cet ordre politique une fois bien
établi, seroit aisément remplacé par une liberté entière; il y auroit
servi de degré, il adouciroit ce passage de la servitude à la liberté,
qui, sans cela, seroit peut-être trop brusque.

Sait-on si la Sardaigne, et surtout la Sicile, ne sont pas propres
à la culture des cannes à sucre, et ne suffiroient point pour l'appro-
visionnement de l'Europe?

Et si, au lieu d'apprendre aux nègres d'Afrique à vendre leurs
frères, nous leurs avions appris à cultiver leur sol; si, au lieu de leur
apporter nos liqueurs fortes, nos maladies et nos vices, nous leur
avions porté nos lumières, nos arts, et notre industrie, croit-on que
l'Afrique n'eût pas remplacé nos colonies? Compteroit-on pour rien
l'avantage d'arracher à la barbarie et à la misère une des quatre
parties du monde? Et quand même il n'y auroit pas à gagner pour tous
les peuples dans un tel changement, les nations ne devroient-elles pas
se lasser de suivre, dans leur conduite, une morale dont le particulier
le plus vil rougiroit d'adopter les principes?

6°. Personne n'a jamais douté que ce ne soit un délit grave de ravager
un champ cultivé. Au dommage fait au propriétaire se joint la perte
réelle d'une denrée nécessaire à la subsistance des hommes. Cependant
il y a des pays où les seigneurs ont le droit de faire manger par des
bêtes fauves le blé que le paysan a semé; où celui qui tueroit l'animal qui dévaste son champ seroit envoyé aux galères, seroit puni de
mort; car on a vu des princes faire moins de cas de la vie d'un homme
que du plaisir d'avoir un cerf de plus à faire déchirer par leurs chiens.
Dans ces mêmes pays il y a plus d'hommes employés à veiller à la
sûreté du gibier qu'à celle des hommes; souvent il arrive que, pour
défendre des lièvres, les gardes tirent sur les paysans; et comme tous
les juges sont seigneurs de fiefs, il n'y a point d'exemple qu'aucun de
ces meurtres ait été puni. Là, des provinces entières y sont réservées
aux plaisirs du souverain. Les propriétaires de ces cantons y sont
privés du droit de défendre leur champ par un enclos, ou de l'employer
d'une manière pour laquelle cette clôture seroit nécessaire. Il faut que
le cultivateur laisse l'herbe qu'il a semée pourrir sur terre jusqu'à ce
qu'un garde-chasse ait déclaré que les œufs de perdrix n'ont plus rien
à craindre, et qu'il lui est permis de faucher son herbe. Il y a long-
temps que ces lois subsistent; il est évident qu'elles sont un attentat
contre la propriété, une insulte aux malheureux, qui meurent de
faim au milieu d'une campagne que les sangliers et les cerfs ont ravagée.
Cependant aucun confesseur de roi ne s'est encore avisé de faire naître
à son pénitent le moindre scrupule sur cet objet.

7°. Les impôts sont une portion du revenu de chaque citoyen,
destinée à l'utilité publique. Dans toute administration bien réglée le
nécessaire physique de chaque homme doit être exempt de tout

impôt ; mais, au contraire le crédit des riches a fait retomber ce fardeau sur les pauvres, dans presque tous les pays où le peuple n'a point de représentant. Ainsi toute portion de l'impôt qui n'est point employée pour le public doit être regardée comme un véritable vol, et comme un vol fait aux pauvres. Ainsi, pour qu'un homme puisse croire avoir droit à cette portion, il faut qu'il puisse se rendre ce témoignage, qu'il fait à l'état un bien au moins équivalent à la somme qu'il reçoit pour salaire, ou plutôt au mal que cette partie de l'impôt fait souffrir au peuple sur qui elle se lève. Cela même ne suffit pas ; car l'homme riche doit compte à la nation de l'emploi de son temps et de ses forces ; ce n'est même qu'à ce prix qu'il peut lui être permis de jouir d'un superflu sans travail, tandis que d'autres hommes manquent souvent du nécessaire malgré un travail opiniâtre. Il faut donc, pour avoir droit à une part sur le trésor public, que cette part soit employée, par celui qui la reçoit, d'une manière utile à la nation. Si ce principe d'équité naturelle n'avoit pas été étouffé par l'habitude, si l'opinion flétrissoit celui qui s'en écarte ; alors les impôts cesseroient d'être un fardeau pénible, le peuple respireroit, le prix de son travail lui appartiendroit tout entier ; et l'on ne verroit plus les premiers hommes de chaque pays se dévouer uniquement au métier de corrompre les rois pour s'enrichir de la subsistance du peuple.

8°. Le souverain n'a pas le droit de rien détourner du trésor public, pour satisfaire ou ses fantaisies, ou son orgueil ; ce trésor n'est pas à lui, il est au peuple. Une partie du superflu du riche peut sans doute être employée à consoler le chef d'une nation des peines du gouvernement ; mais cet emploi du tribut devient criminel, du moment où une partie de l'impôt se lève sur le peuple. Les courtisans parlent sans cesse des dépenses nécessaires à la majesté du trône. J'ignore toutefois si la vue d'un prince uniquement occupé du bonheur de ses peuples, menant une vie simple et frugale, sans gardes, sans appareil, sans courtisans, que quelques sages livrés aux mêmes soins que lui ; j'ignore si un tel prince n'offriroit point un spectacle plus attendrissant, plus imposant même que celui de la cour la plus brillante, et par conséquent la plus ruineuse pour la nation qui la paye ; mais du moins faut-il avouer qu'il est plus nécessaire à un peuple d'avoir du pain que d'éblouir les étrangers par la triste représentation d'une cour somptueuse. Cette morale devroit être celle de tous les rois. Presque aucun cependant ne l'a connue ; et ceux qui ont paru s'en souvenir quelquefois dans leurs discours, l'ont oubliée dans leur conduite.

9°. L'usage d'ouvrir les lettres des citoyens, de leur arracher les secrets qu'ils n'ont pas confiés, ne peut être regardé que comme une violation ouverte de la foi publique. Il est clair encore que cette infamie n'a aucune autre utilité que de fournir un aliment à la

PENSÉES. 32

curiosité du prince, ou aux petites passions des ministres, et de donner au chef des espions les moyens de nuire à qui il veut auprès du gouvernement. Aucun secret important ne peut se connoître par cette voie, parce que cet espionnage est public, et que, si l'on confie encore quelquefois à la poste des réflexions ou des épigrammes, on n'y livre ni ses projets, ni ses complots. Les espions répandus dans les maisons particulières sont un autre ressort de la police moderne, aussi infâme et aussi inutile. On raconte qu'un ministre de Charles Iᵉʳ d'Angleterre, Falkland, dédaigna de recourir à aucun de ces vils moyens, que jamais il n'intercepta une lettre, que jamais il n'employa un espion : mais, malheureusement pour l'espèce humaine, cet exemple est unique jusqu'ici, et l'usage contraire, proscrit par la raison, par l'équité, par l'honneur, subsiste presque partout ; on l'exerce sans remords, et même sans honte. L'opinion flétrit, à la vérité, les espions subalternes ; mais elle s'arrête là, et elle ne dévoue pas à l'opprobre ceux qui les emploient, et qui, calomniant la nation auprès du prince, osent lui faire accroire que ces infâmes abus du pouvoir sont des précautions nécessaires.

J'ai choisi pour exemples des actions qui peuvent influer sur la prospérité publique : et je ne les ai choisies que dans nos mœurs. J'aurois pu étendre cette liste ; et si j'avois parcouru l'histoire de toutes les nations, si j'avois voulu m'arrêter sur les actions particulières, cette liste auroit été immense.

Cela prouve, selon moi, que, pour donner aux hommes une morale bien sûre et bien utile, il faut leur inspirer une horreur pour ainsi dire machinale de tout ce qui nuit à leurs semblables ; former leur âme de manière que le plaisir de faire du bien soit le premier de tous leurs plaisirs ; que le sentiment d'avoir fait leur devoir soit un dédommagement suffisant de tout ce qu'il leur en a pu coûter pour le remplir. Il faut allumer, dans ceux que l'enthousiasme des passions peut égarer, un enthousiasme pour la vertu, capable de les défendre. Alors qu'on laisse à leur raison le soin de juger de ce qui est juste et de ce qui est injuste, et que leur conscience ne se repose pas sur un certain nombre de maximes de morale, adoptées dans le pays où ils naissent ; ou sur un code dont une classe d'hommes, jalouse de régner sur les esprits, se soit réservé l'interprétation. C.

On voit bien, dans cette terrible note, que le *louant* est plus véritablement philosophe que le *loué* : cet éditeur écrit comme le secrétaire de Marc-Aurèle, et Pascal comme le secrétaire de Port-Royal. L'un semble aimer la rectitude et l'honnêteté pour elles-mêmes, l'autre par esprit de parti. L'un est homme, et veut rendre la nature humaine honorable ; l'autre est chrétien, parce qu'il est janséniste. Tous deux ont de l'enthousiasme et embouchent la trompette ; l'auteur des notes pour agrandir notre espèce, et Pascal pour l'anéantir.

Pascal a peur, et il se sert de toute la force de son esprit pour inspirer sa peur. L'autre s'abandonne à son courage, et le communique. Que puis-je conclure ? Que Pascal se portoit mal, et que l'autre se porte bien.

> Bonne ou mauvaise santé
> Fait notre philosophie. V.

(110) Je crois volontiers les histoires dont les témoins se font égorger.

La difficulté n'est pas seulement de savoir si on croira des témoins qui meurent pour soutenir leur déposition, comme ont fait tant de fanatiques ; mais encore si ces témoins sont effectivement morts pour cela, si on a conservé leurs dépositions, s'ils ont habité les pays où on dit qu'ils sont morts ; pourquoi Josèphe, né dans le temps de la mort du Christ, Josèphe, ennemi d'Hérode, Josèphe, peu attaché au judaïsme, n'a-t-il pas dit un mot de tout cela ? Voilà ce que Pascal eût débrouillé avec succès. V.

(111) Nous naissons injustes ; car chacun tend à soi : cela est contre tout ordre.

Cela est selon tout ordre ; il est aussi impossible qu'une société puisse se former et subsister sans amour-propre, qu'il seroit impossible de faire des enfants sans concupiscence, de songer à se nourrir sans appétit. C'est l'amour de nous-mêmes qui assiste l'amour des autres ; c'est par nos besoins mutuels que nous sommes utiles au genre humain : c'est le fondement de tout commerce ; c'est l'éternel lien des hommes ; sans lui, il n'y auroit pas eu un art inventé, ni une société de dix personnes formée. C'est cet amour-propre que chaque animal a reçu de la nature, qui nous avertit de respecter celui des autres. La loi dirige cet amour-propre, et la religion le perfectionne. Il est bien vrai que Dieu auroit pu faire des créatures uniquement attentives au bien d'autrui. Dans ce cas, les marchands auroient été aux Indes par charité, le maçon eût scié de la pierre pour faire plaisir à son prochain, etc. Mais Dieu a établi les choses autrement : n'accusons point l'instinct qu'il nous donne, et faisons-en l'usage qu'il commande. V.

(112) *Paragraphe LXXVII.*

On voit ici l'homme de parti un peu emporté. Si quelque chose peut justifier Louis XIV d'avoir persécuté les jansénistes, c'est assurément ce paragraphe. V.

(113) Si mes Lettres sont condamnées à Rome, ce que j'y condamne est condamné dans le ciel.

Hélas ! le ciel, composé d'étoiles et de planètes, dont notre globe est une partie imperceptible, ne s'est jamais mêlé des querelles d'Arnauld avec la Sorbonne, et de Jansénius avec Molina. V.

(114) S'il ne falloit rien faire que pour le certain, etc.

Vous avez épuisé votre esprit en arguments pour nous prouver que votre religion est certaine, et maintenant vous nous assurez qu'elle n'est pas certaine; et après vous être si étrangement contredit, vous revenez sur vos pas; vous dites qu'on ne peut avancer « qu'il soit » possible que la religion chrétienne soit fausse. » Cependant c'est vous-même qui venez de nous dire qu'il est possible qu'elle soit fausse, puisque vous avez déclaré qu'elle est incertaine. V.

(115) Les inventions des hommes, etc.

Je voudrois qu'on examinât quel siècle a été le plus fécond en crimes, et par conséquent en malheurs. L'auteur de la félicité publique a eu cet objet en vue, et a dit des choses bien vraies et bien utiles. V.

(116) Il faut avoir une pensée de derrière, etc.

Sur un autre papier, Pascal avoit écrit : J'aurai aussi mes pensées de derrière la tête. C.

L'auteur de l'Éloge est bien discret, bien retenu, de garder le silence sur ces pensées de derrière. Pascal et Arnauld l'auroient-ils gardé, s'ils avoient trouvé cette maxime dans les papiers d'un jésuite ? V.

TABLE DES PENSÉES.

A.

B.

G.

I.

L.

M.

PENSÉES. 34

O.

S.

PENSÉES.   35

U.

V.

FIN DE LA TABLE DES PENSÉES.

TABLE DES MATIÈRES.

FIN DE LA TABLE.

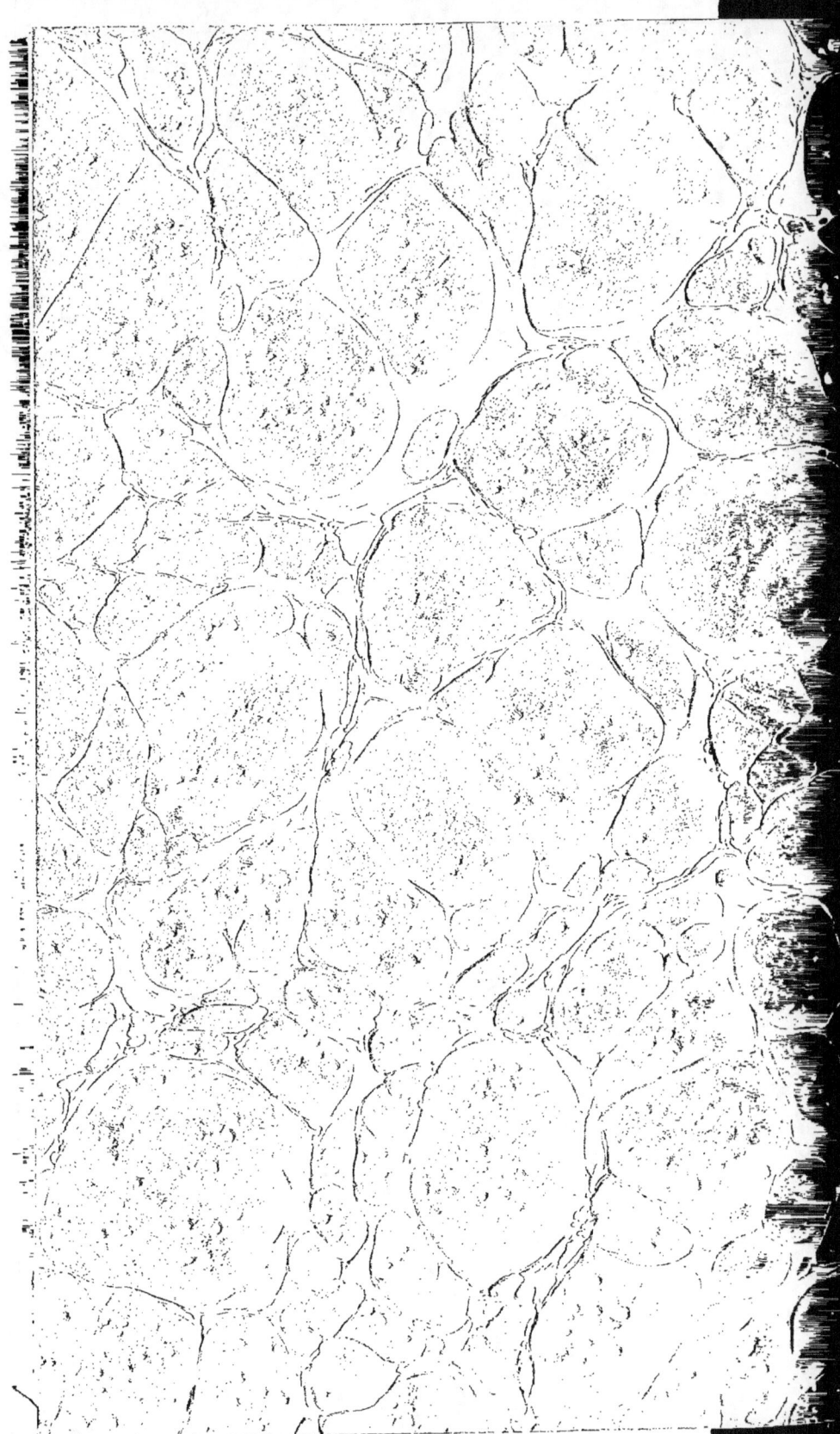

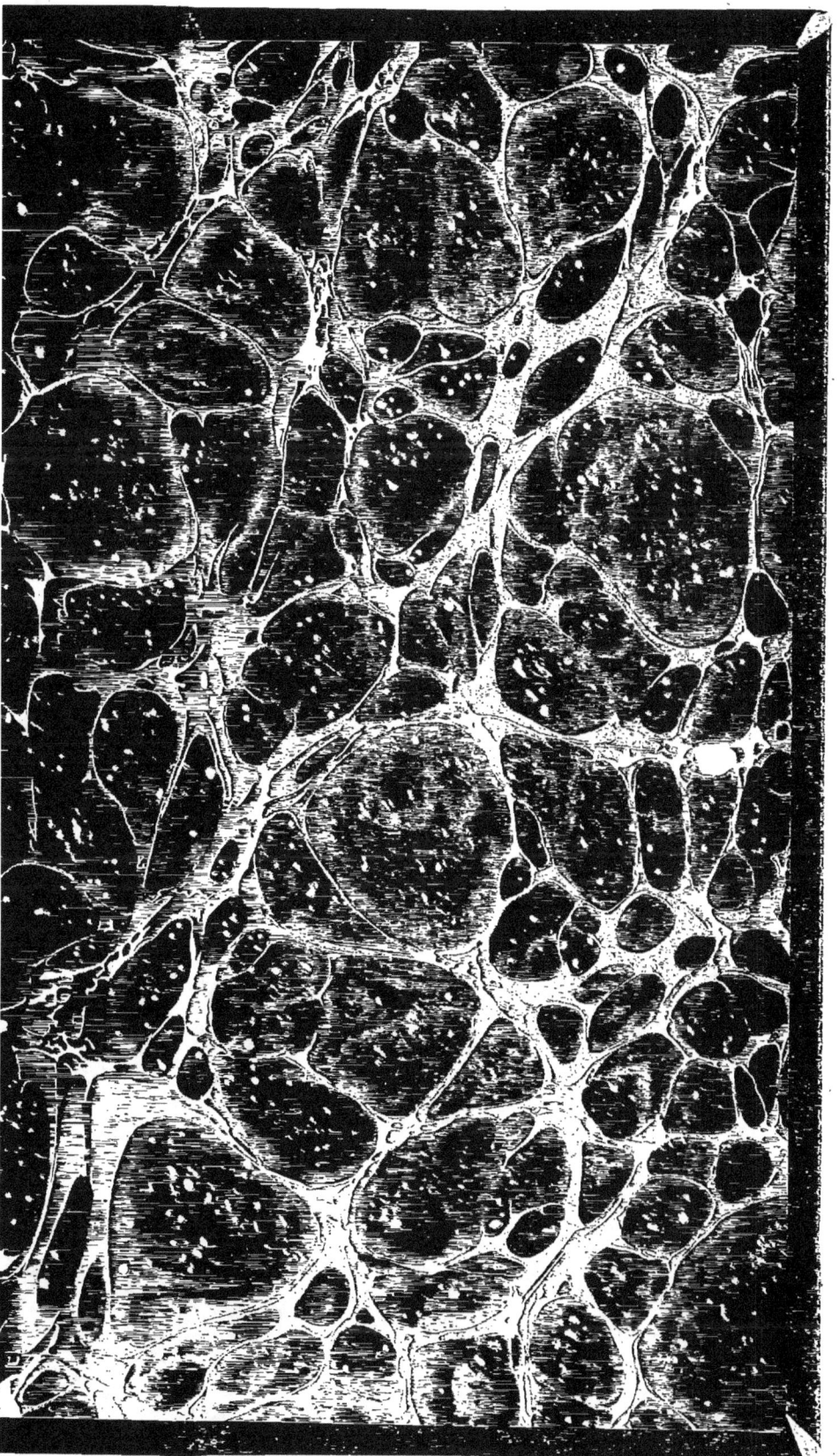

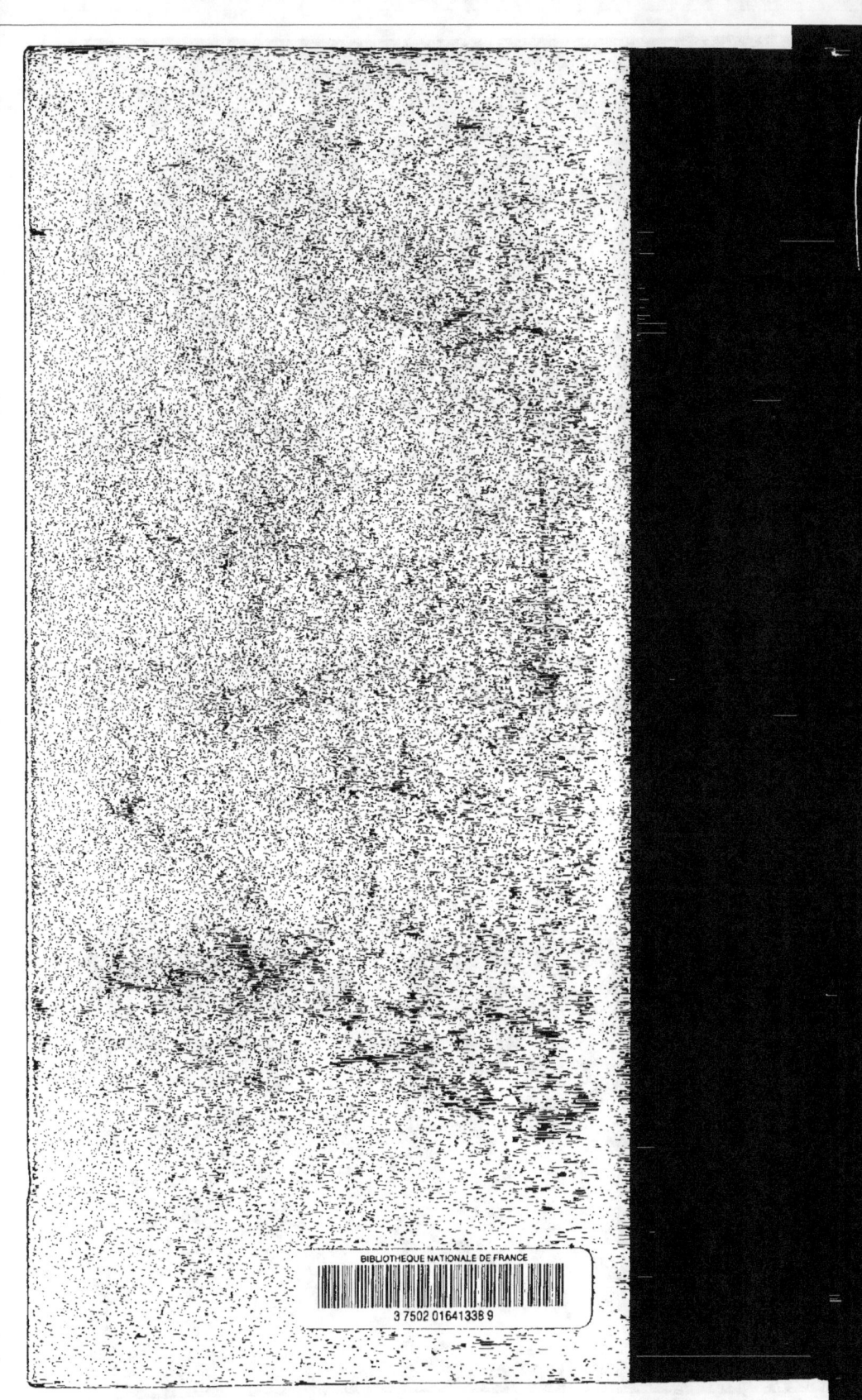

www.ingramcontent.com/pod-product-compliance
Lightning Source LLC
Chambersburg PA
CBHW052340020726
47503CB00001B/48